KB244270

『무정』을 읽는다

『무정』의 빛과 그림자

『무정』을 읽는다

『무정』의 빛과 그림자

지은이 하타노 세츠코(波田野節子, Hatano setsuko)는 1950년 니가타 출생이다. 1973년 아오야마가쿠인 대학 문학부 일본문학과를 졸업하고 현재 현립 니가타여자단기대학 교수로 있다. 역서로『오정희 작품집』과『무정』이 있고, 저서『『무정』연구』가 4월에 출간될 예정이다.

옮긴이 최주한(崔珠汗, Choi Ju-han)은 경기도 연천 출생으로 숙명여자대학교 화학과를 거쳐 서강대학교 국어국문학과 대학원을 졸업했다. 2004년에는 연세대학교 국어국문학과 박사후과정를 마쳤다. 저서로『제국 권력에의 야망과 반감 사이에서―소설을 통해 본 식민지 지식인 이광수의 초상』이 있고, 역서로『삼취인경륜문답』,『근대일본사상사』('수유+너머' 일본근대사상사팀) 등이 있다. 그밖에 주요 논문으로「신체제 이념과 김남천의 리얼리즘론」,「1930년대 전반기 이광수의 지도자론과 파시즘」,「민족보존론과 '가면'의 병리학」 등이 있다.

『무정』을 읽는다
『무정』의 빛과 그림자

2008년 2월 05일 1판 1쇄 인쇄
2008년 2월 15일 1판 1쇄 발행

지은이 _ 하타노 세츠코

옮긴이 _ 최주한

펴낸이 _ 박성모

펴낸곳 _ 소명출판

등록 _ 제13-522호

주소 _ 137-878 서울시 서초구 서초동 1621-18 (란빌딩 1층)

대표전화 _ (02) 585-7840

팩시밀리 _ (02) 585-7848

somyong@korea.com | www.somyong.co.kr

ⓒ 2008, 하타노 세츠코

값 25,000원

ISBN 978-89-5626-289-5 93810

『무정』을 읽는다

『무정』의 빛과 그림자
Reading of "MuJeong"

하타노 세츠코 지음 / 최주한 옮김

소명출판

이제 일역『무정』이 있고, 그 해설서도 있다

　‘조선근대문학선집’ 첫 권으로 이광수의『무정』(平凡社, 2005.11)이 현해탄을 넘어 한국으로 왔을 때 내가 받은 느낌이 착잡했던 것으로 회고되오. “이제야 제대로 된『무정』일역이 나오다니”와 “이제야 가까스로 일역되었도다”가 그것. 두루 아는 바『루쉰전집』일역이 나온 것은 1932년이었소. 조선시집『젖빛 구름』이 김소운 역으로 나온 것은 1940년. 그런데도 어째서 제대로 된『무정』번역은 감감했을까. 이 의문을 물리치기 어려운 세월 속에서 나 혼자 멋대로 생각했소. ‘산에 들에 아무렇게 핀 들국화 모양의 조선 시에 일본인들이 떼 지어 몰려갈 때『무정』은 얼마나 이상했을까’ 하는 생각이 들기도 했지만 동시에 ‘『무정』은 얼마나 답답했을까’라고. 요컨대 그 작자로 말미암아『무정』은 일본인에게도 조선인에게도 뭔가 난처한, 혹은 버거운 존재가 아니었을까. 호락호락한 상대도 아니지만 그렇다고 매력적인 존재도 아니었고, 좋아할 수는 없지만 그렇다고 미워할 수도 없는 존재.『무정』의 작품론이 한·일 간에 동네북처럼 무수히 씌어진 것도 이 때문이고, 이광수론이 시도 때도 없이 씌어진 것도 이 때문이 아니었던가. 요컨대『무정』도 그 작가도 논자를 절망케 하기에 모자람이 없지 않았을까. 절망 앞에서라면 무슨 말을 못하랴. 그럴수록 논자들은 그 대가를 치러야 하지 않았을까. 왜냐면 부메랑 모양 자기가 논한 그 논의가 자기에게로 되돌아오게 마련이었으니까.

"내가 한국어를 배우기 시작했을 때부터 가장 궁금한 존재가 이광수였다"라고 『한국문학연구』의 저자 사에구사 토시카츠 씨도 고백한 바 있거니와, 『『무정』을 읽는다』의 저자는 망설임도 없이 이렇게 말했소. "『무정』을 알고 싶은 동시에 내 자신의 내면을 알기 위해 썼다고 해도 좋다"라고. 어째서 『무정』을 아는 것이 일본인 "자신의 내면"을 아는 일인가. 저자 하타노 세츠코 씨가 처음 『무정』을 읽은 것은 1986년이라 하오. 처음의 독후감은 "당돌하게도 낯익음"이라 했소. 어째서? 식민지 한반도 출신의 청년이 70년 전에 쓴 소설 『무정』에 기묘하게도 젊은 시절 어딘가에서 만났던 듯한 사고방식과 정서가 담겨 있었기 때문. 그러니까 『무정』 읽기란 자기 내면 읽기에 다름 아닌 것. 이 장면에서 다음 의문을 물리치기 어렵소. 대체 저자 하타노 씨의 이런 발언은 그 자신의 특이한 인생살이에 국한된 것인가, 혹은 그를 포함한 일본인 대부분의 모종의 정서적 반응을 보여주는 것인가가 그것. 아마도 저자는 전자에 지나지 않는다고 조심스럽게 대답할지 모르겠소. 그러나 또 저자는 후자라고 이번엔 꽤 단호하게 대답할 것이라는 예감이 드오. 그 예감은 씨가 번역한 『무정』(1925년 제6판) 일역판에 강렬히 드러나오

모두가 아는 바 『무정』은 경성학교 영어교사 이형식이 김 장로의 딸 선형의 가정교사로 가는 첫날, 길에서 우연히 만난 친구와 수작하는 것으로 첫 대목을 삼았소. 여기엔 영어와 일어가 번갈아 나오오. 그런데 '미스터', '베리굿', '엥게지멘트' 등의 영어는 사용되긴 해도 단순한 시대적 청년 유행어에 그쳤으나, 일어의 경우는 사정이 판이하오. '하사시가미', '요, 오메데또오', '이이나즈께', '움, 나루호도', '이야시꾸모' 등이 망설임도 없이 얘기 한복판을 주인처럼 차지하고 있지 않겠소. 번역자 하타노 씨는 이 가운데 '히사시가미'에만 간단한 주석을 달았을 뿐 기타는 막바로 그대로 사용하고 있소. 기묘하게도 젊은 시절 어딘가에서 만났던 듯이 느껴지는 사고방식과 정서가 거기 있지 않았던가. 이 사실의

중요성은 아무리 강조해도 지나침이 없을 듯하오. 어째서? 마음의 지향성이 거기 작동되어 있으니까.

어떤 연구도 그것이 모종의 밀도랄까 성과를 얻기 위해서는, 그러니까 살아있기 위해서는 지속성이 요망되는 것. 그 지속성의 동력은 이 지향성에서 오는 법. 그것은 즐거움과 무관하지 않는 법. 이 저서가 즐거움의 산물이기에 이에 비례하여 지나칠 정도로 디테일의 세세함에까지 나아갔을 터. 디테일의 세세함이 숲을 가리고 말아도 상관없을 정도로 나아갈 수 있었던 것. 일역『무정』이 먼저 있고, 그 번역에 이른 과정에 대한 해설서가 한 편의 저술로 나타난 형국. 이 저서가 일역『무정』의 그림자에 지나지 않음은 이런 곡절에서 왔소. 기묘하지만 당연한 일이라 할 만하오.

나와 저자 하타노 씨는 두 번의 구면이오. 1995년의 프라하, 또 2007년 두르당(파리)의 AKSE(유럽 한국학 대회)에서. 불어도 구사하는 씨는 예측대로 명랑한 소녀 같았소. 언젠가 씨가 책 한 권을 보내왔소.『메이지학원 연고의 문학자들』(1998)이 그것. 이광수가 다닌 이 학원에서 연 세미나 발표문이었소. 저자는 이 글 속에서 내가 쓴『이광수와 그의 시대』(1986)의 머리말 한 구절을 적었더군요. 메이지학원 구관 앞 은행나무 냄새에 관한 대목이 그것. 씨는 잇대어 이렇게 썼소. "저도 조금 전 그 앞을 지나면서, 아 이 냄새인가 보다 하고 숨을 들이쉬었다"라고.

결론을 맺고 싶소. 여기 한 일본인 연구자가 번역한『무정』이 있다, 그 해설서도 있다.

2007년 12월 15일
김윤식

　밤중에 문득 잠이 깬 후 좀처럼 잠이 오지 않아, 단념하고 책이라도 읽어볼까 하고 스탠드의 스위치를 켜면서 한순간 망설인다. 온순한 어둠에 길들여진 눈에 빛이 꽂히고, 주위가 빛과 어둠으로 나뉘어 버리는 것이 싫은 것이다. 불이 켜지자 어둠 속에 묻혀 있던 가구가 훤히 모습을 드러내는 동시에, 조금 전까지의 어둠과는 또 다른 어둠을 지닌 그림자가 생긴다. 빛은 그림자를 만드는 것이구나 하고 생각했을 때, 문득 이광수가 떠올랐다. 식민지시대 초기 민족의 계몽(Enlightenment)을 지향하며 『무정』을 썼고, 식민지시대 말기에는 '친일'이라 불리는 행위를 했던 작자. 빛을 구했던 그는 동시에 어둠도 만들어냈던 것이다.

　이 책은 『무정』에 관한 논문과 강연 기록을 10개 장으로 정리한 것이다. 1986년 처음 『무정』을 읽고 이광수를 연구하겠다고 생각하고 나서 10여 년 사이에 쓴 것들이라서, 참고문헌도 오래되었고 최근의 연구 성과도 반영되어 있지 않다. 그래도 명백한 잘못 정도만 최소한으로 바로잡는 데 그쳤고, 거의 그대로 게재했다. 논문의 출처 목록은 말미에 기록한다.

　제1장 '이광수의 민족주의사상과 진화론'은 필자가 쓴 첫 번째 논문으로, 『무정』을 계몽소설로서 독해하기 위한 준비 작업으로 쓴 것이다.

논문의 전반부에서 이광수의 소년시절에서 오산학교시절까지를 고찰하고, 후반부에서는 그가 대학시절에 썼던 계몽사상 및 당시 일본 사상과의 관련성 속에서 그의 민족주의사상을 고찰했다. 대학시절 이광수의 계몽논설을 읽고 알게 된 것은 우승열패사상이 노골적으로 드러나 있다는 점이었다. 그 이유를 알기 위해 이광수의 회상기를 자료삼아 그의 정신 편력을 더듬고, 당시 그를 둘러싸고 있던 메이지 일본의 사상적 경향을 조사했다. 그러면서 알게 된 것은 메이지 이래 일본에서는 사회진화론이 사조(思潮)의 기저를 이루고 있다는 사실이었다. 다루는 범위가 역사학·사회학·생물학 등 여러 갈래의 영역에 걸쳐 있어 문외한인 필자에게 버거운 느낌이 들었지만, 이것을 다루지 않고는 앞으로 나아갈 수 없다고 생각하고 썼다.

처음 학문에 발을 내디딘 초학자에 불과한 필자가 혼자서 연구를 시작할 수 있었던 것은 김윤식 선생님의 『이광수와 그의 시대』(한길사, 1986)가 나왔던 덕분이다. 그리고 이 논문을 『조선학보(朝鮮學報)』에 투고하는 것이 어떠냐고 권해주신 분이 한국사 분야의 이케가와 히데카츠(池川英勝) 선생님이다. 심사 결과 다행히 논문을 게재하게 되었을 때, 필자는 연구를 계속할 결심을 했다.

「진화론」을 쓰면서 필자는 이광수의 중학시절이 그의 계몽사상뿐만 아니라 근대적 자아라는 측면에서도 중요한 의미를 갖고 있다는 것을 알게 되었다. 그럼에도 불구하고 당시 한국에서는 이광수의 중학시절에 주목해서 논의한 연구가 거의 없었다. 그래서 근대적 자아라는 관점에서 『무정』을 독해하기 위한 준비 작업으로 쓴 것이 제2장 '이광수의 자아'이다. 이 논문에서 이광수의 자아의 상징으로 든 산문시 「옥중호걸」의 주인공은 '브엄'인데, 삼중당 전집에 '부엉이'라고 오기(誤記)되어 있는 까닭에 필자는 오랫동안 부엉이로 잘못 알고 있었다. 그래서 부엉이의 사나운 이미지를 찾아내려 애썼던 일 등 우스운 일화도 그리운 추억으로 남아 있다. 이 논문은 나중에 인하대학교 최원식 선생님의 주선으로 한국의 문학연구지 『민족문학사연구』 제5호에 번역되어 게재되었다.

『무정』론을 쓰기 위해서는 이광수의 문학론을 정리해 둘 필요가 있다고 생각하고 있을 때, 오타니 모리시게(大谷森繁) 선생님의 회갑기념논총에 실을 글을 쓰라는 얘기를 듣고 쓴 것이 제3장 '「문학의 가치」에 대하여'이다. 이름도 없는 후진의 독학자에게 발표의 장을 마련해 주신 오타니 선생님께 감사드린다.

제4장 '옥중호걸의 세계'에서는 산문시 「옥중호걸」을 중심으로, 이광수의 일기와 회상에 보이는 일본 문헌을 단서로 하여 당시 일본 문학 사조와의 관련성을 고찰했다. 필자의 시야에 루쉰이 들어온 것은 이토 토라마루(伊藤虎丸)의 저작 『루쉰과 종말론－근대 리얼리즘의 성립(魯迅と終末論－近代リアリズムの成立)』(龍溪書舍, 1975)을 만난 것이 계기였다. 이 책에서 루쉰이 진화론과 관련이 있다는 사실을 알았고, 또 나카지마 오사후미(中島長文)와 키타오카 마사코(北岡正子)의 「악마파 시의 힘」 연구 덕분에 당시 일본문학을 주시하고 있던 외부 시선의 존재를 알게 되었다. 메이지 말기에 일본에 왔던 루쉰·홍명희·이광수 등의 유학생은 같은 시기에, 같은 장소에서, 같은 책을 읽으면서도, 일본인과는 다른 방식으로 이를 받아들였던 것이다. 이광수라는 창을 통해 보면, 일본문학은 전혀 다른 면모를 드러내는 것 같다. 그리고 메이지·타이쇼 시기의 사조가 필자 자신의 인간 형성에도 깊이 연루되어 있다는 것을 느끼게 된다. 사토 선생에게 이 논문의 별쇄본을 보내드렸을 때, '동시대성'을 의식하고 연구를 계속해 달라는 언급이 들어 있는 친절한 편지를 받고 매우 고무되었던 일도 기억에 새롭다.

이상 네 편의 논문으로 준비를 마치고 드디어 『무정』론에 착수했다. 그것이 제5·6·7장 '『무정』을 읽는다 (상)·(중)·(하)'이다. 실은 (상)과 (하)는 이전에 썼던 레포트를 토대로 한 것이다. 『무정』을 읽고 이 작품을 연구해 보겠다고 생각했던 필자는 1986년 토쿄 외국어대학 조선어과의 고(故) 초 쇼키치[長璋吉] 선생님이 주관하시던 세미나의 청강생이 되었다. 과정생이 적었던 탓도 있고 해서, 초 선생님은 그해 주제를 박태원에서 이광수로 바꾸어 주셨다. 1년간 『무정』을 읽은 후 청강생이라 제출할 의무가 없는데도 제출했던 장문의 레포트, 그것이 바로 '『무정』을 읽는다'의 원형이다. 이 레포트에 만족하지 못했던 필자는 『무정』을 쓰던 무렵의 이광수를 깊이 연구한 뒤에 논문을 고쳐 쓰고 싶다고 생각하고, 이를 위해 「진화론」 이하 네 편의 논문을 썼던 것이다.

제5장 '형식의 의식과 행동에 나타난 이광수의 인간의식에 대하여'에서는 이광수가 인간을 어떤 존재로 인식하고 있었는지를 추적했다. 잠재적인 원망(願望)에 농락당하는 형식의 모습은 인간이란 바로 그런 존재라는 작자의 인간의식을 드러내고 있다. 이 논문에서는 당시 이광수가 알고 있었던 게 분명한 철학자 베르그송의 사상에 근거하여 형식의 의식과 행동을 설명할 수 있음을 밝히고, 이광수의 창작의도와 인간의식을 드러내고자 했다.

제6장 '경성학교에서 일어난 일'은 앞서 언급한 레포트에는 없는 내용이다. 이 논문을 쓰기 바로 전 해, 그때까지 본분이 주부였던 필자는 비로소 정식 직장을 얻었다. 그러자 그때까지 보이지 않았던 경성학교가 형식의 사회생활의 장으로서 시야에 들어왔던 것이다. 여기에는 필자 자신도 놀랐다. 필자가 선 입장이 달라졌기 때문에 『무정』을 읽는 방식도 달라졌던 것일까. 독서 행위는 작품과 독자의 공동 작업이라는 것을 다시금 깨달았다. 이 논문을 쓰면서 「민족개조론」과만 관련시켜 생각했던 사회심리학자 귀스타브 르봉의 이론이 『무정』 속에까지 파고들어 있다는 사실도 알게 되었다.

제7장 '영채·선형·삼랑진'에서는 그간의 논의에서 빠뜨린 것을 모두 집어넣어 써내려 간 감이 있다. 이광수는 연애소설을 많이 써서 '연애소설의 대가'라고 불리지만, 묘사된 애정 형태를 보면 어딘지 불완전하게 연소된 느낌을 준다. 이에 관해서는 선형과 형식이 보여주는 '근대적 연애'의 과도기적 형태에 초점을 맞춤으로써, 그 원인의 단서를 얻었

다고 생각한다.

이상 일곱 편의 논문을 발표하여 『무정』이라는 작품을 필자 나름으로 이해할 수 있게 되었다고 생각한 필자는 다른 작가를 연구하기 위해 이광수 연구에서 멀어졌다. 그리고 2005년 말 필자는 헤이본사(平凡社)에서 『무정』의 일본어 번역본을 간행했는데, 그 무렵 국제 펜클럽 한국본부가 주최한 제12회 국제문학 심포지움에 초대받아 번역 소개의 의미도 있고 해서 『무정』에 관해 이야기한 내용을 정리한 것이 제8장 '『무정』의 이데올로기'이다. 제9장 '상하이 보고'는 1995년에 부친을 모시고 상하이에 갈 기회가 있어서 이광수가 본 상하이를 추억하며 쓴 글이다. 마지막 제10장 '이광수와 메이지학원'은 1998년 메이지학원대학에서 열린 공개강좌에서 강연한 기록이다. 그때 이광수의 일본어를 크레올 언어라고 불렀던 아마자와 타이지로(天澤退二郎) 선생의 말에 눈이 번쩍 뜨이는 느낌이 들었던 기억이 난다.

필자가 연구를 계속할 수 있었던 것은 여기에 이름을 거론한 분 외에도 많은 분들의 덕분이다. 논문에 언제나 관심을 가져주신 사에구사 토시카츠(三枝壽勝) 선생님과 항상 따뜻하게 지켜봐 주신 오무라 마스오(大村益夫) 선생님을 비롯하여 그 동안 보살펴 주신 많은 분들게 진심으로 감사드린다. 그리고 이케가와 히데카츠(池川英勝) 선생님과 초 쇼키치(長璋吉) 선생님 두 분 고인의 명복을 빈다.

논문을 책으로 내는 일은 생각지도 않았던 필자에게 출판을 권해준 이는 와세다대학의 호테이 토시히로(布袋敏博) 교수였다. 호테이 씨는 필자에게 한국에서 번역서를 출판할 것을 권하면서 소명출판을 소개해 주었다. 그런데 우여곡절이 있어 일시 한국에서의 출판을 보류하고 있을 때, 일본에서 책을 낼 것을 결심하게 되었다. 호랑이를 부엉이로 잘못 알았던 실수를 그대로 두는 것도 마음에 걸리고 또 『무정』을 번역하여 간행하기도 했으니, 일본에서도 논문을 읽으려는 사람이 있을지도 모른다고 생각했던 것이다(일본에서는 2008년 상반기 하이테쿠샤[白帝社]에서 출간될 예정이다).

다행히 그후 한국에서의 출판 이야기가 순조롭게 진전되어 필자의 저서가 '연세근대한국학총서' 가운데 한 권으로 간행된다. 필자의 거친 문장을 근사한 한국어로 번역하면서 여러 가지로 도움이 되는 지적을 해주기도 한 최주한 씨에게 감사의 말을 전한다. 또 번역서의 간행에 힘써주신 연세대학교의 김영민 선생님과 국민대학교의 정선태 선생님, 그리고 소명출판의 박성모 사장님께도 감사드린다.

서울대학교 명예교수이신 김윤식 선생님께 한국어판의 서문을 받게 되었다. 필자가 연구를 시작할 무렵, 김윤식 선생님의『상흔과 극복―한국의 문학자와 일본』(朝日新聞社, 1975)과『한일문학의 관련양상』(일지사, 1974)을 읽으면서 한국 근대문학을 일본인의 지적 호기심의 대상으로 만들고 싶지 않다는 취지의 말에 충격을 받은 일이 있다. 그런 만큼 김 선생님께서『무정』을 번역한 포상이라고 하시면서 서문을 허락하셨을 때, 개인적인 차원을 넘어서 정말 기뻤다.

이광수의『무정』은 필자에게 좀더 세상을 알고 싶다는 욕망을 불어넣어 주었고, 외부 세계의 창을 열어 주었다. 여기에 실린 논문은 모두 이광수가 쓰도록 해준 것이라고 생각한다.

2008. 1.

하타노 세츠코(波田野節子)

:: 논문 출처 목록

1. 李光洙の民族主義思想と進化論, 『朝鮮學報』第136輯, 1990.7.

2. 李光洙の自我－作品を通して見た李光洙の第一次留學時代の世界觀, 『朝鮮學報』第139輯, 1991.4.

3. 「文學の價値」について－李光洙の初期文學觀, 『大谷森繁博士還暦記念朝鮮文學論叢』, 杉山書店, 1992.3.

4. 獄中豪傑の世界－李光洙の中學時代の讀書歷と日本文學, 『朝鮮學報』第143輯, 1992.4.

5. ヒョンシクの意識と行動にあらわれた李光洙の人間意識－『無情』研究(上), 『朝鮮學報』第148輯, 1993.7.

6. 京城學校でおきたこと－『無情』研究(中), 『朝鮮學報』第152輯, 1994.7.

7. ヨンチェ・ソニョン・三浪津－『無情』研究(下), 『朝鮮學報』第157輯, 1995.10.

8. 『無情』のイデオロギ, 『縣立新潟女子短期大學研究紀要』第43号, 2006.

9. 上海報告－李光洙の上海, 『東京アジア地域の諸問題－縣立新潟女子短期大學國際教養學科 北東アジア地域研究報告書』, 1995.3.

10. 李光洙と明治學院(講演), 『言語文化』第15号, 明治學院大學言語文化研究會, 1998.3.

이광수의 민족주의사상과 진화론

1. 시작하며

  본고는 원래 장편 『무정』을 읽기 위한 준비 차원에서 씌어진 것이다. 시공을 넘어 『무정』을 읽는 현대의 일본 독자에게 이 작품을 이해하는 데는 적지 않은 어려움이 따른다. 그 원인의 하나는 『무정』이 갖는 "첫 번째 구조층"[1]이 이광수의 계몽사상이라는 사실에서 비롯된다. 이러한 '첫 번째 구조층'을 추출하기 위해서는 이광수가 이 무렵에 쓴 계몽논설을 정확히 ㅋ이해할 필요가 있다. 그래서 이들 논설을 읽어본 결과, 이광수의 대학 유학시절의 계몽사상은 중학 유학시절의 사상을 기반으로

---

1) 김윤식, 『이광수와 그의 시대』, 한길사, 1986. "『무정』을 이루는 첫 번째 구조층 곧 표층적 구조가 시대적 진취성이라면 그것은 논설문 차원의 구조에 해당된다."(7. 『무정』 ─그 기념비적 성격, 536면) 김윤식은 『무정』의 두 번째 구조층을 '사제관계', 세 번째 구조층을 '순진성 혹은 정결성', 네 번째 구조층을 '한'으로 간주하고 있다.

한 것임을 깨닫는 한편, 그의 계몽사상의 핵심인 민족주의는 유소년기 민족의식의 각성 무렵까지 거슬러올라가지 않으면 명확히 파악할 수 없음을 알았다. 그리하여 『무정』을 읽기 위해 결과적으로 이광수의 초기 민족의식에서부터 연구를 시작하게 되어 쓴 것이 이번 장이다.

이광수는 소년시절과 청년시절 두 번에 걸쳐 일본에 유학하여 도합 8년 간을 이곳에서 지낸다. 메이지학원 중학시절에 문학에 눈뜬 이광수는 본능주의에 도취하여 '정의 해방'을 부르짖는다. 그러나 이러한 자아의 발전·확충의 사상은 메이지시기 일본을 석권했던 진화론사상과 결부될 때, 타국을 삼켜서 팽창하는 제국주의를 쉽게 긍정하는 위험한 요소를 갖고 있다. 중학 졸업 후, 오산학교에 교사로 부임한 이광수는 진화론사상을 통절하게 진리로 인식하게 되며, 두 번째 유학 때 발표한 계몽논설과 소설 속에서 진화론은 중요한 위치를 차지하게 된다.

이번 장은 진화론사상이 이광수의 계몽사상에 미친 영향을 밝히는 한편, 이광수가 문명의 후광을 지닌 이 사상에 끝까지 대항할 수 없었던 원인을 그가 민족의식에 눈뜬 직후에 만났던 동학의 친일개화노선에서 찾고 있다. 제2절 '이광수의 초기 민족의식과 동학'에서는 이광수의 민족주의의 각성과 동학의 관계를, 그리고 제3절 '제1차 유학시절', 제4절 '오산학교시절', 제5절 '제2차 유학시절'에서는 이광수의 계몽사상과 메이지 말기의 일본사조, 특히 진화론의 영향을 고찰한다.

2. 이광수의 초기 민족의식과 동학

내 민족의식은 내가 태어나는 날에 벌써 가지고 있다고 볼 것이다. 그러나 나의 모든 본능이 때와 일을 만나서야 비로소 발작하는 모양으로 나의 민족의식도 비록 나면서부터 내 속에 있었다 하더라도, 그것이 드러나는 데는 어느 때 어느 일이라는 기연이 필요한 것이다.[2]

자기의 민족의식이 싹트던 때를 회상하면서 이광수는 이렇게 적고 있다. 인간이라면 누구나 지니고 있을, 자기가 태어나 자란 땅, 자기 주위의 사람들에 대한 애착심과 편애의 감정, 이러한 것이 핵이 되어 타민족과 접촉했을 때 발현하는 민족으로서의 자각이 바로 민족의식이다. 따라서 이러한 자각은 외부 세계와의 접촉 없이는 생길 수 없다. 인간의 자아가 타아(他我)와 충돌하여 생기는 것처럼, 민족의식은 타민족과의 접촉, 자기와 남이 다르다는 인식, 그리고 특히 자기 민족이 타민족에게 먹힐지 모른다는 위기의식에 의해 촉발되어 발현한다. 그것은 본질적으로 불합리하고 배타적인 측면을 가진 자기 보존적인 감정인 것이다.

이광수가 태어나기 이전에도 조선에서는 이러한 감정이 이미 강하게 의식되었다. 19세기에 들어 잇달았던 종교박해와 양요사건(洋擾事件)은 쇄국의 환경에서 살아왔던 조선 사람들에게 외부 세계의 존재를 받아들일 것을 강요했고, 종주국 중국에 대한 열강의 침략은 유교와 중화사상을 금과옥조로 여기던 조선인들에게 격심한 위기감을 안겨 주었다. 강화조약에 의한 개국(開國)을 전후하여 조선의 민족의식은 침입해 오는 일본, 중국, 서양 열강 세력과의 충돌 속에서 위정척사사상(衛政斥邪思想) 혹은 개화사상의 형태로 나타났다. 이광수가 세 살 때[3] 일어났던 동학농민전쟁도 민족의식을 기반으로 한 것이었다. 이광수가 태어난 것은 바로 "태어나는 날에 벌써" 민족의식을 갖는 것이 숙명인 시대였던 것이다.

한국 근대문학을 대표하는 작가 이광수는 글쓰기 행위를 포함하는 자

---

2) 이광수, 『나의 고백』(춘추사, 1948), 『이광수전집』 7, 삼중당, 1971, 219면. 이하 『전집』으로 기재한다.
3) 본고에서는 『전집』 별권의 연보에 따라 이광수의 나이를 달력 나이로 표시한다.

신의 행동을 모두 '민족을 위해서'라고 잘라 말하고 있다.

> 내가 소설을 쓰는 구경(究竟)의 동기는, 내가 신문기자가 되는 구경의 동기, 교사가 되는 구경의 동기, 내가 하는 모든 작위(作爲)의 구경의 동기와 일치하는 것이니, 그것은 곧 '조선과 조선민족을 위하는 봉사—의무의 이행'이다. 이것뿐이요, 또 이밖에 아무것도 없다.[4]

이광수에게는 창작 활동도 민족을 위한 봉사일 뿐이었다. 창작 이전의 단계에서 소설가 이광수를 규정했던 그의 민족의식은 어떤 것이었을까. 이를 알기 위해서는 당연히 작품 전체에 대한 검토가 필요하겠지만, 여기에서는 민족의식 각성의 상황, 그리고 이와 거의 때를 같이 하여 동학을 알게 된 것이 이제 막 싹튼 이광수의 민족의식에 어떤 영향을 주었는지에 한정하여 고찰하고자 한다.

1) 민족의식의 각성과 동학과의 만남

이광수는 1892년 평안북도 정주군 갈산면 익성동의 돌고지 마을에서 태어났다. "평양서도 이백여 리나 더 뒤로 들어간 정주, 정주에서도 사십 리나 시골구석"에서 자라 "정치적 자극을 받을 기회가 없었"기 때문에 자기는 민족의식에 늦게 눈떴다고, 이광수는 『나의 고백』에서 이야기하고 있다.

> 고신도와 불교의 사상 속에서 사람들은 제 나라 남의 나라라는 의식을 가질 필요가 없이, 제 동네 제 고을을 한 세계로 알고 살았다. 혹시 가마솥 땜장이, 원숭이 놀리는 사람, 향장수 같은 중국 사람이 동네에 들어오는 일이 있어서 (…중략…) 우리와 다른 '되놈'이라는 의식을 주었으나, 그것은 민족적 이해관

---

4) 이광수, 「여(余)의 작가적 태도」(『동광』, 1931), 『전집』 10, 462면.

계나 적개심을 포함치 아니한, 순전히 흥미를 본위로 한 민족의식에 불과하였
다. (…중략…) 이를테면, 인종의식은 있었어도 민족의식은 없었던 것이었다.5)

이광수가 처음 '강렬한 민족의식에 눈뜬' 것은, 1903년 11월 일러전쟁
직전에 러시아 병사가 정주까지 침입하여 주민에게 약탈과 폭행을 일삼
았을 때였다. 그의 나이 열두 살이었다.

이때에 어린 나는 우리 민족이 약하고 못난 것을 통분하고 아라사 사람을
향하여 이를 갈았다.6)

타국의 병사로 인해 자국인들이 피해를 입고 있는 것을 직접 보면서,
그는 처음으로 소박한 민족적 자각을 갖게 된다. 그런데 이듬해 2월, 일
러전쟁이 시작되어 일본군이 격렬한 백병전(白兵戰) 끝에 러시아군을 패
퇴시키고 정주성에 입성한 사실에 대해 이광수는 다음과 같이 일본에
호의적으로 기술하고 있다.

일병이 입성하자 피난 갔던 주민들은 이삼일 내에 다 돌아왔다. 일병은 군
기가 엄하고 우리나라 사람에게 호의를 보였을 뿐더러, 그 흉악한 아라사를
쫓아주었다 하여 주민의 환영을 받은 것이었다.7)

바로 조금 전까지 러시아 병사의 횡포와 자민족의 약함에 이를 갈았
던 이광수였건만, 흉악한 러시아 병사를 쫓아 주었다고는 해도 타국의
군대인 일본군에 대해서는 그다지 경계심이 보이지 않는다. 당시 이광
수가 어리고 무심했던 탓일까. 그러나 『나의 고백』이 씌어진 것은 이로
부터 45년 후의 일이다. 일본군을 칭찬한다든가, 일러전쟁 때의 일이라
고는 해도 결과적으로 일본군의 조선 점령을 인정하는 일도 되는 이러

---

5) 이광수, 『나의 고백』, 『전집』 7, 219면.
6) 위의 책, 220면.
7) 위의 책, 220면.

한 일을, 식민통치에서 이제 막 해방되었던 시기에 태연하게 기술하고 있는 것은 기이하기조차 하다. 일본의 검열을 의식할 필요는 이미 없어졌고, 반(反)민족행위특별위원회의 발족을 앞두고 스스로의 민족의식을 강조하기 위해 쓴 글이므로, 일본에 호의적인 언급 따위는 기술하지 않는 편이 좋았을 것이다. 일본에 대한 심리적 저항감의 부재, 즉 반발의 미약함은 이광수가 줄곧 보여왔던 경향이며, 그를 친일행위로 이끈 요인이 되었다고 생각되는데, 이러한 경향은 이렇게 그의 민족의식이 싹틀 무렵에 이미 나타난다. 이러한 경향이 왜, 어떻게 이광수에게 나타나게 되었을까. 이러한 의문을 푸는 열쇠의 하나로서 동학과의 만남을 들 수 있다.

러시아 병사가 정주를 공격해 들어간 것은 앞에서 언급한 것처럼 1903년 11월의 일이지만, 바로 전 해 여름 부모를 콜레라로 잃고 고아가 된 이광수는 이 무렵 아는 집을 전전하는 유랑 생활이나 다름없는 세월을 보낸다. 그리고 정주 전란이 있은 지 한달 후, 그는 동학의 대접주인 승이달8)에게 거두어져 대령 박찬명9) 밑에서 서기로 일하게 된다.

잘 알려져 있다시피, 동학이란 경주의 몰락 양반인 최제우(崔濟愚, 1824~1864)가 1860년에 창시한 조선의 독자적인 종교이다. "당시 국내에 침투하고 있던 서학(西學)—천주교에 의한 위기적 상황을 기성의 유교나 불교, 도교로는 구제할 수 없다는 인식에서" "보국안민(輔國安民: 나라를 도와 인민을 편안케 한다)"을 목표로 창시된 동학은 천주교에서 받은 종교적 차원의 위협과 그 배후에 숨어 있던 서양 열강의 군사적 침략에 대한 공포심에서 촉발된, 애초에 민족주의적 요소를 강하게 지닌 종교였다.10)

---

8) 위의 책, 224면. 『그의 자서전』에서는 '서병달'로 되어 있다.
9) 최원식의 「이광수와 동학」(『한국근대소설사』, 창작사, 1986)에 의하면, 박찬명은 실재했던 인물인 듯하다. 최원식은 이 논문에서 박찬명이 모델인 『무정』의 등장인물 박진사와 실제의 박찬명을 비교함으로써, 이광수의 역사의식을 부각시키고 있다.
10) 姜在彦, 『新訂 朝鮮近代史研究』, 日本評論社, 1982, 제3장 제3절 '동학사상의 성격과 농민전쟁' 참조.

이광수 자신 동학이 자기에게 준 영향의 하나로 "민족주의 정신"[11]을 들고 있는데, 그가 동학에 입도한 것이 민족의식이 싹튼 직후였다는 점에서 보더라도, 동학이 이광수의 초기 민족의식과 밀접하게 관련이 있음을 짐작할 수 있다. 어린 이광수가 부모의 죽음으로 인해 세상과 직접 대면하지 않을 수 없었고, 또 정주성사건을 계기로 민족적 자각을 갖기 시작한 이 시기, 동학은 돌고지 마을 바깥 세계로 그의 눈을 열어주었던 것이다.

동학에 입도한 이광수는 이 시기 승이달에게서 동학의 교리 외에도 당시 문명의 상징이라고 할 만한 "철도, 윤선, 은행"에 대한 이야기를 듣게 된다.

> '포덕천하(布德天下), 광제창생(廣濟蒼生), 보국안민지대도대덕(保國安民之大道大德)'이란 그 목표의 감화를 나는 아니 받을 수가 없었으니[12]

> 이 사람(승이달을 지칭―인용자)은 나를 자기 집에 불러서 오만 년 무극대도니 수운선생, 해월선생이니, 철도, 윤선, 은행이니, 여러 가지 처음 듣는 말을 하여주고……[13]

종교의 하나였던 동학이 전도(傳道)할 때 교리와 교조(敎祖)의 이야기뿐 아니라 문명에 관한 이야기를 들려주었다는 점은 주목할 만하다. 그러면 열두 살의 이광수가 난생 처음 접한 동학은 이 시기 어떤 상태였을까.

갑오농민전쟁이 종결된 지 8년, 이 무렵 동학은 3대째 교주인 의암 손병희(義庵 孫秉熙)를 중심으로 문명개화노선을 걷고 있었다. 갑오전쟁으로 인해 커다란 타격을 입은 동학을 이어받은 손병희는 "장래 오도(吾道)

---

11) 이광수, 『나의 고백』, 『전집』 7, 225면.
12) 위의 책, 224면.
13) 이광수, 『그의 자서전』, 『전집』 6, 323면.

를 세계에 창명(彰明)코저 할진대 금일 문명의 대세를 관찰하지 않으면 불가(不可)하다"14)고 생각하고, 1901년 외유(外遊) 길에 올라 그대로 일본에 체류하며 세계 정세의 추이를 살피면서 본국을 향해 계속하여 포교했다. 갑오전쟁 이전에는 조선의 남도 지역이 중심이었던 동학이 이 무렵 가까스로 서북 지역으로 세력을 뻗고, "계묘(癸卯)에 이르러서는 진소위(眞所謂) 가가(家家) 동학이오 인인(人人)이 주문을 외우게 되었었다"15)고 할 정도로 만연했다. 동시에 동학에 대한 정부의 탄압도 심해져서 "진진포포(津津浦浦)에 이르기까지 도인(道人)과 관예배(官隸輩)의 충돌이 그칠 날이 없으매, 민심은 흉흉하고 세론은 분분하여 실로 산우욕래풍만루(山雨欲來風滿樓, 사건이 생기려면 먼저 반드시 평온하지 않은 조짐이 일어나는 법임을 비유―옮긴이)의 감이 없지 않았"16)던 상태였다. 평안도에 살고 있던 이광수가 동학에 입도한 것은 이 계묘년 말의 일이며, 그 주위의 교도들도 대개가 이러한 문명개화노선의 시기에 동학에 들어간 신도였다. 일본에 있던 손병희의 대리로 이때 본국에서 동학의 세력 신장의 중심이었던 인물은 수청대령(水淸大領) 이용구였다.

일·러 간 전쟁의 조짐이 분명해지자 일본에 있던 손병희는 "국가 만전(萬全)의 책(策)을 도(圖)하고 오도(吾道) 현명(顯明)의 기(機)를 짓"17)기 위해, 일본의 승리를 예상하고 일본에 협력할 것을 계획한다. "일본 당국과 한정개혁(韓政改革)의 밀약을 굳게 맺은 뒤에 일본을 위하여 로(露)를 치고 일변(一邊) 국권을 잡은 뒤에 제정(諸政)을 혁신하면 아한(我韓) 재생의 도(道)―이에 있을 뿐"18)이라는 것이 손병희의 방침이었다. 일러전쟁이 시작된 해, 이용구는 손병희의 지령으로 각지에 민회(民會)를 설립

---

14) 이돈화 편술, 『천도교창건사』, 아세아문화사, 1979. 제3편 제6장 '성사(聖師)의 외유(外遊)', 27면.
15) 위의 책, 31면.
16) 위의 책, 31면.
17) 위의 책, 제7장 '갑신혁신운동', 31면.
18) 위의 책, 43면.

하고, 민회에 들어간 교도들은 개화의 의지를 표명하기 위해 단발(斷髮)을 단행한다. 진보회(進步會)라는 이 모임은 일러전쟁 당시 일본군의 점령 상태를 이용하여 동학 교도의 문명개화를 통해 조선 정부의 실책을 개선하는 것이 목적이었고, 이 때문에 여기저기서 정부의 관청과 충돌을 일으킨다. 8월에 정주에서 진보회가 조직되었을 때는 이광수도 참여했다. 당시의 정황을 이광수는 『나의 고백』에서 언급하고 있는데, 여기에는 일본군 장교도 자리하고 있었다고 한다.[19) 진보회는 11월 송병준(宋秉畯)의 유신회(維新會)와 합쳐져 일진회(一進會)가 된다. 이때는 동학이 "거기에 '개화'의 가능성이 있는 것처럼 보였기 때문에, 가장 위험한 외래 침략자인 일본에 접근하여 그 내부로부터 일진회를 조직하게 된"[20) 시기였다.

니시오 요타로[西尾陽太郎]는 손병희의 경우 국가관념에 비해 종교적 입장이 우위에 있음을 지적하면서 "손병희에게는 민족과 종교만 있을 뿐, 국가라는 관념은 없다"[21)고 언급하고 있다. 동학을 박해하고 악정(惡政)과 친러정책으로 민족의 위기를 초래한 대한제국 정부는 이미 '보국(輔國)'의 대상으로서의 '국가'가 아니었던 것이다. 이렇게 희박한 국가관념으로 인해 동학은 대일(對日) 협력에 이용될 여지를 갖게 되었던 것 같다.

---

19) "이 해(즉 갑신) 팔월 이십구일에 정주읍 연훈루(延薰樓) 앞마당에는 여러 백 명 동학 도인(道人)이 모였다. 서울 본부에서는 전만영이라는 사람이 이 고을로 파견되어 와서 동학 도인으로 진보회(進步會)를 조직하는 것이었다. 이 자리에는 정주 병참사령관인 일본 장교도 임석해 있었다."(『나의 고백』, 『전집』 7, 221면) 이날 동학 교도는 일제히 단발하지만, 이광수는 연락원이라는 임무의 수행상 이날 단발하지 않았다. 서울로 돌아간 전만영에게서는 그 후 연락이 없고, 속아서 단발해 버렸다고 동요하는 교도들의 체면상 동학의 두령들은 진상 규명을 위해 모여서 상경한다. 박찬명도 그 가운데 한 사람이며, 이광수는 그의 뒤를 좇아 조금 늦게 상경한 듯하다.

20) 梶村秀樹, 『東學史』 해설. 吳知泳, 梶村 譯, 『東學史』, 平凡社, 1982, 369면.

21) 西尾陽太郎, 『李容九小傳』, 葦草房, 1978, 32면.

그런데 이러한 당시 동학의 정치적 자세는 어린 이광수에게 어떤 영
향을 주었을까. 동학에 거두어져 생활 전부를 동학의 '포교'에 바쳤던
이광수는 필시 동학을 핍박하는 대한제국 정부를 적대시하고 교도들의
행동을 보증해 주는 일본군에게 친근함을 품었을 것이다.[22] 손병희에게
일러전쟁하의 대일 협력은 어디까지나 '국가 만전'을 기하기 위한 편의
책이었지만, 12~3세의 소박한 시골 소년에게 복잡한 정치 일 같은 것이
이해되었을 리 없다. 앞서 인용한 이광수 자신의 말을 빌리면, 민족의식
이란 "이해관계나 적개심을 포함"하는 것이며, 다만 단순히 "자기들과
는 다르다"는 의식을 줄 뿐이라면 "인종의식"이지 민족의식은 아니다.
동포를 약탈한 러시아 병사에 대한 분노에서 촉발되어 발현한 어린 이
광수의 민족의식은 그 직후 동학과 만남으로써 오히려 그 맹아 단계에
서 외부(일본)와의 이해 관계의 대립에 혼선을 빚고, 일본에 대한 입장에
애매한 태도를 낳았다고 생각된다.

　한몸이라는 의식을 기본으로 하는 민족의식에서는 외부의 적과 자기
몸을 명확히 구분할 필요가 있고, 의식은 그러한 안과 밖 양쪽을 향하게
된다. 즉 밖을 향해서는 이민족에 대한 위화감, 나아가서는 적개심이 있
고, 안으로는 자기가 속한 민족공동체와의 일체감, 즉 민족적 정체성이
있어, 이 두 가지는 작용·반작용과 같이 서로 균형잡힌 힘으로 움직이
는 것이다. 자국의 정부와 대적하고 외부의 적인 일본을 향해 협력을 꾀
하던 이 시기 동학의 자세는, 이광수의 내부에서 민족적 일체감을 훼손
시키고 외부의 적에 대해 애매한 태도를 취하게 만들었다. 그리고 이러

---

22) 『나의 고백』에 의하면, 일러전쟁이 시작되고 곧 일본의 헌병대가 동학의 서기였던
　　이광수를 현상금을 걸고 붙잡으려고 했기 때문에 이광수는 마을을 떠났다고 한다. 또
　　『그의 자서전』에서는 동학의 서기를 맡은 주인공이 일본 헌병에게 체포될 위험에 처
　　하여 태어난 고향을 떠나 상경하는 것으로 되어 있다. 그러나 일본군에 의한 동학의
　　탄압은 개전 후 단기간의 일이었고, 개전 직후 동학의 대일(對日) 협력 방침이 세워지
　　면서 탄압은 종료된다(西尾陽太郎, 위의 책, 22면). 실제로 이광수는 일시 몸을 숨겼을
　　뿐 고향에 머물렀고, 8월에 정주에서 진보회 지부(支部)의 설립에도 참가한 후 상경했
　　을 것이다.

한 애매함을 조장한 또 한가지 커다란 요인은 당시 이광수가 고아라는 처지에 있었다는 점이다. 곧 가정을 잃은 이광수에게는 그를 둘러싼 사회 자체가 이미 외부 세계였던 것이다.

> 이 모양으로 떠돌아다니기를 일 년에 나는 세상 인정의 차고 쓴맛을 꽤 보았고, 또 세상의 더러운 것도 꽤 보았다. (…중략…) 예전에는 나를 끔찍이 소중히 여기던 사람들도 내가 고아가 된 뒤에는 지지리 천대하는 것을 당하였다.[23]

가정에 의해 보호받고 있는 동안은 그 주위의 사회도 가정과 일체가 되어 자기를 에워싸는 세계이며, 자아는 가정을 통해 그 공동체에 귀속되어 있다는 안정된 느낌을 갖게 된다. 그런데 고아가 되어 세상에 직접 맞대면하게 되었을 때, 이광수는 자기가 그 세간으로부터 거부되고 있다고 느꼈던 것 같다. 이러한 소외감은 이광수의 내부에서 '공동체와의 일체감'을 방해하고, 결과적으로 '이민족에 대한 위화감'을 약화시켰다. 게다가 가정이 극도로 가난해서 서당에 다니는 것도 뜻대로 안 되었던 상황은 유교를 기초로 하는 안정된 정신적 기반을 확립하는 것도 어렵게 만들었다.

반면 이광수가 현대어로 번역했다는 『백범일지』[24]의 작자 백범 김구의 경우, 그에게는 가난하면서도 교육에 힘을 쏟아주는 부모가 있었고, 좋은 스승의 은혜도 입어 견실한 유교적 정신적 기반을 갖고 있었다. 김구의 전통적 유교 체계에서는 부모·스승·임금이 일체가 되어 절대적

---

23) 이광수, 『그의 자서전』, 『전집』 6, 322면.
24) "현재 국내에 남아 있는 『백범일지』 원본은 이(석희(奭熙)—인용자)씨 소장본과 함께 백범의 차남 김신(金信, 전 교통부장관)씨가 보관하고 있는 모필본(毛筆本) 두 점뿐이다. 지금까지 읽혀 온 『백범일지』는 김신씨 소장본을 춘원 이광수씨가 현대 문체로 풀어 출판한 것으로 알려졌다. 이는 해방 후 경교장(京橋莊)에서 백범을 모시고 있던 독립운동가 정영국(鄭永國)옹의 증언인데 (…후략…)"(「새 『백범일지』 나왔다」, 『중앙일보』, 1989.4.10). 또 1968년 김팔봉은 「작가로서의 춘원」에서 "안도산과 백범 두 분의 전기"를 춘원이 지은 것으로 언급하고 있는데(『이광수 연구』 상(동국대 한국문학연구소 편), 1984, 36면), 아마도 이 번역본 『백범일지』를 가리킨 듯하다.

인 지위를 차지하고 있었고, 이 때문에 그는 자기가 보지도 못한 국모(명성황후)가 살해되었다는 추상적인 이유로 눈앞에 있는 일본인을 살해할 수도 있었던 것이다.[25] 물론 그 이전 갑오전쟁 때 일본군과 직접 전투를 벌였던 경험도 컸다. 김구가 접한 동학은 '척왜양(斥倭洋)'·'축멸왜이(逐滅倭夷)'를 기치로 내걸었던 시기의 동학이고, 이 전쟁에 참여함으로써 그에게는 외부의 적으로서의 일본의 이미지가 각인되었기 때문이다. 뒷날 김구는 조선이 놓인 국제 상황을 이해하고, 서양문명을 받아들여 제도개혁을 하는 것만이 조선이 살아남을 방도라고 생각하게 되는데, 이때 개화에 현혹되어 진짜 적을 놓치지 않았던 원인 가운데 하나로 이러한 안정적인 의식 구조를 들 수 있다. 공동체에 대한 확고한 귀속의식과 외부의 적에 대한 타협 없는 반발이 한번 의식구조에 자리잡았던 탓에, 김구는 서양문명의 우월성 때문에 긍지를 잃지는 않았던 것이다.

2) 손병희의 「삼전론(三戰論)」

앞 절에서 이광수가 동학에서 교리뿐 아니라 문명의 상징이라고도 할 만한 "철도, 윤선, 은행"에 대한 이야기를 듣게 되었던 일을 언급하고, 당시 동학의 개화노선에 의한 대일(對日) 협력 방침이 맹아기 이광수의 민족의식에 애매함을 낳았음을 지적했는데, 그 개화노선의 교전(教典)이 되었던 것이 바로 손병희의 「삼전론(三戰論)」이다.

1902년 일본에 있던 손병희는 자신의 문명개화론을 주장한 「삼전론」을 써서 본국의 교도들에게 보내고, 또 이듬해 이 사상에 기초한 건의서를 조선 정부에 보낸다.[26] 삼전(三戰)이란 '도전(道戰)'·'재전(財戰)'·'언

---

25) 梶村秀樹 譯註, 『白凡逸志』, 平凡社, 1982, '파란만장한 청년 시절' 장 참조.
26) 이돈화 편술, 『천도교 창건사』, 제3편 '부(付) 삼전론'의 제7장 '갑신혁신운동'에는 건의서의 내용이 기록되어 있는데, 그것은 제1 '재정(財政)', 제2 '도정(道政)', 제3 '언

전(言戰)'의 세 가지 싸움을 말한다. 첫 번째의 '도전(道戰)'은 사상전으로, 도(道)란 국민을 정신적인 통일로 이끄는 가르침, 즉 '주교(主敎)'이자 '국교(國敎)'를 일컫는다. 본래 "위방지본(爲邦之本)은 민심(民心)"이고 "협민심이양민권(協民心而揚民權)이라야 이대천하(以對天下)"하고 "대항외국(對抗外國)"할 수 있는데, 그러한 민심을 교화하는 "화민지본(化民之本)"이 "도(道)" 즉 '국교(國敎)'이며, "개명지지속(開明之遲速)이 국교지우열야(國敎之愚劣也)"라는 것이다. 여기서 손병희가 말하는 '국교(國敎)'란 물론 동학을 가리킨다. 손병희가 문명개화의 필요성과 동시에 국민의 정신적 지주의 필요성을 지적한 것은 동학이 종교인 이상 당연한 일이긴 해도 역시 중요하다. 두 번째의 '재전(財戰)'이란 경제전으로, 산업이 번성한 외국으로부터 지금처럼 상품을 수입만 해서는 나라의 재산을 보호할 수 없으므로, 인재를 양성하여 외국에 유학시켜 기술을 배우게 하고 자국의 산업을 일으켜야 한다는 식산흥업(殖産興業)의 주장이다. 세 번째의 '언전(言戰)'은 이른바 정보전(情報戰)을 가리키며, 외국의 언어·물정·법률 등에 정통하지 않으면 할 말도 하지 못해서 외교상 불리한 일이 많으므로, 청년 재자(才子)를 외국에 유학시켜 외국 사정을 배우게 하여 국가의 이익을 꾀해야 한다는 주장이다. 이 가운데 '재전'과 '언전'은 조선의 개화의 필요성을 호소한 것이다. 이러한 주장의 실천으로서, 손병희는 이용구를 통해 본국 교도의 자제들로부터 유학생을 모집하여 자기가 체류하고 있던 일본으로 받아들인다.

이미 언급한 대로, 동학이란 서학에서 받은 종교적 차원의 위협 및 서학의 후방에 대기하고 있던 서양의 침략주의에 대한 공포에서 촉발되어 생긴 민족주의적 지향성을 강하게 지닌 종교이다. 갑오전쟁 이후 무력투쟁에서 문명개화로 방침을 전환했다고는 해도, 「삼전론」은 사상·경제·문화에 의한 민족독립을 목표로 하는 전략론이었다. 즉 '도(道戰)'

정(言政)'의 순서로 되어 있다(34~42면).

에 의한 민족 내부의 정신적 통일[人和]과 '재전(財戰)'·'언전(言戰)'에 의
한 조선의 개화가 그것이다. 「삼전론」에 의하면, 민족독립의 방책은 크
게 두 축으로 이루어져 있다. '재전'·'언전'은 외압에 대항해가기 위한
물리적 전략이고, '도전'은 그와 동시에 민족의 내적 통합을 위해 필요
한 정신적 전략이다. 특히 '도전'은 종교로서의 동학의 존재 이유와 관
련된 전략으로, 이것 없이는 '재전'은 물론 '언전'도 무화되어 버리는 중
요한 전략이다.

이광수가 동학에 참여했던 시기는 이러한 「삼전론」이 동학의 중심 이
론이었다. 이광수 자신 「삼전론」의 실천이었던 일진회의 유학생제도를
통해 일본으로 건너가게 된 "삼전론의 제자"27)였고, 동학의 전령(傳令)으
로 각지를 돌면서 "도인들에게 이런 말(「삼전론」에 의거한 밝은 전망 – 인용자)
로 위로와 격려를 주었"28)다고 말하고 있을 정도이므로, 「삼전론」에는
분명히 정통했을 것이다. 그럼에도 불구하고 『나의 고백』에서 회상한
그의 "기억에 남은 삼전론"에는 '도전'이 흔적도 없이 누락되어 있다.

> 「삼전론」에 의하면, 지금 세계는 우승열패, 약육강식 (…중략…) 생존경쟁의
> 시대다. 영·미·불·독·아 다섯 나라가 세계에서 가장 강하여서 서로 다투
> 어서 동양을 먹으려 든다. 그런데 그들의 싸우는 방법이 세 가지가 있으니, 첫
> 째는 인전, 즉 사람의 싸움이요, 둘째는 언전, 즉 말의 싸움이요, 그리고 끝으
> 로 셋째는 재전, 즉 재물의 싸움이다. 그러므로 잘난 사람이 많고 말을 잘하고
> 재물이 많은 자는 이기고, 그것들이 없는 자는 진다 (…중략…) 는 것이 지금
> 내 기억에 남은 삼전론의 요령이었다.29)

'언전(言戰)'·'재전(財戰)'과 더불어 주장된 인재 양성의 필요성이 이
광수의 기억 속에서는 '인전(人戰)'으로 확대되고, '도전(道戰)'을 대신하

---

27) 이광수, 『나의 고백』, 『전집』 7, 222면.
28) 위의 책, 222면.
29) 위의 책, 222면.

여 그것도 첫 번째로 언급되고 있다. 일진회의 유학생이 됨으로써 개인적 비약을 이루었고, 그 뒤에도 '천재'·'지도자' 등 인재의 필요성을 계속하여 역설했던 이광수에게 「삼전론」의 인재 양성에 관한 주장이 인상 깊었을 것은 충분히 짐작할 수 있다. 그러나 그렇다 하더라도 이광수에게 「삼전론」은 문명개화사상으로만 시종일관하여 '국교(國敎)'의 중요성은 결락되어 있는 것이다. 반대로 이광수의 기억 속에 팽창해 있는 것은 '우승 열패'·'약육강식'·'생존경쟁' 등 그 후의 이광수의 사고를 지배했던 말들이다.

'도전'은 왜 이렇게까지 완벽하게 이광수의 기억에서 지워진 것일까. 이 글이 씌어진 것은 이광수가 「삼전론」을 안 지 대략 45년 후의 일이지만, '재전'과 '언전'에 관한 기억은 실로 선명하다. 그리고 그의 "교육과 산업으로 민족의 실력을 기르자"[30]는 실력양성론은 그대로 이광수 안에 뿌리를 내리고, 준비사상 즉 「민족개조론」으로 이어진다. 그런데 그 정도로 커다란 영향을 준 「삼전론」의 일부가 완전히 망각되어 있는 것은 이상하다. 이광수에게 '도전'이 그대로 계속 누락되었던 것은 아니다. 오히려 이후의 이광수가 생애를 걸고 몰두한 것은 바로 민족의 중심이념, 즉 '도(道)'의 문제였다.

이광수의 "기억에 남은 삼전론"이 이러한 형태로 변모한 것은 이 무렵 '재전'과 '언전'의 주장이 이광수에게 준 영향이 굉장히 컸고, 게다가 지속적인 탓이었다고 생각된다. '재전'과 '언전'의 문명개화사상은 당시 이광수의 인생 진로에 결정적인 역할을 담당했던데다, 나중에 언급하겠지만 '우승 열패'·'약육강식'·'생존경쟁' 등의 말이 나타내는 진화론 사상과 결부되어 그후 오랫동안 이광수의 사고를 지배했던 것이다. 이에 비해 '도전'은 「삼전론」을 알게 되었던 무렵의 이광수에게는 그다지 중요한 것으로 인식되지 않았을 것이다. 당시 이광수의 나이 열셋이었

---

30) 위의 책, 222면.

다는 사실을 고려하면 무리도 아닌데, 어린 그에게 종교적인 '도전'의 주장은 이해하기도 어렵고 별반 흥미를 끌지 못한 것이 아니었을까. 본래 이광수는 동학에 거두어진 것이지 종교를 찾아 입도했던 것은 아니었다. "마음이 착한 인간이 되는"31) 길을 얻으려 열여덟의 나이에 스스로 동학을 찾은 김구와는 이 점에서도 달랐던 것이다.

이광수가 동학에서 얻은 것은 그가 그 시점에서 이해할 수 있고, 또 필요한 것이었다. 그러면 이광수는 그때 무엇을 이해했고, 무엇을 필요로 했으며, 무엇을 받아들였을까.

> 세상을 위하는 일만이 사람의 직분이라는 생각이 좋았다. (…중략…) 나는 세상을 위하여서 저를 바치는 사람을 승이달에게서 처음 보았다. 나도 그를 본받아서 시키는 일이라면 밤길도 가고 눈길도 아니 꺼렸다.32)

이광수는 "세상을 위하여서 저를 바치는" 동학 두령의 삶에 감명을 받고 "그를 본받아서" 그러한 삶을 시작한다. 그것은 그때까지 친척이나 이웃들의 식객이었고 그 때문에 무수한 굴욕을 견뎌 온 소년이, 돌연 반대로 그들을 위해 몸을 바치는 입장에 선 것을 의미한다. 그리고 그들을 위해 몸을 바치는 행위로써, 이광수는 정신적으로 그들보다 한 단계 높은 곳에 위치하게 된 것이다. 고아인 탓에 받은 주위의 경멸과 냉대는 이광수의 유별나게 강한 자존심에 상처를 입혔다. 그러한 그에게 필요했던 것은 자존심의 회복인데, 세상을 위해 자기를 바치는 삶은 이러한 역전을 가능하게 해주었다. 자기를 거부하는 세상을 증오하는 대신에 사랑하는 것, 그는 이러한 역전 속에서 힘 없는 고아인 자기의 자존심을 지키는 길을 발견했던 것이다. 부모를 먼저 여의고, 이웃과 친척의 냉대를 원망하며, 같은 나이의 삼종제(三從弟)33)에게 은밀한 경쟁심을 불태우

---

31) 梶村秀樹 譯註, 앞의 책, 32~33면.
32) 이광수, 『나의 고백』, 『전집』 7, 224면.
33) 운허당(耘虛堂) 이학수(李學洙)를 가리킴.

면서 방랑 생활이나 다름없는 세월을 보낸 열두 살의 이광수에게, 동학은 첫째 의식주를 주었고, 둘째 이렇게 상처 입은 자존심을 회복시켜 주었다. 그리고 셋째로 '재전(財戰)'과 '언전(言戰)'의 사상은 그의 자존심에서 '야심'을 끌어내어 그의 '야심'에 길을 열어주었다. 사실 동학이 이광수에게 준 가장 큰 것은 바로 '야심', 즉 야망(ambition)이었다. 이광수는 당시 서울로 상경하던 때의 기분을 『그의 자서전』의 주인공의 입을 빌어 다음과 같이 이야기하고 있다.

> 나는 작년과 달라서 속에 야심이 있었다. 이로부터 조선에 일등 가고 세계에 이름이 높은 사람이 된다는 야심이 가슴속에 용솟음친 것이다.[34]

어린 시절 이광수는 과거가 폐지된 데 실망했다. 과거만 있으면 자신의 능력으로 쇠퇴한 가문을 일거에 다시 일으킬 수 있으련만 하고 생각했던 것이다. "야, 재주가 아깝구나. 세상이 말세니 재주를 쓸 데가 있나"[35]라고 아버지의 손님이 자기의 재능을 아까워하며 한 말을 이광수는 잊지 못했다. 그런데 「삼전론」의 '재전(財戰)'과 '언전(言戰)'은 조선의 개화의 필요성을 호소하며 문명을 배워야 한다고, 그것도 유학하여 배워야 한다고 말하고 있다. 거기에 필요한 자유와 젊음과 재능을 이광수는 갖고 있었다. 또 그때까지는 야심을 품는 것조차 허용되지 않을 정도의 결함이었던 문벌 없는 가난한 고아라는 처지는 '재전'과 '언전'의 전사(戰士)가 되는 데에는 더 이상 결함이 아니었다. 이리하여 '재전'과 '언전'은 이광수의 자존심을 구체성을 가진 야심으로 성장시킨다. 이러한 야심을 뒷받침한 것은 자신의 지력(知力)에 대한 신뢰였다. 지력이야말로 이광수가 의지하고 믿은 유일한 무기이자 그의 자존심의 원천이었다. 자기의 재능으로써 문명을 배우고 ─ 이미 보았듯이 이것만으로는

---

34) 이광수, 『그의 자서전』, 『전집』 6, 326면.
35) 이광수, 「나 · 소년편」(1947), 『전집』 6, 첫째 이야기.

타인의 우위에 서는 데 충분치 않다―, 더 나아가 세상을 위해 몸을 바치는 것, 이것이 이광수가 동학에서 얻은 '야심'이며, 그것은 '재전(財戰)'과 '언전(言戰)'의 문명개화사상 및 그의 인재 필요성의 주장, 즉 '인전(人戰)'과 분리되지 않았던 것이다.

이렇게 '재전'과 '언전'이 이광수에게 준 충격은 대단히 컸던 반면, '도전(道戰)'은 당시 이광수의 야심을 자극하지 못했다. 그런 까닭에 「삼전론」은 이광수의 기억 속에서 그러한 형태로 변모한 것이라고 생각된다. 나중에 이광수는 '도전'의 중요성을 깨닫지만, 그의 기억 속의 「삼전론」은 그대로 '도전'이 누락된 상태에 머문다.

이상에서 45년이 지난 후 이광수의 "기억에 남은 삼전론"의 모습으로부터 어린 시절 이광수가 「삼전론」에서 받아들인 것과 받아들이지 않았던 것을 알게 되었다. 이에 우리는 당시 이광수의 정신적인 정도, 그리고 그가 문명개화라는 것에 어느 정도 현혹되어 있었는지 짐작해 볼 수 있다. 이처럼 문명개화에 대한 신념은 그에게 가늠할 수 없는 깊은 영향을 주었다. 문명이 자기와 자기 민족에게 해를 입히는 것일지도 모른다는 의심을 품게 된 것은 훨씬 나중의 일이었는데, 그러한 의심을 품은 뒤조차 문명에 대한 신뢰는 깊이 박힌 가시처럼 그를 지속적으로 동요시켰던 것이다.

3) 동학과의 결별

이광수의 스승 박찬명이 학감으로 있던 서울 소공동의 동학 학교에는 '삼전론의 제자'들이 모여 있었다. 이미 동학 내부에서는 이용구와 송병준이 주도하여 독주하는 일진회의 친일 방침에 대해 비판이 고조되었다. 박찬명이 상경한 것도 일진회의 방침에 의문을 품었기 때문인 듯하다.[36] 일본에 있던 손병희도 이용구의 진의에 의문을 품고, 또 그때까지 정치적으로 과도했던 방침을 깊이 반성하고 있었다. 그러나 열네 살의 이광수로서는 일진회에 소용돌이치는 갖가지 의혹은 물론, 이용구가 손병희에게서 이반한 사실도 알 수가 없었다.

> 나는 아직 나이가 어려서 그때 내막을 자세히 알 수는 없었으나 적어도 소공주골에 모여 있는 우리 칠십 명 무리의 인식으로는 새 나라가 멀지 아니하여서 나타날 것 같았다.[37]

"새 나라"가 어떤 것인지 상상도 못한 채, 단지 당시 일진회의 열기에 휩쓸렸을 이광수의 모습이 짐작된다. 이러한 분위기가 그의 순진한 민족의식에 어떤 영향을 끼쳤는지는 이미 살펴본 대로이다.

일진회의 유학생으로서 이광수가 일본에 건너온 것은 1905년 8월의 일이며, 다음달 일러전쟁은 종결된다. 11월 을사보호조약이 조인되자 일진회는 지지선언을 발표하고, 이로써 손병희와 이용구의 결별은 결정적이 된다. 손병희는 동학의 이름을 천도교로 바꾸고, 이듬해 1월 귀국하여 "동학혼(魂) 수습과 교도의 재조직"[38]에 착수하며, 결국에는 이용구들의 일진회파를 교단에서 추방한다. 바야흐로 동학은 "일진회의 노선인 자주적 근대의 추구가 전혀 불가능하다고 인정된 까닭에, 손병희들을 중심으로 이 노선과 단절하고 민족주의운동 진영으로 회귀해가는"[39] 단계에 있었다. 그리고 바로 이 시기에 이광수는 동학에서 멀어지게 된다.

천도교와 일진회의 분열 때문에 일진회의 유학생 학비는 중단된다. 일진회가 교단의 재산을 가지고 나간 까닭에 교단이 극도로 궁핍해져 유학생의 학비를 지급할 수 없게 되었던 것이다. 이에 이광수는 유학한

---

36) 이 글 주 9 참조. 또 최원식은 앞의 논문에서 박찬명의 상경이 진보회에 대한 지방 관리의 탄압 때문이 아닐까 언급하고 있다.
37) 이광수, 『나의 고백』, 『전집』 7, 223면.
38) 이돈화 편술, 『천도교창건사』, 53면.
39) 梶村秀樹, 『東學史』 해설, 앞의 책, 369면.

지 1년 만에 어쩔 수 없이 귀국한다. 그리고 수개월 후, 다행히도 고종의 칙령에 따라 일진회 유학생이 그대로 관비생으로 계속 유학할 수 있게 되어, 이광수도 다시 일본으로 건너오게 된다.[40] 그러나 손병희는 이미 일본에 없었고 학비도 조선 정부에서 나오게 되자, 이광수와 동학을 연결하는 끈도 없어진다. 이 시점에서 이광수와 동학의 관계는 일단 종료되었던 것이다.

3. 제1차 유학시절

이광수는 일본에서 두 번 유학한다. 첫 번째 유학 때는 메이지학원(明治學院) 중학에서 공부했고, 졸업 후 귀국하여 정주의 오산학교 교사가 된다. 그리고 도중에 9개월 간의 대륙 방랑을 사이에 두고 오산에서 5년 간 교원 생활을 보낸 후, 다시 와세다대학(早稻田大學)에서 유학한다. 한국 근대문학의 효시로 간주되는 『무정』을 비롯하여 많은 계몽논설을 발표하여 각광을 받은 것은 이 두 번째 유학시절의 일이다.

첫 번째 유학은 달력 나이로 14세부터 19세까지 햇수로 6년이라는 오랜 기간 계속되었다. 다감한 소년시절을 일본에서 배우면서 보냈고, 이곳에서 자아의 각성을 맞아 문학에 경도되기 시작했던 이광수가 메이지 말기 일본 사회의 영향을 받지 않았을 리 없다. 윤홍로는 「이광수 문학의 연구사적 반성」에서 "춘원 시대의 역사 상황에 대한 치밀한 검토와 아울러 춘원에 대한 방대한 자료의 조사 과정이 부족"[41]하다고 지적하고 있는데, 이광수의 초기 계몽사상을 올바르게 파악하기 위해서는 이

---

40) 최원식, 앞의 책, 323면.
41) 윤홍로, 『이광수 연구』 상, 태학사, 1984, 521면.

러한 '역사 상황'의 일환으로 1900년대 후반 대한제국에서 전개되었던 애국계몽운동사상 및 이광수가 청소년를 보냈던 메이지시대 말기의 일본 사조와의 대비 연구가 반드시 필요하다. 그러나 현재(이 글을 발표한 1990년을 가리킴) 이 두 가지 각도에서 이광수의 계몽사상을 논한 연구는 찾아볼 수 없다. 그런 의미에서, "사람과 시대의 관계"[42]를 밝히는 것을 목적으로 하여 이광수 시대의 역사적 상황을 일본과 한국 양쪽에서 고찰한 김윤식의 『이광수와 그의 시대』는 획기적인 연구라 할 수 있지만, 그의 연구는 중학시절의 이광수를 과소평가함으로써 이 두 가지 문제를 경시하고 있다. 소년시절의 사상이란 그 자체로서는 미숙한 것이기는 해도, 장래의 방향을 규정하는 경우가 적지 않다. 하물며 조숙했던 이광수가 결코 "교과서에 달라붙어 있"었을 리도 없고, "한 주기 늦은 시대"[43]를 보고 있었을 리도 없다. 실제로 이광수는 고국과 일본의 두 흐름 속에 동시에 몸을 맡기고, 조숙한 소년의 탐욕과 왕성한 호기심을 갖고 그 양쪽으로부터 많은 영향을 받았다.

　주위의 '역사 상황'을 무시한 채 작품을 읽으면 때로 오해가 발생한다. 성현경은 그의 논문 「『무정』과 그 이전의 소설」에서 "생물학이 무엇인지도 모르면서 새 문명을 건설하겠다고 자랑하는 그네의 신세도 불쌍하고 그네를 믿는 시대도 불쌍하다"는 『무정』의 종반부의 한 구절을 인용하면서,

　　중학 영어교사 이형식이나 희대(稀代)의 선각자이자 동경 유학생인 김병욱이 생물학의 뜻조차 모른다고 하는 사실을 우리는 어떻게 이해하여야 할까? 춘원이 창조한 인물들의 이러한 일관성의 결여와 모순·당착을 또는 그의 이러한 지나친 과장을 우리는 어떻게 받아들여야 할까?

---

42) 김윤식, 『이광수와 그의 시대』, 한길사, 1986, 머리말 참조
43) 위의 책, 162면.

라고 지적하면서, 여기에서 이광수의 "패배주의와 소영웅주의 혹은 그의 한없는 의식의 분열 및 갈등"[44]을 발견하고 있다. 그러나 이광수가 이러한 구절을 삽입한 것은 의도적인 행위이며, '생물학'이라는 것도 결코 현재 우리가 생각하고 있는 생물학이 아니다. 주인공 이형식은 희화화된 이광수 자신이며, 이 말은 생물학이 무엇인지도 모르면서 문명의 건설을 부르짖는, 자기를 포함한 당시 조선의 젊은이들에 대한 그 나름의 주의의 환기 차원의 것이다. 설령 그것이 그의 지도자의식에서 비롯된 오만한 말이라 해도, 그를 둘러싸고 있던 시대 상황과 그가 그러한 상황을 어떻게 극복하고자 했는지를 있는 그대로 본다면, 적어도 이러한 비난은 그가 선택한 길의 옳고 그름을 떠나 문제의 핵심을 벗어난 것이라고 생각된다. 그러면 『무정』이 발표된 1917년 당시의 생물학이란 무엇을 의미하고 있었을까. 이광수의 많은 논문들은 그것이 당시 제국주의의 이론적 중추 역할을 담당했던 사회진화론에 학문적 권위를 부여했던 다윈의 생물진화론임을 보여주고 있다.

사회진화론이 제국주의를 지탱하는 이론으로서 이용된 것은 비단 일본만의 일은 아니다. 그러나 당시 메이지유신으로 독립의 위기를 이제 막 벗어났던 일본에서는, 위기의식이 아직 짙게 남아 있었던 만큼 열패자가 도태된다는 생존경쟁이론에 특히 민감하게 반응했고, 그 결과 사회진화론이 메이지 사조의 저류를 형성하게 된다.[45] 1877년(明治 10) 토쿄대학의 동물학 교수로서 일본으로 건너와 일본에서 다윈의 생물진화

---

44) 성현경, 『이광수 연구』 하, 488~489면.

45) 진화론 및 일본에서의 진화론의 수용에 관해서는 다음의 논문을 참고했다. ① 渡辺正雄 編著, 『ダーウインと進化論』, 共立出版, 1984(初版 1983); ② D. J. ボウラー, 『進化思想の歴史』, 朝日新聞社, 1987; ③ 今西錦司, 『私の進化論』, 思索社, 1970; ④______, 『ダーウイン論』, 中央公論社, 1985(初版 1976); ⑤ 今西錦司, 『進化とは何か』, 講談社, 1987(初版 1976); ⑥ 清水幾太郎, 「コント・スペンサー」, 『世界の名著』 36, 中央公論社, 1970; ⑦ 遠山茂樹, 「スペンサーの譯書二つ」, 『自由民權と現代』, 筑摩書房, 1985; ⑧ 河合榮治郎, 『明治思想の一斷面』, 日本評論社, 1948. 4. '明治十年代の思想界'; ⑨ 丘淺次郎, 『進化論講話』, 『丘淺次郎著作集』 V, 有精堂出版社, 1969.

론을 소개했던 에드워드 모스는 허버트 스펜서의 열렬한 지지자이기도 했다. 생물진화론(Darwinism)과 사회진화론(Social Darwinism)은 일본에 거의 동시에 전해졌고,[46] 전자가 후자에 학문적으로 권위를 부여하는 형태로 메이지시대의 사상계를 석권했다. 스펜서의 자유방임주의는 처음에는 자유민권론자의 천부인권론에 채용되었다. 그러나 그 전제 조건인 산업사회의 단계로까지 '진화'하지 못한 일본에서는 곧 반대로 국권론자의 이론으로 이용된다. 예컨대 처음에는 천부인권론의 입장에서 민권을 호소하는 저술을 펴내다가 나중에 국권론으로 전환하여 자신의 이전 저작을 부정한 것으로 유명한 카토 히로유키[加藤弘之]의 사상적 근거는 모든 현상을 생존경쟁으로 귀속시키는 극단적인 진화론 철학이었다.

일본에서 진화론이 일반 교양으로서 보급된 것은 오카 아사지로(丘淺次郎)의 『진화론강화(進化論講話)』가 1904년(明治 37)에 간행되어 오랫동안 베스트셀러가 되었기 때문이다.[47] 다윈의 학설을 체계적이고 학문적으로 또 알기 쉽게 설명한 이 글의 마지막 절에서 오카는 철학·윤리·교육·사회·종교에 대한 진화론의 절대적인 영향에 대해 기술하며, "진화론은 금일 이미 학문적으로 확립된 사실"이기 때문에 "구(舊)사상 위에 입각한 학설은 모두 그 근저에서부터 고치지 않으면 안 된다"[48]고 하여, 생물학을 인간사회에 적용하면서 국가주의적인 논리를 전개했다. 이러한 사고방식이 당시 지식층의 일반 상식이기도 했던 것이다.

이마니시 킨지(今西錦司)는 "이 무렵(1921년-인용자) 제3고등학교 학생은 교과서는 물론 참고서에도 없었던 오카 아사지로의 『진화론강화』를 니시다 키타로(西田幾多郎)의 『선의 연구(善の研究)』 등과 더불어 교양서

---

46) 스펜서의 사회진화론을 처음 일본에 소개한 것은, 모스가 일본으로 건너오기 바로 전 해 미국 유학에서 돌아온 토야마 세이치(外山正一)와 야다베 료키치(矢田部良吉)이다. 그러나 사회진화론의 보급에 가장 강력한 영향을 미친 것은 모스였다(주 45의 ⑧ 참조).
47) 筑波尚治, 「『進化論講話』の現代的意義」, 주 45의 ⑨.
48) 丘淺次郎, 주 45의 ⑨, 第20章 '進化論の思想界におよぼす影響' 참조

의 하나로 읽었다"[49]고 말하고 있다. 당시 토쿄 유학생이었던 이광수도 당연히 이 책을 읽었다. 1916년 『매일신보』에 연재된 「동경잡신」에서 그는 이 책을 "일반 인사(人士)의 필독(必讀)할 서적 수종(數種)"의 하나로 들고 있다.

　대한제국에서 진화론이 본격적으로 수용된 것은 1900년대의 일이다.[50] 그것은 주로 량치차오(梁啓超)의 저서 등을 통하여 수용된 사회진화론이지 생물학은 아니었다. 『무정』의 작자가 이형식들을 향해 탄식한 것은 조선에 자연과학이 부족한 데 주의를 환기하기 위한 것이었다고 생각된다. 당시 대한제국에서는 량치차오의 『음빙실문집(飮氷室文集)』이 『대한매일신보』의 논설에 한창 인용되고 또 학교의 교과서 대신 사용되는 등 사회진화론이 점점 조선 지식인 사이에 침투하였고, 1900년대 후반에 이르면 생존경쟁·우승열패라는 말도 유행어처럼 일반인의 입에 오르게 된다.[51] 본래 진화론과 대립 관계에 있는 기독교도 재력(財力)과 무력(武力)에 의한 "유형(有形)의 자강(自强)"에 맞서 종교를 "무형(無形)의 자강(自强)"으로 위치짓고, 진화론을 저항 없이 받아들였다고 한다.[52] 이광린은 대한제국에서의 진화론의 영향으로서 첫째 구국(救國)을 위한 강력한 정치의식을 불러일으키고 애국계몽운동을 추진하는 힘이 된 점, 둘째 일부 지식인 사이에서 '신민사상(新民思想)'이 주창된 점, 셋째 국민에게 역사의식을 불어넣고 사학자에게 민족사관을 정립시킨 점 세 가지를 들고 있다.[53] 애국계몽운동에 힘썼던 일부 지식인은 진화사상을 토

---

49) 今西錦司, 주 45의 ④, 7면.

50) 한국에서의 진화론의 수용과 애국계몽운동에 관해서는 다음의 문헌을 참고했다. ①이광린, 「구한말 진화론의 수용과 그 영향」, 『한국개화사상연구』, 일조각, 1979; ②김도형, 「한말 계몽운동의 정치론 연구」, 『한국사연구』 54, 1986; ③竝木眞人, 「植民地期民族運動の近代觀－方法論的 考察」, 『朝鮮史研究會論文集』, No.26, 1989; ④月脚達彦, 「愛國啓蒙運動の文明觀·日本觀」, 위의 논문집, No.26, 1989; ⑤田口容三, 「愛國啓蒙運動の時代認識」, 의의 논문집, No.15, 1978.

51) 이광린, 주 50의 ①, 262~264면.

52) 위의 책, 266면.

대로 하여 새로운 사상을 가진 '신민(新民)'을 형성하지 않으면 안 된다는 '신민사상'을 주창하며 구(舊)학문을 공격하여 유학자들과 논쟁을 일으켰고, 또 신민회(新民會)를 조직하여 산업과 교육에 힘쓰는 한편 단체에 의한 도덕적 수양을 지향했다. 이광수가 중학 졸업 후 부임한 오산학교도 이러한 운동의 일환으로 설립된 사립학교였다.

이광수가 진화론을 알게 된 것은 언제였을까. 진화론사상이 애국계몽운동 측의 간행물에서 왕성하게 논의된 것은 그가 토쿄에서 유학 중이던 1900년대 후반의 일이다. 유학 전에 『황성신문』과 『제국신문』을 탐독하고 장지연과 박은식의 논설을 "성경현전(聖經賢傳)"54)과 같이 애독했다는 이광수는 토쿄에서도 고국 사상계의 사정에는 정통했을 것이다. 또 그는 1906년 애국계몽주의를 표방했던 토쿄 유학생 단체인 '태극학회(太極學會)'에 가입하고, 1908년 10월에 『태극학보』에 발표한 논문 「수병투약(隨病投藥)」에서 "약육강식" 등의 어휘를 사용하고 있다.55) 생물진화론을 배운 것은 중학교 박물학이나 동물학 시간이 아니었을까. 여하튼 첫 번째 유학 당시 이미 이광수는 진화론을 알고 있었다. 그러나 그가 진화론에 대해 통절하게 진리로 인식한 것은 좀더 나중의 일이다.

중학을 졸업한 후, 이광수가 고등학교에 진학하지 않고 고향의 오산학교 교사가 된 이유 가운데 하나는 "공부는 더 해서 무엇하느냐, 나는 벌써 최고 지식에 달한 것이 아니냐, 나는 벌써 인생관과 우주관을 완전히 가진 것이 아니냐"56)는 자만이었다. 이윽고 오산학교의 생활에서 삶의 보람을 발견하게 되었을 무렵에는 "사첩 반의 공중누각"57)으로 치부

---

53) 위의 책, 287면.

54) 이광수, 『나의 고백』, 『전집』 7, 222면.

55) 1906년(光武 10) 11월 24일 발행. 『태극학보』 제4호의 신입회원란에 이보경(이광수의 아명. 이광수는 일본 유학중에 이 이름을 사용하고 있다)의 이름이 있다. 같은 잡지에 게재된 이광수의 작품은 제21호, 「국문과 한문의 과도시대」(1908.5); 제25호, 「수병투약(隨病投藥)」(1908.10); 제26호, 「혈루(血淚)」(1908.11)의 세 편이다. 삼중당 『전집』에는 수록되어 있지 않다.

56) 이광수, 『그의 자서전』, 『전집』 6, 341면.

되어 버린 이 '완전한 인생관과 우주관'이란 어떤 것이었을까. 또 그것은 '공중누각'으로서 그 후 이광수의 내부에서 완전히 불식되어 버렸을까. 한번 인간의 머릿속을 점령한 상념은 그 흔적을 남기는 법이다. 유별나게 격정적 기질을 지녔던 이광수가 사춘기와 자아의 각성을 맞았고, 또 완전히 소화할 수 없는 갖가지 사상을 자기 나름으로 흡수하여 배양했던 이 중학시절의 사상은, 소화되어 정리되지 못한 만큼 이광수 내부에 깊숙이 침잠했을 것이다. 또 본래 어떤 사상의 영향을 받는다는 것은 그 사상을 그대로의 형태로 받아들여 지속시키는 것이 아니라, 그 사상과의 만남에서 받은 충격을 통해 기존의 자기 내부를 변형시키는 것일 뿐이다. 그렇다면 머리가 유난히 큰 소년의 내부를 뒤흔든 흔적은 어딘가에 잠재된 채 나중에 찾아오는 자극과 충돌·공명하면서 그의 일부로 계속 남았을 것이 분명하다.

이번 절부터는 두 번에 걸친 유학시절에 이광수가 정신적으로 깊이 대면한 것으로 보이는 일본의 작가나 작품을 살피면서 이광수의 계몽사상과 진화론의 관계를 고찰한다. 우선 이번 절에서는 그가 첫 번째 유학시절에 쓴 논설을 자료로 삼고 훗날 쓴 몇 편의 회상록을 보조자료로 삼아 중학 시절의 이광수의 사상을 재구성하고, 이를 메이지 말기의 사상 상황과 비교하여 그 영향을 고찰할 것이다. 다음으로 제4절 '오산학교시절'에서는 이광수가 고향의 오산학교에서 교사 생활을 하면서 토쿄에서 획득한 사상을 어떻게 변화시켰는지 고찰하고, 제5절 '제2차 유학시절'에서는 두 번째 유학 중에 발표한 계몽 논문 가운데서 이 사상이 어떻게 발전한 형태로 드러나 있는가를 살피고자 한다.

---

57) 이광수, 「김경」, 『전집』 1, 570면.

1) 중학시절의 사상편력

1905년(明治 38) 8월, 이광수는 기대에 부풀어 일본 유학길에 오른다. 이 무렵 일본은 말로는 대한제국의 독립과 영토 보전을 보장한다면서도, 이미 외교·재정의 실권을 탈취하고 있었다.[58] 이 해 11월 제2차 일한협약(보호조약)이 맺어져 대한제국 공사관이 없어지고, 이듬해 통감부가 들어선다. 1907년 헤이그사건이 일어나 고종이 퇴위하고, 군대가 해산되며, 의병이 일어난다. 그리고 1909년 안중근이 이토 히로부미(伊藤博文)를 암살한 사건을 계기로, 이광수가 중학을 졸업하고 귀국한 1910년(明治 43) 8월 결국 일본은 대한제국을 병합한다. 요컨대 이광수의 제1차 유학은 일본이 일청·일러전쟁을 통해 쌓아올렸던 조선 반도에 대한 패권을 완성시킨 마지막 단계 시기의 일이었던 것이다.

일본에서 이광수는 몇 번 학교를 바꿔가면서 2년 간 공부한 후,[59] 1907년(明治 40) 9월 시로가네(白金)에 있는 메이지학원(明治學院) 보통부 3학년에 편입하여 졸업할 때까지 2년 반을 이곳에서 공부한다. 이광수는 열네 살부터 열아홉 살까지의 소년시절을 일본에 차례로 국권을 빼앗겨 가는 조국의 모습에 마음 아파하면서 보낸다. 조국의 위기는 그 자신의 장래와도 깊이 관련되어 있었다. 유학 당초에는 문명을 배우고 귀국하여 조국의 개화를 위해 일하는 것이 그대로 '대신(大臣)'이나 '대장(大將)'과 같은 입신출세의 길로 이어지는 것으로 보였지만, 조국의 국권상실이라는 현실 앞에서 이러한 단순 명쾌한 야심은 어쩔 수 없이 "방향전

---

58) 이는 1904년 2월 일한의정서(日韓議定書)와 같은 해 5월의 제1차 일한협정에 의거한 것이다.

59) 이광수는 일본으로 건어온 후 우선 토카이의숙(東海義塾)에서 일본어를 배우고 다음에 타이세이중학(大成中學)에 입학했으나, 천도교 분열 당시 학비가 중단되어 중퇴하고 일시 귀국한다. 관비유학생으로 다시 일본으로 건너온 후에는 예비학교 하쿠산학사(白山學舍)에서 배우고 나서 메이지학원(明治學院) 보통부에 편입한다(김윤식, 앞의 책, 연보 참조).

환”하여 “문장과 교육으로 동포를 각성시키자”는 “음울하고 잠행적인
야심”으로 바뀌어 간다.60) “잠행적인 야심”이 ‘교육’으로 향한 원인으로
는 「삼전론」의 감화나 애국계몽운동이 펼친 교육운동의 영향 등을 고려
할 수 있겠지만, 이 무렵 이광수가 이미 문학에 경도되었던 것도 크게
작용했던 것 같다.

　일기에 의하면, 이광수가 창작을 시작한 것은 메이지학원 중학 졸업
을 앞둔 1909년(明治 42) 겨울의 일이다.61) 첫작품 「사랑인가(愛か)」가 이
해 12월 메이지학원의 동창회지 『시로가네학보(白金學報)』에 게재된다.62)
그리고 이듬해 3월의 졸업과 오산학교 부임을 사이에 두고 일한병합이
이루어진 8월까지 9개월 동안 이광수는 단편소설 3편, 시 2편, 산문시 1
편, 논설 7편을 『대한흥학보』와 『소년』에 발표하고, 그 후 4년 남짓 창
작에서 멀어지게 된다.63)

　이 시기에 발표된 논설은 다음과 같다.

---

60) 이광수, 「다난한 반생의 도정」, 『전집』 8, 451~452면.
61) 이광수, 「나의 소년시대—18세 소년이 동경에서 한 일기」, 『전집』 9, 1909년(隆熙 3)
　　11월 7일의 일기에 “이것(그 무렵 쓴 「노예」라는 미완의 소설을 가리킨다—인용자)은
　　2주간 전부터 시작한 것이니 나의 처녀작이다”라고 되어 있다. 그러나 이미 지적한 것
　　처럼, 이광수에게는 바로 전 해 『태극학보』에 발표한 세 편의 글이 있다(주 56 참조).
　　그 가운데 마지막 것인 「혈루」는 “희랍인 스파르타쿠스의 연설”이라는 부제가 붙어
　　있는 데서도 알 수 있듯이, 로마의 노예 검투사 스파르타쿠스가 노예의 참혹함을 이야
　　기하며 자유를 향한 싸움을 호소하는 연설의 형식을 취한 단편이다. 11월 13일에 “「노
　　예」에 관하여 생각했다. 이것은 장편이 되기에는 부적당하다. 지금까지 쓴 것을 끊어
　　서 단편 여러 개를 만들자”고 되어 있는데, 이것이 바로 「혈루」 아니었을까. 이 일기
　　는 1925년에 『조선문단』에 발표된 것이다. 18세의 이광수가 쓴 글 그대로의 것이라기
　　보다는 34세의 이광수가 정리 개작한 일기풍의 작품으로 보는 것이 좋을지도 모른다.
62) 이광수, 위의 책, 11월 18일 일기란에 “밤에 「사랑인가(戀か)」를 완성하다. 일문(日
　　文)으로 쓴 단편소설. 내가 작품을 완성한 것은 이것이 처음이다”라고 되어 있다(‘戀
　　か’는 ‘愛か’의 오기. 大村益夫, 「日本留學時代の李光洙」, 『朝鮮文學』 第5号, 1970
　　참조).
63) 『태극학보』에 실린 세 편의 글은 본고 집필 중에는 손에 넣지 못하여 검토할 수 없
　　었다. 그래서 『전집』에 있는 글만을 논의의 대상으로 삼았다.

　『무정』을 읽는다—『무정』의 빛과 그림자

「금일 아한(我韓) 청년과 정육(情育)」, 『대한흥학보』, 제10호, 1910.2.

「문학의 가치」, 『대한흥학보』, 제11호, 1910.3.

「일본에 재(在)한 아한(我韓) 유학생을 논함」, 『대한흥학보』, 제12호, 1910.4.

「금일 아한(我韓) 청년의 경우」, 『소년』, 제3년 제6권, 1910.6.

「조선사람인 청년에게」, 『소년』, 제3년 제6권, 1910.8.

「천재」, 『소년』, 제3년 제6권, 1910.8.

「여(余)의 자각한 인생」, 『소년』, 제3년 제6권, 1910.8.

마지막 논설 「여(余)의 자각한 인생」은 이광수가 자신의 중학시절의 정신적 편력을 이야기한 것이다. 그의 방약무인한 어투에는 '완전한 인생관과 우주관'을 가졌다고 자부하고 고국으로 돌아온 열아홉 살 소년 교사의 억누를 수 없는 자기 현시욕과 오만함이 묻어 있다.

무한한 시간의 일적(一滴)만도 못한 인생의 일생으로 20년이나 50년이나 무엇이 그다지 다름이 있으리요 따로이 19세 되는 나 같은 어린아이의 말이나 은사(銀絲) 같은 수염을 내려쓸던 노학자의 말이나 무엇이 그다지 다름이 있으리요.[64]

거만하게 이렇게 단언하고 "대저 인생이란 무엇인가"라는 거대한 문제에 대하여 자기가 지금까지 얻어온 답의 변천을 이야기하는 이광수에게는, 조선의 노학자들은 어차피 이런 것은 생각한 일도 없을 것이라는 얕보는 시선 외에도, 유학(儒學)을 충분히 배우지 못한 유년시절 자신의 환경에 대한 콤플렉스가 느껴진다. 여덟 살에 사서(四書)를 읽어 신동이라는 얘기를 들었음에도 불구하고 가난과 부모를 일찍 여읜 탓에 공부를 계속할 수 없었던 그에게는, 유학에 대한 존경은 물론 두려움도 없었다. 이처럼 그의 내부에는 체계적인 유교사상이 뿌리내리지 않았기 때문에, 토쿄에서 새로운 사상과 만났을 때 유교와의 대결은 일어나지 않

---

64) 이광수, 「여(余)의 자각한 인생」, 『전집』 1, 573면.

았다. 또 짜임새 없었던 까닭에 질서 잡힌 수용도 불가능하여 온갖 사상이 홍수처럼 소년의 내부로 밀려들게 되었던 것이다. 이러한 상황을 드러내기라도 하듯 「여(余)의 자각한 인생」도 혼란스럽고 정리되지 않은 글이지만, 여기서는 이 글을 중심 자료로 삼아 중학시절 이광수의 사상 편력을 더듬어보고자 한다.

그의 정신 편력은 "우리는 우주의 적은 일부분 위에 생식(生息)하는 또 적은 일부분에 지나지" 않고, "인생의 온 데, 가는 데, 갈 곳"은 우리의 지식을 가지고는 "결정키 불능"하다는 불가지론에서 시작된다. 그러나 우리에게는 "생명"이 있고, 그것을 어디까지나 이어가려는 "본능적 욕망" 즉 "생존욕"을 갖고 있는 까닭에 "우리는 부득이 살아가야" 한다. 그러나 석가나 예수, 공자도 각각 지시한 길이 다르고, "우리는 이제 방향이 아득하여져서 황폐한 벌판에서 방황"한다. 이때 벽력 같은 소리로 계시가 내린다. "미욱한 놈들아! 밖에서 얻으려고 살피지 말고 안을 보아라." 필요한 신체 기관은 물론 정신도 모두 갖추어 주었으니 이제는 다만 "그저 가거라"며, 소리는 가르친다. "온 곳과 갈 곳"은 인간의 지식이 관여할 바가 아니다. "안에 있는 자침(磁針)이 가리키는 곳"과 "자기의 정신이 하고자 하는 바"에 따라 전력으로 정진하면, 그것으로 "자기의 천직(天職)을 다한" 것이다. 그리고 공자나 석가, 예수도 "자기의 생을 완전"하게 한다는 점에서는 "완전히 공통"된다. "정신의 하라는 대로 있는 힘을 다하여라. 그러할 때에는 앞에 산도 없고, 물도 없고, 총도 없고, 검도 없겠더라". 이렇게 깨달아 그것을 확실히 믿게 된 그에게 그러나 "이대로만은 못하게 될 이유"가 생긴다. 곧 "이 세상에 사는 사람은 나만이 아니며, 사회라는 것도 있고, 국가라는 것도 있"으며, "국가의 생명과 나의 생명과는 그 운명을 같이 하는 줄"을 깨달은 것이다. 그리고 그러는 가운데 처음에는 자기 생명의 연장에 지나지 않았던 이 "국가라는 것"이 "이상하게도" 어느 사이엔가 "나의 한 열렬한 사랑의 대상"이 되어 버린 데서 그의 정신 편력은 끝난다.

이 글은 말미에 다음과 같이 정리되어 있다.

그리하여 나는 이름만일망정 ① 극단의 '크리스챤'(기독신자)으로, ② 대동주
의자(大同主義者)로, ③ 허무주의자로, ④ 본능만족주의자로, 드디어 ⑤ 애국주
의자에 정박하였노라.65) (번호는 인용자가 붙인 것이다)

그런데 '극단의 크리스챤'에 대한 것은 본문에 언급되어 있지 않다.
'허무주의'란 불가지론을 가리킨 듯한데 확실하지 않으며, '본능만족주
의자'도 정신의 명령에 따를 것을 말하고 있는지는 명확하지 않다. 정리
된 것과 본문의 내용이 명료하게 합치하고 있는 것은 '애국주의자' 항목
뿐이다. 중학시절 이광수의 머릿속을 한번 통과한 사상을 되는 대로 진
열한 것처럼 보이는 글이다. 그러면 이 글을 토대로 다른 논설이 이러한
정신 편력의 어디쯤 해당하는지 회상기의 도움을 빌려 추리하면서, 이
광수의 정신적 궤적을 좇아보기로 한다.

①우선 '극단적인 크리스챤'의 내용에 대해서는 주로 『그의 자서전』
과 「김경」에서 엿볼 수 있다. 이광수가 입학한 메이지학원은 기독교학
교였기 때문에 매일 예배 시간이 있었고 성서 과목 수업이 주당 2시간
씩 있었다. 그때까지 성서를 본 적조차 없었던 그는 미션스쿨의 분위기
는 마음에 들어하면서도 목사나 교사에게는 호감을 갖지 못했다. 그들
이 걸핏하면 입에 올리는 국가주의적인 언사도 거슬린데다, "그리스도
인은 외모부터도 보통 사람과는 다르게 질박하고 온유하고 겸손하고 그
리고 무슨 거룩한 빛을 발하지 아니하면 아니 될 것"이라는 그의 제멋
대로인 믿음에 반해, 교장이나 목사는 모두 "보통의 인간과 다르지 않"
았기 때문이다. 다만 어린 시절 경애했던 고향 산사(山寺)의 노화상(老和
尙)을 생각나게 하는 "자비스러운 표정"을 지닌 미국인 노(老)교사 W선
생만은 확실히 기독교인다운 분위기를 갖고 있어 그의 숭배의 대상이

---

65) 이광수, 『전집』 1, 577면.

되었다. 이광수에게는 외부로부터 보여지는 표면적인 이미지가 중요한 위치를 차지하고 있었음을 엿볼 수 있는 대목이다.

첫 성서 시간에 "약대 털로 짠 옷을 입고 가죽 띠를 허리에 띠고 메뚜기와 석청을 먹으면서 강가에 서서" "회개하라"고 외치는 마태복음 속의 요한의 모습에 촉발되어, 이광수는 요한 모양으로 대동강가나 한강가에 서서 "회개하라, 너희 조선 사람들아!"라고 외치는 자신의 모습을 상상한다.66) 난생 처음 기독교와 만났던 이광수가 기독교를 파악하는 데에는 우선 자기가 갖고 있던 지식이 동원되었을 것이므로, 이때 재현된 이미지가 극히 조선적인 것은 당연한 일이었다. 그것은 필시 산사(山寺)의 덕 있는 노승의 모습, 동학이 가진 신선사상의 요소, 양반의 매우 위엄 있는 태도 등, 그가 자기 내부에 이미 가지고 있던 조선적인 위엄의 이미지와 결부되어 형성되었을 것이다. 그리고 그가 받아들인 요한의 이미지에는 그 무렵 이미 그의 내부에 뿌리를 내리고 있던 지도자 원망(願望)이 드러나 있다. 제1절에서 본 것처럼, 동학은 이광수의 야심을 자극하여 이끌어내고 그러한 야심을 이룰 수 있는 길을 열어 주었는데, 동학이 이끌어내 준 그 야심이란 자신의 지력(知力)으로써 '문명을 배우고', 배운 것에 의거하여 '세상을 위해 몸을 바치며', 그러한 봉사 행위를 통하여 '남의 우위에 서는' 것이었다. 이 세 가지를 모두 갖춘 자가 바로 사회 지도자이며, 따라서 "회개하라, 너의 조선사람이여!"라고 외치는 요한의 모습을 한 이광수의 모습은 바로 그의 지도자 원망의 표출이었던 셈이다.

그런데 이광수가 처음 감동했던 문학 작품은 열여섯 살 때 읽은 키노시타 나오에(木下尚江)의 『불기둥(火の柱)』이었다. 이 소설을 읽고 감격한 이광수는 계속해서 같은 작가의 『남편의 자백(良人の自白)』, 『영혼인가 육체인가(靈か肉か)』등을 탐독한다. 그리고 그로 인해 신경증에 걸린 것

---

66) 이광수, 『전집』 6, '소년시대' 참조

이 아닌가 하여 친구들의 걱정을 샀다고 한다.

> 제 몸이 거의 소설 중 인물이 되다시피 되어 언어와 행동이 아주 온순겸손
> 하게 되고 가끔 무슨 묵상에 황망히 자실(自失)하기도 하며 혹 야반에 집을
> 떠나 교외에 소요(逍遙)도 하여 보며 밤이 새도록 서안(書案)에 지(至)하여 붓
> 도 들어 글도 지어보고, 혹 히스테리적으로 울기도 하여보니……[67]

이광수는 키노시타의 소설에서 사회주의, 민중에 대한 봉사, 비전론
(非戰論), 연애지상주의, 교회에 의거하지 않은 기독신앙 등 많은 영향을
받았지만, 가장 커다란 영향을 받은 것은 소설 속 주인공의 인간상이었
다. 사회정의를 위해 목숨을 거는가 하면, 과묵함과 결벽함, "온순겸손"
한 언동, 오해에 대해서조차 변명하지 않는 고고한 정신을 가진 주인공
은 이광수를 매료시켰고, 이광수에게 "고이상가(古理想家)적 색채를 띤
윤리관"[68]을 심어주었다. 이들 소설에서 이광수가 도취된 것은 외부로
부터 보여지는 고뇌하는 지도자의 이미지였지 주인공의 지도 원리였던
사회주의에 투신해야 할 필요성은 아니었다.

또한 그의 다분히 제멋대로인 사고방식으로 인해 학교의 기독교와는
뜻이 맞지 않았던 만큼, 세속적인 교회와 충돌하여 독자적인 신앙을 관
철하는 주인공의 행위는 이광수의 마음을 사로잡았다. 그리고 이때 친
구[69]가 권해서 읽은 톨스토이의 『나의 종교』는 이러한 경향을 조장했다.

---

67) 이광수, 『전집』 1, 569면.

68) 위의 책, 569면.

69) "내게 톨스토이 책을 빌려준 이는 야마자키 도시오(山崎俊夫)라는 동급생이었습니
다."(이광수, 「다난한 반생의 도정」, 『전집』 8, 447면)
　　야마자키 도시오는 1891년(明治 24) 모리오카(盛岡) 출생으로 중학시절 부친이 근무
처를 옮기는 바람에 상경한다. 그리고 타이세이중학을 거쳐 1908년(明治 41) 4월에 메
이지학원 보통과 4학년에 편입하여 이광수와 동급생이 된다(『白金通信』, 第138号,
1980.6, '學院人間史' 참조). 졸업 후에는 게이오대학에서 공부하며, 『미타문학(三田文
學)』・『제국문학(帝國文學)』 등에 소설을 발표한다. 그 가운데 『제국문학』 1914년(大
正 3) 1월호에 게재된 「성탄제 전야(耶蘇降誕祭前夜)」의 주인공은 이광수를 모델로
한 '이보경'(이보경은 이광수가 일본에서 사용했던 그의 아명이다)이라는 소년이다. 이

『아종교(我宗敎)』에서 비로소 성서가 좋은 글인 것과 예수의 가르침이 정대(正大)하다는 맛을 시원히 보고 아울러 키노시타(木下)씨에게서 얻은 예수교적 이상에 더 힘있는 의의를 가하고 당시부터 세상의 소위 예수교회의 허위됨을 싫어하야 교회에 다니기를 폐하니라. (…중략…) 그가 중학교 3년급 적, 즉 16세 시(時)러라.70)

나는 다시 교회에 아니 다니기로 하고 나 혼자 그리스도인이 되어서 부패한 현대 기독교를 혁신하리라는 엄청난 야심을 품었다.71)

"중학교 3년급 적, 즉 16세 시(時)"라면, 이광수가 메이지학원 중학에 입학한 1907년의 일이다. 9월에 입학하여 기독교와 만났고, 그 해에 바로 키노시타와 톨스토이를 알게 되어 교회를 멀리하게 되었던 것이다. 「다난한 반생의 도정」에 의하면 17세 때의 일이 되지만,72) 어느 쪽이든 "예수교회의 허위" "부패한 현대 기독교"라고 말할 정도로 기독교를 알 수 있는 시간적 여유가 있거나 연령적으로 성숙했을 리 없다. '소설 속의 인물'을 자처하면서 내뱉은 말로 볼 수밖에 없다. 여하튼 이리하여 "키노시타(木下)씨에게서 얻은 예수교적 이상"을 좇아 "나 혼자 그리스도인이 되"기 위한 실천이 시작된다. 그는 하숙집 노파에게 친절하게 대했고, 메이지학원의 조선인 학생의 작문은 전부 그가 대신 썼으며, 같은 학급의 친구가 자기의 학비를 훔쳐가도 모르는 체했고, 추운 겨울밤 길에서 떨고 있는 거지에게 자기의 외투를 벗어주었다.73) 이것이 바로 「여(余)의 자각한 인생」에서 말한 '극단의 크리스챤'의 내용이다.

작품은 『山崎俊夫作品集』 上卷(奢灞都館, 1986)에 수록되어 있다.

70) 이광수, 『전집』 1, 570면.

71) 이광수, 『전집』 6, 331면.

72) 「다난한 반생의 도정」에는 "톨스토이 저서를 읽게 된 것은 중학 3년 시절이라고 생각하는데 나이로는 17세"(『전집』 8, 447면)였다고 되어 있다. 이광수에게 톨스토이를 소개한 야마자키 도시오는 메이지학원에 4학년 때부터 편입했으므로, 이광수가 톨스토이를 알게 된 것은 17세 중학 4학년 때라는 얘기가 된다.

73) 이광수, 『전집』 6, '소년시대' 참조

② 다음의 '대동주의(大同主義)'란 본문 가운데 "정신이 행하고자 하는 바"에 따라서 정진하는 것이 "공자, 석가, 야소"의 공통점이라고 한 부분의 내용을 지적하고 있는 것 같다. 성인과 대철학자를 열거하는 일은 당시의 평론에서 흔히 볼 수 있으며, 또 소년시절의 사색 행위에는 자주 있는 현상이다. 그러나 그가 기독교를 알게 되고 그것을 수용하는 방식에서 본 것처럼, 이광수에게는 한 가지 사상을 신중하게 검토함 없이 자기가 갖고 있던 단편적인 지식과의 공통점만을 취하여 어거지로 이해하는 경향이 있다. 10년 후 상하이에서 귀국하여 「민족개조론」을 발표할 무렵, "인류 구제의 최후 원리"를 공자·소크라테스·예수·석가 등 "모든 성인의 가르침"인 "사랑"이라고 한 것도74) 이러한 '대동주의'의 흔적이라고 할 수 있을 것이다.

③ 다음의 '허무주의'에 해당하는 것을 굳이 본문 중에서 찾자면, 불가지론의 단계 혹은 불가지론에도 불구하고 살아남아 방황하는 단계가 된다. 불가지론은 스펜서의 영향도 있고 해서 메이지시대 시대 사조의 하나였다. 후지무라 미사오(藤村操: 당시 18세로 제1고등학교 학생이었다—옮긴이)가 인생은 "불가해(不可解)"라는 말을 남기고 닛코(日光)에서 투신자살한 것은 1903년의 일인데, 이 사건에 관해서는 이광수도 제2차 유학 당시 『매일신보』에 발표한 「동경잡신」에서 다루고 있다. 그러나 여기에서 말하는 '허무주의'는 자연주의 평론가인 하세가와 텐케이(長谷川天溪)가 자연주의의 근본사상으로 삼았던 '허무주의'라는 용어를 그대로 사용했을 가능성이 높다. 『그의 자서전』에서 이광수는 다음과 같이 술회하고 있다.

> 하세가와(長谷川)라는 어느 대학 교수가 지은 「현실폭로의 비애」라는 책이 어떻게나 내 가슴에 깊은 동요를 주었는지. 종교니 도덕이니 습관이니 하는 것에 대한 정의를 어떻게 근저로부터 깨뜨려버렸는지.75)

---

74) 이광수, 「상쟁(相爭)의 세계에서 상애(相愛)의 세계에」, 『전집』 10, 173~174면.

하세가와 텐케이는 이 무렵 하쿠분칸(博文館)에서 발행하는 잡지 『태양(太陽)』의 문예란을 담당하면서 '무해결'·'무이상'을 내거는 자연주의 평론을 잇달아 발표한다.[76] '허무주의'란 이상을 제거하여 눈앞의 사실만을 과학적인 눈으로 보는 태도를 가리키는데, 하세가와에 의하면 자연주의 문학의 바탕은 이러한 '허무주의'적 세계관에 있다.

> 소꿉장난하던 시절로 돌아가기를 바라지 않는 자가 어디 있을까. 저 주위의 만상(萬象)은 모두 아름다운 환상이 아닌가. (…중략…) 악동은 사악한 몽둥이를 휘둘러 사이좋게 소꿉장난하는 소년소녀를 괴롭힌다. 소년소녀가 즐기던 모든 환상은 악동의 호통으로 박살나고, 있는 그대로의 현실은 자못 살풍경하게 그들의 눈에 비쳐, 가련한 소년소녀는 울며 보호자의 집으로 돌아간다. 보호자인 부형(父兄)을 가진 그들은 행복하다. 그러나 우리 현대인들은 환상을 잃은 뒤 돌아갈 집이 없고, 의지할 보호자가 없지 않은가. 실로 종교나 철학이 모두 그 권위를 잃은 오늘날, 우리들이 심각하게 느끼는 것은 환멸의 비애이고, 현실폭로의 비애이다. 그리고 이러한 고통을 가장 잘 대표하는 것이 이른바 자연파의 문학이다.[77]

"돌아갈 집이 없고, 의지할 보호자가 없는" 고아로서 타국에서 유학 중이던 소년은, 이상의 베일이 벗겨져 현실의 비참함을 직시하지 않을 수 없는 현대인의 비애와 고아인 자기의 모습을 중첩시켜 깊은 감동을 받았을 것이다. 그리고 그러한 동요가 내부의 자아를 각성시키고, 그를 구속하고 있던 도덕관념에 흠집을 냈을 것이다. 바로 이때 선배 홍명희

---

75) 이광수, 『전집』 6, 340면.

76) 하세가와 텐케이(長谷川天溪, 1876~1940)의 「현실폭로의 비애(現實暴露の悲哀)」는 1908년(明治 41) 1월 『태양(太陽)』에 발표된다. 그러나 이광수가 읽은 것은 7월 하쿠분칸(博文館)에서 간행된 텐케이의 평론집 『자연주의(自然主義)』였다. 1909년(隆熙 3) 12월 31일자의 일기에 의하면, 그 해에 독파한 책의 목록에 『자연주의』가 들어 있다. 또 텐케이를 "어느 대학의 교수"라고 적고 있는데, 텐케이가 와세다대학 영문과 강사가 된 것은 1909년의 일이었으므로 사실과 부합한다.

77) 長谷川天溪, 「現實暴露の悲哀」, 『明治文學全集 43』, 筑摩書房, 1967, 175면.

의 권유로 읽은 바이런은 그의 내부의 생명력을 폭발시킨다.

> K라는 친구에게 권함 받은 바이런의 시들 『카인』, 『해적』, 『돈판』 등이 어떻게 청교도적 생활이 천박함과 악마주의의 힘있고 깊음을 내게 가르쳤는지, 나는 마치 부자유한 감옥이나 수도원에서 끝없이 넓고 밝은 자유의 신천지에 나온 것 같이 생각하였다.[78]

④ 이리하여 이광수는 '허무주의'에서 '본능만족주의'로 이행해간다. 다음의 「금일 아한(我韓) 청년과 정육(情育)」(통칭 「정육론」)은 이러한 정신 상태 아래서 씌어진 것인 듯하다.

지덕(智德)을 갖춘 인간이 "지이불행(知而不行)"하기도 한다면, 지덕을 갖추지 않은 무식자가 효행애국(孝行愛國)하는 경우도 있다. 이것은 인간을 움직이는 것이 지식이나 도덕이 아니라 '정(情)'이기 때문이다. "열녀 효부가 신산참독(辛酸慘毒)한 고초를 모(冒)하고 정근(貞勤)을 불변함과 충신열사가 생사를 의(意)에 개(介)치 아니하고 입절사의(立節死義)로 태연자약함이다 — 하(何)로 유(由)함인가. 지력(智力)의 소연(所然)인가, 건강의 소치인가, 도덕의 소연(所然)인가. (…중략…) 다만 정(情)의 력(力)이라." 그런데 현실은 어떠한가.

> 현시(現時) 오인(吾人) 상태를 관찰하건대, 상하귀천을 물론하고 소위 의무라 도덕이라 하여 일시 사회의 제재(制裁)와 공중면목(公衆面目)에 좌우한 바가 되어 거의 색책적(塞責的) 또는 표면적으로 구차히 행동할 뿐이요, 능히 자동자진(自動自進)으로 자유자재하여 자기 심리를 불기(不欺)하고 도덕범위 내에 활동하는 자가 무(無)하고 사회 제재의 노예가 되어 신성한 독립적 도덕으로 행동을 자율치 못하나니[79]

---

78) 이광수, 『전집』 6, 340면.
79) 이광수, 「금일 아한(我韓) 청년과 정육(情育)」, 『전집』 1, 525면.

"자동자진으로 자유자재하여 자기 심기를 불기(不欺)하고 도덕 범위 내에 활동하는" 것이란 논어에 나오는 '종심소욕불유구(從心所慾不踰矩: 마음이 하고자 하는 바를 좇아도 법도에 어긋나지 않는다는 뜻―옮긴이)'를 가리키는 것 같다. 이렇게 현실은 "인(人)을 위하여 성립한 법률·도덕이 도리어 인(人)을 오(誤)하는 강(綱)과 정(弉)을 작(作)하"고 있다. 이러한 상황을 변화시키기 위해서 이광수가 주장한 것은 "본(本)에 반(反)하여 정육(情育)을 면려(勉勵)하"는 것이다.

> 정육(情育)을 기면(期勉)하라. 정육을 기면하라. 정은 제 의무의 원동력이 되며 각 활동의 근거지니라.

이리하여 인간의 모든 행동의 원동력을 '정'에 귀속시키고, 지육(智育)·덕육(德育)·체육(體育)의 삼육(三育)에 치우쳐 있는 당시 조선의 교육 현실에서 '정육(情育)'의 필요성을 역설한 것이 「정육론」이다. '정육'은 무엇에 의거하여 이루어지는가. 말할 필요도 없이 문학을 통해서이다. 「문학의 가치」에서 이광수는 "인류의 정(情)이 생존함에는 문학이 필요"하다고 주장한다.

그런데 「정육론」은 니체주의를 표방하며 일세를 풍미했던 메이지시대의 평론가 타카야마 초규(高山樗牛, 1871~1902))의 논문 「미적 생활을 논함(美的生活を論ず」(『太陽』, 1901.8)을 상기시킨다.

> 어떤 목적이 있어 이 세상에 나왔는가는 우리가 알 바 아니지만, 태어난 이상 우리의 목적은 말할 필요도 없이 행복해지는 데 있다. 행복이란 무엇인가. 우리가 믿는 바로써 본다면, 본능의 만족 곧 이것뿐이다. 본능이란 무엇인가. 인성(人性) 본연의 요구를 만족시키는 것, 이를 미적 생활이라 한다.[80]

타카야마 초규에 의하면, "인생의 지극한 즐거움"은 본능의 만족을

---

80) 高山樗牛, 『近代日本思想大系』 31, 筑摩書房, 1977, 400면.

통해 얻어지는 것이다. 그런데 이를 부정하고 "스스로 찾거나 혹은 부지불식간에 그 본연의 요구에 반하여 허위의 생활을 영위"케 하는 것이 바로 "인류를 만물의 영장이게 만드는 도덕과 지식"이다. 도덕과 지식이란 본래 독립적인 가치를 갖는 것이 아니며, "그 쓰임이 본능의 발휘를 조절하고 지속적인 본능의 만족을 조성하는 데 있는" 이른바 본능의 "신하(臣下)"요 "수단"에 불과한데도, 본말이 전도되어 버린 것이다. "인간이 만든 것을 가지고 하늘이 만든 것을 제어하고자" 하는 세상의 "도학선생"이나 "학구선생(學究先生)"의 "폐단"을 없애고, 본능의 만족에서 절대적인 가치를 발견하는 생활 방식이 바로 "미적 생활"이다. "옛 충신의사(忠臣義士)나 효자열부(孝子烈婦)가 남긴 수많은 미담은 도덕의 이름으로 전해지긴 해도 실은 일종의 미적 행위"의 산물이며, 결코 도덕 이론을 의식하여 만들어진 것이 아니다. 그것은 마치 "어린아이가 어머니를 그리워하는" 것과 같고 또 "새가 보금자리로 돌아가는" 것과 같은 본능 혹은 본능화된 습관이며, 극도의 "무도덕(無道德)", 즉 "공자의 이른바 그 마음에 따르고 그 법칙을 넘어서지 않는 상태"이다. 타카야마가 여기에서 사용하고 있는 본능이라는 말은 생물학적 본능의 범위를 넘어서 "선조의 유산"이자 "종족적 관습"이 되어 버린, 이른바 제2의 천성이라고도 할 수 있다.

타카야마와 이광수는 둘다 인간 행위의 본래의 원동력인 '정'·'본능'을 가로막고 인간의 자유를 속박하고 있는 도덕이나 지식 등의 사회적 구속을 없애기 위해 '정의 해방'과 '본능의 만족'의 필요성을 호소했다. 이 시기 이광수가 타카야마에 대해 언급한 글은 없다(나중에 이광수가 이 시기에 타카야마의 영향을 받아 썼다고 생각되는 글을 발견했다. 이에 관해서는 제2장 '이광수의 자아'의 주 39를 참조할 것). 그러나 이렇게 도덕과 지식을 부정하고 본능을 예찬하며, 이로부터 최대의 본능인 생존욕을 무조건 긍정하는 생의 절대화 및 지식의 경시라는 결과가 도출되고 있는 점은 두 사람 모두에게 공통적이다.

「미적 생활을 논함」에서 "지식 그 물건에 얼마만 한 가치가 있는가.
(…중략…) 들판의 새를 보라, 수고하지 않고 실을 잣지 않아도 오히려
즐겨 노래하지 않는가"라고 썼던 타카야마는 각혈로 인해 좌절하지만,
한때는 제국대학의 교수 자리가 약속된 당시 최고의 엘리트였다. 그는
죽을 때가 가까워지는 데서 오는 고양감으로부터 생을 절대화했고, 또
지식을 배척하고 직관을 중시했다.[81] 그러나 자기를 천재라고 생각했던
18세의 소년은 이를 문자 그대로 받아들이고, "배우라 함이 도리어 천재
를 속박케 하는 장본"[82]이라며 더 이상 공부하는 것을 깨끗이 포기해
버린다. 물론 이광수는 나중에 이 일을 매우 후회하며, 그로 인해 오산
학교를 떠나게 되지만 말이다.

⑤ 그러면 '본능만족주의'에서 '애국주의'로는 어떻게 이행해간 것일까.

1910년 6월 『소년』에 발표된 「금일 아한(我韓) 청년의 경우」와 8월에
발표된 「조선사람인 청년에게」 이 두 편의 논설에는 당시 애국계몽운동
의 논조이기도 했던 자기 수양을 위한 단체사업, 애국주의, 생존경쟁이
론, 그리고 이광수가 나중에 주장하게 되는 자녀중심론이 이미 얼굴을
내밀고 있다.

우선 「금일 아한 청년의 경우」에서 이광수는 청년시절은 본래 웃어른
과 선배의 지도를 받으면서 수양해야 할 시기이지만, 금일 우리 대한제
국 청년은 이러한 훌륭한 웃어른을 갖지 못하여 "자기가 자기를 교도(敎
導)하여야 할" 처지에 있음을 탄식한 후,

　　우리들 청년의 경우가 이미 이러하거니, 이를 자각치 못하고, 한갓 우리들
　청년의 수양을 부로(父老)·사회·학교 등에만 전연히 맡기고, 다만 그들의
　교도만 바라고서 자수자양(自修自養)치 아니하며, 우리들 청년이 몽리(夢裏)
　에도 항상 생각하고 바라고 사모하는 대황조(大皇祖)의 이상(理想) 발전－신

---

81) 石丸久, 「高山樗牛」, 『國文學解釋と感想』, 1972.8 참조.
82) 이광수, 『전집』 1, 569면.

대한(新大韓) 건설이란 이상은 한 공상으로 되고 말지며, 따로이 우리 민족은 영원히 사상(史上)에 열패 민족의 열(列)에 참여할지니[83]

라며 자수자양(自修自養)의 필요성을 역설하고, 개인의 수양에는 한계가 있으므로 "단합", 즉 집단사업으로 이를 행하는 것이 필요하다고 제창한다. 그리고 역으로 바로 이러한 시대이기 때문에야말로 청년이 신대한의 건설자가 될 수 있다고 하여 처지에 대한 탄식을 낙관주의로 전환시키고 나서, 마지막으로 "여(余)의 자각[自修自養]이 적의(適宜)한 옳은 자각이라면 그 자수자양(自修自養)한 표준은 무엇일까―인애(仁愛)일까, 지식일까? 각각 생각하세"라고 독자에게 질문을 던지고 있다.

「조선사람인 청년에게」는 「금일 아한 청년의 경우」의 속편이라고 할 수 있는 글이다. 앞의 논설과 마찬가지로, 선배를 갖지 못한 자기들 조선 청년의 상황을 탄식하고 나서 낙관주의로 전환한 이광수는 이어서 자기를 가르치고 이끌 표준을 구하여,

표준으로 할 것은 다른 아무것도 아니요, 오직 '생'일지니라. 천부(天賦)된 양심의 명령을 좇아 '생'의 보지발전(保持發展)에 필요한 사위(事爲)의 온갖에 대하여 정성스러이 있는 힘을 다하여 생각하고 노력하면 그는 모두 선이니라, 정의니라.[84]

고 하여 「여(余)의 자각한 인생」에서 애국주의의 전단계에 놓여 있던 생명주의를 내세우고 있다. 이것은 「금일 아한 청년의 경우」의 마지막 부분에서 제기되고 있는 물음에 대한 답이기도 하다.

이 논설에서 "생의 보지(保持)·발전은 금일 윤리의 절대표준"이며 "신대한 건설도 생의 보지·발전을 위한 것"이라 하여 조국의 발전을 자기 발전의 연장선상에 두고 있는 것처럼, 자기 생의 보지·발전을 절

---

83) 이광수, 『전집』 1, 529면.
84) 위의 책, 『전집』 1, 535면.

대목적으로 삼는 생명주의로부터 운명공동체인 조국의 보지·발전을 위한 애국주의로 향한 것이 이광수가 "자각한 인생"이다. 이광수는 당시 애국계몽운동이 민족 경쟁의 시대에 민족의 타락을 초래한다는 입장에서 개인주의를 배격하고 있었던 것과는 반대로, 개인주의를 민족주의의 핵으로 받아들이고 있었던 것이다.

초규는 「미적 생활을 논함」을 쓰기 4년 전에는 「일본주의를 찬미함(日本主義を贊す)」(『太陽』, 1897.6)[85]을 써서 국가주의적인 일본주의를 제창했지만, 죽을 때가 가까워진 무렵부터 개인주의적인 본능만족주의로 이행한다. 반면 이광수는 그와 반대로 본능주의에서 애국주의로 이행했다. 그러나 이광수는 초규와 만나지 않았더라도 궁극적으로는 '애국주의에 정박'하게 되었을 것이다. '허무주의'로부터도 같은 지점에 도달했을 것이기 때문이다. 「현실폭로의 비애」를 쓴 하세가와 텐케이는 같은 시기에 쓴 평론 「현실주의의 제 양상(現實主義の諸相)」(『太陽』, 1908.6)에서, 이상을 제거한 현실을 출발점으로 했을 때 인생의 목표는 "개인의 생을 완수하는" 것이지만, "자기보존이라는 생각은 자기 한몸에 그치는 것이 아니라, 내 가족으로부터 한 마을, 한 동리, 한 군, 한 현으로 점차 그 내용을 확대"하는 것이며, "현실을 망각하지 않고 자아를 확대할 수 있는 범위"는 "국가"라고 적고 있다.[86] 이러한 사고 방식은 당시 일본사상의 기조를 이루고 있었기 때문에, 하세가와를 만나지 않았더라도 이광수가 일본 문학에 친숙해 있는 한 그 영향은 피할 수 없었을 것이 분명하다. 그러나 본능만족주의를 경유함으로써 이광수는 비로소 '정'이라는 무기, 즉 원동력을 손에 넣을 수 있었던 것이다.

---

85) 高山樗牛, 『近代日本思想大系』 31, 筑摩書房, 1977.
86) 長谷川天溪, 『明治文學全集』 43, 筑摩書房, 1967. 온갖 이상과 도덕을 인정하지 않고 회의적이고 허무적인 태도를 취한 텐케이가 일본제국이라는 현실만은 수용하여 국가와 국가주의의 권위를 긍정한 것은 모순이라고 우오즈미 세츠로(魚住折蘆)와 이시카와 다쿠보쿠(石川啄木) 등은 비난하며 조소했다. 『日本近代文學大事典』, 講談社, 1977~1978 참조.

이리하여 이광수는 결국 애국주의에 도달한다. 「정육론」에서 호소한 '정'의 해방도 그 목적은 정을 원동력으로 삼은 애국이며, 「문학의 가치」에서 문학의 중요성을 호소한 것도 문학이 배양하는 "국민의 이상과 사상"에 "일국의 흥망성쇠와 부강빈약이 전면적으로 의존"[87]하기 때문이다. 또 「금일 아한 청년의 경우」와 「조선사람인 청년에게」에서 호소한 '생'을 표준으로 삼는 자기 수양도 "신대한 건설"을 위해서였던 것이다.

2) '정'에 잠재한 위험요소

그러나 물론 애국심이란 이렇게 철학적 사색의 결과로서 생기는 것이 아니다. 바로 자기 보존 본능과 같이 원래 그의 내부에 있었던 것이 발현한 것일 뿐이다. 「여(余)의 자각한 인생」의 마지막 부분에서 "이상하게도" 이러한 정신 편력의 결과 나타난 국가라는 것이 어느 사이엔가 "열렬한 사랑의 대상물"이 되었다고 한 것은 애국심이 본래 감정 차원의 것이었음을 보여준다. 조국의 위기가 그의 민족의식을 고양시킨 것일 테지만, 이렇게 이론에 의거하여 애국심에 권위를 부여하는 그의 행위는 왠지 취약하다는 느낌을 준다.

자기의 생을 발전시키기 위해서는 자기 나라의 발전이 불가결하다는 논리는 당연히 마찬가지로 발전하려고 하는 타자와의 충돌을 초래하게 된다. 이때 사이에서 조정을 하는 것이 도덕인데, 그러한 도덕마저 부정하고 오직 자기의 생만을 발전시키려 한다면 나중에는 힘의 싸움밖에 남지 않게 된다. 그런 까닭에 생의 신장·확충의 사상은 야마지 아이잔(山路愛山, 1864~1917)의 다음과 같은 논리에 이를 위험성을 내포하고 있다.

나는 왜 제국주의의 신자(信者)인가. 나는 인간은 존재할 권리가 있다는 신

---

87) 이광수, 『전집』 1, 547면.

넘 위에 서 있는 고로 제국주의의 신자가 되었다. (…중략…) 인간은 존재할 권리가 있다는 신념 위에 서 있는 나는 어떤 이유로 제국주의에 도달했는가. 바로 제국주의가 아니면 인간은 지상에 존재할 수 없기 때문이다.[88]

이리하여 생명의 보지·발전의 사상은 용이하게 침략주의와 식민지주의를 정당화하는 방향으로 향한다. 그리고 그 배후에 있는 것은 메이지시대 사상계를 석권했던 진화론의 생존경쟁의 논리이다.

혹은 현재의 제국주의가 침략주의가 되는 고로 배척해야 한다고 말하는 자가 있다. 침략주의란 무엇인가. 건강한 노동자가 건강하지 못한 노동자를 공장에서 몰아내고, 정직한 상인이 정직하지 못한 상인을 시장에서 배척하며, 충의(忠義)와 봉공(奉公)의 정신이 풍부한 인민이 이기적으로 자기 한몸의 이해만을 위주로 하는 인민을 전장에서 패배시키고, 토지를 이용하는 근면한 농부가 토지를 내버려두고 돌아보지 않는 인민의 자취를 식민지에서 사라지게 만드는 것을 일컫는다. 이것이 바로 적자생존이다. (…중략…) 이것이 바로 사회가 진화하는 동안 발생하는 도태이다.[89]

물론 이광수는 이미 진화론을 알고 있었다. 「문학의 가치」에서는 "다윈의 진화론"이라는 말도 보이고, 「금일 아한 청년의 경우」 가운데 "(자수자양을 소홀히 하면−인용자) 우리 민족은 영원히 사상(史上)에 열패 민족의 열(列)에 참여할지니"라는 구절은 분명히 생존경쟁을 의식한 것이다. 그러나 우승열패의 생존경쟁이론은 우자(優者)에게는 자기 정당화에 변통하기 좋은 이론이지만, 열자(劣者)로서는 받아들이기 어렵다. 문명의 이론에 의거하여 권위를 부여했던 이광수의 애국주의에는 처음부터 열패자 측의 자기 부정의 요인이 배태되어 있는 것이다. 이러한 문명 이론에 대항하기 위해서는 조국애를 생생한 감정 그대로 밀어붙이고, 자기

---

88) 山路愛山, 「余は何故に帝國主義の信者だる乎」(『獨立評論』, 1903.1), 『現代日本文學大系 6』, 筑摩書房, 1969, 336면.
89) 山路愛山, 위의 책, 336면.

들을 해치고 삼키려 하는 적에게 맹목적으로 맞서는 단순한 방식이 오히려 유효할지도 모른다. 그러나 그것은 전통사상을 기반으로 한 의병운동이 이 무렵 겪고 있었던 것처럼, 물리적이고 표면적으로는 문명에 패배할 수밖에 없는 길이었다.

중학 유학 당시의 이광수는 다른 일본 중학생과 같은 시대 사조 속에 있었고 또 문학에 경도되어 다양한 작품과 친숙했던 만큼, 자기도 모르는 사이에 받은 영향이 컸을 것이라고 생각된다. 그러나 이번 절에서 본 것처럼, 문학 세계라고는 해도 메이지 말기의 일본에서는 제국주의를 지탱하는 사회진화론이 그 저류를 형성하고 있었고, 특히 근대적 자아의 각성에 이은 자아 확충·확장의 사상은 쉽사리 생존경쟁이론과 결부되어 식민지와 제국주의를 긍정하고 있었다. 18, 9세의 소년에게 가능한 범위 내에서 이루어진 또 흡사 일본이 서양에 대해 그랬던 것처럼 무질서한 수용에 불과했지만, 철학을 좋아했던 이 문학소년은 닥치는 대로 책을 가까이하여 자기도 잘 이해할 수 없는 잡다한 사상으로 머릿속이 꽉 차게 되었던 것 같다. 『태양(太陽)』, 『중앙공론(中央公論)』, 『일본과 일본인(日本および日本人)』 등 당시의 잡지를 어느 정도 읽었는지는 상상에 맡기는 수밖에 없다. 어쨌든 1916년에 쓴 「동경잡신」에 "우러러 사모한 지 오래"라고 썼던 우키타 카즈타미(浮田和民)는 이 무렵 『태양』의 주간이었고, "천하의 독서생(讀書生)"에게 다대한 영향을 준 "갈앙(渴仰)의 중심"이었다.90) 이러한 메이지 말기의 일본사상에 젖어 이광수는 자기가 받아들일 수 있는 것 이상으로 머릿속을 잔뜩 채워 넣고 「여(余)의 자각한 인생」 및 그 밖의 논설에서 본 것처럼 그 나름의 사상 체계를 만들어 내며, 그것은 이광수의 내부의 틀이 되어 장래의 사상을 방향짓게 된다.

---

90) 吉野作造, 「民本主義鼓吹時代の回想」, 『近代日本思想大系 17』, 筑摩書房, 1976.

4. 오산학교 시절

이광수가 이승훈(李昇薰, 1864~1930)[91]의 초청을 받아 고향인 정주의 오산학교에 교사로 부임한 것은 1910년 3월의 일이다. 이곳에서 이광수는 9개월 간의 대륙 방랑을 사이에 두고 약 5년 간 교사로 지내며, 그 후 다시 일본에서 유학하게 된다. 앞 절에서는 중학 졸업 후에 오산학교에서 집필된 작품도 중학시절의 정신 활동의 소산으로 간주하여 논의했다. 마찬가지로, 대륙 방랑 후에 재개된 오산학교에서의 창작은 제2차 유학시절의 창작 활동의 일부로 간주하여 다음 절에서 논할 것이다. 이렇게 구분하면, 이번 절에서 논의할 오산학교시절은 번역 작품[92]을 한 편 간행한 것 외에는 창작 활동을 하지 않았던 공백기라는 얘기가 된다. 그러나 이 시기 그는 실생활에서 많은 경험을 쌓음으로써, 중학시절에 채워 넣은 지식을 정리하여 버릴 것은 버리고 어떤 것은 절실하게 자기 것으로 삼으면서 다음 단계로 나아갈 준비를 하고 있었다.

이 무렵 씌어진 작품이 없는 이상, 이 시기의 이광수의 마음의 움직임을 알 수 있는 자료는 회상기뿐이다. 시기적으로 가장 먼저 집필된 「김경」, 해방 후에 씌어지긴 했지만 이 시기 자기 내면을 지독하게 노골적으로 묘사한 『나·소년편』과 『나·스무살 고개』, 그리고 그 밖에 『그의 자서전』, 『나의 고백』 등을 자료로 삼아 오산학교시절의 이광수의 행동과 사상을 살펴보고자 한다.[93] 「김경」의 주인공은 김경이고 『나』의 주

---

91) 호는 남강(南岡). 평안북도 정주 출신. 본래 상인이었으나, 1907년 평양에서 안창호의 연설을 듣고 감격하여 신민회(新民會)에 가입하고 오산학교를 설립한다. 1911년 신민회사건으로 체포되어 4년 간 옥중에 있었다.

92) 1913년 2월 신문관에서 스토우 부인의 『톰 아저씨의 오두막』의 축약판을 『검둥의 설음』이라는 제목으로 간행했다. 『전집』 7에 수록.

93) 발표 연대는 다음과 같다. 「김경」, 『청춘』 제6호, 1915.3; 『그의 자서전』, 『조선일보』, 1936.12~1937.5; 『나·소년편』, 생활사, 1947; 『나·스무살 고개』, 박문서관, 1948; 『나의 고백』, 춘추사, 1948.

인공은 김도경이며 『그의 자서전』의 주인공은 남궁석이지만, 번잡을 피하기 위해 여기서는 이름을 모두 '이광수'로 통일한다. 이들 자전적인 작품에는 창작적 요소가 많이 포함되어 있어 어디까지가 사실인지는 확실하지 않다.[94] 그러나 여기서 묘사된 세계는 틀림없이 이 시기 이광수의 마음세계[心象]를 반영하고 있을 것이다. 다음은 이들 단편에 의거하여 재구성한 오산학교시절 이광수의 마음세계이다.

회상기를 종합해보면, 이 시기는 다음의 세 단계로 구분할 수 있다. 우선 토쿄의 분위기를 완전히 벗어나지 못했던 이광수가 처음 조국의 현실과 직면하여 그 낙차로 인해 자포자기에 빠진 단계, 다음으로 고국의 현실과 유리되어 있던 토쿄에서의 생활을 "사첩 반의 공중누각"이이라고 부정하고 민족과 학교를 위해 헌신하는 단계, 마지막으로 이러한 보상 없는 헌신에 지치고 또 자기의 지식이 부족함을 깨닫고 그대로 오산학교에 묻혀 버릴 것이 두렵고 초조해진 갈등의 단계가 그것이다.

1) 자포자기의 단계

메이지학원 보통부를 졸업한 이광수가 이승훈의 초청에 응하여 교사의 길을 선택한 이유는 그 자신의 설명에 의하면, 연로한 조부의 봉양, 조국에 대한 사랑, 또 마음에 두고 있던 여성의 존재 외에도, 자기는 더 이상 공부할 필요가 없다는 자만심 때문이었다.[95] 부임해 온 그를 역에

---

94) 이광수는 『나의 고백』에서 이 작품이 "실제로 관련한 일, 보고 들은 일"을 쓴 것이라고 밝히고 있다.

95) 이광수가 고등학교 진학을 단념하고 귀국한 이유는 중학교를 졸업한 까닭에 유학비 지급이 끝났기 때문이기도 하지만, 그는 그 외에도 다음과 같은 이유를 들고 있다. ①민족계몽사업이 교육에 종사하기 위해─『그의 자서전』, 『나의 고백』, ②나이든 조부를 봉양하기 위해─『그의 자서전』, 『나』, ③이미 완벽한 인생관을 얻은 자기는 더 이상 공부할 필요가 없다는 자만심─「김경」, 『그의 자서전』, 『나』, ④짝사랑하는 소녀 실단과 결혼하고 싶어서─『나』.

서 정렬하여 맞아주고 성대한 환영잔치를 열어준 오산학교의 생도와 교
사에게 감사하기는커녕, "나 같이 장한 사람이 너희들의 선생으로 오는
구나"96)라고 생각할 정도로 그는 매우 자만했다. 「김경」에는 그의 오산
학교 부임이 주로 자만심과 연결되어 묘사되어 있다.

> 이 학교에 교사로 옴은 당시에 유행하던 애국열로 그러함은 아니오 (…중
> 략…) 나의 장기는 시인인즉 시인은 천성이라 어찌 배움을 기다리리오. 배우
> 라 함이 도리어 천재를 구속케 하는 장본이니, 차라리 고국에 돌아가 전원에
> 숨어 아직 캐어보지 못한 조선 민족의 인정의 기미와 실사회 인생의 살아가
> 는 맛을 탐구하리라 하는 종작 없고 철없는 생각과 게다가 ○○교주의 간청
> 이 있음을 다행으로 단연히 이곳에 오기를 결(決)하니…….97)

이리하여 이광수는 오산학교에 오게 된 것인데, 이때가 바로 앞 절에
서 언급했던 사상편력 가운데 본능만족주의의 시기였던 터라 부임 후
얼마간은 "학과(學課)나 필(畢)하고는 연일 장취(長醉)에 과연 바이런으로
자처"98)하는 생활을 계속한다. 게다가 귀국하고 곧 결혼한 아내 백혜순
에게 애정을 가질 수 없어서 사생활이 문란해지고, 아내 아닌 다른 여성
과의 접촉도 있었던 것 같다. 자기의 가치가 주위에서 정당하게 평가받
지 못하고 있다는 오만한 불평을 품는 한편, 토쿄에서 마음속에 품었던
애국의 이상과 조국의 현실과의 낙차 앞에서 이광수는 일시적으로 술로
도피하고 청년의 성욕을 '자연주의'로 정당화하는 우스꽝스럽고도 비참
한 경험을 하지만,99) 총명한 그는 여름이 되기 전에 반성하기 시작하여
이러한 생활에 종지부를 찍는다.

---

96) 이광수, 『그의 자서전』, 『전집』 6, 342면.
97) 이광수, 『전집』 1, 569면.
98) 위의 책, 570면.
99) 이광수, 『나』, 『전집』 6 '나의 여섯째 이야기' 참조

혹 이백에게는 술 먹기만 배우고, 바이런에게는 호색만 배우고, 톨스토이에게서는 맘고생만 배움이 아닌가.[100]

이러한 의문이 일자, 토쿄에서 채워 넣었던 온갖 사상은 "사첩 반의 공중누각"으로 보이게 된다. 그리고 고국의 "발등에 떨어진 불덩어리" 앞에서 "우선 하지 아니치 못할 급한 일도 있는 듯하여",[101] 그는 일변하여 학교 일에 힘쓰게 되는 것이다.

2) 헌신의 단계

「여(余)의 자각한 인생」의 마지막 부분에서 이광수가 '정박'한 '애국주의'는 철학적 사색 끝에 도달한 것이지만, 어느 사이엔가 국가를 "열렬한 사랑의 대상"으로 삼는 감정으로 바뀌어 있다. 애정과는 인연이 멀었던 이광수는 국가라는 추상적인 존재를 오산학교라는 구체적인 존재를 통하여 열렬한 사랑의 대상으로 삼기 시작한 것이다. 제1차 유학시절을 중심으로 하는 초기 창작기는 1910년 8월 『소년』에 발표되었던 이 글에서 끝나고, 이후 그는 대륙 방랑의 길에서 돌아오는 1914년 말까지 붓을 들지 않는다. 1910년 8월 대한제국이 사라져 허탈 상태에 빠진데다 일본의 완전통치 아래 출판 사정이 악화된 이유도 있겠지만,[102] 일한병합에 자극받아 북돋아진 민족의식으로 인해 자기 희생적일 정도로 학교 일에 힘썼던 이광수에게 집필의 여유는 없었던 것이다. 오산학교의 교사라는 안정된 사회적 지위를 얻고 또 결혼하여 가정을 갖게 됨으로써 고국의

---

100) 이광수, 『전집』 1, 570면.
101) 위의 책, 570면.
102) 「여(余)의 자각한 인생」, 「천재」, 「조선사람인 청년에게」, 「헌신자」 네 편이 한꺼번에 게재된 1910년 8월의 『소년』 제3년 제8권은 발매금지된다. 금지가 풀린 12월에 제9호가 나오지만, 이듬해 1911년에 제4년 제2권을 끝으로 『소년』은 폐간된다.

공동체에 비로소 당당하게 받아들여진 그는 귀국 후 수개월 간의 동요기를 거친 후 그 나름의 마음의 안정을 얻는다. 그리고 "나는 ○○학교에 와서 비로소 사람노릇 하기를 조금 배웠노라"103)고 학교에 감사하는 심경에 도달한다. 이러한 안정감은 주로 애정을 주면 이에 상응하여 자기를 따라주는 학생들의 존재에서 비롯된 것이었다. 신혼의 아내인 백혜순에게 도무지 애정을 느낄 수 없었던 만큼, 그는 자신의 사랑을 자기가 가르치는 전부 학생들에게 쏟았다. 어릴 때부터 충족되지 못했던 가정적인 사랑의 굶주림을 한꺼번에 충족시키려는 듯이 그가 학생들에게 쏟는 애정은 격렬했다.

> 나는 하루도 그들을 대하지 아니하고는 살 수 없도록 그들이 그리웠다. 그들 중에 앓는 이가 있으면 나는 내 건강이 허하는 한에서 지성으로 그들을 간호하였다. 어떤 때엔 장질부사로 고통하는 학생을 꼭 껴안고 밤을 새우기도 하였다. 그들은 내 애인이었다.104)

그러나 학생들에게 쏟는 이러한 과도한 애정에는 그 내부에 뒷날 그가 배신당했다고 느끼고 적의에 가까운 감정까지 품게 되는 요인이 잠재해 있다.105) 그 요인의 하나는 그러한 사랑이 보상될 수 없다는 데 있다. 학생들은 동성(同性)이고 타인이기 때문에, 그것은 영속적인 사랑을 통해 보상받을 희망이 없는 애착이다. 중학시절 동급생에게 동성애적 감정을 품었던 적이 있는 이광수는106) 동성애에 가까운 감정을 가지고

---

103) 이광수, 「김경」, 『전집』 1, 570면.
104) 이광수, 위의 책, 346면.
105) 「김경」의 주인공은 자기가 학생들에게 어떤 존재였는가 하는 허무감에 빠질 뿐, 『나』나 『무정』에서 보이는 학생들에 대한 두려움이나 증오와는 무관한 감정을 보이고 있다.
106) 첫작품 「사랑인가」는 동급생 소년에 대한 짝사랑 때문에 자살을 결심하는 소년이 주인공이다. 이 외에도 「윤광호」에서 묘사되는 소년애(少年愛), 『무정』의 주인공이 이희경에게 품는 심정 등도 동성애적 감정이다. 주 70에서 언급한 이광수의 중학시절의 동급생 야마자키도시오의 작품 가운데 나오는 '이보경'도 주인공인 '나'에게 애정을 품은 소년으로 그려지고 있다.

소년들을 열렬히 사랑하지만, 소년들에게 그는 존경하는 교사에 지나지 않아 인생의 한 시기를 배우고 떠나면 그뿐인 존재이다. 배신당했다는 생각을 그가 품었다고 해도, 그것은 제 멋대로 생각한 그의 혼잣씨름에 지나지 않는 것이다.

또 다른 요인은 소년들에 대한 그의 애정이 가르치는 행위가 주는 만족감에 뿌리를 두고 있다는 점이다. 지도자 원망을 가졌던 이광수에게 가르치는 행위는 거의 하늘에서 부여받은 소명과 같은 것이었다. 가르치는 행위가 그에게는 항상 수직적인 인간관계를 의미하는 것이었다는 사실은 말할 필요도 없다. 앞 절에서, 문명을 배우고 배운 것을 통해 세상을 위해 몸을 바치며 그러한 봉사 행위를 통하여 자기의 우위를 확립하고자 했던 동학 시절의 야심을 체현한 것이 바로 지도자였다고 지적했는데, 교육을 교도(敎導)하는 행위로 간주하는 이광수에게는 교육자야말로 지도자였던 것이다.

가르치는 자와 가르침을 받는 자의 관계가 상하관계로 고착된 데에는 당연한 일이겠지만 그가 유년기에 받은 유교 교육에서의 전통적인 사제관계의 영향을 무시할 수 없을 것이다. 동학의 평등사상에서조차 "군사부대경대법(君師父大經大法)"이라 하여 배우는 행위를 매개로 한 상하관계가 엄연히 존재했음을 이광수는 『나의 고백』에서 회상하고 있다. 그가 그 수년 뒤에 「신생활론」에서 비판한 유교의 계급성 가운데 사제관계가 빠져 있는 것은 시사적이다. 이광수에게 지식을 중개로 한 가르치는 자와 가르침을 받는 자의 계급성은 부정할 수 없는 신성한 것이었다.[107]

---

107) 이를테면 "그들과 나와의 관계가 무엇이뇨? 사제? (…중략…) 그것이 무슨 끔찍한 연쇄리요. 과연 그네가 불러 '선생님 선생님' 하나 그네에게 '군사부(君師父)'라는 '사(師)'의 의미로 사(師)된 바 없으니 나의 '선생님'이라는 칭호는 마치 동네 사람들이 나를 보고 '나리 나리'함과 다름이 없는지라, 관습을 따라 '선생님, 선생님'라는 소리야 차마 어찌 들으랴"(『전집』 1, 572~ 573면) 하는 김경의 독백에서는 이광수가 '스승'이라는 말에 부여하고 있는 무게와, 자기가 그 무게에 알맞은 존경을 받지 못하고 있다

여기에는 역경 속에서 자란 그가 사제관계뿐 아니라 일반적인 인간관계에서도 이러한 상하관계만을 고집했던 사실 또한 원인으로 작용하고 있는 것 같다. 자기를 거부하는 세상에 거꾸로 자기를 바침으로써 자기를 우위에 두고 자존심을 지키는, 이러한 외부 세계와의 변칙적인 관계 맺기 방식은 주고받고 평등하게 열린 인간관계를 맺기 어렵게 만들었다. 이광수는 주는 것은 잘 해도 받는 것은 서투르지 않았을까. 그를 오랫동안 괴롭혔던 스승이나 친구가 없다는 괴로움도[108] 실은 그가 이러한 인간관계밖에 가질 수 없었던 데서 기인하는 것 같다.

이광수에게 학생은 결코 진리 앞에서의 동등한 탐구자일 수는 없으며, 자기가 이끄는 대로 따라가는 존재여야 했다. 그러나 교육자를 지도자로 간주하는 이광수와 같은 교사는 항상 학생보다 뛰어나고 학생보다 몇 걸음 앞서 나가지 않으면 안 된다. 유교나 동학의 사제관계라면 윤리적으로 스승의 지위가 보증되어 있지만, 이광수가 부르짖은 것은 그러한 유교를 타파하고 젊은이가 새로운 지식으로 새로운 나라를 만들어야 한다는 자녀 중심의 사상이었다. 새로운 문명의 지식을 전해 줌으로써 스승의 지위를 확보하는 교사는 항상 최신의 지식을 추구해야만 한다. 중학교를 졸업한 데 지나지 않는 스무 살 안팎의 이광수가 '자각한 인생'의 정도로는 곧 바닥이 드러나는 것을 피할 수 없었다. 이광수가 학생들에게 쏟는 과도한 애정은 이끄는 자가 따라가는 자에게 위에서 내려주는 애정이다. 그 학생들이 성장했을 때 언젠가는 자기가 그들에게 추월당하여 뒤처지게 될 수도 있다는 사실을 깨닫고, 그는 두려워하게

___

는 생각에서 오는 초조감, 그리고 자기에게는 '스승'이 될 만한 값어치가 없는 것은 아닐까 하는 불안감이 느껴진다. 또 자기의 서가에 늘어선 책을 보며 "이만한 장서도 이 학교 학생들을 위협하기에는 족하다"(『전집』 6, 544면)는 식으로 생각하는 『나』의 주인공에게도 이러한 불안이 드러나 있다.

108) "그러므로 그가 오늘 매우 후회하는 것은 선배 없이 자라남이라. 항상 말하기를 '나는 이제라도 외경(畏敬)할 엄사문하(嚴師門下)에 일 년만 지냈으면……'"(「김경」, 『전집』 1, 569면) 하는 구절이나, 혹은 작자 자신이 모델인 『무정』의 주인공 이형식이 친구 없음을 고민하는 대목에서 이를 엿볼 수 있다.

되는 것이다.

가을이 되자, 이광수는 학교일 외에도 교주(校主) 이승훈이 자기의 출신지인 용동 마을에 조직한 동회(洞會)의 회장 업무를 맡게 된다. 동회란 마을의 남녀가 평등한 표결권을 갖고 마을에 좋은 일을 발의하고 토의한 후 실행에 힘쓰는 모임인데, 회장의 업무는 이를 감독하는 일이었다. 이곳에서의 경험은 나중에 계몽논설 「농촌계발」과 소설 『흙』에서 활용된다. 동회는 청결에 특히 힘을 쏟았다. 용동에 이주한 이광수는 정기적으로 마을을 돌며 집집마다 방과 부엌, 변소에서부터 침구까지 점검했다고 한다. 또 자기의 가정 생활을 모범적으로 단속하고, 닭을 치고, 집안의 부엌이나 뜰을 자기 손으로 깨끗이 정돈하고, 아침에는 일찍 일어나 마을길을 청소하고 나서 등교하여 학교를 청소했다.

이듬해 1911년 1월 신민회사건에 연루되어 이승훈이 체포되자, 학교일은 이광수의 어깨에 놓여지게 된다. 학과목을 주당 34시간씩 맡았고,[109] 게다가 동회의 업무가 있었으며, 교회에서 설교까지 했다. 월급은 거의 받지 못했고 먹을 것이나 입을 것도 자유롭지 못했다고 하니, 그야말로 자기 희생적인 생활이었다. 이렇게 무리한 생활은 이광수의 몸에 나쁜 영향을 주었고, 몸도 마음도 지친 그는 점차 이런 생활에 불안과 초조함을 느끼게 된다.

3) 갈등의 단계

이승훈이 체포되어 학교 재정이 곤란해지자, 총독부의 탄압을 모면하기도 할겸 학교는 외국인 선교사를 교장으로 맞아 기독교회의 경영하에 들어간다. 그런데 교회에서 파견되어 온 목사는 학교 경영에 대해서도

---

109) 이광수, 『그의 자서전』, 『전집』 6, 345면. 『나의 고백』에는 야학과 합해서 주당 42시간이라 되어 있다. 『전집』 7, 235면.

참견을 한다. 중학시절부터 기독교회에 의존하지 않는 독자적인 크리스 챤이었던 이광수가 교회의 지배하에 들어가게 된 것을 싫어한 것은 말할 필요도 없다. 그때까지 마을과 학교의 지도자였던 이광수와 교회의 목사 간에 일어난 암묵적인 권력 투쟁에서 학교의 존립 기반인 교회가 우세한 것은 당연했다. 이리하여 지나치게 많은 일에 체력을 소모하고 학교에서의 인간관계에 신경을 소진한데다 아내에게 애정적으로 불만 이고, 또 자신을 바짝 따라붙는 학생들에게 위협을 느낀 이광수는 오산 학교 생활에서 막다른 길목에 봉착한다. 그리고 이러한 답답하고 울적 한 기분을 집에서 기르고 있던 닭싸움에서 발산시킨다.110)

이광수는 동회가 있는 용동에서 이승훈이 마련해 준 집에서 살았는 데, 해가 들지 않는 그 집의 초라함이 그를 불쾌하게 했다. 게다가 이승 훈 집의 수탉은 체격이 좋았고, 이광수가 기르고 있던 수탉이 약한 것을 빌미로 매일 찾아와서는 암탉을 빼앗아 갔다. 쉽사리 강한 쪽을 따라가 는 암탉은 그에게 교회 쪽에 쏠려가는 마을 사람과 학생들을 연상시키 고, 자기 집 수탉의 굴욕을 그 자신의 굴욕이라 여기게 된다. 견디다 못 해 그는 차례로 세 마리의 수탉을 구해보지만, 그 가운데 어떤 수탉도 교주네 수탉을 당해내지 못한다. 결국 보통의 배나 되는 값을 지불하고 특히 강해 보이는 수탉을 사다가 사람들에게 전해들은 처방에 따라 날 고기 한 근과 동분(銅紛)111) 두 돈을 넣어서 만든 탕을 5일 간 먹이고 결 전(決戰)을 준비시킨다. 늦가을, 수탉이 벌인 4일 간의 싸움은 장렬했다.

나는 닭싸움이라는 것도 잊고, 우리 닭의 승리라는 것도 잊고, 한 목사에 대 한 일종의 앙갚음이라는 것도 잊고, 자연의 지극히 깊은 비밀의 방을 들여다 보는 마음으로, 내가 개인과 민족의 생활의 진리를 배우는 자리에 앉은, 한 적 은 제자의 심경으로 두 닭의 움직임을 보고 있었다.112)

---

110) 닭에 대한 언급이 있는 것은 『나』뿐이다. 『전집』 6, 510~516면.
111) 구리가루.
112) 이광수, 『전집』 6, 514면.

결론이 났다. 이광수의 수탉에게 반죽음을 당한 교주의 수탉은 다시 그의 마당에 나타나지 않는다. 그러나 뜻하지 않게, 이번에는 그의 수탉이 남의 집 암탉을 빼앗아 온다. 이집 저집에서 불평이 밀려들자 이광수는 당혹해하지만, 차츰 유쾌해져 웃으면서 중얼거린다.

"흥, 제국주의다."

이튿날 방과 후 이광수는 강단에 서서 학생들에게 연설을 한다.

나는 다윈의 생물진화론을 들어서 우승열패의 적자생존의 철학을 말하였다. (…중략…) "우리는 저 세계의 노예 이스라엘은 아니다! 너희들은 이스라엘을 버려라, 차라리 로마인을 배워라! (…중략…) 여러분! 우리 민족이 요구하는 것은 고기 한 근, 구리가루 두 돈중이요. 우리 민족은 싸워야 하오. 우리 민족은 이기어야 하오, 다른 닭이 싸워주기를 기다리는 것은 거지영신이요."113)

대한제국이 멸망했을 때, 이광수는 이미 다음과 같은 감개를 품었었다.

힘! 그렇다 힘이다! 일본은 힘으로 우리나라를 빼앗았다. 빼앗긴 나라를 도로 찾는 것도 '힘'이다! 대한 나라를 내려누르는 일본 나라의 힘은 오직 그보다 더 큰 힘을 가지고야 밀어낼 수가 있다.114)

국가와 국가 사이의 제국주의는 이러한 제국주의를 긍정함으로써만 극복할 수 있다는 생각은 닭싸움을 지켜본 것을 계기로 자연계의 진리로 승격된다. 강한 자가 승리하고, 약한 자는 진다. 약한 자가 도태되는 것이 자연의 규칙이라면, 자기들은 정복하는 쪽인 로마인이 되지 않으면 안 된다. 그러나 이렇게 과격한 의견은 교회와의 대립을 강화시켰을

---

113) 앞의 책, 515면.
114) 이광수, 『전집』 7, 234면.

뿐 학생과 교사들을 감격시킬 수 없었다.

이미 언급한 것처럼, 일한병합 이전 애국계몽운동의 언론계는 진화론을 진리로 인정하고 이 사상을 근거로 애국자강운동을 전개했다. 오산학교도 그러한 운동의 일환으로 이승훈이 창립한 것이다. 그런데 왜 청중은 약육강식을 진리로 인정하고 강자가 되라고 부르짖은 이광수의 이 연설을 받아들이지 않았을까. 우선 생각할 수 있는 것은 병합이라는 열패(劣敗)가 기정사실이 된 시점에서 이 이론은 더 이상 청중의 공감을 살 수 없게 되었다는 점이다. 우승열패의 이론이란 문명의 무기를 먼저 손에 넣고 우자(優者)라 불리게 된 쪽을 정당화하는 데 이용될 수밖에 없음을 청중은 민감하게 느끼고 있었을 것이다. 사실 이 논법을 받아들이면, 강자인 일본이 조선을 멸망시킨 사실에 대해 아무런 비난도 할 수 없으며, 비난받는 것은 자강(自强)을 게을리 한 조선 쪽이 된다. 이광수는 일단 이를 사실로 인정하고 조선 쪽의 잘못을 자각한 다음 앞으로 나갈 것을 주장했지만, 청중의 민족 감정은 그런 사고를 받아들이지 않았을 것이다.

다음으로 생각할 수 있는 것은 당시 이광수의 인망(人望) 문제이다. 나중에 이 시기를 회상하면서 이광수는 항상 그를 따라다니는 자기 혐오감을 뿌리치기라도 하듯 당시 자기의 자만과 추태를 새삼스레 강조하고 있다. 어리고 경험이 없으며 그래서 자기의 지식을 과시하던 이 무렵의 이광수는 시일이 지난 후 그 자신의 입장에서 봐도 참을 수 없을 정도로 미숙했던 것 같다. 이러한 인간에게 인망이 따르기는 어려웠을 것이다. 이웃의 암탉을 빼앗은 뒤 그것을 억지 이론으로 꾸며대는 청년 교사를 주위에서는 오히려 주제넘고 왠지 수상하게 생각했을지도 모른다. 이리하여 이광수는 진화론의 연설을 이해하지 못하는 교사와 학생들을 "다들 정도가 어려서"라고 마음속으로 매도하며, "나는 이런 유치한 것들과 더불어 세월과 정력을 허비할 사람이 아니라고" 생각하기 시작한다.

닭싸움을 통하여 이광수는 지식으로만 알고 있던 진화론을 살아있는 사상으로 변화시킨다.

> 나는 이번 닭싸움에서 큰 진리를 찾은 것으로 믿었다. 자연과 인생에 무엇이나 못 설명할 것이 없는 열쇠를 내 손에 잡은 것이라고 뽐내었다.[115]

이리하여 생존경쟁의 이론은 그 자신의 머리로 생각한 것과 다름없는 진리가 된다. 이와 동시에 이광수는 지금까지 업신여겼던 지식의 중요성에 눈뜨고, 지식의 보고였던 토쿄에서 본능과 자아에 도취하여 지식을 멀리한 어리석음을 범한 것을 다시금 후회한다. 「김경」에는 이러한 반성을 담은 일기가 인용되어 있다.

> 나는 『베르그송의 철학』이라는 책을 한 40면 읽었다. ― 한 마디도 모르겠다. 나는 이때껏 무엇을 배웠는고 하였다. 옳다. 이때껏 보았다는 서적 뜻도 십 분의 일도 모르고 지냈고나. 과연 『파우스트』니 하는 대걸작도 어찌해 재미가 없는고 하였더니 그럴 것이로다. 볼 줄을 모르니 무슨 재미가 나리오. 나는 배우지를 못하였다. 혹 성서를 하였다는 것도 다 엽등(獵等)이로다. 우선 지식의 기초되는 과학으로부터 들어가자.[116]

비로소 이광수는 "규범과학을 연구함이 연학(研學)의 초보"임을 깨닫고, "심리, 논리, 윤리, 철학, 수학 등"의 중요성을 인식한 것이다.

자기의 지식이 충분하지 않음을 자각했을 때, 학생들은 애정의 대상에서 자기를 추월할지도 모르는 경쟁자로 변모한다. 오산학교를 졸업하고 토쿄에 있는 대학에 유학하는 학생도 나오게 되면 이광수는 더 이상 교사, 즉 지도자일 수 없으며, 중학을 졸업한 일개 시골 교사에 지나지 않게 된다. 자기의 지력(知力)에 자신을 갖고 천재라고까지 자부하고 있던 야심가 이광수에게 이는 가히 두려워할 만한 사태였다. 수년 후 『매

---

115) 이광수, 『전집』 6, 516면.
116) 이광수, 『전집』 1, 572면.

일신보』에 처음 실은 기행문 「대구에서」에서 보이는 "야심 있는 자가 세간에서 잊혀지는 것 이상의 고통은 없다"[117]는 언급은 바로 오산학교에서의 이광수 자신의 심경이었을 것이다.

닭싸움에서 진화론에 눈을 뜬 것이 1911년인지 아니면 1912년인지는 확실하지 않다. 『나』에 의하면 1911년 늦가을이라고 되어 있지만, 『전집』의 연보에는 1912년으로 되어 있다. 어쨌든 그후 대륙 방랑의 길을 떠나는 1913년 11월까지—전자에 따르면 1년 간, 후자에 따르면 2년 간—, 이광수는 오산학교를 떠나고 싶다는 생각과 차마 버릴 수는 없다는 생각 사이에서 교사 생활을 계속했을 것이다. 이승훈이 복역하여 학교 운영이 어려움에 빠져 있는데 자기 한몸의 야심을 위해 학교를 버릴 수는 없었다. 또한 공동체의 일원으로 자리잡은 고향을 단호히 떠날 결심도 하지 못했다. 교회파 학생을 중심으로 일어난 배척사건은 어떤 의미에서는 떠날 기회를 제공한 격이었을 것이다. 이승훈에게 변명도 되고, 양심의 거리낌 없이 피해자의 기분으로 오산학교를 떠날 수 있었기 때문이다. 대륙 방랑 후 일단 오산학교에 돌아오지만, 결국 일 년 뒤 이광수는 마침내 그곳을 떠나게 되는 것이다.

4) 두 개의 세계

오산학교 부임 후 얼마간 마음의 안정을 얻고 민족운동의 실천에 전념하고 있을 무렵—즉 이번 절에서 언급한 헌신 단계의 시기이다—, 그는 자기에게 "역사의 근거지"가 두 개 있다고 생각한다. 하나는 자기가 공부하고 『불기둥』과 『나의 종교』, 『해적』을 읽었던 토쿄의 시로가네(白金)이고, 다른 하나는 자기를 "건전한 조선인"으로 만들어 준 오산

---

117) 위의 책, 570면.

학교이다.118) 그러나 이광수라는 조선인 속에 내재한 두 개의 세계는 병존할 수 있는 성질의 것이 아니었다. 일본의 "사회적 감화"119) 아래서 눈을 뜬 자아는 타자를 삼켜서라도 팽창을 희구하는 자아이자 일본의 제국주의를 지지하는 자아이며, 그가 처음으로 공동체 속에서 자기 자리를 얻고 조선인으로서의 정체성을 가지게 된 오산학교의 세계와 적대하는 자아였다. 그는 전자의 논리로 후자를 구하려는 절망적인 전략을 발견하지만, 그것은 자기 자신을 전자에 팔아 넘기게 될지도 모르는 위험한 도박이었다. 사실 제2차 토쿄 유학시절의 이광수의 언동은 그러한 함정에 빠져 있는 것처럼 보인다.120) 이러한 덫의 먹이가 그의 야심이었다는 것은 그의 책임으로 돌릴 수 있을지도 모르지만, 덫인 줄 알면서도 접근한 것은 그의 애국심이 고안해낸 방법이었음을 분명히 해두지 않으면 안 된다. 이를 인정하지 않는다면, 1918년 겨울 이래 3·1운동 때 이광수가 취한 행위는 이해할 수 없게 되어 버리기 때문이다.

5. 제2차 유학시절

이광수의 두 번째 토쿄 유학은 1915년 가을부터 시작된다. 김성수(金性 洙, 1891~1955)121)의 도움를 얻어 일본으로 건너온 이광수는 우선 와세다

---

118) 위의 책, 570면.
119) 위의 책, 569면.
120) 이러한 경향은 『매일신보』에 발표한 「대구에서」(1916)·「동경잡신」(1916)·「오도답파기(五道踏破記)」(1917) 등에서 현저하게 보인다.
121) 호는 인촌(仁村). 전라북도 출신. 와세다대학 졸업. 경성방적회사를 설립하여 민족자본 육성에 힘썼다. 『동아일보』의 창간자이자 2대째 사장. 이광수는 『삼천리』 기자와의 인터뷰에서 "학비라고 매달 20원씩 중앙학교에서 보내주었는데, 내용은 김성수씨가 대었는지 모르겠으나, 늘 그때 학감이던 안재홍씨 이름으로 오더구만……"이라고 말

대학(早稻田大學) 고등 예과에 들어가고, 이듬해 수료하여 대학 문학부의 철학과에 진학한다. 그리고 고등 예과와 대학부 내내 우수한 성적을 받으면서 학교 생활을 하는 한편122) 정력적으로 다양한 활동을 한다. 일본으로 건너오기 전에 이미 최남선의 『청춘』과 토쿄 유학생 잡지인 『학지광』에 몇 편의 작품을 발표했지만, 그가 저작 활동을 본격적으로 시작한 것은 예과에서 대학부로 진학한 1916년 가을부터였다. 즉 9월에 조선총독부 기관지인 『매일신문』에 처음 「대구에서」를 발표하고, 이어서 같은 지면에 「동경잡신」, 「문학이란 하(何)오」, 「교육가 제씨(諸氏)에게」, 「농촌계발」, 「조선 가정의 개혁」, 「조혼의 악습」을 잇달아 발표한다. 그리고 이 듬해 1917년 1월 1일부터는 장편 『무정』을 6개월에 걸쳐 연재하는 한편, 동시에 『학지광』과 『청춘』에도 논문·시·수필을 발표하는 외에 단편도 몇 편 쓴다. 『무정』의 연재가 끝나자 11월부터는 『개척자』를 연재하는데, 그 사이에 약 2개월 간 오도답파(五道踏破) 길에 올라 『매일신보』에 그 기행문을 게재하며, 허영숙과의 연애가 시작된 것도 이 무렵이다. 오산학교에서의 답답함과 울적함을 단숨에 털어내려는 듯, 그의 토쿄에서의 활동은 눈부셨다. 이듬해 10월 허영숙과 베이징(北京)으로 '애정도피' 하기 전까지 이러한 왕성한 저작 활동은 계속된다.

베이징에서 제1차 대전이 끝난 사실을 알게 된 이광수는 급히 조선을 경유하여 재차 일본으로 건너와 「조선청년독립단선언서」(2·8독립선언서)를 기초하는데, 본고에서는 베이징행 직전에 발표된 「신생활론」까지를 제2차 유학시절의 창작 활동으로 간주한다. 그 이유는 「2·8독립선언서」의 내용이 그 직전 저작의 입장과는 동떨어져 있어서 도저히 연속적인 정신 활동의 소산으로 간주하기 어렵기 때문이다. 필자는 그것이 앞 절에서 언급한 '두 개의 세계' 가운데 '오산학교의 세계'의 돌발적인 분출

하고 있다. 김성수는 경영난에 빠져 있던 중앙중학교를 인수하여 1917년에는 교장으로 취임한다(『한국인명대사전』, 신구문화사, 1986).
122) 大村益夫, 주 63의 논문 참조.

이었다고 생각하고 있지만, 본고에서는 깊이 파고들지 않기로 한다.[123]

지금까지 제3절 '제1차 유학시절'에서는 이광수가 중학시절에 도취했던 '생의 보지·발전'이라는 자아예찬 사상이 메이지시대 일본 사조의 저류를 형성하고 있던 생존경쟁 이론에 의거한 제국주의의 긍정으로 빠져들 요소를 내장하고 있음을 지적했고, 제4절 '오산학교시절'에서는 이광수가 오산학교 생활을 통하여 민족적 정체성을 가지게 되었음에도 불구하고 궁극적으로는 생존경쟁 이론이 진리임을 절실하게 깨닫고 또 자기의 학문이 부족함을 통감하여 오산학교를 떠나게 되는 과정을 살펴보았다. 이번 절에서는 제2차 유학시절에 쓴 계몽논설이 이러한 생존경쟁 이론을 바탕으로 한 것임을 구체적인 예를 통하여 논증하고, 그가 이러한 우승열패의 논리를 신봉하면서도 이미 식민지로 전락한 조국을 구할 수 있다고 생각한 이유를 고찰하고자 한다.

1) 진화론과 '정'의 결합

이 시기 이광수가 쓴 많은 계몽논설 가운데 가장 유명한 것은 「자녀중심론」[124]일 것이다.

우리는 선조도 없는 사람, 부모도 없는 사람(어떤 의미로는)으로 금일 금시

---

123) 정명환은 2·8독립선언의 기초에서부터 상하이 임시정부 참여에 이르는 이광수의 행동을 민족의 일원으로서의 일시적인 조건반사로 간주하고 있다(「이광수의 계몽사상」, 『이광수 연구』, 태학사, 1984). 또 김윤식은 허영숙과 애정도피한 이광수가, 베이징에서의 장기 체류가 불가능한 것, 연애가 벽에 부딪친 것, 그때까지 쌓아올린 자기의 명성이 위기에 처한 것 등을 일거에 타개하기 위해 우연히 제공된 기회에 돌발적으로 뛰어든 것이라 본다. 그리고 독립선언서를 기초한 주체는 이광수 개인이 아니며, 선언서는 당시 토쿄 유학생들이 제공했던 추상적인 세계관의 가능최대치의 표현이었다고 주장하고 있다.(김윤식, 앞의 책, 527면, 630면)
124) 이광수, 「자녀중심론」, 『전집』 10, 33~38면.

에 천상(天上)으로서 오토(吾土)에 강림한 신종족으로 자처하여야 한다.125)

우선 효(孝)의 나라 유자(儒者)들을 뒤흔든 이 말이 어떤 논리에서 도출
되었는지 살펴보자.

"조선서는 효가 최상의 도덕이었고, 효의 내용은 자녀된 자가 부모의
지(志)를 승순(承順)함"126)이었다. 부모 생존시에는 마치 전제군주를 섬
기는 노예처럼 부모의 명령에 따르고, 또 사후(死後)에도 또한 삼년상(三
年喪)과 봉제사(奉祭祀)로 인해 시간과 정력과 금전을 빼앗겨, 자식은 "인
생의 수양과 활동의 황금시대인 청춘"을 헛되이 보내고 만다. "구(舊)조
선의 자녀는 오직 부조(父祖)를 위하여서만 살았고, 일하였고, 죽"는 "부
조(父祖) 중심"의 삶을 강요받았고, "개인적 행복에 대한 자유의 전부"인
"교육과 혼인"의 자유까지 부모에게 박탈당하는 것이 당연하게 간주되
었던 것이다.127)

그러나 "생물학이 가르치는 바와 같이 인류의 목적이 (타생물과 같이)
개체의 보전과 종족의 보전·발전에 있"128)는 까닭에, "개체 보전"의 관
점에서 보면 부조(父祖)와 자녀는 "평등한 개체"이며, "종족의 보전·발
전"의 관점에서 보면 "부모는 자녀를 양육하고 교육할 의무가 있으되
자녀는 결코 부모를 위하여 자기를 희생할 의무가 없"129)다. "자녀된 자
의 최대한 의무는 자신과 자기네의 또 자녀에게 있"130)는 것이다.

그러면 부모가 자녀에게 진 '의무'란 무엇인가. "자녀가 생(生)하면 부
모의 최대한 의무는 그 자녀로 하여금 격렬한 생존경쟁 장 속에서 독립
하여 자기의 생활을 경영하는 능력을 가지며, 전대(前代)에게 전승하는

---

125) 위의 책, 37면.
126) 위의 책, 33면. 1. '부조(父祖) 중심의 구(舊)조선'
127) 위의 책, 33면.
128) 위의 책, 34면. 2. '자녀의 해방'
129) 위의 책, 34면.
130) 위의 책, 35면.

문화를 받아 이를 유지하고 거기다가 다소의 보익(補益)·발전을 첨(添)하여, 또 자기의 후대에 전할 만한 능력을 가지게 함"131)이다. 이를 위해서는 모든 것을 자녀 중심으로 생각하고 또 자녀의 교육에 온 힘을 쏟는 것, 이 두 가지가 필요하다. 예전의 부모가 자녀를 생각하지 않았을 리 없지만, 그들은 자식을 애지중지한 나머지 재산을 나눠주고 배필을 정해주는 일은 해도 자식이 스스로 그것을 획득하는 능력을 길러주는 일, 즉 교육시키는 일을 게을리 했다. 오늘날 조선의 청년은 오랫동안 부조(父祖)가 "부당"하게도 "강요"한 "희생"을 이번에는 부조(父祖)에게 "정당"하게 "강요"해야 한다. 그리고 자기들의 일생 동안 "최선을 다하다가" 다음과 같은 각오로써 "후대에 오는 건전한 자녀"를 위해 희생하지 않으면 안 된다.

> 우리의 자녀로 하여금 우리의 신체와 정신을 온통 그네의 식료로 삼게 하여야 한다. (…중략…) 우리의 자녀가 필요로 인정하거든 우리의 골격을 솥에 끓여 가계를 운전하기에 유용되는 기름으로 만들어도 가(可)하고, 거미새끼 모양으로 우리를 산 대로 두고 가슴을 욱이어 먹어도 가(可)하다.132)

이처럼 이광수가 자기 세대는 "선조도 부모도 없는" 금일 이 땅에 강림한 "신종족"으로 자처하여야 한다고 주장한 것은 지금까지 조선에서 취해온 삶의 방식이 잘못되어 조선 민족이 쇠퇴한 것이므로, 이대로 같은 방법으로 나아가면 "종족의 멸망"은 확실하다는 인식과 위기감 때문이었다. 잘못된 생활 방식이란 유교에 의한 '부조(父祖) 중심'의 생활이며, 이제부터 취해야 할 정당한 생활 방식이란 생물학이 가르치는 '개체의 보전'과 '종족의 보전·발전'을 목적으로 하는 '자녀 중심'의 생활과 자녀의 '교육'이다. 그러한 연후에야말로 자녀는 '생존경쟁'을 이겨내고

---

131) 위의 책, 35면. 3. '자녀 중심으로 한 부자(父子)관계'
132) 위의 책, 37면. 5. '결론'

"다소의 보익(補益)·발전을 첨(添)하여 또 자기의 후대에 전"하여 진화해갈 수 있는 것이다.

'개체의 보전'과 '종족의 보전·발전'이라는 말은 그의 중학시절의 논설 「조선사람인 청년에게」에서 언급했던 '생의 보지·발전'의 연장이다. 이리하여 자아예찬의 생명주의는 진화론과의 만남을 통해 생존경쟁을 꿋꿋하게 버텨낼 원동력으로 변신한다. 「교육가 제씨(諸氏)에게」133)에서는 이러한 본능주의와 진화론의 결합이 분명하게 드러나 있다.

부모가 자녀에게 진 최대의 의무인 교육을 논하는 이 대논설에서, 이광수는 우선 "조선 쇠퇴의 원인"을 "교육의 근본사상인 실생활을 무시한 유교 교육의 해독(害毒)"134) 탓으로 돌린다. 교육의 목적은 "생활하는 방법"을 가르치는 것인데, 조선의 교육은 "이용후생(利用厚生)의 도(道)"를 등한시하고 공리공론(空理空論)에 치우쳐 "철학자, 문학자, 윤리학자"만 만들어내고 행복한 생활을 만드는 데 필요한 문명의 "제반 학술"을 갖지 못했다. "생활"의 목적은 "자기 일신의 건강과 행복을 유지하고 발전하며, 경(更)히 자기의 미래의 자손을 위하여 지식과 체력과 정신과 재산을 유(遺)하는" 것이며, "차(此)를 진화론자들은 개체의 보존·발전 및 종족의 보존·발전"135)이라 한다. 보존이란 "불사불멸(不死不滅)"이고 발전이란 "자기 일신 또는 자기 종족으로 하여금 타인 또는 타종족의 상(上)에 상(上)하게 하는 힘"이며, "차(此) 양 목적을 위하여 분투함을 생존경쟁이라 하나니, 차(此) 간단한 원리야말로 동식생물계(動植生物界)의 만반현상을 지배하는 대법칙"136)인 것이다. 이러한 생존경쟁의 현상은 각 생물의 살고자 하는 욕망에서 생기는 것이므로, 그 "원동력"은 생에 대한 욕망과 살고자 하는 의지라 할 수 있다. 따라서 "인성(人性)의 본(本)"

---

133) 위의 책, 49~62면.
134) 위의 책, 50면. 1. '교육과 교육가'
135) 위의 책, 54면. 2. '실생활 중심의 교육'
136) 위의 책, 55면.

은 "인(仁)"이나 "애(愛)", "선(善)"이 아니라, "욕망"과 "의지"137)이다. "건강과 행복과 생식"을 3대 요소로 하는 "생활"을 위해 지육(智育)과 체육(體育)이 중요한 것은 말할 필요도 없지만, 무엇보다도 중요한 교육은 정신교육, 즉 "의지"의 교육이다. 현재 조선의 "무위·무력·침체"를 타파하기 위해서는, 이러한 의지의 교육을 통해 "빈천(貧賤)을 자감(自甘)"하지 않고, "소성(小成)에 안(安)"하지 않으며, "인(人)과 경쟁하기를 피"하지 않는 "거부(巨富)"·"대학자"·"대종교가"·"대문학자"·"대교육가"되기를 열망하는 "대욕망"138)을 가진 인간을 만들어야 한다.

"정신교육의 근본교육은 즉 의지의 교육이요, 환원하면 욕망의 교육"139)이라고 역설하면서 이상적인 교육가가 되는 데 필요한 극히 엄격한 자격을 열거한 이 논설은 발표 당시 본국의 많은 사람들에게서 반발을 샀을 것이라 생각된다. 이 논설의 취지에 부합하는 교사가 없는 학교는 차라리 폐지해야 한다고까지 극언한 이광수의 주장140)은, 총독부의 탄압하에서 착실하게 민족교육을 계속해 나가면서 3·1운동의 지반을 쌓아갔던 사람들에게는 괘씸한 것일 수밖에 없었을 것이다. 그러나 이미 7년 전 「정육론」을 통해 정(情)의 해방을 부르짖었던 이광수로서는 드디어 이론적으로 자아예찬사상의 종착점에 도달한 것이었다. 오산학교에서의 실생활을 통하여 '사첩 반의 공중누각'은 한때 무너진 것처럼 보였지만, 그 기반은 건재한 채로 오히려 생활 속에서 절실하게 강화되는 한편 진화론의 이론으로 무장되었다. '욕망의 교육'이란 바로 '정육(情育)'과 다르지 않았던 것이다.

「위선(爲先) 수(獸)가 되고 연후에 인(人)이 되라」141)는 이러한 생명주의와 생존경쟁 이론의 결합이 가장 노골적으로 드러나 있는 논설이다. 이

---

137) 위의 책, 55면.
138) 위의 책, 59면.
139) 위의 책, 159면.
140) 위의 책, 60면. 3. '교육가의 의무'
141) 위의 책, 242~244면.

논설은 "생물학이 왈, 오인(吾人)의 조선(祖先)은 원류(猿類)와 같은 동물이라 하며, 경(更)히 소고(溯考)하면 아메바와 같은 원시동물이라 하도다"[142]라는 첫머리로 시작되는데, 여기서 이광수는 진화란 자기의 각 기능을 유감 없이 발휘하여 승리자의 위치를 얻는 것 곧 우자(優者)의 "특권"이며, 어떤 '단계'에서 최선의 분투노력으로써 다음의 '단계'로 나아간 자는 이전의 '단계'에 속하는 자를 지배할 권력을 가지는 것이라 하여[143] 진화를 아래로부터 위로 뻗어 올라가는 과정으로 파악하고 있다. "일 개인의 성장에 취하여 관(觀)하건댄", 그것은 출생 이후 성인으로 성장하는 과정이다. 그런데 도덕이라든가 예의라 하는 것은 청년기를 지나서 "묘문(墓門)이 근(近)"한 노인이 말하는 것으로, "민족이 도덕, 예의만 숭상하게 되면 그는 이미 열패(劣敗)와 멸망을 향하는 것"이다. "도덕은 강자에게 복종하는 약자의 의무"이며, "톨스토이는 노쇠의 사상가요 열패의 사상가"[144]일 뿐이다. 금일 조선에 필요한 것은 "진공적(進攻的)", "적극적", "전제적(專制的)", "권력적", "정력적"인 "활(活)청년"[145]이 우선 운동과 "자양(滋養) 있는 음식"으로 신체를 건강하게 하고, "대사업"과 "승리와 웅비(雄飛)"를 꿈꾸며, "건강한 부(夫)와 부(婦)가 철웅(鐵雄) 같은 자(子)와 녀(女)를 다수 산(産)하는" 것이다.

> '살아라'. 삶이 동물의 유일한 목적이니 차(此) 목적을 달하기 위하여는 도덕도 무(無)하고 시비(是非)도 무(無)하니라. 기아(飢餓)하여 사(死)에 빈(瀕)하거든 타인의 것을 약탈함이 어찌 악이리오 자기가 사(死)함으로는 녕(寧)히 타인이 사(死)함이 정당하니라.[146]

---

142) 위의 책, 242면.
143) 위의 책, 242면.
144) 위의 책, 243면.
145) 위의 책, 244면.
146) 위의 책, 244면.

이러한 외침은 제3절에서 인용했던 "인간은 존재할 권리가 있다는 신념 위에 서 있는 나는 어떤 이유로 제국주의에 도달했는가. 바로 제국주의가 아니면 인간은 지상에 존재할 수 없기 때문"이라는 야마지 아이잔(山路愛山)의 주장과 같은 지점에 그가 이르렀음을 말해준다.

두 번째 유학을 중심으로 하는 시기에 씌어진 계몽논설은 그 바탕에 모두 이러한 생존경쟁 이론이 깔려 있고, 이 때문에 이들 논설은 하루속히 계몽하지 않으면 민족이 멸망해 버린다는 위기감에서 기인하는 격한 톤으로 채색되어 있다.

> 차등(此等)을 저대로 내버려두면, 피등(彼等)의 조부(祖父)와 다름없는 우민(愚民)이 되렷다. 그리하여 여전히 빈(貧)하고, 약(弱)하고, 추(醜)하고, 천(賤)하렷다. 아니라, 점점 퇴화하고 퇴화하여 방향 없는 경(境)에 함(陷)하렷다.147)
> ─「농촌계발」

> 대개 생존경쟁의 격렬함이 극도에 달한 차(此)세대에 처하여 일분일초를 경(競)하여 활동치 아니하고는 개인이 개인의 생존을 보(保)치 못할지요, 민족이 민족의 생존을 보(保)치 못할지라. (…중략…) 절(竊)히 조선의 사회를 관(觀)하건대……148)
> ─「동경잡신」

> 제 땀 아니 흘리고 의식(衣食)하는 무리를 불한당이라 하나니 불한당은 도적의 별명이라. 타인의 노고(勞苦)한 소득을 탈식(奪食)하나니 어찌 도적이 아니리오. 사회의 도적이요, 국가의 도적이요, 전인류의 도적이라. 천(天)은 적자생존과 자연도태라는 엄정한 법칙하에 여차(如此)한 무리의 생존번식권(權)을 탈(奪)하시나리라.149)
> ─「동경잡신」

---

147) 위의 책, 80면.
148) 이광수, 「동경잡신」, '5. 홀망(忽忙)', 『전집』 10, 308면.
149) 이광수, 「동경잡신」, 9. '명사(名士)의 검소', 위의 책, 314~315면.

조우(遭遇)를 감수하는 자는 생존할 자격이 없는 열패자외다.[150]
　　　　　　　　―「숙명론적 인생관에서 자력론적 인생관에」

　이들 논설과 같은 시기에 집필된 장편 『무정』에 흐르는 밝음과 긴박감의 기묘한 동거는 이러한 생명주의의 드높은 절규와 멸망에 대한 위기감의 양면이었다고 생각된다.

　'준비사상'은 바로 이러한 생존경쟁이론에서 도출된 것이다. 김윤식은 『이광수와 그의 시대』에서 오산학교시절의 이광수가 닭싸움에서 발견했다고 믿은 진리를 "제국주의이론"이라 지적하고, 이를 극복하기 위한 준비사상에 대하여 "우리 쪽이 쇠고기와 구리가루를 먹는데 저쪽은 가만히 있을 턱이 없다. 교육과 산업을 준비하여 실력을 키운다는 이론은 저쪽이 정지해 있다는 전제 밑에서만 의미가 있는 이론"이라고 단정했다. 그리고 "아무런 방도가 없는 상태인데도 교육과 산업만 준비하면 모든 것이 절로 될 듯 외쳐댄 것은 실로 답답하고 안타까운 일이 아닐 수 없다. 한갓 심정적 세계, 밤의 논리에 불과한 것"[151]이라고 개탄하고 있다. 그러나 이는 이광수도 분명히 알고 있었을 것이다. 이미 식민지로 전락한 조선은 이른바 '열패(劣敗)'한 자이고, 이광수 역시 이제부터의 탈환이 지난하다는 점은 인정하고 있다. 그런데도 그가 낙관주의를 계속 견지한 것은 당시 이러한 열패자의 탈환을 가능케 할 방법이 이론으로서는 존재했고, 게다가 그 이론도 생존경쟁과 같이 과학적인 권위로 뒷받침되어 있는 것처럼 보였기 때문이다. 그러면 그는 어떻게 한번 열패한 자기 민족을 우자(優者)의 위치로 끌어올리고자 했던 것일까. 그가 발견한 이론이란 무엇이었을까.

---

150) 이광수, 숙명론적 인생관에서 자력론적 인생관에」, 『전집』 10, 47면.
151) 김윤식, 앞의 책, 324면.

2) 낙관적 준비사상의 근거

제2차 유학시절의 마지막 계몽논설 「신생활론」[152]에서는 지금까지와
는 달리 '생존의 욕망과 의지'의 예찬이 그림자를 감추고, 대신에 이성
적인 '비판'이 유력한 방법으로 부상한다.

이 논문에서 이광수는 우선 "생활은 변화"[153]라고 규정한다. "란(卵)
으로서 유충(幼蟲)으로서 용(蛹 : 번데기)에, 용(蛹)으로서 완전한 성충(成蟲)
에 달(達)하는 모양으로, 오인(吾人) 인류의 생활은 부단의 변화를 경(經)
하여 완전을 향하고 진화"[154]한다. 그런 까닭에 생활의 방식도 "사위(四
圍)의 상황을 따라 생물학의 말을 비용(備用)하면, 외계(外界)에 순응하여
시시각각으로 변천"[155]하지 않으면 안 된다. 그런데 "유교의 종지(宗旨)
전체가 진화를 부인하는 생활 고정론"이며, "변천은 악이라 하여 전력
을 다하여 변천을 방알(防遏)하려"[156] 한다. 이것은 "우주 진화의 대원리
에 패려(悖戾)하는 사상"이며, "우리의 과거 생활이 실패한 근본적 원인"
은 실로 이러한 "진리를 망각함"[157]에 있다.

그런데 변화에 아무리 반대 혹은 무관심한 인간이라도 대세의 조류에
역행할 수 없기에 50년, 100년 뒤에는 다소의 변화를 모면할 수 없는데,
이러한 "무의식적 변화"[158]는 동식물의 진화에 속하는 것이다. 그런데
"인류의 특색은 자기가 자기의 이상을 정하고 자기의 노력으로 자기를
진화시킴에 있"다. 특히 "문명을 가진 인류"는 자기의 진화를 의식적으
로 행하는 것, 즉 "인위적 진화"를 해나갈 수 있다. 이를테면 화학이나

---

152) 이광수, 『전집』 10, 325~351면.
153) 위의 책, 326면. '1. 생활은 변화라'
154) 위의 책, 326면.
155) 위의 책, 327면.
156) 위의 책, 326면.
157) 위의 책, 327면.
158) 위의 책, 327면. '2. 의식적 변화와 무의식적 변화'

전기의 힘으로 식물의 생장을 촉진시킨다든가 공기 중에 방치하면 백년, 천 년 걸릴 철(鐵)의 산화를 전기로 빛과 열을 가하여 수분 내에 연소시켜 버리는 등, 인력을 보탬으로써 자연이 오랜 시간에 걸쳐 얻는 것과 동일한 결과를 단시간 내에 얻을 수 있는 것처럼, 인간 사회에서도 자연의 진화에 맡기면 수백 년 걸릴 진화를 인위적으로 수년에 단축할 수 있다. 이러한 "인위적 진화"의 두 가지 좋은 실례가 "교육과 혁명"159)인데, '교육'은 지식으로써 '혁명'은 폭력으로써 자연의 변화에 요구되는 시간을 단숨에 단축시킨다. 우리들의 과거 30년 간의 변화는 "무의식적 진화"일 뿐이었지만, 이제부터는 "이상을 확립"하고 "그 이상을 의식하면서"160) 자각을 가지고 변화해가야 하는 것이다.

그러면 그러한 변화의 동력은 어디에서 오는 것인가. 지금까지 생존경쟁과 진화의 원동력을 '살고자 하는 욕망과 의지'라 하여 열렬하게 욕망을 찬미했던 이광수는 이 논문에서 냉정함을 되찾은 듯 "자기의 이성"에 의한 "엄격한 비판", 즉 '비판'이 "인위적 진화"의 "동력"이라 주장한다. "비판은 실로 진보의 근본적 동력이며, 문명인의 최대한 능력이며 자랑"161)이라는 것이다.

이 논설에서 이광수가 주장한 것은 진화의 인위적인 통제가 가능하며, 비판을 통해 자각한 후에 의식적으로 자기를 변화시켜 가면 상대가 서 있는 지점까지 단기간에 따라잡을 수 있다는 점이다. 조선도 자각을 갖고 노력하면 개국한 지 50년 만에 서양 열강과 어깨를 나란히 하고 있는 일본처럼 될 수 있을 것이라고, 그는 말하고 싶었던 것이다.

이러한 사고 방식은 현재의 우리 눈에는 공허한 논의처럼 보이지만, 사회진화론이 맹위를 떨치던 당대에는 결코 황당무계한 이론이 아니었다. 예컨대 일본에서 1920년대 초 보통선거운동의 고양에도 불구하고

---

159) 위의 책, 328면.
160) 위의 책, 328면.
161) 위의 책, 328면.

사회진화론자들이 운동에 적극적으로 가담하지 않았던 것은 지도자 야마카와 히토시(山川均)의 반대가 주된 원인이었는데, 야마카와의 보통선거운동 반대의 근거가 되었던 것은 '계급의식 순수배양론' 외에도 노동운동이 보통선거를 경험하지 않고 직접 프롤레타리아 혁명에 돌입하는 것도 가능하다는 '사회진화의 법칙'이었다고 한다.162)

「신생활론」에서 진화의 원동력을 '살고자 하는 욕망과 의지'에서 냉정하고 이성적인 '비판'으로 바꾸어 놓음으로써, 이광수는 드디어 맹목적인 생존경쟁을 부정할 단서를 얻는다. 그러나 '자연의 진화'를 의식적으로 관리함으로써 진화의 속도를 촉진시키는 한편 열패자의 지위에서 벗어나는 것을 목표로 하는 이 이론은 결코 생존경쟁 그 자체를 부정하는 것은 아니었다. 이 이론의 계기가 되었던 사상이 생존경쟁을 긍정하는 것이었다는 점만 보더라도, 그 한계는 이미 정해져 있었다고 할 수 있을 것이다.

이광수에게 '인위적 진화'의 발상을 부여한 것은 그가 「동경잡신」에서 검소한 태도를 찬양하며 "우러러 사모한 지 오래"라고 썼던 "법학박사 우키타 카즈타미(浮田和民)"163)의 사상이었던 것 같다. 우키타 카즈타미는 당시 와세다대학의 교수이자 동시에 1909년부터 1917년까지 잡지 『태양(太陽)』의 주간으로 언론계에 커다란 영향을 미쳤던 인물인데, 이 글에서 이광수는 이 잡지를 "동양 최대의, 가장 권위 있는 잡지"라고 부르고 있다. 우키타는 그의 저서 『사회학강의(社會學講義)』(1901)에서 다음과 같이 말하고 있다. 종래의 사회는 "생존경쟁, 적자생존, 자연도태라는 다윈의 법칙"164)으로 진화해 왔다. 그러한 진화에는 "자연의 진화"와 "혁명"의 두 가지 길이 있는데, "자연진화는 더디고 손실이 많고, 혁명은 과격하여 고통참상이 극에 달하고 그러한 혁명 뒤에 반동이 와서 나

---

162) 松尾尊兌, 『大正デモクラシー』, 岩波書店, 1974, 222면.
163) 이광수, 『전집』 10, 312면.
164) 浮田和民, 『社會學講義』, 帝國敎育會, 1901, 71면.

아간 만큼 후퇴한다."165) 그런 까닭에 "동물이나 식물이라면 자연진화에 맡겨도 좋지만, 도리를 생각하는 인간 (…중략…) 과거를 아는 동시에 장래를 예지(豫知)하는 인간"166)은 "한편으로 교육을 시행하고, 다른 한편으로 개혁"167)을 함으로써 혁명을 피하면서 사회의 진보를 꾀해야 한다고 하여 교육의 보급을 통한 점진적인 사회개량주의를 주장한다. 또한 개국 후의 일본이 "사백 년에 걸친 구라파의 진보를 사십 년만에 이룬"168) 것은 유럽의 진보가 "자연진화"와 "혁명"에 의한 것인 데 반해, 일본의 진보는 "그 모범에 따라"169) 행해진 탓이라고 언급하고 있다. 이광수는 교육과 혁명을 모두 '인위적 진화'로 간주하고 있는 점이 다르지만, 이는 혁명이 사회적 부작용으로 인해 자연스레 일어나는 것인지 아니면 의식적으로 일어나는 것인지에 대한 견해의 차이일 뿐이며, 진화를 인간의 힘으로 좌우한다는 발상 자체는 동일하다.

우키타 카즈타미는 정치사상사적으로는 타이쇼 데모크라시 전기(前期)에 속하는 입헌제국주의를 제창한 사상가이다. 그의 특징은 다윈의 생물진화론을 그대로 사회과학에 적용한 데 있다.170) 그는 민족 팽창의 자연적 결과이자 세계적 생존경쟁 체제인 제국주의가 결과적으로는 "반개(半開) 야만 민족"과 "스스로 독립할 능력이 없는 국가"를 도태시켜 "세계의 문명 인류의 복지를 증진"171)시키므로, 불의부정(不義不正)한 것이 아니라고 본다. 그러나 "무단적 제국주의"에는 한계가 있기 때문에 일본은 "윤리적 제국주의"172)를 통하여 경제진출을 해야 한다고 주장하

---

165) 위의 책, 73면.
166) 위의 책, 73면.
167) 위의 책, 74면.
168) 위의 책, 76면.
169) 위의 책, 77면.
170) 榮澤幸一, 「浮田和民の思想的特質」, 『大正デモクラシー期 の政治思想』, 硏文出版, 1981.
171) 浮田和民, 『帝國主義の敎育』(民友社, 1901), 『明治文學全集』 88, 360면.
172) 浮田和民, 『倫理的帝國主義』, 隆文館, 1909, 193면.

고, 이를 위해서는 도덕적이고 위대한 국민을 양성하지 않으면 안 된다
며 『제국주의의 교육(帝國主義の教育)』과 『윤리적 제국주의(倫理的帝國主
義)』 등을 저술하여 국민의 교육에 힘썼다. 그는 제국주의가 시대의 추
세상 부정할 수 없는 '사실'이자 "자위(自衛)"[173]를 위해 필요하다고 여
겼을 뿐, 결코 적극적으로 긍정한 것은 아니었다. 그러나 다윈의 진화론
을 그대로 적용했던 까닭에 그에게 생존경쟁은 부정할 수 없는 자연의
절대원리였고, "자연적 생존경쟁"에 비해 인간은 "이상적 생존경쟁"[174]
을 행할 수 있다는 정도의 주장에 그쳤다.

　이광수는 이제부터라도 자각을 갖는다면 '인위적 진화'를 통해 선진
국들을 따라잡을 수 있다고 하면서 유교와 기독교를 비판하는 등 자각
을 위한 온갖 '비판'을 「신생활론」에서 전개하고 있지만, 외적 조건을
무시한 인간만의 변혁은 애초에 무리한 시도였다. 이는 도덕교육을 통
해 "조선에 가서 인민을 괴롭히는"[175] 인간을 없애서 윤리적 제국주의
를 수행할 수 있다고 생각한 우키타의 경우와 마찬가지였다. 생존경쟁
에서는 경쟁만이 존재하며, 경쟁의 목적은 어디까지나 이기는 데 있다.
지면 도태될 운명을 가졌다면, "자기가 사(死)하는 것보다는 녕(寧)히 타
인이 사(死)하는 것이 정당하다"는 외침 이외의 진실은 없을 것이다. 그
래서 생물학의 법칙에 의거하여 정당함을 증명하는 우키타의 사회진화
론적 사회학은 그후 비과학성을 지적받아 역사의 정식 무대에서 사라져
갔다. 그러나 이미 '열패(劣敗)'한 고국을 위해 자기를 바치는 것이 인생
의 목적이었던 이광수는 자기의 싸움을 그만둘 수 없었던 것이다.

---

173) 위의 책, 129면.
174) 위의 책, 51면.
175) 위의 책, 148면.

6. 힘의 지배에서 사랑의 지배로

　메이지유신을 통해 이제 막 독립의 위기를 극복해 낸 일본을 석권했던 사회진화론은 일본 지식인의 사고를 틀지웠다고 할 수 있다. 항상 세계의 생존경쟁을 의식하지 않을 수 없다는 암묵적인 양해 앞에서, 민권은 국권을 위해 희생되거나 혹은 국권 강화를 위한 민권이라는 형태로 변형되었던 것이다. 제국주의를 따라잡으려고 부국강병에 힘을 쏟고 아시아의 패권에 열중했던 일본은 뒤늦게나마 표면적으로는 우자(優者)의 지위를 획득하는 중이었지만, 일본이 우자의 지위에 오른다는 것은 일본을 둘러싼 아시아 각국을 열패자의 지위로 밀어 떨어뜨리는 것을 의미했다. 따라서 이들 나라들의 지식인은 이러한 생존경쟁이론을 어떤 형태로든 극복하지 않으면 안 되는 과제로서 고민하지 않을 수 없었다. 처음에는 일본을 모델로 하여 자기들도 같은 길을 걸으려고 기대하고 일본에서 유학했던 동양인들은 결국에는 이 이론이 이미 열패한 쪽에게는 가혹한 것일 수밖에 없음을 인식하고 실망하여 각각의 입장에서 다른 길을 찾게 된다.[176] 이는 제국주의를 부정한 일본 지식인도 마찬가지였다.[177]

　1919년 3·1운동 이후 상하이에서 2년 간 지내고 귀국한 뒤의 이광수는 생존경쟁을 "악마의 사상"이라 부르며 혹독하게 부정하며, 인류를 이기적 투쟁 본능의 괴로움에서 구제할 원리를 "사랑"에서 찾게 된다.[178] 그러나 그후 발표한 「민족개조론」의 방법론은 「신생활론」의 방법론과 본질적으로 바뀐 것이 없다. 물론 생존경쟁의 근본인 인간의 투쟁심의

---

176) 永積昭, 「社會進化論と漢字文化圈」(주 45의 ①에 수록) 참조.
177) 八杉龍一, 「日本思想史における進化論」(주 45의 ②에 수록) 참조.
178) 이광수, 「상쟁(相爭)의 세계에서 상애(相愛)의 세계에」, 『전집』 10, 175면. 1923년 2월 『개벽』 제32호에 발표되었을 때의 제목은 「쟁투의 세계에서 부조(扶助)의 세계에」.

부정이란 중학시절 이래 그가 계속 견지했던 본능주의의 포기이자 '정육(情育)'의 포기를 의미한다. 실제로 「민족개조론」에서 그는 "지덕체 삼육(三育)의 교육사업"179)만을 역설할 뿐 더 이상 '정육(情育)'은 주장하지 않는다. 그러나 「민족개조론」은 왕성한 생명력을 원동력으로 삼아 생존경쟁의 우자(優者)를 지향하지는 않지만 열패(劣敗)를 벗어나기 위한 소극적인 방법론이 분명하며, 진화를 아래로부터 위로 뻗어 올라가는 과정으로 간주하는 관점에서는 「신생활론」과 다르지 않다. 다만 힘에 의한 상승이 불가능하게 되자, 대신 "사랑"을 통해 지배하고자 한 것이다. 이광수는 "진실로 오늘날 가장 빈(貧)하고 가장 천(賤)하고 가장 궁(窮)한 조선민족은 가장 성(聖)하고 가장 귀(貴)한 천직(天職)을 맡으려 함이 아니냐"180)라고 하여 민족의 괴로운 처지를 거꾸로 "인류를 구제할" "사랑의 나라"181)의 조건을 갖춘 것이라 여겼다. 우리는 그러한 그에게서 고아라는 역경을 극복하기 위해 자기를 사랑해주지 않는 타인에게 자기를 바치는 길을 발견했던 유년시절의 그의 모습을 떠올리게 된다.

7. 마치며

일러전쟁 직전 러시아 병사가 정주를 약탈하는 것을 목격하고 처음 민족의식에 눈뜬 열두 살의 고아 이광수는 그 직후 동학에 거두어져 입도한다. 동학은 그 무렵 3대째 교주인 손병희의 지휘 아래 개화노선을 걷고 있었는데, 이 전쟁에서는 일본에 협력하고 일본군의 조선 점령 상

---

179) 이광수, 『전집』 10, 147면.
180) 위의 책, 176면.
181) 위의 책, 176면.

태를 이용하여 조선의 문명개화를 실행하는 방침을 내세운다. 이처럼 자국 정부와 대립하고 일본과 손을 잡은 동학의 친일적인 자세는 당시 어린 이광수에게 이제 막 싹튼 민족의식이 외부의 적과 자기 내부를 구분하는 데 혼선을 빚게 만들었다. 손병희의 문명개화론인 「삼전론」은 고아라는 결함을 가졌던 이광수에게 야심을 불어넣었고, 「삼전론」의 실천의 일환이었던 일진회의 유학생제도는 그의 야심에 길을 열어주었다. 당시 동학의 문명 지향성이 이광수에게 준 영향은 지대했다. 이광수는 문명이라는 것에 현혹되어 문명이 자국에 해를 줄지도 모른다는 위험성에 대해서는 경계하지 않은 채, 문명의 후광을 지닌 것에 대한 저항력을 약화시켜 버렸던 것이다.

일본의 메이지 문학사조의 영향 아래 자아에 눈뜨고 문학에 경도되었던 이광수는 '생의 보지·발전'이라는 생명주의에 도취된다. 그러나 생존경쟁 속에서 자기 생의 보지·발전이란 타자의 생의 희생을 의미하며, 세계적 생존경쟁 속에서 자기의 연장인 자국의 보지·발전이란 타국을 빼앗는 팽창과 다르지 않았다. 메이지 말기 일본문학의 생명주의는 메이지 사조의 저류를 형성했던 사회진화론과 결부되어 제국주의를 긍정했는데, 생명주의에 도취된 이광수의 자아예찬사상도 그러한 요소를 내포하게 된다.

타카야마 초규의 본능주의에 심취하여 '정의 해방'을 부르짖고 도덕이나 지식 등 사회적 구속으로부터의 자유를 부르짖던 이광수는 더 이상의 지식은 필요 없다면서 고등학교에 진학하지 않고 고향의 오산학교에 부임한다. 그리고 민족주의학교의 교사라는 사회적 지위를 얻고 결혼하여 가정을 갖게 됨으로써 고향의 공동체 안에서 드디어 자기가 머무를 곳을 발견하고 자기 희생적으로 학교 일에 몰두한다. 그러나 이윽고 일의 과중함, 아내와의 불화, 학생들에 대한 대항의식, 교주가 신민회사건에 연루되어 체포된 후 학교 경영을 인수한 교회와의 알력, 여기에 억누를 수 없는 스스로의 야심이 더해져 오산학교를 떠나고 싶다는 생각과 버릴 수 없다는 생각 사이에서 고민하게 된다. 그리고 이 무렵 목격한 닭싸움을 통해 그때까지 지식일 뿐이었던 진화론은 그에게 진리가 된다.

재차 일본으로 건너와 와세다대학에 입학한 이광수는 여러 편의 계몽논설을 발표하는데, 여기서 오산학교시절 진리로 인식되었던 진화론은 중학시절에 주장했던 '정육(情育)'과 결부되어 중요한 위치를 차지하게 된다. 생존경쟁에서 살아남기 위한 원동력은 살고자 하는 의지와 욕망, 즉 최대의 본능인 생존 본능이다. 그리고 그러한 본능을 사회적 구속으로부터 해방시키고 발전시키는 것이 바로 '정육(情育)'이다. 한편 생존경쟁의 이론에서 필연적으로 도출된 것이 자강(自强)을 목표로 하는 준비사상이다. 그러나 자기가 준비하는 동안 상대가 정지 상태에서 그것을 기다려 줄 리 만무하다. 그럼에도 불구하고 이광수가 낙관적으로 준비사상을 신봉할 수 있었던 것은 앞서 간 다른 나라를 배움으로써 자국의 진화를 인위적으로 통제하여 단시간에 뒤쫓을 수 있다는 우키타 카즈타미의 이론에 기댔기 때문이었다.

상하이에서 귀국한 무렵의 이광수는 생존경쟁을 부정하게 된다. 그러나 「민족개조론」의 방법론은 토쿄시절의 방법론과 본질적으로 바뀌지 않는다. 힘에 의한 상승이 불가능하게 되었을 때, 이광수는 '사랑'에 의한 지배를 원했던 것이다.

『무정』을 읽기 위한 준비로 쓴 이 논문에서 생각지도 않게 인생의 가장 중요한 시기인 소년시절부터 청년시절까지의 이광수를 고찰하게 되었다. 이광수의 작품을 읽고 느낀 것은 그가 8년 간 일본에서 유학했던 까닭에 문체와 사고 방식 면에서 모두 일본적인 요소가 많다는 점이었다. 또 이광수의 계몽사상은 같은 시기 고국의 애국계몽운동사상과 비교 검토할 필요가 있다는 점도 생각하게 되었다. 어느 부분이 당시 애국계몽운동의 일반적인 논조이고 어느 부분이 이광수의 독자적인 논조인지, 이 부분을 좀더 선명히 할 필요가 있을 것 같다.

:: 그밖의 참고문헌

金榮作, 『韓國ナショナリズム研究』, 東京大學出版會, 1975.
龜井俊介, 『新版 ナショナリズムの文學—明治精神の探究』, 講談社, 1988.
鹿野政道, 『日本近代化の思想』, 講談社, 1986.
丸山眞男, 『日本政治思想史研究』, 東京大學出版會, 1969(初版 1964).
鈴木正節, 『博文館『太陽)』研究』, アジア經濟研究所, 1975.

제2장

이광수의 자아

작품을 통해 본 이광수의 제1차 유학시절의 세계관

1. 시작하며

앞 장의 논문 「이광수의 민족주의사상과 진화론」[1]은 시작 부분에서 예고했던 것처럼 장편 『무정』을 읽기 위한 절차의 하나로 씌어졌다. 이번 장 또한 같은 절차의 일환으로 씌어진 것이다. 「진화론」이 계몽소설이라는 측면에서 『무정』에 접근하기 위한 준비였다면, 이번 장은 같은 작품을 근대적 자아라는 관점에서 해독하기 위한 준비이다. 장편 『무정』은 그 시대 젊은이들의 다양한 자아 각성의 모습을 묘사하고 자아각성과 민족의식의 각성을 서로 중첩시킴으로써 민족의식을 계몽하고자 한 작가의 의도가 엿보이는 작품이다. 특히 주인공이 자아에 눈 떠가는 과정은 이 작품에서 적지 않은 비중을 차지하고 있는데, 그 주인공이 작자

---

1) 본서 제1장 참조

자신을 모델로 하여 조형되고 있다는 사실은 경력의 유사함 등에서 명백히 드러나며, 주인공의 자아 각성에 관한 부분도 필시 작자의 경험을 토대로 한 것이라고 짐작된다. 그래서 본고에서는 이광수의 중학시절을 중심으로 하는 초기의 작품을 가능한 한 상세하게 검토함으로써, 이 시기 이광수의 자아의 양상을 고찰하고자 한다.

이광수의 초기 창작에 대해서는 많은 연구가 이루어져 왔지만, 그것은 대개 중학과 대학 두 번에 걸친 유학시절을 일괄하여 논하고 있고, 중학시절만 따로 다룬 것은 거의 없다. 그러나 오산학교와 대륙 방랑을 사이에 두고 사상적인 변화가 격심한데다 이른바 이광수의 '질풍노도'기라 할 만한 이 시기는 좀더 상세한 시기 구분을 통해 고찰할 필요가 있다. 특히 이광수가 자아에 눈뜨고 글쓰기 행위를 시작한 메이지학원 중학시절은 작자의 원점으로서 가장 중요한 시기임에도 불구하고 그동안 경시되어 왔다고 해도 과언이 아니다. 이번 장에서는 『전집』에 수록되지 않은 작품도 포함하여 이 시기 이광수의 저작을 검토하고, 이 저작들을 통해 드러나는 자아 각성의 양상으로부터 이광수가 작자로서의 출발점에서 지녔던 세계관을 명확하게 밝히고자 한다. 본고에서 대상으로 하는 작품은 1908년 5월에서 1910년 8월까지의 2년 3개월 동안, 즉 이광수가 메이지학원 중학 재학 당시 및 중학 졸업 후 오산학교에서 합방을 맞을 때까지 발표한 것들이다.

이 시기 이광수의 작품으로 현재 우리들이 확인할 수 있는 것은 다음의 열여덟 편이다. ※ 표시는 일본어로 씌어진 작품이고, * 표시는 삼중당전집(전10권본, 1971년 발행)에 수록되어 있지 않은 작품을 나타낸다.

① 李寶鏡, 「국문과 한문의 과도시대」, 『태극학보』 제21호, 1908.5. *
② 李寶鏡, 「수병투약(隨病投藥)」, 『태극학보』 제25호, 1908.10. *
③ 李寶鏡, 「혈루(血淚)」, 『태극학보』 제26호, 1908.11. *
④ 李寶鏡, 「사랑인가(愛か)」, 『白金學報』 제19호, 1910.12. ※*

⑤ 孤舟, 「옥중호걸(獄中豪傑)」, 『대한흥학보』 제9호, 1910.1.

⑥ 孤舟, 「금일 아한(我韓) 청년과 정육(情育)」, 『대한흥학보』 제10호,
1910.2.

⑦ 孤舟, 「어린희생(상)」, 『소년』 제3년 제2권, 1910.2.

___, 「어린희생(중)」, 『소년』 제3년 제3권, 1910.3. *

___, 「어린희생(하)」, 『소년』 제3년 제5권, 1910.5.

⑧ 李寶鏡, 「문학의 가치」, 『대한흥학보』 제11호, 1910.3.

⑨ 李寶鏡, 특별기증작문, 『富の日本』 제1권 제2호, 1910.3. ※*

⑩ 孤舟, 「무정(無情)」, 『대한흥학보』 제11호, 1910.3.

___, 「무정」(속), 『대한흥학보』 제12호, 1910.4.

⑪ 李寶鏡, 「일본에 재(在)한 아한(我韓)유학생을 논함」, 『대한흥학보』 제12
호, 1910.4.

⑫ 孤舟, 「우리 영웅」, 『소년』 제3년 제3권, 1910.4.

⑬ 孤舟, 「금일 아한(我韓)청년의 경우」, 『소년』 제3년 제6권, 1910.6.

⑭ 孤舟, 「곰」, 『소년』 제3년 제6권, 1910.6.

⑮ 孤舟, 「여(余)의 자각한 인생」, 『소년』 제3년 제8권, 1910.8.

⑯ 孤舟, 「천재」, 『소년』 제3년 제8권, 1910.8.

⑰ 孤舟, 「조선사람인 청년들에게」, 『소년』 제3년 제8권, 1910.8.

⑱ 孤舟, 「헌신자」, 『소년』 제3년 제8권, 1910.8.

이보경(李寶鏡)은 제2차 토쿄유학 때까지 이광수가 사용했던 아명(兒名)이고, 고주(孤舟)는 호(号)이다.

이광수가 처음 글을 실은 잡지 『태극학보(太極學報)』는 토쿄에서 결성된 관서지방 출신 유학생들이 조직한 애국계몽운동단체 '태극학회'의 기관지로, 1906년 8월부터 1908년 12월까지 통권 27호를 냈다.[2] 창간호의 회원 명부에는 이광수와 같은 평안도 출신으로 메이지학원 중학에 재학하고 있던 문일평(文一平)의 이름이 보이며, 이보경이라는 이름은 제4호의 학회 회원 명부록에 처음 등장한다. 제10호(1907년 5월호) 회원 소식

---

2) 백순재, 『태극학보』 해제, 아세아문화사, 1978.

란에 실린 "본회원 이보경씨가 근친차(勤親次)로 환국(還國)하였다가 거월(去月) 25일 동경에 도래(渡來)하다"는 기사는 천도교 유학생의 학비 단절(항의를 표하는 단지사건(斷指事件)에 관련된 기사가 제6호와 제7호에 보인다) 때문에 일단 귀국했던 이광수가 관비유학생으로 다시 일본으로 건너왔을 때의 일을 말하는 것으로 보인다.3) 이광수는 그 뒤 메이지학원 보통부 중학 3학년에 편입한다.4)

『태극학보』의 편집 겸 발행인은 창간호부터 제18호까지느 토쿄고등사범학교 생물과 학생이었던 장응진이, 제19호에서 종간호까지는 김낙영이 맡아 애썼다. 김낙영은 처음에는 일본공예(工藝)학교 전기과에 입학하지만 나중에 메이지학원으로 옮겨 이광수와 동시에 졸업한다.5) 아마도 이광수와는 친구였을 것이다. 이광수는 종간이 임박한 제21호, 제25호, 제26호에 잇달아 작품을 발표하고 있다. 종간호인 제27호는 확인되지 않고 있으므로, 종간호에도 작품이 게재되었을 가능성은 있다.

---

3) 본서 제1장 제2절 참조.

4) 大村益夫, 「日本留學中の李光洙」(『朝鮮文學─紹介と研究』第5号, 1970) 참조. 이광수의 성적표는 3학년의 2학기부터 기입되어 있고, 1학기는 전과목 성적란이 비어 있다. 그는 이광수가 필시 학년 도중에 편입했을 것이라고 추정하고 있는데, 4월 25일 돌아왔다는 이 기사는 이광수가 3학년 신학기에는 아직 일본에 돌아오지 않았음을 보여준다.

5) 『태극학보』 제3호의 「회사요록(會事要錄)」에 "본회원 김낙영씨는 금일 일본공예학교 전기과에 입학했다"는 기사가 보인다. 또 『대한홍학보』 제12호 '회원 동정'에는 "본회원 중 금년 봄학기에 졸업 및 입학한 사람은 다음과 같음"이라고 하여 메이지학원 중학부 졸업자로서 이보경, 문일평과 나란히 김낙영의 이름이 있다. 또 홍명희의 이름이 타이세이중학교 졸업자 명단에 들어 있다.

2.「국문과 한문의 과도시대」·「수병투약(隨病投藥)」

　　이광수의 저작이 처음 활자화된「국문과 한문의 과도시대」(①)는 논설
문으로, 여기서 그는 국민의 정수(精髓)인 국어를 다른 나라의 문자인 한
문으로 표기한 것이 오늘날 대한제국의 참담한 상황을 낳은 원인이라고
하면서, 모든 것이 과도기에 있는 금일 한문을 폐지하고 국문을 전용해
야 한다고 주장하고 있다. 약관 16세의 소년이 쓴 글 치고는 제법 조리
가 있으며, 내용적으로도 당시 이광수가 이미 문학에 뜻을 두고 글쓰기
행위에 착수했다는 것을 짐작할 수 있게 하는 글이다.
　　다음의「수병투약(隨病投藥)」(②)은 금일 대한민족의 비참을 초래한 것
은 민족이 앓고 있는 "시기" · "고식(姑息)" · "수구(守舊)" · "의뢰(依賴)"의
네 가지 질병이므로 이를 다스려 "외인(外人)의 노예" 상태를 벗어나지
않으면 안 된다는 논지를 담고 있는 논설로서, 당시 애국계몽운동의 특
징인 '우민관(愚民觀)'이 전형적으로 드러나 있다.6) 이러한 논조는 이광
수 혼자의 것이 아니었다. 이러한 병폐를 극복하여 단체행동을 하지 않
으면 국가가 직면하고 있는 위기를 극복할 수 없다는 것은 당시 애국계
몽운동에 종사하고 있던 사람들에게 공통된 인식이었던 것이다.7)
　　1908년 11월『태극학보』제26호에 게재된「혈루(血淚)」(③)는 이상한
작품이다. 후기에 '역자왈(譯者曰)'이라고 한 것으로 보아 번역인 듯한데,
역사적인 기술에 오류가 많고, 차라리 혈기왕성한 문학소년의 작품이라
는 느낌을 준다. 부제에 "그리스인 스파르타쿠스의 연설"이라고 되어

---

6) 김도형,「한말 계몽운동의 정치론 연구」, 한국사연구회,『한국사연구』54, 1986.9. 2.
　'민중과 의병전쟁에 대한 인식, (1) 우민관(愚民觀)'에서, 김도형은 이광수의 이 논문을
　예로 들고 있다(90면).
7) 김도형, 위의 논문 참조.

있는 데서 알수 있는 것처럼, 이 작품은 로마의 노예 검투사 스파르타쿠
스(Spartacus, BC 71: 로마에 대항해 일어났던 검투사 반란의 지도자. 18세기 말 아담
바이스 아우프트를 비롯해 1916~19년의 칼 리프크네히트, 로자룩셈부르크 및 독일
스파르타쿠스단의 혁명가들에게 많은 자극을 주었다—옮긴이)가 동포에게 반란을
호소하는 연설의 형식을 취하고 있다. 스파르타쿠스는 고향에서 양을
치면서 가족과 살아가던 무렵의 행복한 생활을 회상하고, 정복자로 인
해 그 행복함을 한순간 빼앗겨버린 슬픔과 "나의 권리를 박탈한 자"에
대한 증오, 그리고 오늘날 노예 검투사로서 친구와 싸워 죽이지 않으면
안 되는 비참한 경험을 이야기한다. 그런 후에 '그리스 동포'에게 "동포
여! 만약 제군이 금수와 여(如)하면 의(宜)여니와, 만일 인(人)의 성(性)을
구(具)하였거든 우리의 생명을 위하여 우리의 권리를 위하여 우리의 자
유를 위하여 기(起)치 아니하겠는가! 연(然)하다가 득(得)하면, 우리 스파
르타를 재견(再見)할지요, 부득(不得)하면 아배(我輩)의 육편(肉片)은 만고불
후(萬古不朽)의 보옥(寶玉)이 되겠고, 아배(我輩)의 선혈은 천추불변(千秋不
變)의 청사(靑史)로 빛내리로다"라고 하여 "미려한 천변(川邊)에서 용감한
독립전(獨立戰)에 사(死)할" 것을 선동하고 있다.

　검투사 반란(BC 73~71. 로마 군대에서 복무하다가 탈영하여 산적단을 이끌다가
붙잡혀 노예로 팔렸던 스파르타쿠스가 동료 노예 검투사 70여 명과 함께 탈출하여 반
란을 일으킨 사건—옮긴이)을 일으킨 스파르타쿠스는 트라키아 출신으로 물
론 스파르타와는 관계가 없고, 후기(後記)에 있는 전쟁의 시대 기술도 잘
못되어 있다. '노예'와 '자유'가 '금수'와 '인성(人性)'에 대비되어 있는
것으로 보아 어쩌면 일본의 메이지 10년대에 유행한 천부인권론적 정치
소설을 한 편 번역한 것일지도 모르지만, 이광수 자신의 작품일 가능성
도 배제할 수 없다. 왜냐하면 1925년 『조선문단』에 발표된 「나의 소년
시대—18세 소년이 동경에서 한 일기(日記)」(이하 「일기」로 적는다)에 의하
면 이 시기 이광수는 「노예」라는 소설을 쓴 것으로 되어 있고,8) 뒤에 언
급하겠지만, 이 무렵 그에게 '노예'라는 말은 커다란 의미를 갖고 있었

기 때문이다. 또 「혈루」의 선정적인 호소는 1년 뒤에 씌어진 「옥중호걸」
(⑤)과 「어린 희생」(⑦)의 주제로 이어지고 있다.

『태극학보』가 1908년 말에 종간된 것은 모체인 태극학회가 유학생단체
의 연합조직인 대한흥학회에 참가했기 때문이다. 시국의 긴박함은 그때까
지 지연(地緣) 중심의 각 학회에 일체화를 촉구했고, 마침내 1909년 1월
비로소 토쿄의 유학생단체는 대한흥학회로 대동단결한다. 기관지『대한
흥학보(大韓興學報)』는 3월에 창간호를 내고, 1910년 5월까지 통권 30권을
발간한다.9) 창간호의 회록(會錄)을 보면,『태극학보』의 회장이었던 김낙영
은 서기로 되어 있고, 당시 이광수의 '문학 지도자'10)였던 홍명희의 이름
은 편집부에 속해 있다. 이광수도 태극학회에 이어 대한흥학회의 회원이
되었는데,『대한흥학보』에 작품을 발표한 것은 제9호부터이다.

---

8) 「일기」는 1909년 11월 7일부터 기록되어 있다. 첫날의 내용에는 3개월 전(여름방학
   으로 귀국했을 때일 것이다—필자) 부산에서 일기를 잃어버리고 나서 일기를 쓰는 것
   을 그만두었는데, 그 후 여러 가지 일이 있어서 다시 일기를 쓰기 시작한다는 설명이
   있고, 그 뒤 "아직 날이 새지 않았지만 나는 「노예」를 이어서 쓰기 시작했다. 이것은
   2주 전부터 시작한 것으로 나의 처녀작이다"라는 기술이 있다. 같은 달 15일에는 이
   작품은 장편으로는 적합하지 않다고 단념하고, 대신 단편을 몇 개 쓰기로 결심하고 있
   다. 「혈루」는 1908년 11월에 발표되었기 때문에 정확히 1년의 차이가 있지만, 작자 자
   신이 발표한 이 일기는 발표 당시 작자가 손을 대었을 가능성이 높다. 일기의 첫 부분
   에 그 이전에 있었던 인상적인 일을 적어 넣는 것은 충분히 있을 수 있는 일이다. 발
   표 당시에 가필된 것은 아닐까 싶은 부분도 몇 군데 있다. 이를테면 12월 6일 "야마자
   키(山崎)군은 매우 친절하다. 일기에 그의 일을 한 마디도 써두지 않은 것은 미안할 정
   도이다" 등이 그렇다. 『이광수전집』 9, 삼중당, 1971(이하 『전집』으로 기재한다),
   328~331면.
9) 백순재,『대한흥학보』해제, 앞의 책.
10) "홍명희군을 만난 것이 기미년 경이라고 기억되는데 군이 19세 내가 15세 때인가
   합니다. 그후 4년 간 군과의 사귐은 끊긴 일이 없는데, 그는 문학적 식견에 있어서나
   독서에 있어서나 나보다는 일보를 앞섰다고 생각합니다. 바이론이나 나츠메 소세키
   (夏目漱石)나 또는 체홉, 아르체이, 바셉(자연주의 소설 『사닌』으로 유명한 아르치바
   세프(M.P. Artsybashev, 1878~1927)의 오기인 듯하다—옮긴이) 등 러시아 작자의 작품에
   내가 접하기는 홍군의 인도에서입니다. 홍군은 예나 이제나 누구에게 무엇을 권하거
   나 지로(指路)라는 태도를 취하는 일이 없거니와, 홍군이 말없이 책을 빌려주는 것으
   로 나의 지도자가 되었다고 생각합니다." 이광수, 「다난한 인생의 도정」, 『전집』 8,
   447면.

3. 「사랑인가(愛か)」

「혈루」(1908.11) 이후 「사랑인가(愛か)」(④, 1909.12)에 이르기까지 약 1년
간 이광수는 작품을 발표하지 않는다. 그러나 공백기 전후의 작품을 비
교하면, 이광수는 이 기간에 꽤 문학적 수련을 쌓았다는 것을 짐작할 수
있다. 『태극학보』에 「국문과 한문의 과도시대」, 「수병투약」, 「혈루」 세
작품을 게재한 것은 이광수가 메이지학원 중학 4학년 때였다. 그 해 4월
부터는 야마자키 도시오(山崎俊夫, 1891~1981)가 동급생으로 편입학한다.
야마사키는 그때까지 재학하고 있던 타이세이중학(大成中學)에서 홍명희
와 친했고, 메이지학원 중학에서는 이광수의 친구였다.[11] 야마사키에
앞서 바로 전 해 3학년 2학기부터 메이지학원에 편입학했던 이광수는
그곳에서 난생 처음 기독교와 만났고, 얼마 지나지 않아 학교가 가르치
는 기독교에는 의문과 반감을 품고 키노시타 나오에(木下尙江)의 소설에
열중한다. 그리고 야마자키를 통해 톨스토이의 『나의 종교』를 알게 됨
으로써 점점 세속적인 교회의 기독교를 등지게 된다.[12]

　야마자키와 이광수는 중학 4학년과 5학년의 2년 간을 급우로 지냈고,
졸업을 앞둔 1909년 12월에 학교 동창회지 『시로가네학보(白金學報)』에
각각 단편을 게재한다. 이때 이광수가 발표한 작품이 「사랑인가」이다.
당시 「성광인(星狂人)」이라는 작품을 발표했던 야마자키는 나중에 게이
오(慶応)대학에서 나가이 가후(永井荷風)에게 사사하고, 『미타문학(三田文
學)』과 『제국문학(帝國文學)』에 연문학(軟文學 : 남녀간의 연애나 정사를 주제로

---

11) 秋山繁雄, 「學院出身の作家山崎俊夫」, 明治學院, 『白金通信』 第138号, 139号,
　　1980 참조.
12) 이광수, 「두옹(杜翁)과 나」(『조선일보』, 1935), 『전집』 10. 「다난한 반생의 도정」에서
　　는 17세 중학 3학년 때의 일이라고 되어 있지만, 주 11의 자료에 의하면 야마자키의
　　메이지학원 편입은 4학년부터였으므로, 이광수가 톨스토이를 알게 된 것은 중학 4학
　　년 때라는 얘기가 된다.

한 에로티시즘이 짙은 문학 작품—옮긴이)이라 불리는 퇴폐적인 소설을 쓴다. 그 가운데 '이보경'이라는 조선인 유학생이 등장하는 극히 탐미적인 작품 「성탄제 전야(耶蘇降誕祭前夜)」가 있다.13) 작품 속에서 '이보경'을 화제로 일본인 동급생들이 내뱉는 모멸적인 말투, 자기의 도착적인 미적 감각을 고양시키기 위해 '이보경'에게 혼혈아임을 인정시키려 하는 주인공의 악의 없는 횡포 등에서는 당시 이광수를 둘러싸고 있던 어두운 분위기가 느껴진다.14)

사실 졸업 후 4년도 지나지 않아 이러한 소설에 실명이 사용되었으니, 이광수도 유쾌했을 리 없다. 조선으로 돌아간 이보경이 토쿄에서 발행된 잡지를 읽는 일은 없을 것이라고 야마자키는 생각했던 것일까. 메이지학원시절 일본인으로서는 이광수와 제일 친했다는 야마자키가 보여준 이런 무신경한 태도는 이광수가 당시 일본에서 체험했을 굴욕감과 이향(異鄕)에서 자아에 눈뜨고 문학에 경도되어 있던 고아 유학생이 가졌을 고독의 깊이를 짐작할 수 있게 해준다.15)

---

13) 山崎俊夫, 『帝國文學』, 1914.1, 106~134면.

14) 시로가네의 미션스쿨에서 재학 중인 이국정서를 동경하는 소년 주인공은 주위로부터 러시아인과의 혼혈아로 취급되고 있는 조선인 '이보경'이라는 동급생과 각별한 관계이다. 이보경은 금발에 푸른 눈을 가졌지만 혼혈이 아니라고 완강하게 주장하지만, 주인공은 그에게 혼혈이라는 사실을 인정할 것을 강요한다. 주위 사람들의 의식 속에도 혼혈아는 일본인보다 아래 놓인 조선인보다도 더 낮은 위치에 있으며("조선의 게다가 혼혈아"라는 동급생의 말이 이를 나타내고 있다), 그런 까닭에 '이보경'에 대한 주인공의 애정(집착?)은 동성(同性)과 혼혈이라는 이중의 도착성을 띠고 있다.
    1981년 죽기 3개월 전, 야마자키는 유상희와의 인터뷰에 답하여 다음과 같이 말하고 있다. "그는 자기 부모에 대해서는 그다지 이야기하지 않았습니다. 이것은 제 상상입니다만, 이보경은 조선인과 러시아인의 혼혈처럼 생각되었습니다. 눈이 푸르스름하고 안색이 이상할 정도로 희어서 그렇게 느껴졌습니다. 그는 자기의 부모에 대해서는 전혀 아무것도 말하지 않았습니다." 吳英元, 「春園李光洙論」, 『論究』 第30号, 1990.

15) 그럼에도 불구하고, 이광수는 야마자키를 칭찬한 글만 남겼다. 이광수가 묘사한 야마자키의 이미지는 「성탄제 전야」와는 전혀 다르다. "야마자키 도시오(山崎俊夫)는 그후 게이오(慶應) 문과(文科)를 졸업하고 『제국문학』 등에 단편작품을 발표하더니 이내 소식이 없으나 퍽 단아한 청도교적인 인물이었습니다."(이광수, 「다난한 반생의 도정」, 『전집』 8, 447면) "그는 지금은 상당히 이름 있는 문사지마는 나보다는 한 살이 위이요, 얼굴이 아름답게 생기고 그리고 예수교인의 가정에서 자라나서 몸과 마음과 행동

「사랑인가」에는 이후의 「윤광호」, 「방황」, 「어린 벗에게」로 이어지는 '애정기갈증후군'이 농후하게 감돌고 있다. 애정에 굶주린 소년이 동성(同性)을 향하여 혈서를 쓰고 결국에는 자살에 이른다는 내용을 담고 있는 이 작품은 어린 나이에 씌어진 만큼 이야기 얼개도 거칠고 문장도 서투르다. 그러나 외국어로 씌어졌다는 사실을 고려하면 꽤 높은 수준에 도달해 있다. 그러나 가장 주목할 만한 것은 이후의 이광수 소설에 자주 나타나는 사실과 대면하기를 피하고 감정적인 믿음으로 행동하는 인물이 이미 이 단편에서 등장하고 있다는 점이다.

불운하게 성장하여 타인의 애정을 갈망하고 있는 중학생 문길(이광수 자신을 반영하고 있는 것 같다)은 같은 학교 학생인 미사오를 연모하지만, 미사오의 사랑을 확인할 수 없어서 번민한다. "문길은 미사오가 자기를 사랑해주지 않는 것처럼 생각되었다. 미사오를 의심도 해보았지만, 의심하고 싶지 않아서 억지로 그가 자기를 사랑하고 있다고 단정하고 있었다. 바로 이 점에 고통이 있는 것이다." 그리고 마침내 여름방학으로 귀국을 앞둔 전날 저녁 미사오의 하숙집을 방문하지만, 미사오가 얼굴도 보이지 않자 일부러 나와보지 않는 것이라고 의심하고 몹시 흥분하고는 하숙집을 뛰쳐나와 철로 위에 드러눕는 것이다. 문길은 하숙집 주인에게 끝까지 "미사오 군이 있습니까"라고 물어보지 못한다. 미사오에게 들리게 하려고 일부러 소리 높여 이야기하고 귀를 기울여 옆방의 동정을 엿보다가, "무엇인가 속삭이고 있는 것을 듣"고 "그가 분명히 있다"고 결론을 내리고는 "인간으로서 어찌 저리 잔혹할 수 있을까" 하는 분노와 절망에 사로잡혀 죽음을 택하는 것이다.

굳이 사실을 확인하지 않은 채로 자기의 감정에 몸을 맡기고 마치 그 감정이 진실이라고 자타에 증명이라도 하듯이 자살을 택하는 인물, 이러한 격정적인 인물은 장편 『무정』과 『개척자』 · 『재생』 · 『흙』 등, 이후

이 참 깨끗하였다."(이광수, 『그의 자서전』, 『전집』 6, 329면) 그러나 2차 일본 유학시절 이광수가 야마자키와 교유한 흔적은 없다(吳英元, 위의 논문 참조).

이광수 소설에 빈번하게 등장한다. 이러한 주정적(主情的)인 인격에게 '진실'이란 객관적 사실을 가리키는 말이 아니라, 자기 감정의 주관적인 진심을 의미한다. 초기 창작 가운데서 이러한 '애정기갈증후군' 계열에 속하는 작품으로는 단편 「무정」(⑩)이 있다. 이 작품에는 인습적인 결혼으로 연하의 남편에게 사랑받지 못해 괴로워하다가 결국 약을 마시고 죽는 여성 주인공이 등장하는데, 이 주인공의 경우도 자살의 직접적인 원인은 임신한 아이가 여자 아이라는 무녀의 말에서 비롯된 절망이며, 거기에 사실과의 대결은 존재하지 않는다.

4. 「어린 희생」

그런데 단편 「무정」과 같은 시기에 발표된 「어린 희생」(⑦)은 이러한 경향에서 벗어나 있다. 적의 병사가 자신의 목도리를 두르고 있는 것을 본 소년 주인공의 조부는 혹시 그가 자기 손자를 죽인 것은 아닌지 의혹에 사로잡혀 당장 밖으로 손자를 찾으러 갔다가 시체를 발견하고는 복수를 하고 있다. 여기에는 사실과 대면하는 일에 대한 머뭇거림이 전혀 보이지 않는다. 그것은 이 작품이 전적으로 이광수의 창작은 아닌 탓이었을 것이다.

『소년』지에 3회에 걸쳐 연재된 이 작품(삼중당 『전집』에는 2회 게재분이 빠져 있으므로 주의해야 한다)은 "외국소년의 과외독물(課外讀物)"이라는 표제가 붙어 있고 "고주역(孤舟譯)"이라고 되어 있는데, 나중에 작자 자신이 자기의 창작이라고 주장하고 있어 다소 복잡한 사정이 존재한다.

그 다음에 쓴 것은 그 이듬해 『소년』 3월호서부터인가? 「어린 희생」이라는

것을 세 호 동안 연재한 것이 있다. 이것이 고주역(孤舟譯)이라고 하였다. 그
것은 편집인인 공육(公六 : 지금은 육당)이 아마 번역인가 하여서 그리한 것이
요, 기실은 나의 창작이다.16)

이처럼 본인이 분명히 밝히고 있음에도 불구하고 연구자들이 「어린
희생」을 번역이라 간주하는 것은17) 같은 시기에 씌어진 이광수의 단편
「무정」 등과 비교하여 이 작품의 수준이 월등하게 높은 탓일 것이다. 이
야기 얼개뿐만 아니라 서양 가옥의 내부나 등장인물들의 생활습관의 세
세한 묘사에 있어서도 당시로서는 출중하니,18) 최남선이 번역이라고 생
각한 것도 당연한 작품이다.

---

16) 이광수, 「첫번 쓴 것들」(『조선문단』, 1925.3), 『전집』 10, 504면.

17) 송민호의 「춘원 초기 작품의 문학사적 연구」(1965)는 「어린 희생」을 번역으로 간주
하고 있다. 구인환의 「춘원의 처녀작 고(考)」(1962)는 춘원의 첫작품이 「어린 희생」이
라는 사실을 「첫번 쓴 것들」 등 춘원 자신의 글을 근거로 하여 주장했고, 이어령의 「춘
원 초기 단편소설의 분석」(1974)은 작자의 말이 아니라 작품 자체의 분석을 통해 「어린
희생」이 번역이 아니고 춘원의 창작이라는 것을 명확히 밝히고자 했다. 그러나 이처
럼 「어린 희생」이 번역이 아니라는 것을 몇 번이나 주장한 것 자체가 이 작품을 번역
으로 간주하는 경향이 있음을 뒷받침한다. 예컨대 주종연은 「이광수의 초기 단편소설
고(考)」(1980)에서 「어린 희생」은 번역이거나 번안일 가능성이 강하다고 주장하고 있다
(『이광수 연구』 하, 태학사, 1984).

18) 김우종은 이 작품이 "이광수의 초기 작품 가운데서 믿기 어려울 정도로 걸출한 작
품"이라며 그 "특이성"을 인정하고 있다(김우종, 長璋吉 譯, 『韓國現代小說史』, 龍溪
書舍, 1975). 이어령은 「춘원 초기 단편소설의 분석」에서 이 작품에 설정된 연대가
1773년이고 그 시대에 전봇대나 전보가 없었던 사실 등으로 보아 "춘원이 아니고서는
그런 착오를 범할 사람이 없다"고 하여 서양인 작품의 번역이 아니라 이광수의 창작
이라고 하면서도, "단편소설의 양식이라는 면에서 볼 때 「어린 희생」과 「소년의 비애」
가 같은 사람의 작품이라고 생각하기는 어려우"며, 이 소설은 김동인의 「감자」나 나도
향의 「물레방아」보다도 빼어나다고 언급하고 있다. 또 나중에 언급할 「단심일편(丹心
一片)」에서는 소년 주인공의 아버지가 1870년 파리 함락 즈음에 사망한 것으로 되어
있는데, 파리가 함락된 것은 1871년 5월 파리 코뮌의 패배 때이다. 아버지의 죽음은
그 무렵 파리에서 일어난 국방정부와 민중의 충돌 즈음이든가, 아니면 파리가 프로이
센군에 포위되어 있던 때의 일일 것이다. 더구나 「어린 희생」에서 설정된 연대가 한
세기 전인 것은 단순한 오기(誤記)이거나 오식(誤植)일 가능성도 있는데, 이어령의 지
적대로 중학 무렵의 이광수가 서양사에 어두웠던 탓일지도 모른다(이는 「혈루」에서의
잘못된 역사 기술을 상기시킨다).

사실 「어린 희생」은 번역이 아니라 번안이다. 왜냐하면 원작이었던 영화 작품이 존재하기 때문이다.19) 『대한흥학보』 제9호의 '산록(散錄)'에 는 어느 영화의 줄거리를 소개한 「단심일편(丹心一片)」이라는 제목의 글이 실려 있다. "보불전기(普佛戰記) 중의 일구(一駒)"라는 부제가 보여주는 것처럼, 영화의 무대가 되고 있는 시대는 보불전쟁 당시의 1870년이고, 장소는 프랑스의 오를레앙이며, 등장인물도 주인공은 프랑스 소년이고 적은 프로이센 병사이다. 또 줄거리도 「어린 희생」과 완전히 동일하며, 3부 구성으로 나눈 방식까지 똑같다. 집필자는 이광수와는 메이지학원 중학의 동급생이자 이전에 『태극학보』의 발행 겸 편집인이었던 김낙영 으로, 후기에 다음과 같이 썼다.

> 여(余)는 본래 활동사진을 애완(愛翫)하는 성벽이라. 일일은 모처에 활동사 진이 유(有)함을 문(聞)하고 왕관(往觀)타가 차(此)광경을 견(見)하고 마덴(주인 공 소년의 이름—인용자)의 의사(義死)며 불국(佛國) 인민의 담부(膽富)한 적 개심에 비상히 감심되었기로 서창(書窓)에 귀래(歸來)하야 **목도한 대로 자(玆)** 에 일편을 기(記)함에 지(至)하였노니. 오호라 보군(普軍)의 난포(亂暴)와 마 슈 노인의 수욕(受辱)이여. 대저 그 국가가 쇠미한 경우에는 외적(外敵)의 발 호(跋扈)가 자고로 여시(如許)하였고 수욕(受辱)하는 인민으로는 적개심이 당 연히 마덴, 마슈와 여(如)할 것이어늘 현금 모국인(某國人)은 도리어 제 국가 를 외인에게 봉헌하고 자청(自請)으로 외인(外人)의 엽견(獵犬)이 되어 아(我) 의 혈족을 작해(嚼害)하며 아(我)의 전토(全土)를 타인에게 양여코저 하는 발 광 지독한 자가 유(有)하나니. 오호라 여차한 국민은 마덴을 사(思)할지어다. 어찌 부끄럽지 아니하리오 (강조는 인용자)

『대한흥학보』 제9호는 1910년 1월에 발행되었고 『소년』에 「어린 희 생」의 연재가 시작된 것은 같은 해 2월이므로, 아마도 두 사람은 영화를

---

19) 이에 대해서는 조사해 보았지만, 당시의 자료가 거의 없어서 어떤 영화라고 특정하기 는 어렵다.

본 후 거의 동시에 글로 썼을 것이라 추정된다.[20] 그러나 「단심일편」이 영화의 줄거리를 좇은 글에 지나지 않는 데 비해, 「어린 희생」은 이광수의 역량으로 인해 문학 작품이 될 수 있었다. 당시의 활동사진은 무성(無聲)이었기 때문에 「어린 희생」의 생생한 대화는 이광수의 상상력에서 나온 것이며,[21] 무대를 북극해로부터 바람이 불어닥치는 북방으로 옮긴 것도 황량한 분위기를 고조시키고 있다.[22] 무엇보다도 프랑스와 프로이센이라는 길항하는 힘을 지닌 두 나라를 대국 러시아와 러시아에 억압받는 소국(분명하지 않지만, 소년의 아버지의 이름이 우르친스키라고 되어 있는 것으로 보아 러시아에 인접한 슬라브계의 작은 나라를 설정한 듯하다)으로 바꾼 것은, 승자가 패자에게 가한 탄압의 잔학성을 강조하고 약자가 죽음으로써 강자에 저항한다는 비극에 선동성을 부여한다. 피압박자가 죽음으로써 압박자에게 반항한다는 이 작품의 주제는 「혈루」와 동일하다. 나중에 작자 자신이 자기의 창작이라고 착각하며 "그것을 완성했을 때 매우 기뻤던 일, 쓸 때 대단히 고심했던 일"[23]까지 기억하고 있는 것은 다른 작품을 본보기로 삼으면서도 이러한 자기 나름의 독창성과 주장을 담는 데 이광수가 꽤 힘을 쏟았음을 말해준다.

---

20) 그러면 두 사람이 이 영화를 본 것은 1909년 말경이라는 얘기가 된다. 또 『소년』의 편집실 통기(通寄)에 의하면, 최남선은 1909년 말부터 이듬해 초에 걸쳐 일본에 체류했는데, 그 기간에 이광수와 홍명희 등과 만나 『소년』에 작품을 게재할 것을 의뢰한다. 어쩌면 최남선도 이 영화를 알고 있었을지도 모른다. 그렇다면 그가 자의로 고주역(孤舟譯)이라고 한 것도 납득이 간다.

21) 이어령은 이 작품에서 대화가 빼어남을 지적하고, 서두 부분이 대화로 시작되는 참신한 형식이 같은 시기 이광수의 다른 단편과는 전혀 다른 점에 놀라고 있다(이어령, 앞의 논문, 1974). 물론 무성영화라고는 해도, 자막이나 변사에 의한 대사가 당연히 있었을 것이다. 이후의 이광수 소설에도 대화는 커다란 매력적 요소가 되고 있는데, 이것도 영화의 영향이라고 할 수 있을지도 모른다.

22) 이어령은 러시아에 가까운 북극해 해안에 위치한 집에 늦가을 저녁 무렵인데도 페치카나 난로에 대한 묘사가 보이지 않는 것은 이상하다고 지적하고 있지만(이어령, 위의 논문, 1974), 오를레앙의 늦가을을 배경으로 설정하고 있는 영화에 나오는 서양 가정의 모습을 빌어온 것이라면 그러한 의문은 해결된다.

23) 이광수, 「첫번 쓴 것들」, 『전집』 10, 504면.

　그러나 이 무렵 이광수와 함께 『소년』에 번역을 실었던 홍명희가 츠보우치 쇼요(坪內逍遙)나 후타바테이 시메이(二葉亭四迷)의 글을 중역(重譯)한 것임을 명확히 밝혔고,[24] 김낙영도 「단심일편」을 두고 "목도한 대로" 기록한 것이라고 후기에서 밝히고 있는 것과 비교하면, 번안소설은 원작을 명확히 밝히지 않는 경우가 많았던 것이 당시의 일반적인 상황이었다고는 해도 이광수의 글쓰기 행위의 책임에 관한 태도는 애매하다고 할 수 있다. 더구나 나중에는 자작(自作)이라고까지 말하고 있는 것이다. 창작에 뒤지지 않을 정도의 정열을 기울였기 때문에, 결국에는 자기가 산출한 작품인 듯한 착각에 빠졌을 것이다. 일반적으로 작자의 회상 혹은 작품 가운데 자전적 부분을 그대로 사실로 간주하는 것은 위험이 뒤따르지만, 이러한 예가 보여주는 것처럼 이광수의 경우는 특히 주관적인 믿음에 의한 착오에 주의할 필요가 있는 것 같다.

　「어린 희생」에서 하나 더 특기할 만한 것은 적(敵)도 같은 인간이고 입장에 따라 적이나 동지가 될 뿐이라는 박애주의의 요소가 보인다는 점이다. 노인을 박해하는 적병에 대해 "저희들도 집에 있을 때는 경장(敬長)하난 법도 알았고 또 실행도 하였으나 저희들의 입은 옷과 찬 칼은 저희들로 하여금 이것을 잊어버리게 한 것일러라"고 이해의 시선을 보내고 있는 작자의 태도, 또 독약과 창으로 잔학한 복수를 한 후에 "너희도 원래는 사람 죽이기 좋아하지는 않았겠구나. 몇 놈 때문에"라고 탄식하고 나서 "조물주여. 왜 전지전능하신 손 가지고 이렇게 서로 죽이고 서로 미워하게 만들었소"[25]라고 부르짖고 거꾸러지는 노인의 심리 변화는 일부러

---

24) 홍명희는 『소년』 제3년 제2권에 「투르이로프 비유담」, 제3권에 「서적에 대한 고인(古人)의 찬미」, 제8권에 안드레이 네모예프스키의 「사랑」을 싣고 있는데, 제3권의 「찬미」 부기에 "여러분께 말씀하여 두올 것이 있으니 첫째는 본인이 서양서책에서 번역한 것이 아니라 일본 츠보우치(坪內) 박사의 저서 『문학 이모저모(文學その折折)』에서 중역하온 것이라는 말씀이외다. 이 다음에도 혹시 서양 것은 본인이 본지(本誌)에 내거든 여러분은 서슴지 말고 중역으로 인정하여 주시기를 바라나이다"라고 적고 있다. 제8권의 「사랑」에서도 하세가와(長谷川), 후타바테이(二葉亭)의 번역으로부터 중역했음을 분명히 밝히고 있다.

나라의 설정을 바꾸면서까지 강조했던 저 복수와 반항의 선동이라는 주제와는 양립하지 않으며, 작품 속에서도 당돌한 느낌을 주고 있다. 여기에는 마태복음의 '악에 항거하지 말라'는 계율로부터 복수를 금지하고 애국주의를 초월하는 박애를 문제삼은 톨스토이의 『나의 종교』의 영향이 감지된다.26) 김낙영의 「단심일편」의 경우, 노인은 적의 병사에게 증오와 복수심밖에 보이지 않는다. 원작인 영화를 보지 않은 이상 단언할 수는 없지만, 이 부분은 필시 이광수가 첨가한 것인 듯하다.

노인의 이러한 양면성은 「어린 희생」에서 두 가지 결과를 초래하고 있다. 한편으로는 경건한 기독교 신도인 시골의 선량한 노인이 복수심에 사로잡혀 잔혹한 살인을 범한다는 설정으로 작품의 리얼리티와 비극성을 증대시킨 반면, 다른 한편으로는 이 작품의 본래 주제였을 반항과 복수의 선동성을 가라앉히고 대결 구조를 애매하게 만들고 있다. 「사랑인가」나 단편 「무정」의 주인공과는 달리 사실과의 대결에는 주저하지 않았던 「어린 희생」의 주인공이지만, 이러한 박애주의로 인해 복수와 반항 면에서는 애매한 태도를 남기고 있는 것이다.

이광수는 토쿄 유학시절에 활동사진을 자주 보았던 것 같다. 예컨대 이광수는 1931년 『삼천리』에 "내가 감격한 외국 작품"의 하나로 "22년 전 일본에서 중학교에 다닐 무렵 처음 읽은" 톨스토이의 『부활』을 들면서, "(마지막에 주인공 네프류도프가-인용자) 옛날의 애인 카츄사를 따라서 눈이 푸실푸실 내리는 시베리아(西伯利亞)로 떠나가던 그 마당이 무어라 말할 수 없이 숭고하고 심각하며 엄숙한 맛에 눌리움을 깨달았다"27)고 적고 있는데, 백낙청이 지적하고 있는 대로 소설 속에는 이에 해당하는 장면이 없다.28) 『부활』은 1908년에 『시베리아의 눈』이라는 제목으로 일

---

25) 「단심일편」에서는 독약과 곤봉으로 되어 있다.
26) 中村融 譯, 『わが信仰はいずれにありや』(『トルストイ全集 15』, 河出書房新社, 1980) 참조. 당시 이광수가 읽은 것은 加藤直士 譯, 『我宗教』(文明堂, 1870)인 듯하다.
27) 이광수, 「『부활』과 『창세기』-내가 감격한 외국 작품」, 『전집』 10, 546면.
28) 백낙청, 「서양 명작소설의 주체적 이해를 위하여-톨스토이의 『부활』을 중심으로」,

본에서 상영되었다. 그 속에서는 눈이 효과적으로 사용되었고, 그 영향을 받았을 1914년의 일본영화 『카츄샤』에서도 마지막 장면은 시베리아에서의 눈 속의 이별 장면으로 되어 있다고 한다.29) 그렇다면 이러한 영화의 장면이 이광수의 기억에 영향을 미쳤다고 생각해도 좋을 것이다.

장편 『무정』에 페이드 인(fade in : 화면이 점점 뚜렷해지는 것—옮긴이)이나 나라타주(narratage : 해설자가 화면 밖에서 소리만으로 해설을 넣는 기법—옮긴이) 등 영화의 기법이 사용되고 있음은 이미 지적된 바 있다.30) 잇달아 변화하는 주인공들의 의식에 따른 어지러운 장면의 교체, 클로즈업을 상기시키는 선형의 화려한 등장, 형식이 영채와의 신혼 생활이나 그녀가 다른 남자와 잠자리에 드는 장면을 상상하는 마치 무성희극영화와 같은 장면,31) 우미관(優美館)32)에서는 대활극의 음악이 흐르고 영채를 구출하러 가는 형식이 상상하는 서양 활동사진 속의 추격 차량, 그리고 고전소설의 흔적이라 지적되고 있는 소설 속 작자의 직접 개입은 어쩌면 변사의 말을 의식했던 것일지도 모른다. 장편 『무정』과 당시 영화기법의 관련성은 한번 본격적으로 연구되어야 할 과제인 듯하다.

瀧澤秀樹監 譯, 『民族文化運動の狀況と論理』(『韓國現代社會叢書』 4), お茶の水書房, 1985.

29) 山本喜久男, 『日本映畵における外國映畵の影響—比較映畵史硏究』, 早稻田大學出版部, 1990. 第1部 第1章 '吉山旭光の西歐文藝映畵批評' 참조. 이 책에 의하면, 『시베리아의 눈』의 마지막 장면은 네프류도프가 시베리아의 눈속에서 카츄샤와 시몬슨을 결혼시키는 장면이며, 일본에서 제작된 『카츄사』의 결말은 시베리아 눈속에서의 이별이라고 한다.

30) 백철, 「『무정』의 사적(史的)인 위치」(『전집』 1 해설). 송민호는 「춘원 초기 작품의 문학사적 연구」(『이광수 연구』 하, 태학사, 1984)에서 이러한 기법이 이미 신소설에서 사용되고 있기 때문에, 그러한 기법의 사용이 『무정』을 신소설과 구분지어 주는 것은 아니라고 주장하고 있다.

31) 『무정』의 구성상의 특색 가운데 하나는 회상 장면과 공상 장면이 매우 많다는 점인데, 그러한 장면은 대화가 거의 없이 시각적인 묘사에만 의존하고 있어 마치 무성영화와 같은 인상을 준다.

32) 당시 실재했던 활동사진관. 타이쇼시대의 경성의 지도에 의하면, 청년회관(현재 YMCA)의 비스듬히 맞은 편에, 종로통에서 약간 들어간 작은 길에 있다.

5. 「옥중호걸(獄中豪傑)」

1910년에 들어 이광수의 초기 창작은 『대한흥학보』와 『소년』을 무대로 고양기를 맞고, 8월 한일합방으로 인해 돌연 종지부를 찍게 된다. 이 짧은 시기에 여러 가지 의미에서 정점을 이루는 작품이 1월 『대한흥학보』 제9호에 발표된 산문시 「옥중호걸」(⑤)이다. 「옥중호걸」은 3부로 되어 있다.

호랑이가 인간에게 붙잡혀 우리에 갇혀 있다. "판벽철장(板壁鐵窓) 좁은 옥에 갇혀 있는 저 '브엄'은 굵고 검은, 쇠사슬에, 허리를 얽매어서, 죽는 듯, 조는 듯, 꾸부리고, 눈 양(樣) 가련토다." 그러나 두 눈은 고민의 안개로 휩싸여 있긴 해도, 그 속에는 전광(電光)과 같은 용기와 힘이 숨어 있다. 이전에는 이 호걸을 두려워하여 벌벌 떨었던 인간들이 철창 밖에서 구경하며 조롱한다. 그 가운데 한 젊은이가 손에 든 지팡이로 찌르자, 자고 있던 호랑이는 갑자기 번개처럼 와락 덤벼든다. 결국 젊은이의 두개골은 깨어지고, 뇌장(腦漿)은 끔찍하게도 호랑이의 발톱에 남아 선혈을 떨어뜨린다. 큰 폭풍이 지나간 뒤처럼, 호랑이는 또다시 가로누워 눈을 감는다. "슬프도다. 저 호걸아, 자유 없는, 저 호걸아! 너는, 이미, 생명 없는 고기와 뼈뿐이로다."

2부에서는 과거 호랑이의 자유로운 생활이 환기되고 찬미된다. 인간이 근접할 수 없는 웅대한 자연 속에서 적과 만나면 당당하게 싸우고, 승리하면 죽이고 지면 죽임을 당하여 회한이 없는, 결코 누구에게도 속박이나 명령을 받지 않는 충실한 나날. 그러한 속박되지 않은 자연 생활과 비교하면, 길러주는 주인에게 아첨하는 개나 "그 큰 몸과, 힘으로도" "자기보다 약한" 인간에게 자유를 빼앗기고 노예가 된 소나 말은 "살고도, 생명 없는 저 무리"라고 작자는 매도하고 있다.

좁은 우리 속에서 쇠사슬로 묶인 채 인간이 던져주는 죽은 고기로 자질구레하게 연명해가는 가운데 3천 짐승족을 벌벌 떨며 엎드리게 만들었던 저 위엄도 사라져 버리고, 호랑이는 이제는 노예의 몸에 안주하는 개나 닭과 다를 바 없게 되어 버렸다. 제3부에서는 작자가 직접 이 호랑이를 향하여 노예로 사느니 싸워서 죽으라고 호소한다.

> 끊어라, 네 이빨로, 너를 얽맨 쇠사슬을! 네 이빨이, 닳아져서, 가루가, 되도록! 깨뜨려라, 발톱으로, 너를 가둔, 굳은 옥(獄)을! 네 발톱이, 닳아져서 가루가, 되도록! 네 이빨과, 네 발톱이 닳아져서, 없어지고, 네 용기와, 너의 힘이 쇠하여서, 없어지면, 네 심장에, 있는 피를, 뿌리고 죽어라!

조국이 이미 5년 전 일본의 보호국으로 전락하고 8개월 후에는 병합될 운명에 있던 당시, 호랑이를 가두는 우리가 의미하는 것이 무엇이었는지는 말할 필요조차 없다. 좁은 우리에 갇힌데다 커다란 쇠사슬로 묶인 호랑이의 처참한 이미지에는 지금 독립을 잃어가고 있는 대한제국의 모습이 중첩되어 있다. 여기에는 「혈루」와 「어린 희생」에서 보이는 선동적인 주제가 보다 문학적으로 승화된 형태로 표현되어 있는 것 외에도, 노예에 관한 고찰이 한 단계 심화되어 있는 것을 볼 수 있다. 즉 자기를 억압하고 가두고 있는 우리는 외부에만 있는 것이 아니라, 내부에도 있다고 말하고 있는 것이다.

쇠사슬에 묶이고 우리에 갇혀 자유를 빼앗긴 호랑이는 처음에는 갇히기 이전의 긍지를 잃지 않고 굴욕의 분노에 몸을 떨며 이를 갈면서 지팡이로 장난하는 젊은이의 두개골을 깨뜨려 죽인다. 그러나 인간에게 길들여진 후 점점 패기를 잃고, 이윽고는 앞마당 개의 비웃음을 받는 지경까지 이르게 된다. 갇히고 자유를 빼앗기는 것은 두려운 일이지만, 더욱 두려운 것은 갇혀 있는 것에 대한 분노와 반항심을 잃고 결국 갇혀 있다는 것조차 잊어버리는 일이다. 그때 외부에 있던 우리는 자기 내부의 우리가 되고, 언젠가 외부의 우리가 없어지더라도 호랑이는 달아나려고 하지 않게 될 것이다. 자기가 갇혀 있다는 사실, 자유를 빼앗겼다는 사실을 깨닫지 못하는 자, 그것이 바로 노예인 것이다. 작자는 우리를 내면화하려는 호랑이를 향하여 과거의 저 자유로운 생활을 환기시키면서, 현실의 참혹함을 자각하고 외부의 우리와 계속 싸우라고 부추긴다. 우리가 튼튼하여 호랑이의 힘으로는 꿈쩍도 않을지도 모르지만 갇힌 자의 자유는 반항 속에서만 가능하므로, 노예가 되지 않기 위해서는, 즉 우리를 내면화하지 않기 위해서는 자유를 위하여 싸우다가 죽는 수밖에 없는 것이다.

「옥중호걸」에는 지금까지의 작품에서 볼 수 없었던 철저한 대결의 자세가 있다. 우리와 쇠사슬에 의한 속박에도 불구하고, 필사적으로 반항함으로써 내부의 노예화를 거부하고자 하는 무서울 정도의 대결의식의 표명은, 역으로 말하면 애매함을 남길 여지조차 없을 정도로 궁지에 몰린 당시 대한제국의 상황을 이광수가 시인다운 예민한 감성으로 반영시킨 결과일 것이다. 동시에 이 시는 당시 토쿄 유학생들 사이에 형성되어 있던 어떤 세계관의 표출이기도 하다. 시의 마지막에 "소인생평왈(嘯印生評曰) 화출진경독불각장(畵出眞境讀不覺長 : 시가 현실을 핍진하게 반영하고 있어 읽어도 지루한 줄을 모르겠다—옮긴이)"이라고 되어 있다. 소앙(素昂 趙鏞殷, 1887~1958)[33]은 『대한흥학보』에 발표한 몇 개의 논설 가운데서 "노예 견마성(犬馬性)"[34]이라든가 "노예심으로 동화한 학생국(學生國)은 멸망할 징점(徵占)이니"[35] 등 계속하여 '노예근성'을 공격하고 있는데, 당시 애국계몽잡지에는 '노예'라는 말이 자주 사용되었다. '노예'는 중국 청말(淸

---

33) 『대한흥학보』 제10호에 실린 「갑신 이후 열국(列國) 대세의 변동을 논함」에 의하면, 소앙은 일러개전 당시에 황실의 명을 받아 유학생으로서 도일했다고 한다. 1904년 10월에는 한국 황실파견유학생 50명이 도일한 것으로 되어 있다. 在日韓國留學生聯合會, 『日本留學百年史』, 1988; 武井一, 『皇室特派留學生—大韓帝國からの50人』, 百濟社, 2005 참조. 소인이 조용은임을 알려준 아사이 요시즈미(淺川良純) 씨와 그의 생몰일자를 알려준 호테이 토시히로(布袋敏博) 씨에게 이 자리를 빌려 감사드린다.

34) 소앙, 「세기유종(歲己酉終)에 구한(舊韓)을 송(送)함」, 『대한흥학보』 제8호.

35) 소앙, 「학생론」, 『대한흥학보』 제4호.

末)의 사상계에서도 빈번하게 사용된 어휘였고,36) 량치차오(梁啓超) 등 중국으로부터 지대한 영향을 받았던 대한제국 말기의 사상계에도 이러한 관념은 당연히 유통되고 있었다. 이광수가 「일기」에 "동양의 위인은 모두 노예다"37)라고 기록해두고, 앞에서 언급한 것처럼 '노예'라는 제목의 소설 쓰기를 시도하기도 했던 것은 이러한 사정과 무관하지 않을 것이다. 그러나 이광수가 '노예'라는 말에 담은 내용은 다른 유학생이 이 말에 담았던, 즉 외부의 적에 대한 노예 혹은 노예 상태에 순치된 노예의 심성이라는 의미만은 아니었던 듯하다.

물론 「옥중호걸」에서 자유를 빼앗긴 호랑이는 독립을 빼앗긴 조국을 상징하며, 우리를 내면화하지 말라는 부르짖음은 독립의 기개를 가지라는 이른바 '노예근성'에 대한 공격이다. 그러나 이 시는 한 가지 더 전혀 다른 독해법이 가능하고, 또 그렇게 독해하지 않으면 안 된다. 즉 우리 안에서 신음하는 호랑이는 해방과 확충을 추구하여 발버둥치는 이광수의 자아이다. 자기가 무엇인가에 갇혀 있다는 데 대한 분노와 불안, 어떻게 해서든 이곳에서 벗어나지 않으면 안 된다는 초조와 파괴의 충동이 이 시에서는 느껴진다. 자기를 가두고 있는 그 우리란 무엇이었을까. 바로 다음달 『대한흥학보』에 발표한 논설 「금일 아한(我韓)청년과 정육(情育)」((⑥, 이하 「정육론」으로 적는다)38)에서, 이광수는 인간의 내부의 우리라고 인식한 것의 정체를 명확히 하고 있다.

이광수는 「정육론」에서 "열녀효부"·"충신열사"가 정절이나 충절을 위해 목숨을 바치는 것은 지식을 통하여 몸에 밴 도덕의 힘으로 인한 것이 아니라고 말하고 있다.39) 만약 그렇다면 그러한 지식을 가진 사람

---

36) 伊藤虎丸, 『魯迅と終末論』, 龍溪書舍, 1975, 第1部 1. 2) '淸末思想界における「奴隷」という言葉について' 참조.

37) 이광수, 『전집』 9, 329면.

38) 이광수 자신이 「일기」와 「나의 문단생활 30년」에서 이 논설을 「정육론」이라 불렀기 때문에, 이 명칭이 통칭이 되었다.

39) '열녀효부'와 '충신열사'라는 말은 타카야마 초규(高山樗牛)가 평론 「미적 생활을 논

함(美的生活を論ず)」에서 사용했던 '효자절부(孝子節婦)'와 '충신의사(忠臣義士)'를 직접 반영한 것이 아닐까 싶다. 초규는 '효자절부'와 '충신의사'가 '군국(君國)'과 '친부(親夫)'를 위해 목숨을 바치는 원동력은 외부로부터 강요된 도덕 지식이 아니라, 인간 내부의 '본능'이라고 주장했다. 이광수의 '정'과 초규의 '본능'은 모두 외부 세계와 자아를 대립시켜 자아를 우위에 두며, 인간 행동의 타율성을 거부하고 행동의 원동력을 인간 내부에서 구했다는 점에서 상통한다. 본서 제1장 「이광수의 민족주의사상과 진화론」에서 필자는 「정육론」과 「미적 생활을 논함」의 상이점을 지적하면서 이 시기 이광수가 타카야마에 대해 언급한 문헌이 없다고 언급했는데, 나중에 1924년 10월부터 이듬해 2월에 걸쳐 『조선문단』에 연재된 「문학강화(講話)」에 타카야마의 이름이 거론되어 있는 것을 발견했다(『전집』 10, 390면). 또 본고에서 최초로 제시한 이광수의 열여덟 편의 초기 작품 가운데 (9)의 작문은 「진화론」 집필 때에는 그 존재를 몰랐기 때문에 언급할 수 없었지만, 「미적 생활을 논함」의 영향 아래서 씌어진 것이 분명한 글이다. 이광수는 「다난한 반생의 도정」에서 "내가 재학하던 메이지학원(明治學院)의 동창회 보인 『시로가네학보(白金學報)』에 「사랑인가(愛か)」라는 단편을 실은 일이 있었는데, 이것은 『부강한 일본(富の日本)』이라는 잡지에 전재(轉載)되어 신문에 이야기가 된 것이 있습니다"라고 적고 있다. 그러나 실제로 『부강한 일본』에 게재된 것은 「사랑인가」가 아니라, 다음의 특별기증작문이다. 이 작문의 존재는 일본은 물론 한국에도 지금까지 알려져 있지 않다. 그리 길지 않은 글이므로, 참조를 위해 여기에 실어둔다.

　◎ 특별기증작문
　　　메이지학원 보통부 제5학년(秀才)
　　　　한국유학생 이 보 경

　(…전략…) 대체 이러한 잘못된 생각을 하게 된 이유는 '인간은 만물의 영장'이라는 그릇된 자만심 때문이다. '인간은 만물의 영장'이라고 말하는 대신, 만물과 다른 점이 없어서는 안 된다. 그래서 도덕이라는 것을 만든다. 율법이라는 것을 만든다. 가옥이라는 것을 만든다. 기계라는 것을 만든다. 그리고는 문명이다, 야만이다라고 떠든다. 그로부터 신성하다, 비열하다, 선하다, 악하다고 제멋대로 판단을 내리고, 제멋대로 이름을 붙이고, 제멋대로 의미를 붙여, 골계적인 흉내를 내기 시작한다. 그래서 빈자가 생긴다. 부자가 생긴다. 성욕의 만족이 줄어든다. 인생의 생명인 쾌락이 줄어든다. 그러고는 (한 글자 지움) 괴로워하고, 울고, 신음한다. 이른바 자업자득이다. 무엇을 선악의 표준으로 세웠던가. 신성과 비열의 표준으로 세웠던가. 실로 가소롭지 않은가. 만약 신의 뜻을 행하는 것이 삶의 본연의 임무라면, 그들은 더욱 죄악을 짓고 있는 것이다. 그것은 신을 등지고 달아나면서 신이여 신이여를 부르는 우스운 짓이다. 나는 본능에 따르면 고통이라는 것은 전혀 없고 행복만 있다고 말하는 것이 결코 아니다. 다만 이것은 우리들의 자연이며, 그래서 시간이 길든 짧든 마음껏 쾌락을 맛볼 수 있다고 말하는 것뿐이다. 쾌락은 우리들이 생존하는 최대의 목적, 아니 목적의 전부이기 때문이다. 그런데 인간은 동물이면서도 동물이 아니기를 바란다. 이 점에 보다 많은 고통이 있는 것이다. 극기(克己)─과연 어떤 가치가 있는가. 흡사 개구리가 사람의 흉내를 내어 두 다리로 걷는 듯한 모습 아닌가.
　'자연으로 돌아가라!' 이곳은 우리가 거처할 만한 곳이 못 된다. 이곳은 우리의 자유

은 모두 당연히 그러한 행위를 하겠지만, "지이불행(知而不行)"이라는 말
이 있는 데서도 알 수 있는 것처럼 인간이 지식만으로 반드시 행동에
이르는 것은 아니다. 지식과 도덕을 행동에 결부시키는 것은 "정(情)"이
며, "정적으로 발달"한 인간만이 단호히 "입절사의(立節死義)"에 따르는
"열녀효부"·"충신열사"일 수 있는 것이다. 그런데 금일의 경직된 사회
는 인간의 자연스러운 감정의 발로를 막고, 인간은 자기 본래의 '정'에
의한 것이 아니라 지식을 통하여 부여받은 사회도덕에 따라서 행동하게
되어 버렸다. 사회 도덕에서 벗어나면 "공중(公衆)의 면목"을 잃게 되기
때문에, 이를 두려워하는 인간은 어느덧 스스로 만든 사회의 규정을 내
면화하여 "사회제재(社會制裁)의 노예"로 전락한다. 대한제국 말기에 이
광수가 인간 내부의 우리라고 인식한 것은 바로 인간성을 고갈시키는
완미고루한 사회 윤리의 관습적 지배이고, 그가 말하는 '노예'란 그러한
지배 아래서 사회의 규정에 속박된 인간 본래의 '정'을 잃어버린 인간들
이었던 것이다. "오호라. 인류를 위하여 조직한 사회 국가가 도리어 인
(人)에게 고통을 여(與)하는 계기를 작(作)하며, 인(人)을 위하여 성립한 법
률 도덕이 도리어 인(人)을 오(誤)하는 망(網)과 정(穽)을 작(作)하였나니
……"라는 탄식은 이를 잘 보여준다.

　이처럼 '정(情)'의 발로를 가로막는 사회 관습의 속박을 고발하는 한
편, 쇠사슬을 끊어버리고자 하는 호랑이의 의지력의 원천을 인간의 '정'
에서 찾으면서 '정육(情育)'의 필요성을 호소하고 있는 것이 「정육론」이
다. "제(諸)의무의 원동력이자 각 활동의 근거지"인 '정'을 갖게 되면, 인

를 속박하는 곳이다. 천부의 본성을 훼손시키는 곳이다. 자연으로 돌아가라! (…하
략…)(원문 일본어, '전략'과 '하략'은 원문 대로―옮긴이)
　필자가 당시 이 작품을 발견할 수 있었던 것은 임전혜(任展慧) 씨가 작성한 『1945년
이전의 재일 조선인 문학연표』 덕분이다. 이 연표는 任展慧, 『1945年以前の日本にお
ける朝鮮人の文學年表』(法政大學出版局, 1994)에 수록되어 있다. 『부강한 일본(富の
日本)』이 토쿄대학의 메이지 신문잡지문고에 있다고 알려준 임전혜 씨에게 이 자리를
빌려 감사드린다.

간은 타율적이 아니라 자율적으로 효(孝)하고, 충(忠)하고, 신(信)하며 애(愛)할 것이다. 그리고 그때 비로소 인간은 나라를 위해 죽을 수 있다. 여기에 두 명의 한인(韓人)이 있는데, 한 사람은 "아(我)는 한토(韓土)에 생(生)하며, 한토에 장(長)하며, 한토에 사(死)하리니, 아(我)는 한토를 수(受)할 의무가 유(有)하다"고 말하고, 또 한 사람은 "한토 한토여, 이과기하(爾果其何)완데 억이회이(憶爾懷爾)에 사모연연(思慕戀戀)하며 상이애이(傷爾哀爾)에 열루방타(熱淚滂沱)오"라고 노래할 때, 그 가운데 어느 쪽이 "한산(韓山)을 위해 피를 흘릴지"를 이광수는 독자에게 묻는다.

여기에서 주의해야 할 것은 「정육론」에서는 '효'와 '충' 그 자체가 부정되는 것이 아니라, 그 윤리를 행동에 결부시키는 진지한 정의 발로를 가로막고 있는 사회의 경직성이 문제시되고 있다는 점이다. 이광수는 결코 유교 윤리 자체와 정면으로 대결하지는 않는다. 「사랑인가」나 단편 「무정」에서 사실과의 대결을 회피하고 문제의 핵심을 자기 감정의 진지함으로 바꿔치기했던 것처럼, 여기에서는 유교 논리와의 대결을 회피하고 그 윤리를 실행에 옮길 원동력으로서의 '정'의 발동만을 문제삼고 있는 것이다.[40]

사회 관습의 속박 그 자체를 객관적으로 분석하기보다 자아를 억압하는 존재라고 주관적으로 이해하고, 이로부터 심정적으로 해방되기를 성급하게 요구하는 이러한 마음의 움직임은 일반적으로 낭만주의라 부를

---

40) 초규의 「미적 생활을 논함」에 대해서도 같은 지적이 있다. "초규의 '미적생활'론의 근거를 이루고 있는 것은 개인적인 의지와 감정의 해방에 대한 욕구이다. 그것은 그 나름으로 사색된 한 편의 '자유'론이다. 다만 그의 성격이나 감정은 결국 낭만주의자로서의 경계를 벗어나지 못했기 때문에, 이러한 내적인 자유의 추구는 '학자'나 '도학자'의 쇄말주의(瑣末主義)로 가장한 적에 대한 낭만적인 반항으로 치환되어 조금도 심화되지 못했다. 또 인간성을 억압하는 형식주의에 대한 반항이 보편적인 사회적 자유의 주장으로 승화되지 않고 고립되어 버린 점에도 미적 생활론의 본질적 약점이 있다."(重松泰雄, 「樗牛の個人主義」, 『國語國文』第22券 第5号, 1951) 이광수와 유사한 인간적·문학적 자질을 지적하고 있는 초규에 관한 이 논문은 이광수 문학의 경향을 이해하는 데 많은 것을 시사해 준다.

수 있는 성질의 것이다.41) 이광수는 항상 민족의 계몽에 애쓴 계몽주의
자였다고 간주되고 있고, 본인도 이를 의도한 것은 틀림없다. 그러나
본래 계몽(Enlightenment)이란 합리적이고 실증적인 근대과학정신에 기초하
여 사물을 이성의 힘으로 명확히 함으로써 불합리를 바로잡고자 하는
것으로, 지금까지 보아온 이광수의 작품 경향과는 어울리지 않는다.42)

---

41) 낭만주의에 관해서는 『吉田精一著作集 9』, 『浪漫主義硏究』(櫻楓社, 1980) 및 片岡
良一, 『日本浪漫主義文學硏究』(法政大學出版局, 1958)를 참조했다.
  "(계몽주의의 특색으로는 첫째 인간 사회의 무한한 진보를 믿는 무한추구의 정신,
둘째 공리적·실용적·과학적 정신을 존중하는 프래그머틱한 사상—인용자) 셋째 철
저한 자기 의식에 기반하는 개인주의와 자유주의를 들 수 있다. 그것은 봉건체제의 형
식과 전통, 인습의 존중에 대립하는 것으로, 이에 대해서는 지금 새삼 되풀이할 것까
지도 없다. 다만 계몽사조가 인정하는 자아와 개성은 합리화되고 제한된 것이어서, 자
기를 주로 객관적인 독립 인격—정치적·사회적·도덕적 입법(立法)의 객관적 대상
—이라 느끼는 것이다. 세계와 인생을 내부로부터 주관적으로 이해하고자 하는 자아
의 능동성에는 아직 충분히 생각이 못 미치는 것이다. 이와는 반대로 **자아를 인생의
중심에 놓고 인생에서 개성의 절대 가치를 자각하여 그 자유로운 표현을 추구하는 데서
참된 근대문예정신, 특히 낭만주의정신의 자각이 시작된다고 할 수 있다**"(吉田精一, 앞
의 책, 2. '浪漫主義の成立と展開, 1) 啓蒙思想'. 강조는 인용자).
42) 여기에서 필자가 말하는 '계몽'이란 물론 '무지한 사람을 깨우치다'라는 문자 그대
로의 의미가 아니라, 문학사적 의미에서의 것을 말한다. 이를테면 『국어대사전』(민중
서관)에서 '계몽' 항목의 다음의 세 가지 설명 가운데 3의 의미이다.
  1. 어린아이나 지식이 없는 사람에게 도리를 가르치는 것.
  2. 정신이 몽매한 상태를 계발하여 개화로 이끄는 것.
  3. (역사) 인간의 마음을 인습적인 기성 관념으로부터 탈각시키고, 사태에 즉응한 **자
주적이고 합리적인** 인식을 갖도록 계발하는 것. 특히 근대 유럽사상사 상의 계몽주의
에 입각한 합리주의적 개화운동(강조는 인용자).
  이광수의 계몽주의란 '정(情)'을 계발하여 **자주적인** 인식을 갖게 하는 것이지, **합리적
인** 인식을 갖게 하는 것은 아니다. 따라서 1과 2의 설명에는 해당해도, 3에는 부분적으
로만 해당한다. 한국에서 이광수의 문학이 계몽문학이라 불리는 경우, 2의 의미에 따른
것이 보통이다. 김붕구는 「신문학 초기의 계몽사상과 근대적 자아」(『이광수 연구』 상,
태학사, 1984)에서 이광수와 프랑스의 계몽사상가 퐁뜨넬을 비교하면서, 이광수의 "웅
대한 양의 논설 속에서 계몽사상가라 부를 만한 최소한도의 철학을 찾는 데도 매우 곤
혹함을 느끼지 않을 수 없다"(108면)고 언급하며 이광수의 계몽사상이 철학적 근거를
결여하고 있음을 지적하고, "그를 계몽사상가라고는 부를 수 없다는 결론"(132면)을 이
끌어내고 있다. 그러나 그는 '계몽'이라는 말의 의미를 확실히 정의하고 있지 않다. 이
를테면 "그를 계몽사상가로 규정할 것인가? 위에서 열거 인용한 제가(諸家)의 증언과
그 자신이 밝힌 바 그의 의도로 보아 일단 그렇게 가정하여도 좋을 듯하다"(76면)에서

　물론 사실과의 대결을 피하고 제 멋대로의 믿음으로 행동하는 작중인물을 창조했다고 해서 작자가 꼭 그러한 인격의 소유자라고는 할 수 없다. 더구나 그 모델이 작자 자신이라면, 작자가 자기 분석과 자기 비판 없이 냉정하게 그러한 인격을 창조하는 경우도 생각할 수 있을 것이다. 그러나 이광수의 경우, 그런 자세로 작중인물을 묘사하고 있는 것처럼 보이지는 않는다. 이를테면 과거에 대한 작자 자신의 마음의 움직임의 추악함을 묘사할 때 같은 경우, 우선 자기 혐오의 정서가 앞서 자기를 대상으로 한 냉정한 분석은 발견하기 어렵다. 독자에게 전달되는 것은 자기의 감정에 농락당하고 질질 끌려 행동으로 흘러가 버리는 괴로움이 얼마나 진지한가 하는 점뿐이다. 오히려 이러한 괴로움과 괴로워하는 태도의 진지함이 행동을 정당화하고 있으며, 여기서 작자의 냉정한 이성의 시선은 느껴지지 않는다. 사실과 정면으로 대면하고 이를 받아들여 정리함으로써 사태에 대한 대응을 결정하는 것이 아니라, 사실과의 대결을 회피하면서 내부의 마음의 움직임(정)으로 흘러가는 쪽을 성실하며 진실하다고 간주하는 주인공을 조형해 낸 이광수, 그 자신이 바로 그러한 성격의 소유자였다고 생각할 수 있는 여지는 충분히 있는 것이다.

　사실 이광수가 문제삼은 것은 항상 이성의 진리라기보다 감정의 진실

의 '계몽'이나 "사회 만반에 걸쳐 논필(論筆)을 들어 비판하고 계몽하고, 시류(時流)와 민중을 움직여 어떤 방향으로 이끌어가려는 선도자―그것을 바로 계몽사상가라 부른다"(107면)에서의 '계몽'도 2를 의미하고 있다. 이광수가 계몽사상가가 아니라는 그의 결론은 3의 의미에 있음을 명확히 해야 할 것이다. 정명환이 「이광수의 계몽사상」(『이광수 연구』 하, 태학사, 1984)에서 이광수의 계몽사상이 "어떤 철학적 체계에 의해서도 질서화되지 않은"(266면) 것임을 지적하고 있는 것도, 이광수가 3의 의미에서 계몽사상가로서의 자격을 결여하고 있음을 말한 것이다. 두 사람 모두 한국의 역사적 조건이 계몽주의에 특수한 형태를 부여하게 되었다고 지적하고 있는데, 그 특수한 형태의 일례가 이광수의 계몽사상인 것이다. "정적(情的) 자각에 의한 계몽" 혹은 "본능의 계발"이라는 송민호의 지적(「춘원의 습작기 작품과 장편『무정』」, 『이광수 연구』 하, 태학사, 1984)은 이광수의 계몽사상의 특징을 가장 잘 표현하고 있다고 생각되는데, 이성이 아니라 정이나 본능으로 계몽하고자 하는 발상 자체가 3의 의미에서의 '계몽'과는 어울리지 않는 것이다.

쪽이었던 듯하다. 여기에는 이광수의 기질적인 요소도 다분히 작용하고 있었을 것이다. 예컨대 당시 유학생 잡지는 종합지로서 홍명희나 김낙영 등은 과학적인 논설을 쓰거나 혹은 그런 종류의 글을 번역하고 하고 있는데,43) 이광수는 그런 종류의 일은 전혀 하지 않는다. 시와 소설 이외의 논설은 자아와 개성을 주장하는 문학적인 글뿐이다. 이광수의 중학시절의 성적표는 전체적으로 우수하지만, 문과 과목보다 이과 과목이 열등하고 특히 기하 점수가 낮은 것도 그의 성향을 보여주는 것처럼 생각된다.44) 제2차 유학시절의 이광수는 계몽가로서 이러한 결점을 극복하려고 노력하고 있지만, 초기 창작에서 보이는 명백한 낭만주의적 기질은 끝까지 바뀌지 않는다. 물론 계몽주의의 이상을 추구하고자 하는 경향 자체가 낭만주의적인 요소라고 할 수 있기 때문에, 이 두 가지를 완전히 대립적으로 볼 수는 없다. 그러나 이광수 문학의 성격이 문학사적으로는 계몽주의보다 낭만주의 쪽에 속하는 것이라는 사실은 초기 창작으로 보아도 명백할 것이다.

이처럼 객관보다 주관을 중시하고 사실이 아니라 자기의 주관적 진지함 속에서 진실을 찾는 자세는 항상 외적 조건을 고려하면서 행동해야 하는 지도자의 입장에는 적합하다고 할 수 없다. 이광수가 항상 민족을 생각하면서도 결국에는 '민족을 위한 친일'로 귀착한 것은 그의 이러한 성격을 생각하면 이해할 수도 있을 것 같다. 외부에서 본 진폭이 아무리 클지라도, 이광수는 항상 적어도 '내면의 진실'에는 성실하지 않았을까 그러면 「정육론」에서 '활동의 근거지'로 간주된 '정'은 무엇으로써 획

---

43) 이를테면 김낙영은 『태극학보』에 「동서 양양인(兩洋人)의 숫자 사상」, 「동몽(童蒙) 물리학 강담(講談)」, 「세계문명사」를 번역 저술하여 게재한 외에도, 「계병(鷄病) 간이 치료법」 등의 글을 썼다. 홍명희도 자연과학 방면으로 나가고 싶었다고 스스로 말하고 있을 정도이고(홍명희·설정식 대담기, 『신세기』 23호, 1948; 『『임격정』의 재조명』, 사계절, 1988), 『대한흥학보』 제4호에는 「원자분자설」을 초역하고 있다. 제5호의 「지리상 초역(抄譯)」의 MH생도 홍명희의 이니셜이 아닐까 싶다.
44) 大村益夫, 「日本留學中の李光洙」, 『朝鮮文學―紹介と研究』 第5号, 1971.

득할 수 있을까. 다시 말해 '정육(情育)'이란 구체적으로 무엇일까. 앞에
서 언급한 두 사람의 한인(韓人)의 예에서도 짐작할 수 있지만, 그것은
바로 문학이라고 이광수는 다음달 『대한흥학보』에 게재한 「문학의 가
치」(⑧)에서 분명하게 언급하고 있다. 동양에서는 '지(智)'와 '의(意)'만 중
시하고 '정(情)'은 경시·배척해왔기 때문에 "정을 위주로 하는 문학"도
발달이 더뎠다. 그러나 서양에서는 '정'의 존재와 가치를 알고 있었기
때문에 문학의 발달도 빨랐고, 오늘날에 이르러 그것이 국력의 차이로
결부되었다는 것이다.

> 일국의 흥망성쇠와 부강빈약은 전(全)히 그 국민의 이상과 사상 여하에 재
> 하나니, 그 이상과 사상을 지배하는 자 (…중략…) 하(何)오. 왈 '문학이니라'.

산문시 「옥중호걸」과 논설 「정육론」 및 「문학의 가치」 이들 세 편을
나란히 놓고 볼 때, 시와 두 편의 논설 사이에는 미묘한 차이가 발견된
다. '옥중호걸'인 호랑이는 자기를 조롱한 인간의 두개골을 깨뜨려 복수
함으로써 자기의 존엄을 지켰다. 작자는 그러한 호랑이의 패기가 점점
쇠하여 가는 것을 보고는 갇힌 자의 자유는 반항이라는 행동 속에서만
존재함을 역설하고, 잠재적인 반항의 능력을 갖고 있으면서도 그것을 행
사하려 하지 않는 가축에 대한 모멸감을 나타내면서 우리를 내면화하지
않기 위해 외부의 우리와 싸우라고 선동하고 있다. 결국 외적 상황에 대
한 반항적인 투쟁이야말로 내부의 자유를 지키는 싸움이며, 행동 쪽이
앞서고 있는 것이다. 그런데 논설에서는 문제가 내부의 우리에 한정되고
있다. 내부의 우리, 곧 사회 관습과 전통적 인습을 깨뜨리고 '정'을 회복
하면 국민은 올바른 이상과 사상을 갖게 되고, 그 결과 국력은 증강하고
외적 상황은 개선될 것이라는, 이른바 내부의 노력이 앞서는 형태로 바
뀌고 있다. 「혈루」·「어린 희생」에서 「옥중호걸」로 이어지는 외부의 적
에 대한 죽음도 마다 않는 반항이라는 선동적인 주장은 「옥중호걸」의

호랑이가 이광수의 자아가 되고 「정육론」에서 문학적인 '정'이라는 원동력을 얻어 자기 내부의 싸움으로 변용됨으로써, 행동의 논리로부터 멀어지게 된 것이다.

앞서 「옥중호걸」이 온갖 의미에서 이광수의 초기 창작기의 정점을 이루는 작품이라고 언급한 것은 이 때문이다. 「옥중호걸」은 문학적으로도 초기 창작기의 다른 작품(번안인 「어린 희생」은 제외하고)을 압도하고 있지만, 사상적인 면에서도 이 시기에 어떤 극점에 이른 작품이라고 할 수 있다. 왜냐하면 그후 이광수는 이 지점으로부터 점점 멀어지고 있다고 생각되기 때문이다. 「옥중호걸」 발표 후 귀국하여 오산학교의 교사가 되고 얼마 지나지 않아, 그는 이윽고 이 시기를 이미 "사첩 반의 공중누각"45)으로 간주하게 된다. 그리고 상하이에서 귀국한 뒤에 쓴 13년 후의 「가실」에서는 「옥중호걸」과 바로 정반대의 지점에서 철저하게 노예적인 주인공을 이상적으로 묘사해내고,46) 이 작품이야말로 자기의 첫작품으로 생각하고 싶다고 이야기하게 되는 것이다.47) 그 10년 후 「다난한 반생의 도정」에서는 「옥중호걸」의 세계를 공유했던 홍명희에 대해서 "나와 문학적 성격이 다른 것을 그때에도 나는 의식하"였고, 오히려 자기에게는 "톨스토이 작품 같이 이상주의적인 것이 마음에 맞았"48)다고 언급하고 있다. 확실히 이광수는 메이지학원시절 초기 톨스토이에 심취했다. 그것은 「어린 희생」을 원작 영화와 일부 다르게 만들 정도로 강력한 것이었고, 또 이광수의 장래에까지 계속 커다란 영향을 미치게

---

45) 이광수, 「김경」, 『전집』 1, 570면.
46) 이광수가 오산학교시절에 스토우 부인의 『엉클톰의 작은 집』의 축약판을 간행한 사실(『검둥의 설움』이라는 제목으로 1913년 신문관에서 간행되었다—옮긴이)은 「가실」로의 방향 결정이 이 무렵에 이미 이루어지고 있다는 것을 시사한다.
47) "그러나 내가 진실로 처녀작의 기쁨을 맛보았다 할 만한 것은, 3년 전 『동아일보』에 게재한 「가실」의 원고가 완편된 때이다. 이것이 끝난 때는 정말 기뻤다. 남들은 이것을 아무렇게 말하더라도 내게 있어서는 이것은 처녀작이요, 첫아들이다."(이광수, 「첫번 쓴 것들」(1925), 『전집』 10, 504면)
48) 이광수, 『전집』 8, 447면.

된다. 그러나 중학시절의 끝 무렵부터 그는 톨스토이로부터 일시적으로 벗어나고, 제2차 유학시절에는 "톨스토이는 노쇠(老衰)의 사상가, 열패(劣敗)의 사상가"49)라고 매도하는 지경에까지 이른다. 이광수가 톨스토이에게 돌아가는 것은 상하이에서 귀국한 뒤의 일이다. 제 멋대로의 믿음으로 무의식적으로 과거를 수정하는 경향이 여기에서도 보인다. 「옥중호걸」의 세계는 나중에 홍명희의 장편소설 『임꺽정(林巨正)』에서 모습을 드러내게 되지만, 이광수는 이 소설을 "끝없이 긴 이야기"라고 냉담하게 이야기하고 있다.50)

6. 「곰」

「옥중호걸」로부터 반년 후인 6월 『소년』에 발표된 「곰」(⑭)에서 주인공인 곰은 이미 갇혀 있지 않다.

> 이 곰이 수풀을 다니다가(자유로 자재로)
> 오연(傲然)히 섰는 저 높은 바위를 보매
> 문득 제가 그의 압박을 받는 듯하여—
> 귀중한 자아가 압박을 받고 있는 듯하여

곰은 그 바위를 향하여 싸움을 건다. 두개골이 깨지고 뇌장(腦漿)이 흘

---

49) 이광수, 「우선 수(獸)가 되고 연후에 인(人)이 되라」, 『전집』 10, 244면.
50) "그 후에 K(홍명희의 호 가인(假人)의 이니셜—인용자)는 안남으로 인도로 남양으로 돌아다녔으나 여행기 하나 쓴 일 없었다. 그것은 써서 무엇해? 하는 태도였다. 두어 번 그가 감옥에도 들어가고 소설도 끝없이 긴 이야기를 하나 써보았으나, 끝을 맺지 아니하고 말았다."(강조는 인용자. 이광수, 『그의 자서전』, 『전집』 6, 355면)

러도 기를 쓰고 덤비기를 되풀이하다 결국 죽음에 이른다.

　　그러나 저 바윗돌은 의연해(자연은 다아)

　호랑이에게는 인공적이었던 우리가 여기에서는 의연한 자연의 바위로
되어 있는 데서 2개월 후의 병합을 이미 예감하고 이를 받아들이고 있는
작자의 절망감을 보는 것도 가능할 것이다. 곰에게는 본래 자기가 갇혀
있다는 의식이 없다. 곰을 충동인 것은 "자아가 압박을 받고 있는 듯"한
느낌 때문이며, 또 처음부터 바위를 파괴하는 것이 목적도 아니었다.

　　다시 말하노라 그는 결코 성공을 기(期)함은 아니요
　　그만 자아의 권력을 최고점에까지 신장(身長)함이라

　일견 무의미한 싸움으로 다치고 죽어 가는 곰을 조소하는 다른 동물
들에게 작자는 다음과 같이 말한다.

　　네가 비롯 네 목숨을 아낀다 한들 그 몇 해나 될까?
　　무한한 시간에 비길 때에야 오십 년이나 백 년이나
　　이와 같은 목숨이 아까와 귀중한 자아를 꺾어?
　　자아! 자아! 이 곧 없으면 목숨(살음) 아니요 기계라

　「옥중호걸」과 「곰」 두 편의 시 사이에는 명확한 변화가 보인다. 「곰」
에서 적(敵)은 자아에게 압박을 가하고 있는 듯이 느껴지는 바위, 이른바
내부의 장애물이지 실제로 자기를 가두고 있는 외부의 우리는 아닌 것
이다. 자유자재로 돌아다니던 곰은 자기의 의지로 바위에 도전한다. 호
랑이는 자기를 가둔 것에 대한 반항이라는 행동 속에서 자유를 발견하
지만, 곰은 자아의 자유를 위해서라는 형이상학적인 욕구에서 행동한다.
결과적으로는 같은 것처럼 보이는 이 두 자세의 차이가 실은 그 후 이

광수가 걸어간 길의 한 분기점이 아니었을까.

이 분기점은 「옥중호걸」의 주인공인 호랑이의 양면성 속에서 발견할 수 있다. 독립을 위해 싸우다 죽자고 부르짖은 「혈루」, 성장할 때까지 기다리라는 조부의 말을 뿌리치고 행동하다 죽음을 맞은 소년의 이야기인 「어린 희생」, 그리고 조국의 상징인 갇힌 호랑이를 향해 노예로 사느니 우리와 싸워 죽으라고 선동한 「옥중호걸」에서는 피압박자가 천부의 권리인 자유를 위해 죽는 것이 당연하며, 싸우는 주체가 조국과 처음부터 일체화되어 있다. 그러나 호랑이가 자유를 갈망하는 이광수의 자아를 의미할 때, 호랑이의 싸움은 자아에게 압박을 가하고 있는 바위와 싸웠던 곰과 마찬가지로 자기 개인을 위한 싸움이 된다. 즉 이때 이광수가 조국을 위해 죽는 것은 자아의 신장(伸張)을 희구한 결과에 지나지 않는 것이다. 쇠사슬을 비틀어 뜯고 우리를 무너뜨린 호랑이가 곰으로 변신하여 자아를 위한 싸움을 시작하는 것처럼, 이 분기점에서 이광수는 국가(「정육론」에서는 사회 관습)로부터 자아를 분리하고 새로이 자아를 중심으로 한 국가관(사회관 혹은 세계관)을 만들어낸다.

실제로 이광수는 초기 창작기의 마지막 논설인 「여(余)의 자각한 인생」(⑮)에서 자기가 그때까지 걸어온 정신 편력의 과정을 이야기하면서 자기의 원점을 "생명을 계속 유지하고자 하는 본능적 욕망—생존욕"이라고 규정하고, 국가는 바로 자기의 생존과 밀접한 관계에 있기 때문에 중요한 것이라며 국가를 자기의 연장선상에 둠으로써 정신 편력의 종착점인 애국주의에 도달한다. 그리고 「조선사람인 청년에게」(⑰)에서는 "생의 보지(保持) 발전"을 "금일 윤리의 절대 표준"으로 삼아 행동할 것을 호소하고, "신(新)대한의 건설"도 또한 "생의 보지(保持) 발전"을 위한 것이라고 단언하고 있다.

국가가 존립의 위기를 맞고 있던 이 시기의 조선인에게 개인과 국가, 개인과 민족의 정체성을 확립하는 것은 중대한 과제였다. 이광수가 '정(情)'에 의거하여 자아와 국가를 결합시킨 것은 그러한 모색의 하나였다고 할 수 있을 것이다. 김낙영이 「어린 희생」의 원작인 영화에서 프랑스 소년이 프로이센 병사에게 나타낸 적개심에 감격하여, "국가를 외인에게 봉헌하고 자청으로 외인의 엽견(獵犬)이 되어 아(我)의 혈족을 작해(嚼害)하며 아(我)의 전토(全土)를 타인에게 양여코저 하는 발광 지독한 (…중략…) 여차한 국민은 마댄을 사(思)할지어다. 어찌 부끄럽지 아니 하리오"라며 탄식하고, 또 홍명희가 지난 날의 당쟁을 거론하면서 지역감정으로 인해 단체행동이 저해되는 것을 경고했던 것은,[51] 조선에서 이 시기의 사상이 개개의 인간과 민족국가(nation)를 연결하는 내적 계기를 결여하고 있었던 데 기인한다.

이 시기 조선에서 의병들의 유교 윤리는 애국계몽운동의 논리와 양립하는 성질의 것이 아니었고, 대한제국 황제는 민족국가의 구심점으로서 충분한 기능을 담당하지 못했다. 이러한 대한제국시대의 상황은 또한 이광수 개인의 상황과 겹치는 것이기도 했다. 고아이자 고국에서 떨어져 있던 유학생인 이광수는 누군가 사랑하고 누군가에게서 사랑받고자 하는 애정기갈증으로 괴로워하고 있었고, 고향에서 빈궁한 생활 끝에 부모를 잃는 비참한 경험을 겪어 왔던 그의 생존 본능은 생존을 강렬히 희구하고 있었다. 이러한 생존과 애정에 대한 욕구가 시대의 상황과 결부된 지점에서 이광수의 낭만적 민족주의는 확립된다. 우선 생존하는 것, 즉 삶을 철저히 긍정함으로써 자아를 확립하고, 다음으로 자기의 생존과 밀접한 관계를 가진 국가를 자아의 연장으로서 자기와 일체시하는 것, 그리고 그렇게 함으로써 고향에서 고아로서 맛보았던 공동체로부터의 소외감은 보상을 받고[52] 대상을 찾아 방황하고 있던 사랑은 애국주의에 "정박(停泊)"[53]했던 것이다.

---

51) 홍명희, 「일괴열혈(一塊熱血)」, 『대한홍학보』 창간호.
52) 본서 제1장 참조.
53) 이광수, 「여(余)의 자각한 인생」, 『전집』 1, 577면.

7. 마치며

이상에서 제1차 유학시절의 작품을 통해 이광수의 자아 확립의 양상을 고찰했다. 메이지학원 중학 4학년 때 유학생 잡지에 처음 글을 발표한 이광수는 5학년 후반부터 본격적인 문학 활동을 시작하여 이 무렵 자아 중심의 세계관을 확립한다. 창작은 졸업 후에 오산학교에서도 계속되었지만, 8월 합방을 계기로 중단된다. 창작이 중단된 것은 물론 병합으로 인해 위기에 빠진 조선 출판계의 사정, 정신적인 충격, 혹은 과중한 학교 업무 등의 이유에서 비롯되었을 것이다. 그러나 여기에는 결혼과 직업 생활이라는 조국에서 처음 시작한 생활의 현실성이 지금까지와 같은 세계관에 기반한 문학 창작을 허용하지 않았던 사정도 자리하고 있지 않았을까. 이번 장에서 보아온 것처럼, 이광수의 문학적 경향은 현실을 직시하고 외부 세계와 대결함으로써 자아의 한계를 파헤치고 내부 인식을 심화해가는 성질의 것이 아니라, 오로지 자아를 확산시켜 그 안에 세계를 거두어 들여가는 낭만주의적인 것이었다. 이러한 경향을 가진 이광수의 문학적 창조력은 현실에 발 딛지 않은 유학 생활에서는 자유롭게 활개를 칠 수 있었지만, 가혹한 현실 생활 속에서는 고갈되어 질식해 간 것이 오히려 당연해 보인다. 이광수에게 오산학교를 버리게 한 것은 그의 '야심'[54]뿐만 아니라, 자유로운 비상을 추구하는 그의 낭만적인 문학정신이기도 했던 것이다.

---

54) 이에 관해서는 본서 제6장 제5절 '변명하지 않은 이유'와 제6절 '이광수 내부의 두 가지 경향'에서 상술한다.

제3장

「문학의 가치」에 대하여

이광수의 초기 문학관

1. 시작하며

1910년 3월 『대한흥학보』 제11호에 게재된 「문학의 가치」는 이광수가 처음 쓴 문학론이자, 동시에 "지금껏 아한(我韓) 문단에 한번도 차등(此等) 논문을 견(見)치 못하였나니"라고 글 가운데서 그 자신이 언급하고 있는 대로 한국 최초의 문학론이기도 하다. 1905년 열세 살 나이로 일본 유학길에 올랐던 이광수는 당시 18세로 메이지학원(明治學院) 보통부 5학년에 재학 중이었고, 이 논설이 발표된 달에 졸업하고 귀국하여 고향의 오산학교에 부임한다. 중학시절에 글을 쓰기 시작하여 오산에서 일한병합을 맞아 창작 활동을 일시 중단할 때까지 약 2년 사이에 이광수는 시·소설·논설 등을 수십 편 쓴다. 이 무렵 이광수는 문학을 어떠한 것이라고 생각하고 있었을까. 본고에서는 이 짧은 문학론을 실마리로 삼아 이광수가 작가로서의 출발점에서 어떠한 문학관을 갖고 있었는지 고찰하고자 한다.

2. 극한적 상황

　1905년 제2차 일한협약으로 인해 보호국으로 전락한 대한제국은 「문학의 가치」가 씌어질 무렵에는 명목상의 독립조차 잃게 될 처지에 놓여 있었다. 1909년 10월, 돌연 안중근의 이토 히로부미(伊藤博文) 암살사건이 일어났던 당시 토쿄의 분위기를 이광수는 다음과 같이 회상하고 있다.

　　이 사건으로 하여 일본신문의 논조는 한국에 대하여 더욱 강경하여졌다. (…중략…) 우리 어린 사람들 생각에도 시국이 급전직하하여서 더 큰 불행이 눈앞에 다닥다려 오는 것 같았다.

　「문학의 가치」가 씌어진 것은 이렇게 소란한 분위기 속의 토쿄에서였다. 토쿄의 대한제국 유학생들은 오랫동안 출신지별로 단체를 난립(亂立)하여 단결하지 못했는데, 사태가 절박해지자 1909년 마침내 대동단결하고 대한흥학회(大韓興學會)를 성립시킨다. 『대한흥학보(大韓興學報)』는 이 학회의 기관지로, 세계 정세를 소개하거나 자국(自國)의 현상을 분석하고 비판하는 외에도, 철학과 교육에서부터 의학·공학·상업·농업·임업에 관한 논설과 실제적인 지식을 소개하는 등, 여러 방면에 걸친 계몽 종합잡지였다. 「문학의 가치」가 발표된 제11호(1910년 3월)와 다음 제12호(같은 해 4월)에는 이광수가 조선어로 쓴 최초의 단편소설 「무정」이 연재된다. 그러나 다음달의 제13호를 마지막으로 『대한흥학보』는 폐간되고, 8월에 대한제국이 사라진다. 「문학의 가치」는 유학 5년째 되는 18세 소년이 이러한 '극한적 상황' 가운데서 쓴 문학론이다.

이광수는 「문학의 가치」에서 "아한(我韓)의 현상은 가장 급급하여 전 국민이 모두 실제 문제에만 악착하는 고로 얼마큼 실제 문제에 소원한 듯한 문학 등에 대하여는 주의할 여유가 무(無)하리라"고 적고 있다. "연(然)이나, 문학은 과연 실제와 몰교섭한 무용(無用)의 장물(長物)일까." 스스로 제기한 이 물음에 답하는 형식으로 문학이 '무용의 장물'이 아님을 주장하는 것이 이 문학론의 목적이다. 요컨대 문학이란 '실제 문제'와 '교섭'을 갖는 유용한 존재라는 것이 이 논문의 주장이며, '문학의 가치'란 '실제 문제'상의 가치임을 서두에서부터 명확히 하고 있는 것이다. 여기서 '실제 문제'가 조국의 독립 문제라는 것은 말할 필요도 없다.

3. '정(情)'의 분자

'문학'이라는 자(字)의 유래는 심히 요원하여 확실히 그 출처와 시대를 고(攷)키 난(難)하나, 여하튼 그 의미는 본래 '일반학문'이러니, 인지(人智)가 점진하여 학문이 복잡히 되매 '문학'도 차차 독립이 되어 그 의의가 명료히 되어 시가, 소설 등 정(情)의 분자를 포함한 문장을 문학이라 칭하게 지(至)하였으며 (…하략…)

이상의 언급은 18세 소년이 독자적으로 생각한 것이라기보다 "고래(古來)로 기다학자(幾多學者)의 정의(定義)가 분분하"여 온 다른 사람의 문학관을 자기 나름대로 받아들여 정리한 것인 듯한데, 여기서 주목되는 것은 다음의 두 가지 점이다. 첫째는 문학이란 "정(情)의 분자를 포함한 문장"이라는 정의이고, 둘째는 사람의 지식이 점차 심화되고 학문이 복잡해짐에 따라 '문학'이라는 말도 독립하여 의미가 명료하게 되어 갔다는 진보·발전의 관념과 결부된 진화론적 발상이다. 이 두 가지 특성은 동서양 문학의 발달 정도의 차이에 관한 다음의 언급 가운데서도 드러나 있다. 즉 동양은 "기후부조(氣候不調)하고 토지불모(土地不毛)"하기 때문에 의식주에 급급하여 지(智)와 의(意)만 중시한 결과 '정(情)'이 멸시되어 문학이 발달하지 못한 반면, 서양은 "기후온화하고 토지비옥"하기 때문에 '정'의 존재와 가치를 자각하여 문학이 발달했다는 것인데, 이는 외적 조건으로 인해 '정'의 가치가 중요시되면 그에 따라 문학도 발달한다는 주장이며, 여기에는 '정'과 문학의 표리일체성과 문학진화론 두 가지가 결부되어 있다.

이광수는 동양에서 '정'이 소홀히 여겨지고 문학의 발전이 늦어진 이유로 서양에 비해 자연 조건이 풍족하지 못한 점을 들고 있는데, 이런 중대한 결과를 가져온 원인으로 기후나 토지 등의 자연조건을 문제삼은 것은 지나치게 단순하다고 할 수 있다. 아마도 이광수에게 중요했던 것은 토지나 기후 등 원인에 해당하는 외적 조건이라기보다는 서양의 문학이 동양보다 우월하다는 결과적 현상이었을 것이다. 이 논설의 다른 곳에서는 기후와 토지의 조건이 아무런 설명도 없이 "국민의 정도(程度)"라든가 "시세(時勢)와 경우"라는 말로 바뀌어 있다. 이광수에게 고려의 대상이 되었던 것은 서양문학의 우월함이라는 현상이며, 그 원인이 '기후'든 '시세'든 그리 큰 차이는 없었던 셈이다. 요컨대 「문학의 가치」에서 '문학'이란 서양문학을 이상으로 삼은 것이며, 동양의 문학은 그것을 좇아 진화해가야 하는 존재로서 간주되고 있는 것이다.

그러면 "정(情)의 분자를 포함하는 문장"인 문학은 인지(人智)가 발달해감에 따라 어떻게 진화해 갔는가. 이에 관해서 이광수는 두 군데에서 설명하고 있다. "본래 문학은 다만 정적(情的) 만족, 즉 유희로 생겨났음이며 또 다년 간 여차히 알아 왔으나, 점점 차(此)가 진보·발전함에 급(及)하여서는 이성이 첨가하여 오인(吾人)의 사상과 이상을 지배하는 주권자가 되며, 인생문제 해결의 담임자(擔任者)가 된지라” 하는 언급이 그 하나이고, “금일 소위 문학은 석일(昔日) 유희적 문학과는 전혀 이(異)하나니” “인생과 우주의 진리를 천발(闡發)하며, 인생의 행로를 연구하며, 인생의 정적(情的) 상태(즉 심리상) 및 변천을 공구(攻究)하는” 것이 되었다는 언급이 다른 하나이다. 이 두 가지 설명에는 이전보다 더욱 명확하게 문학진화론적 사고가 드러나 있다.

그 밖에도 “정(情)의 분자를 포함한 문장을 문학이라 칭한다”는 문학의 정의에는 이광수가 ‘정’의 의미를 어떻게 생각하고 있었는지를 알 수 있는 실마리도 함축되어 있는데. 그것은 대강 다음의 세 가지로 정리할 수 있을 것이다.

첫째, 문학이 “정적 만족, 즉 유희”에서 발생했다는 인식은 문학이 가진 감정의 정화작용, 카타르시스의 온갖 효용을 가리킨다. 이 경우 ‘정’이란 희노애락 등 인간이 본래 가지고 있는 감정인데, 이광수의 경우 특히 미(美)나 쾌감을 본능적으로 추구하는 성향을 의미하고 있는 듯하다. 이러한 인식은 1916년에 씌어진 문학론 「문학이란 하(何)오」에 이르면 약간 바뀌어, 문학은 “미추희애(美醜喜哀)의 감정을 수반하는” 혹은 “미감과 쾌감을 발(發)케 할 만한 서적(書籍)”이라거나 “문학은 인(人)의 정(情)을 만족케 하는 서적”으로 정의된다. 그러나 이와 동시에 “정의 만족이란 곧 흥미”이므로 작품의 제재로는 사람에게 흥미를 주는 것이 좋다고 하는 등, 훗날 이광수 문학이 통속문학이라 불리울 조짐을 보이고 있다.

둘째, 문학이 “인생의 정적 상태(즉 심리상) 및 변천을 공구한다” 함은 작중인물이 어떤 사건과 만났을 때 사건의 발전에 따라 그 인물의 정, 즉 심리가 어떤 상태에서 어떤 상태로 변해가는지를 명확히 한다는 의미이며, 이 경우의 ‘정’이란 심리를 가리킨다고 보아도 좋다. 이광수가 이 무렵 일본어로 쓴 단편 「사랑인가」나 한국어로 쓴 단편 「무정」에서 작중인물의 심리를 상세히 기술하고 있는 것은 의식적인 행위였던 셈이다. 또 1917년에 씌어진 장편 『무정』에서는 심리소설이라 할 수 있을 정도로 작중인물의 심리변화 묘사에 힘을 쏟고 있는 것을 볼 수 있다.

셋째, 문학이 "사상과 이상을 지배하는 주권자"라는 언급에서의 '정(情)'의 의미는 「문학의 가치」 전체의 주장과 직접 관련이 있다. 방금 언급한 것처럼, 문학은 사람의 정, 즉 심리를 명확히 드러내는 것이지만, 거기에서 한발 더 나아가 사람의 정 그 자체에 작용을 가하여 변화를 낳고 결국에는 행동에 이르게 하는 힘을 갖는다. 즉 문학은 사람의 마음의 상태를 묘사해낼 뿐만 아니라, 그 마음을 지배하여 움직인다고 이광수는 생각했던 것이다. 여기에서 '정'이란 인간을 움직이는 힘, 행동의 원동력, 열정 등을 의미한다. 이리하여 '정'을 분자로 삼는 문학은 그러한 '정'을 통해 사람의 "사상과 이상을 지배"하고, 사람을 행동하게 만드는 "인생문제 해결의 담임자"가 될 수 있는 것이다.

이상에서 "정(情)의 분자를 포함한 문장"인 문학의 진화에 관한 언급으로부터 이광수의 '정'이 의미하고 있는 바를 '감정'·'심리'·'열정'이라는 세 가지 형태로 정리해 보았다. 물론 이 세 가지는 따로 떼어 생각할 수 있는 성질의 것은 아니다. 사람의 마음에 물결을 일으켜 매혹시키고, 그 양태를 묘사해내어 이해할 수 있게 하며, 그렇게 함으로써 사람의 마음을 움직인다는 세 단계 가운데 마지막 단계, 즉 사람을 움직인다는 단계에서 이광수는 문학의 공리적 가치를 보았을 것이다. 그러나 여기에 앞의 두 가지 전제가 꼭 필요하다는 사실은 말할 필요도 없다. 이광수가 문학의 '보편적 가치'라 부르고 있는 것은 이들 전부를 아우른 것인 셈이다.

4. 「아한(我韓)의 현상」

　이렇게 문학의 '보편적 가치'를 설명한 후, 이어서 이광수는 이러한 문학론의 중심 과제인 "아한(我韓)의 현상" 속에서의 문학이라는 문제로 들어간다.

　"서양사(西洋史)를 독(讀)하신 제씨(諸氏)는 알으시려니와, 금일의 문명이 과연 하처(何處)로 종(從)하여 래(來)하였는가." 뉴튼·다윈·와트 등 자연과학자에 의한 과학의 진보도 물론 중요하지만, 사실 그 연원은 15·16세기의 '문예부흥'으로 인민이 사상의 자유를 자각한 데 있다고 이광수는 적고 있다. 서양의 과학문명 발전의 배후에는 그것에 앞선 사상의 변화, 정신의 변동이 있다고 인식하고 있는 것이다.

　그런데 과학의 혁신에는 이에 앞선 정신의 혁신이 있어야 한다는 이러한 사고 방식은, 서양으로부터 진보한 기술을 수용하여 물질적인 개화는 이루되 정신은 동양 전래의 유교를 고수하려 하는 이른바 '동도서기(東道西器)'사상을 부정하는 것이다. 타구치 요조(田口容三)는 그의 논문 「애국계몽기의 시대 인식」에서, "1909년 무렵은 '동도서기'적 사상이 강력했던 것 같다. 애국계몽단체가 간행한 월보(月報)만 보더라도 유교를 근본에서부터 부정하는 글은 게재되어 있지 않다"고 지적하고 있다. 이러한 당시 조선의 상황을 고려하면, 1910년 토쿄에서 18세의 이광수가 사상의 변혁을 수반하지 않은 과학문명의 진보는 있을 수 없다고 당당하게 주장하고 있는 사실은 주목되어야 할 것이다.

　그러나 이러한 이광수의 주장은 매우 추상적이며, 이 무렵 그가 유교를 부정하지 않았다는 것은 바로 전달『대한흥학보』제10호에 게재된 논설 「금일 아한(我韓) 청년과 정육(情育)」을 보면 분명하게 알 수 있다. 이 논설에서 이광수는 인간의 자유로운 '정'의 발로를 저해하는 경직된 인습 사회를 공격하고 있지만, 회복한 '정'을 가지고 행동으로 옮길 만한 윤리로 들고 있는 것은 '정(貞)'과 '효(孝)' 등의 유교 윤리이며, 이상적인 예로 든 것도 '열녀효부'나 '충신열사' 등의 인간상이다. 이광수가 공격한 것은 인간에게서 행동의 자율성을 빼앗는 추상적인 '사회'이지 현실의 조선사회를 규율하고 있는 유교 윤리는 아니었던 것이다.

빈궁한 생활 끝에 고아가 되어 동학에 들어갔다가 일진회의 유학생으로 열세 살 나이에 일본으로 건너왔던 만큼, 당시 18세의 이광수가 조선의 유교를 깊이 알고 있었다고는 생각하기 어렵다. 또 그에게는 가난한 조부와 누이밖에 남아 있지 않았기 때문에 조국과 접촉할 기회도 많지 않았을 것이다. 그의 사색 행위는 일본에서의 학창 생활 가운데서 이루어졌다. 그러한 그가 이 시기에 가지고 있던 사회관은 일본에서 탐독하고 심취했던 문학에서 촉발된 극히 문학적인 사회 인식에 의한 것이었으리라 생각된다. 여기서 이광수가 「문학의 가치」에서 '문예부흥'이라는 서양의 역사를 예로 들어 정신의 개혁이 기술의 혁신에 앞서지 않으면 안 된다고 주장한 것은 조선 사회의 현실적 모순을 직시한 결과라기보다 책에 의거한 추상적인 사고의 결과로 보아야 할 것이다. 그후 귀국하여 비로소 조국의 현실과 맞닥뜨린 이광수는 인간 본래의 자유를 구속하는 인습이란 실제의 조선사회에서는 유교 윤리임을 깨닫는다. 그리고 두 번째 유학 때에는 과격하게 유교를 공격하게 되지만, 이 또한 어디까지나 인간의 자율성을 빼앗는 존재로서의 유교에 대한 것이고 자기를 구속하는 것에 대한 반항이라는 주관적이고 추상적인 내적 욕구에서 온 것이지 조선 사회에 대한 객관적인 분석으로부터 이끌어낸 합리적인 필연성을 수반한 것은 아니었다. 이러한 문학적인 사회 인식이 앞섰던 까닭에, 이광수는 참으로 현실의 사회 모순과 맞대면할 수 없었던 것이 아닐까 싶다.

이처럼 서양 과학문명의 근원은 자유사상의 자각이라는 정신의 변혁이었음을 지적한 그는 이어서 문학자가 그러한 정신의 변혁에 기여해야 함을 다시금 서양 역사의 예를 끌어다 주장한다. 즉 프랑스혁명을 "연출"한 것은 "혁신문학자 루소"이고, 북미의 남북전쟁 때 "북부 인민의 노예애린(奴隷愛隣)하는 정"을 움직여 노예해방으로 이끈 것은 스토우 부인과 포스터 등의 문학자의 힘이었다는 것이다. 문학이 인간의 정신을 움직이고 결과적으로 사회와 역사를 움직였다고 하여 문학의 힘을 크게 평가한 것은 "아한(我韓)의 현상"에서 문학이 담당할 수 있는 역할에 대한 이광수의 기대가 어느 정도였는지를 보여주고 있으며, 문학자가 문학을 통해 인민의 자각을 촉구하는 선동력과 그러한 자각을 전파시키는 선전력을 갖고 있음을 주장하는 「민족개조론」을 향한 첫걸음이었다고 할 수 있다.

이상에서 서양사를 보면 과학문명의 배후에는 인간의 정신이 있고 문학이 그러한 정신에 커다란 영향력을 갖고 있음을 언급한 그는 다음과 같이 결론을 내린다.

> 대저, 누억(累億)의 재(財)가 창고에 일(溢)하며, 백만의 병(兵)이 국내에 나열하며, 군함·총·포·검극(劍戟)이 예리무쌍한들 그 국민의 이상이 불확(不確)하며, 사상이 탁열(卓劣)하면, 하용(何用)이 유(有)하리오 연즉, 일국의 흥망성쇠와 부강빈약은 전(全)히 그 국민의 이상과 사상 여하에 재(在)하나니, 그 이상과 사상을 지배하는 자─학교 교육에 유(有)하다 할지나, 학교에서는 다만 지(智)나 학(學)할지요, 그 외는 부득(不得)하리라 하노라. 연즉, 하(何)오 왈 '문학이니라'.

여기서 "재(財)"·"병(兵)"·"무기"는 '물질'이며, "이상과 사상"은 '정신'이라는 말로 바꿀 수 있을 것이다. 국가의 '흥망성쇠와 부강빈약'을 결정하는 것은 물질이 아니라 그 나라 사람의 정신이며, 그 정신을 지배하는 것은 문학이라는 도식으로 국가와 문학을 결부시킴으로써, 이광수는 위기에 있는 '아한(我韓)의 현상'에서 '문학의 가치'가 크다는 것을 주장하고 있는 것이다.

5. '정(情)'의 교육

그런데 이러한 결론 부분의 추상적인 언급에서 눈에 띄는 것은 "학교에서는 다만 지(智)나 학(學)할지요, 그 외는 부득(不得)하리라"와 같이 학교 교육에 대한 불신을 수반하고 있는 대목이다. 정신을 배양하는 것은 문학이며, 그것은 학교에서는 얻을 수 없다는 논리는 과연 18세의 문학 소년다운 주장이라 할 수 있다. 실제로 그는 중학 졸업 후 고등학교에 진학하지 않고 오산학교의 교사로 부임하여 귀국하는데, 그때의 심경을 5년 후 「김경」의 주인공에게 의탁하여 "배우라 함이 도리어 천재를 속박케 하는 장본"이라고 적었다. 천재 시인임을 자부하고 있던 자기에 대한 반성이 담긴 이러한 언급은 중학 졸업을 앞둔 시기, 그가 문학의 한 요소를 이루고 있는 '정(情)'과 학교 교육에서 배우는 지식을 대립적으로 보고 있었음을 시사한다.

「금일 아한(我韓) 청년과 정육(情育)」에서도 이광수는 학교 교육에서 이루어지는 것은 '지육(智育)·덕육(德育)·체육(體育)'에 불과하며, 행동의 원동력인 '정(情)'을 배우는 '정육(情育)'이 없음을 비판하고 있다. '정'을 배운다는 것은 '정'을 요소로 갖고 있는 문학을 통해 고무됨으로써 궁극적으로 행동의 원동력, 즉 '열정'을 획득하는 것이다. 그러나 「문학의 가치」에서 '정'의 존재 가치가 인정되지 않았던 동양에서는 문학이 발달하지 못했다고 적고 있는 데서도 알 수 있듯이, 이광수는 조선에 '정육(情育)'을 할 수 있을 정도의 문학이 있다고 생각하지는 않았을 것이다. 문학으로써 '정'을 육성한다고 말하고는 있지만, 그 문학이 도대체 어디에 있다는 것일까. 이것은 「문학의 가치」의 결론에서 "이상과 사상을 지배하는 것은 (…중략…) 문학"이라고 주장한 것과도 깊은 관련이 있는 문제이다.

그 답은 필자가 앞서 했던 지적, 즉 이광수가 생각했던 문학이란 서양문학이며, 동양문학이란 서양문학을 이상으로 삼아 진화해가야 하는 존재라고 생각하고 있었다는 점에서 찾을 수 있다. '정(情)'이 없는 곳에 문학이 없고 문학이 없는 곳에 '정'이 없다는 순환론을 끊는 것은 바로 서양문학을 모델로 하여 이제부터 이광수가 창조할 문학이다. 원래는 '정'이 있는 곳에서 문학이 생기는 것이지만, 역으로 문학을 통해 '정'을 육성하자고 주장한 것이 「금일 아한 청년과 정육」인 것이다.

그러나 서양문학이라고 해도, 그것이 의미하는 바는 광범위하고 모호하다. 18세의 이광수가 서양문학이라고 했을 때, 그것이 의미하는 것은 그가 알고 있는 서양문학, 즉 그가 이 무렵 애독했던 서양작가의 문학이라고 생각하는 것이 자연스러울 것이다. 이 시기 이광수의 독서이력은 당시의 일기나 회상록에서 찾아볼 수 있는데, 이들 자료에 의하면 이광수가 이 무렵 심취했던 작가는 바이런이었다. 이광수 하면 곧 톨스토이를 떠올리는 것이 일반적이지만, 중학 졸업을 전후하여 그의 톨스토이에 대한 경도는 일시적으로 한풀 꺾인다. 「김경」이나 『그의 자서전』에 의하면, 이 무렵 이광수는 사회뿐만 아니라 신에게조차 반항하는 강대한 의지와 자존심을 가진 인격을 묘사한 「해적(海賊)」이나 「카인」과 같은 작품에 매혹되었다고 한다. 그는 자기가 바이런의 시에서 얻은 것을 이번에는 동포에게 주고 싶다고 생각했을 것이다. 그러면 이광수가 바이런의 충격으로부터 얻은 것이란 무엇이었을까. 「금일 아한 청년과 정육」의 주장으로부터 추측건대, 그것은 인간 본래의 자유를 구속하는 의무나 도덕 등의 사회 관습에서 해방되어 자기를 개인으로서 자각하고 자기 고유의 의지를 갖는 것, 이른바 자아의 각성이었다고 생각된다.

이광수는 이러한 주장을 장편 『무정』에서 주인공 이형식이 자기의 정(情)을 해방시킴으로써 개인의 자각을 획득해가는 과정으로 소설화하고 있다. 선형과 순애 두 젊은 여성에게 영어를 가르치면서 형식이 "인생은 즐거우려면 즐거울 수가 있는 것"이라며 그때까지의 스토이시즘을 버리고 여성의 아름다움을 있는 그대로 받아들이는 대목이나, 비참한 최후를 맞은 은사의 무덤 앞에서 자연의 아름다움과 옆에 선 계향의 매력에 취해 살아 있다는 사실의 기쁨을 긍정하려는 욕구에 몸을 맡기고 계향의 손을 잡으며 영채의 시신 찾는 일을 '즐거운 소풍'으로 바꿔버리는 대목 등은, 그때까지 원칙적인 사회 상식이나 도덕에 사로잡혀 있던 형식의 정(情)이 해방되는 장면이라 할 수 있다. 이로써 형식은 서울로 돌아오는 밤기차 안에서 세계와 새롭게 해후하게 되는 것이다.

> 그 웃음과 울음은 결코 자기의 마음에서 스스로 흘러나온 것이 아니요, 전혀 타동적이었다. 자기가 지금껏 '옳다', '그르다', '슬프다', '기쁘다'하여 온 것은 결코 자기의 지(知)의 판단과 정(情)의 감동으로 된 것이 아니요, 온전히 전습(傳襲)을 따라, 사회의 관습을 따라 하여온 것이었다.

마땅히 이러해야 한다는 사회의 상식에 따르는 것이 아니라 독자적으로 존재하고 느끼고 움직이는 '자기'라는 존재, 형식이 이러한 존재를 자각할 수 있었던 것은 자기의 내부에서 흘러나오는 본능과 같은 자연스러운 감정을 억압하지 않고 용인한 데서 비롯된 것이다. 아마도 이광수 자신에게 자기의 본능적인 감정을 해방시킴으로써 개인으로서의 자각을 얻은 경험이 있었을 것이다. 그 자신 자기는 한때 '본능만족주의자'였다고 회상한 바 있거니와, 이러한 문학적인 자아각성의 경험을 가졌던 이광수는 동포에게도 문학을 통해 그러한 자각의 기회를 줄 수 있다고 생각했던 것 같다.

이광수가 「문학의 가치」에서 물질의 개혁에는 정신의 혁신이 선행되어야 한다는 추상적인 말로 주장한 것은 구체적으로 조선인 각자가 이러한 개인으로서의 자각을 갖지 않으면 안 된다는 점이었다. 개인으로서의 자각을 가져야 비로소 국민으로서의 자각이 생기고, 거기서 자기를 국가와 동일시하는 국민정신도 생길 것이기 때문이다.

이광수는 이러한 자각이 '지(知)'에 대립하는 '정(情)'에 의해 초래되는 것이며, '정'은 힘과 행동의 기폭제와 같은 역할을 담당한다고 보았다. 김윤식은『소년』창간호(1908)의 권두에 게재된 최남선의 신체시「해(海)에게서 소년에게」(이 시에도 바이런의 영향이 보인다)를 논한 평론에서 이 시에서 바다가 상징하고 있는 것은 "힘과 순결"이지만, 그것은 방향성을 갖지 않은 "맹목"이고 "백치미(白痴美)"에 가까운 것이며, 무엇을 위한다는 방향성을 갖지 못한 "힘과 순결" 따위는 없는 편이 더 낫다면서 이 시가 가진 위험성을 지적하고 있다. 같은 방식으로 말하자면, '지(知)'와 대립하는 이광수의 '정(情)'이라는 원동력도 인간을 어느 곳으로 향하게 할지 헤아릴 수 없는 위험성을 갖고 있다. 그러나 이들 작품의 배경에는 방향성을 운운하기 이전의 절박한 문제로서 행동과 힘이 필요했던 '극한적인 상황'이 있었던 사실을 고려하지 않으면 안 될 것이다. 적어도 그러한 '극한적인 상황'에서는 힘과 행동의 방향은 지정할 필요도 없었을 것이기 때문이다.

6. 끝내며

이상에서「문학의 가치」를 중심으로 이광수가 작가로서 첫걸음을 내디뎠던 중학 졸업 무렵의 문학관을 고찰해 보았다. 여러 학자들에게서 빌린 듯한 추상적이고 과장된 구절이 눈에 띄긴 해도, 18세의 이광수 나름대로 그 의미는 일단 파악하고 있었다고 보아도 좋을 것이다. 그가 이광수가 그 뒤에 쓴 몇 편의 문학론은 이 시기의 문학관이 토대가 되어 있다.

1916년에 씌어진「문학이란 하(何)오」는「문학의 가치」에 비해 현격하게 글이 세련되고 문학론으로서의 체제도 정돈되어 있으며, 그 핵심적인 부분인 '문학과 민족' 항목의 내용은 문학이 민족정신에 영향력을 미친다는 「문학의 가치」의 주장이 보다 명료하게 진화론과 결부되어 있다. 이광수는 문학이 민족정신에 미치는 영향은 마치 획득형질의 유전처럼 축적되어 감으로써 발휘될 수 있다고 생각했다. 「민족개조론」의 방법론은 이 무렵 이미 결정되어 있었던 것이다. 또한 문학론뿐만 아니라 이광수가 두 번째 유학시절에 쓴 다른 논설도 자세히 보면 첫 번째 유학 당시에 쓴 것을 부연한 것이 많다. 이광수는 중학시절에 도달한 사상을 그 후에도 얼마간 거점으로 삼았던 것이다. 1920년에 상하이에서 쓴 「문사와 수양」에서 "오랜 타면(惰眠)을 깨뜨리고 새로운 문화를 건설할 만한 활기 있는 정신력을 민족에 주입"하는 것이 문예의 힘이라고 적고 있는 것도 「문학의 가치」의 주장에서 크게 벗어나는 것은 아니며, 여기서 예로 들고 있는 것도 「문학의 가치」와 마찬가지로 프랑스혁명의 루소나 문예부흥 같은 것들이다.

그러나 1920년 상하이에서 귀국한 뒤에 발표한 「예술과 인생」 무렵부터 이광수의 문학론에는 변화가 나타나기 시작한다. '극한적 상황'은 지나갔지만 여전히 길을 모색하면서 살아가지 않으면 안 된다는 것을 각오한 30세의 이광수의 심경이 문학론에도 반영되었을 것이다. 그러나 18세의 이광수가 '극한적 상황' 속에서 체득한 외부 세계와 관계를 맺는 방식은 변하지 않았던 것 같다. 이광수 소설의 경우, 주인공들은 주위의 현실에 괴로워하고 항거하면서도 어딘지 현실감각에 '어그러지는' 듯한 면모를 갖고 있고 현실과 정면으로 싸운다는 느낌이 희박한 것이 필자에게는 항상 의문이었다. 눈앞에 있는 사실을 그대로 보는 것이 아니라 자기 내부에 작용을 가하는 것으로서 보는, 즉 항상 자기의 '정(情)'을 매개로 보는 듯한 외부 세계와의 주관적인 접촉 방식. 외부 세계와 이렇게 관계 맺는 방식은, 앞서 언급한 것처럼, 그가 현실과 대면하기 이전에 「금일 아한 청년과 정육」에서 보이는 것과 같은 문학적인 사회 인식을 갖게 되어버린 데서 기인하고 있는 것이 아닐까 싶다.

:: **그밖의 참고문헌**

『이광수전집』, 삼중당, 1971.
『대한흥학보』 상・하, 아세아문화사, 1978.
김윤식, 『근대한국문학연구』, 일지사, 1973.
김윤식, 『(속)한국근대문학사상』, 서문당, 1978.
田口容三, 「愛國啓蒙運動期の時代認識」, 『朝鮮史硏究會論文集』 15, 1978.

제4장

옥중호걸의 세계
이광수의 중학시절의 독서이력과 일본문학

1. 시작하며

이광수는 자기가 메이지학원(明治學院) 중학시절에 어떤 책을 읽었는지, 어떤 작가의 어떤 작품에 감명을 받았는지를 몇 편의 회상록에 기록하여 남기고 있다. 이번 장에서는 이들 작품을 구체적으로 조사하여 그 가운데서 이광수에게 가장 강한 인상을 주었다고 생각되는 작가와 작품을 밝히고, 그것이 이광수의 초기 작품에 어떤 형태로 드러나 있는지 고찰함으로써 중학시절 이광수의 세계관에 접근하고자 한다.

이광수가 중학시절의 끝 무렵 가장 심취했던 작가는 선배 홍명희의 권유로 알게 된 시인 바이런인데, 그들이 수용한 바이런은 일본주의자 키무라 타카타로(木村鷹太郎)의 번역과 해석을 거친 것이다. 일청전쟁에서 일러전쟁에 이르는 메이지 30년대 일본이 놓여 있던 상황을 반영하는 키무라의 위기의식은 조선이 직면해 있던 독립의 위기와 중첩되어 이광수에게 깊은 감명을 주었고, 그것은 이윽고 오산에서 합병을 맞았을 때 이광수가 생존경쟁의 비정함을 통감하고 진화론을 진리로서 받아들이는 기반을 준비하게 된다. 한편 키무라의 바이런 해석은 당시 일본에 유학 중이었던 루쉰(魯迅)에게도 강한 인상을 주었다. 바이런이 노래한 강대한 의지력을 국민들에게 독립의 기개를 불어넣으려는 시인의 외침으로서 공리적으로 생각한 점에서는 키무라는 물론 이광수나 루쉰도 다르지 않았다. 그러나 일러전쟁의 승리로 열강과 어깨를 나란히 하게 되었다고 자부하게 된 일본에서는 '바이런 열기'가 급속히 퇴색한다. 그리고 진화론의 '힘의 논리'를 받아들인 이광수가 조국을 강자로 만들기 위해 준비론으로 나아간 데 반해, 일본 유학 이전에 이미 진화론을 알고 있었던 루쉰은 인간의 절대적인 의지를 통한 진화론 극복의 길을 모색한다.

*　*　*

"오인(吾人)에게 최(最)히 심대한 흥미를 여(與)하는 자는, 즉 오인 자신에 관한 사(事)이라." 1916년에 쓴 문학론 「문학이란 하(何)오」에서 이광수는 이렇게 적었다.[1] '고백'은 자기에게 집착하는 낭만주의 작가가 즐겨 하는 것이지만, 이광수 또한 인생의 고비에 즈음해서는 항상 자기를 돌아보고 자기에 대해 이야기하는 경향이 있다. 중학시절에 글을 쓰기 시작한 이광수가 졸업 후에 오산학교에서 일한병합을 맞으면서 일시적으로 붓을 놓기 직전에 쓴 「여(余)의 자각한 인생」[2]은 18세의 이광수가 그때까지의 정신 편력을 이야기한 것이다. 1915년 그가 오산을 버리고 재차 토쿄에서 유학하고 있을 때, 오산학교시절을 정리라도 하듯 쓴 것

---

1) 본고에서는 삼중당 발행 『이광수전집』(전10권 별권, 1971)을 사용했다. 이하 『전집』이라고 줄여서 기재한다. 이광수, 『매일신보』 연재(1916.11), 『전집』 1, 548면.
2) 이광수, 『소년』(1910.8), 『전집』 1, 575~577면.

이 자전적 소설 「김경」3)이고, 그 2년 뒤 『매일신보』에 연재한 근대 한국문학 최초의 장편소설 『무정』은 어떤 의미에서는 이광수가 새로운 출발을 위해 자신의 과거를 총괄한 작품이라고 할 수 있다.4) 그리고 1936년 인생의 험난한 시기를 맞았던 이광수는 다시금 젊은 시절의 자기를 돌아보면서 「다난한 반생의 도정」5)과 자전적 소설 『그의 자서전』6)을 집필한다. 식민지시대의 종언을 맞은 후에는 민족주의자로서의 자기를 재점검하기 위해 『나의 고백』7) 및 루소의 『고백록』을 의식한 적나라한 고백 『나』8)를 저술한다.

이렇게 몇 번이나 반복된 '고백'에는 1차 일본 유학시절과 그것에 이은 오산학교시절, 대륙 방랑, 그리고 2차 일본 유학시절이 다양한 형태로 이야기되고 있는데, 그 속에서 이광수는 이 무렵 읽은 책에 관해서도 언급하고 있다. 그 중에서도 특히 인상 깊게 언급하고 있는 것은 1차 유학시절, 즉 중학시절의 독서 체험에 관한 것이다. 다른 시기에 읽은 책에 관해서도 언급하고는 있지만, 아무래도 중학시절의 언급이 가장 상세하고 강렬한 인상을 준다. 그가 인생에 눈을 뜨고 문학에 경도되어 결

---

3) 이광수, 『청춘』 제6호(1915.3), 『전집』 1, 586~573면.
　1913년 말에 오산학교를 떠나 대륙을 방랑했던 이광수는 러시아의 치타에서 제1차 대전의 발발을 맞아 일단 오산으로 돌아오고, 이듬해 일본으로 두 번째 유학길에 오른다. 「김경」은 방랑과 2차 유학 사이의 시기에 씌어졌다.
4) 1917년 1월부터 6월까지 『매일신보』에 연재. 『전집』 1, 15~209면.
　장편 『무정』이 자전적 요소를 갖고 있음을 지적한 논문으로는 三枝壽勝, 「『無情』における類型的要素について」(『朝鮮學報』 第117集, 1985); 小野尚美, 「李光洙の『無情』の自傳的要素について」(『朝鮮學報』 第127集, 1988); 김윤식, 『이광수와 그의 시대』(한길사, 1986), 7. '『무정』-그 기념비적 성격, 작자의 자전적 요소와 『무정』의 관련성' 등이 있다.
5) 이광수, 『조광』 연재(1936.4~6), 『전집』 8, 445~457면.
6) 이광수, 『조선일보』 연재(1936.12~1937.5), 『전집』 6, 299~437면.
7) 이광수, 춘추사, 1948.12, 『전집』 7, 219~288면.
8) 이광수, 『나·소년편』(생활사, 1947.12) 및 『나·스무살 고개』(박문서관, 1948.10), 『전집』 6, 438~586면. 『나·소년편』의 서문 '『나』를 쓰는 말'에서 이광수는 "루소가 그의 참회록에 그는 후일 심판날에 하느님의 앞에 내어놓을 답변으로 이것을 쓴다는 뜻을 말하였거니와, 내 이야기는 그런 것과도 다르다"(『전집』 10, 563면)고 적고 있다.

국 창작을 시작했던 이 시기에 독서를 통해 많은 영향을 받았으리라는 것은 짐작하기 어렵지 않다.

이광수가 일본에서 문학 작품을 탐독한 시기는 메이지학원 중학에 편입한 3학년 가을부터 5학년으로 졸업할 때까지, 즉 1907년에서 1910년까지의 약 2년 반의 기간이었던 것으로 추정된다. 1905년에 일진회의 유학생으로 일본에 건너온 이광수는 우선 일본어 습득을 위한 학교(토카이의숙(東海義塾)−옮긴이)에 들어가고, 이듬해 타이세이중학(大成中學)에 입학하지만, 천도교의 분열로 학비가 중단된 까닭에 부득이 퇴학하게 되어 1906년 말에 일시 귀국한다. 그가 마음껏 독서에 몰두할 수 있는 정신적 물질적 여유를 갖게 된 것은 국비유학생으로 다시 일본으로 건너와 메이지학원에 입학하고 난 뒤의 일이었던 것 같다. 「김경」에 의하면, 이광수가 독서를 통하여 처음 "정신상의 영향"을 받은 소설은 키노시타 나오에(木下尙江)의 『불기둥(火の柱)』이다. 그는 키노시타에게서 "예수교적 이상"을 얻었다고 하는데,9) 이광수가 기독교와 만난 것은 미션 스쿨인 메이지학원에서였다.10) 이로부터 그의 정신 세계에 영향을 준 본격적인 독서는 메이지학원 입학 이후에 시작되었다는 사실을 알 수 있다.

이번 장에서는 이광수가 작가로서 출발했던 이 시기의 세계관을 회상록에 드러나 있는 독서이력을 통하여 엿보고자 한다. 본서의 제2장 '이광수의 자아'에서 필자는 이광수의 초기 작품에 나타난 자아각성의 양상을 고찰하면서 이 시기 이광수의 세계관을 살펴 보았다. 동일한 대상을 독서이력이라는 또 다른 각도에서 접근함으로써, 그의 세계관을 보다 다각적으로 또 깊이 있게 이해하려는 것이 이번 장의 목적이다.

제2장에서도 언급했던 것처럼, 이광수의 초기 창작에 관한 선행 연구의

---

9) "키노시타(木下)씨에게서 얻은 예수교적 이상에 더 힘있는 의의를 가(加)하고……." 이광수, 『전집』 1.

10) "나는 이 학교(M학교, 즉 메이지학원을 가리킨다−인용자)에 입학하여서 비로소 예수교의 성경이라는 것을 처음 배웠다. 보기조차 처음하였다." 이광수, 『그의 자서전』, 『전집』 6, 328면.

대부분은 장편『무정』이전, 즉 중학과 대학의 두 번의 유학시절을 '초기'로서 일괄하여 다루는 것이 보통이고,[11] 중학시절만을 따로 논의한 것은 거의 없다. 이광수의 독서이력에 대해서는 이광수가 유년기에 읽은 고전소설과 장편『무정』의 관계를 논하면서『무정』은 본질적으로 고전소설의 계승이며 서구소설로부터의 영향은 적다고 본 성현경의 「『무정』과 그 이전 소설」,[12] 이광수의 초기 작품과 동시대의 신소설을 비교하여 이광수의『개척자』까지의 초기 작품은 문학사적으로는 신소설의 영역에 두어야 한다고 주장한 송민호의 「춘원 초기 작품의 문학사적 연구」,[13] 또 장편『무정』과『채봉감별곡』과의 관계를 논한 한승옥의『이광수 연구』[14] 등 한국 고전소설과의 관계를 다룬 논문은 있어도, 일본문학이나 서양문학의 독서이력을 다룬 연구는 별로 없다. 톨스토이를 원천으로 하여 이광수의 문학과 일본문학과의 '유사성'을 문제삼은 이선영의 「춘원의 비교문학적 고찰」,[15] 쿠니키다 돗포(國木田獨步)의 같은 제목의 소설을 비교연구한 송백헌의 「춘원의 「소년의 비애」 연구」,[16] 등이 눈에 띄는 정도다. 중학시절 이광수의 독서이력을 구체적으로 문제삼은 것은 김윤식의『이광수와 그의 시대』[17]뿐인 듯한데, 이 또한 다만 책 제목과 작가 이름을 열거한 데 그쳤을 뿐 이를 실마리로 하여 무언가를 밝혀내려 하지는 않았다.

그러나 이광수가 자신의 중학시절을 회상할 때 반드시 토쿄에서의 독서 내용도 언급하고 있다는 사실은 그가 이 시기에 인생관을 형성하는데 독서가 커다란 역할을 했음을 말해주는 것이 아닐까 싶다. 이번 장에

---

11) 송민호, 「춘원의 초기작품고」; 김춘섭, 「이광수의 초기소설」; 주종연, 「이광수의 초기단편소설고」 등(『이광수 연구』 상·하, 동국대 한국문학연구소 편, 태학사, 1984).
12) 성현경, 위의 책에 수록.
13) 송민호, 위의 책에 수록.
14) 한승옥, 『이광수 연구』, 선일문화사, 1984.
15) 이선영, 『이광수 연구』, 태학사, 1984.
16) 송백헌, 위의 책에 수록.
17) 김윤식, 『이광수와 그의 시대』, 한길사, 1986, 213면.

서는 우선 이광수가 이 시기에 구체적으로 어떤 책을 읽었는지를 조사
하고, 다음으로 그 가운데서도 이광수의 마음에 특히 강한 인상을 준 것
으로 보이는 책을 고찰하여 이들 책에서 이광수가 받아들인 것이 이 시
기 그의 작품에 어떠한 형태로 반영되어 있는지를 살펴보기로 한다. 그
리고 마지막으로 이 시기 토쿄에서 이광수와 세계관을 공유했던 홍명
희, 그리고 이들과 같은 책을 읽었던 루쉰[魯迅]에 대해서도 간단히 언급
하고자 한다.

2. 독서이력

그럼 우선 이광수가 이 시기에 어떤 책을 읽었는지 보도록 하자. 구체
적인 책 제목이나 작가 이름이 나오는 주된 저작으로는 앞에서 언급한
「김경」, 「다난한 반생의 도정」, 『그의 자서전』, 『나』, 『나의 고백』 외에
도, 1925년 『조선문단』에 발표했던 중학시절의 일기 「나의 소년시대―18
세 소년이 동경에서 한 일기」[18](이하 「일기」로 줄여 적는다)가 있다. 「일기」
와 「다난한 반생의 도정」, 그리고 서문에서 "내가 몸소 관련한 것, 보고
들은 것, 접촉한 사람들의 일을 썼다"[19]고 적고 있는 『나의 고백』은 일
단 사실 그대로 썼다고 할 수 있고, 「김경」·『그의 자서전』·『나』는 자
전적이긴 해도 창작이다. 물론 사실을 있는 그대로 썼다는 작가의 말을
그대로 믿을 수는 없다. 그러나 구체적인 책 제목이나 작가 이름이 여러

---

18) 이광수, 『조선문단』(1925.3,4), 『전집』 9, 328~334면.
19) "이 책에서 나는 어려서 내가 민족의식이 싹틀 때부터의 나의 소경력을 썼다. 합병
　　전후 방랑생활, 삼일운동, 그 후 제2차 세계대전 중과 해방 직전의 민족적 움직임 중
　　에 내가 몸소 관련한 것, 보고 들은 것, 접촉한 사람들의 일을 썼다."(이광수, 『나의 고
　　백』 서문, 『전집』 10, 539면)

글에 중복되어 거론되고 있는 것은 그만큼 이 시기의 이광수에게 강한 인상을 주었기 때문이라고 보아도 무관할 것이다.

이들 작품으로부터 중학시절에 읽은 것으로 보이는 책 제목 및 작가 이름을 골라내면 다음과 같다. 작가 이름은 책 제목 뒷부분에 정리하여 기술한다(괄호 안이 원문—옮긴이).

① 「김경」(1915)—『불기둥(火の柱)』, 『남편의 자백(良人の自白)』, 『영혼인가 육체인가(靈が肉が)』, 『기갈(飢渴)』, 『나의 종교(我宗敎)』, 『해적(海賊)』, 『악마의 원한(天魔の怨)』, 『문학계의 대마왕(文界之大魔王)』, 토쿠토미 로카(德富蘆花), 톨스토이, 고리키, 모파상, 이백(李白).[20]

② 「일기」(1925)—『바이런의 전기(傳記)』, 『호수의 여인(湖上美人)』,[21] 『실락원(失樂園)』,[22] 『파계(破戒)』,[23] 「심연(深淵)」,[24] 『우미인초(虞美人草)』, 『해적』, 『바이런(バイロン)』, 『푸쉬킨(プーシキン)』, 『고리키(ゴルキイ)』, 『고리키 단편집(ゴルキイ短篇集)』, 『봄(春)』, 『추억의 기록(思出の記)』, 『부활(復活)』, 『안나 카레리나(アンナ カレニナ)』, 『모조품(イカモノ)』, 『소생의 날(蘇生の日)』, 『건축사(建築師)』, 『자연주의(自然主義)』, 『악마의 원한(天魔の怨)』, 『셰익스피어 소설집(沙翁物語集)』, 『야생화(野の花)』, 『나폴레옹 언행록(ナポレオン言行錄)』, 『시인의 연애(詩人の戀)』, 『병간록(病間錄)』, 『토손 시집(藤村詩集)』, 『영혼인가 육체인가(靈か肉か)』, 『산시로(三四郞)』,[25] 「푸른 고양이(靑い小猫)」, 「어느 가을밤(私の一夜; 原題 秋の一夜)」, 『카타이집(花袋集)』,[26] 『인형의 집(人形の家)』, 『이불(蒲團)』,[27] 쿠니키다 돗포(國木田獨步)[28]

---

20) 이광수, 『전집』 1, 569~570면.
21) 이광수, 『전집』 9, 328면.
22) 위의 책, 329면.
23) 위의 책, 330면.
24) 위의 책, 331면.
25) 위의 책, 332면.
26) 위의 책, 333면.
27) 위의 책, 334면.
28) 이광수, 『전집』 9, 333면. 1910년(明治 43) 1월 4일의 일기에서 이광수는 돗포(獨步)의 글 가운데 한 구절을 그대로 조선어로 번역하고 있는데, 출전은 분명하지 않다. 정귀련, 『國木獨步と若き韓國近代文學者の群像』(筑波大學 博士論文, 1996, 34면)에서

③ 「다난한 반생의 도정」(1936) – 『카인』, 『해적』, 『마제바』, 『돈판』, 『프랑스 이야기(후란스物語)』, 『아메리카 이야기(亞米利加物語)』,[29] 『신약전서(新約全書)』,[30] 『나는 고양이로소이다(我輩は猫である)』, 「도련님(坊ちゃん)」, 『우미인초(虞美人草)』, 『산시로(三四郎)』, 『문학론(文學論)』,[31] 쿠니키다 돗포(國木田獨步), 나츠메 소세키(夏目漱石), 바이런, 시마자키 토숀(島崎藤村), 타야마 가타이(田山花袋), 톨스토이, 키노시타 나오에(木下尙江),[32] 체홉, 아르체이, 바셉,[33] 고리키[34]

④ 『그의 자서전』(1936) – 「현실폭로의 비애」, 『카인』, 『해적』, 『돈판』[35]

⑤ 『나』(1941) – 오산학교시절의 장서(藏書)로 다음의 작품을 들고 있다. 톨스토이의 『전집』의 영문 번역본 열네 권. 투르게네프, 고리키의 소설이 각각 오륙 종씩. 위고의 『레미제라블』, 졸라의 『파리』, 셰익스피어, 디킨즈, 스콧의 소설. 밀턴, 바이런, 워즈워드, 테니슨의 시집. 모파상의 『한 여자의 일생』. 일본문학 등속. 한문서적.[36]

⑥ 『나의 고백』(1948) – 바이런, 나츠메 소세키(夏木漱石)[37]

물론 이 외에도, 중학시절에 읽은 책에 대해 언급한 글은 더 있다. 이를테면 톨스토이에 대해서는 「톨스토이의 인생관」,[38] 「두옹(杜翁)과 나」[39] 등, 이 작가만을 위해 씌어진 것도 있다. 그러나 여기서 다룬 것은 어디까지나 중학시절의 독서 내용이 어느 정도 정리되어 있는 대표적인 글들로 한정했다.

그것이 「一句一節一章錄」 가운데 11월 8일자에 기록된 것임을 밝히고 있다.
29) 이광수, 『전집』 8, 447면.
30) 위의 책, 448면.
31) 위의 책, 452면.
32) 위의 책, 446면.
33) 위의 책, 447면. '알체이, 바셉'은 아르치 바세프(M.P. Artsybashev, 1878~1927)일 것이다.
34) 위의 책, 448면.
35) 이광수, 『전집』 6, 340면.
36) 위의 책, 544면.
37) 이광수, 『전집』 7, 228면.
38) 이광수, 『조광』 창간호(1935), 『전집』 10, 487~489면.
39) 이광수, 『조선일보』(1935.11), 『전집』 10, 594~596면.

기억의 정확함이라는 면에서 본다면, 창작소설이라고는 해도 중학 졸업 후 5년밖에 되지 않은 시기에 씌어진 「김경」을 가장 신뢰할 수 있을 것이다. 그러나 책 제목과 작가 이름이 가장 많이 나오는 「일기」는 실제의 일기를 원본으로 삼았기 때문에 신빙성은 높을지 몰라도, 발표 시점에서 저자가 손보았을 가능성을 배제할 수 없다.[40] 반면 「다난한 반생의 도정」, 『그의 자서전』에서 언급하고 있는 책이나 작가는 사반 세기라는 시간의 여과 작용을 거쳤다는 점에서 이광수의 마음에 가장 깊게 각인된 것이라고 생각된다. 그러나 그로부터 20년 후에 씌어진 『나』의 경우, 다른 회상과 지나치게 동떨어져 있어서 차라리 '그랬으면 싶었던 독서이력'으로 받아들여야 하지 않을까 싶다.[41] 『나』는 심정적으로는 자기에게 가장 충실하고 노골적인 고백록인 대신 사실과 다른 요소가 극히 많은 자전적 창작소설이다. 그러한 성격이 독서이력에도 반영되어 있다고 할 수 있을 것이다.

이광수의 메이지학원 중학시절의 독서이력에는 한눈에 봐도 외국문학 작품이 많다. 이들 작품은 아마도 일본어로 번역된 것이었으리라 생각된다. 중학시절 이광수의 영어 실력을 논외로 하자면, 다음의 표에서 보는 것처럼 이광수가 이 시기에 읽은 외국문학 작품은 모두 이 시기 일본에서 번역 출판되었던 것들이고, 그 가운데 몇 작품은 마침 이 무렵에 막 출판된 것이다. 또 이 무렵 이광수에게 다양한 책을 소개하여 읽도록 권했던 '문학의 지도자' 홍명희의 회상으로부터도 그렇게 추정할 수 있다. 네 살 위이지만 타이세이중학 1학년 때 일시 같은 하숙에서 지냈던 홍명희와의 사귐은 그가 메이지학원에 편입한 뒤에도 계속되었고, 문학에 관한 한 홍명희는 이광수의 선배격이었다. 명문 양반가 출신으

---

40) 본서 제2장 '이광수의 자아' 주 8 참조.
41) 이광수는 자신의 장서(藏書)를 소개하면서 "이런 책들은 내가 그때의 영어 지식으로는 잘 읽지도 못하는 것이지마는 그래도 아는 체하는 것과 알려는 욕심으로 끌고 다니는 것이요"라고 적고 있다(이광수, 『전집』 6, 544면).

로 경제적인 여유가 있었던 홍명희는 내키는 책이라면 발매금지본이라
하더라도 사 모으고는 그것을 이광수에게도 빌려 주었다고 한다.[42] 그
러므로 이 시기 이광수의 독서는 홍명희의 독서와 어느 정도 겹친다고
봐도 좋다. 게다가 홍명희는 자기가 즐겨 읽은 외국 작품은 번역본이었
다고 명확히 언급하고 있으므로,[43] 이광수의 독서이력 가운데 외국문학
작품은 메이지 말기 토쿄의 서점에 나돌던 일본어 번역본이었다고 생각
해도 좋을 것이다.

　이광수가 이들 일본문학·외국문학 작품을 어떤 판본으로 읽었는지
는 당시 일본의 출판물을 조사함으로써 어느 정도 특정(特定)할 수 있다.
그 결과를 다음과 같이 표로 정리했다.

　① 국립국회도서관 소장 『明治期刊行圖書目錄』 第4卷 및 『飜譯文學文獻
總攬－明治時代』(安藤美登里 編, 『國文學』 第4卷 5号, 6号)를 참고했다.
　② 이광수의 기억이 잘못되었다고 생각되는 책 제목은 정정하여 저자 이름
옆에 기재했다.

---

42) "홍군이 말없이 책을 빌려주는 것으로 나의 지도자가 되었다고 생각합니다. (…중
　략…) 홍군은 당시 성(盛)히 발매금지를 당하던 자연주의 작품을 책사를 두루 찾아서
　비싼 값으로 사가지고 와서는 나를 보고 자랑하였습니다."(이광수, 「다난한 반생의 도
　정」, 『전집』 8, 447면) "그(홍명희－인용자)는 나에게 바이런의 시와 나츠메 소세키(夏
　目漱石)의 소설을 권하고 자기의 책을 빌려 주었다. 또 그는 당시 일본에서 소개되기
　시작하던 때라 발매금지되는 문학잡지를 열고가 나서 사러 돌아 다녔다. 그래 그예 그
　것을 손에 넣어서는 내게 빌려 주었다. 이 점으로 홍군은 내게는 문학의 선배요……."
　(이광수, 『나의 고백』, 『전집』 7, 228면)
43) "유진오－태서(泰西) 것으로는…… / 홍명희－로서아 작품을 제일 많이 읽었습니다.
　그때는 하세가와(長谷川), 후타바테이(二葉亭)씨 번역을 통해 읽었는데 내 있을 때 번
　역된 작품은 하나도 안 빼고 다 읽었습니다. 그저 헌 책이나 새 책이나 할 것 없이 전
　부 주어모으고 책을 빌려 돌아다니기도 하고."(「문예대담편－홍명희·유진오」, 『조선
　일보』, 1937.7.16~18, 『벽초 홍명희, 『임꺽정』의 재조명』, 사계절, 1988, 259면) / "홍명
　희－외국 것은 물론 번역을 통해서 읽었고 일본 것은 소설이 제일 보기 쉬우니까 자
　꾸 읽었지요."(「홍명희·설정식 대담기」, 『신세대』, 1948.5, 같은 책, 293면) / "설정식
　－그런데 러시아 소설을 원본으로 보셨는가요. / 홍명희－웬걸, 번역으로 보았지요. 노
　어(露語)는 배우다 말았지요. 내 외국어는 형편없지. 일본말이 그래도 제일 낳았어. 그
　것은 잊어 버리려도 안 잊어 버려져. (웃음)"(같은 책, 302면)

③ 한번 나온 작품은 기출(旣出)로 기재했다.

④ 『나』(e)에 나와 있는 작품은 일본어로 번역된 것은 아니어서 제외했다.

⑤ 작품 이름만 대상으로 한 것이므로, 작가 이름만 나오는 『나의 고백』(f)은 표에 넣지 않았다.

⑥ 책 제목 앞의 번호에 붙은 번호와 * 표시에 대해서는 나중에 설명할 것이다.

읽은 시기	책 제목	저자 / 역자	출판사 (『 』는 잡지명)	출판년월
a. 「김경」				
중학시절 전반	1 『(火の柱』	木下尙江	平民社	1904.5.
3학년 가을~	1 『良人の自白』	木下尙江　　상편	平民社	1904.12.
4학년		중편	平民社	1905.7.
1908년(明治 41)		하편	由分社	1905.11.
무렵		속편	金尾文淵堂	1906.7.
〃	1 『靈が肉が』	木下尙江,『靈か肉か』		
		상편	金尾文淵堂	1907.7.
		하편	梁江堂	1908.1.
〃	1 『飢渴』	木下尙江	昭文堂	1907.4.
〃	1 『我宗敎』	톨스토이 / 加藤直士	文明堂	1903.3.
중학시절 후반	2 『海賊』	바이런 / 木村鷹太郎	尙友館	1905.1.
4학년~5학년	2 『天魔の怨』	〃	二松堂岡崎屋	1907.1.
1909년(明治 42) 무렵[44]	2 『文界之大魔王』	木村鷹太郎,『バイロン 文界之大魔王』	大學館	1902.7.
b. 「일기」				
1909년(明治 42) 11월	*2 『バイロンの傳記』	『バイロン 文界之大魔王』,『バイロン』,『詩人と戀』가운데 하나일 것이다.		
〃	2 『湖上美人』	스콧트 / 塩井雨江, 『湖上之美人』	開新堂	1894.3.
〃	2 『失樂圓』	밀턴/ a 繁野天來 編, 『失樂園物語』45)	富山房	1903.2.
		b 內村達三郎 譯,『失樂園』	有樂社	1905.
		c. 　　〃	建文館	1907.
1909년(明治 42) 12월	4 『破戒』	島崎藤村	자비출판 (綠蔭叢書 1)	1906.3.
1909년 중	3 「深淵」	안드레예프 / 昇曙夢	『新小說』	1909.10.
〃	4 『虞美人草』	夏木漱石	春陽堂	1908.1.

읽은 시기	책 제목	저자 / 역자	출판사 (『 』는 잡지명)	출판년월
〃	*2 『해적』	기출		
〃	2 『바이런』	米田實	民友社	1900.
〃	2 『プーシキン』	八杉貞利, 『詩宗 プーシキン』	時代思潮社	1906.6.
〃	3 『ゴルキイ』	西村茂樹	民友社	1902.
〃	3 『ゴルキイ 短篇集』	고리키 / 相馬御風 『ゴルキイ集』	博文館	1909.12.
〃	4 『春』	島崎藤村	자비출판 (綠蔭叢書 2)	1908.10.
〃	1 『思い出の記』	德富蘆花	民友社	1901.5.
〃	1 『부활』	톨스토이 / 內田魯庵[46]		
		전편	丸善	1908.12.
		후편	丸善	1910.1.
〃	1 『アンナ カレニナ』	톨스토이 / 柴田流星	上田屋	1906.4.
〃	3 『イカモノ』	모파상 / 內田魯庵[47]	金尾文淵堂	1909.6.
〃	3 『蘇生の日』	입센 / 千葉掬香	易風社	1909.7.
〃	3 『建築師』	입센 / 千葉掬香	易風社	1909.7.
〃	4 『自然主義』	長谷川天溪	博文館	1908.7.
〃	*2 『天魔の怨』	기출		
〃	3 『沙翁物語集』	램 / 小松月陵	月高有隣堂	1904.6.
〃	3 『野の花』	a 하디 부인 / 黑岩淚香	扶桑堂	1909.
〃		b 田山花袋[48]	新聲社	1901.6.
〃	3 『ナポレオン言行錄』	미상		
〃	2 『詩人の戀』	(關露香), 『詩人と戀』	岡崎屋	1901.10.
〃	4 『病間錄』	綱島梁川	金尾文淵堂	1905.10.
〃	4 『藤村詩集』	島崎藤村	春陽堂	1904.9.
〃	*1 『靈が肉が』	기출		
1910년(明治 43) 1월	4 『三四郎』	夏目漱石	春陽堂	1909.5.
〃	3 『青い小猫』	(앞의 책, 『ゴーリキ集』 수록)		
〃	3 『私の一夜』	(위의 책, 「秋の一夜」		
〃	4 『花袋集』	田山花袋	易風社	1908.3.
1910년 2월	3 『人形の家』	입센 / 島村抱月	『早稻田文學』	1910.1.
〃	4 『蒲團』	田山花袋	『新小說』 혹은 『花袋集』	1907.9.
c 「다난한 반생의 도정」				

읽은 시기	책 제목	저자 / 역자	출판사 (『 』는 잡지명)	출판년월
중학시절	**2 『海賊』	기출		
〃	**2 『카인』	기출(『天魔の怨』)[49]		
〃	2 『마제파』	바이런/ 木村鷹太郎	眞善美協會	1907.3.
〃	2 『돈 후안』	바이런	미상[50]	
〃	4 『フランス物語』	永井荷風	博文館	1909.8.
〃	4 『亞米利加物語』	永井荷風,『アメリカ物語』	博文館	1908.3.
〃	5 『我輩は猫である』	夏目漱石	腹部書店	1905.10.
		상편		
		중편	大倉書店	1906.11.
		하편	大倉書店	1907.4.
〃	4 『坊ちゃん』	夏目漱石(『鶉籠』 수록)	春陽堂	1907.1.
〃	*4 『虞美人草』	기출		
〃	*4 『三四郎』	기출		
〃	4 『文學論』	夏目漱石	大倉書店	1907.5.
d 『그의 자서전』				
중학시절	*4 「현실폭로의 비애」	長谷川天溪, 『自然主義』 수록		
〃	***2 『카인』	기출		
〃	***2 『해적』	기출		
〃	*2 『돈 후안』	기출		

44) 이광수는 중학 3학년 2학기(1907.9)에 메이지학원에 편입한다. 「두옹과 나」에 의하면, 『나의 종교』는 중학 4학년인 동급생 야마자키 도시오(山崎俊夫)가 형의 서가에서 가져와 이광수에게 보여 주었다고 한다. 이광수가 중학 4학년이었던 것은 1908년(明治 41) 4월부터 1909년(明治 43) 2월까지였다. 1909년 11월 무렵 「일기」의 독서 경향을 보면 바이런에게 경도된 사실을 분명히 알 수 있다. 또 "김경이 이곳에 오기는 바로 이때니 그러므로 교사로 부임하자마자 학과나 필(畢)하고는 연일 장취(長醉)에 과연 바이런으로 자처하였더라"(이광수, 「김경」, 『전집』 1, 570면)라는 서술로부터 중학 졸업을 전후하여 이광수가 바이런에 심취했다는 것을 알 수 있다. 그래서 이광수의 독서시기에 대해 다음과 같은 추정이 성립한다.

　① 키노시타 나오에, 1907년 9월 이래(중학 3학년~)

　② 톨스토이, 1908년 무렵부터 1910년 여름(중학 4학년~)

　③ 바이런, 1909년 무렵부터 1910년 여름(중학 5학년~오산학교에 부임했던 무렵까지) 이 자료만으로는 그다지 확실하지 않지만, 요컨대 이광수는 메이지학원 중학시절의 전반 3학년부터 4학년에 걸쳐 키노시타와 톨스토이에게, 그리고 후반 5학년부터 오산학교 부임 직후까지는 바이런에게 경도되었던 것 같다.

45) b와 c는 꽤 난해한 번역서이므로, 이광수가 읽은 것은 a였을 것이다.

이 책들은 다음의 네 작품군으로 분류할 수 있다. 첫째는 기독교적 이상주의 색채가 짙은 키노시타 나오에와 톨스토이, 토쿠토미 로카의 작품으로, 주로 메이지학원 중학시절의 전반기에 읽었던 작품들이다. 둘째는 중학시절 후반에 읽은 바이런의 작품과 그의 평전 및 이와 관련해서 읽었던 것으로 추정되는 작품군으로, 낭만주의 시인 푸쉬킨의 전기도 여기에 들어간다. 셋째는 그 이외의 외국 작품이다.『야생화』는 출판 년도의 근접성을 고려하여 여기에 분류해둔다. 그리고 넷째는 첫째로 분류한 것 이외의 일본문학 작품이다. 분류 번호를 책 이름 앞에 붙

---

46)『부활』은 1909년(明治 42)의 독서 목록에 들어 있는데, 후편이 나온 것은 1910년(明治43) 1월이다. 이광수가 1910년부터 단속적(斷續的)으로 신문에 연재된 것을 읽었다고 생각하기는 어렵다.『나』에 나와 있는 영역본 전집으로 읽었을 가능성은 있다. 그러나 이광수가『부활』에 대해 품고 있는 눈(雪)의 이미지로 미루어 보건대, 그가 이 무렵 본 것은 책이 아니라『부활』을 원작으로 하여 프랑스에서 제작한『시베리아의 눈』이라는 활동사진이 아니었을까 싶다. 본서 제2장, '이광수의 자아' 주 29 참조

47)『모조품』에는 모파상의 유명한「진주 목걸이」의 번안을 포함한 중·단편 4편이 수록되어 있다. 저자는 우치다 미츠구(內田貢)로 되어 있지만, "실린 작품은 모파상 및 기타의 작품을 기초로 만든 번역이나 번안 같은 것으로, 창작이라고는 할 수 없을 것이다."(凡例)라고 되어 있으므로, 외국문학으로 분류한다.

48)『야생화』는 낭만적인 색채가 농후한 타야마 가타이의 전기(前期) 작품으로 단행본으로 간행되었다. 1910년 1월 14일의「일기」에 있는『가타이집(花袋集)』은 어쩌면 1909년 2월, 3월에 나온『가타이집』제2권(佐久良書房)일 가능성도 있지만, 어느 쪽이든『야생화』는 수록되어 있지 않다. 김윤식의『이광수와 그의 시대』는『야생화』의 작자를 마에다 린가이(前田林外)로 간주하고 있는데, 린가이는 메이지 시기에 활약한 시인이긴 해도『야생화』가 나온 것은 1928년(昭和 3)이다.『明治文學全集』60, 前田林外 연보 참조

49) 1909년에 발행된『악마의 원한(天魔の怨)』을 보면, 책 표지의 제목은 '악마의 원한'이지만 표지 안의 작품 이름은 '카인'으로 되어 있다. 그래서 시간이 지나면서 이광수의 기억 속에서 '악마의 원한'이 '카인'으로 바뀌었을 것이다. 혹은 키무라가 그 후에 낸 바이런의 작품집에서는 처음부터 '카인'으로 되어 있으므로, 이광수는 나중에 이것을 읽었을지도 모른다.

50)『돈 후앙』이 메이지시대에 번역되었다는 자료는 발견할 수 없었다. 1923년(大正 12)에 발행된『바이런 평전 및 시집(バイロン評傳及詩集)』의 서문에서 키무라는『돈 후앙』을 "유감스럽게도 아직 번역할 수 없었다"고 적고 있다.『바이런 문학계의 대마왕(バイロン文界之大魔王)』에는『돈 후앙』의 내용을 꽤 상세하게 소개한 '여성 및 연애관' 장이 있으므로, 이광수가 이것과 착각했을 가능성도 있다.

이고, 동일한 작품이 두 번 이상 나오는 경우는 번호 앞에 그 횟수만큼 *표시를 했다. 그러면 제1군은 9회로 중복을 제외하면 8작품, 제2군은 18회로 10작품, 제3군은 12회로 12작품, 제4군은 17회로 14작품이 된다. 바이런에 관한 제2군이 가장 중복이 많은데, 결국 이광수가 같은 작품을 몇 번이나 되풀이해서 회상했다는 얘기다.

그런데 제1군의 작품은 이광수가 자기 취향에 맞는 것을 읽은 것이지만, 제2군의 바이런은 뒤에 언급하겠지만 홍명희의 권유로 읽은 것이다. 또 제3군의 외국문학 작품 가운데 안드레이예프의 「심연」, 『고리키집(集)』, 입센의 작품 등 대부분이 출판된 해에 읽혀지고 있는데, 당시 이광수에게 출판된 책을 구입할 만큼의 경제력이 있었다고 생각되지는 않는다. 외국문학 특히 러시아문학 작품은 당시 손닿는 대로 전부 모았다는 홍명희의 언급도 있으므로,51) 이들 작품도 홍명희에게서 빌려 읽었다고 생각해도 좋을 것이다. 제4군의 일본문학에는 나츠메 소세키, 시마자키 토손, 타야마 가타이 등 당대의 첫째 가는 문학자들이 열거되어 있지만, 특별히 체계적으로 읽은 흔적은 없다. 토손과 카타이는 마음에 들지 않았다는 취지의 언급이 「일기」에 보이기도 한다.52) 그런데 「다난한 반생의 도정」에서 이광수는 장편 『무정』의 집필 무렵에는 소세키를 애독했고 소세키 책은 중학시절 홍명희가 자기에게 준 것이라고 적고 있다(『나는 고양이로소이다』만은 자기의 돈으로 샀다고 밝히고 있다).53) 이러한 제4군의 일본문학 가운데에는 나츠메 소세키의 작품이 가장 많은데, 소세키의 작품도 이렇게 거의 홍명희에게서 건네받은 것이라면 제2, 제3, 제4군 작품의 대다수는 홍명희를 통해서 읽었다는 얘기가 된다. 그런 만

---

51) 주 43 참조.
52) "시마자키 토손(島崎藤村)의 『파계』를 읽다. 평범한 듯하다."(이광수, 「일기」(1909.11.19), 『전집』 9, 330면) "『가타이집(花袋集)』을 읽고 그 용기에 감복하였다. 그런데 내개는 비평의 재능이 없는 모양인지, 가타이(花袋)의 것은 그리 좋은 줄을 모르겠다."(같은 책, 『전집』 9, 338면)
53) 이광수, 「다난한 반생의 도정」, 『전집』 8, 452면.

큼 중학시절 이광수의 독서의 태반은 홍명희의 영향 아래 있었다고 해
도 좋을 것이다.

　그러나 손닿는 대로 난독(亂讀)하는 가운데 자기의 취향에 맞게 차츰
자기의 성향에 맞는 영역으로 독서 범위를 넓혀갔던 네 살 위의 홍명
희54)가 이광수에게 권한 것은 어디까지나 그 자신의 내적 요구에 따라
손에 넣은 책이며, 이들 책에 대해 이광수가 한정적인 반응밖에 보이지
않았던 것은 당연한 일이다. 이광수는 일본의 자연주의 작가의 작품이
나 안드레이예프 등의 외국문학 작품에 그다지 흥미를 보이지 않는다.
그 자신도 말하고 있는 것처럼, 애초에 이광수는 독서를 그다지 즐겨하
지 않았던 것이 아닐까.55) 결국 이광수의 성향에 가장 맞는 것은 자기의
선택으로 읽은 키노시타 나오에, 톨스토이 등이었던 듯하다. 그리고 홍
명희에게서 권유받아 읽은 책 가운데서 이광수의 마음을 가장 매혹한
것은 역시 바이런이었다.

　「김경」에서 오산학교 생활에 어느 정도 정착한 주인공 김경은 그때까
지의 자기를 돌아보며 자기에게는 "『불기둥(火の柱)』과 『나의 종교(我宗
敎)』와 『해적(海賊)』을 읽던 토쿄 시로가네(白金)"와 자기를 "건전한 조선
인이 되게 된 이 오산"이라는 "두 개의 근거지"가 있다고 생각한다.56)
졸업 후 오산학교에 부임한 이광수에게 메이지학원 중학이란 무엇보다
도 키노시타 나오에와 톨스토이와 바이런을 읽었던 곳이라는 사실을 엿

---

54) "이것이 (중학시험이 끝나고 한가해서 서점에 가 마야마 세이카(眞山靑果), 토쿠토
　　미 로카(德富蘆花), 마사무네 하쿠초(正宗白鳥)의 책을 산 것ー인용자) 문학서를 읽은
　　출발인데 그 뒤부터는 그 책에 있는 광고를 보고 그것이 새끼쳐서 소경 파밭매기로
　　읽어나갔지."(「홍벽파・현기당 대담」, 『조광』, 1941.8; 『벽초 홍명희 『임꺽정』의 재조
　　명』, 사계절, 262면)
55) "나는 소설을 많이 읽는 인간은 아니다. 소설을 쓰는 내가 소설 읽는 것을 기쁘게
　　여기지 않는다고 하면 의외의 느낌이 있을지도 모르지만, 사실이라 어쩔 수 없다."(위
　　의 책, 460면) 이광수, 「내가 소설을 추천한다면」, 『동아일보』, 1931; 『전집』 10, 586면,
　　「여(余)의 작가적 태도」에도 같은 기술이 보인다.
56) 이광수, 『전집』 1, 570면.

볼 수 있게 하는 대목이다. 어느 날 학비를 받아 하숙집으로 돌아가는 도중, 서점의 매판대에서 눈에 띈 『불기둥』이라는 제목이 왠지 마음에 들어 책을 사가지고 돌아온 김경은 책을 읽으며 그대로 밤을 새운 이래 키노시타의 작품에 열중하다가 결국에는 작품의 주인공이 되다시피하여 불면증에 걸린다.[57] 이러한 김경의 모습은 필시 중학 3학년 후반에서 4학년 무렵의 이광수 자신의 모습일 것이다. 「다난한 반생의 도정」에도 "나는 톨스토이를 읽고, 키노시타 나오에(木下尙江)를 읽고, 바이런을 읽고, 고리키를 읽는 동안에 중학을 졸업하였다"[58]고 적고 있다. 결국 중학시절의 독서 체험에서 가장 인상적이었던 것은 키노시타, 톨스토이, 바이런 이 세 사람이었다고 볼 수 있다. 졸업하고 5년 후에 쓴 「김경」에서 키노시타 나오에의 작품 제목이 열거되어 있는 것은 그 무렵의 기억이 아직 선명했던 탓일 것이다.

3. 키노시타 나오에

1869년(明治 2) 마츠모토(松本)에서 태어난 키노시타 나오에(木下尙江)는 중학시절 크롬웰에 심취하여 변호사에 뜻을 두고 토쿄전문학교에서 공부하여 25세에 마츠모토에서 변호사 사무실을 연다. 그리고 그 해 기독교 신앙을 갖게 되었으나, 이듬해 일청전쟁에서 교회가 취한 태도에 분개하여 독자적인 기독교도의 길을 걷는다. 보통선거운동, 공창(公娼)폐지운동에 온 마음을 쏟지만, 현의회(縣議會) 의원선거에 얽힌 의옥사건(疑獄事件)으로 감옥에 들어갔다가 무죄판결로 출소한 뒤 마이니치신문사(每

---

57) 위의 책, 『전집』 1, 569~570면.
58) 이광수, 『전집』 8, 448면.

日新聞社)에 입사한다. 일러전쟁에 반대하여 전쟁 직전부터 전쟁 기간에
걸쳐 『마이니치신문(每日新聞)』에 『불기둥(火の柱)』, 『남편의 자백(良人の自
白)』을 연재했고, 나중에 헤이민사(平民社)에서 이들 작품을 단행본으로
간행한다. 그러나 전후(戰後)에는 어머니의 죽음을 계기로 돌연 사회 활
동을 그만두고, 기독교계로부터도 멀어져 다른 종교에 침잠한다.59)

　『불기둥』은 기독교 사회주의자이자 비전론(非戰論) 운동가인 젊은이
를 주인공으로 한 사회소설이다. "사회의 불공평", "부패", "흉악"에 도
전하는 "열렬한 마음"을 가진 "고이상가(古理想家)"60)인 주인공, 그를 연
모하는 아름다운 연인과 그를 갈라놓으려 하는 계모, 주인공의 연인을
가로채려는 악랄한 군인 등 등장인물의 설정은 다소 통속적이지만, 이
소설 덕분에 김경, 즉 이광수는 비로소 "'주의(主義)'의 고상한 감미(甘味)
와 '분투'의 욕망과 '연애'의 순미(醇味)"61)를 알았다고 한다. 키노시타는
젊었을 때 기타무라 토고쿠(北村透谷)의 「염세 시인과 여성(厭世詩人と女
性)」(『女學雜誌』, 1892.2)에서 "연애는 인생의 비밀을 푸는 열쇠"라는 한 구
절에 "대포를 맞은 듯한" 충격을 받았던 낭만주의자였고,62) 공창폐지운
동에 분주한 사실에서도 짐작할 수 있는 것처럼 금욕적인 기독교도였
다. 그러한 청교도적인 연애관은 이 소설에도 반영되어 있다.

　『남편의 자백』은 변호사였던 키노시타 자신의 경험이 반영된 이상주
의가 넘치는 작품으로, 주인공의 직업이나 등장인물의 구성 면에서 이
광수가 나중에 쓴 장편 『흙』과 유사한 점이 보인다.63) 『불기둥』과 『남

---

59) 키노시타 나오에의 작품과 연보에 대해서는 다음 두 권의 책을 참고했다. ①『木下
尙江』(『明治文學全集』 45), 筑摩書房, 1974; ②『德富蘆花・木下尙江集』(『現代日本
文學大系』 9) 筑摩書房, 1977.

60) 이상은 이광수가 키노시타의 『불기둥』을 평하여 사용하고 있는 표현이다. 이광수, 「김
경」, 『전집』 1, 569면.

61) 위의 책, 569면.

62) 주 59의 책 ①②. 연보의 1892년(明治 25) 참조.

63) 三枝壽勝, 앞의 논문, 29면 참조. 白川豊, 「한국 근대문학 초창기의 일본적 영향」(동
국대 석사논문, 1981, 68면)에도 이 사실이 지적되어 있다.

편의 자백』은 일러전쟁 당시부터 전후에 걸쳐 헤이민샤(平民社)에서 단행본으로 간행되어 많은 청년들의 마음을 사로잡았고, 당시로는 드물게 기세 좋게 팔려나가 재판을 찍었다고 한다.64) 이광수가 읽은 것은 이 단행본일 것이다.

이광수가 키노시타의 작품을 탐독할 무렵, 키노시타는 이미 활동의 제일선에서 물러나 있었다. 『기갈(飢渴)』은 키노시타가 아직 활동하던 때 신문과 잡지에 발표한 기사·평론을 정리하여 출판한 책인데, 그 가운데 「조선의 부활기」65)라는 한일신협약(1905)에 대한 평론은 키노시타의 조선관을 엿볼 수 있게 하는 글이다. 키노시타는 협약 체결 때 대한제국민이 보여준 저항과 더불어 민영환(閔泳煥)과 그의 모친 및 조병세(趙秉世) 3인의 순국(殉國)을 칭송하며, "보라, 대한제국민은 자국의 멸망을 결코 수수방관하지 않았다"고 적고 있다. 그리고 협약 전문(前文)에서 "한국의 부강(富强)의 결실을 인정할 수 있을 때까지 이 조관(條款)을 약정한다"고 했는데, 그 '때'를 도대체 구체적으로 무엇을 가지고 판단할 것인가라며 일본 정부의 야심에 의심을 표명한다. 또 협약 제5조에서 보증된 "대한제국 황실의 안녕과 존엄의 유지"란 결코 대한제국민의 안녕과 존엄은 아니라고 '사회주의자'다운 지적을 하는 한편, 이전에는 한국의 독립을 앞장서 주장했던 사람들의 표변(豹變)을 비난하며 일본의 여론에서 "위대한 국민의 동정심"을 볼 수 없음을 탄식하고 있다. 조선에 대한 키노시타의 이러한 태도 또한 이광수의 마음을 끌지 않았을까. 『불기둥』·『남편의 자백』·『영혼인가 육체인가』는 이광수가 중학을 졸업한 해 가을, 대역사건(大逆事件, 1910년 6월 천황 암살 혐의를 이유로 고토쿠 슈스이[幸德秋水]를 비롯하여 일단의 사회주의자들이 잇달아 구속된 사건—옮긴이) 소동이 한창일 때 발매금지된다. 이광수의 중학 재학시절 내내 이들 작품은 일본 사회에서 문제성을 갖고 읽혀졌던 것이다.

---

64) 주 59의 ①, 『남편의 자백』 해제 참조, 386면.
65) 위의 책, 325~326면.

4. 톨스토이

『불기둥』의 주인공이 지닌 교회와 대립하는 특이한 기독신앙은 작자인 키노시타 자신의 것이었다. 자서전 『참회』[66]에 의하면, 키노시타는 '예수의 산상수훈(山上垂訓)의 조목'을 읽고 예수의 사상에 놀라 이를 계기로 기독교에 접근한다. 그러나 교육칙어(敎育勅語, 1890년 메이지 천황이 국민이 지켜야 할 도덕적 규범을 국민에게 직접 내리는 칙어로서 발포한 것으로, 메이지헌법과 함께 2대 성전聖典으로 간주된다―옮긴이)가 공포되자 당연히 박애주의자여야 할 일본의 기독교신자가 반발하지 않고 칙어의 국체정신(國體精神)을 받아들이고, 또 일청전쟁이 시작되었을 때는 기독교회가 이를 '정의의 전쟁'이라고 고취한 데 충격을 받아 교회를 멀리했다고 한다.[67] 키노시타의 이러한 기독신앙은 톨스토이의 기독신앙과 근본적으로 상통한다. 이광수가 소설을 통해 키노시타에게서 막연히 얻은 기독교적 이상에 이론적인 근거를 부여한 것은 톨스토이의 『나의 종교』였다. 이광수는 「두옹(杜翁)과 나」에서 키노시타와 동일한 체험을 하고 교회에 불신을 품게 되었던 경험을 언급하고 있다.[68]

이광수가 1908년(明治 41) 무렵 읽은 것으로 추정되는 카토 나오시(加藤直士)가 번역한 『나의 종교(我宗敎)』[69]는 일러전쟁 바로 전 해인 1903년(明治 36)에 출판되었기 때문에, 이광수가 이 책을 읽은 것은 출판된 지 5년 후의 일이다. 톨스토이는 일청전쟁이 끝나고서야 전쟁에 대한 스스

---

66) 이 책은 주 59의 ①에 수록되어 있다. 이광수의 독서이력에서 이 작품은 보이지 않는 것 같다. 키노시타가 감옥에서의 경험을 이야기한 제20장 '산 설교(活說敎)'에는 이광수가 1938년에 쓴 단편 「무명(無明)」과 매우 유사하게 종교에 눈 뜬 수감자의 에피소드가 있다. 『木下尚江』, 『明治文學全集』 45, 301~304면.

67) 木下尚江, 주 59의 ①, 290~293면.

68) 이광수, 『조선일보』(1935.11.20), 『전집』 10, 594~596면.

69) 주 44 참조.

로의 열광을 반성했던 기독교도와, 톨스토이를 사회주의자로서 받아들이고 있던 당시의 일본 사회주의자 사이에서, 일러전쟁을 전후하여 읽혀졌다.70) 톨스토이의 번역이 본격화된 것은 일러전쟁 후의 일이며, 평화주의자·인도주의자로서의 그의 영향력은 타이쇼시대에 걸쳐 점점 커져간다.

『나의 종교』71)는 톨스토이가 자기 나름의 기독신앙을 이야기한 것으로, 어떤 의미에서는 "새로운 기독교의 창조"72)라고까지 말할 수 있는 작품이다. 난해한 성서 해석과 온통 세속적인 교회 탓에 실행 불가능한 진리로 간주되고 있던 기독의 가르침을 본래의 모습으로 돌려놓기 위해, 톨스토이는 마태복음 제5장의 산상수훈(山上垂訓) 21절부터 48절의 다섯 계율을 취하여 이를 토대로 기독교를 단순 명쾌하게 재구성하여 신앙이란 곧 실행하는 것임을 주장했다. 톨스토이는 "악에 저항하지 말라"는 무저항의 계율을 중심으로, "성내지 말라", "간음하지 말라", "맹세하지 말라", "적을 사랑하라"는 다섯 계율에 자기 나름의 해석을 덧입히고, 그 계율들을 신앙의 힘으로 실천함으로써 "지상에 신의 왕국을 세울 것"을 역설했던 것이다.73)

---

70) 아라히타 칸손(荒畑寒村)에 의하면, 『헤이민신문(平民新聞)』 창간 당시(1903, 明治 36) 헤이민샤의 사무실에는 마르크스와 함께 톨스토이와 졸라의 초상이 진열되어 있었다고 한다(荒畑寒村, 『寒村自傳』, 上卷, 岩波文庫, 1982, 83면). 칸손은 또 이렇게 말하고 있다. "『헤이민신문』의 창간 1주년 기념으로 헤이민샤가 발행한 6장 한 세트의 그림엽서에는 마르크스, 엥겔스, 라쉴리에, 베베르와 더불어 톨스토이와 크로포트킨이 들어 있다. (…중략…) 요컨대 당시는 아직 순일한 사회주의 사상체계가 확립되어 있지 않았다고 해도 과언이 아닐 것이다." 또한 장로격 사회주의자 아베 이소오(阿部磯雄)는 무저항주의자로, 그의 비전론(非戰論)의 근본사상은 "악에 저항하지 말라"였다고 한다(같은 책, 99~100면).

71) 카토 나오시(加藤直士)의 번역본을 구할 수 없어서 『宗教論(下)』(『トルストイ全集』 15, 河出書房新社, 1974)에 수록된 「나의 신앙은 어디에 있는가(わが信仰はいずれにありや)」를 보았다. 톨스토이의 일본어 번역 상황에 대해서는 같은 『전집』 별권의 톨스토이 문헌을 참고했다.

72) 『宗教論(下)』 해설, 『トルストイ全集』 15, 456면.

73) 위의 책, 66면.

키노시타의 소설에 심취했던 이광수가 키노시타 소설의 주인공이 지닌 기독교적 이상주의로부터 톨스토이의 기독교로 빠져든 것은 자연스러운 결과였을 것이다. 그러나 톨스토이의 기독교 해석을 자세히 보면, 이광수가 톨스토이의 사상을 자기의 애국심과 어떻게 절충했는지 의문이 든다. '원수를 이웃과 같이 사랑하라'는 예수의 말에서 톨스토이는 '이웃'을 같은 민족으로, '원수'를 민족의 적으로 간주한다. 그런 까닭에 톨스토이는 이 계율을 "다른 민족에게 적의를 품지 않고 싸우지 않으며, 전쟁에 참여하지 않고 전쟁을 위해 무장하지 않으며, 만인에 대하여 그들이 어떤 민족일지라도 자국민을 대하는 듯한 태도를 취해야 한다"[74]는 박애주의와 비전주의(非戰主義)를 역설한 현실적인 가르침으로 해석하여 자기 나라만을 사랑하는 애국심을 부정한다. 그리고 이러한 애국심과 민족 대립을 조장하는 것이 민족이나 국가에 대한 충성의 선서이기 때문에 예수는 '맹세하지 말라'는 계율로서 선서를 금했다고 말한다. 이처럼 애국심을 부정하는 톨스토이의 박애주의를 이광수는 자신의 애국심과 어떻게 양립시켰던 것일까.

톨스토이는 현실에서는 불가능하게 보이는 이들 계율의 실행도 "우리나 우리 자식들에게 어릴 때부터 말과 실례로써 가르친다면",[75] 그리고 "누구든지 그것을 믿는다면"[76] 가능할 것이라고 역설했다. 한 사람 한 사람이 사상과 행동을 변화시킴으로써 세계가 변할 것이라는 사고방식이 바로 톨스토이 사상의 근본이며, 이러한 사고방식은 이후 이광수에게 커다란 영향을 주게 된다.

그러나 약소국을 억압하는 입장에 있는 강대국 러시아의 국민이었던 톨스토이가 다른 민족에게 적의가 아니라 사랑을 갖자고 주장하는 것과, 억압받는 쪽 사람이 동일한 주장을 하는 것이 과연 같을 수 있을까.

---

74) 위의 책, 62면.
75) 위의 책, 64면.
76) 위의 책, 65면.

이광수의 조국은 이미 일본으로 인해 거의 독립을 빼앗긴 상태였다. 민족 간의 차별을 부정하는 톨스토이의 언급이 이광수의 마음을 일시적으로 사로잡았다고 해도, 그것이 현실 앞에서 아무 소용이 없음을 깨달았을 때 그가 톨스토이의 사상에 반발한 것 또한 당연하지 않았을까. 중학시절의 끝 무렵부터 톨스토이를 벗어난 이광수는 대학시절에는 톨스토이에 대해 부정적인 견해를 갖게 된다. 상하이에서 귀국한 뒤 이광수는 톨스토이를 다시 받아들이게 되는데, 이는 중학시절의 톨스토이의 수용과는 달리 복잡하고 음울한 인상을 준다.[77]

5. 바이런

이광수는 「김경」 및 그 밖의 다른 글에서, 바이런을 알게 되어 톨스토이주의자였던 자기의 내부에 커다란 갈등이 생긴 사실을 이야기하고 있다. 그러나 앞에서 본 것처럼, 그의 중학시절이 톨스토이의 사상만으로 끝날 리 없었음은 당연하다고 할 수 있다.

1925년 『조선문단』에 발표된 「일기」는 중학생활도 끝나가던 1909년 11월부터 이듬해 2월까지 약 3개월 간의 기록이다. 「일기」에는 이 기간에 읽은 책 외에도 1909년에 읽은 중요한 책의 제목이 정리되어 있는 만큼, 이 무렵 이광수의 독서이력을 아는 데 빼놓을 수 없는 자료라 할 수 있다.[78] 「일기」에 의하면, 이 무렵 이광수는 키노시타 나오에와 톨스토이

---

77) 상하이에서 귀국한 후의 이광수는 힘에 의한 상승이 불가능함을 깨닫고, '사랑'에 의한 지배를 원하게 된다. 본서 제1장 '이광수의 민족주의사상과 진화론' 참조
78) 이광수는 1901년(隆熙 3)년 12월 31일자 일기에서 "지난해에 읽은 책이나 적어볼까(문예만)"라고 하며 24권의 책 제목을 들고 있다. 이광수, 『전집』 9. 332면.

에 심취했던 시기가 이미 끝나고 바이런에 빠져 있었음을 볼 수 있다.

> 작야(昨夜)에는 H형에게 바이런의 전기를 읽어드리느라고 늦게야 자리에
> 들었으나 새벽 한 시경에 한기(寒氣)의 깨움이 되어 격렬하게 성욕으로 고생
> 을 하였다. (…중략…) 나는 바이런에게서 배운 것이 많다. 그러나 나는 그를
> 본받으려고는 아니 한다.[79]

『바이런 전기』가 「김경」에 나오는 키무라 타카타로(木村鷹太郎)의 『바
이런 문학계의 대마왕(バイロン文界之大魔王)』인지, 아니면 「일기」의 1909
년의 독서 목록에 들어 있는 민유사(民友社)가 발간한 이십 문호(文豪)의
호외(號外) 요네다 미노루(米田實)의 『바이런(バイロン)』인지, 혹은 같은 목
록 가운데 있는 서양 낭만주의 시인들의 연애를 묘사한 세키 로코(關露
香)의 『시인과 연애(詩人と戀)』 가운데 바이런에 관한 장인지는 분명하지
않다. 키무라와 요네다는 바이런을 "제2의 밀턴"이라 부르고 스콧과의
교류도 언급하고 있으며, 세키 로코의 『시인과 연애』에는 스콧과 밀턴에
관한 장이 있다. 이광수가 11월 9일부터 13일에 걸쳐 월터 스콧의 『호수
의 여인(湖上の美人)』을 읽고, 같은 날 밀턴의 『실락원(失樂園)』을 읽은 것
은 바로 그 때문일 것이다.

H란 홍명희를 가리키는 듯하다. 바이런을 언급할 때 이광수는 항상
홍명희의 이름을 꺼내고 있는데, 이러한 회상에서 당시 홍명희가 이광
수에게 끼친 영향력이 얼마나 컸는지, 그리고 바이런이 얼마나 격렬하
게 이광수의 마음을 사로잡았는지를 엿볼 수 있다.

> 그러나 조물(造物)은 그에게 안온하기를 허(許)하지 아니하야 홍이라는 사
> 람으로 하여금 바이런의 『해적(海賊)』과 『악마의 원한(天魔の怨)』을 보이게
> 하야 안온하던 이 소년의 영(靈)을 산란케 한 뒤에 『문학계의 대마왕(文界之
> 大魔王)』이라는 바이런의 전기를 빌리어 일찍 『불기둥(火の柱)』의 불 일던 속

---

79) 위의 책, 328면.

그 모양으로 김경의 가슴에 불길을 일게 하였다. (…중략…) 그 후부터 김경은
가끔 술을 마시고 이성의 애(愛)를 구하니 '바이런이즘'이오, 그러다가도 정
(正)과 의(義)의 용사 되기를 갈구하니 '톨스토이즘'이라. 이 정반대되는 주의
가 주야(晝夜)로 다투는 중에 홍군은 방관냉소하면서 고리키, 모파상 같은 이
를 더불어 넣으니 소년 김경의 영(靈)에 폭풍광란에 뇌우(雷雨)까지 더하여 거
의 광할 뻔 하였더라.[80]

—「김경」

홍군이 나를 사랑하는 품이 자기가 산 책을 반드시 나에게 주어서 읽게 하
였습니다. 바이런의 『카인』, 『해적』, 『마제바』, 『돈판』 등은 우리 두 사람의
정신을 뒤흔들어 놓은 듯합니다.[81]

—「다난한 반생의 도정」

K(홍명희의 호 가인(假人)의 이니셜인 듯하다-인용자)라는 친구에게 권함
받은 바이런의 시들 『카인』, 『해적』, 『돈판』 등이 어떻게 청교도적 생활의 천
박함과 악마주의의 힘 있고 깊음을 내게 가르쳤는지…….[82]

—『그의 자서전』

19세기 초 서유럽의 낭만시인이 이광수나 홍명희의 마음을 이렇게까

---

80) 이광수, 『전집』 1, 570면. 홍명희가 자기에게 미친 영향력을 서술하고 있는 이 다분
히 과장된 표현에는 오스카 와일드의 『도리안 그레이의 초상』에서 주인공과 연상의 친
구와의 관계를 상기시키는 구석이 있다. 이광수는 『도리안 그레이의 초상』을 상하이에
서 홍명희에게서 빌려 읽었다고 적고 있고(주 94 참조), 「김경」이 씌어진 것은 그로부
터 약 1년 후의 일이다. 이광수는 자기와 홍명희의 관계를 도리안 그레이와 그에게 "한
권의 책으로 완전히 나쁜 영향을 끼쳐 버린"(福田恒存 譯, 『ドリアン・グルイの肖像』,
新潮文庫, 1985(初版 1985), 311면) 헨리 경에 빗대고 있는 듯하다.
81) 이광수, 『전집』 8, 447면.
82) 이광수, 『전집』 6, 340면. 홍명희는 애초에 호를 가인(假人)으로 했다가 다음에 가인
(可人)으로 바꾼다. 그 유래를 현기당과의 대담에서 다음과 같이 말하고 있다. "그때
바이런의 시집을 보다가 '카인'편이 하도 좋아서 가인이라고 했었는데 그 뒤 중국을
가보니까 '假人'이 중국음으로는 '짜-렌'이 된단 말야. '짜-렌'이라고 하면 내가 지
은 본의와는 틀리니까 '可人'이라고 고쳤지. '可人'은 '커-렌'이니까 카인과 음이 근
사하거든." 강영주 편, 『벽초 홍명희의 『임꺽정』의 재조명』, 260면.

지 사로잡은 것은 어째서였을까. 이를 알기 위해서는 우선 바이런이 메이지 시기 일본에서 어떻게 수용되었는지를 살펴보아야 한다. 이광수들이 바이런을 알게된 것은 일본에서의 일이었고, 일본어 번역에 의한 것이었기 때문이다.

*   *   *

자유민권운동이 한창이던 메이지 10년대(1877~1887), 이미 바이런의 시는 영문과 학생들 사이에서 읽혀졌고, '바다'는 '노예'에 대립하는 자유의 상징이라 하여 『차일드 헤롤드』 가운데 「바다의 노래」 한 구절이 학생창가로서 불리어졌다.83)

일본에서 바이런의 시가 정식으로 번역된 것은 모리 오가이[森鷗外] 등이 1889년(明治 22) 8월 『국민의 벗(國民之友)』의 부록에 실린 「그 모습(於母影)」이 처음이다.84) 그러나 같은 해 4월에 자비 출판된 키타무라 토고쿠(北村透谷)의 『수인의 시(楚囚之詩)』와 1891년(明治 24)에 출판된 『봉래곡(蓬萊曲)』85)에는 이미 바이런의 영향이 강하게 보인다. 토고쿠는 좌절한 자유민권론자였다.86) 『수인의 시』가 갇힌 죄수를 노래한 「실롱의 죄수」를, 『봉래곡』이 자의식에 갇힌 주인공을 묘사한 「만프레드」를 본보기로 삼은 데서 알 수 있는 것처럼, 토고쿠가 바이런에게 끌린 것은 현

---

83) 일본에서의 바이런 수용에 관해서는 日本近代文學館 編, 『日本近代文學事典』(講談社, 1978)의 '日本近代文學とバイロン' 항목 및 日夏耿之介, 『本邦におけるバイロン熱』(『日夏耿之介全集』 第7券, 河出書房新社, 1974)를 참고했다. 전자에 의하면, 1886년(明治 19) 7월에 간행된 『學生唱歌』에는 「バイロン氏の青海原」(大和田建樹 譯)가 들어 있다.

84) 『차일드 해롤드』의 한 구절과 『만프레드』의 두 구절이 번역되어 있다. 『明治文學全集』 60, 筑摩書房, 1972.

85) 토고쿠의 작품은 『北村透谷·山路愛山集』(『現代文學體系』 6, 筑摩書房, 1969)를 참고했다.

86) 色川大吉, 『明治精神史(上)』, 講談社學術文庫, 1976. 第1部 6. '戰士·詩人·思想家の誕生－透谷における現體驗の意味' 참조

실과 자아라는 감옥에 갇힌 근대인의 고뇌에 대한 공감 때문이며, 따라서 극히 염세적이고 우울한 색채가 짙었다.[87] 이광수가 1909년(明治 42)에 읽은 시마자키 토손(島崎藤村)의 장편 『봄(春)』은 토손이 자신의 고뇌에 찬 청춘시절과 자살한 친구 토고쿠를 그린 자전적 작품이다. 이 작품에는 어느날 아침 그들이 바이런의 「바다의 노래」를 읊으며 바다에 수영하러 가는 장면이 있다.[88] 바이런의 '바다'는 메이지 20년대(1887~1897)의 울적한 젊은이들에게도 메이지 10년대와는 다른 의미로 자유의 상징이었다.

그러나 메이지 30년대(1897~1907) 낭만주의자의 바이런 수용은 이를테면 요사노 텟칸(與謝野鐵幹)의 유명한 「님을 그리워하는 노래(人を戀ふるの歌)」[89]가 대표하는 것처럼, 염세적인 면보다 정열적인 감상이나 강력하

---

87) 北川透, 「不安な越境へ―『楚囚之詩』と『蓬萊曲』について」, 『幻境への旅行, 北村透谷試論』, 冬樹社, 1974; 前田愛, 「獄舎のユートピア」, 『都市空間のなかの文學』, 筑摩書房, 1982 참조.

88) 토손의 『봄』은 1908년(明治 41) 『토쿄아사히신문(東京朝日新聞)』에 연재되어 그해 말 자비 출판되었다. 제28절에는 "Roll on, thou deep and blue Ocean"으로 시작되는 바이런의 『차일드 해롤드』 마지막 장의 일절이 원문과 번역문(薄原有明 譯, 이 소설을 위해 새로이 번역한 것이다)으로 실려 있다. 이 시는 1910년 6월 『소년』 제3년 제6권에 「대양(大洋)」이라는 제목으로 오랑(鰲浪)이라는 인물에 의해 원문과 함께 번역되어 있는데, 김윤식은 오랑이 홍명희의 아명일 것이라고 추측하고 있다(김윤식, 『근대한국문학연구』, 일지사, 1973, 51면). 김병철은 오랑의 이 번역이 원문에서 직접 번역한 것이 아니라, 일본어에서 중역한 것임을 밝혔다(『한국 근대번역문학사 연구』, 을유문화사, 1975, 297면). 필자는 『소년』에서 번역물을 실을 때는 항상 중역임을 명확히 밝히고 있는 홍명희의 태도로 보아 홍명희가 「대양」의 번역자는 아니라고 생각한다(『소년』 제3년 제3권, '가인의 「서적에 대한 고인의 찬미」 부기(附記)' 참조). 김윤식은 앞의 책에서 바이런의 이 시와 최남선의 시 「해에게서 소년에게」의 유사성에 대해서도 언급하고 있다(김윤식, 위의 책, 51면).

89) "아내를 얻으면 재주가 용하고 / 얼굴 곱고 인정이 있지 / 벗을 택하면 책을 읽어 / 6할의 협기 4할의 열정 / …… / 아아, 나는 콜리지의 뛰어난 재주 없고 / 바이런, 하이네의 열정 없어도 / 돌을 품고 들에서 노래하네 / 파초(芭蕉)의 은근함을 달갑게 여기지 않네 / …… " 텟칸의 세 번째 시집 『텟칸(鐵幹子)』(大阪矢島誠信堂, 1901.3)에 수록된 이 시에는 "1901년(明治 30) 8월 경성에서 짓다"라는 기록이 붙어 있다. 그는 젊었을 때 여러 번 조선을 방문했고, 민비사건에도 관여한 것으로 간주되는 인물이다. 『與謝野鐵幹・與謝野晶子』(『明治文學全集』 51), 筑摩書房, 1978, '해제 및 연보' 참조.

고 남성다운 면모가 강조된다. 히나츠 코노스케(日夏耿之介)는 "바이런·
하이네라고 한꺼번에 불리운 이 두 낭만 시인이 당시 얼마나 청년들의
동경을 받았는지, 이 한 편의 시를 읊으면 화려한 메이지 30년대 낭만기
에 자라서 지금 중년이 된 남자들은 그 시절 생각으로 마음이 설레어
견딜 수 없을 것이다"[90]라고 적고 있다. 바이런이 일본에서 가장 많이
읽힌 것은 '시가(詩歌)와 평론의 시대'라 불리는 메이지 30년대이다. 바
이런 전기(傳記)도 요네다 미노루(米田實)의 『바이런(バイロン)』이 1900년(明
治 33), 세키 로코(關露香)의 『시인과 연애(詩人と戀)』가 1901년(明治 34), 그
리고 키무라 타카타로(木村鷹太郎)의 『바이런 문학계의 대마왕(バイロン文
界之大魔王)』이 1902년(明治 35)에 잇달아 출판되었다. 키무라는 1903년(明
治 36)에 『파리시나(パリシナ)』, 1905년에 『해적(海賊)』, 1907년에 『마제파
(マゼッパ)』, 『악마의 원한(天魔の怨)』을 간행한다. 같은 해 코다마 카가이
(兒玉花外)가 번역한 『바이런시집(バイロン詩集)』이 간행되기도 했다.

　그러나 일러전쟁 후에 나타난 자연주의가 메이지 40년대(1907~1910)에
들어 문단을 석권하고, 낭만주의가 반(反)자연주의인 신낭만주의나 이상
주의 등으로 변형되면서 한때는 '바이런 열기'라고까지 불렸던 일본문
학에서의 바이런의 영향도 종언을 고한다. 그 후의 바이런은 그때까지
의 반동이기라도 하듯 너무 급격히 잊혀져간 느낌이 있다.

　홍명희와 이광수는 메이지 30년대에 출판된 이들 바이런의 시와 평전
을 자연주의의 전성기였던 메이지 40년대 초에 읽었다. 일본에서 처음
읽은 작품이 마야마 세이카(眞山靑果)와 마사무네 하쿠초(正宗白鳥)의 자
연주의 소설이었다고 언급했던 홍명희[91]는 뒷날 당시 자신의 독서 경향

---

90) 日夏耿之介, 「本邦におけるバイロン熱」, 주 83의 책, 356면.
91) "…… 중학교 입학시험도 끝나고 마침 정초로 노는 때 고서점에 가서 산 것이 『마야
　마 세이카집(眞山靑果集)』하고 『토쿠토미 로카집(德富蘆花集)』, 마사무네 하쿠초(正
　宗白鳥)의 『어디로(何處へ)』이었어. 그때 막 발간된 때지." 1941년 8월, 현기당과의 대
　담에서 홍명희는 일본문학과의 만남을 이렇게 말하고 있다(『벽초 홍명희 『임꺽정』의
　재조명』, 262면). 『세이카집』은 1907년(明治 40) 12월에 간행되었고, 『어디로』는 이듬

을 회상하며 이렇게 말하고 있다.

> 그때가 자연주의가 한창 성하는 때야. 그래 내 독서과정을 보면 자연주의에
> 서 낭만주의로 거꾸로 치올라갔지. 일본문학도 자연주의에서 낭만주의로 갔으
> 니까 내가 읽은 것과 일본문학사와 꼭 같게 된 셈이야.[92]

서양의 문학사에서 자연주의는 낭만주의 뒤에 오기 때문에, 홍명희는 자기의 독서과정이 그 반대였다는 것을 "치올라갔"다고 말했을 것이다. "일본문학사와 꼭 같게 된 셈"이라는 홍명희의 말은 어떤 의미에서 당시 일본문학의 상황을 잘 포착하고 있는 셈이다.

예컨대 나카무라 미츠오(中村光夫)는 이 시기 일본문학의 상황을 다음과 같이 설명하고 있다.

> 메이지 말기 문학계의 특색은 지금까지 언급한 바와 같이, 이른바 자연파와
> 반(反)자연파가 **병립·공존** 상태에 놓여 있었다는 점입니다. 『이불(蒲團)』이
> 1908년(明治 41)에 나왔고, 『묘성(スバル)』이 1909년(明治 42)에 창간되었으며,
> 『시라카바(白樺)』가 1910년(明治 43)에 창간되었음을 고려할 때, 자연주의가
> 무조건 신문학의 대표로 평가받을 수 있었던 시기는 겨우 2년 정도라는 얘기
> 가 됩니다. 그러나 자연파와 이에 반대한 것으로 간주되는 탐미파(耽美派) 혹
> 은 시라카바파(白樺派) 사이에 명확한 사상적 대립이 있었는가 하면, 그렇지
> 않았다고 하는 편이 옳습니다.[93] (강조는 인용자)

1909년(明治 42)에 창간된 『묘성』은 그 바로 전 해에 종간된 메이지 30

해 1908년 1월부터 4월까지 『와세다문학(早稻田文學)』에 연재되었다. 이들 작품으로
부터 홍명희가 일본문학과 만난 것은 자연주의가 전성기였던 1908년(明治 41) 초였음
을 알 수 있다. 한편 『토쿠토미 로카집』은 해당하는 작품이 없다. 1937년 7월 유진오
와의 대화에서는 토쿠토미 로카의 『순례기행』(1906년 간행)이라고 언급하고 있으므로,
그의 기억이 틀렸을 것이다(같은 책, 258면).
92) 「홍명희·현기당 대담」, 앞의 책, 262면.
93) 中村光夫, 『明治文學史』, 筑摩書房, 1963, 233면.

년대 낭만주의를 대표하는 잡지 『명성(明星)』의 후신(後身)이다. 메이지 30년대 말에 나타난 자연주의는 순식간에 낭만주의를 압도하지만, 낭만주의는 그러한 자연주의에 반발이라도 하듯 신낭만주의, 탐미주의 혹은 이상주의로 형태를 바꾸어 자연주의와 병존했다. 자연주의의 전성기인 1908년(明治 41) 무렵부터 일본문학의 흐름에 뛰어든 홍명희에게는 자연주의 다음에 퇴폐적인 낭만주의가 나타난 것처럼 보였을 것이다. 이러한 사실은 마사무네 하쿠초와 마야마 세이카를 읽은 뒤에 바이런과 와일드를 좋아하게 되었던 홍명희 자신의 독서 과정과 궤를 같이 한다.94) 이광수는 이 무렵의 일본 사조를 다음과 같이 회상하고 있다.

> 그때 동경에서는 일러전쟁 직후로 자연주의가 성행하고 악마주의적 사조가 만연하던 때인데 이것은 문학에서뿐 아니라 청년들의 실천에서까지 침윤되었습니다.95)
>
> —『그의 자서전』

> 이때에 내 청교도적 생활을 뒤집어 엎은 것이 당시 동경(아마 세계를 다)을 휩쓸던 자연주의 문예와 바이런의 시들이었다.96)
>
> —「다난한 반생의 도정」

나중에 언급하겠지만, 키무라 타카타로(木村鷹太郎)는 『바이런 문학계의 대마왕』에서 바이런의 문학사상을 해설하면서 '악마주의'라는 표현을 쓰고 있다. 도덕에 어그러지는 작풍으로 인해 바이런은 본국에서 악마파(The Satanic School)로 불리운 시인이었다.97) 다니자키 준이치로(谷崎潤

---

94) 이광수는 상하이에서 홍명희와 재회했을 때의 일을 다음과 같이 말하고 있다. "K(홍명희의 호 가인(假人)-인용자)는 오스카 와일드의 『도리안 그레이』를 탐독하고 있었다. 나는 K에게 바이런 소개를 받아서 혼이 난 일이 있기 때문에 이『도리안 그레이』는 아니 읽으려 하였으나 K는 부득부득 읽으라고 하였다." 이광수, 『그의 자서전』, 『전집』 6, 353면, 주 80 참조.
95) 이광수, 『전집』 8, 447면.
96) 이광수, 『전집』 6, 340면.

一郎)가 일본문단에서 '악마주의'를 표방하여 각광을 받은 것은 이광수가 귀국한 직후의 일이고, 이광수의 독서이력에서 그의 이름은 볼 수 없다.98) 따라서 이광수가 '악마주의'라고 부르고 있는 것은 키무라가 사용한 의미에서의 바이런의 사상이라고 생각해도 좋을 것이다. 그러한 회상으로부터 보건대, 이광수는 낭만주의자 바이런과 일본의 자연주의를 같은 범주로 간주하고 있었던 듯하다. 이것은 일견 이상하게 생각되지만, 일본에서의 낭만주의와 자연주의의 관계를 자세히 살펴보면 꼭 이광수의 생각이 틀렸다고 할 수는 없다.99)

나카무라 미츠오(中村光夫)가 지적한 대로 '자연파와 반(反)자연파 간의 명확한 사상적 대립'이 없었던 것과 마찬가지로, 일본에서는 낭만주의와 자연주의 사이에도 극단적인 대립은 없었다. 잘 알려져 있다시피, 토손은 시인으로서 출발했고 가타이는 오랫동안 「소녀병(小女病)」이나 「야생화」 같은 센티멘탈한 작풍에서 벗어나지 못했다. 1907년(明治 40) 가타이가 자기의 내면을 적나라하게 묘사한 소설 「이불」을 발표했을 때 수년 전이라면 문제시되지 않았을 이 작품이 당시의 문사들에게 주목받은 일을 회상하면서, 마사무네 하쿠초(正宗白鳥)는 "일러전쟁이 끝난 그 무렵 생각 있는 사람은 자아에 눈뜨고 있었던 것"100)이라고 이야기하고 있다. 1910년(明治 43) 우오즈미 카게오(魚住影雄)가 평론 「자기 주장으로서의 자연주의(自己主張としての自然主義)」(『東京朝日新聞』, 1910.8.22~23)101)에서 자연주의란 "자기를 확중하려는 정신의 한 발현"102)이라고 분석했

---

97) 악마파라는 명칭은 영국의 시인이자 비평가인 로버트 사우디(R. Southey, 1774~1843)가 바이런과 논쟁하면서 이렇게 부른 데서 비롯되었다.

98) 「문신(刺青)」은 이광수가 귀국한 1910년 11월, 「소년」은 이듬해 4월에 발표되었다.

99) 자연주의와 낭만주의에 관해서는 中村光夫, 『明治文學史』 외에도, 吉田精一, 『自然主義研究』(『吉田精一著作集』 7권, 櫻楓社, 1981), I. '自然主義文學運動の槪觀'을 참고했다.

100) 正宗白鳥, 『自然主義盛衰史』, 六興出版部, 1948, 30~31면.

101) 魚住影雄, 『明治思想集 III』, 筑摩書房, 1990.

102) 위의 책, 308면.

던 것처럼, 일본에서 근대적 개인의 자각과 자기 표현은 초기 낭만주의를 계승한 자연주의에 의해 확립되었다. 여기서 '현실폭로'·'노골묘사'는 자기 자신의 정체를 회피하지 않고 직시하여 있는 그대로 표현하고자 하는 자기 확인의 욕구이며, 바로 자아주의의 한 형태였다.

우오즈미는 이 평론에서 자연주의란 '국가' 및 "국가의 역사적 권위와 결합하여 개인의 독립과 발전을 방해하고 있는" '가족'이라는 두 가지 '권위(authority)'에 대항하기 위해, 확충을 꾀하는 자의식의 맹렬한 정신과 과학적이라는 명목으로 현실을 그대로 받아들이는 숙명론적 정신이 "기이한 결합"103)을 이룬 것이라고 지적한다. 이에 대해서 이시카와 다쿠보쿠(石川啄木)는 「시대 폐색의 현상(時代閉塞の現狀)」104)에서 "우리 일본 청년은 아직 일찍이 그러한 강권에 대해 아무런 불화를 빚은 일이 없다"105)고 반론하면서 일본 자연주의에 사회적 관점이 결여되어 있음을 지적한다. '집(家)'의 중압감으로 괴로워했던 타쿠보쿠가 '가족'이라는 '권위'에는 반론하지 않고 있는 점이 매우 흥미로운데, 여하튼 이 논쟁이 우리에게 제기하는 문제는 자기 확충이 항상 얼마간 '권위'와 대립하는 것이라면 당시 이광수들이 대립한 '권위'란 무엇이었으며, 또 무엇이어야 했는가 하는 점이다. 한국 근대문학에서는 '집'과의 대립이 보이지 않는다고 자주 지적되는데, 이 문제와도 관련하여 한국문학에서의 '권위'의 정체는 항상 문제시되어야 할 것이다. 어떤 의미에서, 일본 제국이라는 '권위'는 조선 내부의 '권위'를 은폐하는 역할을 담당했다고도 할 수 있기 때문이다. 그러나 여기서는 이 문제에 대해 제기하는 것으로 그치고, 다음의 논의를 진전시키고자 한다.

타쿠보쿠는 자연주의가 '자기 주장'이라는 우오즈미의 견해에는 동의하면서, 메이지 청년의 자기 주장의 첫소리는 "이미 자연주의 운동의 선

---

103) 위의 책, 307면.
104) 石川啄木, 『明治思想集 III』 수록.
105) 위의 책, 366면.

례로서 일부 사이에서 인정받고 있는 것처럼 초규의 개인주의"이며, 제2의 경험은 료센이 대표하는 "종교적 욕구의 시대", 그리고 제3의 것이 "자기 주장의 강렬한 욕구"인 현재의 자연주의라고 지적하고 있다.106) 이광수는 메이지 30년대를 대표하는 두 사람의 낭만주의 평론가 타카야마 초규(高山樗牛, 1871~1902)와 츠나시마 료센(綱島梁川, 1973~1907)의 저작도 읽었다. 료센의 저서 『병간록(病間錄)』은 「일기」의 1909년(明治 42)의 목록에도 있고, 초규도 독서이력에는 보이지 않지만 적어도 그의 대표적인 평론 「미적 생활을 논함(美的生活を論ず)」은 읽은 것이 틀림없다.107) 실제로 자기는 한때 '본능만족주의자'였다고, 이광수는 「여(余)의 자각한 인생」에서 말하고 있기도 하다.108)

"행복이란 무엇인가, 우리가 믿는 바로는 본능의 만족 바로 이뿐"109) 이라고 초규가 「미적 생활」에서 쓴 이 말은 그가 죽은 후까지도 계속 유포되다가 자연주의가 등장하자 신문 등에서 자연주의사상을 가리켜 사용하게 되었고, 이윽고 자연주의란 반(反)도덕적인 사고 방식이라는 사회적 통념을 만들어냈다. 이 때문에 하세가와 텐케이(長谷川天溪)는 「자연주의와 본능만족주의의 구별(自然主義と本能滿足主義との區別)」110)을 써서, 자연주의란 문예상의 문제이고 본능만족주의는 인생상의 실행 문제라고 변명했을 정도였다. 문학 연표에 따르면, 1907년(明治 40) 항목에는 "자연주의가 일세를 풍미하다"라고 되어 있고, 1908년(明治 41)에는 "자연주의 전성기" 동시에 "퇴폐적 사상 넘치다"라고 되어 있다.111) 이광수가 「다난한 반생의 도정」에서 자연주의가 문학에서뿐만 아니라 실천으로까지 확장되었다고 회상하고 있는 것은 당시의 이러한 풍조를 말한 것 같다.

---

106) 石川啄木, 위의 책, 372~373면.
107) 본서 제2장 '이광수의 자아' 주 39 참조
108) 이광수, 『전집』 1, 577면.
109) 高山樗牛, 『明治思想集 Ⅱ』, 筑摩書房, 1977, 400면.
110) 이광수의 독서이력에 있는 하세가와 텐케이의 저서 『자연주의(自然主義)』에 수록.
111) 吉田精一 編, 『現代日本文學年表』, 筑摩書房, 1965.

이광수의 기억 속에서 자연주와 바이런이 동렬에 놓여 있는 것은 인간의 참된 모습을 동물적인 면까지 포함하여 파고드는 자연주의의 자아주의적 측면과, 신을 모독할 정도로 강대한 자아를 가진 인격을 창출하여 자국의 사회로부터 악마라고 불리웠던 바이런의 자아주의를, 같은 시기에 동일한 것으로 받아들였기 때문이었다고 생각된다.

＊　　＊　　＊

바이런은 1788년 런던에서 태어났다. 선조가 스칸디나비아의 해적이었다고 하고, 조부 존 바이런은 항해자·탐험가로 이름난 해군 제독이었으며, 바이런 자신도 바다를 사랑했다고 한다. 21세에 동방으로 여행 길에 오르고, 귀국 후 그 견문을 바탕으로 『차일드 해롤드의 편력』을 써서 일약 사교계의 총아가 된다. 또 이 무렵 『해적』을 쓰는데, 분방하고 도덕에 어그러지는 작풍과 여성 관계가 사회의 공격을 불러일으키고 결혼에도 실패하여 결국 1816년에는 영원히 영국을 떠나게 된다. 그 뒤에는 유럽 대륙을 방랑하면서 많은 작품을 쓴다. 『카인』은 1821년에 이탈리아에서 쓴 작품이다. 그리고 최후에는 그리스의 독립전쟁을 돕다가 1824년 36세의 나이로 미소롱기온에서 객사한다.[112]

이광수에게 가장 강한 인상을 주었다는 바이런의 작품 『해적』과 『악마의 원한』의 내용은 다음과 같다.

『해적』의 주인공 콘라드는 의지가 강고하고 복종을 싫어하는 거만한 성격의 소유자이다. 이 때문에 타인에게 속고 인간에게 실망하여 증오와 복수심을 품고 인간 사회와 신을 버리고는 바다 위에 자신의 제국을 건설한다. 그리고 일체의 도덕으로부터 자유롭게 산다. 그러나 그러한

---

112) 바이런에 관해서는 이광수의 독서이력에 들어 있는 키무라 타카타로, 요네다 미노루, 세키 로코의 바이런 전기 외에도, 아베 토모지(阿部知二)의 『바이런(バイロン)』(『阿部知二全集』 第13卷, 河出書房新社, 1975)을 참조했다.

그도 아내인 메도라만은 열렬히 사랑한다. 하루는 자이드 파샤를 습격했다가 거꾸로 포로가 되지만, 콘라드에게 구출된 자이드의 첩 귈나라는 콘라드를 연모하여 자이드를 암살한다. 두 사람이 도망하여 집으로 돌아와 보니, 콘라드가 가장 사랑하는 아내 메도라는 그가 살해되었다고 생각하고 이미 자살해 버린 후였다. 절망한 콘라드는 귈나라를 데리고 어디론가 사라진다.

『악마의 원한』은 창세기에서 카인의 아우 살해를 제재로 취한 극시(劇詩)로 친구 월터 스콧에게 바쳐졌다. 지혜의 열매를 먹은 까닭에 낙원에서 추방된 아담과 이브는 낙원의 바깥에서 카인·아벨·아다·실라를 낳는다. 그리고 카인은 아다와 부부가 되고 아벨은 실라와 부부가 되어 노동하며 산다. 아우인 아벨은 부모와 신에게 순종하지만, 형인 카인은 자기가 태어나기 전에 부모가 저지른 과실 탓으로 어떤 죄도 없는 자기가 '노동'으로 고통받고 '죽음'을 두려워하지 않으면 안 되는 것이 늘 불만이다. 이때 루시퍼가 나타난다. 참된 지식을 얻기를 원하는 카인에게 루시퍼는 자기에게 복종하면 그것을 주겠다고 말한다. 카인은 신은 물론이고 악마에게도 무릎꿇지 않겠다고 거부하지만, 루시퍼는 그것이야말로 자기에게 무릎꿇는 것이라고 말하며 카인에게 우주와 저승, 지구의 과거와 현재의 모습을 보여준다. 지상에 돌아온 카인이 아벨과 함께 신에게 공물을 바치자, 아벨이 바친 피비린내 나는 희생양의 연기는 하늘에 받아들여지고, 카인이 바친 평화로운 대지의 열매인 과실은 땅 위에 뿔뿔이 흩어진다. 화가 나서 제단을 부수려고 했던 카인은 이를 말리던 아벨을 실수로 죽이고 만다. 그리고 모친 이브의 저주를 받으며 아다와 함께 그곳을 떠난다.

이 두 작품이 왜 그렇게 격렬히 이광수의 마음을 사로잡은 것일까. 그 단서는 바이런의 저작보다 한층 더 김경=이광수를 번민케 하고 마음에 불길을 타오르게 만들었다는 키무라 타카타로의 바이런 평전 『바이런 문학계의 대마왕』에서 찾을 수 있다. 토쿄제국대학 출신의 번역·평론

가인 키무라 타카타로(木村鷹太郎, 1870~1931)는 타카야마 초규의 친구이
자 동지이기도 했던 인물로, 이노우에 테츠지로(井上哲次郎), 초규 등과
함께 일본주의를 주창하여 1897년(明治 30)에는 잡지『일본주의(日本主義)』
를 발간한다. 초규는 이 무렵『태양(太陽)』의 주간으로서 이 잡지에「일
본주의를 찬미함(日本主義を贊す)』113)을 써서『일본주의』를 측면에서 옹
호하고 또『일본주의』의 논객으로서 활약하지만, 그 수년 후 죽을 때가
가까워진 무렵부터 극단적인 개인주의자가 되어 니체 예찬과 '본능만족
주의'를 주창하고, 마지막에는 일련종과 법화경에 경도된다. 이러한 초
규의 변모는 첫작품「다키구치 무사의 출가(瀧口入道)」에 나타나 있는 것
처럼, 그가 본래 낭만주의자이고 또 자아의 자유를 추구하는 개인주의자
였던 데 그 연원이 있다. 초규의 일본주의는 국가를 개인의 행복 실현의
공리적 수단으로 간주하여 개인주의를 강하게 내포한 낭만적 국가주의
였다. '인생의 목적은 행복에 있다'는 대전제는「일본주의를 찬미함」은
물론「미적 생활을 논함」에서도 변하지 않는다.114)

그러한 초규의 친구인 키무라가 쓴『바이런 문학계의 대마왕』은 극
히 주관적인 바이런 평전이다. 히나츠 코노스케(日夏耿之介)는 이 책이
"당대 시인의 여성다움을 질타하기 위해 특히 바이런의 남성다움을 칭
송한" 것으로 "요컨대 키무라의 바이런관"115)에 불과하다고 논평했지

---

113) 高山樗牛,『明治思想集 Ⅱ』수록.

114) "요점은 민중 최대의 행복을 꾀하는 데 있고, 여기에서 국가는 자기의 기능을 통해
밖으로는 일국의 독립을 완전히 하여 그 위세를 크게 떨치고, 안으로는 국민의 질서를
유지하여 그 이익을 증진시키는 데 힘쓴다."(高山樗牛,「日本主義を贊す」,『明治思想
集 Ⅱ』, 395면) "태어난 이상 우리들의 목적은 말할 것도 없이 행복하게 되는 데 있
다."(高山樗牛,「美的生活を論ず」, 같은 책, 400면) 이에 대해 하시카와 분조(橋川文三)
는 다음과 같이 적고 있다. "초규의 국가론은 애초부터 꽤 낙천적인 국가=방편의 사
상에 기반하고 있다. (…중략…) 초규는 국가 가치의 절대화(=자기 목적화)를 주장하
지는 않는다. 가치적으로 절대적인 것은 어디까지나 상승기 산업자본주의 사회에 어
울리는 개인적 공리와 행복의 이념이며, 국가 가치는 그러한 목적합리성의 견지에서
형식적으로 주장되고 있는 데 지나지 않는다."(『高山樗牛』(『明治文學全集』40), 筑摩
書房, 1970, 387면) 이광수의 민족주의에도 참고가 되는 견해이다.

만, 간행 당시 일부 사람들은 다투어 찾았을 정도였다고 한다. 뒤에 언급하겠지만, 1909년(明治 42)까지 7년 간 일본에 머물렀던 루쉰도 이 책을 읽고 자기의 평론의 자료로 삼고 있다.

평전은 전부 17장 4편과 보론으로 이루어져 있다. 제1, 2편과 4편은 토마스 모어(Thomas Moore, 1779~1852)[116]의 바이런 전기에 의거한 바이런의 전기, 제3편은 바이런의 '사상·문학·철학'에 대한 키무라의 해설, 그리고 마지막의 보론은 키무라의 '바이런의 인물 및 문학 비평'으로 되어 있다. 여기서 중요한 것은 키무라가 바이런의 사상을 해설한 제3편으로, 그 목차를 제시하면 다음과 같다.

> 제3편 바이런의 사상·문학·철학
> 　　제8장 천지관(天地觀) 및 자아론
> 　　제9장 불평 및 염세
> 　　제10장 인도(人道)와 예수(耶蘇)의 충돌
> 　　제11장 쾌락주의
> 　　제12장 여성 및 연애관
> 　　제13장 도덕관
> 　　제14장 해적주의 및 사탄주의

키무라의 바이런관을 개괄하여 언급하면 다음과 같다.

바이런의 천지관(天地觀)은 "산과 바다, 또 하늘이 모두 나와 내 정신의 일부이니, 이는 내가 그들의 일부인 것과 마찬가지 아닐까"[117]라는 언급에서 볼 수 있듯이 자연까지 자아 속에 포용하는 낭만적 천지관이다(제8장). 이렇게 강대한 자아, 강대한 의지의 소유자인 영웅·천재는 필

---

115) 日夏耿之介, 주 33의 책, 360면.
116) 아일랜드 출신의 시인. 바이런 평생의 친구로 바이런의 사후에는 그의 전기를 저술했다. 책머리에서 키무라는 "본서의 전기에 관한 부분은 오로지 무어 경의 『바이런 경의 전(傳) 및 서한』이라는 책"에 의거했음을 밝히고 있다.
117) 木村鷹太郎, 『バイロン文界之大魔王』, 大學館, 1902, 140면.

연적으로 신이라는 존재와 충돌하며(제10장), 또한 "강자 혹은 다수로 이루어진 사회가 한 개인에 대하여 '그렇게 하라'고 명령하는 것"118)에 불과한 협애한 도덕이 지배하는 인간 사회에서는 받아들여지지 않는다(제13장). 이에 대한 불평은 만프레드와 같이 죽음에 이르는 염세(제9장), 사루다 나파루스나 돈 후앙과 같이 세속 도덕을 "고통스러운 생명은 쾌락의 하루보다 열등한 것"119)이라 하여 조소하는 쾌락주의(제11장), 혹은 루시퍼나 카인, 콘라드와 같이 신과 사회에 대한 반항과 복수(제10, 11장), 또 프로메테우스의 '의협(義俠)'(제12장) 등으로 나아간다. 그리고 바이런의 '불평철학'은 그를 온갖 방향으로 몰아 간 끝에 결국 그리스 독립전쟁에서의 '의협'적인 죽음으로 이끌게 된다.

이렇게 제3편에는 키무라의 바이런관이 서로 유기적으로 관련된 다양한 측면에서 해설되어 있다. 그리고 각 장에서 언급된 바이런의 사상을 『해적』과 『카인』 두 작품으로 집약하여 정리한 것이 제14장의 '해적주의 및 사탄주의'(본문에서는 '악마주의'라는 말도 쓰이고 있다)이다. 이광수가 바이런의 작품 가운데서 『해적』과 『카인』을 가장 인상적인 작품이라고 언급한 것은 키무라의 '해적주의 및 사탄주의'장과 무관하지 않을 것이다.

＊　＊　＊

그러면 키무라가 "권력 세계의 진상을 계시하고 도덕의 실제 성질을 밝히고자 하는 바이런의 철학사상"120)이라고 했던 '해적주의 및 사탄주의'란 무엇인가.

'해적주의'는 『해적』의 주인공 콘라드의 생활 방식을 말한다. "강대한 의지로써 해적의 두목이 되어 부하들의 마음을 사로잡고, 바다 위에 하

---

118) 위의 책, 264면.
119) 위의 책, 202면.
120) 위의 책, 267면.

나의 제국을 만들어 바다를 영토 삼아 내키는 곳에 출몰"121)하는 콘라드에게는 '칼의 힘'이 곧 '권리'이다. 강자 혹은 다수를 위한 도덕이 지배하는 사회로부터 도피하여 자기의 칼만 믿고 망망한 바다에서 사는 해적의 생활이야말로 참된 자유라고, 키무라는 말한다.

> 해적의 상태, 이것이 바로 참된 자유가 아니냐. 그 평범한 생활에 만족하고 기꺼이 사회의 법규에 속박되는 자는 미처 진정한 자유를 알지 못하고, 또 스스로 노예가 되면서도 이를 깨닫지 못하는 자이기 때문이다.122)

이 글은 이광수가 중학시절의 끝 무렵에 쓴 「금일 아한(我韓) 청년과 정육(情育)」(이하 「정육론」으로 줄여 적는다)의 다음과 같은 구절을 상기시킨다.

> 현재 오인(吾人) 상태를 관찰하건대 상하 귀천을 물론하고 소위 의무라 도덕이라 하여 일시 사회의 제재(制裁)와 공중면목(公衆面目)에 좌우한 바가 되어 (…중략…) 사회 제재의 노예가 되어…… 123)

「일기」에 의하면, 「정육론」은 1908년(明治 41) 12월 23일에 씌어졌다.124) 같은 「일기」에 의하면, 이보다 아흐레 전인 12월 14일 밤 10시 하숙집 2층에서 화재를 구경한 이광수는 "아아, 쾌하다. 시베리아 대삼림에 불이 붙으면 얼마나 좋으랴!"라고 부르짖으면서, 로마 시가에 불을 놓았던 폭군 네로와 바이런을 떠올리고 있다.125) 이 시기 이광수가 어느 정도 바이런에 심취해 있었는지 짐작할 수 있다.

이광수가 「정육론」에서 사회윤리의 관습적 지배야말로 인간 내부의

---

121) 위의 책, 278면.
122) 위의 책, 283~284면.
123) 이광수, 『전집』 1, 526면.
124) "오늘은 감기로 아주 불쾌하다. 아무 데도 안 가고 「정육론」을 썼다."(이광수, 『전집』 9, 332면)
125) 위의 책, 331~332면.

감옥이며 그러한 지배 아래 있는 인간은 노예라고 말하면서도, 현실의 조선 사회의 지배 윤리인 유교와 대결하지 않았던 사실을 필자는 본서 제2장의 '이광수의 자아'와 제3장 '「문학의 가치」에 대하여'에서 지적한 바 있다.126) 이는 「정육론」이 이러한 상황, 즉 일본 유학 중에 키무라의 바이런관을 거친 바이런에 촉발되어 씌어진 데 그 원인이 있다고 생각된다. 조국을 떠나 이미 5년 가까이 일본에 머물고 있었던 당시의 이광수에게 조국의 현실은 손에 닿지 않았을 것이 틀림없다. 가난한 조부와 누이밖에 남아 있지 않았던 그에게는 가족을 매개로 조국 공동체와의 관계를 지속시킨다든가, 방학 때마다 조국에 가서 현실 감각을 재확인하는 일도 곤란했을 것이다. 이광수가 조국의 현실과 맞닥뜨린 것은 졸업 후 오산학교에서 교사 생활을 시작하면서부터의 일이다. 거기에서 그는 토쿄 시로가네(白金)에서의 중학 생활을 "사첩 반의 공중누각"127) 이었다고 반성하게 되는데, 그 누각이야말로 이광수 문학의 출발점이자 초석이었던 것이다.

다음으로 '악마주의'는 『카인』에 등장하는 루시퍼의 철학이다.

> 루시퍼는 『성서』에 나오는 악마로 사탄이라고도 한다. 처음에는 여호와를 옆에서 보좌하던 천상계의 제1등급 천사였지만, 어느날 대야망을 일으키고 천상에서 반란을 기도하여 감히 신의 명령에 저항하고, 무리를 모아 여호와의 하늘을 빼앗고 스스로 군림하고자 천상에서 크게 전쟁을 일으킨다. 그러나 불행히 패배하고 천상에서 지옥으로 떨어져 지옥을 본거지로 삼게 된다. 이것이 이스라엘의 전설이다.128)

밀턴은 이 전설을 토대로 『실락원』을 썼다.

1909년(明治 42) 11월 9일의 「일기」에는 『실락원』을 읽고 난 후의 감상

---

126) 본서 제2장과 제3장 참조.
127) 이광수, 「김경」, 『전집』 1, 570면.
128) 木村鷹太郎, 앞의 책, 292면.

이 적혀 있다.

> 『실락원』을 읽다. 좋다. 마왕의 불굴의 용기는 나의 가장 사랑하는 바다. 한(恨)홉건댄, 어찌하여 일거에 상제의 보좌(寶座)를 충(衝)하지 아니하고, 못생기게 에덴의 아녀자를 속였던고.[129)

밀턴의 마왕도 바이런의 루시퍼도 힘으로는 신에게 패배한 것을 인정하지만, 정신적으로는 신과 대등함을 주장하는 강대한 의지의 소유자이다.

카인이 오만한 루시퍼에게 "네가 그렇게 오만한 말을 한다고 해도, 너는 항상 받들어야 할 윗사람이 있지 않느냐"고 힐문하자, 루시퍼는 다음과 같이 답한다.

> "아니다, 나는 천지에 맹세코 아니라고 말한다. 나를 이기는 강자가 있는 것은 사실이다. 그러나 받들어야 할 윗사람은 없다."[130)

의지가 강대한 자는 힘으로는 패배하더라도 정신적으로는 굴하지 않고 계속하여 반역하면서 복수를 꾀한다. 이것이 바로 신과 악마의 이원적 세계이다. "서로 동시에 지배하고자 하는" 존재인 신과 악마는 "천상"과 "지옥", "공간"과 "무한의 시간 속"[131)에서 계속하여 투쟁한다.

＊　　＊　　＊

---

129) 이광수, 『전집』 9, 329면.
130) 木村鷹太郎, 앞의 책, 293면. 이것은 『바이런 문학계의 대마왕』에 인용되어 있는 문장으로, 『악마의 원한』(131면)의 문장과는 약간 다르다. 『바이런 문학계의 대마왕』에 인용된 문장의 번역은 대체로 의역인데, 힘차고 간결한 느낌을 준다. 주 147의 폭군에 관한 시 『만프레드』에서 인용한 문장도 그렇다.
131) 위의 책, 293~294면.

다윈의 『종의 기원』이 세상에 나온 것은 『카인』이 씌어지고 나서 38년이 지난 뒤인 1859년이다. 『카인』에는 루시퍼가 카인에게 과거에 지구상에 존재했던 생물의 환영을 보여주면서 지구상에는 인류 이전에 신의 자의(恣意)로 몇 번이나 생물이 생겼다가 멸종했음을 설명하는 장면이 나오는데, 이 대목은 바이런이 『카인』의 서언(序言)에서 밝히고 있듯이 프랑스의·고생물학자 큐비에의 격변설(激變說)을 적용한 것으로 시간에 수반되는 변화에 대한 인식을 보여주긴 해도 진화론적인 시간 감각과는 거리가 있다.132) 그러나 왜 인간은 싸우지 않으면 안 되느냐는 카인의 물음에 아담과 이브가 금단의 열매를 따먹은 이래 인간에게는 싸움과 죽음, 병과 고통과 불행이라는 신의 선고가 내려진 것이라고 대답하는 루시퍼의 설명에서 다윈 이전에 이미 영국 사회에 존재했던 생존경쟁 사상을 엿볼 수 있는데, 신과 악마 사이에 영원히 계속되는 투쟁도 그러한 사상의 반영이라고 생각할 수 있다.133) 그리고 제국주의시대인 20세기 초엽, 키무라 타카타로(木村鷹太郎)는 이이러한 바이런의 이원론적 세계관을 극히 명쾌하게 진화론의 생존경쟁과 결부시켜 우승열패의 '힘의 논리'로서 수용했던 것이다.

> 그가 승리자로서 패배자인 나를 악이라 부른다 해도, 내가 만약 그에게 이긴다면 그의 사업은 악이 되고 천상과 지옥은 바뀌어야만 할 것이다.134)

이러한 루시퍼의 말에서 키무라가 발견한 것은 "선악은 강약에 의해 판명되고 승패에 의해 결정된다"135)는 권력철학이다. 그러나 키무라가

---

132) D. J. 보울러, 領木善次 外譯, 『進化思想の歷史(上)』, 朝日選書, 1987, 5. '地質學と自然誌―ジョルジュ キュビエ 化石と生命の歷史' 참조.
133) 위의 책, 4. '인간관과 자연관의 변화, 영국―공리주의와 자유방임주의 경제', 164~172면 참조.
134) 木村鷹太郎, 앞의 책, 294면.
135) 위의 책, 294면.

바이런의 문학에서 끌어낸 것은 '힘의 논리'뿐만 아니라, 동시에 '힘의
논리'가 극단화하여 변환된 낭만주의적 '의지력의 논리'이기도 하다.

> 세계는 우승열패의 전장이며, 약자가 강자에게 제압당하는 것은 어쩔 수 없
> 는 필연이다.[136]

> 강자는 약자에게 어떤 의무도 없고, 약자는 강자에 대하여 어떤 권리도 없
> 다는 것을 알아야 한다.[137]

이렇게 주장하는 키무라는 또한 다음과 같이 말한다.

> 약자는 강자에 대하여 전혀 권리가 없다. 그러나 반드시 강자의 의지를 받
> 들어야 할 의무도 없다.[138]

힘으로 신에게 진 루시퍼에게는 지옥에 떨어진 것을 부당하다고 말할
권리는 없다. 그러나 그렇다고 해서 신의 정의를 순순히 받아들이고 그
의 의지에 따를 의무도 없는 것이다. 루시퍼는 신에게 대항하여 이브와
카인을 유혹한다. 반역이라는 행위 속에서만 '강대한 의지'는 발현하기
때문이다. 이리하여 '영원히' 투쟁은 멈추지 않는다. 악마가 신의 지배를
인정하면서도 계속하여 반항하는 것은 언젠가는 자기가 신보다 힘이 세
질 것을 상정하고 있기 때문이다. 언젠가 그때가 오면 악마는 지배자가
되고, 자기가 신의 자리에 앉아 신을 지옥으로 밀어 떨어뜨릴 것이다. 강
자에 대하여 권리가 없음을 아는 신은 이를 정당하다고 받아들이고, 이
전의 악마와 마찬가지로 '강대한 의지'로써 계속하여 반역할 것이다.
세계는 힘에 의한 싸움의 연속이며, 승자도 방심하면 패자로 전락한

---

136) 위의 책, 276면.
137) 위의 책, 270면.
138) 위의 책, 271면.

다. 오직 '강대한 의지'를 가진 자만이 살아남는 것이다. 악마가 '강대한 의지'를 가진 패자라면, 신은 '강대한 의지'를 가진 승자이다. 그렇다면 '강대한 의지'를 가진 지배자이자 압제하는 강자, 즉 '폭군'도 부정되어야 할 존재는 아니다. 성서의 일화가 보여주는 것처럼, 신은 때로 폭군으로 나타난다. 타인을 자기 욕망의 희생으로 삼는 것은 힘을 가진 자의 권리이다("폭군의 압제는 폭군의 권리이다").[139] 그러나 동시에 반란자에게도 반역의 권리가 있다("그를 왕좌에서 끌어내리고 그를 대신하는 것 역시 인간의 권리이다").[140] 강자의 압제든 반란자의 반란이든 그 철학은 동일하게 오직 '강대한 의지'라는 것이 키무라가 생각하는 바이런의 권력철학이다. 실제로 "바이런은 폭군에게 동정을 표하여 포악한 행동을 권력적으로 허용한다"고 주장하면서, 키무라는 『만프레드』의 다음 구절을 인용하고 있다.

> 폭군은 포로가 되어 왕좌에서 끌어내려지고, 홀로 감옥의 독방에서 신음하며, 사람들 역시 그를 잊었다. 나(운명)는 그의 잠을 깨워 쇠사슬을 끊고, 군중을 모아 그를 폭군으로 만들어 주었다.[141]

「정육론」을 쓰기 20일 전인 1909년(明治 42) 12월 3일의 「일기」에 "「옥중호걸」이라는 시를 『대한흥학보』에 보냈다"[142]는 기록이 보인다. 산문시 「옥중호걸」도 바로 바이런에 심취했던 이 시기에 씌어진 것이다.

옥중의 호걸이란 인간에게 붙잡혀 쇠사슬로 묶이고 우리에 갇힌 호랑이다. 처음에는 이전의 긍지를 잃지 않고 자기를 조롱하려고 한 인간을 덮쳐 뇌장(腦漿)을 깨뜨리는 격렬한 저항을 보였던 호랑이도 사람의 손에서 죽은 고기를 얻어 먹으며 목숨을 연장하는 동안 패기를 잃고, 결국

---

139) 위의 책, 272면.
140) 위의 책, 272면.
141) 위의 책, 271면.
142) 이광수, 『전집』 9, 331면.

에는 개처럼 "노예에 안주하는" 생활에 빠져든다. 작자는 그러한 호랑이를 향하여 옛날의 자유로운 생활을 환기시키면서, 잠에서 깨어나라고, 반항하라고, 노예가 되느니 차라리 죽으라고 선동한다.

여기서 좁은 우리에 갇힌 채 커다란 쇠사슬에 묶여 신음하는 호랑이의 처참한 모습은 이미 거의 독립을 빼앗긴 대한제국의 상징이다. 또한 작자는 호랑이에게 자기를 가두고 있는 것과 싸움으로써 자기 내부의 우리인 노예근성을 타파하라고 선동하고 있는데, 이때 호랑이는 해방과 확충을 추구하여 발버둥치는 이광수의 자아의 표상이기도 하다.[143]

그런데 이광수는 왜 호랑이를 「옥중호걸」의 주인공으로 삼았을까. 필자의 추측이긴 하지만, 이광수는 키무라가 『바이런 문학계의 대마왕』에서 인용한 『만프레드』의 일절, 즉 옥중에서 쇠사슬에 묶여 신음하는 폭군의 모습에서 시상(詩想)을 얻어 용맹한 호랑이를 주인공으로 삼은 산문시 「옥중호걸」을 쓴 것이 아닐까 싶다. 일본에서 키무라의 번역으로 『만프레드』가 간행된 것은 1923년(大正 12)의 일이며,[144] 이광수의 독서이력 가운데 『만프레드』는 보이지 않는다. 또 만일 이광수가 이 시를 영어로 읽었다고 해도, 이 대목은 삽화적이어서 그리 인상적이지는 않다. 아마도 이광수는 키무라의 『바이런 문학계의 대마왕』에서 인용한 앞의 구절로부터 「옥중호걸」의 이미지를 얻었을 것이라고 생각된다.[145]

---

143) 본서 제2장 '이광수의 자아' 가운데 5. '옥중호걸'을 참조할 것.

144) 木村鷹太郎, 『バイロン評傳及詩集』, 東盛堂, 1923.3. 서문 참조.

145) 바이런의 원문은 다음과 같다. The Captive Usurper, / Hurl'd down form the throne, / Lay buried in torpor, / Forgotten and lone; / I broke through his slumbers, his / I shiver'd his chain, / I leagued him with numbers — / He's Tyrant again!(*EVERYMAN'S LIBRARY* No.487 "FOEM OF LORO BYRON", pp.326~327) 『바이런 문학계의 대마왕』에 인용된 키무라의 번역 이외에는 옥중호걸의 이미지를 찾아보기 어렵다는 사실을 보여주기 위해서 여기에 다른 번역을 실어둔다. "붙잡힌 찬탈자는 / 옥좌에서 끌어내려져 / 거들떠 보는 사람 없이 다만 혼자 / 상심하다 잊혀졌다. // 내가 그의 잠을 깨워 / 쇠사슬을 끊고 / 그의 편에 가세한다면 / 그는 폭군으로 복귀할 것이다."(木村鷹太郎 譯, 주 146의 책, 1923) "붙잡힌 몸인 찬탈자 / 왕위에서 쫓겨나 / 잊혀지고 홀로 쓸쓸히 / 기운을 잃고 가로눕는다. // 나는 그의 잠을 깨우고 / 쇠사슬을 끊고"(岡本成蹊 譯, 『バイロン全集』 1, 那須書

이러한 가정 아래서 「옥중호걸」을 다시 읽으면서 갇힌 호랑이에게 '옥중에서 신음하는' 폭군의 모습을 중첩시켜 보면, 「옥중호걸」의 호랑이에게서 한 가지 더 다른 모습을 발견하게 된다.

갇혀 있을 때는 반항의 불길이 타올라 목숨을 걸고 자기의 자유를 위해 싸웠던 옥중의 호걸이 일단 쇠사슬을 비틀어 뜯고 우리를 무너뜨려 밖으로 나오면 어떻게 될 것인가. 인간에게 복수하고 또 자기보다 약한 자를 억압하는 데 주저하지 않는 폭군이 될 것이다. 악마가 언젠가 신의 자리에 오르면, 신을 지옥으로 떨어뜨리고 자기의 선(善)을 모든 천사와 인간에게 강요할 것과 마찬가지로 말이다. 그리고 '강대한 의지'를 가진 자는 반항하면서 복수를 기도하며 계속하여 싸우고, 이를 갖지 못한 약자는 강자에게 억압받고 결국 계속 노예로 남을 것이다. 여기에 있는 것은 끝없는 투쟁의 세계이다. "열등한 자의 심정은 참으로 동정할 만하다. 하지만 역시 어떻게 할 수도 없다"[146]고 키무라는 차갑게 잘라 말하고 있다.

이처럼 우승열패를 전제로 한 바이런 평전을 쓴 키무라가 염두에 둔 것은, "서구 기독교 국가의 인민은 자기들이 문명적이라고 뽐내기는 해도, 그 내부는 파열할 정도의 욕망으로 가득차 있으며, 오직 그 욕망으로써 강대하다"[147]고 하는 열강 서구인에 대한 철저한 경계심이다. 키무라의 이러한 위기 의식에는 생존경쟁이 인종 싸움에 결부되어 제국주의를 민족 팽창이 초래하는 필연적인 결과로 여겼던 당시의 일반적인 인식이 반영되어 있다.

일본주의자 키무라가 이렇게 바이런을 소개한 데에는 일청전쟁 후의 3국간섭(일청전쟁이 끝난 후 일본은 전승의 대가로 타이완과 더불어 만주 남부의 랴

房, 1966) "포로가 된 찬탈자는 / 왕좌에서 쫓겨나 / 세상에서 잊혀지고 다만 홀로 / 기운을 잃고 몸을 눕힌다. // 그의 잠을 깨워 / 나는 쇠사슬을 끊고"(小川和夫 譯, 『マンフレッド』, 岩波文庫, 1960)

146) 木村鷹太郎, 앞의 책, 277면.
147) 위의 책, 286면.

오둥을 손에 넣게 되지만, 독일·러시아·프랑스 세 열강의 반대에 부딪쳐 랴오둥반
도에 대한 권리를 포기하게 된다—옮긴이)이라는 시대 배경이 자리하고 있다.
키무라는 약소국의 비애를 맛보고 있던 일본 국민에게 나라의 크고 작
음과 관계없이 장대한 기개와 '강대한 의지'를 갖게 하기 위해 바이런을
정력적으로 번역하고 또 『바이런 문학계의 대마왕』을 썼을 것이다. 열
강의 속박을 박차고 소국 일본이 대국 러시아를 상대로 싸우기 위해서
는 우선 그만한 정신력과 결속력이 국민에게 요청되었던 것이다. 그러
고 보면, "키무라와 바이런의 기묘한 악수"148)가 일러전쟁의 열기가 식
은 것과 때를 같이하여 급격히 퇴색했던 데에는 그 나름의 이유가 있었
던 셈이다. 일본이 일러전쟁에서 일단의 승리를 거두고 조선의 식민지
화에 성공하여 열강 사이에 진입했다고 스스로 인정하게 된 시점에서,
저항을 위한 '강대한 의지'나 폭군으로 존재하기 위한 '강대한 의지' 같
은 것이 공공연하게 환영될 리 없었던 것이다.
　'강대한 의지'가 압제하는 쪽이든 압제당하는 쪽이든 다 같이 유효하
다고 해도, 압제당하는 쪽이 보다 예민하게 반응하리라는 것은 말할 필
요도 없다. 일본에서 유학하고 있던 홍명희와 루쉰이 키무라의 이 책을
놓치지 않았던 것은 그런 의미에서 당연했다고 할 수 있다.

6. 홍명희

　이광수에게 바이런을 권했던 홍명희는 1928년 11월 『조선일보』에 『임
꺽정전(林巨正傳)』을 연재하기 시작한다. 연재는 1940년까지 중단을 거듭

---

148) 日夏耿之介, 「本邦に於けるバイロン熱」, 주 83의 책, 360면.

하면서 계속되지만, 결국 미완으로 끝난다.[149] 백정이라는 계급으로 태어나 운명에 반항하고 화적의 두목이 되어 사회와 격리된 곳에 도적의 세계를 만든 임꺽정에게는 해적 콘라드를 연상시키는 구석이 있다.[150] 반역심으로 타오르는 청년시절과 폭군으로서 군림하는 후반부 사이에는 임꺽정의 인격이 마치 별개의 사람처럼 바뀌고 있다는 지적도 있지만,[151] 그러한 변화는 마치 쇠사슬에 묶여 있던 반역한 호랑이가 우리를 부수고 나가 폭군으로 변모한 것과 같아서, 토쿄에서 이광수와 「옥중호걸」의 세계를 공유했던 홍명희는 주인공의 성격이 통일되어 있다고 여기지 않았을까 싶다.

『임꺽정』의 봉단편(鳳丹篇) '두 집안' 장에는 상징적인 장면이 나온다.[152] 임꺽정의 아버지 돌이는 소백정의 데릴사위가 되어 어느 날 도살장을 구경하러 간다. 백정들에게 끌려가 도살되는 고분고분한 소들의 모습은 잇달은 사화(士禍) 속에서 왕의 명령이라면 거역도 않고 죽임당하는 양반들과 그러한 양반에게 아무리 가혹하게 착취당해도 저항할 줄 모르는 농민들의 상징일 것이다. 돌이는 자기보다 체구가 작고 힘도 약한 인간에게 반항도 해보지 않고 죽임당하는 무력한 소는 죽어 마땅하다고 생각하면서 소의 죽음을 조금도 동정하지 않는다. 그러던 중 칼질

---

149) 연재 당초에는 『임꺽정전(林巨正傳)』이었지만, 두 번 중단된 후 1937년 연재를 재개하면서 『임꺽정(林巨正)』으로 제목이 바뀐다. 『조선일보』 연재는 1939년 3월 11일에 중단되고, 그 이듬해 10월 『조광』에 1회만 연재된 채 미완으로 끝난다. 임형택·강영주 편, 『벽초 홍명희 『임꺽정』의 재조명』, 사계절, 1988, '홍명희 연보' 참조

150) 1946년 1월 잡지 『대조(大潮)』의 좌담회에서, "『임꺽정』을 읽고 있으면, 삼국지나 수호전과 같은 중국소설을 읽고 있는 듯한 느낌이 듭니다"라는 이원조의 말에 홍명희는 "그 점은 작가로서도 동감입니다"라고 대답하고 있다(임형택·강영주 편, 위의 책, 272면). 글을 깨치자 곧 서유기나 수호전에 열중했다는(같은 책, 258면) 홍명희에게 중국소설이 영향을 미친 것은 분명하다. 그러나 바이런의 『해적』의 주인공 콘라드의 그림자도 부정할 수 없을 듯하다.

151) 「『임꺽정』 연재 60주년 기념좌담─한국 근대문학에서의 『임꺽정』의 위치─염무웅·임형택·반성완·최원식」, 강영주 편, 앞의 책, 58~70면, 참조.

152) 홍명희, 『임꺽정』 1, 사계절사, 1995, 221~223면. 1. '봉단편'.

된 소의 피에 손을 적시던 그의 내부에서는 정체를 알 수 없는 거친 힘
이 솟아올라 그는 엉겁결에 아내의 하얀 뺨을 어루만지게 되는데, 여기
에서 우리는 「옥중호걸」의 다음과 같은 구절을 떠올리지 않을 수 없다.

> 그, 큰 몸과, 힘으로도, 굴레에, 얽매어서, 사람의, 명령대로, 자고, 일며, 먹
> 고 뛰며 (…중략…) 오줌 누고, 똥 싸기 외, 자유 없는, 말과 소![153]

임꺽정은 아버지의 이러한 성격을 그대로 이어받는다. 화적편(火賊編)
'피리' 장에서, 소굴로 끌려온 여덟 명의 양반들 가운데 임꺽정이 죽이지
않았던 사람은 결코 무릎꿇으려 하지 않았던 한생원과 꺽정을 향해 같
은 도적일 바에야 의적(義賊)이 되라고 당당하게 깨우친 신진사뿐이
다.[154] 강한 의지를 가진 인간에게 공감하는 꺽정은 신은 물론 악마에게
도 무릎꿇지 않을 작정이라는 카인의 말에 기뻐했던 루시퍼를 연상시킨
다. 이러한 장면은 우리에게 『임꺽정』의 작자가 토쿄에서 이광수와 「옥
중호걸」의 세계를 공유하고 있었음을 추측케 한다.

7. 루쉰

1881년에 태어난 루쉰(魯迅)은 1902년(明治 35)부터 7년 간 일본에서 유
학했다. 일본으로 건너온 이듬해부터 글을 쓰기 시작한 그는[155] 센다이

---

153) 이광수, 『전집』 1, 574면.
154) 홍명희, 『임꺽정』 9, 27~34면. 마지막 한 사람은 신진사에게 감복한 서림의 동정으
  로 구조되어, 결국 세 사람이 살아 남는다.
155) 이해 「스파르타의 혼」과 「라듐론」을 쓴다. 루쉰의 작품 및 연보는 주로 松枝茂夫・
  竹內好 編, 『魯迅選集』(全13卷, 岩波書店, 1986)을 참고했으나, 선집에 수록되어 있지
  않은 것은 『魯迅全集』(全20卷, 學習研究社, 1984~1986)을 참고했다.

의학전문학교(仙臺醫學專門學校)에 입학하지만, 1906년에 퇴학하고 일시
귀국하여 어머니의 명령에 따라 결혼한 뒤 곧 다시 일본으로 건너온다.
1907년 문예잡지 『신생(新生)』의 출판을 계획하지만 실패하고, 그해 「인
간의 역사(人の歷史)」, 「과학사교편(科學史敎이틀날)」, 「문화편지론(文化偏至
論)」, 「악마파 시의 힘(摩羅詩力說)」을, 그리고 이듬해 「파악성론(破惡聲論)」
을 저술한다. 그 이듬해인 1909년에는 러시아와 동유럽의 소설을 번역하
여 『외국소설집(域外小說集)』 2권을 내지만 전혀 팔리지 않는다. 그리하
여 루쉰은 그해 귀국해 버린다.

　루쉰이 1908년에 쓴 평론 「악마파 시의 힘(摩羅詩力說)」에서 '마라(摩羅)'
란 인도 말로 악마를 의미하며, 중국에서는 '천마(天魔)', 유럽에서는 '사
탄'이라고 한다. 이 평론은 바이런에서 시작하여 셸리, 푸쉬킨, 레르몬도
프, 폴란드의 미츠키에비치, 스워바츠키, 크라신스키, 헝가리의 페테피
등 "반항과 행동에서 근본의지를 구하여 세상으로부터는 그다지 환영받
지 못했던"156) 바이런 계보의 '악마파 시인'들의 사상과 행동을 소개하
고 있는데, 여기서 바이런에 관한 부분이 앞에서 언급했던 키무라 타카
타로(木村鷹太郎)의 『바이런 문학계의 대마왕』 및 그가 번역한 『해적』을
참고한 것이라는 사실은 이미 중국문학 연구자에 의해 밝혀져 있다.157)

　루쉰이 이 평론을 쓴 의도는 악마파 시인의 시가 지닌 "웅장한 외침
으로 생기를 불어넣어 국민을 일으키는"158) 힘을 통해 중국 국민의 "정
신을 개조"하는 데 있었다. 그가 센다이의학전문학교를 퇴학한 데는 그
원인이 된 유명한 일화가 있는데, 어느날 학교에서 본 환등기의 영상이

---

156) 『魯迅選集』 제5권, 35~36면.

157) 中島長文, '藍本 「摩羅詩力說」 第4, 5章', 『颯楓』 第5号, 颯風會, 1973.6; 北岡正子,
　　「「摩羅詩力說」の構成」, 『近代文學における中國と日本』, 汲古書院, 1986. 키타오카
　　는 이 논문 이전에 「악마파 시의 힘」의 원 제재에 관해 극히 상세한 연구 「「摩羅詩力
　　說」取源考察ノート」를 1972년부터 중국문예연구회지 『들풀(野草)』에 연재했다. 藤井
　　省三, 「中國におけるバイロン受容」, 『日本中國學會報』 第32号, 1980. 이 논문은 『魯
　　迅平－故鄕の風景』(平凡社, 1986)에도 수록되어 있다.

158) 魯迅, 『魯迅全集』 第5卷, 91면.

그 계기였다고 한다. 그 영상이란 일러전쟁 중의 한 장면으로, 러시아군의 첩자로서 일본군의 처형을 기다리고 있는 중국인을 많은 동족들이 멍한 표정으로 구경하고 있는 장면이었다. 이 영상을 본 루쉰은 곧 학교를 그만둔다. 1922년 『외침(吶喊)』의 자서(自序)에서 루쉰은 다음과 같이 적고 있다.

> 그 학년을 다 마치기 전에 나는 토쿄를 나오고 말았다. 나는 그 일이 있은 뒤부터 의학 같은 것은 조금도 중요한 것이 아니라고 생각하게 되었다. 어리석고 약한 국민은 비록 그 체격이 아무리 건장하고 아무리 오래 산다고 해도 고작 보잘것없는 본보기의 재료나 그 구경꾼이 될 뿐 아닌가. 설령 병들거나 죽는 사람이 많다고 해도, 그런 일은 불행하다고까지는 할 수 없다. 그렇다면 우리의 급선무는 그들의 정신을 개조하는 데 있다.[159](강조는 인용자)

한 나라가 다른 나라를 적으로 간주할 때 필요한 단 한 가지 조건은 국민의 용감함이라고, 루쉰은 1925년에 쓴 「잡감(雜憶)」에서 말하고 있다.[160] 강자에게 반항하지 않고 약자를 향해 배출구를 찾는 그런 국민은 강한 적에게 맞설 결의를 갖지 못하기 때문이다. 또 「악마파 시의 힘」에서는 독일 시인인 케르너의 예를 들면서 국민이 모두 시인이었기 때문에 독일은 멸망하지 않았다고 적고 있다.[161] 바이런 등 악마파 시인의

---

159) 魯迅, 『魯迅選集』 第1卷, 9면. 타케우치 요시미(竹內好)는 "환등사건(幻燈事件)과 그의 문학 지망과는 직접 관계가 없다는 것이 내 판단이다. (…중략…) 나는 루쉰의 문학을 본질적으로 공리주의로 보지 않는다"며 이 사건이 '전설화(傳說化)'되는 것에 반대하는 입장을 취하고 있다(『魯迅』, 未來社, 1961, 70~71면). 이 환등사건에 대해 루쉰은 단편 「후지노선생(藤野先生)」(1926)에서도 다루고 있다. 이 사건 후 은사인 후지노 선생에게 센다이를 떠나겠다고 하자 아쉬워하는 선생을 위로하기 위해 루쉰은 "생물학을 공부할 생각입니다"라고 말했다고 한다. 이광수의 장편 『무정』의 제125절에서 "생물학을 연구하렵니다"라고 했던 형식의 선언을 상기시키는 대목이다.
160) 魯迅, 「雜憶」(1925), 『魯迅選集』 第1卷, 198면.
161) 『魯迅選集』 第1卷, 44면. 이토 토라마루(伊藤虎丸)는 루쉰이 케르너를 이해하는 방식이 타쿠보쿠와 유사하다는 사실로부터 루쉰과 메이지 30년대 일본문학 간에 '동시대성'을 발견하고 있다. 그러한 의미에서라면, 이광수와 메이지 30년대 일본문학 간에

시야말로 강자에게 맞서는 반항의 정신, 즉 '생기'와 시인의 혼을 국민에게 불어넣는 '웅장한 외침'이라고 루쉰은 생각했던 것이다.

　루쉰은 일본 유학 이전에 이미 옌후(嚴復)의 『천연론(天演論)』(T. H. Huxley, 『Evolution and Ethic)』의 번역서. 1897년 잡지 『국문보(國聞報)』에 연재되었고, 1898년에 단행본으로 발간되었다—옮긴이)에 감명을 받았고 일본에서도 항상 곁에 두고 읽었다고 한다.162) 그런 그가 바이런의 '강대한 의지'에서 발견한 것은 '진화론' 극복의 한 방법론, 즉 숙명적으로 도태될 약자 편에 속한 인간의 존엄이었던 것 같다. 키무라가 '힘의 논리'의 '웅장한 외침'을 일으켜 일본 국민에게 '생기'를 불어넣고자 한 이유는 당시 약자였던 일본을 강자로 만들기 위한 것이었는데, 이는 필연적으로 또 다른 약자를 전제로 한다. 루쉰이 바란 것은 이러한 악순환으로부터 벗어나는 것이었다. 루쉰은 잡지 『신생(新生)』의 실패와 귀국 후의 혁명의 좌절로 잠시 '적막' 속에서 침묵하게 된다. 그러한 침묵 후, 1918년에 중국 근대문학의 효시인 「광인일기(狂人日記)」를 썼는데, 그 가운데 "사람을 먹은 적이 없는 아이들이 아직 있을지 몰라. 아이들을 구하라……"는 마지막 구절은 자기 시대에서 이러한 악순환을 끊으려고 한 루쉰의 '대가 없는' 자기 희생의 외침이었다.

　루쉰과는 반대로, 이광수가 진화론을 본격적으로 알게 된 것은 키무라의 바이런을 알게 된 후의 일이다. 망국(亡國)을 계기로 '힘의 논리'를 통감한 이광수는 오산학교시절에 진화론을 절실한 진리로 수용했던 것 같다.163) 그리고 키무라의 '강대한 의지', 특히 앞서 인용한 "욕망으로써

도 키무라나 타카야마를 매개로 한 '동시대성'이 성립한다. 이에 대해서는 다음의 글을 참조할 것. 「明治30年代と魯迅」, 『日本文學』, 1980.6; 「魯迅と日本人」, 朝日選書, 1983, 228면; 「近代文學におけるの中國と日本—序說に代えて」, 『近代文學における中國と日本』, 汲古書院, 1986.

162) 北岡正子, 「魯迅の‘進化論’」, 『近代中國の思想と文學』, 東京大學文學部中國文學研究室 編, 1967, 28면.

163) 波田野節子, 본서 제1장 '이광수의 민족주의사상과 진화론' 4. 오산학교시절 3) 갈의 단계 참조.

강대해진다"는 키무라의 갈파는 이광수가 제2차 유학시절에 쓴 계몽논설 「교육가 제씨(諸氏)에게」에서 "욕망의 교육"164)으로 이어지게 된다.

이러한 제2차 유학시절에 쓴 장편『무정』(1917)의 주인공이 자기와 자기 세대를 "어린아이"165)로 간주하고 있는 것은 「광인일기」의 주인공과 상징적으로 대조적이다. 이듬해 발표된 논설문 「자녀중심론」도 "우리는 (…중략…) 필요하거든 선조의 분묘도 헐고 부모의 혈육도 우리 양식을 삼아야 하겠다"166)고 하여, 역시 어린아이의 시점에서 씌어진 것이다. 그러나 「자녀중심론」과 매우 유사한 내용을 가진 루쉰의 논설 「우리는 금일 어떻게 부모가 되는가」167)(1919)는 제목이 보여주는 것처럼 부모의 시점, 그것도 대가 없는 희생이 되자는 부모의 결의로써 씌어지고 있다.

이 두 작가 사이의 차이를 가령 '어린아이의식'과 '부모의식'으로 명명해 보자. 이러한 차이를 낳은 것은 물론 이광수와 루쉰의 개인적 사회적인 환경의 차이, 특히 자질의 차이였을 것이다.168) 그러나 루쉰이 키무라의 바이런과 만나기 이전에 이미 진화론에 대한 문제의식을 갖고 있었던 것도 이러한 차이를 낳은 커다란 요인이었다고 생각된다. 이광수의 경우, '강대한 의지'로써 일본을 강자로 양성하자는 키무라의 해석을 거친 바이런에 심취했던 까닭에 그의 내부에 '힘의 논리'를 받아들일 밑바탕을 갖추게 되며, 그후 '인위적 진화'에 의한 '민족개조'를 수행함으로써 생존경쟁에서 살아남을 힘을 비축하자는 실력양성론·준비론으

---

164) "정신 교육의 근본 교육은, 즉 의지의 교육이요, 환원하면 욕망의 교육이라." 이광수, 「교육가 제씨에게」, 『전집』 10, 1916, 59면.
165) 이광수, 『무정』 115절, 『전집』 1, 192~193면.
166) 이광수, 『전집』 10, 37면.
167) 魯迅, 『魯迅選集』 第5卷, 110~127면.
168) 김윤식은 「루쉰과 한국문학」에서 이 두 작가의 차이에 주목하여 그 원인을 "루쉰은 그의 조국이 반식민지 상태에 있었고, 이광수는 조국이 완전한 식민지 상태였다는 점"으로 정리하고, "정신적 문맥에서 보자면, 이러한 사태는 아비의식의 상실로서 나타난다"고 언급하고 있다. 그러나 두 사람의 차이의 원인은 이러한 설명만으로는 충분하지 않은 듯하다(김윤식, 『(속)한국근대문학사상』, 서문당, 1978, 259면). 이 논문은 『김윤식 평론문학선』(문학사상사, 1991)에 「노신과 이육사」라는 바뀐 제목으로 수록되어 있다.

로 나아간다. '힘의 논리'를 받아들였을 때, 지금은 힘을 갖지 못한 조국과 자기들이 이제부터 힘을 북돋아 가는 '어린아이'라는 의식이 생겨난다. 현재 약자의 입장에 있는 자가 '힘의 논리'에 참여하는 것은 자신들의 무력함을 철저히 인정하는 데서 시작되기 때문이다.

반면 이미 진화론의 극복이라는 과제를 안고 있던 루쉰에게 '강대한 의지'란 도태될 숙명을 거부하는 인간 존엄의 상징이었다. 또 다른 약자를 상정하는 '힘의 논리'를 거부할 때 나타나는 약자에 대한 배려가 '부모 의식'이다. 그런 의미에서, 루쉰이 자기 민족에게 바란 '정신개조'는 이광수의 '민족개조'와는 다른 것이었다고 할 수 있다.

*   *   *

1921년, 3·1운동 후 임시정부의 앞길이 막힌 데 실망하고 상하이에서 귀국했을 때의 이광수는 조국이 사라졌을 때보다 더욱 절실하게 '힘의 논리'를 받아들였을 것이다. 귀국 후의 이광수는 이전과는 반대로 생존경쟁을 "악마의 사상"[169]이라 부르고, 인류를 이기적인 투쟁 본능의 괴로움에서 구제하는 길은 '사랑'밖에 없다고 호소하며 톨스토이로 회귀한다. 그러나 그가 결코 '힘의 논리'를 포기한 것이 아니라는 사실은 그 후에 씌어진 많은 작품에서 엿볼 수 있다.[170] 대체 「가실(嘉實)」[171]의 주인공처럼 이상적인 노예가 과연 노예근성을 지닌 노예라고 할 수 있을까. 자기가 노예라는 사실을 자각하지 못하는 것이 진짜 노예이다. 가실은 '힘의 논리'에 반항하지 않고 '사랑'으로써 그것을 초극하고자 한다. 그러나 가실이 '힘의 논리'를 받아들였고 또 스스로 노예의 입장을

---

169) 이광수, 「상쟁(相爭)의 세계에서 상애(相愛)의 세계에」, 『전집』 10, 175면.
170) 예컨대 이광수의 시가를 "힘의 논리에 의한 자아의 외면화와 초월적 이상에 의한 자아의 내면화"라는 두 축에서 해석한 최동호의 「춘원 이광수 시가론」(『이광수 연구』 하, 태학사, 1984, 599~620면)을 참조할 것.
171) 이광수, 『전집』 8, 108~131면.

받아들인 것이라면, 그것은 루시퍼를 변형한 데 지나지 않는다고 할 수 있을 것이다.

8. 정리하며

이번 장에서는 이광수의 메이지학원 중학시절의 독서이력을 조사하고, 우선 중학시절 전반기에 이광수의 마음을 사로잡았던 키노시타 나오에와 톨스토이의 사상을 고찰했다. 중학시절의 끝 무렵부터 오산학교시절의 초기에 걸쳐 이광수가 심취했던 작가는 바이런이었다. 중학시절의 이광수가 읽은 책의 대부분은 홍명희의 영향 아래 있었고, 바이런도 그의 권유로 읽은 것인데, 그들이 접했던 바이런이란 일본주의자 키무라 타카타로의 번역과 해석을 거친 것이었다. 키무라의 바이런은 오산학교시절 이광수가 나라를 잃고 '힘의 논리'를 통감했을 때 진화론을 진리로서 받아들이게 된 심리적인 밑바탕이 되었던 것 같다. 이광수가 본격적으로 창작을 시작한 것은 바이런에 심취했던 이 시기의 일이며, 논설문 「정육론」, 산문시 「옥중호걸」에서 그 흔적을 볼 수 있다. 필자는 이광수가 키무라의 바이런 평전 『바이런 문학계의 대마왕』에 인용된 『만프레드』의 한 구절에서 영감을 얻어 「옥중호걸」을 구상했을 것이라 추정하고, 그러한 가정 아래서 이 시를 다시 읽어 보았다. 그렇게 함으로써 비로소 갇힌 호랑가 지닌 '저항자'와 '폭군'의 양면성을 홍명희의 장편 『임꺽정』의 주인공에게서도 발견할 수 있었는데, 이는 홍명희가 이광수와 토쿄에서 한때 「옥중호걸」의 세계를 공유했던 사실을 짐작케 한다.

이들과 같은 시기에 일본에서 유학했던 루쉰은 '환등사건(幻燈事件)'을 통해 민족의 정신적 개조의 필요성을 통감하고, 국민의 정신에 생기를 불어넣기 위해 바이런을 시조로 하는 악마파 계보의 시인들을 소개하는 평론 「악마파 시의 힘」을 쓴다. 그러나 일본에 건너오기 이전에 이미 진화론과 대면했던 루쉰은 의지의 절대적인 힘으로써 도태될 약자 쪽의 인간적 존엄을 지키려는 진화론 극복의 시도로서 바이런의 강렬한 자아 찬미를 받아들였다.

　중국과 조선에서 모두 근대문학의 효시로 일컬어지는 작품을 썼던 이 두 작가의 현저한 차이를 루쉰의 '부모의식'과 이광수의 '어린아이의식'이라 부른다면, 그러한 차이를 산출한 원인의 하나는 진화론과 관계 맺는 방식의 차이에 있었다고 할 수 있을 것이다.

제5장

『무정』을 읽는다(상)

형식의 의식과 행동에 나타난 이광수의 인간의식에 대하여

1. 시작하며

　이번 장부터 세 장에 걸쳐 장편소설 『무정』을 분석한다. 우선 제5장 '『무정』을 읽는다(상)—형식의 의식과 행동에 나타난 이광수의 인간의식에 대하여'에서는 작품의 전반부를 중심으로 주인공 이형식의 의식과 행동을 분석하고, 이를 토대로 작자 이광수가 인간을 어떻게 인식하고 있었는지를 밝힌다. 다음의 제6장 '『무정』을 읽는다(중)—경성학교에서 일어난 일'에서는 경성학교에서 일어난 동맹퇴학과 학생들의 조소라는 두 사건을 분석함으로써, 이광수 내부에 존재하는 모순된 두 가지 경향을 추출한다. 그리고 마지막으로 제7장 '『무정』을 읽는다(하)—영채·선형·삼랑진'에서는 버림받은 영채, 근대적 연애의 상대인 선형, 삼랑진에서 발견한 민족을 위한 봉사라는 세 가지 항목을 분석함으로써, 이광수가 『무정』을 쓰면서 구축했던 미래의 전망에 대해 고찰하고자 한다.

『무정』의 주인공 이형식의 행동에는 이해하기 어려운 점이 많다. 특히 유서를 남기고 간 은사의 딸을 뒤쫓아 평양까지 갔던 형식이 도중에서 그녀를 찾는 것을 그만두고 서울로 돌아온 행동은 많은 독자와 평론가 및 연구자에게 수수께끼로 여겨져 왔다. 이에 대한 대표적인 비판은 김동인의 「춘원연구」(1934)일 것이다. 이 글에서 김동인은 형식의 행동을 "기괴하고도 모순"[1]이라고 지적하면서, 작자는 주인공의 성격을 통일시키는 데 실패했다고 위압적으로 비판하고 있다.[2]

이광수 소설의 등장인물의 성격에 대한 비판은 당초부터 많았던 듯하다. 이에 대해 이광수는 1931년 4월 『동광』에 발표한 논설 「여의 작가적 태도」에서 자기 작품의 등장인물의 성격은 자기의 의도에 따른 것이며, 비평가들의 비판은 오히려 자기 작품의 성공을 의미하는 것이라고 반론하고 있다. 이형식 같은 인물은 당시 지식계급 조선 청년들을 모델로 삼아 그 시대상을 있는 그대로 묘사하기 위해 만들어냈을 뿐이지 결코 "작자의 이상(理想)하는 인물"로 그린 것이 아니며, 애초에 자기는 현대소설에 이상적인 주인공을 등장시키는 것을 의도해 본 일이 없다는 것이다.

> 나는 이상적 인물을 주출(鑄出)하여 독자의 모범이 되게 하는 것이 소설가의 의도가 될 수 있는 것도 용인하지마는 나 자신은 아직 그것을 의도해 본 일은 없다. 있다 하면 『허생전』, 「가실」 같은 역사소설이라고 할까. 부자연을 통오(痛惡)하는 내 성격으로는 혹은 발이 전신보다 큰 양화점 광고화라든지 (…중략…) 현대 조선을 배경하고 그릴 수는 없는 것이다.[3]

---

1) 김동인, 『김동인 전집』 16, 조선일보사, 1988, 51면. 이하 『김동인 전집』으로 줄여 적는다.

2) 위의 책, 56~57면.

3) 이광수, 『이광수전집』 10, 우신사, 1979, 461면. 이하 『전집』으로 줄여 적는다. 「문학이란 하오」를 발표한 1916년 11월에서 이듬해 2월까지 『매일신보』에 연재한 현대소설 「농촌계발」(『전집』에는 논설문으로 분류되어 있지만, 실제로는 소설로 간주해도 지장이 없는 작품이다)에서, 이광수는 이상적 주인공 김일을 등장시킨다. 『무정』과 동시기의 작품이지만, 김일과 형식의 인간상은 대조적이다. 입신출세의 길을 버리고 자기가 태어난 고향에 돌아가 착실하게 농촌의 생활개선사업의 성과를 올려가는 침착하고 냉

허생이나 가실과 같은 이상적인 인물은 "발이 전신보다 큰", 즉 현실
에는 존재할 리 없는 부자연스러운 인간이므로 현대소설에 등장시킬 수
없다는 이광수의 말은 매우 흥미로운데, 그렇다면 현대소설 『무정』에
등장시킨 이형식은 이광수에게는 발 크기가 전신의 크기와 균형을 이룬
보통의 인간이었다는 얘기가 된다.

『무정』을 연재하기 직전인 1916년 11월 『매일신보』에 발표한 문학론
「문학이란 하오」에서 이광수는 문학에 도덕률을 적용하는 것을 부정하
면서, 문학의 임무는 다만 "실재한 사상과 감정과 생활을 여실하게 만인
의 안전(眼前)에 재현"4)하는 것이라고 주장했다. 이미 지적되고 있는 것
처럼, 이러한 그의 문학론은 권선징악적 문학을 배척한 츠보우치 쇼요
(坪內逍遙)의 『소설신수(小說神髓)』로부터 영향을 받은 것이다.5) 쇼요가
문학에서 권선징악이라는 공리성을 배제하고자 했던 것은 문학 속의 인
간의 모습이 그러한 목적 때문에 왜곡되고 부자연스럽게 다루어진다고
생각했기 때문이다. 『소설신수』에서 쇼요는 소설가의 임무는 "인정(人
情)"을 그려내는 것이며, 이를 위해서 설령 자기가 만들어낸 인물일지라
도 일단 작품 속에 나온 이상은 "활세계(活世界)의 인간"으로 간주하고
손대지 말고 있는 그대로 묘사하라고 적고 있다.6) 이러한 작중인물 본
연의 모습에 대해서도 이광수는 쇼요와 동일한 관점을 보여준다. 그런
데 쇼요가 말하는 '인정'이란 "인간의 정욕(情欲)"이며, 쇼요가 있는 그대

정한 김일은 현대판 허생이라고도 할 만한 이상적 인물로 그려지고 있다. 그러나 형식
과 비교하면, 왠지 김일은 살아서 숨쉬고 있다는 느낌이 들지 않는다. 이광수는 이 작
품을 현대소설로서는 실패작이라 간주하고, 이후 김일과 같은 이상적 인물은 역사소
설에서만 등장시켰던 것 같다. 또 제재에 애착을 갖고 있었기 때문에 『흙』(1932)에서
한번 더 소설화를 시도했다고 생각된다. 현대소설 『흙』의 주인공 허숭은 김일과 같은
완벽한 인물은 아니며, 이상에 불타면서도 괴로워하고 또 과오도 범하는 '보통 인간'
으로 그려지고 있다.

4) 위의 책, 461면.

5) 김윤식, 『근대한국문학연구』, 일지사, 1973, 67~69면.

6) 坪內逍遙, 「坪內逍遙·二葉亭四迷集」(『日本現代文學全集』 4), 講談社, 1962,
163~167면.

로 묘사해야 한다고 주장한 인간이란 "정욕의 동물"이다.[7] 『소설신수』
는 쇼요의 이러한 인간 인식을 토대로 하고 있는 것이다. 그러면 보통
인간의 "사상과 감정과 생활"을 그리고자 했던 이광수는 인간을 어떤
존재라고 인식했을까. 이를 탐구하는 것이 이번 장의 목적이다.

『무정』을 쓸 무렵의 이광수는 이미 문학론도 발표하고 자기 나름의
창작 방법이라 할 만한 것을 갖고 있었다. 그러한 이광수가 납득하기 어
려운 인물을 조형했다면 거기에는 그 나름의 의도가 있고, 오히려 여기
에야말로 이광수의 인간의식이 드러나 있다고 볼 수 있을 것이다. 쇼요
가 『소설신수』에서 "반드시 심리학의 이치에 기반하여 인물을 만들어내
야 한다"고 적었던 데서도 알 수 있는 것처럼, 문학에서 심리학이 갖는
중요성은 당시 이미 일반화된 상식이었다. 중학시절 이래 이광수의 장
서(藏書) 가운데 하나였다는 나츠메 소세키(夏目漱石)의 『문학론(文學論)』
에서도 심리학은 중요한 위치를 차지한다. 당시 문학에 뜻을 두고 있던
이광수가 창작에서 심리학이 갖는 중요성을 의식하고 있었다는 것은 의
심의 여지가 없다.

이광수가 오산학교시절을 무대로 쓴 자전적 소설 「김경」(1915)에는 『베
르그송의 철학』이라는 책을 읽으면서 전혀 이해할 수 없다는 사실에 충
격을 받고, 철학과 심리학 등 규범과학의 지식이 부족함을 탄식하는 주
인공의 일기가 인용되어 있다.[8] 심리학과 깊은 관계가 있는 베르그송의
철학은 메이지시대 말기부터 일본의 지식인 사이에서 주목되었고, 1913,
4년(大正 2, 3)에는 번역서 등이 집중적으로 간행되어 일종의 유행을 맞는
다. 이광수에게 재차 유학의 필요성을 통감케 했던 것으로 보이는 『베르
그송의 철학』은 1913년 4월에 출판되었다.[9] 이러한 사실로부터 1910년(明

---

7) 위의 책, 163면. "소설의 핵심은 인정이고, 세태·풍속은 그 다음이다. 인정이란 어
   떠한 것을 말하는가. 인정이란 **인간의 정욕**으로, 이른바 백팔번뇌 그것을 말한다." 그
   다음에 나오는 "그도 유정한 인간일진대 어찌 정욕이 없을 수 있겠는가"라는 일절
   은 이광수가 1933년에 집필한 『유정』과도 관계가 있는 것처럼 보인다(강조는 인용자).
8) 이광수, 『전집』 1, 572면.

治 34) 오산학교에 부임하여 정주에 머무르면서도 그가 토쿄의 신지식의 동향에서 눈을 떼지 않았던 사실을 엿볼 수 있는 동시에, 이후 베르그송의 사상을 이해하기 위해 열심히 노력했으리라는 것을 충분히 짐작할 수 있다. 『무정』을 집필하던 무렵의 이광수는 와세다대학(早稻田大學) 철학과에 적을 둔 학생이었다. 그리고 자신의 학문이 부족함을 통감하고 재차 유학했던 만큼 욕심껏 신학문을 흡수했을 것이다. 당시의 철학, 심리학, 그리고 이 무렵 일본에서 알려지기 시작했던 정신분석이론도 『무정』의 작자는 알고 있었다고 생각된다.10)

　이러한 경력을 가진 이광수가 혼신의 힘을 들인 첫 장편에서 주인공의 성격 조형에 실패했다고는 생각하기 어렵다. 무엇보다도 형식이라는 인물은 독자의 마음을 끌어당겨 울렁이게 하는 이상한 힘을 갖고 있다. 이번 장에서는 형식의 행동의 배후에 작자의 어떤 의도가 담겨있는지를 탐구하면서 작품을 다시 읽고 형식의 의식과 행동 가운데 내재한 정합성을 찾아냄으로써, 이광수의 인간의식 곧 이광수가 인간을 어떤 존재로 생각했는지를 밝히고자 한다.

2. 시간 구성

　작품 분석에 들어가기 전에, 작품의 시간 구성을 정리해두고자 한다. 이미 지적되고 있는 것처럼, 『무정』에 흐르는 이야기 시간은 그것이 주는 인상에 비하여 매우 짧은데, 영채의 유서에 적혀 있는 날짜로부터 시

---

9) 錦田義富 譯, 『ベルグソンの哲學』, 警醒社, 1913.
10) 필자가 조사한 바로는 1916년에는 아직 프로이트의 저작이 번역되지 않았지만, 그에 대해 약술한 것은 단행본으로 간행되었고, 심리학 전문지에도 많이 소개되어 있다.

기를 가늠해 볼 수 있다.[11] 1916년 6월 27일부터 5일 간이 소설의 전반부 2/3 이상을 차지하고, 남은 1/3은 이어지는 한 달과 8월 초의 2일 간, 그리고 마지막 한 절이 이로부터 4년 후인 1920년 여름 등장인물들의 후일담으로 구성되어 있다. 이를 표로 나타내면 다음과 같다.

① 1절~17절(17회)	1일째	1916년 6월 27일		서울
② 18절~45절(28회)	2일째		28일	서울
③ 46절~53절(8회)	3일째		29일	서울
④ 54절~66절(13회)	4일째		30일	기차 안-평양-기차 안
⑤ 67절~85절(19회)	5일째		7월 1일	서울
⑥ 68절~90절(5회)	3일째		6월 29일	기차 안
⑦ 91절~101절(11회)	1개월		황주·서울	
⑧ 102절~118절(17회)	1일째		8월 초	기차 안
⑨ 119절~125절(7회)	2일째		8월 초	삼랑진
⑩ 126절(1회)		1920년 여름		

이 표에서 보는 바와 같이, 도중의 한 달(7)과 마지막 절(10)을 합한 12회를 제외하면, 이 이야기에서 실제 흐르는 시간은 겨우 7일 간이라는 짧은 시간이다. 그런데 등장인물들의 과거 회상이 삽입되어 있는 까닭에 독자에게 실제보다 훨씬 긴 이야기 같은 인상을 준다. 『무정』은 1917년 1월 1일에서 6월 14일까지 약 반년에 걸쳐 『매일신보』에 연재되었다. 신문을 읽고 있던 독자에게는 『무정』 속의 시간이 바로 작년의 일이기 때문에, 『무정』은 말 그대로 현대소설이었던 셈이다. 1917년 6월 14일에 게재한 마지막 절의 후일담은 등장인물에게는 4년, 독자에게는 3년 뒤의 미래의 일이다. 그러나 신문의 독자가 과연 이 시간을 의식하고 있었는지는 매우 의심스럽다. 만약 연재 종료 후에 독자에게 형식과 선형이

---

11) 三枝壽勝, 「『無情』における類型的要素について」, 『朝鮮學報』 第117輯, 1985; 김윤식, 『이광수와 그의 시대』, 한길사, 1986, 539면; 한승옥, 『이광수 연구』, 선일문화사, 1984, 44면 참조.

만나서 약혼하기까지 어느 정도 시간이 걸렸는지 질문했다면, 5일이라고 대답할 수 있는 독자는 거의 없었을 것이다 1934년부터 『삼천리』에 연재한 「춘원연구」에서 『무정』을 분석한 김동인은 단행본을 읽었던 것으로 보이는데, 두 사람이 첫 대면에서 약혼까지 수개월이 걸렸다고 착각하고 있다.[12] 하물며 반년에 걸쳐 매일 한 절씩 읽을 수밖에 없었던 신문의 독자라면 더더욱 이야기의 물리적 시간에 관해서는 착각을 일으켰을 것이 틀림없다.

이러한 시간 구성으로 인하여 소설 전개상에는 적지 않은 부자연스러움이 따르고 있다. 그럼에도 불구하고 이광수가 굳이 이렇게 무리한 시간 구성을 취한 데에는 어떤 이유가 있었을 것이다. 생각해볼 수 있는 이유 가운데 하나는 『무정』의 토대가 된 영채에 관한 원고가 있었다는 이광수 자신의 언급에서 짐작해 볼 수 있는 『무정』의 이중 구조에 관한 것이다.[13] 그러니까 본래 영채가 주인공인 이야기를, 형식을 주인공으로 삼고 영채를 보조 인물로 전환시켜 전개해 나가기 위해서 이러한 시간 구성이 필요했다고 추정할 수 있다. 긴 시간에 걸쳐 있는 영채의 이야기가 실제로는 짧은 시간에 영채의 이야기와 회상에 의거하여 전개되어 가는 것을 고려할 때, 이러한 추정에는 타당성이 있는 것처럼 보인다. 그러나 형식이 선형과 약혼할 때까지 5일밖에 걸리지 않는다는 설정은 역시 부자연스럽고, 이러한 이중 구조만으로는 설명하기 어렵다. 이광수는 『무정』에서 인간의 심리를 가능한 한 상세하게 묘사하려고 노력했는데, 그 노력의 일환으로서 이러한 시간 구성을 도입했다고 생각해보면 어떨까.

앞서 언급한 것처럼, 『무정』의 집필 당시 문학에서 심리학이 갖는 중요성은 이미 일반화된 상식이었다. '의식의 흐름'이라는 말을 사용했던 심리학자이자 철학자인 윌리엄 제임스의 저서는 메이지시대에 번역되어

---

12) 김동인, 앞의 책, '그 약혼의 장면', 52면.
13) 이광수, 「다난한 반생의 도정」, 『전집』 8, 452면.

대학에서 심리학 교과서로 사용되었다.14) 당시 철학과에 적을 두었던 이광수도 당연히 보았을 것이다. 또 이광수의 장서(藏書) 가운데 하나였던 『문학론(文學論)』에서 나츠메 소세키는 인간의식의 '파동적(波動的) 성질'을 역설하며, 인간의 심리 상태는 글로 다 표현할 수 없을 정도로 빠른 속도로 계속하여 변화하는 것이라고 적고 있다.15) 이광수는 『무정』에서 심적 상태 하나 하나의 추이를 문자로써 연속적으로 그려내고 비상한 속도로 구성되는 의식의 연쇄를 써내려가려 했던 것이 아닐까. 소세키는 그것이 "인력으로 미칠 수 없는 바"라고 했지만, 이광수는 이에 가까운 시도를 했던 것 같다.

이 밖에도 이러한 시간 구성을 도입한 데는 지속을 의식의 특징으로 간주한 베르그송의 사상의 영향도 있다고 생각된다. 지속하여 흐르는 의식을 그대로 묘사해내려면, 현실의 시간도 지속되지 않으면 안 된다. 장편 『무정』의 전반부 2/3가 5일 간, 그리고 후반부의 약 1/5이 2일 간이라는 연속된 시간 속에 담겨지고, 또 그 대부분이 일어난 사건의 묘사보다 등장인물의 의식의 묘사에 소비되고 있는 것은 바로 이 때문일 것이다.

그런데 이 흐르는 의식의 정체는 무엇인가. 베르그송은 의식이란 '과거의 지각', 즉 기억이라고 했다.16) 의식이 기억이라면, 아무리 긴 시간

---

14) "『심리학 원리(心理學原理)』의 다이제스트판(1891)이 메이지 30년대 대학에서 교과서로 사용되었던 까닭에, 당시 심리학 강의에서는 '의식의 흐름(意識流)'이라는 용어를 접할 수 있었다. 윌리엄 제임스의 『심리학정의(心理學精義)』(福來友吉 譯, 同文館, 1902)는 1908년 제11판에서부터 모토라 유지로(元良勇次郎)가 교열했는데 (…중략…) 이것이 『심리학 원리』를 간추린 교과서판의 번역으로, 11장은 '의식의 흐름'으로 되어 있다." 鈴木幸夫, 「心理派」, 『比較文學講座』 第4卷, 淸水弘文堂, 1974, 334면.

15) "문장에 드러난 의식은 극히 생략적인 것이기 때문에, 가령 단시간의 심적 상태라 하더라도 그 하나 하나의 추이를 유감 없이 문자로써 연속적으로 그려내는 것은 도저히 인력으로 미칠 수 없는 바이고, (…중략…) 비상한 속도로 우리들 의식의 연쇄를 구성하는 성분을 하나 하나 빠짐 없이 써내는 것은 결코 인간이 할 수 있는 일이 아니다." 夏目漱石, 『文學論』, 第3編 '文學的內容の特質', 『夏目漱石全集』 第9卷, 1975, 215~216면.

16) "우리들의 지각은 아무리 순간적이라 하더라도 계산할 수 없을 정도로 많은 기억 요소로부터 구성되는 것이다. 또 사실 어떠한 지각이라 해도 이미 기억이다. 실제로 우리

에 걸친 과거의 기억이라도 의식은 한 순간에 그 전체를 떠올릴 수 있다. 예컨대 1일째 영채가 신세타령을 하던 도중에 잠시 이야기를 멈추고 혼자서 그 다음을 회상하는 장면이 있다.

> 영채는 노파가 정성으로 베어 주는 배를 한 쪽 받아먹고 지나간 일을 생각하면서 길게 한숨을 쉬었다.[17] (12절)

한숨을 쉬면서 영채는 단숨에 긴 과거를 회상하고, 그리고 나서 자기 앞에 앉아서 이어지는 이야기를 기다리고 있는 형식과 노파를 본다.

> 이렇게 생각하고 영채는, 후우 하고 한숨을 쉬며 눈물을 씻고 형식과 노파를 보았다.[18] (15절)

한숨을 한번 쉬는 사이에 영채는 자기가 기생이 된 경위와 그 때문에 일어난 아비와 오라비의 죽음을 떠올리고, 더 이상 이야기할 용기를 잃어 버린다. 영채의 의식에 있는 어떤 과거의 기억이 형식을 찾아가 자기 신세타령을 하게 만들었지만, 영채가 눈으로 확인한 형식의 처지와 자기의 이야기를 듣는 형식의 태도가 그녀에게서 계속하여 이야기할 용기를 빼앗아 버린 것이다.

의식이 곧 기억이고 인간은 이를 토대로 새로운 경험에 대응해 가는 존재라는 베르그송의 사고를 이광수가 받아들였다고 한다면, 등장인물의 과거 회상이 현실의 시간 속에서 흘러 넘치고 있는 『무정』의 구성은

들은 오직 과거만을 지각하고 있는 것이고, 순수 현재는 미래에 맞물려 있는 포착하기 어려운 과거의 진행이다. 따라서 의식은 그 순간 순간 미래로 기울면서 스스로를 실현하고, 미래와 결합하고자 하는 과거의 직접적인 부분을 조명한다. 의식은 이처럼 미결정적인 미래를 결정하는 것을 전적인 임무로 삼는다." 베르그송, 高橋里美 譯, 『物質と記憶』, 星文館, 1913, 276~277면.

17) 이광수, 『전집』 1, 32면.
18) 위의 책, 37면.

필연성을 갖는다. 또 이광수의 창작 의도에는 앞으로 고찰할 것처럼 형식에게 베르그송의 '순수지각'을 경험케 하는 것도 포함되어 있었던 것으로 보이는데, 그 때문에라도 이러한 시간 구성이 필요했을 것이라고 생각된다.

3. 형식의 자기 분석

형식에게는 자기의 행위나 의식을 점검하는 버릇이 있다. 1일째 저녁 영채가 신세타령을 그만두고 돌연 하숙집을 나가 버렸을 때, 그는 즉시 자기의 태도에 문제가 없었는지의 여부를 점검한다.[19] 그리고 4일째 평양에서 경찰서를 나온 후 동행한 노파에게 기생집에서 아침을 먹으라는 권유를 받았을 때는 자기의 마음에 꺼림칙한 점이 없는지 점검하고 나서 승낙한다.[20] 또 이날 계향과 함께 갔던 은사의 무덤 앞에서 눈물 한 방울 흘리지 않는 자신에게 놀랐을 때도 형식은 즉시 전날부터의 자기 마음의 움직임을 재점검하기 시작한다.[21] 그러나 이러한 점검이 실제 마음의 움직임과 어긋나 있다는 것은 이들 대목을 주의깊게 다시 읽어 보면 명료해진다. 사실 형식에게 떠오른 과거는 자기에게 편리하게 왜곡된 과거이며, 자기 점검은 결국 자기 정당화에 이용되고 있는 데 지나지 않는다.

그런데 밤기차로 평양에서 서울로 돌아온 5일째 아침, 형식은 달라진 모습을 보여준다. 학교에서 학생들의 조소를 받고 지금까지 해온 모든

---

19) 위의 책, 16절, 38면.
20) 위의 책, 58절, 106면.
21) 위의 책, 64절, 116면.

것이 헛되고 미래 또한 생각할 수 없다는 공백 상태에 빠졌던 형식은
선생이 너무 "무정"22)해서 영채가 죽은 것이라는 노파의 비난을 받고
돌연 지금까지 자기를 움직여 왔던 원망(願望)의 존재를 깨닫는 것이다.

옳다, 노파의 말과 같이 영채를 죽인 것은 내다. 영채가 내 집에 온 것은, 나
도 너를 기다리고 있었다 이제야 만났구나 하는 내 말을 들으려 함이다. 그리
고 이제부터 너는 내 아내다 하는 말을 들으려 함이다.
그런데 나는 그때에 무슨 생각을 하였나. 영채가 기생이나 아니 되었으면
좋겠다, 어떤 상류 가정에 거둠이 되어 여학교에나 다녔으면 좋겠다. …… 이
러한 생각을 하였다. 그리고 마음속으로는 선형이가 있는데 왜 영채가 뛰어나
왔나, 영채가 기생이거나 뉘 첩이 되었으면 좋겠다 하기도 하였다. 아아, 상류
가정은 무엇이며, 기생은 무엇인가.
또 나는 왜 그 이튿날 아침에 일찍이 영채를 찾지 아니하였던고. 학교를 위
해서? 교육가라는 명예를 위해서? 옳다, 영채를 죽인 것은 내다. 그리고 평양
까지 따라 내려 갔다가 영채의 시체도 찾아보지 아니하고 왔다.
칠성문 밖에서 도리어 기쁜 마음을 가지고 왔다. 밤새도록 차 속에서도 영
채는 생각도 아니 하고 왔다. 영채가 죽은 것이 도리어 무거운 짐이 덜리는
것 같았다.23) (47절, 강조는 인용자)

평양과 밤기차에서의 흥분이 채 가시지 않은 때, 지금까지 자기 일생
의 사업이라고 믿었던 교육자로서의 최악의 경험을 하고 장래의 전망이
백지화되어 외부 세계와 자기의 연결고리가 사라진 형식의 마음이 잠시
허술한 틈을 쩔러, '무식'한 하숙집 노파의 별다른 뜻 없는 이 말은 심층
에 있던 형식의 원망(願望)을 백일하에 드러냈던 것이다. "선형이가 있는
데 왜 영채가 뛰어나왔나, 영채가 기생이거나 뉘 첩이 되었으면 좋겠다"

---

22) "이 선생이 잘못해서 죽었구려." / "어째서요?" / "그렇게 십여 년을 그립게 지내다
가 찾아왔는데 그렇게 **무정하게** 구시니까." / '무정하게'라는 말에 형식은 놀랐다. (47
절, 강조는 인용자, 위의 책, 132면)
23) 위의 책, 132면.

는 생각, 즉 선형을 얻고 싶고 영채에게서 도망치고 싶다는 잔혹한 원망이 형식의 마음속에는 존재하고 있었던 것이다.

그러나 이로부터 한달 후, 선형과 함께 미국 유학을 위해 올라탄 기차에 영채가 우연히 함께 타고 있다는 사실을 알고 놀라는 형식에게는 이미 이때의 예리한 자기반성을 찾아볼 수 없다. 자기는 영채와 결혼할 예정이었다고, 영채와 재회했을 때 그녀와의 신혼 생활을 몽상하고 영채가 기생이라는 사실을 알고는 몸값 천 원 때문에 매우 괴로워했던 것이 그 증거라고, 형식은 우선 자기 변명부터 시작한다. 의식의 깊숙이 자리잡은 "영채가 기생이거나 뉘 첩이 되었으면 좋겠다"는 원망 따위는 이미 잊은 것처럼 보인다. 무엇보다도 자기가 처음부터 선형에게 끌리고 있었다는 사실은 이미 형식의 마음속에 기정사실화되어 다음과 같이 정연하게 분석되고 있다.

> 선형은 형식이가 인생에 처음 접한 젊은 여자요, 또 선형의 자태는 누가 보아도 황홀할 만하므로 형식에게 극히 깊고 강한 인상을 주었다. (…중략…) 이렇게 강한 인상을 얻은 그날 저녁에 다시 영채를 보았다. (…중략…) 그러나 선형을 천하 제일로 확신한 형식은 영채를 제이로 생각할 수밖에 없었다.[24] (107절)

의식이 무엇인가로 인해 강한 인상을 받으면 그것은 이미 이전과는 다른 상태가 되어 버리고, 다음에 오는 것이 주는 인상은 그 이전 상태에서 받는 것과는 다른 것이 된다. 외부 세계가 의식에 자극을 준 시간적 순서가 의식의 동향에 결정적인 요인이 된다는 이러한 사고 방식에서도 베르그송의 영향을 지적할 수 있을 것이다.[25]

형식은 이렇게 만남의 순서로 인해 자기가 선형에게 기울었다고 생각

---

24) 위의 책, 181면.

25) 자아는 제1의 경험을 했다는 사실 때문에 제2의 감정이 생겼을 때 이미 얼마간 변화를 겪어 버린다. 베르그송, 平井啓之 譯, 『時間と自由』, 『ベルクソン全集』 第1卷, 白水社, 1971, 158면.

한 후, 이어서 이 밖에도 자기의 의식 속에는 이들 두 여성의 우열을 가르게 만든 것이 있음을 인정한다. '부'와 '교육'이 바로 그것이다.

> 게다가 선형은 부귀한 집 딸로서 완전한 교육을 받은 자요, 영채는 그동안 어떻게 굴러다녔는지 모르는 계집이다. 이 모든 것이 합하여 형식에게는, 영채는 암만해도 선형과 평등으로 보이지를 아니 하였다.[26] (107절)

'부'와 '교육'이라는 외적 조건에 의해 선형과 영채의 승부는 처음부터 결정되어 있는 것이다. 그런데 왜 형식은 영채와의 신혼 가정을 상상했던 것일까. 이에 대해 형식은 다음과 같이 생각하고 있다.

> 선형은 자기의 힘이 미치지 못할 달 속의 계수나무 가지요, 영채는 자기가 꺾으려면 꺾을 수 있는 길가의 행화 가지였다. 그러므로 형식이가 제일로 생각한 선형을 버리고 제이로 생각하는 영채를 취하려 하였던 것이다.[27] (107절)

이미 선형과 약혼한 형식은 이처럼 두 여성과의 만남과 자기의 마음을 분석하면서, 영채가 실종되기 이전에 이미 자기의 마음은 선형을 선택하고 있었다는 것, 거기에는 만남의 시간적 순서와 두 여성의 외적 조건이 커다란 역할을 했다는 것을 인정하고 있는 것이다.

형식의 이러한 자기 분석은 형식이 영채와 결혼하려는 의지를 몇 번이나 되풀이하여 마음속에 표명하는 것을 보아온 독자에게는 커다란 놀라움을 불러일으킬 것이다. 형식이 처음부터 "영채가 기생이거나 뉘 첩이 되었으면 좋겠다"고 생각하고 있었다는 사실는 형식의 의식을 함께 좇아갔던 독자로서는 쉽게 받아들이기 어렵다. 영채와의 즐거운 신혼 가정을 상상한 것은 어째서인가, 영채를 구하기 위해 천 원이 없다는 사실에 그토록 괴로워한 것이 아닌가 등등, 당연히 여러 가지 의문이 생길

---

26) 이광수, 『전집』 1, 181면.
27) 위의 책, 181면.

것이다. 형식이 영채의 생존을 알았을 때 즉각 자기 변호했던 내용과 마찬가지로 말이다. 그러나 독자의 대다수는 잠깐 생각해보고 나서, 아아, 그런 것이었던가 하고 이를 납득하게 되지 않을까. 독자의 마음속에는 그때까지의 형식의 의식과 행동에 대해 이유가 분명치 않은 반감이 소용돌이치고 있었을 것이기 때문이다. 곧 형식의 생각과 행동 사이에서 드러나는 모순 때문에 애가 탔던 독자에게 마침내 그 원인이 명백해진 것이다.

소설 속에 형식의 의식이 중층적으로 구성되어 있고, 그래서 그 행동이 때로 형식 자신조차 자각하지 못하고 있는 동기에 의해 결정되고 있다는 사실은, 작자 자신이 소설의 후반부에서 그 내막을 밝히고 있다. 다음에서는 작자가 소설 후반부에서 명확하게 밝히고 있는 이러한 형식의 무의식적 원망(願望)을 고려하면서, 『무정』의 전반부를 다시 읽어보고자 한다.

4. 1일째─두 만남

『무정』은 형식과 두 여성의 만남에서 시작한다. 한 사람은 교회의 유력자이자 서울에서도 손꼽히는 재산가인 김 장로의 외동딸 선형이고, 또 한 사람은 옛날 고아였던 주인공을 거두어준 은사 박 진사의 여식 영채로, 그녀와는 7년만에 재회하는 것이다. 작자가 이 두 만남을 대조적으로 배치하고 있다는 사실은 시간적 측면에서 보더라도 명백하다. 형식이 선형에게 영어를 가르치기 위해 김 장로의 집을 방문한 오후 3시에 영채는 형식의 하숙을 방문한다. 이러한 엇갈림은 상징적인데, 만남의 순서가 형식의 의식에 결정적인 영향을 준 사실은 앞에서 본 것처럼 형식 자신도 나중에 인정하고 있는 것이다.

만남이 대조적으로 배치되어 있는 것은 시간의 측면에서만이 아니다. 만남에 앞서 형식의 의식에는 각각의 상대에 대한 선입견이 형성되어 있고, 만남은 그러한 선입견에 어울리는 분위기 속에서 이루어진다. 우선 선형에 대한 선입견을 제공하는 것은 신우선이다. 젊은 여성과 친하게 교제한 적이 없는 독신의 순정 청년인 형식은 어떻게 그녀를 대해야 할지 고민하여 선형의 집으로 향하는 도중 우연히 친구 신우선을 만난다. 그런데 신우선은 선형이 "여학교를 우등으로 졸업한" "유명한 미인"이라는 정보를 전하고, 다음에 "엥게지먼트" 등의 말로 형식을 긴장시키고 나서, "자네 힘에 웬 걸 되겠나마는 잘 얼러보게"28)라고 찬물을 끼얹고 가 버린다. 이리하여 우선은 형식에게 선형이 "달 속의 계수나무 가지"라는 선입견을 제공하고, 그 선입견에 부응하듯 선형은 커다란 저택과 호사한 가구 등의 '부'에 둘러싸여 한낮의 빛 속에서 화려하게 등장하는 것이다.

한편 형식에게 영채에 관한 선입견을 제공하는 것은 하숙집 노파이다. 선형에게서 받은 강렬한 인상에 취해 거의 꿈속을 걷듯 집으로 돌아온 형식에게 노파는 부재 중에 손님이 왔었다고 알린다.

> 아까 석 점 즈음해서 어떤 어여쁜 아가씨가 선생을 찾아 오셨는데 머리는 여학생 모양으로 하였으나 아무리 보아도 기생 같습디다. 선생님도 그런 친구를 사귀는지.29) (4절)

교사라는 직업, 그리고 바로 전 선형과의 만남을 앞두고 내보인 자의

---

28) "옳지, 김장로의 딸일세그려? 응, 저, 옳지, 작년이지. 정신 **여학교를 우등으로 졸업**하고 명년 미국 간다는 그 처녀로구먼? 베리 굿." / "자네 어떻게 아는가?" / "그것 모르겠나. 적어도 신문기자가. 그런데 언제 **엥게지먼트**를 하였는가?" / (…중략…) / "허허, 그가 유명한 **미인**이라데. 자네 힘에 웬 걸 되겠나마는 잘 얼러보게. 그러면 또 보세."(1절, 강조는 인용자, 위의 책, 16면)
29) 위의 책, 20면.

식 과잉이라고도 할 수 있는 결벽증 등으로 보아, 형식이 "아무리 보아
도 기생"이라는 이러한 말에서 좋은 인상을 받을 리가 없다는 것은 쉽
게 짐작된다. 이리하여 부정적인 선입견을 갖게 된 형식의 앞에 영채가
나타난다. "아까 노파의 말과 같이 모시 치마 저고리에 머리도 여학생
모양으로 쪽졌다. 형식도 말이 없고 여자도 말이 없고, 노파도 영문을
모르고 우두커니 섰다."[30] 두 사람은 서로 상대를 알아볼 수 없다. "해
가 벌써 져가고 집집 광명등이 반짝 반짝 눈을 뜬다."[31] 선형의 등장과
비교하여 얼마나 초라한가. 영채는 간신히 박 진사의 이름을 입에 올리
고, 형식은 "아아, 영채씨구려. 영채씨구려. 고맙소이다. 나 같이 은혜 모
르는 놈을 찾아주시니 고맙소이다"[32] 하고 외치며 눈물을 보인다.

그러나 75절에서 형식 자신이 행한 자기 분석에 의하면, 형식의 마음
속에 "선형이가 있는데 왜 영채가 뛰어나왔나, 영채가 기생이거나 뉘 첩
이 되었으면 좋겠다"는 잔혹한 생각이 싹튼 것은 바로 이 순간이다. 물
론 그것은 이 장면에서는 본인에게 전혀 자각되지 않는다. 그러나 깊은
곳에서 싹튼 이 생각이 형식의 표층 의식과 이 의식이 일으키는 행동에
여러 가지 형태로 반영되는 것은 당연하며, 그것이 형식의 의식과 언동
을 이해하기 어렵게 만드는 것이다.

이날 밤, 형식의 의식은 매우 어지럽게 변화한다. 영채에게서 은사 부
자(父子)가 감옥에서 죽은 사실을 알고 소리 높여 울던 형식은 우선 은사
가 남긴 뜻을 좇아 영채와 결혼하리라고 생각한다. 그러자 영채가 정말
기생인지, 또 순결한지 어떤지에 마음이 쓰인다. 영채의 신세타령에 귀
를 기울이던 형식은 영채가 동학의 악한에게 붙잡히는 대목에서 돌연
불쾌해져 영채의 몸매를 자세히 살피고는 도무지 처녀로는 볼 수 없다

---

30) 위의 책, 20면.
31) 위의 책, 21면.
32) 위의 책, 21면.

 『무정』을 읽는다―『무정』의 빛과 그림자

고 생각한다. 또 옛정을 이용하여 자기를 속여 넘기는 매음부는 아닐까라고 의심도 해본다. 앞에서 영채를 진심으로 동정하며 눈물을 흘리고 있는 노파를 보고 고쳐 생각해 보기도 하지만, 마침내 악한이 영채의 몸을 땅에 넘어뜨리는 대목에 이르자 벌써 오싹하여 절대로 영채는 처녀가 아니라고 확신한다. 그러다가 결국 영채의 순결이 무사한 사실을 알고 안심이 되어 이번에는 영채와의 결혼을 결심한다. 그리고 이어서 형식의 상상은 영채와의 결혼식, 첫날밤, 신혼 가정, 태어날 아이들로 비약해 가는데, 여기서 돌연 영채의 교육 정도가 걱정된다는 식인 것이다.

형식의 의식은 영채의 이야기에 호응하면서 흘러가지만, 자세히 들여다 보면 그 관심은 오직 영채의 순결에 집중되어 있고 영채의 비참함에 대한 동정은 이상할 정도로 희박한 것을 알 수 있다. 예컨대 영채가 악한과 싸워 중상을 입은 개가 자기 팔에 안겨 죽은 사실을 눈물을 흘리며 말하는 장면을 보자. ""저는 개의 시체를 붙들고 한참이나 울었습니다" 하는 영채의 눈에는 새로이 눈물이 흐른다."33)(11절) 이러한 영채의 비통한 말과 태도에 반해, 영채의 이야기를 듣는 형식에게 개 따위는 안중에도 없다.

> 형식은 영채의 말을 듣고 얼마큼 안심이 되었다. 영채의 얼굴을 다시금 보매, 새삼스럽게 정다운 마음과 사랑스러운 생각이 난다. 지금까지 영채의 절행을 의심하던 것이 죄송스럽다 하였다.34) (12절)

개의 갸륵한 죽음에 감동하지 않는 것은 물론 영채의 비참함은 거들떠보지도 않으며, 오로지 영채의 순결에만 관심을 기울이는 형식의 태도는 기이하기조차 하다. 영채의 순결이 위기에 처한 대목에서도 영채의 괴로움을 동정하기보다 먼저 영채의 몸을 더럽게 느끼는 냉혹한 형식의

---

33) 위의 책, 31면.
34) 위의 책, 31면.

모습은 "저런 저런"[35] 하며 이야기에 빠져 눈물을 흘리는 노파의 자세와 대조적으로 묘사되어 있다. 작자는 형식을 이처럼 '무정'하게 묘사함으로써, 독자가 그에게 반감을 품도록 의도하고 있는 것처럼 보인다.

그러면 형식의 관심은 왜 영채의 순결에 집중되어 있는 것일까. 이에 대해서는 다음과 같이 생각할 수 있다. 75절과 105절에서 명확하게 언급되어 있는 것처럼, 형식의 마음은 이미 '부'와 '교육'을 가진 선형이 차지하고 있다. 그러한 형식에게 영채의 출현은 그대로 은사에 대한 의리의 수행, 즉 영채와의 결혼을 강요하는 것이다. 영채가 미혼인 채 자기 앞에 모습을 나타낸 이상, 은사의 뜻을 알고 있는 형식은 당시의 윤리 상식에 따라 결혼을 의무라고 생각할 수밖에 없는 입장에 있기 때문이다. 이미 선형에게 끌리고 있는 형식은 당연히 이러한 의리에서 벗어나길 바란다. 그러나 형식의 표층 의식은 이러한 반도덕적인 원망(願望)을 인정하지 않고, 거꾸로 영채와의 결혼을 바라는 것처럼 행동하면서 이러한 욕구를 자기 내부에 가두어 버린다. 억압된 욕구는 내면 깊숙한 곳으로부터 형식을 조종하고, 이에 형식은 무의식 속에서 영채로부터 도망치는 길을 모색하게 된다.[36]

형식에게 영채와의 결혼을 강요하는 것은 유교를 떠받치고 있는 구

---

35) 위의 책, 30~31면.

36) 여기서 '억압'이라는 프로이트의 정신분석 용어를 사용했는데, 이광수가 『무정』을 쓰면서 프로이트의 정신분석을 의식하고 있었던 것은 거의 틀림없는 것 같다. 프로이트의 학설은 메이지시대 말기부터 일본에 소개되었다. 프로이트의 저작이 단행본으로는 아직 출판되지 않았던 듯하지만, 그의 정신분석이론은 예컨대 심리학연구회가 발행한 『심리연구(心理研究)』라는 잡지에 여러 번 소개되고 있다. 프래그머티즘 철학자인 제임스가 동시에 심리학자였던 것처럼, 당시는 철학과 심리학이 극히 가까이에 자리하고 있었다. 대학의 철학과 강의에서도 심리학은 중요한 위치를 차지했던 것 같다. 이광수가 당시 와세다대학에서 수강했던 과목에도 심리학은 필수 과목으로 들어 있다 (大村益夫, 「日本留學時節の李光洙」, 『朝鮮文學－紹介と研究』第5号, 朝鮮文學會, 1971). 소설에서 심리학의 중요성을 인식했던 이광수가 프로이트의 꿈 판단이나 정신분석에도 관심을 가졌으리라는 것은 상상하기 어렵지 않다. 앞으로 살펴볼 것처럼, 실제로 『무정』 전반부에서 형식의 의식과 행동에는 마치 교과서의 설명을 그대로 응용한 것은 아닐까 싶을 정도로 정신분석을 통해 설명이 가능한 심리 현상이 수두룩하다.

(舊)가치 체계이다. 만약 형식이 구가치체계를 정면으로 부정하고 의리에 따른 결혼을 거부한다면, 형식의 원망이 억압되는 일도 없었을 것이다. 그런데 형식은 대결을 피하고 구가치체계에 머물면서 영채에게서 도망치는 길을 찾는다. "영채가 기생이거나 뉘 첩이 되었으면 좋겠다"는 잔혹한 원망(願望)을 품는 것이다. 영채가 형식에게 의리의 수행을 강요할 수 있는 전제는 그녀가 정조를 지킨 사실이다. 정조를 지키지 않았다면 영채는 구가치체계 자체에 의해 형식의 아내될 권리를 박탈당하게 된다. 형식이 영채의 신세타령을 들으면서 꼴사나울 정도로 그녀의 순결에 집착하는 이유는 바로 여기에 있다. 형식은 무의식 속에서 영채에게서 도망치려고 계속하여 발버둥치고 있었던 것이다.

영채가 동학의 악한에게서 순결을 지킨 사실을 알게 된 형식은 결국 "은사의 뜻을 이어 영채와 부부가 될"(12절)[37] 것을 결심하고, 이어서 영채와의 결혼식, 첫날밤, 신혼 생활 등 즐거운 미래를 상상하기 시작한다. 그러나 현실과 동떨어진 형식의 과장된 상상은 마치 소리 없는 활동사진처럼 인공적인 인상을 준다. 이러한 어색함은 형식이 마음속으로는 영채와 결혼할 의리로부터 도망치고 싶어하면서도 이러한 진짜 원망(願望)을 억누르기 위해 억지로 지어낸 데서 비롯된 것 같다. 사람은 감정이 좋지 않은 상대에게 오히려 필요 이상으로 붙임성 있게 행동하는 등, 자기의 진짜 감정과 상반하는 행동을 취하는 경우가 있다. 형식이 그리는 영채와의 즐거운 청사진에서는 그런 경우에 수반되는 어떤 어색함이 느껴진다.[38]

---

37) 이광수, 『전집』 1, 37절, 31면.
38) 이것은 정신분석에서 이른바 '반동형성'이라 이르는 것이다. '반동형성(reaction-formation)'이란 억압된 각 경향과 정반대의 태도가 강조되어 드러나는 현상으로, 예컨대 적의(敵意)가 억압되어 반대로 지나치게 공손한 태도를 취하거나 혹은 노출 경향이 억압되어 극도의 수치심이 겉으로 드러나는 경우가 그러하다. 이처럼 반동형성을 통해 드러나는 태도는 대개 '극단적인' '여봐란 듯이'의 특징을 갖는 경우가 많다(『新版 心理學事典』, 平凡社, 1989). 여기서는 의리에서 해방되고 싶고, 영채에게서 도망치고 싶다는 욕구가 반대로 영채와의 결혼을 바라는 형식으로 드러났을 것이다. 작자는 반

이러한 상상은 "그러나 만일 영채가 지금껏 아무것도 배운 것이 없으면 어쩌나. 내 마음과 내 사랑을 알아줄 만한 공부가 없으면 어쩌나"[39] 하는 걱정으로 인해 중단된다. 그것은 무의식 속에서 "여학교를 우등으로 졸업한" 선형과 비교하는 마음에서 비롯된 것이며, 영채와의 결혼의 의리로부터 어떻게든 도망치고 싶다는 무의식의 원망이 일으킨 걱정일 것이다. 이러한 걱정에 이어 형식은 당돌하게도 영채는 상류 가정의 보살핌 속에서 금년 봄쯤 졸업한 것은 아닐까라고, 마치 꿈 같은 일을 떠올린다. 이런 황당무계한 희망은 순식간에 "옳다, 그렇다"[40]라는 믿음으로 바뀌고, 한시라도 빨리 그 사실을 확인하고 싶은 마음에서 형식은 "다정한 눈으로"[41] 영채를 응시하며 다음 이야기를 재촉하는 것이다.

이러한 형식의 의식의 움직임은 마음속으로는 영채가 기생일지도 모른다고 의심하면서 기생인 영채를 받아들이지 않을 마음의 준비가 된 것을 보여준다. 형식의 '다정한 눈'이 의미하는 것은 영채가 기생이라는 고백을 듣고 싶지 않은 마음의 반영이며, 여기서 영채가 신세타령을 멈추고 돌연 돌아가 버리는 것은 형식의 이러한 무의식적인 거부에 대해 영채도 무의식적으로 반응한 결과이다. 영채는 형식이 자기를 거부하고 있음을 무의식적으로 느끼고, 그대로 이야기를 계속하는 것이 두렵고 헛되다 생각한 것이다. 나중에 영채가 이날 밤의 일을 떠올리면서 "또 그이도 그다지 저를 반가와하는 것 같지도 아니하고……"[42](89절)라고 병욱에게 말하고 있는 것은, 영채가 이때 형식에게서 받은 인상이 형식 자신이 내보였다고 생각한 인상과는 어긋나 있음을 보여준다.

돌연 영채가 나갔을 때, 형식은 놀랄 뿐 붙들어 만류하지 않는다. "한

동형성 특유의 어색함을 조선의 현실과는 동떨어진 서양풍의 생활태도 등을 통해 표현하고 있는 것처럼 보인다.
39) 이광수, 『전집』 1, 12절, 32면.
40) 위의 책, 32면.
41) 위의 책, 15절, 37면.
42) 위의 책, 154면.

참 망연히 섰다가"[43] 당황하여 밖으로 뛰어나기는 하지만, 이미 영채의 모습은 보이지 않는다. 형식은 거기서 그녀를 붙들었더라면 좋았을 것이라고 후회한다. 형식은 영채를 붙들어 만류하려면 그렇게 할 수도 있었다. 나중에 하숙집 노파가 이날 밤 형식의 태도를 '무정'했다고 비난하면서 "또 간다고 할 적에도 붙들어 만류를 하든가 따라가는 것이 아니라……"[44](74절)고 책망하고 있는 것이 이를 증명한다. 형식의 몸이 한순간 얼어붙은 것은 마음속에 있는 어떤 원망(願望)이 영채를 붙들어 만류하는 것을 방해했기 때문일 것이다.[45] 선형과의 약혼 이야기가 나온후, 노파는 한번 더 이때의 형식의 태도를 다시 문제삼아 "그런 줄 알았지. 어째 영채씨가 오셨는데도 만류도 아니하고……"[46](77절)라고 말을 꺼내어 우선에게 꾸지람을 듣는다. 그러나 형식 본인이나 또 형식의 표층 의식을 따라가고 있는 독자는 자각되고 있지 못한 원망의 영향으로 인해 형식의 의식과 행동이 부자연스럽다는 것을 깨닫지 못한다. 이날 밤, 영채가 돌아간 후 형식은 그녀를 대하던 자기의 태도를 점검하며 문제는 없었다고 합격점을 준다. 그리고 독자 또한 약간 이상하다고 생각하면서도 형식의 표층 의식을 신용하고 있는 것이다.

영채가 돌아간 후에도 형식의 상상은 이어진다. 그는 영채가 이야기를 그만두고 돌연 돌아간 것은 다음 이야기를 자기에게 말하기 어려운 탓일 게고, 그러니 결국 그녀는 기생이 된 것은 아닐까 생각한다. 그리고 이어서 지금쯤 다른 남자와 더러운 쾌락에 탐닉하고 있는 것은 아닌지, 신세타령을 하던 저 가련한 모습은 외관일 뿐이고 사실 영채는 눈물을 흘리며 이야기를 듣고 있던 노파와 자기를 내심 비웃고 있었던 것은 아닌지 상상한다. 영채가 기생이 되었을 것이라는 추측은 상황으로 보

---

43) 위의 책, 16절, 37면.
44) 위의 책, 132면.
45) 이러한 현상에 대해서는 앞서 언급한 잡지 『심리연구(心理研究)』에 '실패한 심리'로 소개되어 있다. 주 36 참조.
46) 이광수, 『전집』1, 136면.

아 자연스럽지만, 영채가 실은 악녀이고 자기와 노파를 내심 비웃고 있었다는 상상은 지나치게 엉뚱하다. 어째서 돌연 영채가 자기에게 악의를 품고 있다는 따위의 생각이 떠오른 것일까.

악의를 품고 있는 것은 영채가 아니라 오히려 형식이다. 앞에서 본 것처럼, 형식의 마음 속에는 "선형이가 있는데 왜 영채가 뛰어 나왔나, 영채가 기생이거나 뉘 첩이 되었으면 좋겠다"는 잔혹한 생각이 숨어 있다. 형식이 상상한 영채와의 청사진이 유쾌하면서도 인공적이었던 것처럼, 형식은 도무지 영채를 받아들일 마음이 아니었던 것이다. 상대가 도무지 좋아지지 않을 때, 그리고 그 사실에 죄책감을 느끼지 않으면 안 될 때, 사람은 상대가 먼저 자기를 싫어하고 있기 때문에 자기도 상대를 좋아할 수 없다고 책임을 상대에게 전가하는 경우가 있다. 자신의 악의를 상대에게 **투사**하는 것이다.47) 그런 의미에서, 영채가 자기를 속여온 악녀라는 형식의 엉뚱한 상상은 영채를 사랑해야 한다고 생각하면서도 사랑할 수 없는 죄책감의 표현이 아닐까 싶다.

그러나 형식은 곧 은사의 딸이 그럴 리 없다고 고쳐 생각하고, 애초에 자기에게는 영채를 구원할 "의무"와 "책임"48)이 있으므로 설령 그녀가 기생이라 해도 "구원하여 사랑하리라"49)고 다시금 결심한다. 그리고 기생이라면 당연히 시도 잘 짓고 노래도 잘 할 것이라든가 아까 본

---

47) '투사(projection)'란 자기 안의 인정하기 어려운 억압된 감정이 어떤 외적인 대상(타자, 사물)에게 속한다고 간주하는 것이다. 어떤 타자에게 미움을 품고 있는 사람이 이를 깨닫지 못하고 '상대가 자기를 미워하고 있다'고 생각하는 경우 등이 그러하다. 이렇게 하면 자기를 유보할 수 있다(『新版 心理學事典』, 平凡社, 1989). "선형이가 있는데, 왜 영채가 뛰어나왔나, 영채가 기생이거나 뉘 첩이 되었으면 좋겠다"는 형식의 마음속에 싹튼 악의는 사회적으로 비난받을 만한 성질의 것이며, 형식 자신의 건전한 사고방식으로도 인정하기 어렵다. 그래서 이 악의는 무의식 속에서 영채 쪽에 투영되어 악의를 갖고 있는 것은 자기가 아니라 영채라는 식이 되는 것이다. 영채가 동학의 악한에게 순결을 빼앗길 뻔한 이야기를 했을 때, 형식이 영채를 더럽게 느끼면서 영채가 옛정을 이용하여 자기를 속여온 매음부는 아닐까 상상한 것도 같은 현상일 것이다.
48) 이광수, 『전집』 1, 17절, 39면.
49) 위의 책, 39면.

영채는 정말 아름다웠다는 식으로, 이 결혼을 합리화하기 시작한다. 이때 형식의 의식에 문득 선형이 떠오르지만, 형식은 두 여성을 비교하며 영채의 생기 넘치는 아름다움 쪽에 손을 들어준다. 형식은 "달 속의 계수나무 가지"를 단념하고 "길가의 행화"에 만족하고자 하는 것이다. 이리하여 그의 표층 의식은 영채와의 결혼을 향해 가는 것처럼 보인다. 그러나 다른 한편으로 선형과 결혼하기를 바라고 영채가 이미 자기와는 결혼할 수 없는 '뉘 첩'이기를 바라는 심층의 원망은 마치 이에 항의라도 하듯 다른 남자와 잠자리에 드는 음란한 영채라는 각성몽(覺醒夢)을 일으키는 것이다.50)

살펴본 바와 같이, 작자가 형식의 의식 구조를 표층과 심층의 중층 구조로 설정하고 있는 것은 명확하며, 영채와 만난 후 형식이 보여주는 일견 이해하기 어려운 의식과 행동은 억압된 원망(願望), 즉 선형을 얻고 싶고 영채에게서 도망치고 싶다는 원망에 의해 설명된다. 그러나 형식이 자각하고 있는 표층 의식의 흐름만을 좇는 독자는 이러한 이중 구조를 알아차리지 못하는 것이 보통이다. 작자 또한 이를 독자에게 기대하고 있지 않으며, 오히려 형식의 무의식적 움직임이 독자의 무의식에 작용하기를 바라고 있는 것처럼 여겨진다. 실제로 표층 의식에서는 선의(善意)를 드러내는 형식이 실제로는 그와 모순되는 어색한 행동을 취할 때, 독자는 형식의 마음 속에 숨겨져 있는 '무정'을 어렴풋이 느끼고는 부지불식간에 형식에게 반감을 품게 된다. 이러한 반감은 그 반동으로 영채에게 동정을 조장하는 결과를 가져오고, 이리하여 독자의 심중에 생긴 감정의 물결과 긴장감은 점점 고조되어 가는 것이다.

---

50) 꿈이란 원망의 충족이라는 프로이트의 주장에 따르면, 이 꿈은 실로 영채가 이미 뉘 첩이었으면 좋겠다는 형식의 원망을 충족시키는 것이다.

5. 2일째 – 예수의 초상화

이튿날 학교에서 배 학감과 계월향의 염문(艶聞)을 들은 형식은 혹시 월향이란 영채가 아닐까 상상하면서도, 곧 월향의 집으로 가지 않고 공연히 천 원이 없다는 사실에 괴로워한 끝에 밤이 되어서야 기생집으로 간다. 이는 75절에서 성찰하고 있는 것처럼 '학교와 교육가의 명예'를 걱정한 탓이기도 하지만, 그와 동시에 앞서 언급한 자각되지 않은 원망(願望)이 영채를 찾아 나서는 것을 방해하고 있기 때문이다. 형식이 천 원이 없는 것을 원통해하는 태도 또한 지나치게 과장되어 있다. 상식적으로 여기서는 돈을 걱정하기보다 우선 월향이 영채인지의 여부를 확인하는 것이 마땅하다. 그런데 형식은 오히려 천 원이 없는 것이 월향의 집에 갈 수 없는 원인인 것처럼 자신의 청빈을 강조하면서 계속하여 천 원에 집착한다. 그리고 결국에는 이날 밤에 일어날 청량리사건을 예감이나 한 것처럼 영채가 순결을 빼앗기는 장면을 상상하고, 그렇게 된다면 영채가 자살할 것이라는 불안에 몸을 떤다. 그러나 그 직후 형식이 향하는 곳은 기생집이 아니라 선형의 집이다.

> 어찌하면 좋을까. 어찌하면 '천 원'을 얻어 불쌍한 영채—사랑하는 영채— 은인의 따님 영채를 구원할까…… 이럴까…… 저럴까…… 하고 마음을 정하지 못하면서 오후 한 시에 안동 김장로의 집에 선형과 순애의 영어를 가르치러 갔다.51) (26절)

형식의 태도는 분명히 부자연스럽다. 그러나 형식의 그 부자연스러운 행동이 작가의 의도에 의한 것이라는 점에 유의해야 한다. 형식은 자기 행동이 부자연스럽다는 것을 전혀 깨닫지 못한다. 작자는 형식이 자각

---

51) 이광수, 『전집』 1, 54면.

하고 있는 의식과 행동을 그대로 묘사할 뿐이며, 독자는 이유를 알 수 없는 형식의 이해하기 어려운 행동으로 인해 초조함이 더해 간다. 형식의 내부에서는 자각된 의식과 무의식의 원망이 서로 간섭하면서 형식의 행동을 충동이고 있다. 그리고 이러한 부자연스러움이 산출해 내는 긴장감으로 인해, 김 장로의 집에서 예수의 초상화를 본 형식은 지금까지 생각해 보지도 않았던 것을 깨닫게 된다.

김 장로의 집에 도착한 형식은 선형과 순애가 나오기를 기다리면서 벽에 걸린 예수의 초상화를 응시한다. 로마 병정의 창에 찔려 옆구리에서 피를 흘리는 십자가의 예수, 그의 발 아래서 우는 여인, 구경꾼, 뒤에서 예수의 옷을 다투어 제비를 뽑는 사람들, 이러한 군상은 이날 아침부터 학생소동, 배 학감과 월향의 추문, 영채의 몸값에 대한 걱정 등으로 인해 피곤해져 있던 형식의 눈에 인간 사회의 축도처럼 보인다.

> 형식은 물끄러미 이것을 보고 생각하였다. 십자가에 달린 자도 사람, 가시관을 씌우고 옆구리를 찌른 자도 사람, 그 밑에서 치맛자락으로 눈물을 씻는 자나 무심하게 우두커니 구경하고 섰는 자도 사람, 저 편에서 사람을 죽여 놓고 그 죽임 받은 자의 옷을 저마다 가질 양으로 제비를 뽑는 자도 사람—모두 다 같은 사람이로다.[52] (26절)

모두 같은 인간인데, 저 예수가 로마 병정이 아니라 예수가 되고 로마 병정이 예수가 아니라 로마 병정이 된 것은 어째서일까. 여기에는 인간으로서는 헤아릴 수 없는 "어떠한 힘"이 작용하고 있는 것은 아닐까라고, 형식은 생각한다.

> 다만 알 수 없는 것은 무엇이—어떠한 힘이 마치 광대로 혹은 춘향을 만들고, 혹은 이도령을 만드는 모양으로, 혹은 예수가 되게 하고, 혹은 예수의 옆구리를 찌르는 로마 병정이 되게 하고, 또 혹은 무심히 그것을 구경하는 사람

---

52) 위의 책, 54면.

이 되게 하는가 함이다.53) (26절)

인간을 움직이고 있는 '힘'이란 종교적 견지에서 보면 신의 의지일 테고, 사회학적으로 보면 인간의 환경일 것이며, 생물학적으로 보면 유전 등을 생각할 수 있을 것이다. 여기서 작자가 무엇을 가리켜 '힘'이라고 했는지는 확실하지 않다. 그러나 여기서 주목해야 할 것은 그 '힘'의 정체라기보다, 오히려 인간이란 외부로부터의 힘에 의해 움직여지는 존재, 즉 자발적이 아니라 외발적(外發的)인 존재라는 형식의 인간의식이다. 인간들은 '어떠한 힘'에 의해 움직여지는데, 움직여지고 있다는 사실을 깨닫지 못한 채 어느새 자기도 바라지 않는 행동을 하고 있는 것은 아닌가라고, 형식은 생각하고 있는 것이다.

이렇게 생각하매 형식은 모든 인류가 다 나와 비슷비슷한 형제인 듯하고, 또 알 수 없는 어떤 힘에 속박되어 날마다 시마다 저희들의 뜻에도 없는 비극 희극을 일으키지 아니치 못하는 인생을 불쌍히 여겼다.54) (26절)

악한 짓을 하는 인간도 자기와 같은 인간이고 다만 극중에서 악인의 역할을 연기하는 것일 뿐이라면, 예수의 얼굴에 침을 뱉은 유대인이나 월향을 노리고 있는 배 학감이라 하더라도 타기해야 할 존재는 아니라고 형식은 생각하게 된다.

사람들이 악한 일을 하는 것이 마치 신관사또 남원부사 된 광대가 제 뜻에 는(없건마는) 가련한 춘향의 볼기를 때림과 같다 하면 용서하지 아니하고 어찌 하리오.55) (26절)

---

53) 위의 책, 54면.
54) 위의 책, 54면.
55) 위의 책, 54면. 『전집』에는 '없건마는'이 탈락되어 있다. 신문과 초판본에는 들어 있지만, 6번째 판본에는 빠져 있고, 『전집』도 이를 그대로 답습한 듯하다.

한 장의 종교화 속에서 형식이 발견한 것은 피를 흘리는 예수의 고뇌
나 발 아래 있는 마리아의 슬픔이 아니라, 예수를 포함하여 '움직여지고
있는 존재'로서의 인간 전체의 모습이다. 그림을 대하는 이러한 형식의
반응은 흡사 심리학의 투사 테스트56)를 생각나게 한다. 형식에게 예수
의 초상화는 종교화라기보다 자기의 내면을 끌어내는 계기로서의 기능
을 담당하고 있다. 즉 형식은 의식하지 않은 채 그림 속의 인간에게서
자기 자신을 발견하고 있는 것이다.

형식은 항상 자기는 자신의 의지로 행동을 결정한다고 생각한다. 은
사에 대한 의리를 지켜 영채와 결혼하려는 결심도 누군가가 강요한 것
이 아니라 스스로 결정한 것이라 믿고 있다. 그런데 지금까지 보아온 것
처럼, 이는 사실 세간의 관습인 유교 윤리에 따른 것이지 형식의 내부에
서 솟아난 자발적인 원망(願望)은 아니다. 형식의 본래 원망은 반대로 억
압되어 심층으로 밀려난 채 거기서 형식의 표층 의식과 행동에 갖가지
형태로 영향을 미친다. 형식은 자기 자신을 당대 조선의 제1급 지식인
이라 자부하고 유교에 대해서도 그 나름의 비판력을 갖고 있음에도 불
구하고 결국 외부 세계의 상식을 받아들여 그것이 명령하는 바에 따라
움직이며, 자기 내부에 잠재해 있는 진짜 원망에는 주의를 기울이지도
않는 것이다. '어떠한 힘'에 의해 '움직여지고 있는' 인간들의 모습에서
형식은 현재 '움직여지고 있는' 자기를 깨닫는다. 형식에게 '어떠한 힘'
이란 그를 둘러싸고 있는 세간의 관습이고, 그 기초가 되는 구가치체계
인 유교도덕이며, 관습에 따르지 않을 때 예상되는 사회의 제재(制裁)나
친구들의 평판이다.57)

---

56) 투사 테스트란 어떤 사람이 행동하는 모든 행위 속에는 그의 인간성이 그대로 드러난
　　다는 개념하에 언어와 도형, 그림 등을 이용하여 개인의 퍼스널리티의 경향, 발달 단계
　　등을 검사하는 것을 말한다. 대표적인 것으로 자유연상법, 로르샤하 테스트(Rorschach
　　Test), TAT(thematic apperception test : 과제 통각 검사—옮긴이) 등이 있다.
57) 형식은 인간이 깨닫지 못하는 사이에 움직여지고 있는 것을 극중의 인물이 배역을
　　연기하는 것 같다고 느끼고 있는데, 이는 융이 외부 세계에 적응하는 태도와 행동 패턴

형식은 이처럼 살해된 예수나 살해하는 로마 병정이나 '움직여지고 있는 존재'라는 점에서 공통적이라고 생각하고, 이로부터 '모두 같은 인간'이고 '전인류가 형제'라는 톨스토이적 박애주의에 가까운 인식을 얻는다. 그런데 이후 선형들과 수업을 시작한 형식은 두 소녀를 앞에 두고는 이와 전혀 다른 마음의 움직임을 보인다. 부드러운 바람이 소녀들의 머리와 몸에서 나는 향기와 섞여 밀려들고, 얇은 모시 적삼을 입은 선형의 등에는 땀이 배어 몸을 움직일 때마다 하얀 살에 달라붙은 자리가 넓어졌다 좁아졌다 한다. 그것을 보는 형식의 마음에도 향기롭고 서늘한 바람이 불어온다. 형식은 "여자란 매우 아름답게 생긴 동물"[58]이라고 젊은 여성의 아름다움에 솔직하게 감탄하면서 "인생은 즐거우려면 즐거울 수가 있는 것"[59]이라고 생각한다. 조금 전의 톨스토이적 박애주의와는 경향을 달리하는 듯이 보이는 이러한 쾌락주의적 감상은, 실은 조금 전 예수의 초상화를 보고 얻었던 자기가 '움직여지고 있다'는 깨달음이 형식의 내부에서 한번 더 변화한 것일 뿐이다. 속박을 의식한 것 자체가 형식의 내부로부터 그 속박을 허문 결과이며, 그때까지 경직되어 있던 형식의 감성을 해방시켜 젊은 여성의 아름다움을 있는 그대로

을 두고 고전극의 배우가 사용하는 가면을 일컫는 '페르소나'라는 용어로 표현한 것을 연상시킨다. 이광수는 해방 후에 오산학교시절을 그린 자전적 창작소설 『나·스무살고개』를 집필하는데, 전편 '스무살 안팎'의 마지막은 친척 여성이 여러 인격의 소유자로 드러나는 것을 목도한 주인공이 "아아, 인간은 배우"라고 내뱉는 감탄의 말로 매듭지어지고 있다. 이 시기 이광수는 인간이 주위의 상황에 상응하여 배우처럼 변모하는 것에 충격을 받았고, 그 충격이 그의 인간관을 확립하는 데 커다란 역할을 한 것이 아닐까 싶다. 『무정』을 연재하면서 25세를 맞았던 이광수는 『학지광』에 발표한 「25년을 회고하여 애매(愛妹)에게」라는 글에서, 자기의 인생을 다음과 같이 극장에 비유하고 있다. "내 생활의 서막은 어제까지에 끝이 난 것 같다. 오늘부터 내 생활은 연극의 중간에 입(入)하는 것 같다. 내 주먹에 쥐었던 프로그램의 중요한 절차가 오늘부터 전개되는 것 같다. 서막은 실패였다. 나는 여러 관객에게 실망을 주었다. 그러나 이 앞에 중막과 대단원이 남았으니 아직 그네를 만족시킬 기회는 넉넉하다. 나는 지금 낙옥(樂屋)에서 정성으로 분장을 하는 중이다. 내 입술에는 희망의 미소가 있다."(이광수, 『전집』 8, 375면)

58) 이광수, 『전집』 1, 55면.
59) 위의 책, 55면.

받아들일 수 있게 했던 것이다.

> 여자의 몸이나 남자의 몸이나 내지 천지에 모든 만물이 다 가만히 보기만 하면 그 사이에 친밀한 교통이 생기고 따뜻한 사랑이 생기고 달콤한 쾌미가 생기는 것이다. 쓸데없이 지혜를 놀리고 입을 놀리고 손을 놀리므로 모처럼 일궈 놓은 아름다운 쾌락을 말 못 되게 깨뜨리는 것이다.[60] (26절)

여성의 아름다움을 사랑하는 것은 유쾌하다. 그러한 쾌락을 막는 '하찮은 지혜'가 세간의 도덕 관습이다. 실제로 그때까지 여성을 대하는 형식의 자의식 과잉 상태에 가까운 극단적인 결벽증에는 기성 도덕으로 인해 본연의 감정을 억제하는 부자연스러움이 있었다. 제1일째 선형에게 처음 영어를 가르치러 김 장로의 집으로 향하는 형식에게 떠오른 갖가지 상상을 생각해 보자. 마주보고 가르치면 내뱉는 숨이 서로 부딪지 않을까, 히사시가미(ひさし髮, 앞머리를 쑥 내밀게 빗어 묶은 머리—옮긴이)가 자기 이마에 스칠지도 모르고, 책상 아래서 무릎과 무릎이 마주 닿으면 어떻게 하나 등등, 정말이지 절박한 상상과 걱정을 한 끝에 얼굴을 붉히며 혼자 웃음을 짓던 형식은 곧 고쳐 생각하고 기운을 내어 만일 마음으로라도 죄를 범하면 안 된다고 스스로를 경계한다. 그리고 선형과의 첫 대면에서 그녀의 아름다움에 감동한 형식은 선형을 누이로 생각하려고 한다.

> 형식은 선형을 자기의 누이라고 생각하였다. 이는 형식이가 남의 처녀를 대할 때마다 생각하는 버릇이니, 형식은 처녀를 대할 때에 누이라고밖에 더 생각할 줄 모르는 사람이다.[61] (3절)

일견 금욕적이고 청교도적인 여성관이지만, 조금 전에 스스로 경계한

---

60) 위의 책, 55면.
61) 위의 책, 18면.

갖가지 상상과 이후 하숙집을 방문한 영채에 관한 음탕한 공상을 비교해서 생각하면, 형식의 이러한 여성관은 그다지 신용할 수 없는 것으로 보인다. 사실 작자는 이 문장에 이어서 형식의 결벽증의 배후에는 "도덕과 수양의 힘"에 의해 제어된 젊은 남성으로서의 자연스런 충동이 도사리고 있음을 다음과 같이 해설하고 있다.

> 그러면서도 알 수 없는 것은, 가슴속에 이상한 불길이 일어남이니, 이는 청년 남녀가 가까이 접할 때에 마치 음전과 양전이 가까워지기가 무섭게 서로 감응하여 불꽃을 날리는 것과 같이 면치 못할 일이며, 하늘이 만물을 내실 때에 정한 일이라. 다만 **사회의 질서**를 유지하기 위하여 **도덕과 수양의 힘**으로 제어할 뿐이다.[62] (3절, 강조는 인용자)

선형을 본 형식의 마음속에는 '이상한 불길'이 타올랐지만, 형식은 그것을 곧 마음 깊숙이 침잠시켜 버린 것이다. 이때 타오른 불길은 이날 밤 '미혼'이 아닐지도 모르는 영채 앞에서도 타올랐을 것이다. 이날 예수의 초상화를 보고 내부의 속박에서 해방된 형식은 선형과 순애에게 영어를 가르치면서 아름다운 것을 아름답다고 느끼는 자연의 감성, 즉 젊고 아름다운 여성의 매력에 솔직히 감응하는 젊은 남성으로서의 당연한 본능적 감성을 무의식 속에서 되찾았던 것이다.

그런데 약간 지나치게 딱딱한 문체로 주위에서 유리되어 있는 듯 보이는 이 해설 부분은 실은 이광수가 베르그송의 『웃음(Le Rire)』 가운데 일절을 일부 바꾸어 차용한 것이다. 1914년(大正 3)에 나온 히로세 데츠시(廣瀬哲士)가 번역한 해당 부분을 여기에 옮겨 본다.

> 정신상태 가운데에는 사람과 사람이 서로 접촉할 때 생기는 것이 있다. (…중략…) 흡사 음극과 양극의 전지가 호응하고 집적하여 섬광을 방출하는 것처럼, 사람이 사람을 대할 때 가장 강렬한 흡인과 배척이 생겨서 완전히 평형을

---

62) 위의 책, 18~19면.

깨뜨리고, 마침내는 감정의 불길[情火]이라 불리는 영적인 전기를 방출하게
된다. 만약 인간이 본래의 감정적 충동 그대로 행동하고 또 아무런 사회적 법
칙이나 도덕적 법칙도 지니지 않았다면, 강포(强暴)한 감정의 폭발이 일상의
다반사가 되었을 것이다.63)

이것은 베르그송이 비극(悲劇)에 대해 서술한 부분이다. 이광수가 "이
상한 불길", 히로시가 "감정의 불길"이라고 한 것은 남녀뿐만 아니라 모
든 인간 사이에서 일어나는 "혼(魂)의 감전(électrisation de l'âme)", 즉 "정념(情
念)"을 가리킨다. 베르그송에 의하면, 우리들이 평온한 일상 생활을 영위
하기 위해서는 마치 지구가 점점 식으면서 내부의 뜨거운 용암을 '얇은
외피'로 에워싸는 것처럼, 사람과 사람 사이에 일어나는 이러한 불꽃 같
은 정념을 사회 법칙과 도덕을 통해 억제하지 않으면 안 된다. 비극은
우리들의 마음속에 잠재해 있는 이러한 정념을 분화(噴火)와 같이 외부
로 흘러 넘치게 하고, 그것을 보는 우리들에게 우리들 자신 안에 숨겨져
있는 성격의 비극적 요소를 노출시켜 보여준다. 그리고 그러했을지도
모르는 것이 다행히 현실에서는 그렇게 되지 않았다는, 그러한 혼돈스
러운 아득한 기억과 같은 것을 맛보게 하는 즐거움을 준다.64) 형식의 경
우, 예수의 초상화 인물들 속에서 자기 자신을 보게 된 것이 계기가 되
어, 그의 '얇은 외피'는 일부 벗겨지고 바로 그곳으로부터 내부의 정념
이 흘러나온 것이다. 영어수업을 마치고 김 장로의 집을 나왔을 때 형식
의 눈에 비친 세계가 이전과 달라 보인 것은 자각되지 않은 채 형식의
내부에서 해방된 이러한 감성 때문이다. 이때 형식의 눈은 존재하는 것
을 있는 그대로 보는 시인의 눈이며, 형식은 베르그송의 이른바 '순수지
각'을 통하여 세계를 받아들이고 있었던 것이다.
　　예수의 초상화에서 형식의 이지(理知)가 깨달은 것은 인간이란 외부로

---

63) 베르그송, 廣瀬哲士 譯, 『笑の研究』, 慶應義塾出版局, 1914, 202~203면.
64) 위의 책, 204~206면.

부터의 힘에 의해 움직여지는 존재이고, 설령 서로 대립하더라도 그것은 인간을 움직이고 있는 힘의 탓으로 그렇게 되는 것에 불과하며, 본래는 '모두 같은 인간'이라는 톨스토이적인 박애주의였다. 한편 이러한 인식이 형식의 감성에 싹틔운 것은 미와 쾌락을 있는 그대로 향수하고자 하는 쾌락주의적 경향이다. 이 둘은 다른 것처럼 보이지만, 둘 다 인간은 '움직여지는 존재'라는 인식에서 나온 것이다. 인간은 외부의 힘에 의해 움직여지는 탓에 대립하는 것이므로, 그러한 힘이 작용하지 않고 "가만히 보기만 하면 그 사이에 친밀한 교통이 생기고 따뜻한 사랑이 생기고 달콤한 쾌미가 생기는" 것이라고 주장하는 것은 박애주의이다. 이러한 경향이 극도로 강화되면, 그러한 '쾌락'을 얻기 위해 '쾌락'을 '하찮은 지혜'로써 무너뜨리려는 외부의 힘, 즉 도덕 관습을 배제하고자 하는 쾌락주의가 된다. 이광수에게 박애주의는 미를 추구하는 쾌락주의와 근저에서 서로 통하고 있는 것이다.

6. 이광수와 베르그송

이광수가 쓴 글 가운데 베르그송이라는 이름이 나오는 것은 1915년에 발표한 단편 「김경」이다. 여행에서 돌아온 주인공 김경은 교사 생활을 재개하면서 "난독(亂讀)을 폐하고 규범과학을 읽"[65]을 것을 결심하는데, 그 이유는 "베르그송의 철학을 외우다가 이해하지 못할 학리(學理)와 술어 많음을 보고 비로소 규범과학을 연구함이 연학(硏學)의 초보임을 깨달아 심리, 논리, 윤리, 철학, 수학 등을 연구하려"[66] 마음먹은 까닭이다.

---

65) 이광수, 『전집』 1, 572면.
66) 위의 책, 572면.

이어서 다음과 같은 주인공의 일기가 인용된다.

나는 『베르그송의 철학』이라는 책을 한 40쪽 읽었다—한 마디도 모르겠다. 나는 여태껏 무엇을 배웠는고 하였다. (…중략…) 우선 지식의 기초되는 과학으로부터 들어가자.[67]

「김경」이 실린 『청춘』 제6호가 발간된 것은 1915년 3월이다. 이광수는 전년 8월 제1차 세계대전 발발을 계기로 9개월에 걸친 대륙 방랑을 일단락짓고 오산학교로 돌아오고, 「김경」을 발표한 그 해 재차 토쿄 유학길에 오른다. 9월에 와세다대학 고등예과에 입학한 이광수는 이듬해 1916년 9월 같은 대학 문학부 철학과에 진학하고, 그 해 말 방학에 『무정』을 쓰기 시작한다. 따라서 이광수가 철학과를 선택한 데 이 『베르그송의 철학』이 얼마간 영향을 주었다고 생각해 볼 수 있는 여지는 충분하다. 더구나 이 시기 일본 사상계에서 베르그송은 바야흐로 "유행"[68]이었다.

베르그송의 번역, 약술(略述), 소개 등은 타이쇼 초기에 대량으로 쏟아져 나온다. 이광수가 오산학교에서 읽은 『베르그송의 철학(ベルグソンの哲學)』(錦田義富, 1913)을 비롯하여, 『창조적 진화(創造的進化)』(金子馬治・桂井當之組合 譯, 1913), 『웃음의 연구(笑の研究)』(廣瀬哲士 譯, 1914), 『물질과 기억(物質と記憶)』(高橋里美 譯, 1914), 『베르그송 철학의 해설 및 비판(ベルグソン哲學の解説及批判—第1編 時間と自由意志, 哲學入門)』, 『베르그송 철학의 해설 및 비판(ベルグソン哲學の解説及批判—第2編 物質と記憶, 創造的進化)』(北昤吉 著, 1914), 『베르그송과 현대사조(ベルグソンと現代思潮)』(野村隈畔 著, 1915), 『베르그송 철학의 진수(ベルグソン哲學の眞髓)』(稲毛詛風・市川盧山 共著, 1914), 『베르그송(ベルグソン)』(中澤臨川 著, 1914), 『베르그송(ベルグソン)』

---

67) 위의 책, 572면.
68) 『베르그송의 철학(ベルグソンの哲學)』의 서문은 "베르그송이 오늘날 유행이다"라는 말로 시작하고 있다.

(德富蘇峰 監修·伊達源一郎 著, 1915) 등이 있고,[69] 그 외에 잡지에 게재된 것도 많았던 것 같다. 난해하다는 베르그송의 평판을 입증이라도 하듯 해설서가 많은 것이 주목된다. 『베르그송의 철학』, 『창조적 진화』, 『웃음의 연구』, 『물질과 기억』 네 편 외에는 약술 혹은 해설이다. 또 당시는 영어 번역이 꽤 나돌고 있었던 듯한데, 철학을 전공하는 대학생이었던 이광수가 영역본을 읽었을 가능성도 높다.

　김경이 난해함에 비명을 올렸던 『베르그송의 철학』은 베르그송의 「형이상학입문(Intoduction à la métaphysique)」과 「변화의 지각(La perception du changement)」 두 편의 번역을 각각 '직관의 철학'과 '유동의 철학'이라는 제목을 붙여 정리한 것이다. 철학의 전문적인 어휘에 익숙하지 않은 초심자에게는 확실히 어려웠을 것이라고 생각된다. 아마도 그후 이광수는 일본어로 씌어진 해설서에도 눈을 돌렸을 것이다. 이 해설서들은 당시 일본의 사상계가 어떤 형태로 베르그송을 받아들이고 있었는지 단적으로 반영하고 있다. 아에바 타카오(饗庭孝男)에 의하면, 이나게 소후(稲毛詛風)의 『베르그송 철학의 진수』가 신낭만주의의 입장에서 베르그송의 이른바 '생명철학'을 자아의 연소(燃燒)와 동일시했고, 다테 겐이치로(伊達源一郎)의 『베르그송』이 절대적 원시 관념으로써 일체 만물을 해석하려 했던 구(舊)철학적인 우상의 파괴자로 베르그송을 다루고 있는 데서도 볼 수 있는 것처럼, 일본에서 베르그송을 이해하는 시각에는 편차가 있다고 한다. "여기에는 엄밀함보다는 '반항'과 '자유'라는 타이쇼기의 사고 방식에 기반하여 베르그송을 받아들이는 경향이 있다"[70]고 아에바

---

69) 市川浩一, 『베르그송(ベルクソン)』, 講談社, 1993, '베르그송' 문헌 안내 참조.
70) 饗庭孝男, 『小林秀雄とその時代』, 文藝春秋, 1986, 266면. 일본의 대표적인 베르그송의 수용자로는 오스기 사카에(大杉榮)와 아리시마 다케오(有島武郎)를 들 수 있다. 특히 오스기의 수용 방식은 이광수를 이해하는 데 참고가 된다(大杉榮, 「生の鬪爭」, 『日本の名著』 46, 中央公論社, 1969 참조). 베르그송이 아리시마에게 미친 영향은 『아낌없이 사랑은 뺏는다(惜しみなく愛は奪う)』에서 분명히 드러난다.(安川定男, 『有島武郎論』, 明治書院, 1971 참조.) 아리시마의 『어떤 여자(或る女)』와 이광수의 『재생』 간의 비교 연구도 필요하다는 생각이 든다.

는 적고 있다. 따라서 베르그송이 이광수에게 미친 영향을 고려할 때는 당시 일본에서 베르그송을 수용한 방식과 수준을 고려할 필요가 있을 것이다. 필자도 이광수가 수용한 베르그송은 자아의 연소를 이야기하는 '생명철학'적 색조가 농후하다고 생각한다.

그러나 여기서는 이광수가 베르그송을 수용한 방식을 고찰하기 위해 일본에서의 수용 편차를 고려하면서까지 파고들 예정은 아니다. 본고에서는 다만 『무정』 가운데 베르그송의 영향에 의한 것이라 생각되는 부분을 지적하는 데 그친다. 타이쇼 초기 일본에서 베르그송이 어떻게 수용되었는지 그 평균적인 양상을 알기 위해서, 필자는 요시다 세이이치(吉田精一)가 "당시까지의 베르그송의 철학을 소개한 것으로서 가장 상세하고 또 잘 정돈되어"[71] 있다고 평가했던 나카자와 린센(中澤臨川)의 『베르그송』을 참고했다. 이하 베르그송의 사상에 대한 기술은 거의 이 책에 의거한 것이다.

베르그송에 의하면, 인간의 의식 곧 자아는 중층적으로 우리들의 일상을 지배하고 있는 것은 외부 세계와 접촉하여 직접 그 영향을 받는 표층의 자아이다. 이러한 표층의 자아는 물질계에서 가져온 수(數)와 공간의 관념으로 굳어진 외부 세계와 부단히 접촉하는 가운데 물질화하고 단단해져 그 하층에 있는 유동적인 본래의 자아를 덮어 가리고 있다.[72]

---

71) 吉田精一, 『自然主義の研究』 下卷, 東京堂出版, 1967, 535면. 나카자와 린센(中澤臨川)은 이 무렵 대표적인 외래사조의 소개자였고, 필시 이광수도 그의 책을 읽었을 것이다. 앞에서 『무정』의 한 구절과 베르그송의 『웃음』의 한 구절 사이의 유사성을 지적했는데, 동일한 부분이 나카자와의 『베르그송』에도 인용되어 있다(中澤臨川, 앞의 책, 285면). 이 책은 필자가 베르그송을 이해하는 데 커다란 도움을 주었다. 요시다(吉田)는 나카자와가 베르그송의 근본 개념이라고 할 수 있는 '순수지속'에 대해서 철저하게 파악했다고 하기는 어렵다고 지적한다. 따라서 필자가 베르그송을 이해한 수준도 한계가 있지만, 당시 이광수가 이해한 베르그송의 철학을 아는 데는 오히려 나카자와를 따르는 방식이 바람직하지 않을까 싶다. 철학과에 막 입학한 24세의 학생 이광수가 주위의 학문적 수준을 뛰어넘었다고는 생각하기 어렵다. 실제로 이번 절의 주 70에서 든 당대의 작가들과 이광수 사이에는 베르그송을 매개로 하는 모종의 동시대성이 느껴진다.

우리는 이 본래적인 자아와 결부되면 결부될수록 자유롭지만, 주위 사람들의 의견이나 관습이 표층 의식에 머물면서 두터운 외피를 형성하여 우리의 본래 자아를 가려 버린다. 평소 우리는 자기 자신은 자유의지로 행동하고 있다고 굳게 믿고 있지만, 실은 표층의 자아를 뒤덮고 있는 타인의 의지에 따라 행동하고 있는 것이다. 그러나 때로 본래의 자아가 돌연 반항하는 경우가 있다.

> 표층으로 떠오르는 것은 마음속에 잠재되어 있던 자아이다. 저항하기 어려운 압력을 받아 외피가 찢겨진 것이다. 이 자아의 심층에서 극히 **합리적인 근거**하에 감정 혹은 관념이 끓어 오르고 바로 이 때문에 긴장이 고조되어 가고 있었지만, 이들 감정이나 관념이 무의식적인 것이 아님에도 불구하고 우리는 거기에 주의를 기울이려 하지 않았던 것이다. 이 점을 잘 반성하고 주의깊게 **돌이켜 보면**, 분명히 우리 스스로가 이들 관념을 형성하고 이들 감정을 경험했음에도 불구하고 이를 직시하는 것을 꺼리는 마음에서 우리은 이들 관념과 경험이 의식의 **표층으로 떠오르려** 할 때마다 존재의 어두운 심연으로 이들을 되밀어 버렸다는 사실을 알게 될 것이다.(강조 인용자)73)

위의 인용문은 베르그송의 『시간과 자유의지』 가운데 '자유행위' 장의 한 구절이다. 이 구절은 마치 형식의 마음의 움직임에 대한 해설 같다. 형식은 표층 의식의 "합리적 근거"하에서는 은사의 딸을 구원하여 사랑하려 하지만, 심층 의식하에서는 선형을 얻고 싶고 영채에게서 도망치고 싶다는 마음이 "끓어 오르"고 있다. "주의깊게 돌이켜 보면", 형

---

72) 이 부분은 나카자와의 『베르그송』 가운데 『시간과 자유의지』(의식에서 직접 부여받고 있는 것에 대한 시론)의 해설 부분인 제2장 '의식의 성질―순수내질(純粹內質)'을 참조했다(36~38면).

73) 당시 『시간과 자유의지』는 완역이 아니라 키타 레이키치(北昤吉, 키타 잇키(北一輝)의 아우, 당시 와세다대학 교수)의 해설서가 있었을 뿐이다. 그런데 본문에서도 언급한 것처럼 철학과의 대학생인 이광수가 영역본을 읽었을 가능성이 높다. 여기서 인용한 것은 『베르그송전집(ベルクソン全集)』(白水社, 1971) 제1권에 수록된 히라이 히로유키(平井啓之) 씨의 현대어 번역본이다(156~157면).

식은 이러한 마음을 확실히 자각하고 있음에도 불구하고 이를 직시하는 것을 꺼려 회피하고 있다. 그리고 이 때문에 마음의 "긴장이 고조되고", 예수의 초상화를 본 것을 계기로 "외피가 찢겨진"한 것이다. 형식이 자기의 진짜 원망(願望)에 전혀 주의를 기울이지 않는 것은 "이를 직시하는 것을 꺼려 (…중략…) 의식의 표층으로 떠오르려 할 때마다 그것을 존재의 어두운 심연으로 되밀어 버렸"기 때문인 것이다.

물론 이광수가 베르그송의 논리로부터 이형식의 심리를 기계적으로 만들어 냈을 리는 없다. 인간이라는 존재의 불가해함에 깊은 관심을 가졌던 이광수는 그 원인을 알아내기 위해 타인의 행동과 자기 자신의 마음의 움직임을 관찰하여 이미 자기 나름의 인간관을 확립해 두었고, 베르그송의 사상이 이러한 인간관의 옳음을 증명하고 있는 것처럼 보여서 받아들였을 것이라고 짐작된다.

이광수의 중학시절과 대학시절의 사상을 비교해 보면, 그 사이에는 놀랄 만한 연속성이 있다는 것을 알 수 있다. 1910년에 이광수는 논설 「금일 아한(我韓) 청년과 정육(情育)」(「정육론」)에서 인간이 도덕 관습의 노예가 되고 있는 현실을 비판하고, '지육(智育)'·'덕육(德育)'을 대신하는 '정육(情育)'을 통하여 인간 본래의 원동력인 '정'을 회복하라고 부르짖었다. 그리고 산문시 「옥중호걸」에서 속박된 인간의 모습을 감금된 호랑이[74]로 나타냄으로써 해방과 확충을 바라는 자신의 자아를 형상화했다. 이광수는 이들 논설과 산문시에서 인간의 행동을 속박하는 것은 외부에만 있는 것이 아니고, 사회의 제재를 두려워하는 인간이 자기를 규제하여 결국 노예화되고 마는 것처럼 바로 내부에 있다고 주장했던 것이다.

일본에서 타카야마 초규(高山樗牛)의 본능만족주의가 본능을 이지(理知)

---

74) 필자는 처음에 「옥중호걸」의 주인공을 부엉이라고 생각했다. 원문의 '브엄'이 전집에는 '부엉이'라고 되어 있었기 때문이다. 서영채 씨의 서울대 석사논문 「『무정』 연구」(1992)의 각주(42면)에 지적되어 있어서 필자도 오류를 알게 되었다. 본서에서는 모두 호랑이로 바로잡았다.

의 상위에 둠으로써 지식과 도덕을 상대화하고 자기의 해방을 지향한 것은 메이지 30년대의 일이다. 이를 두고 이시카와 다쿠보쿠(石川啄木)는 「시대 폐색의 현상(時代閉塞の現狀)」에서 메이지 청년이 낸 자기 주장의 첫소리였다고 평한 바 있다. 베르그송이 난해함에도 불구하고 메이지 말기 일본에서 쉽게 받아들여진 것은 타카야마의 본능만족주의와 니체의 유행 등으로 이미 분위기가 준비되어 있었기 때문일 것이다. 베르그송이 본능을 이지의 상위에 두는 철학자로 간주되어 그의 자유의지론은 당시 일본의 사조(思潮)였던 자아 확장적 풍조에 합치되었던 것이다.

메이지학원 중학시절 이래 오산학교시절을 거쳐 재차 와세다대학에서 유학 중이던 이광수는 이러한 사조 한 가운데 있었다. 이광수는 중학시절 초규에 심취하여 「미적 생활을 논함(美的生活を論ず)」에서 촉발된 것으로 보이는 작문을 남겼고,75) 「정육론」에도 그 영향을 남기고 있다. 그런 만큼 이광수에게 베르그송의 사상이란 자기가 중학시절부터 주장했던 관습에 의한 속박으로부터의 자유를 철학적으로 설명해 간 이론이었고, 베르그송의 '생명의 도약(élan vital)'은 「정육론」의 '정'에 해당하는 것으로서 쉽게 받아들여진 것이 아닐까 싶다.

외부 세계와 접촉하고 있는 표층 의식에 외부 세계를 느끼게 하는 것은 지각이다. 그런데 베르그송에 의하면, 지각은 불완전하고 공리적이어서 우리가 받아들이는 것은 그러한 지각을 통해 여과되고 분류된 인상에 지나지 않는다. 평안한 일상 생활을 영위하기 위해서 지각은 현재까지 집적된 경험의 기억, 즉 관습을 통해 받아들인 것을 공리적으로 선택하여 우리의 의식에 유용한 인상만을 보내주기 때문이다. 그런 까닭에 지각이란 순수하게 외부 세계를 느끼는 '순수지각'과 실리를 구하는

---

75) 이광수는 『부강한 일본(富の日本)』이라는 잡지에서 일본어로 쓴 첫 소설 「사랑인가(愛か)」가 연재되었다고 회상하고 있지만, 이 잡지에 연재된 것은 전혀 다른 글이다. 중학시절 이광수의 사상의 맹아를 아는 데 꼭 필요한 자료인데 『전집』에는 수록되어 있지 않다. 참고를 위해 본서 제2장 '이광수의 자아' 각주 39에 전문을 실어두었다.

추리작용의 결합물이다. 우리들과 외부 세계 사이에는 "장막(帳)"76)이 있어서 우리가 보고 있다고 생각하고 있는 것은 참된 모습이 아니고, 듣고 있다고 생각하는 것, 느끼고 있다고 생각하는 것도 모두 이러한 '장막'을 통한 것에 불과하다. 의식은 이러한 공리적인 기억의 영향에서 벗어난 순수하게 현재적인 지각, 즉 '순수지각'에 의해 비로소 직접 외부 세계와 접촉하게 된다.77) 이른바 '장막'을 걷어올려 자연과 직접 대면하는 것이다. "그때 우리들은 있는 그대로의 순수한 모습으로 온갖 사물의 형태와 색과 향기, 그리고 우리 자신의 가장 미묘한 마음의 변화를 느낄 수 있다."78) 이것이 바로 "외피가 찢겨진" 형식이 김장로의 집을 나왔을 때의 상태였다고 생각된다.

그러나 '장막'을 찢고 스스로 외부 세계를 순수하게 지각하는 것은 '표층의 자아' 아래 '마음속에 잠재해 있는 자아'이지 '표층의 자아'가 아니다. 표면을 덮은 형식의 의식이 지금 자각하고 있는 것은 저 톨스토이적인 박애주의이다. 그러나 그 아래 심층에 자리한 자아의 층위에서는 감성이 해방되어 그의 청각·시각·후각 등의 감각은 자연이 부여한 것과 직접 접촉하고 있는 것이다. 형식의 마음은 이처럼 '심층의 자아'를 저음부로 삼으면서 중층적인 의식이 동시에 연주하는 음악처럼 흘러간다. 어렴풋했던 저음부가 뜻하지 않게 솟아올라 표면의 선율을 어지럽히고, 결국 전체를 다 덮어 버려 높이 울려 퍼졌다 싶으면 어느새 썰물이 지는 것처럼 다시 평정을 회복하고…… 하는 것처럼, 항상 변화하고 있는 것이다.79)

---

76) 원문은 un voile. 나카자와는 『베르그송』의 제12장 '예술관'에서 '검은 막'으로, 히로세 데츠시(廣瀬哲士)는 『웃음의 연구(笑'の研究)』에서 '막(幕)'으로 번역하고 있다. 여기서는 하야시 타츠오(林達夫)가 번역한 『웃음(笑い)』(岩波文庫, 1938)에 따랐다.
77) 이 부분은 『베르그송』에서 나카자와가 『물질과 기억』을 해설한 제5장 '지각의 비판', 베르그송의 예술관을 설명한 제12장 '예술관'을 참고했다. 그 외에도 베르그송 자신이 『웃음』의 '제3장 성격의 희극성'에서 예술에 대해 논한 부분도 참조했다.
78) 위의 책, 12장 '예술관', 282면.
79) "하나의 심적 현상이란 이들 의식의 각 층이 동시에 연주하는 화음이다."(위의 책,

7. 2일째 - 청량리사건

청량리사건은 왜 일어나야 했을까. 이것은 스토리 전개상에서 이 강간사건이 어느 정도의 필연성을 갖고 있는지, 즉 작자가『무정』에서 영채에게 순결을 잃어버리게 한 것은 어떤 이유 때문이었는지의 문제이다. 영채는 유서 속에서 이 사건 때문에 자살한다고 쓰고 있고, 형식과 노파와 우선도 이를 당연하게 받아들이고 있다. 그러나 주의깊은 독자라면 곧 알아차렸겠지만, 영채는 이 사건이 일어나기 전에 이미 자살을 결심했었다. 간신히 재회한 형식이 자기를 받아들여 주지 않는 것 같다고 느끼고 대동강에 몸을 던질 결심을 했던 그녀는 친구에게 여비를 빌리려고 하루를 분주하게 움직이다가 뜻을 이루지 못한 채 저녁이 되어 이 사건을 맞는다.[80] 사건이 일어나지 않았더라도 영채는 자살할 작정이었던 것이다. 이미 죽을 각오를 하고 있던 영채에게 작자는 왜 이런 불행한 일을 겪게 했을까.

지금까지 보아온 형식의 심리를 고려한다면, 이 사건이 형식에게 갖는 의미는 분명하다. 첫 만남에서 선형에게 끌렸던 형식은 그 다음에 재회한 결혼의 의리를 지켜야 하는 영채에게서 도망치고 싶은 마음을 갖고 있었다. 그러나 이 원망(願望)은 그 반윤리성 때문에 억압된 채 형식의 무의식에 영향을 끼쳐 형식의 심리와 행동을 부자연스럽게 만들었다. 형식이 영채의 신세타령을 들으면서 오직 그녀의 순결에 관심을 쏟았던 것은 그녀가 정절을 지키지 못해서 이 결혼의 의리도 소멸되기를 무의식적으로 바랐기 때문이다. 그러한 형식이 손과 발을 묶인 채 옷을

36면)
[80] 이 과정은 35절에 묘사되어 있다. 본서의 제7장 '『무정』을 읽는다(하)-영채·선형·삼랑진'에서 상세히 고찰할 것이다.

찢기고 피를 흘리는 영채를 보아버렸으니, 표층 의식상의 고통이 아무리 심각한 것처럼 보인다 해도 그가 내릴 결론이 어떠할지는 충분히 짐작할 수 있다. 반대로 만약 이 사건이 일어나지 않은 채 영채가 자살했다면, 형식은 은사의 딸을 자살하게 만들었다는 이유로 구(舊)가치체계에 의해 단죄되었을 것이다. 결국 형식에게 영채의 순결 상실은 영채와 결혼할 의무로부터의 해방을 의미하고 있는 것이다.

이 사건 후 형식은 영채를 기생집까지 데려다 주지만, 그 동안 넋이 나간 듯 입도 열지 않고 영채의 얼굴을 보는 것도 피한다. 결혼할 예정이었던 여성이 그런 일을 당한 현장을 보아 버린 남성으로서 그러한 태도를 취하는 것도 무리는 아니다. 그러나 그렇다 하더라도 형식은 정말로 영채가 자살할 가능성에 생각이 미치지 않았던 것일까. 이날 낮 형식은 사건을 예감이라도 한 듯 백일몽의 형태로 강간 장면을 상상하고, 그렇게 되면 영채는 자살할 것이라고 몸을 떤다. 그런 형식이 현실에서 그와 동일한 장면을 목격하고도 자살을 걱정하지 않는 것은 부자연스럽다.

형식은 자기의 괴로움에만 사로잡혀 영채의 입장이 되어 생각할 여유를 완전히 잃고 있었던 것처럼 보인다. 그러나 나중에 자기가 영채를 대하는 태도의 '무정'함을 자각했을 때, "청량리에서 같이 다방골로 오는 동안에도 내가 너를 거두마 할 것이 아니었던가. 다방골로 가지 말고 다른 객점이나 내 집에 데리고 올 것이 아니었던가"[81](75절) 하고 자문하고 있는 것처럼, 형식은 이때 자살을 막기 위해 취해야 할 적절한 행동을 알고는 있었다. 다만 생각에 떠오르지 않았을 뿐인 것이다. 왜 형식은 한낮의 백일몽과 자살에 대한 걱정을 잊은 것일까. 이러한 망각조차 형식의 심층에 있는 원망(願望)이 시킨 일로 간주하는 것은 형식에게 지나치게 혹독한 것일까.[82] 그러나 이후에도 이어지는 형식의 실책을 생각

---

81) 이광수, 『전집』 1, 132면.
82) 당시의 심리학연구회 전문지 『심리연구(心理研究)』에는 오츠키 카이손(大槻快尊)이라는 학자가 「망각, 억압하는 심리(ものわすれ、やり損なひの心理)」라는 제목으로 이러

하면, 작자의 의도는 역시 이러한 망각을 통해 형식의 '무정'을 표현하는 데 있었다고 생각된다. 이리하여 형식은 아무 말도 하지 않고 아무런 조치도 취하지 않은 채, 자살할 우려가 있는 영채를 기생집에 두고 하숙집으로 돌아오는 것이다.

하숙집에 돌아온 형식은 영채와의 결혼을 어떻게 해야 할지 번민한다. 형식의 관심은 당연히 영채의 순결에 집중되어 있다. "벌써 틀렸다"[83]는 우선의 말은 무엇을 의미하는 것일까. 교묘하게도 작자는 영채의 순결이 더럽혀진 결정적인 증거를 보여주지 않는다. 몇 번이나 반복되는 피의 이미지는 영채의 입술에서 흐른 피이고, 실제로 영채가 저항 끝에 절망하는 장면은 형식의 백일몽에서만 나온다(이 부분은 신문 연재 당시에는 없던 것을 나중에 삽입한 것이다).[84] 사실을 알기 위해서는 우선을 힐

___

한 행동을 프로이트의 정신분석으로 해석한 논문이 여러 편 실려 있다. 예컨대 1903년 4월호에는 「망각의 심리(ものわすれの心理)」, 1911년 11월호에는 「억압의 실례(抑壓の實例)」, 1915년 1월호에는 「망각과 억압작용(忘却と抑壓作俑)」 등이 실려 있다. 이 잡지에는 다른 학자들이 발표한 프로이트 외의 정신분석에 관한 논문도 실려 있다. 1일째 밤 영채가 형식의 하숙집에서 급히 돌아가려 했을 때, 형식이 영채를 붙들어 만류하지 않았던 것은 '억압'의 일례라 할 수 있을 것이고, 청량리에서 돌아오는 도중 형식이 일으킨 '망각'도 역시 정신분석에 의거하여 설명할 수 있다. 물론 이광수가 이러한 논문을 읽었는지의 여부는 알 수 없다. 프로이트를 모르더라도, 인간의 마음의 움직임을 깊이 통찰한다면 형식에게 이러한 행동을 취하게 하는 것은 가능하다고 생각한다. 그러나 몇 번이나 언급한 것처럼 이광수가 철학과 학생이었다는 것을 고려하면, 이 정도의 지식은 있었다고 간주하는 게 오히려 자연스러울 것이다.

83) 이광수, 『전집』 1, 39절, 75면. 『전집』에는 한국어로 되어 있지만, 신문에는 '모ー싸메짜(벌서 틀렷다)', 초판본은 '모ー싸메다(벌서 틀렷다)', 6판본에는 '모ー싸메다(벌서 틀넛다)'로 되어 있다.

84) 『매일신보』와 초판본(신문관·동양서원, 1918) 및 제6판본(회동서관, 1925)을 대강 비교한 결과, 이 세 판본에 이미 많은 차이가 있다는 것을 알았다. 구두점, 띄어쓰기, 단어(방언 같은 특수한 말에서 표준어로, 한자어에서 고유어로 변하는 경향이 보인다), 어미(『매일신보』에서는 처음은 '이라'만 사용되며 44절에서 처음 '이다'가 사용된 후 점점 그 빈도가 높아지지만, 이 둘은 마지막까지 병용된다. 매우 흥미로운 것은 6판본에서도 '이라'를 '이다'로 정정하고 있는 것은 일부에 불과하며, 게다가 중간에는 '이다'를 일부러 '이라'고 고쳐쓰고 있는 부분조차 있다는 점이다) 등에서 차이를 보인다. 문장 단위에서 가필되고 있는 부분은 영채가 강단당하는 장면의 상상(25절) 외에도 1일째 밤 형식이 영채를 포용하는 상상을 하는 곳과 영채가 다른 남자와 잠들어 있는

문하는 것이 손쉽지만, 형식은 그렇게 하려고 하지 않는다. 형식에게 중요한 것은 사실이 아니라 자기의 마음인 것이다. 설령 우선이 "시간에 대었다"고 증언했다고 해도, 형식이 믿지 않으면 그뿐이다. 도대체 영채는 애초에 처녀였을까 하는 의문이 형식을 붙든다. 7~8년이나 기생으로 있으면서 정조를 지키는 그런 소설 같은 이야기가 있을 리 없다. 순진한 체하면서 실은 이성을 찾았던 자기의 토쿄시절의 경험과 비교하면서, 형식은 더욱 이러한 생각을 굳히고 마침내 다음과 같이 결론을 내린다.

그러나 영채는 처녀가 아니다. 설혹 어저께까지는 처녀라 하더라도 오늘 저녁에는 이미 처녀가 아니다.[85](45절)

바로 이때 이날 낮에 본 선형의 아름다움과 빛이 넘치던 '순수지각'적인 세계 감각이 분명하게 떠올려지고, 이어서 형식의 눈 앞에 선형과 영채의 환영이 나타난다. 두 사람 모두 눈처럼 흰옷을 입고 손에 꽃을 들고 형식의 손을 잡으려 한다. 형식이 누구의 손을 잡을지 망설이자, 이윽고 영채가 변모하기 시작한다. 치마가 찢어지고, 그 찢어진 데로 피 묻은 다리가 보인다. 얼굴은 눈물 투성이고 입술에서는 피가 흐른다. 꽃

곳에 형식이 발을 들여놓자 영채가 히히히 웃는 장면(17절), 그리고 기생집 노파가 자기가 순결을 잃었을 때의 일을 회상하는 장면(41절) 등으로, 전부 성(性)과 관련된 부분이다. 신문에서 외설스러운 표현을 피한 것이라고도 생각할 수 있지만, 개정판을 낼 때 작자가 특히 신경쓴 것이 영채의 순결에 관한 부분이라는 사실은 형식의 관심이 영채의 순결에 집중되어 있다는 필자의 주장을 뒷받침한다고 생각한다.

1971년 『문학사상』 10월호 및 11월호에 김종욱이 『매일신보』와 1953년판 박문서관본과 삼중당전집을 비교한 원전(原典) 대상 조사표를 발표한 것은 아직 미완이다. 김우종은 『한국현대소설사』에서 이광수는 『무정』에서 이미 '이라'식의 구(舊)문체를 버리고 '이다'를 확립하고 있다고 주장했고(長璋吉 譯, 龍溪書舍, 1975, 124면), 구인환도 『보정판 이광수소설연구』에서 이 주장을 지지하고 있다(삼영사, 1987, 217~220면). 그러나 두 사람이 사용한 텍스트는 삼중당전집이므로 정확한 것이 못 된다. 이들 주장은 정확성을 결여한 것이라 할 수 있다. 『무정』에 관한 이러한 종류의 작업이 시급하다(부기—이후 2003년 김철에 의해 『바로잡은 『무정』』이 문학동네에서 출간되었다).
85) 이광수, 『전집』 1, 84면.

이 들려 있던 손은 어느새 더러운 흙을 쥐었다. 형식이 여전히 아름다운 선형의 손을 잡으려 하자, 영채의 얼굴은 귀신처럼 변하며 입술을 깨물어 형식을 향하고 피를 뿌린다. 이러한 환영은 이날 청량리에서 본 광경과 이미 처녀가 아닌 영채(손에 가지고 있던 꽃은 처녀성의 상징인 듯하다)를 버리고 선형을 취하고자 하는 형식의 원망이 뒤섞여 나타난 각성몽(覺醒夢)이다. 그러나 이러한 각성몽에 나타나 있는 영채의 무서운 변모상은 형식이 이러한 결단에 꽤 꺼림칙함을 느끼고 있었음을 보여준다.

이후 마당에 나온 형식은 별을 올려다보며, 인생의 괴로움이란 무궁한 시간과 공간에 비해 작다고 말했던 폐병 앓던 천문학 선생의 말을 "기쁨을 못 이기는 듯"86) 떠올린다. 형식은 시간과 공간의 무한성을 통해 도덕을 상대화함으로써 관습에서 해방되는 동시에 영채와 결별한다. 그러나 이러한 해방은 자각되지 않은 심층 의식에서의 해방이며, 형식의 표층 의식은 영채와 결별한 것을 아직 자각하지 못하고 있다. 마찬가지로 형식의 표층 의식을 따라가고 있는 독자도 이러한 결단을 알아차리지 못하며, 형식의 내부에서 일어나고 있는 이해하기 어려운 움직임에 막연히 불편한 느낌을 받게 된다.

8. 2일째 - 전보

이튿날 아침 부랴부랴 하숙집을 찾아 온 우선이 형식을 영채와 맺어주기 위해 단단히 벼르고 기생집으로 이끌었을 때, 형식이 시종일관 시들한 듯 냉정했던 것은 앞에서 본 것처럼 이미 전날 밤 영채와 결별했

---

86) 위의 책, 45절, 84면.

기 때문이다. "벌써 늦었다"[87]고 형식은 중얼댄다. 그러나 이러한 냉정함은 영채의 유서를 읽고 무너지지 않을 수 없다. 유서 속에서 영채는 "이 몸은 옛날 성인과 선친의 가르침을 지키어 선친께서 세상에 계실 때에 이 몸을 허하신 바 선생을 위하여 구태여 이 몸의 정절을 지키어 왔나이다"[88](50절)라고 밝히고, 이를 위해 항상 몸에 지녀왔던 물건들까지 동봉하고 있는 것이다. 은사인 박 진사가 생전에 허락한 결혼의 의리와 전날 밤의 사건으로 더러워졌다고는 해도 7년 간이라는 긴 세월 동안 오로지 자신을 위해 정절을 지켜온 영채에게 형식은 다시금 어떤 태도를 취하지 않을 수 없게 된 셈이다. 더구나 이번에는 친구 우선이 함께 있다. 무식한 하숙집 노파와는 달리, 신문기자라는 사회적 지위를 가진 우선은 이를테면 형식을 둘러싼 세간을 대표하는 존재이다.

　물론 형식으로서도 유년시절 누이처럼 친하게 지냈고 그렇게 오랫 동안 자기를 사모하면서 정절을 지켜온 영채의 비통한 편지에 감동하지 않을 리 없다. 그러나 유서를 읽고 유품을 보며 소리내어 우는 형식의 모습은 영채의 운명에 동정은 해도 영채가 자기에게서 떠난 것을 진심으로 슬퍼하는 것처럼 보이지는 않는다. 이틀 전 영채가 하숙집을 찾아왔을 때 좀더 살갑게 대했더라면, 급하게 하숙을 뛰쳐 나가려 했을 때 붙잡아 만류했더라면, 혹은 전날 밤 사건 후 적절한 행동을 취했더라면 영채를 도울 수는 없었는지 등등, 75절에서 떠오른 것과 같은 자책감도 여기에서는 전혀 떠오르지 않는다. 그러기는커녕 "아이구, 이 일을 어쩌면 좋아요?"[89] 하고 울부짖는 기생집의 노파에게 자네 탓이라고 미워하는 눈으로 흘겨보는가 하면, 그렇게 격하게 비통해 하는 모습에 놀라 그녀 속에도 인간다운 혼이 깨었다며 전날 예수의 초상화로 인해 촉발된 톨스토이적인 박애주의에 빠져들고, 또 전날 그녀의 건방진 대꾸를 떠

---

87) 위의 책, 47절, 87면.
88) 위의 책, 93면.
89) 위의 책, 97면.

올리고는 다시 그녀를 밉게 생각하기도 한다. 요컨대 형식은 줄곧 영채의 일보다는 자기 자신에 관한 일에 주의를 돌리고 있는 것이다.

"여보, 얼른 평양 경찰서에 전보를 놓고 밤차로 노형이 평양으로 가시오"90)(52절)라는 현실적이고 민첩한 우선의 충고에 따라, 형식은 영채를 역에 보호해 줄 것을 의뢰하는 전보를 치고 이날 늦게 기차로 기생집 노파와 함께 평양으로 향한다. 그러나 형식이 친 전보가 어떤 내용이었는지 알 수 없는 독자는 여기서도 형식의 서투른 행동 때문에 애를 태우게 된다. 이튿날 아침 평양에 도착한 형식은 그 길로 경찰서에 찾아가지만, 경찰관의 대답은 다음과 같다.

> "이 전보는 받았지요. 그래서 정거장에 나가 보았지마는 어떤 사람인지, 어떤 옷을 입은 사람인지 알 수가 있어야지요!"91) (57절)

> "평양에 몇 사람이나 내리는지 아시오? 하고많은 사람에 누가 누군지 어떻게 안단 말이요?"92) (57절)

요컨대 형식이 친 전보에는 영채의 나이나 신체적 특징, 입고 있는 옷 등 본인을 알아보는 데 꼭 필요한 정보가 들어 있지 않은 것이다. 영채가 역에 보호되는 것을 원치 않았던 형식의 무의식은 경찰관이 영채를 찾아내는 데 필요한 사항을 적는 것을 무심코 잊어버린 것이다.93) 작자가 이러한 망각을 통해 형식의 심층의 원망(願望)을 드러내려 했다는 점은 동행한 노파의 대조적인 언동으로부터도 짐작할 수 있다. 밤 기차 안에서 형식은 조바심하는 노파에게 경찰에 보호를 부탁하는 전보를 쳐 놓았으니 괜찮다고 웃음 띤 얼굴로 위로하는데, 노파는 자기도 전보가

---

90) 위의 책, 97면.
91) 위의 책, 105면.
92) 위의 책, 105면.
93) '억압'의 일례일 것이다. 본고 7절의 주 82 참조.

기차보다 빠르다는 것 정도는 알고 있지만 "하고 많은 사람에 어느 것이 영채인지 어떻게 알리요"94)(55절)라며 걱정을 멈추려 하지 않는다. 또 경찰서에 도착했을 때는 곧 경찰관에게 "어떤 모시 치마 적삼 입고 서양 머리로 쪽진 열팔구 세나 된 여자가 오지 아니하였어요?"95)(57절)라고 짧지만 적확한 표현으로 영채의 특징을 말하고 있어서, 이런 정보가 담겨 있지 않은 형식의 전보와 현저한 대조를 보이고 있다.

물론 '무식'한 기생집 노파 따위가 학교 교사라는 훌륭한 지위에 있는 형식의 실책을 책망했을 리는 없다. 그런 일이 일어난 것은 결국 형식의 표층 의식에서는 대수롭지 않은 실책일 뿐이어서, 형식은 "자기가 전보를 놓을 때에 그 모양을 자세히 말하지 못하였던 것을 한"96)하는데 그친다. 사실 이틀 전 저녁 엷은 어둠이 깔린 하숙집에서 7년 만에 재회했을 때 형식과 영채는 서로 상대를 알아볼 수 없었고, 이튿날 밤 청량리에서의 강간 현장에서 두 번째로 얼굴을 마주친 후 돌아오는 길에은 서로 입도 열지 않고 얼굴도 쳐다보지 않았기 때문에, 형식이 영채의 용모를 잘 떠올리지 못한 것도 당연하다고 할 수 있다. 형식에게 영채란 결국 그 모습도 분명하게 떠올리지 못할 정도의 존재에 불과했던 것이다. 그러나 복장에 관해 말하자면, 영채가 어떤 모습으로 집을 나섰는지 노파에게 확인하여 전보를 치는 것이 당연하다. 그런데 노파도 그런 질문은 받지 않았기 때문에, 전보를 쳤으니까 괜찮다는 형식의 말에 안심할 수 없었던 것이다.

유서를 남긴 영채의 보호를 의뢰하는 전보에 꼭 필요한 사항을 적는 것을 망각해 버린 실책은 형식에게 정말 그녀의 자살을 막으려는 성의가 있었는지 의심을 품게 만든다. 작자는 이러한 형식의 실책을 통해 독자가 막연히 그런 의심을 품게 되기를 의도했다고 생각된다.

---

94) 이광수, 『전집』 1, 101면.
95) 위의 책, 104면.
96) 이광수, 위의 책, 105면.

9. 4일째(1) – 평양행

『무정』에서 처음 기차 장면이 등장하는 것은 평양으로 향한 형식이
목적지에 가까이 닿은 4일째 새벽이다. 이후 형식이 영채 찾는 일을 그
만두고 서울로 돌아오는 야간 열차, 영채와 병욱의 만남이 이루어지는
열차, 그리고 마지막 부분에서 주인공들이 우연히 함께 탄 부산행 열차
까지 기차 안 장면은 점점 늘어난다. 『무정』에서 기차 안 장면은 25회분
에 달하여 무려 전체의 1/5을 차지하며, 그만큼 중요한 역할을 수행한다.
그러면 작자에게 기차는 어떠한 의미를 갖고 있었던 것일까.[97]

이광수는 유년시절 동학과 처음 만났을 때 문명의 상징인 화륜선과
기차에 관한 이야기를 들었다고 한다. 그러한 동학의 유학생으로 일본
에 건너와서는 기차를 타고 몇 번이나 토쿄와 고향을 왕복했고, 대륙 방
랑 때는 시베리아의 설원을 뚫고 치타까지 갔다. 이광수는 기차에 대해
각별한 마음을 품고 있었을 것이다. 개성에서 금천, 평산까지의 산간 구
간은 자살을 위해 기차에 올라탄 영채가 병욱과 처음 만난 곳이자 영
채 찾는 일을 단념하고 평양에서 되돌아오던 형식이 무아의 경지에서
깨어난 장소이기도 하다. 작자의 분신인 이 두 등장인물에게 동일한 구
간에서 인상적인 체험을 시키고 있는 것은 이러한 산간 구간에서 기차
의 창 밖으로 내다보이는 경치가 작자 자신에게도 감회가 깊은 곳이었

---

97) 김동인은 「춘원연구」(『삼천리』, 1934.8)에서, 이광수가 『무정』 이외에도 등장인물들
　　의 우연한 만남에 번번이 기차를 이용하고 있는 것을 지적하여 "기차상의 기연" 혹은
　　"차중 기연"이라 부르고, "혹은 춘원이 과거에 기차에서 기이한 일이라도 경험한 일이
　　있어서 자연히 소설마다 이런 장면이 나오는지"라고 적고 있다(『김동인 전집』 16, 조
　　선일보사, 1988, 55면). 한편 한승옥은 『이광수 연구』에서 "철도는 흩어진 인물들을 맺
　　어주는 역할"을 담당하고 있다고 주장한다. 한승옥에 의하면, 기차는 등장인물들의 만
　　남을 위한 소설적 장치이고, 뿔뿔이 흩어진 인물을 하나의 이야기선으로 통합하는 상
　　징적 의미를 갖고 있다. 한승옥, 『이광수 연구』, 선일문화사, 1984, 제1장 제5절 2. '기
　　차'의 소설 내적 의미.

던 까닭이 아닐까. 그러나 『무정』에서 기차는 작자의 이러한 개인적인 체험의 재현 외에도 별도의 의미를 갖고 있다고 생각된다.

돌진하는 기차는 뒤쪽의 과거와 공간을 끌고 가면서 앞쪽의 미래와 새로운 공간으로 파고들어간다. 이는 『물질과 기억』에서 "순수현재란 미래에 맞물려 들어가는 포착하기 어려운 과거의 진행"98)이라고 했던 베르그송의 언급을 연상시킨다. 계속해서 움직이는 기차는 마치 '순수현재'를 상징하고 있는 듯하다. 그러한 기차를 통해 사람은 지금까지 살아 왔던 장소에서 떨어져 나와 전혀 다른 공간으로 이동해 간다. 멈춤 없이 변화해 가는 창 밖의 풍경을 보면서, 사람은 이전까지 자기가 있던 공간으로부터 차츰 떨어져 나옴과 동시에 그 공간에 의해 고정되어 있던 의식으로부터도 해방되어 가는 것을 느낀다. 일상을 떠나 비일상의 세계로 들어가는 것이다. 거기서 의식은 생각지도 못했던 움직임을 보이는 경우가 있다. 평소의 습관적인 생활 속에서는 내부에서 잠자고 있던 무엇, 이를테면 베르그송의 이른바 '마음속에 잠재되어 있던' '본래의 자아'가 공간의 속박을 벗어남으로써 '외피'를 찢고 쏟아져 나오는 것이다. 형식은 이틀 전 예수의 초상화를 본 것을 계기로 선형과 순애에게 영어를 가르치면서 이를 한번 경험했다. 이광수가 형식의 평양행에서 묘사하고자 한 것은, 서울에서는 부분적으로만 노출할 수 있었던 형식의 '본래의 자아'가 비일상의 공간인 평양에서 완전히 쏟아져 나와 형식을 뒤덮어버리는 과정과 그러한 형식의 '본래의 자아'가 어떠한 것인지를 드러내는 것이었다고 생각된다.

남대문 역에서 밤기차에 오른 형식은 새벽 무렵 기차 안에서 눈을 뜬다. 앞 좌석에는 기생집 노파가 침을 흘리면서 자고 있다. "더러운 계집"99)이라고 얼굴을 찡그리던 형식은, 그러나 이 노파의 출생과 환경,

---

98) 高橋美里 譯, 『物質と記憶』, 星文館, 1913, 276면. 본고의 제2절의 주 16 참조
99) 이광수, 『전집』 1, 54절, 99면.

그리고 그러한 환경에서 비롯된 그녀의 가치관과 세계관으로 생각을 달리다가 다시 얼굴을 보았을 때는 "도리어 불쌍한 생각"100)을 하게 된다. 이어서 "자기도 그 노파와 같은 경우에 있었더면 그 노파와 같이 되었을지요, 그 노파도 자기와 같이 십오륙 년 간 교육을 받았으면 자기와 같이 되리라"101)고 생각하던 형식은 세 번째 노파를 보면서는 약간 친밀함을 느끼고 "저도 역시 사람이리라"102)고 생각한다. 또 이틀 전 예수의 초상화를 보면서 악인 선인이라는 것도 극중의 배역과 같아서 모두 사람이라는 사실에는 변함이 없다고 생각했던 일을 떠올리면서 네 번째 노파의 얼굴을 보았을 때는 "마치 어머니나 누이를 대하는 듯 사랑스러운 생각"103)마저 품는다. 그리고 마지막에는 영채를 걱정하여 평양까지 달려가고 있는 노파의 마음을 헤아리며 "노파에게 대하여 정다운 마음을 이기지 못하여 담요 끝으로 노파의 배를 가리어주"104)게까지 된다.

그러나 상대도 자기와 같은 인간이라고 생각하며 노파가 자란 배경을 헤아림으로써 어떤 인간이든 사랑할 수 있다는 박애주의적 실행에 전념하고 있는 형식의 의식에 지금 이 순간 자살하고 있을지도 모르는 영채는 전혀 떠오르지 않는다. 열차가 대동강 철교를 건너는 소리에 정신을 차린 형식은 "아아, 영채는 어찌 되었는가. 이미 대동강의 푸른 물결에 몸을 잠겼는가"105)라고 걱정하기 시작하지만, 곁에 둔 가방 속의 유서와 유품을 꺼내보고 싶다는 생각은 하지 않는다. 반면 형식이 높은 곳에서 내려다보듯 하여 사랑하는 데 성공한 "더러운" 노파는 평향행 내내 형식의 곁에서 영채의 일을 계속 걱정한다. 작자는 첫날 저녁 영채의 신세타령을 들으면서 그채에게 진심어린 동정을 아끼지 않음으로써 결과

---

100) 위의 책, 99면.
101) 위의 책, 99면.
102) 위의 책, 99면.
103) 위의 책, 100면.
104) 위의 책, 100면.
105) 위의 책, 100면.

적으로 형식의 '무정'함을 드러냈던 하숙집 노파의 역할을 이번 평양행에서는 기생집 노파에게 맡기고 있는 것으로 보인다.

평양역에 도착한 형식과 노파는 인력거를 타고 빗속을 달려 곧장 경찰서로 향한다. 형식은 인력거의 휘장을 걷어 밖을 내다 보면서 열한 살 되던 해 이 도회에서 처음 문명이라는 것과 해후했던 유년시절을 회상하는 데 빠져들고, 회상하는 도중에는 웃음까지 떠올리는 여유를 보여준다. 그러다가 여관에서 동성(同性)에게 폭행당한 꺼림칙한 기억에 이르렀을 때 마침내 형식은 동일한 경험을 가진 영채를 "문득"106) 떠올리고, "영채를 자기의 아내를 삼아 일생을 서로 사랑하고 지내야 하리라"107)(56절)고 새로이 결심하면서 경찰서에 도착한다.

경찰서에 들어간 형식은 접수처 경찰관에게 보호 의뢰 전보 건을 이야기한다. 그리고 이 경찰관이 보여준 의아스러운 표정과 목소리에 실망한 형식은 "영채는 평양 경찰서에 없구나"108)라고 생각하고, 이어서 눈 깜짝할 사이에 "그렇다. 영채는 죽었구나"109)라고 결론지어 버린다. 옆에서 울상짓고 있는 노파를 달래면서도, 형식은 이미 "영채가 살았으리라고는 생각지 아니한다."110) 그리고 "소학과 열녀전이 영채를 죽였구나"111)라고 냉정하게 유교를 비판하기까지 하면서 "왜 죽어?"112)라고 소리내어 중얼거린다. 영채를 쳐다볼 일이 두렵고 자책감에 괴로워하며 계속 울고 있는 노파를 달래는 형식의 태도는 이미 냉정함 그 자체이다. 이윽고 어제 전보를 받은 담당 경찰관이 나와서 보호 의뢰한 여성을 역에 보호할 수 없었다는 것과 전보의 정보가 부실한 것을 얘기하지만, 앞서

---

106) 위의 책, 103면.
107) 위의 책, 103면.
108) 위의 책, 57절, 104면.
109) 위의 책, 104면.
110) 위의 책, 104면.
111) 위의 책, 104면.
112) 위의 책, 104면.

‘전보’절에서 본 것처럼 형식은 이러한 실책을 중요하게 생각지 않는다. 경찰서를 나온 뒤의 두 사람의 태도는 매우 대조적이다.

> 노파는 형식의 손에 매어달려 걸음을 잘 걷지 못한다. 형식은 시장증이 난다.113) (58절)

아내로 삼으려 했던 영채의 죽음이 거의 확정적인 바로 이때, 형식은 우선 시장기를 느끼고 있는 것이다. 작자는 이 한 가지 행동으로써 형식이 영채에게 갖고 있는 마음을 남김 없이 전하고 있다. 영채의 죽음은 형식에게 슬픔 대신 안도감을 가져다 준 것이다. 그리고 이 안도감은 이후 해방감으로 바뀌어 간다.

식당을 찾으려는 형식에게 노파는 자기가 아는 집에 가자고 권한다. 노파가 아는 집이라면 기생집일 것이라고 생각한 형식은 즉시 어리고 사랑스러운 기생들의 모습을 그려보고 함께 따라가고 싶다고 생각한다. 그리고 아름다운 경치를 보는 것이나 아름다운 여성을 보는 것이나 마찬가지라고 핑계를 대고 또 자기의 마음에 꺼림칙한 것이 없는지 점검·확인한 후 이 제안을 받아들인다.114) 기생집 문 앞에서도 형식적인 저항을 보여주던 형식은 결국 어린 기생과 노파에게 끌려가다시피하여 기생집에 들어가 버리는데, 이렇게 끌려가 버리는 형식의 마음을 작자는 “꽤 유쾌하다”115)고 적고 있다.

그곳이 서울이었다면, 형식은 그렇게 간단히 기생집에 들어갔을까. 아름다운 여성을 보고 싶다는 솔직한 마음을 다소 감추기는 했지만, 어쨌든 실행에 옮길 수 있었던 것은 그곳이 비일상 공간인 평양이었기 때문이다. 첫째 그곳에는 형식에게 교육자로서의 태도를 요청하는 시선이 없고, 둘째 영채와의 결혼의 의리를 강요하는 시선이 없다. 이러한 시선

---

113) 위의 책, 105면.
114) 본고의 제3절 ‘형식의 자기분석’에서 언급한 자기 점검을 말한다.
115) 이광수, 『전집』 1, 58절, 106면.

은 형식에게 영채를 구하러 평양에 가라고 재촉했던 우선이 대표하고 있는바, 경찰서를 나선 형식이 곧장 대동강가로 달려갈 것을 기대하는 시선이다. 그런데 홍미로운 것은 형식이 서울에서 함께 온 노파의 시선을 전혀 신경 쓰지 않고 있다는 점이다. 이 점에서도 기생집 노파는 제1일째 저녁 줄곧 곁에 있으면서도 형식이 영채를 대하는 태도에 거의 영향을 미치지 않았던 하숙집 노파와 동일하다. 형식은 '무식'한 인간에게는 구애받지 않는다. 즉 형식이 의식하는 세간에 무식한 인간은 들어 있지 않은 것이다.

형식이 서울에서라면 가까이 가는 것도 망설였을 기생집에 들어가고, 첫 대면인 어린 기생 계향의 싱그러움과 아름다움에 만족해하면서 대접받은 아침을 맛있게 먹을 수 있었던 것은 그곳이 속박 없는 공간인 평양이었기 때문이다. 이곳에서 형식은 자기의 감각을 있는 그대로 받아들이고 이를 겉으로 드러낼 수 있다. 서울에서라면 곧장 마음속에 억눌렸을 영채의 죽음으로 인한 안도감과 해방감이 대담히도 형식의 의식의 표층으로 쏟아져 나왔던 것이다.

이틀 전 김 장로의 집에서 예수의 초상화를 본 것을 계기로 형식의 이지와 감성의 영역에서 발생한 서로 다른 두 가지 경향, 즉 '모두 같은 인간이다'라는 톨스토이적인 박애주의와 아름다운 것과 유쾌한 것을 바라는 쾌락주의는 지금 평양의 기생집에서 아름다운 계향의 대접을 받으면서 맛있는 아침을 먹고 있는 형식의 마음에 동시에 드러나고 있다. 즉 형식의 마음을 물들이고 있는 것은 심층에 자리하고 있는 향락적인 만족감인데도, 형식의 표층 의식은 이러한 자기 마음의 움직임을 박애주의 때문이라고 해석하고 있는 것이다.

아침을 마친 형식은 드디어 영채를 찾으러 나선다. 이때의 형식의 마음을 작자는 다음과 같이 표현하고 있다.

형식은 대문을 나설 때에 말할 수 없는 기쁨을 깨달았다. 오랫동안 영채의 일로 근심하고 슬퍼하고 답답하여 하던 마음을 거의 다 잊어버리고 새로운 기쁨을 깨달았다. 아까 오던 안개비가 걷히고 안개 낀 듯한 하늘에는 보기만 하여도 땀이 흐를 듯한 햇빛이 가득히 찼다.116) (61절)

계향의 동행은 이렇게 명랑한 해방감을 더욱 고조시킨다. 칠성문에서 잠깐 쉬었을 때, 형식은 계향의 등에 스민 땀을 보고 이틀 전 선형의 일을 떠올리고 미소짓는다. 형식의 표층 의식이 평양에서 선형을 분명하게 떠올린 것은 이때 정도이다.117) 이 때문에 독자는 평양에 오고 나서 형식이 보여주는 마음의 움직임에 어리둥절하긴 해도, 이를 선형과 결부시키려고는 하지 않는 것이 보통이다. '선형을 얻고 싶고 영채에게서 도망치고 싶다'는 원망(願望)은 형식과 마찬가지로 독자에게도 잠재되어 있고, 이유가 분명하지 않은 형식의 고양된 기분은 다만 독자를 당혹하게 만들 따름이다. 이 때문에 김동인은 "작가가 아직껏 우리에게 제공해 오던 형식의 성격으로는, 결코 이렇게 못할 것"118)이라고 문제를 제기했지만, 지금까지 형식의 의식과 무의식을 고찰해 온 입장에서 보자면 형식의 마음과 행동은 오히려 '작가가 지금껏 우리에게 제공해 온' 심리의 당연한 귀결이라 할 수 있는 것이다.

10. 4일째(2) – 은사의 무덤 앞

이전은 간선도로여서 붐볐지만 철도가 개통되고부터 적막해져 버린

---

116) 위의 책, 110면.
117) 형식은 59절에서도 선형을 떠올리고 있지만, 이희경과 다른 친구들도 함께 생각하고 있어서 특별히 강한 인상은 주지 않는다.
118) 김동인, 『김동인 전집』 16, 51면.

칠성문 밖. 문명에서 제외된 이 장소에서 형식과 계향은 평상 위에서 몸을 앞뒤로 흔들고 있는 노인을 본다. 형식은 "계향이 너는 영구히 저 노인을 알지 못하리라"119)고 중얼거리면서, 노인이 상징하는 '낙오'된 과거와 어린 기생 계향이 상징하는 불확실한 미래 사이에 걸쳐 있는 과도기의 세대에 자기가 속해 있음을 자각한다.120) 그러고 나서 형식은 무너져 가는 성벽을 바라보면서 그것이 "할 말이 많으면서도 들어 줄 자가 없어서 못하는 듯한 괴로워하는 빛이 보이는"121) 인간 같다고 생각한다.

두 사람은 죄인의 무덤에 도착한다. 시대의 선각자인 은사의 무덤의 봉분은 거의 무너져 내렸다. 영채의 죽음으로 인해 이 집안도 대가 끊기고 말았다고 생각하던 형식은 "일문(一門)의 운명도 알 수 없고 일가의 운명도 알 수 없다"122)는 감개에 젖는다. 그런데 이때 은사 집안의 잔혹한 운명을 상징하는 무덤 앞에서 형식의 마음이 이상한 움직임을 보인다. 장소에 어울리지 않게도, 형식의 마음은 환희로 흘러넘친다. 이날 아침부터 조금씩 정도를 더해 가면서 형식에게 잦아들던 해방감이 이윽고 환희로까지 고양되어 은사의 무덤 앞에서 한꺼번에 쏟아져 나온 것이다.

그러나 형식은 그렇게 이 무덤을 보고 슬퍼하지는 아니하였다. 형식은 무슨 일을 보고 슬퍼하기에는 너무 마음이 즐거웠다. 형식은 죽은 자를 생각하고 슬퍼하기보다 산 자를 보고 즐거워함이 옳다 하였다. 형식은 그 무덤 밑에 있

---

119) 이광수, 『전집』 1, 63절, 114면.
120) 여기서 과거를 상징하는 노인(낙오자, 과거의 사람)과 대조되어 미래를 상징하고 있는 계향은 어린 기생이라는 불안정한 신분으로 설정되어 있고, 실제로 마지막 절에서 그녀의 장래는 비참하게 제시되어 있다. 이는 작자가 미래에 대해 품고 있던 극심한 불안을 나타내고 있는데, 이 점에 대해서는 본서의 제7장 제7절의 '꿈과 희망의 결말'에서 언급한다.
121) 이광수, 『전집』 1, 64절, 116면.
122) 위의 책, 116면.

는 불쌍한 은인의 썩다가 남은 뼈를 생각하고 슬퍼하기보다 그 썩어지는 살
을 먹고 자란 무덤 위의 꽃을 보고 즐거워하리라 하였다.[123] (64절)

형식의 '마음속에 잠재해 있던 자아'가 마침내 표층에 노출되고 있는
장면이다. 여기서 형식의 '본래의 자아'는 은사의 썩은 살을 양분으로
삼아 꽃피운 아름다운 꽃에서까지 미적 쾌락을 향유하는 자아이자 죽은
자를 슬퍼하기보다 지금 살아 있는 것을 즐거워하며 생의 기쁨에 잠기
는 자아이며, 타인의 불행 앞에서 자기의 쾌락만을 추구하는 자기중심
적이고 본능적인 자아이다.

형식의 '본래의 자아'가 은사의 무덤 앞에서 분출된 것은 그가 바로
직전에 보고 느낀 것과 관련이 있다고 생각된다. 조선의 낙오와 멸망을
상징하는 노인과 무너진 성벽을 보고 나서 원형을 알아볼 수 없는 은사
의 무덤 앞에서 대가 끊어진 일가를 생각하며 운명의 잔혹함을 통감했
을 때, 형식은 자기가 망한 나라를 계승할 세대인 것을 자각하고 강렬한
위기감에 사로잡혔을 것이다. 그리고 그러한 위기의식이 어떻게든 살아
남지 않으면 안 된다는 삶에 대한 충동으로 변하여 생명에 대한 찬미로
서 솟아올랐던 것이다. 은사의 썩은 살을 양분으로 삼은 꽃이라는 이미
지는 논설 「자녀중심론」(1918)의 "필요하거든 선조의 분묘도 헐고 부모
의 혈육도 우리 양식을 삼아야 하겠다"[124]는 외침을 연상시킨다. 은사
의 무덤 앞에서 분출된 형식의 위기의식과 생명의식은 이 시기 이광수
가 쓴 논설문의 기조이기도 하다.

그후 대동강을 떠내려가는 영채의 시신을 상상하고 슬퍼하기는커녕
반대로 계향을 바라보면서 무한한 기쁨을 깨닫던 형식은 드디어 자기
마음의 이변(異變)을 알아차린다. 지금은 아무리 생각해도 무덤에 매달
려 울지 않으면 안 되는 장면인 것이다. 도대체 어떻게 된 것인가 하고,

---

123) 위의 책, 116면.
124) 이광수, 『전집』 10, 37면.

형식은 시간을 거슬러 자기를 점검하기 시작한다.

> 형식은 어저께 영채의 편지를 보고 울었다. 가슴이 터질 듯이 슬퍼하였다. 그리고 밤에 차를 타고 올 때에도 남 모르게 가슴을 태우고 남 모르게 눈물을 씻었다. 더구나 아까 경찰서에서 영채가 아주 죽은 줄을 알 때에 형식의 몸은 마치 끓는 물에 들어간 듯하였다. 그리고 계향의 집을 떠나 박선생의 무덤을 찾았을 때에도, 무덤에 가거든 그 앞에 엎드려 실컷 통곡이라도 하리라 하였다.125) (64절)

이것이 실제 형식의 마음의 움직임이 아닌 것은 한눈에도 분명하다. 형식의 의식은 자기의 과거를 세간의 일반 상식으로는 그러해야 마땅한 형태로 왜곡한 것이다. 만약 형식의 '표층의 자아'가 깨뜨려지지 않았다면, 형식은 실제로 이렇게 행동했을 것이다. 그러나 이틀 전 외피의 일부가 벗겨지면서 분출한 형식의 '본래의 자아'는 일상 공간인 서울을 벗어난 것을 계기로 차츰 해방되었다. 그리고 평양에서의 형식은 자기 마음을 억제함 없이 영채의 죽음에 안도하고, 시장기를 느끼며 기생집에 들어가 맛있는 아침을 먹고 계향과의 대화를 즐겼던 것이다. 형식의 표층 의식은 이러한 행동을 사람과의 접촉에서 생긴 기쁨 탓이라고 박애주의에 근거하여 합리화해 왔지만, 은사의 무덤 앞에서 눈물 한 방울 흘리지 않을 정도로 마음이 즐거운 장면에 이르러서는 평상시와 다른 정신 상태를 자각하지 않을 수 없었던 것이다.126)

그러나 형식은 이런 상태를 별다른 저항 없이 인정해 버리고는 "사람

---

125) 이광수, 『전집』 1, 116면.
126) 베르그송은 다음과 같이 말하고 있다. "한층 깊이 주의하여 보면, 일반적으로 어떤 감정이나 관념 또 어떤 집착이든 한 순간도 변화하지 않는 경우는 결코 없다. (…중략…) 그러나 보통은 편의를 위해 잠시 부단한 변화를 고려하지 않고, 단순히 현저한 변화의 경우, 즉 신체나 주의 작용에 변화를 미치는 것과 같이 두드러진 변화의 경우만을 주의한다. 그리고 이러한 경우에만 우리는 자기가 변화한 것을 인정하는 것이다." 金子・桂井 共譯, 『創造的進化』, 早稻田大學出版部, 1913, 13~14면.

이 이렇게도 갑자기 변화하는가 하고 혼자 빙그레 웃"127)는다. 은사의 무덤 앞에서 눈물을 흘릴 기분이 아닌 자기를 약간 이상하다고 느끼면서도, 형식은 자기의 감각을 세간의 관습으로써 억누르려 하지 않고 있는 그대로 받아들인다. 하늘은 맑고, 곁에는 아름다운 계향이 있다. 또 자기는 젊고 건강하게 살아 있다. 형식은 비일상 공간인 평양에서 억제됨 없이 솟아 나온 해방감에 뒤덮여 그의 내부에서 방출된 본능적 욕구를 전면적으로 수용하고 그 생생한 기쁨을 전적으로 긍정하며 만끽했던 것이다. 이후 형식은 살풍경한 묘지에서 당장 떠나 아름다운 계향과 이야기나 하자고 생각하면서 영채 찾는 일을 그만두고 계향의 손을 잡고 기생집으로 돌아와 버린다. 그리고 이날 저녁 서울행 열차에 올라 "꿈이 깬 듯하다"128)며 몇 번이나 웃는다.

형식의 '성격'이 통일되어 있지 않다는 김동인의 비판이 흥미로운 것은 그것이 오히려 이광수의 의도였던 것처럼 생각되기 때문이다. 김동인은 '성격'이라는 말을 어떤 개인에게 특유한 행동 패턴이라는 의미로 사용하고 있다. 그러나 살펴본 바와 같이, 작자는 서울에서는 억제되어 있던 형식의 '본래의 자아'가 평양이라는 비일상 공간에서 노출됨에 따라 그의 행동 패턴이 변해 버린 것을 의도적으로 표현하고 있다. 인간의 행동 패턴은 항상 동일한 것이 아니라 다양한 요인에 의해 변화하는 것이라는 사실, 그것이야말로 『무정』의 작자가 그려내고 싶었던 것이 아닐까 싶다.129)

---

127) 이광수, 『전집』 1, 64절, 116면.
128) 위의 책, 117면.
129) 본고의 제5절 주 57에서 언급한 것처럼, 이광수는 인간이 주위의 상황에 상응하여 성격까지 변하는 이해하기 어려운 존재임을 깨닫고 인간은 마치 연극을 공연하는 배우 같다고 생각했는데, 이것이 이광수의 인간의식 형성에 중요한 역할을 담당한 것은 아닐까 싶다. 이 세상 가운데는 영채가 생각하고 있는 것처럼 '좋은 인간'과 '나쁜 인간'이 있는 것이 아니라, 형식이 기차 안에서 기생집 노파를 보면서 생각했던 것처럼 동일한 한 인간이 그가 처한 입장(유전, 환경 등)에 따라 좋은 사람도 될 수 있고 나쁜 사람도 될 수 있으며, 또 영채를 납치하여 강간하려 했던 동학의 악한처럼 어떤 때는

인간의 '본래의 자아'는 타인의 시선 따위는 꺼리지 않고 자기의 본능과 욕망대로 행동하는 자유로운 자아이다. 이 자유로운 자아가 노출되었을 때 형식이 곧장 영채 찾는 일을 그만둔 것은, 그것이 그의 마음에 충실한 행위였기 때문이다. 형식이 평양으로 영채를 찾으러 간 것은 진심으로 영채를 걱정해서가 아니라, 신우선 혹은 그가 대표하는 세간의 시선이 두려워 그렇게 한 데 지나지 않는다. 속박에서 해방되어 자유롭게 행동하게 된 형식은 현재의 자기야말로 진실한 자기이며, 그때까지의 자기는 꿈속에서 살아왔다고 생각하게 되었던 것이다.

11. 4일째(3)-밤기차

평양에서 서울로 돌아오는 밤기차 안에서 형식은 거의 흥분 상태에 빠져든다. 계속하여 달아나는 기차의 창 밖으로 어렴풋한 능선의 수묵화 같은 풍경을 바라보면서, 형식의 정신도 마찬가지로 모든 것이 용해된 상태가 된다. 희노애락 등의 정신작용이 하나로 용해되어 아말감처럼 '조화'를 이루면서도 '혼돈'한 상태 속에서 그의 귀는 우주를 생성하는 갖가지 사물이 움직이는 소리를 듣고, 그의 눈은 신이 천지를 창조하고 흙으로 인간을 만들어 그 흙인형에 생명을 불어넣는 것을 본다. 그런데 인형이 움직이는 것을 보니, 그것은 형식 자신이다. 형식은 자기가 지금까지 인형과 같은 존재였다고 생각한다.

지금까지 혹 자기가 웃기도 하고 울기도 하였다 하더라도, 그는 마치 고무로

선인의 얼굴을 보이고 어떤 때는 악인의 얼굴로 돌변한다. 이광수가 말하고 싶었던 것은 바로 인간은 변할 수 있고, 변화의 가능성을 갖고 있다는 점이었던 것 같다.

만든 인형의 배를 꼭 누르면 웃기도 하고 울기도 하고 하는 것과 같았었다.

그러므로 그 웃음과 울음은 결코 자기의 마음에서 스스로 흘러나온 것이 아니요 전혀 타동적이었었다. 자기가 지금껏 '옳다', '그르다', '슬프다', '기쁘다' 하여 온 것은 결코 자기의 지(知)의 판단과 정(情)의 감동으로 된 것이 아니요, 온전히 전습(傳襲)을 따라, 사회의 관습을 따라 하여온 것이었다.[130] (65절)

형식은 자기가 무엇인가에 의해 '움직여지는 존재'였다는 것을 자각하고, 그 동안 자기를 움직였던 힘이란 '전습(傳襲)'이고 '사회관습'이었음을 깨닫고 있는 것이다.

그러나 예로부터 옳다 한 것이 자기에게 무슨 힘이 있으며, 남들이 좋다 하는 것이 자기에게 무슨 상관이 있으랴. 내게는 내 지(知)가 있고 내 의지가 있다. 내 지와 내 의지 사이에 비추어 보아 '옳다'든가, '좋다'든가, '기쁘고 슬프다'든가 하는 것이 아니면 내게 대하여 무슨 상관이 있으랴[131] (65절, 강조는 인용자)

여기서 "내 지와 내 의지"란 자기 자신, 즉 자아를 가리킨다. "자기가 있은 줄을 깨달"[132]은 형식은 자아에 눈뜬 것이다. 북극성에는 북극성 고유의 색·위치·성분·역사가 있고 이 때문에 북극성이 결코 백랑성(白狼星)이나 노인성(老人星)으로 바뀔 수 없듯이, 형식은 자기가 다른 누구와도 다른 독자적인 "지와 의지와 사명과 색채"[133]를 가지며 결코 자기 이외의 사람일 수 없음을 깨닫는다. 형식은 또한 "자기의 생명"[134]을 깨닫는다. 외부로부터 움직여지는 것이 아니라, 내부로부터 끓어오르는 생명의 힘이 자기에게 있음을 깨닫는 것이다. 이것은 '본래의 자아'가 자

---

130) 이광수, 『전집』 1, 118면.
131) 위의 책, 118면.
132) 위의 책, 118면.
133) 위의 책, 118면.
134) 위의 책, 118면.

기 생명의 충족을 바라고 일으킨 힘이다. 즉 선형을 얻고 영채로부터 도 망치기 위해 심층에서 형식의 의식과 행동에 간섭하고 있는 저 억압된 욕망이 일으킨 힘으로, 본래 형식의 내부에 있던 힘인 것이다. 이광수는 이 힘을 '정(情)'이라고 불렀는데, 이는 베르그송이 '생명의 도약(élan vital)' 이라 부른 것과 동일한 성질의 것이라고 생각된다.135)

기차 안에서 지금까지 볼 수 없었던 색과 음악을 보고 듣는 형식의 이 상한 감각은 이틀 전 김 장로의 집에서 나왔을 때의 그 감각과 동일하며, 형식의 '본래의 자아'가 외부 세계와 직접 즉 '순수지각'을 통해 접촉했 을 때의 감각이다. 이광수는 중학시절 이래 자기 자신의 사상을 베르그 송의 철학에 의거하여 발전시키고, 자아의 자각이라는 자신의 경험을 베 르그송의 '순수지각'에 중첩시켜 형식을 통하여 작품에 정착시켰을 것이 다. 중학시절 자아에 눈떴을 때, 이광수 자신 이와 유사한 감각을 체험하 지 않았을까. 이광수의 자전적인 요소를 많이 담은 소설 『그의 자서전』 의 주인공은 기독교 학교인 M중학에 다니는 결벽한 청교도적 학생이지 만, 이 무렵 일본 문단을 석권했던 자연주의로 인해 종교·도덕·관습에 대한 회의에 빠져들고, 이어서 『카인』, 『해적』 등 바이런의 시를 읽고 "마치 부자유한 감옥이나 수도원에서 끝없이 넓고 밝은 자유의 신천지 에 나온 것 같은 생각"136)을 맛본다. 『그의 자서전』의 주인공이 맛보았 던 이러한 감성의 개화는 그대로 메이지학원 중학생이었던 이광수 자신 의 것이었을 것이다. 이 무렵 이광수가 쓴 것이 바로 앞서 언급한 「정육 론」과 「옥중호걸」이라는 사실은 이를 말해준다.

그러나 은사의 무덤 앞에서 분출되어 밤기차 안에서 흥분의 극에 달 했던 형식의 '본래의 자아'는 그후 썰물처럼 심층으로 물러가고, 형식은

---

135) 이것은 또한 프로이트의 성적 에너지(리비도)에 해당할 것이다. 그러나 제7장에서 고찰할 것처럼 형식이 선형에게 느끼고 있는 것이 성적이기보다 오히려 '부'와 '교육' 의 매력이라는 점을 생각한다면, 이러한 에너지에는 아들러(Alfred Adler)가 말하는 '열 등감의 보상'이라는 요소도 짙다고 생각된다.
136) 이광수, 『전집』 6, 340면.

다시금 '표층의 자아'로 덮이게 된다. 밤기차를 타면서부터 형식은 잠시 시간이나 장소를 의식하지 않고 주위의 어떤 사물에도 눈 돌리지 않았었다. 그러나 문득 여기가 어디쯤인지 생각할 때부터 형식의 내부는 변화하기 시작한다. 비일상 공간인 평양을 뒤로 하고 형식은 일상 공간인 서울로 향하고 있다. 기차는 지금 경의철도에서 가장 산이 많은 금천 부근을 달리고 있다. 평양─서울 사이에서 반 이상을 온 것이다. 먼 산속 어느 집에 켜진 등잔불을 보고 어린 시절의 부모를 떠올리던 형식의 시선은 이어서 기차 안으로 돌아오고, 이와 동시에 그의 의식도 현재의 장소로 돌아온다. 형식은 앞좌석에서 자고 있는 소년 노동자의 주머니에 삐죽 나와 있는 권련을 보고 자기도 한 대 피워 물고, 모두 잠들어 고요해진 기차 안을 바라보면서 자기도 내일을 위해 조금 자두어야 하겠다고 생각한다. 그리고 이 '내일'이라는 생각이 결정적으로 형식을 현재 자기가 처해 있는 입장으로 되돌리는 것이다.

형식의 머릿속에는 이 며칠 사이에 본 사람들의 모습이 주마등처럼 나타났다가는 사라진다. "형식의 머리에는 영채와 선형과 노파와 배학감과 이희경과 칠성문 밖에서 보던 노인과 박 선생의 무덤과 계향과 …… 이러한 것들이 순서도 없이 번쩍 번쩍 떠오른다."137)(66절) 특히 영채의 모습이 가장 눈에 밟혀 형식은 곁에 놓인 가방 속의 영채의 유서와 유물을 떠올린다. 이때 돌연 형식은 오싹 소름이 돋아 눈을 번쩍 뜬다. "아아, 내가 잘못이 아닌가. 내가 너무 무정함이 아닌가. 내가 조금 오래 영채의 거처를 찾아야 옳을 게 아닌가."138) 형식은 바야흐로 완전히 '표층의 자아'로 뒤덮이고 다시금 외부의 힘에 의해 '움직여지는 존재'로 돌아간 것이다.139)

---

137) 이광수, 『전집』 1, 119면.
138) 위의 책, 119면.
139) 베르그송의 다음과 같은 말이 떠오른다. "결국 두 개의 자아가 있어서, 한 쪽의 자아는 다른 쪽의 외적 투영과 같은 것, 공간적으로는 이른바 사회적 표상이 될 것이다. (…중략…) 우리들은 자기를 위해서라기보다 오히려 외부 세계를 위해서 살고 있다.

형식의 마음이 무의식 속에서 떠올리는 것을 피하고 있는 인물은 형식에게 세간을 대표하고 있는 우선이다. 형식을 평양으로 보낸 우선에게는 당연히 그 결과를 보고해야 할 것이다. 그러나 서울에 도착하면 우선에게 뭐라고 보고할 것인가. "설사, 영채가 죽었다 하더라도 그 시체라도 찾아보아야 할 것이 아니던가. 그리고 대동강에 서서 뜨거운 눈물이라도 흘려야 할 것이 아니던가"140)라는 형식의 후회는 영채를 볼 낯이 없어서 나온 것이 아니라, 자기가 타인에게 무정하게 보일 것이 두려워 내뱉은 후회에 지나지 않는 것이다.

12. 형식의 '여행'

이리하여 공간의 여행인 동시에 정신의 여행이기도 했던 형식의 여행은 끝난다. 그의 '본래의 자아'가 비일상적 공간인 평양에서 형식의 전 인격을 뒤덮어 버림으로써, 형식은 외부 세계의 속박을 의식하지 않고 자유롭게 행동할 수 있었다. 이런 상태에서 형식은 영채의 죽음에 안도하고 해방감에 젖어 영채 찾는 일을 그만두고 서울로 돌아온다. 그러나 일상 공간인 서울에 가까워짐에 따라 형식은 다시금 외부 세계를 의식하는 자유롭지 못한 존재로 되돌아온다. 그리고 이와 더불어 자기가 평양에서 취한 행동을 후회하지만, 마지막까지도 영채에 대한 진심어린 동정은 보이지 않는다.

왜 형식은 이다지도 영채에게 무정한 것일까. 작품 속에는 '선형을 얻

___

우리는 생각한다기보다 오히려 말하는 존재이며, 스스로 행동한다기보다 '움직여지고' 있다."(平井啓之 譯, 『時間と自由意志』, 『ベルクソン全集』 1卷, 白水社, 1971, 211면)
140) 이광수, 『전집』 1, 66절, 119면.

고 싶다'는 잠재된 원망(願望)이 분명히 다루어져 있다. 그러나 이러한 유별난 무정함에는 작품을 넘어선 곳에 숨겨져 있는 작자의 요청 같은 것이 느껴진다. 몇 번이나 지적한 것처럼, 형식의 표층 의식의 흐름만을 좇고 있는 독자는 잠재되어 있는 원망의 존재는 알아차리지 못한 채 때로 맥락이 결여되어 있는 것처럼 보이는 형식의 의식이나 돌연한 행동에 당황하게 되고, 결국에는 반감을 가지게 되는 것이 보통이다. 그런데 독자에게 이러한 반감을 품도록 하는 것 자체가 작자의 의도였던 것처럼 보이는 것은 왜일까.

영채를 대하는 형식의 태도를 철저히 '무정'하게 그려냄으로써, 작자는 거꾸로 영채에 대한 미안함을 드러내고 있었던 것은 아닐까. 형식이 작자 자신을 반영하는 인물이라는 사실은 고아나 교사라는 경력 등에서도 분명히 드러난다. 그러한 인물을 이렇게 묘사함으로써, 작자는 자기 자신을 단죄하고 있다고 생각되는 것이다. 그러면 작자의 입장에서 영채에 해당하는 인물은 누구였을까. 작자의 당시의 경력과 그 이후 씌어진 회상 등으로부터 추측건대, 의리를 지켜야 함에도 불구하고 어떻게든 도망칠 것을 바라고 결국에는 도망친 그 상대란 바로 작자가 재유학 길에 오르면서 고향에 남기고 왔던 아내였던 것 같다.[141]

아내 백혜순과의 사이에는 유학 직전에 장남이 태어난다. 『무정』을 쓰던 당시 이광수는 아직 이혼하지 않았지만(『전집』 연표에 의하면, 이광수가 이혼한 것은 『무정』이 연재된 이듬해의 일이다), 필시 마음속으로 이미 그녀와 헤어질 결심을 굳히고 있었을 것이다. 중학시절에 신봉했던 톨스토이가 그토록 경계한 이혼을 행동으로 옮기는 데 이광수가 상당히 고심했으리라는 것은 짐작하기 어렵지 않다.[142] 더구나 여성에게는 재혼의

---

141) 본서의 제7장에서 고찰하겠지만, 영채 속에는 복수의 여성 이미지가 통합되어 있다. 그러나 이광수가 저버림에 대한 꺼림칙함을 가장 크게 느낀 대상은 역시 당시 막 자식을 출산한 아내였다고 생각된다.

142) 이광수는 중학시절에 톨스토이의 『나의 종교』를 읽고 커다란 감명을 받았다. 이 책에서 톨스토이는 마태 복음에 나오는 그리스도의 다섯 계율을 신앙의 근본에 두고 있

가능성이 없었던 그 시대의 조선, 그것도 도회가 아니라 구태의연한 농촌에 살던 백혜순에게 이혼은 성적인 의미에서는 여자로서의 죽음을, 그리고 사회적으로는 버림받은 아내라는 최악의 지위를 의미했다. 자기 자신을 희화화한 형식이라는 인물에게 영채의 죽음을 바라고 그러한 죽음에서 해방감을 느끼는 무정의 극치를 달리게 함으로써, 이광수는 이렇게 잔혹한 행동을 하는 자신을 단죄했을 것이다.

　이와 동시에 이광수는 『무정』을 씀으로써 자기가 아내를 버릴 수밖에 없도록 만든 것의 정체를 밝히고 싶었던 것 같다. 그 정체는 평양행을 통해 드러났던 것처럼, 은사의 썩은 살을 양분으로 삼아서라도 살고 신장(伸張)하고 확충할 것을 희구하며 쾌락을 추구하는 형식의 '본래의 자아'이다. 작자는 자기 속에 있는 '본래의 자아'를 형식의 여행을 통해서 순수하게 배양시켰다고도 할 수 있다. 자기의 생명과 쾌락을 좇는 데만 집착하는 자기중심적이고 본능적인 자아, 그것은 보는 각도에 따라서는 진저리가 나기도 하지만 모든 인간이 각기 자기 내부에 가지고 있는 행동의 원동력이다.[143] 내부의 용암을 '얇은 지각'으로 덮어 분화(噴

는데, 그 두 번째 계율이 이혼의 금지이다. 본서 제4장 제4절 '톨스토이' 참조.
[143] 이것은 서영채가 "공동체적 인륜성이라는 제2의 자연 속에 잠재해 있는 제1의 자연, 즉 그 자체로는 중립적인 인간의 욕망"이라 부른 것과 동일한 것이다. 서영채는 이광수의 『무정』이 형식의 이러한 욕망을 중립적으로 묘사함으로써 한국 최초의 근대소설이 될 수 있었다고 지적하고 있다. "영채에 대한 의리라는 당위와 대조되고 있음에도 불구하고, 형식의 욕망이 지극히 자연스럽고 현실적이며 어찌 보면 필연적이기까지 한, 인간의 한 부분으로 드러나고 있다는 사실은, 서사구조의 핵심적인 부분들이 윤리적 당위성에 의해 결정된다는 전통적인 규범, 즉 18, 9세기 이래로 상이한 소설군들 속에서 지속적으로 반복되어 온 서사적 규범에 대한 명백한 종지부이다."(서영채, 「『무정』 연구」, 서울대 석사논문, 1991, 18면)
　이어서 그는 인간의 이러한 욕망이 갖는 '이율배반성'에 대해서도 언급한다. 인간 한 사람 한 사람에게 내재한 자연스러운 욕망은 그 자체는 중립적이지만, 방치하면 생존경쟁을 조장할 우려도 있는 것이다. 필자는 제4장 '옥중호걸의 세계'에서 감옥을 파괴한 호걸은 약자를 박해하는 데 주저하지 않을 것이라고 지적했는데, 이것이 그 '이율배반성'에 해당한다. 제7장에서는 형식이 이러한 자연스러운 욕망인 '본래의 자아'를 타자와 어떻게 타협시켜 세계관을 구축해가고 있는지 고찰한다.

火)를 억누르는 지구처럼, 인간도 사회 생활을 영위하기 위해서는 '본래의 자아'를 외부 세계에 맞추어 형성되는 '표층의 자아'로 덮어 살아가지 않으면 안 된다. 대강 이러한 것이 이광수가 인간에 대해 갖고 있던 인식이었다고 생각된다.

인간이 내리는 결정은 이 '본래의 자아'와 결부되면 결부될수록 자유롭지만, 결정이 자유로우면 자유로울수록 '표층의 자아'가 지배하는 외부 세계에서는 그 이유를 설명하기 어렵다고 베르그송은 말하고 있다.144) 이 말대로 형식은 영채 찾는 일을 그만 둔 이유를 설명할 수 없어서 어려움을 겪게 된다.145) 마찬가지로 이광수도 아내와 이혼해야 하는 이유를 끝까지 확실하게 설명할 수 없었다.146) 그러나 이광수는 이 작품 속에서 자기가 아내를 버리는 것은 형식의 '본래의 자아'가 형식에게 영채를 버리도록 한 것과 마찬가지로, 자기라는 인간의 존재 양식과 뗄 수 없는 것이라는 변명을 하고 있는 것이다.

---

144) "우리들은 자기가 어떤 이유에 근거하여 결심했는지 알고 싶어하지만, 우리가 아는 것은 우리가 이유도 없이 필시 온갖 이유에 어긋나는 것까지도 결심했다는 사실이다. 그러나 그것이야말로 바로 어떤 경우에는 최상의 이유인 것이다. (…중략…) 확실한 이유가 전부 결여되어 있는 현상은 우리가 보다 깊이 자유로우면 자유로울수록 점점 현저해진다."(『ベルクソン全集』1卷, 白水社, 1971, 157면)

145) 형식이 학생들의 조소를 받았을 때 변명하지 않은 것은 평양행의 이유를 이야기하면 영채 찾는 일을 부랴부랴 그만둔 일도 이야기하지 않으면 안 된다는 것이 하나의 동기가 되어 있다(이에 관해서는 다음 장에서 상술할 것임). 이 사건에 대해 형식은 우선에게는 수업이 걱정되어 돌아왔다고 말하여 곤경에서 벗어나며, 김 장로에게는 영채와의 관계만 밝히고 있다(108절). 부산으로 향하는 기차 안에서 영채와 만났을 때 형식은 기회를 얻은 것을 기뻐하며 곧 변명을 시작하기는 하지만, 중도에 영채 찾는 일을 그만둔 일은 말하지 못하고 입을 다물어 버리고 병욱의 추궁에 식은땀을 흘리고 있다(113절). 형식이 마지못해 평양행의 경위를 솔직하게 설명한 대상은 선형뿐이다. 선형은 "그러고 보면 영채가 죽었다 하는 일은 바로 형식과 자기가 혼인을 맺던 날"이라며 놀라고 있다(106절).

146) 이 결혼은 당시 관습과 달리 부모의 결정에 의한 것이 아니라, 이광수가 스스로 결정한 것이었다. 이광수는 자전적 소설 『그의 자서전』이나 『나』에서도 도무지 아내를 사랑할 수 없고 또 그 이유를 알 수 없어 고민하는 주인공의 모습을 그리고 있다. 사에구사 토시카츠(三枝壽勝)는 「『無情』における類型的要素について」(『朝鮮學報』, 第117輯, 1985)에서 유형적 요소의 세 번째로 '사랑 부재의 부부'를 들고 있다.

13. 마치며

『무정』의 주인공 이형식의 특이한 성격과 행동, 특히 유서를 남기고 간 은사의 딸 박영채를 찾기 위해 평양으로 가면서도 은사의 무덤 앞에서 환희의 미소를 짓는다거나 그대로 영채 찾는 일을 중단하고 서울로 돌아와 버리는 행동은 종래 연구자들에게 수수께끼로 여겨져 왔다. 그러나 이러한 형식의 의식과 행동은 영채와 재회하기 직전에 만난 선형에 대한 형식의 무의식적 원망(願望)을 중심으로 작품을 다시 읽을 때 논리 정연하게 이해된다. 이러한 정합성(整合性)을 찾아냄으로써 필자는 작자 이광수가 인간을 어떤 존재로 인식하고 있었는지 고찰했다.

한편 중학시절에 이미 자기 나름의 인간관을 확립했던 이광수는 베르그송 철학과 만남으로써 이를 더욱 발전시켜 『무정』에서 소설화했다. 동시에 이광수는 작품 안에 개인적이고 심정적인 요청도 담았는데, 영채를 대하는 주인공 형식의 철저하게 '무정'한 태도의 배경에는 당시 아내를 버릴 작정이었던 작자 자신의 '무정'에 대한 단죄, 그리고 그 무정한 행위가 자기의 존재 양식과 뗄 수 없는 것이라는 변명이 숨겨져 있었다고 생각된다.

제6장

『무정』을 읽는다(중)
경성학교에서 일어난 일

　『무정』의 전반부 5일 간 형식은 실로 다양한 사건을 겪는다. 두 여성과의 만남, 선형과의 약혼, 그리고 영채의 실종이라는 개인적인 일의 한편, 사회 생활의 장인 경성학교에서는 2일째 동맹퇴학사건과 5일째 조소(嘲笑)사건이 일어나는데, 형식은 이 후자의 사건 때문에 결국 경성학교를 떠나게 된다.

　이번 장에서는 우선 경성학교에서 일어난 이 두 사건을 중심으로 형식이 내린 결정의 배후에 있는 동기를 자세히 검토한다. 그리고 이 경성학교가 작자 이광수에게는 자신이 1년 전에 떠나왔던 오산학교를 의미하며, 경성학교에서 형식을 움직이고 있는 심층의 욕망을 그려내는 것은 오산학교에서 작자 자신을 움직였던 욕망을 분석하는 작업이었다는 것을 밝히고자 한다. 『무정』을 쓰면서 이광수는 그때까지 살아온 자기의 모습을 되돌아보고, 그렇게 함으로써 자기가 이제부터 어떻게 살아야 좋을지 모색하고 있다. 그런 의미에서, 『무정』은 작자의 자기 형성을 그린 교양소설(bildungsroman)이라고 할 수 있다.

1. 경성학교

　4일째 평양에서 영채 찾는 일을 그만두고 밤기차에 올라 5일째 아침 서울에 도착한 형식은 이날 교단에서 학생들의 조소를 받고 학교를 떠나게 된다. 이 사건에는 이해하기 어려운 점이 많다. 왜 학생들은 돌연 그러한 행동을 하고, 왜 형식은 변명하지 않고 학교를 떠난 것일까.

　경성학교가 『무정』의 무대로 등장하는 것은 126절 가운데 열두 절에 불과하지만,[1] 형식에게 경성학교는 영채와 선형에 못지 않은 중요한 의미를 갖고 있다. 여기서 형식은 많은 사람들과 관련을 맺고 서로 괴롭히는 인간 관계 속에서 자기의 의지를 관철하는 데 성공 혹은 실패하면서 타자와의 관계를 배우고 있기 때문이다. 경성학교는 형식의 사회 생활의 장이다. 형식은 결국 패잔병으로서 이 사회로부터 떠나게 되는데, 이러한 실패를 그리는 것이 바로 작가의 의도였던 것처럼 보인다.

　경성학교에서의 인간 관계와 이곳에서 일어난 사건에 관해 고찰하려 할 때 우리가 유의해야 하는 것은 그 대부분이 주인공 이형식에게 자각된 표층의 의식을 통해 묘사되어 있다는 점이다. 물론 그 배후에는 형식의 언동을 가능한 한 객관적으로 묘사하고자 하는 작자가 있다. 앞장에서 지적한 것처럼, 형식의 의식은 표층의 의식과 심층의 무의식의 중층 구조로 되어 있는데, 독자가 접하는 것은 형식에게 자각되어 있는 표층의 의식이다. 이 때문에 형식의 행동은 독자가 이해하기 어렵고 때로 성격의 통일이 이루어지지 않은 것처럼 보이는 경우도 있다.[2] 그러나 형식은 결국 외적 상황에 따라 규정되면서 자기 내부의 욕망에 의해 움직

---

1) 2일째 아침 형식이 하숙집에서 학생들의 방문을 받는 제18절부터 배 학감과 충돌한 후 사무실에서 동료들로부터 기생 월향의 이야기를 듣고 학교를 나오는 제23절까지의 여섯 절과, 5일째 아침 평양에서 돌아온 형식이 학교에 가는 제67절부터 조소사건 후 학교를 떠나는 제72절까지의 여섯 절, 도합 열두 절이 경성학교에 관한 부분이다.
2) 본서의 제7장 '시작하며' 참조.

여지고 있는 통일체로서의 인간, 즉 무의식과 의식의 두 영역에 걸쳐 살고 있는 '보통의 인간'3)이다. 따라서 사태의 추이를 정확히 파악하기 위해서는 이 점에 유의하여 형식의 언동을 관찰하지 않으면 안 된다. 이번 장에서는 형식의 주관적 의식을 객관적으로 묘사하고자 하는 작자의 시선을 고려하면서 경성학교에서 일어난 사건을 다시 읽어보고자 한다.

2. 동맹퇴학사건

『무정』의 전반부 5일 동안 경성학교에는 두 개의 사건이 일어난다. 학생들이 배 학감을 배척하여 일으킨 2일째의 동맹퇴학사건과 형식을 표적으로 한 5일째의 조소사건이 그것이다. 그러나 그 이전부터 경성학교에는 학생들의 소동이 끊이지 않았는데, 그것은 주로 배 학감을 배척하는 움직임이었다. 이는 예컨대 2일째 학생들의 소동을 안 하숙집 노파가 입에 올린 "또? 또 배학감인가 한 양반이었던 게로구먼"이라는 말을 비롯하여 몇몇 언급에서 찾아볼 수 있다.4) 나중에 보겠지만, 학생들의 이러한 움직임의 배후에는 학생들을 밀어붙여 교주(校主)의 지지를

---

3) 여기서 '보통의 인간'이란 이상적인 주인공으로 만들어져 있어 현실에서는 존재하지 않을 것 같은 부자연스러운 인간에 대치되는, 실제로 존재할 것 같은 인간을 의미한다. 본서의 제7장 '시작하며' 참조.

4) 이광수, 우신사판 『전집』 1권, 52면. 이하 『전집』으로 줄여 적는다.
　우신사판에는 "양반이 있던 게로구먼"으로 되어 있으나, 『매일신보』와 초판본 및 6판본에는 강조 부분이 '엇던 게로구먼'으로 되어 있다. 본문의 인용은 후자를 따랐다. 이 외에도 이어서 "무슨 걱정이 있는 것 같구료. 에그, 그 학교에서 나오시오그려. 밤낮 소동만 일어나고, 소동이 일어날 때마다 심려를 하시면서 무엇 하려 거기 계셔요?"라는 노파의 말이나, 22절의 배 학감의 말 "여태껏 사오 차나 학생들이 학교에 대하여 반항한 것은……"(48면) 등이 경성학교의 상황을 시사하고 있다.

확보하고 있는 배 학감에게 대항하려 하는 형식의 의도가 자리하고 있다는 사실도 작자는 암시하고 있다. 경성학교는 배 학감과 형식의 대립으로 인해 이미 이전부터 동요해 왔다. 2일째의 동맹퇴학사건과 5일째의 조소사건은 경성학교에 존재해 온 이러한 대립의 표출로 간주할 수 있다.

우선 동맹퇴학사건부터 보기로 한다.

> 그 퇴학청원의 이유는 대개 이러하였다.
> 경성학교의 학감 겸 지리 역사를 담임한 교사인 배명식이 술을 먹고 화류계에 다니매, 청년을 교육하는 학감이나 교사될 자격이 없을 뿐더러, 또 매양 학생 전체의 의사를 무시하고 학과의 분배와 기타 모든 것을 자기의 임의대로 하며 학생의 상벌과 출석이 항상 공평되지 못하고 자기의 의사로 한다 함이라.[5] (20절)

토쿄고등사범학교 지리역사과 전문과를 졸업한 배명식은 경성학교 교주인 김 남작에게 초빙되어 학감으로 부임해 온다.[6] 법률상 중등학교 교사 자격을 갖지 못한 다른 교사들 위에 있던 배 학감은 즉시 자기 전공인 지리와 역사 시간을 대폭 늘리려 하고, 또 방대한 학교 규칙을 강요하여 형식 등의 동료와 대립한다. 교사와 학생에게 존경받고 있던 박 교장과 윤 학감을 쫓아내고 "숙맥 불변하는 노인"[7]을 교장으로 앉힌 배 학감의 전제(專制)에 정나미가 떨어져 분별 있는 동료들은 차례로 학교를 떠나 버리고, 이제 경성학교에는 달리 갈 곳 없는 교사와 무골충인

---

5) 위의 책, 44면. 인용문에서 '상벌과'는 6판본까지 들어 있지만, 우신사 판 『전집』에는 누락되어 있다.

6) 이광수가 오산학교에서 경험한 좌절에 관해서는 당시 교장 자리를 두고 이광수와 심리적으로 대립했던 조만식이 배 학감의 모델임을 지적한 오노 나오미(小野尙美)의 「李光洙『無情』の自傳的要素について」(『朝鮮學報』第127輯, 1988)을 참조할 수 있다. 오산학교시절 이광수의 내부에 커다란 속박으로 자리잡았던 이러한 갈등이 『무정』의 창작동기가 되었다는 오노의 주장은 필자에게 시사준 바 많다.

7) 이광수, 『전집』 1, 21절, 47면.

교사만 남아 있다. 그리고 형식은 "자기까지 떠나면 학교가 말이 아니리라 하여 아직 남아 있는"8) 상황이다.

배 학감에게 토쿄에서 유학한 경험이 있고 또 자기보다 먼저 경성학교에 와 있는 형식은 당연히 거북한 존재이다. 한편 형식 쪽에서도 엘렌 케이나 페스탈로찌의 이름을 정확하게 입에 올릴 줄도 모르는 주제에 아는 척하는 배 학감의 "무식"을 불쌍히 여기거나, 머릿속이 빈 배 학감을 "백지"라고 부르는 어떤 동료들의 말에 백지라면 아직 써넣을 수 있지만 그에게는 이미 써넣을 여지도 없다고 조롱하며 그를 "검은 종이"라고 부르는 등, 배 학감에 대한 경멸과 반감을 숨기지 않는다. 그러나 교주를 뒷배로 교장을 뜻대로 조종하는 배 학감에 맞서 분별 있는 동료들이 모두 떠나버린 경성학교에서 형식은 고립되어 있었다고 생각된다.

교주와 교장이 배 학감 곁에 있고 동료도 기대할 수 없는 형식에게 남아 있는 것은 학생들뿐이다. 동맹퇴학사건의 직접적인 원인은 배 학감이 교직에 있는 몸으로 유곽 출입을 하고 있다는 사실에 학생들이 분개한 것이지만, 그 근저에는 배 학감에 대한 형식의 반감이 학생들에게 미친 영향이 자리하고 있다. 경성학교에서 3, 4학년들이 동맹퇴학을 결의한 것은 제1일째의 방과 후, 즉 형식이 선형과 처음 만나던 무렵 혹은 영채와 재회하던 무렵인데, 그 이튿날 아침 학생 대표인 이희경과 김종렬은 맨 먼저 형식의 하숙집으로 와서 청원서를 보이며 형식의 "동정(同情)"9)을 확인하고자 한다. 이는 형식이 자신들의 행위를 당연히 지지할 것이라고 학생들이 믿고 있었음을 의미한다. 형식은 이때 "교사의 몸이 되어 동정하고 말고를 말할 수가 있겠소"라며 확답을 피하고 있지만, "마음으로는 물론 배 학감의 배척에 찬성"이라는 것은 학생들도 잘 알고 있는 사실이다. "교실에서 무슨 말하던 끝에 혹 그 비슷한 말을 한두 번 한 적도 있었"10)기 때문이다. 형식의 의식은 "한두 번"으로 기억하고

---

8) 위의 책, 47면.
9) "그런데 선생님께서는 저희 일에 **동정**하십니까?"(21절, 강조는 인용자) 위의 책, 46면.

있지만, 실제로는 좀더 많았을 가능성도 있다. "철없는 학생들을 충동하여"11)라는 배 학감의 비난은 근거 없는 것이 아니다. 학생들의 청원서에 씌어 있는 배 학감의 독단적인 학과 배당만 해도 지리 역사에 편중되어 있는 과목 배당은 최종적으로 학무국이 인가를 내주지 않아 실현되지 않았기 때문에, 교사가 누설하지 않는다면 학생들이 알 턱이 없다. 학생들에게 이러한 사실을 입 밖에 낸 것은 형식일 가능성이 높은 것이다.12)

형식이 청원서를 가지고 간 학생들에게 하는 말에는 학생들을 진심으로 설득하려는 열의가 별로 느껴지지 않는다. 김종렬의 성격을 익히 알고 있는 형식이라면, "그러나 참으셔야지요"13) 따위의 미적지근한 말이 종렬의 흥분을 조장하는 것밖에 안 된다는 것 정도는 알았을 것이다. 실제로 종렬은 이에 대해 "아니올시다. 벌써 삼 년 동안이나 참았습니다"라고 대답하고, "이렇게 이백여 명 용감한 청년들이 동맹을 체결하였는데 이제는 일보도 양보할 수가 없습니다"14)라며 더욱 기세를 올린다. "교주께서 허락하지 아니 하시면 할 수 있소?"15)라는 형식의 말은 종렬의 의기를 일시적으로 꺾어놓지만, 결국은 교주가 배 학감을 옹호할 것이라는 예상을 선취하여 오히려 마음의 준비를 시키는 역할을 담당하고 있는 것처럼 보인다.

학생들이 돌아간 후, 형식은 "방관할 수 없고나"16)라며 급히 학교로

---

10) 위의 책, 46면.
11) 위의 책, 22절, 48면.
12) 본문에서 이러한 추측이 사실임을 증명하는 기술은 없다. 전후 사정으로 미루어 본 필자의 추측이다.
13) 위의 책, 45면. 학생에게 높임말을 사용하고 있는 것은 부자연스럽다. 신문 연재본에는 "그러나 그런 온당치 못한 일을 하여서 쓰겠나 참아야지"로 되어 있다. 초판본은 우신사판 『전집』과 동일하다. 필시 초판 무렵에 차이가 생겼고, 『전집』은 이를 답습했을 것이다.
14) 위의 책, 45~46면.
15) 위의 책, 46면.
16) 위의 책, 47면.

간다. 이때 형식의 의식은 박애정신으로 가득차 있다. 배 학감이 자기를 학교에서 쫓아내려 하고 있다는 사실을 알고 있으면서도, "학교를 사랑하는 마음"과 "사오 년래 친구로 사귀어 온 배명식을 위하여"[17] 자기가 팔을 걷어붙이고 일을 원만하게 가라앉히지 않으면 안 된다고 형식은 생각하는 것이다. 그러나 이러한 형식의 호의 이면에서 들여다 볼 수 있는 것은 배 학감이 점수를 잃음으로써 자기가 우위에 섰다는 승리감과 우월감이다. 실제로 만의 하나 교주가 학생들의 요구를 받아들인다면 배 학감은 경성학교에 있을 수 없게 되고, 설령 교주가 배 학감을 감싼다 해도 "이 일의 원인은 온전히 배 학감에게 있"는 이상 면목을 잃을 것이 분명하다. "이로부터 몸을 삼가도록"[18] 경쟁자에게 충고하기 위해 형식은 급히 학교로 간다.

그런데 의기양양하여 학교에 도착한 형식은 어색한 행동 때문에 배 학감의 '곡해(曲解)'를 초래하고 만다. 뒤에 언급하겠지만, 시간적으로 보아 배 학감은 학생들의 동맹퇴학사건을 아직 모르고 있다고 보는 것이 상식적이다. 그럼에도 불구하고 형식은 배 학감에게 슬쩍 충고하기는커녕 동료들이 있는 곳에서 이야기를 꺼낸다.

> "모르시는구려, 아직도."
> "무엇을 말씀이오?"
> "삼사 년급 학생들이 동맹퇴학을 하기로 결정하고, 교장과 교주에게 퇴학청원서를 제출하였다는데? ……."
> "무엇이 어째요? 동맹퇴학?"
> 배 학감은 이 일에는 얼마큼 놀라는 모양이라. 자기의 신학설의 교육도 그만 실패하였다.[19] (22절)

---

17) 위의 책, 47면.
18) 위의 책, 47면.
19) 위의 책, 48면.

강조 부분은 배 학감이 놀라는 모습을 보면서 형식이 상상한 배 학감의 심정일 것이다. 형식의 득의만만함이 잘 나타나 있다. 그러나 이후 "어떻게 아셨소?"[20]라는 배 학감의 물음에 형식이 대답하는 대목에서부터 형세는 역전된다. 학생들이 오늘 아침 자기의 하숙집으로 찾아왔던 일을 이야기하면서 형식은 "움찔하여" "이런 말을 공연히 하였구나"[21]라며 후회한다. 아니나 다를까, 이전부터 학생들의 움직임의 배후에 형식의 선동이 있다고 의심해 온 배 학감은 이번 사건도 그 일환이라고 생각하고, 그 자리에서 반격하기 시작한다.

"잘 하였소. 노형은 철없는 학생들을 충동하여 학교를 망하게 하시구려."[22]

물론 형식의 표층 의식의 입장에서는 '곡해(曲解)'이다. 그러나 조금 전 '움찔'했던 형식의 마음속에는 좀더 복잡한 것이 잠재해 있는 것처럼 보인다. 형식이 '움찔'했던 것은 학생들이 동맹퇴학 건을 자기의 하숙집에만 보고하러 왔다는 사실을 알면 배 학감이 어떤 반응을 보일까 상상했기 때문이며, 동시에 그것이 정말 오해는 아니라는 것도 무의식적으로 감지했기 때문은 아니었을까. 교실에서 배 학감 배척의 말을 입에 올린 일을 기억하고 있는 형식은 요컨대 자기 책임을 깨달았던 것이다. 그러나 이러한 떳떳치 못함은 무의식의 영역에 그치고 형식의 의식에 표면화되지 않는다. 그런 까닭에 독자는 요령 없이 점점 오해에 말려들어가는 것처럼 보이는 형식에게 동정을 느끼고, 배 학감의 못된 심보에 화를 내게 된다. 교실에서 배 학감 배척의 말을 입에 올린 행위는 형식에게 그다지 중요한 일로 의식되지 않은 채 매끄럽게 지나가고 있어서, 독자는 무심코 읽고 지나쳐 버릴 정도이다. 그러나 이 부분을 일단 주목할

---

20) 위의 책, 48면.
21) 위의 책, 48면.
22) 위의 책, 48면.

때, 또 먼저 번의 일화를 통해 배 학감에 대한 형식의 경멸과 반감도 알고 있는 독자라면, 형식의 다음과 같은 항변에서 위선의 냄새를 느끼지 않을 수 없다.

> "노형은 당신의 간교한 마음으로 남의 마음을 판단하시는구려. 나는 어디까지든지 호의로—노형과 학교를 위하여 만사가 순하게 되어가기를 바라고 한 말인데, 노형은 도리어……."23)

이에 비해 배 학감의 말은 확실히 예리하다.

> "여보, 이형식 씨. 내가 이전부터 노형의 수단을 알았소. 알고도 참았소. 여태껏 사오 차나 학생들이 학교에 대하여 반항한 것도 다 노형의 수단일 줄을 내가 아오 노형은 이 학교를 멸망시키고야 말 테란 말이요?"24)

형식이 자각하고 있는 의식의 입장에서 보자면, 이는 그릇된 의심이다. 그런 까닭에 형식은 "노형은 친구의 호의도 알아보지 못 하는 사람이오"25)라며 지금까지 자기가 얼마나 배 학감을 위해 힘을 다하여 변호해 왔는지 주장하는 것이지만, 그의 태도는 배 학감이 아니라도 "흥, 변호! 말은 좋소"26)라고 말하고 싶을 정도로 진실감이 느껴지지 않는다. 작자는 형식의 이러한 언동을 통해 일부러 그의 위선적인 성격을 강조하고 있는 것처럼 보인다. 주의 깊게 읽으면 깨닫게 되듯이, 배 학감의 의심에는 근거가 있고, 교실에서의 형식의 언동에는 확실히 문제가 있다. 그리고 작자의 의도는 배 학감의 그릇된 의심처럼 꾸며서 이러한 형식의 진짜 모습을 그려내는 데 있었다고 생각된다.

배 학감은 "어디 노형의 힘이 얼마나 큰가 보십시다"27)라고 일방적인

---

23) 위의 책, 48면.
24) 위의 책, 48면.
25) 위의 책, 49면.
26) 위의 책, 49면.

말을 내뱉고 교무실을 나간다. 교주의 집으로 가는 것이다. 작자는 이날 아침에 일어난 사건의 시간을 일일이 명시하고 있는데, 이에 따르면 형식은 보통 때보다 늦은 8시에 일어나 세면을 끝내고 아침을 먹고 있을 때 학생들의 방문을 받는다. 학생들을 보낸 형식이 학교에 도착한 것은 9시 10분을 막 넘긴 무렵이고, 학생들이 교주의 집에 가는 것은 10시로 예정되어 있다. 시간적으로 보아 형식이 학교에 갔을 때 배 학감이 동맹퇴학사건을 모르고 있다고 보는 것이 당연하다고 앞에서 언급한 것은 이 때문이다. 교무실에서의 언쟁은 곧 끝났을 것이므로, 학생들이 청원서를 가지고 가기로 되어 있는 10시 이전에 배 학감은 교주의 집에 도착하여 교주와 면담하고 대책을 강구할 시간을 충분히 가질 수 있었을 것이다.

이날 교무실에서 일어난 형식과 배 학감의 정면 충돌은 의기양양하게 학교에 왔던 형식의 예상과는 반대로 전개된다. 배 학감의 유곽 출입은 문제조차 되지 않고, 형식은 생각지도 못했던 학생 선동의 책임을 추궁받고 열세에 몰리게 되는 것이다. 두 사람의 충돌을 보고 있던 다른 교사들은 "이제는 형식도 경성학교에서 쫓겨나리라"28)고 생각한다. 하숙집으로 돌아와 우울에 빠져 있는 형식은 노파에게서 위로를 받고 "그까짓 학교 일 같은 것은 심상하외다. 걱정도 아니합니다"29)라며 노기를 띤 어조로 말하는데, 여기서 이날 아침 학교로 향하던 때의 승리감은 조금도 찾아볼 수 없다.

이러한 학생들의 동맹퇴학사건의 결과에 대해서는 그후 어떤 설명도 이루어지지 않은 채 끝난다. 3일 후 아침 평양에서 돌아온 형식은 이 사건에 대해서는 신경도 쓰지 않으며, "어저께도 쉬고 오늘도 쉬면 연하여 이틀을 쉬게 된다"30)면서 무리를 하여 학교에 가고, 곧이어 학생들의

---

27) 위의 책, 49면.
28) 위의 책, 23절, 49면.
29) 위의 책, 49면.

조소를 받게 되는 것이다.

3. 작자의 분석

배 학감이 질투할 정도로 학생들에게 신뢰받고 있던 형식이 돌연 교단 위에서 학생들의 조소를 받는 충격적인 사건(71절)에 앞서, 작자는 네 절에 걸쳐 직접 개입하여 이 사건의 배경을 분석하고 있다. 이번 절에서는 이러한 작자의 분석을 동맹퇴학사건과 결부시키면서 다시 읽고, 경성학교에서 일어난 사건이 작자에게 무엇을 의미하고 있었는지 고찰하고자 한다.

평양에서 밤기차로 도착한 형식은 지독히 피곤하기는 해도 수업을 쉴 수 없다고 무리를 하여 학교에 간다. 교육에 대한 형식의 이러한 열의의 배후에는 교사로서의 의무감 외에도 "큰 무엇"[31]이 있다. 그것은 고아라는 형식의 성장 내력에서 비롯된 애정기갈증이다. 형식은 부모와 형제의 사랑을 모르고 또 소년시절을 극도의 가난함 속에서 보냈기 때문

---

30) 위의 책, 67절, 120면. 2일째는 동맹퇴학사건 때문에 경성학교 3, 4학년의 수업은 이루어지지 않는다. 이튿날 아침 영채의 유서를 읽고 밤기차로 평양으로 출발한 형식은 상식적으로는 벌써 3일간 수업을 하지 않은 것이다. 물론 이것이 작자의 착오일 가능성은 있다. 영채와 병욱의 만남 때는 있었던 동생이 나중에 사라져 버리는 등 『무정』에는 가끔 이러한 실수가 보인다. 그러나 만약 "오늘도 쉬면 연하여 이틀을 쉬게 된다"는 형식의 말을 그대로 받아들인다면, 다음과 같은 추측이 가능할 것이다. 즉 동맹퇴학사건은 2일째 첫날에 종결되어 버리고 3일째부터 수업이 재개된다. 그리고 형식은 영채의 유서를 읽은 3일째 오후 평소처럼 수업을 하고 나서 야간열차를 탄다. 그러나 형식의 의식이 이 사실을 떠올리지 않고 있기 때문에, 독자는 이를 알 수 없었다는 추측이 그것이다.

31) "그러나 형식이가 이처럼 열심히 학교에 가는 데는 의무라는 생각 밖에 더 **큰 무엇**이 있었다."(67절, 강조는 인용자, 위의 책, 『전집』 1, 120면)

에, 동년배와의 마음의 교류를 가질 여유를 갖지 못했다. 어린 시절에서만 맛볼 수 있는 정서를 향수하지 못한 채 "소년시대를 건너 뛰"[32]어 버린 형식은 "인생에서 가장 크고 즐거운" "권리"[33]를 빼앗겼다는 콤플렉스를 갖고 있다. 그러한 그가 경성학교의 학생들을 애정의 대상으로 보게 된 것이다.

> 형식의 이십 년 간 갇히고 주렸던 사랑은 교사가 되어 여러 소년을 접하게 되매, 마치 눈에 가리워졌던 풀의 움이 봄바람을 타서 쑥 나오는 모양으로 나오기를 시작하였다. 부모의 사랑이나 형제의 사랑이나 동무의 사랑도 맛보지 못하고, 하물며 여자에게 대한 사랑은 꿈도 꾸어보지 못한 형식의 사랑은 사리에 밀려들어오는 밀물 모양으로 경성학교의 사백 명 어린 학생을 덮었다.[34]
> (68절)

그러나 형식의 애정이 학생 전원을 평등하게 감쌌던 것은 아니다. 2일째 아침 학생 대표 이희경[35]과 김종렬이 등장하자마자 작자는 곧 형

---

32) 위의 책, 121면.

33) 위의 책, 121면.

34) 위의 책, 121면.

35) 형식이 편애하는 이희경에게는 그 이름의 유사성 등에서 볼 때 이광수의 오산학교 시절의 애제자 이희철의 그림자가 투영되어 있다고 생각된다. 이광수가 상하이에서 망명 중일 때, 이희철은 『창조』 제5호에 이광수와의 오산학교 생활을 회고한 「K선생을 생각함」이라는 글을 발표하고, 이 글을 읽은 이광수는 『창조』 제7호에 「H군에게」를 써서 답한다. 「K선생을 생각함」에서 이희철은 "말하자면 K선생과 나와는 그 과거에 동성의 연인"이라고 적고, 물론 이상한 관계는 아니었지만 두 사람의 지나친 정열은 주위에 터무니없는 의혹마저 초래했다고 회상하고 있다.
　1936년 말부터 이듬해 5월까지 『조선일보』에 연재한 자전적 장편소설 『그의 자서전』에서, 이광수는 이희철을 주인공이 대륙 방랑의 길을 떠날 때 마지막까지 전송하며 은화를 내민 Y군으로 그려내며 마음 푸근한 제자애(弟子愛)를 그리워한다. 형식의 우월의식에 반감을 품고 이제 스승을 추월할 것이라 생각하며 조소사건 때에도 형식을 비호하려 하지 않은 희경의 이미지와, 방랑의 길을 떠나는 스승을 연모하여 언제까지든 떨어지려 하지 않았던 Y군의 이미지에는 커다란 격차가 있다. 그 이유 가운데 하나로 시간적 측면을 고려할 수 있을 것이다. 이희철을 사랑하면서도 내심 그를 결국 경쟁자로서 느끼지 않을 수 없었던 오산시절 이광수의 심정이 그로부터 그다지 시간이 경과하지 않는 『무정』에는 있는 그대로 노출되어 있다면, 이십 년의 세월이 경과한 후 이희

식의 '편애벽'에 관해 서술한다(16절). 형식이 사랑하는 대상은 희경처럼 "재주 있는 학생, 얌전한 학생"36)이고, 종렬처럼 나이 많고 성질도 난폭한 학생에게는 오히려 냉담한 마음을 품고 있다. 형식은 장래에는 희경이 종렬의 위에 서는 인간이 될 것이라 생각하며, 종렬과 같은 인간형의 쓸모를 냉철하게 평가하기도 한다.37) 이러한 편애를 비난하는 동료들에게 형식은 "장차 자라서 사회에 크게 유익을 줄 만한 자를 특별히 더 사랑하고 가르침이 무엇이 잘못이랴"38)고 주장하지만, 사실 그의 애정은 장래성이 있는 학생에게 관심을 갖는 것이라기보다 "남자가 여자에게 대하여 가지는 듯한 굉장히 뜨거운 사랑"39)이라는 변칙적인 면이 있어 주위 사람들에게 터무니없는 오해를 사는 정도이다. 이러한 형식의 태도는 편애를 받는 학생과 받지 못하는 학생 사이에 분열을 일으키며, 종렬과 같은 학생들은 형식에게 반감을 품게 되기도 한다.

한편 형식의 편애를 받는 학생들도 형식의 정신적 지배에 반항하는 조짐을 보인다. 형식이 자신의 건강도 돌보지 않고 전력을 다하여 가르친 학생들은 이제 4학년이다. "순전히 자기의 손으로 만들어 놓은 사 년급 학생들"40)을 대하면서, 형식은 애써 농작물을 기른 농부가 잘 여문

철도 죽은 지 오랜 무렵에 씌어진 『그의 자서전』에는 그런 생생함이 여과되었기 때문에 그런 차이가 생긴 것이 아닐까 싶다(1924년 『조선문단』 11월호에는 이희철의 죽음을 소재로 한 것으로 보이는 단편 「H군을 생각함」이 발표되었다).
　이 밖에 생각할 수 있는 것은 희경이라는 등장인물에게는 이희철뿐만 아니라 중학 시절의 이광수 자신의 모습도 투영되어 있다는 점이다(본고 3절의 주 30 참조). 그러나 가장 본질적인 이유는 이희경이란 어디까지나 작자에 의해 조형된 이희철이나 이광수와는 별개의 인격을 갖는 작중인물이라는 점에 있을 것이다. 이는 배 학감에 대해서도 마찬가지로 이야기할 수 있다. 오노 나오미(小野尙美)가 지적한 대로, 배 학감에게 조만식의 모습이 투영되어 있는 것은 충분히 생각해볼 수 있다(본고 2절의 주 6 참조). 그러나 이는 어디까지나 일부 투영에 불과하며, 배 학감이라는 인물은 이광수가 다양한 인물 요소를 버무려 만들어낸(그 가운데에는 작자 자신도 당연히 포함되어 있을 것이다) 독자적인 작중인물로 간주해야 할 것이다.
36) 이광수, 『전집』 1, 18절, 41면.
37) "그리고 김종렬 같은 사람은 사회에 쓸 곳이 많다 하였다."(위의 책, 43면)
38) 위의 책, 41면.
39) 위의 책, 67절, 121면.

논밭의 수확물을 볼 때와 같은 기쁨과 만족을 깨닫는다. 그러나 성장하여 자기 주장을 하게 된 학생들은 "사 년급 학생의 지식의 대부분과 아름다운 생각과 말과 행실의 대부분은 다 자기의 정성으로 힘쓴 결과"[41]라며 학생들의 언동에서 자기의 "감화"와 "영향"[42]을 발견하고 기뻐하는 형식을 이전과 다른 눈으로 보게 된다. 학생들의 이와 같은 변화야말로 실은 형식의 교육 방법이 초래한 '감화'와 '영향'이었던 것이다.

형식이 막 부임하여 왔을 때의 경성학교는 교장과 학감의 전제(專制)하에 있었고, 학생은 학교의 권위에 복종했다. 형식은 이러한 학교의 모습에 반대하고, 학생들 앞에서도 학교에 정말 잘못이 있다면 반항해도 좋다는 "위험한 말"[43]을 입에 올린다. 권위를 부정하고 개인적 신념의 표명을 반항이라는 형태로 드러내는 것을 허용하는 형식의 "자유사상"[44]은 그가 경성학교에서 갖고 있는 영향력 때문에 점점 학생들 사이에 퍼져 간다. 그 매체는 주로 문학이다. 형식은 교실에서도 시간이 허락하는 한 자기가 읽은 책을 이야기하거나 실제로 읽어줌으로써 은연중에 문학을 장려한다. 어떤 교사는 형식이 학생들에게 미치는 영향을 우려하여 "학생들에게 교만한 마음을 생기게 하느니" 혹은 "좋지 못한 소설을 읽어주어 학생들의 마음을 어지럽게 하느니"[45]라며 비난하고 있는데, 이는 기우가 아니었다. 이윽고 경성학교에는 "문학자, 철학자, 사상가입네" 하며 교내를 활보하는 학생들이 나타나고, 학내에는 교사를 업신여기는 풍조가 만연하게 된다. 형식에게 그것은 학생들의 "진보"이지만, 다른 교사들의 입장에서는 "타락"이자 "주제넘게 됨"[46]에 지나지

---

40) 위의 책, 68절, 122면.
41) 위의 책, 122면.
42) 위의 책, 122면.
43) 위의 책, 122면.
44) 위의 책, 122면.
45) 위의 책, 122면.
46) 위의 책, 122~123면.

않는 것이다.

작자는 경성학교에 일어난 이러한 상황을 약간의 혐오를 담아 희극적으로 그려내고 있다. 체계적으로는 이해할 수 없는 어려운 책을 여기저기서 이해할 수 있는 부분만 골라 읽고 만족하는 학생, 형식에게서 들은 문인들과 그 저서의 이름을 익히고 득의만만한 학생, "인생이란 무엇이뇨" "우주란 무엇이뇨"라는 말이나 톨스토이·셰익스피어의 글귀를 잘 이해하지 못한 채 영어로 친구들과의 회화에 끼워 넣어 과시하는 학생, 그리고 이를 듣고 코웃음치면서도 뒤에서 몰래 자기도 책을 사거나 그러한 말을 다른 데서 흉내내는 학생 등,[47] 권위가 붕괴하고 이전의 질서를 잃어버린 경성학교에서 학생들은 어중간한 지식을 무기로 어떻게든 타인의 우위에 서려고 자존심 경쟁을 펼친다.

자기가 만들어낸 이러한 혼란 속에서, 형식 또한 깨닫지 못하는 사이에 경쟁자의 위치로 끌어내려진다. 학생들 가운데 가장 머리가 좋은 희경은 형식에게 "너는 아직 모르는구나"[48]라는 눈초리를 받거나 어린아이 취급을 받으면 자존심에 상처를 받고 반항의 충동을 품는다. 희경은 2학년 무렵까지 형식을 자기보다 수천 리 앞서가는 위대한 존재로 보았다. 그러나 3학년 후반이 되자 수년 내에 추월할 수 있다고 생각하게 되고, 4학년이 된 지금은 장래에는 자기가 형식보다 훨씬 위대하게 될 것이라고 자부하며 "자기는 중학교에 교사 같은 직업을 가질 사람이 아니요, 장차는 큰 학자가 되거나 박사가 되거나 중학교에 온다 하더라도 교장이나 주면 하리라"[49](69절)는 불손한 생각을 품고 있다. 희경만 그런 것이 아니다. 경성학교에서 "희경과 같이 어려운 책을 읽으려 하는 자는 다 이러한 생각을 가지게"[50] 되는 것이다.

---

47) 위의 책, 69절, 123면.
48) 위의 책, 123면.
49) 위의 책, 124면.
50) 위의 책, 124면.

학생에 대한 학교측의 전제를 배격한 형식은 결국 다른 의미의 전제를 행사하려 했다고 할 수 있을 것이다. 자기가 "전 정신을 점령"51)당할 정도로 학생들에게 헌신했다고 해서 학생들에게 동일한 것을 요구할 권리는 없다. 그럼에도 불구하고 형식은 잃어버린 소년시절의 우정의 보상으로 사랑을 베푼 학생들에게 당연하다는 듯이 애정의 보답을 기대하며, 게다가 마치 농작물처럼 학생을 "자기 손으로 만들었다"는 오만한 생각을 품는다. 학생들을 자기의 일부로 간주하는 것이 그에게는 애정의 발로일는지 몰라도, 학생들에게는 자기의 고유성이 부정되는 것밖에 안 된다. 형식에게 자아존중의 자유사상 교육을 받은 학생들은 어느덧 형식의 애정에서 오히려 정신적 질곡을 느끼고 이를 자기들의 자아 신장에 방해되는 장애물로 여겨 반항심을 품게 되는 것이다.

조서사건이 갖는 치욕스러운 충격성은 사제관계라는 질서가 제자들의 반항에 의해 파괴된 구도에서 비롯된다. 자기들을 가르쳐 온 은사를 제자들이 집단적으로 조소하는 일 따위가 있어서는 안 되지만,52) 학생

---

51) "나의 전 정신을 점령한 것은 너희로다." 위의 책, 121면.
52) 이광수에게 가르치는 자와 배우는 자 간의 사제관계는 거의 신성할 정도로 중요한 상하관계이다. 여기에는 유교의 영향과는 다른 요소가 개입되어 있는 듯하다. 주지하다시피, 유교에서 인륜질서의 기초로 간주되는 삼강오륜에는 사제관계가 들어 있지 않다. 『나의 고백』에서 이광수 자신이 말하고 있는 바에 따르면, 그의 사제관에는 동학이 끼친 영향이 컸다고 한다.
　　"둘째로 내가 동학에서 배운 것은 평등의 정신이었다. (…중략…) 그러나 이 평등은 무질서한 평등은 아니다. 첫째로는 군사부대경대법(君師父大經大法)이라 하여 임금과 스승과 어버이를 존경하는 것을 도덕의 벼리로 세웠다. 대경대법이라는 것은 크고 으뜸되어 변할 수 없고 낮출 수 없다는 뜻이다. 임금이라는 공화국에서는 없을 법하나 나라의 지도자는 없을 수 없고, 또 무슨 사회생활에나 지도자는 없을 수 없으니, 임금에 대한 도는 곧 지도자에게 대한 도다. 그리고 스승이라면 가장 큰 스승은 인생의 길, 즉 도를 가르친 큰어른이거니와, 글자 한 자를 가르치고 재주 하나를 가르친 이도 스승이다. 무릇 스승된 이를 다 임금과 같이, 어버이와 같이 섬긴다는 것이다. (…중략…) 이러한 질서를 포함하는 평등의 사상은 진실로 놀랍고도 귀한 것이라고 아니할 수 없다. 나는 이러한 좋은 도가 우리나라에서 창시된 것을 기뻐하고 자랑하지 아니할 수 없다."(이광수, 『전집』 7, 225면)
　　유년 시절에 접했던 이러한 동학의 교리 외에도, 배우는 것이 힘이라는 실력양성론에서 스승의 역할이 갖는 중요성도 이광수가 사제관계를 중시하게 된 것과 관련이 있

들은 이러한 금기를 간단히 깨뜨려 버린다. 형식에게서 학교에 대한 반항도 허용하는 자유사상 교육을 받으며 배운 학생들은 강요된 학교의 권위로부터 자유롭게 되는 동시에 스승의 권위로부터도 자유롭게 된 것이다. 동료 교사가 '학생을 주제넘게 만든다'고 하여 형식의 교육 방침을 비판한 것은 학생들이 학교의 권위에 복종하지 않는다면 결국은 사제관계를 포함하는 질서 그 자체의 파괴로 이어질 위험성이 있다는 판단에서였다. 그런 의미에서, 조소사건의 씨를 뿌린 것은 따지고 보면 형식 자신이었다고 할 수 있을 것이다.

작자는 이러한 동료 교사의 비판에 대해 "이러한 비방도 아주 까닭이 없음은 아니"[53]라고 서술하고, 형식의 입장과는 선을 긋고 있다. 또 동맹사건에 대해서도 "배 학감이 이번 학생의 소동도 형식의 충동이라 함이 아주 근거가 없는 말은 아니"[54]라고, 형식의 책임을 인정하는 태도를 취한다. 배 학감의 배척을 직접 선동했다기보다 그의 자유사상 교육 때문에 학생들이 교사를 배척하는 등 구질서를 파괴하는 행동을 일으키게 되었다는 점에서, 형식은 이 사건에 책임이 있다는 것이다.

형식으로 인해 조성된 이러한 분위기 속에서, 학생들은(필시 교실에서 형식에게서 받은 암시에 영향을 받아) 배 학감 배척운동을 일으킨다. 그러나 교사의 권위를 믿지 않게 된 학생들이 이번에는 형식을 표적으로 삼을 가능성은 충분하다. 이미 보아온 것처럼, 형식의 사랑을 받고 있는 쪽이든 그렇지 못한 쪽이든 형식에 대한 학생들의 반감은 이미 쌓일 대로 싸여 있었기 때문이다.

서사가 진전되어 감에 따라, 작자의 분석은 집요하고 감정적인 경향을 띠어 간다. 학생들이 형식의 입버릇인 겸손의 말을 곧이 듣고 그를 경시하는데도 불구하고 이를 알아차리지 못하는 희극적인 형식의 모습

다고 생각된다.
53) 이광수, 『전집』 1, 122면.
54) 위의 책, 122면.

을 묘사하면서, 작자는 이러한 겸손 이면에 형식의 "조선사회에 대한 자
랑과 교만"이 잠재되어 있음을 날카롭게 지적한다.55) 형식에게는 확실
히 다른 교사보다 진보한 점도 있고 믿는 바를 실행하려는 성의도 있지
만, 서양사상의 직역투인 그의 열변은 다른 사람의 마음을 움직이지 못
한다. 형식은 이를 조선사회의 후진성과 다른 사람들의 이해 부족 탓으
로 돌리고 "선각자의 적막과 비애"56)에 빠져 있지만, 사실 형식은 "자기
가 부족함이라고 생각하지 아니하고 세상 사람이 아직 자기의 높은 사
실을 깨닫지 못함이라 하여 스스로 선각자의 설움이라 일컫고 혼자 안
심"57)(강조는 인용자)하고 있는 것에 불과하다는 게 작자의 분석이다. 이
러한 작자의 신랄한 어조에는 형식을 규탄하는 태도가 느껴진다.

결국 작자는 형식이 "사람의 마음을 보는 법이 어두웠"58)기 때문에
교사 생활에서 '실패'했다는 결론을 내린다.

> 그의 지나간 사 년의 교사 생활은 실패의 생활이었다. 그는 학교에서 여러
> 가지 의견을 제출하였으나 별로 채용된 것이 없었고, 학생들에게도 여러 가지
> 로 가르치고 시키는 바가 있었으나 별로 환영되지도 아니하였고 물론 실행된
> 것은 별로 없었다.59) (70절)

학교라는 작은 사회에서 그의 의견이 받아들여지지 않고 또 다른 사
람들이 그의 주장대로 행동하지 않는다 함은 결국 형식이 경성학교에서
다수에게 지지받지 못하고 지도자가 되는 데 실패했음을 의미한다. 주
관적인 이상주의자인 형식은 자기가 좋다고 생각하는 것은 다른 사람도
이해할 능력만 있다면 당연히 동의할 것이라고 믿는다. 자신에게는 최

---

55) 위의 책, 70절, 124면.
56) 위의 책, 124면.
57) 위의 책, 124면.
58) 위의 책, 125면.
59) 위의 책, 125면.

선으로 보이는 의견이라 해도, 다른 사람의 눈에는 실행 불가능한 혹은
실행했을 때 효과를 기대할 수 없는 현실과 동떨어진 의견으로밖에 보
이지 않을지도 모른다는 사실은 상상도 못한다. 일체의 사물이 타인의
눈에 어떻게 비칠지 추측할 수 없는, 즉 "사람의 마음을 보는 법이 어
두"운 형식은 경성학교의 지도자가 되는 데 실패할 만해서 실패한 것이
다. 이리하여 네 장에 걸친 작자의 분석이 끝나는 곳에서, 형식의 지도
자로서의 좌절을 상징이라도 하듯 『무정』의 클라이막스 가운데 하나인
조소사건이 일어나는 것이다.

작자가 형식에게 보내는 규탄이 실은 작자 자신에 대한 규탄이라는
것은 작자와 형식 간의 경력의 유사성으로 보아 쉽게 짐작할 수 있다.
작자 자신 소년기에 고아가 되어 가난함 속에서 자랐고, 영채의 아버지
박 진사에 해당하는 동학의 두령 박찬명에게 거두어져 일진회의 유학생
이 되었으며, 토쿄의 메이지학원 중학을 졸업한 후에는 오산학교에 부
임하여 재차 토쿄에서 유학할 때까지 수년 간 교사로서 지냈기 때문이
다. 따라서 "그의 사년 간의 교사 생활은 실패의 생활이었다"는 평가는
바로 오산학교에서의 작자 자신의 교사 생활에 대한 개탄이었다고 해석
할 수 있다.

작자가 자신의 교사 생활을 '실패'였다고 생각했던 사실은 다른 몇몇
작품에서도 찾아볼 수 있다. 『무정』을 집필 중이던 1917년 1월에 쓴 「방
황」의 주인공의 황량한 마음속 풍경에는 무엇인가에 좌절하여 삶에 대
한 집착을 잃은 인간의 허무감이 짙게 드러나 있다.[60] 그리고 한달 후

---

60) 단편 「방황」은 『무정』을 집필하던 중인 1917년 1월 17일에 씌어져 이듬해 3월에 간
행된 『청춘』 제12호에 발표된다(『전집』 8 수록).
　　토쿄 유학생으로 지난 '6년 간' 조선의 청년들을 가르쳐 온 「방황」의 주인공은 다른
훌륭한 애국자처럼 '조선과 혼인'할 수 없다는 좌절감과 인생에 대한 허무감으로 괴로
워한다. 이러한 허무감은 오직 애국자로서의 좌절 때문이 아니라, 좀더 근원적인 '적
막'에서 비롯되고 있는 것처럼 보인다. 그가 '조선과 혼인'할 것을 단념한 것은 이러한

생일을 맞아 쓴 「25년을 회고하여 애매(愛妹)에게」[61]에서도 이광수는 "서막은 실패였었다. 나는 여러 관객에게 실망을 주었다"고 쓰디쓰게 회고하고 있다. 그러나 이어서 "그러나 이 앞에 중막과 대단원이 남았으니 아직 그네를 만족시킬 기회는 넉넉하다. 나는 지금 낙옥(樂屋)에서 정성으로 분장을 하는 중이다. 내 입술에는 희망의 미소가 있다"[62]고 한 언급에서는 그의 내부에 얼마간 만회가 시작되고 있었던 사실이 감지된다.

오산에서의 실패를 형식의 '실패'를 통해 다시 직시하고 그 원인을 구명함으로써 자기를 만회하는 것이 당시 토쿄에서 『무정』을 집필하면서 작가가 의도했던 목적의 하나였을 것이다. 형식의 유년시절까지 거슬러 올라가 교사로서의 결함인 편애벽을 분석한 것은 그렇게 함으로써 자기의 애정기갈 콤플렉스를 극복하려는 노력의 표명이며, 자아중시의 교육을 받은 학생들이 성장함에 따라 자기 주장을 하기 시작하여 마침내 형식의 변칙적인 애정을 정신적 질곡으로 느껴 가는 심리과정을 묘사한 것은 자기를 외부에서 바라보는 '타자'의 시선을 이해하려는 시도였다고 생각된다.[63]

<hr>

'적막'을 조선에 대한 사랑으로 메울 수 없다는 사실을 깨달았기 때문이다. 추운 마음을 견딜 수 없는 주인공은 감기로 침상에 누워 이대로 병으로 죽는 것이 오히려 구원이라고 생각하고, 동포가 보내 주는 기대와 원조라는 것도 평온한 죽음을 원하는 죽음이 임박한 병자에게 억지로 놓는 캄풀주사와 같다고 귀찮게 여긴다. 그리고 어려서 절에 들어간 친척 여성의 일을 떠올리면서, "세간의 의무와 압박과 애정의 기반 없는 생활"을 공상한다. 살기를 격렬히 욕망하면서도 외부 세계와 자기를 잘 연결시키지 못하고, 오히려 그러한 시도 자체를 방기함으로써 다른 형태로 마음의 평정을 얻으려 하는 「방황」의 주인공의 모습은, 세간에서 활약하고자 하는 야심을 품고 있으면서도 그러한 세간과 자기의 야심에 염증을 느끼고 그로부터의 도피를 꿈꾸는 작자 이광수의 상반하는 두 가지 경향을 보여주고 있는 것처럼 보인다. 이러한 도피 원망(願望)은 걸핏하면 이 세상을 떠나고 싶은 유혹에 끌려 들어가는 영채의 심정이나, 학생들에게 조소받던 날 절에 들어가 중이 될 것을 몽상하던 형식의 모습에도 드러나 있다.

61) 1917년 4월 『학지광』 제12호에 발표되었다. '1917.2.22'이라고 집필 날짜가 붙어 있다. 『전집』 8 수록.

62) 이광수, 『전집』 8, 378면. "서막은 실패였었다"라는 말에는 교사 생활의 실패와 더불어 결혼 생활의 실패라는 의미도 포함되어 있다고 생각된다.

63) 『무정』을 쓸 때 이미 이광수는 상하관계로 간주되는 양쪽의 입장에 동시에 처하여

평양에서 서울로 돌아오는 밤기차 안에서 자기의 '본래의 자아'를 확인했던 형식이 돌아오자마자 맞닥뜨리게 된 것은 바로 자기가 가르친 학생들의 자아였다. 형식의 자아가 신장을 요구하는 것과 마찬가지로, 타자의 자아 또한 확충을 욕망한다. 타자는 형식이 자기를 절대화하는 것을 허용하지 않고 상대화시키며, 형식이 자기의 가치관에 따라 타자를 판단하는 것과 마찬가지로 외부에서 형식을 보고 판단한다. 이날 형식은 그때까지 뒤집어쓰고 있던 가면을 벗어 던진 학생들에게서 조소를 받고 "비로소 사 년급 학생들의 눈에 비치인 자기를 분명히 깨달"[64]음으로써, 자기가 타자에게 보여지고 상대화되는 존재에 불과하다는 것을 뼈저리게 느끼게 되는 것이다.

자아 충돌로 괴로워한 경험을 갖고 있었다. 『무정』과 같은 시기에 집필된 단편 「윤광호」에서는 이러한 관계가 연령에 따른 상하관계인 선후배의 형태로 나타난다. 자아가 발달하고 개성이 강해짐에 따라 자기를 언제까지나 후배 취급하려는 선배에게 반항심을 품게 되는 토쿄 유학생 윤광호에게는 홍명희나 문일평 등 자기보다 연장자인 친구들에게 둘러싸여 있던 메이지학원시절 이광수 자신의 경험이 투영되어 있는 것이 아닐까 싶다. 한편 1915년에 씌어진 자전적 소설 「김경」에서 주인공의 심리 갈등의 원인이 되는 상하관계는 사제관계이다. 학생들이 자기에게 보내는 애정과 존경에서 뭔가 부족함을 깨닫고 초조와 적막을 느끼는 교사 김경의 번민은 자기보다 연장자이고 결혼한 학생도 많았다는 오산학교에서 작자가 실제로 맞닥뜨린 번민이었다고 생각된다. 연령차가 없는 혹은 연령이 뒤바뀐 젊은이들이 한 쪽은 교사가 되고 다른 한 쪽은 학생이 되는 상황에서, 자아의 발육과 강화를 주안점으로 삼은 자유사상의 교육은 양쪽 모두에게 갈등을 일으켰을 것이다. 사회 관습상 상위자의 정신적 우위를 인정하려 하지 않는 하위자와 우위성에 집착하는 상위자 양쪽의 입장에 동시에 처하여 자기 비하와 자존의 틈바구니에서 괴로워했던 경험 덕분에, 작자는 경성학교에서 일어난 사건을 교사와 학생 양쪽의 시점에서 묘사할 수 있었던 것이다.

64) 이광수, 『전집』 1, 72절, 128면.

4. 학생이라는 집단-조소사건

자기의 실패를 되돌아보고 '사람의 마음'을 몰랐던 것이 그 원인이었다고 결론내린 작자는 '사람의 마음'을 연구할 필요성을 통감했을 것이다. 앞장에서 고찰한 것처럼, 『무정』에 묘사된 형식의 의식과 행동의 묘사에는 '사람의 마음'에 대한 작자의 예리한 통찰 외에도, 마음의 연구인 철학·심리학에 대한 조예가 엿보인다. 작자는 그러한 통찰과 지식을 토대로 혼자 있을 때조차 외부 세계에 의해 '움직여지는' 자유롭지 못한 존재인 인간의 모습을 형식을 통해 묘사하고 있다.

그러나 '사람의 마음'을 알고자 노력했던 작자는 인간이 혼자 있을 때뿐만 아니라 집단으로 행동할 때도 빠져드는 자유롭지 못하고 특수한 마음의 상태, 이른바 집단심리에 대해서도 주목하지 않았을까. 조소사건은 형식의 자유사상 교육이 일으킨 구질서의 붕괴에 따른 혼란 속에서 연령차가 적은 혹은 뒤바뀐 학생과 교사 간에 생긴 자아 갈등이 배경을 이루고 있지만, 실제로 사건이 전개되어 가는 과정에는 집단심리가 작용하고 있는 것처럼 보인다. 4학년 학생들이 형식의 정신적 전제에 반항심을 품고 있는 것은 확실하지만, 학생 전원이 교사에게 조소를 보내는 당돌하고 극단적인 행동은 이러한 요인을 고려하지 않고서는 이해하기 어렵다고 생각된다.

이광수는 인간의 마음을 탐구한 작가였다. 이광수에게 그것은 자신의 정신적 위기를 극복하기 위해 필요한 행위인 동시에, 주권을 빼앗겨 가는 조국의 위기를 보면서 자란 세대의 일원으로서 조국을 위해 사람의 마음을 움직이고 싶다는 욕구에서 나온 행위이기도 했다.[65] 민족을 시

---

65) 필자는 본서 제3장 '문학의 가치에 대하여'에서 이광수는 국가의 흥망성쇠를 결정하는 것이 인간의 정신이라고 생각하고, 문학이 지닌 '정(情)'의 분자가 인간을 움직인다는 점에서 공리적인 가치를 갖고 있음을 발견했다고 언급한 바 있다.

야에 넣을 때, 개인의 단위뿐만 아니라 집단이라는 단위에서 인간의 마음을 파악하는 것이 필요해진다. 심리학을 배웠던 이광수는 이 무렵 일본에 알려져 있던 집단심리학에도 주목하지 않았을까 싶다. 이는 또한 오산학교라는 작은 집단 사회에서 지도자가 되는 데 실패했던 그가 이제부터 민족이라는 대집단의 지도자를 지향함에 있어 우선 어떻게 대인(對人) 자세를 확립해 갈 것인가 문제와도 관련이 있었을 것이다.

집단행동에 대한 인간심리 연구는 19세기말 유럽에서 시작하여 일본에서도 메이지시대부터 번역·소개되었다. 이광수는 특히『군중심리학(Psychologie des foules)』(1895)의 저자이자 인간의 마음을 민족 단위로 파악하고자 하여『민족진화의 심리법칙(Lois psychologiques de l´évolution des peuples)』(1894)을 저술한 귀스타브 르봉(Gustave le Bon, 1841~1931)[66]에게 관심을 보였던 것 같다.「민족개조론」(1921년 집필, 이듬해 발표)[67]에서는 르봉의 이 저

---

66) 프랑스의 사회심리학자. 사회학·인류학·심리학·생리학·의학·역사·고고학 등 다방면에 걸친 연구가로서 많은 저작을 남겼다. 대표적 저작인『민족진화의 심리법칙』과『군중심리학』은 메이지시대 일본에서도 번역되었다. 일본에서 최초로 르봉이 소개된 것은 1900년(明治 33) 이쿠세이카이(育成會)에서 간행된『르봉 씨의 민족심리학(ルボン氏民族心理學)』(塚原政次 譯)인 듯한데, 이것은 당시 미국에서 출판되어 있던 영문 해설서를 번역한 것이다. 1910년(明治 43)에는 대일본문명협회(大日本文明協會)에서『민족진화의 심리법칙』이 외무성의 번역관 마에다 초우타(前田長太)의 번역을 통해『민족발전의 심리(民族發展の心理)』라는 제목으로 간행되었다. 이 번역은 당시 르봉과 친교가 있던 외교관 모토노 이치로(本野一郎)의 권유로 이루어졌다고 한다. 같은해『군중심리학』의 일본어 번역도 대일본문명협회에서 간행되었다. (이것은 영어판 중역인 듯한데, 확실하지는 않다.) 이 두 저서는 1915년(大正 4) 1월에『민족심리 및 군중심리(民族心理及群衆心理)』라는 제목을 달고 합본으로 간행되었고, 1918년(大正 7)에는 축쇄판이 나왔다. 축쇄판의 일러두기에 의하면, 대일본문명협회의 출판물은 회원들에게만 배포되었다고 한다. 또 이광수가 발췌 번역한 글의 제목 등으로 미루어보아, 이광수가 읽은 것은 1915년에 나온 합본이었을 것이다.
르봉의『군중심리학』은 군중심리학의 고전으로 저명하며, 한때 "사람은 개인으로 있을 때와 군중 속에 있을 때 완전히 별개의 사람으로 행동한다"는 말이 통속화되어 유포되었다. 그러나 지금은 '군중'과 '집단'을 혼동한 비과학성이 지적되고 있다. 櫻井成夫 譯,『群衆心理』, 講談社, 1993; 安部北夫,『入門群衆心理學』, 大日本圖書, 1992; 宮城音弥,『社會心理學ノート』, 山手書房新書, 1992; 南博,「群衆行動と大衆行動」,『講座現代社會心理學 第4卷』中山書店, 1959 등을 참조할 것.
67) 1922년 5월『개벽』지에 발표되었지만, 서언에 "신유(辛酉) 11월 11일 태평양회의가

서를 일부 인용하고 있고, 이 외에도 「민족 생활에 대한 사상의 세력―
르봉 박사 저 『민족심리학』의 일절」[68]이라는 제목으로 그의 책을 발췌
하여 번역하기도 했다. 이러한 사실만 봐도 이광수가 르봉을 꽤 열심히
읽었다는 것을 알 수 있다. 『무정』 집필 당시 이광수가 르봉을 읽었다는
확증은 없다.[69] 그러나 적어도 조소사건의 묘사 방식으로 미루어 볼 때,
당시 작자는 개인이 집단으로 행동할 때의 심리가 혼자 있을 때와는 다
른 양상을 드러낸다는 생각을 갖고 있었던 것으로 보인다.

그러면 사건의 경과를 보도록 하자. 2일째 동맹퇴학 청원서를 교주에
게 제출했을 학생들은 5일째 아침 얌전히 교실로 돌아와 있다. 이미 언
급한 것처럼, 이 사건의 결말을 작자는 이야기하고 있지 않다. 사건은
그것이 형식의 표층 의식에 떠올려지는 것을 달갑게 여기지 않는 형태
도 종결지어졌다고 생각된다. 약간 늦게 교실에 들어간 형식은 여느 때
와는 달리 자기를 야유어린 눈으로 주시하는 학생들의 태도에 불쾌함을
느끼지만, 어쨌든 수업을 시작한다. 그때 돌연 학생들이 더 이상 참을
수 없다는 기세로 일제히 와 웃기 시작한다. 그리고 교단 위에서 형식은
매우 곤혹스러워한다(71절).

형식이 학교를 쉬고 있는 동안 학생들이 돌변한 까닭으로는 오랜 적

열리는 날에", 글의 말미에 "신유(辛酉) 11월 22일 밤"이라고 적혀 있다..

68) 「민족개조론」을 발표하기 한 달 전 『개벽』지에 게재되었다. 글로 보아 마에다 초우
타(前田長太)가 번역한 『민족발전의 심리』의 일부분을 중역한 것이 틀림없다. '제4장
종족의 심리적 성격은 어떻게 변화하는가'의 '제1절 민족의 생활에 대한 사상의 세력'
이 약 두 쪽 분량을 제외하고 그대로 한국어로 번역되어 있다. 『전집』 10 수록.

69) 1927년에 씌어진 수필 「잘못된 사고법」(『전집』 8, 395면)에서 이광수는 군중심리에
대해 꽤 자세히 적고 있는데, 이것은 물론 「민족개조론」이 발표된 후의 일이다. 그러
나 『무정』을 연재 중이던 1917년 5월 『청춘』 제7호에 게재한 수필 「거울과 마주앉아」
에 있는 다음과 같은 구절은 이 무렵 이미 이광수가 군중심리에 관심을 갖고 있었던
사실을 방증한다.
"내 눈은 어린 적부터 중동(重瞳)이라고까지 칭찬받던 눈이라 (…중략…) 군중을 슬
쩍 관찰하면 그들의 심리 상태와 감정 경향을 알아보며, 사회를 살펴어 볼 때 능히 그
사회를 초탈하여 그 사회의 진상을 통촉(洞燭)하며, 인심의 경향과 사조의 변이하는
경로를 손바닥 보듯이 꿰어들어 (…후략…)"(『전집』 8, 830면, 강조는 인용자)

수인 배 학감의 간계를 생각해 볼 수 있다. 배 학감은 형식이 기생을 뒤쫓아 평양에 갔다고 학생들에게 꾀어 바쳐 자기를 향해 고조되어 있는 불만을 형식에게 돌림으로써, 청량리에서 겪은 치욕의 복수와 이전부터 눈에 거슬렸던 형식의 축출을 기도했을 것이다.70) 학생들은 형식이 기생 꽁무니나 쫓아다니는 인간이 아니라는 것을 알고 있었을 것이다. 그러나 그의 정신적 지배에 반항하고 싶다는 이전부터 잠재되어 있던 무의식의 욕구가 그들에게 그런 있을 것 같지도 않은 소문을 받아들이도록 하고, 결국에는 형식을 조롱하는 형태로 모습을 드러낸 것이라고 생각된다. 형식에 대한 반감이 공통의 분위기를 형성하고 있는 집단 속에서 학생들은 평소라면 정면으로 받아들이지 않았을 황당무계한 이야기를 간단하게 믿어 버리고, 집단이라는 것이 주는 안도감에서 조장된 무책임성으로 인해 뜻밖의 행동을 취하게 된 것이다.71)

---

70) 조소사건이 배 학감의 간계에 의한 것이라는 증거는 『무정』에 분명하게 서술되어 있지 않다. 1933년에 씌어진 장편소설 『유정』에는 주인공이 학교에서 학생들의 조소를 받는 유사한 사건이 묘사되어 있는데, 거기에서는 이 사건이 학내의 대립자의 음모로 일어난 것으로 되어 있다.

71) 르봉은 인간을 마음 깊숙한 곳에 잠재해 있는 '무의식적 부분'에 의해 '의식적 행위'를 규정받고 있는 존재로 간주한다. "우리들 행위의 공공연한 원인의 배후에는 반드시 타인에게는 공언할 수 없는 비밀의 원인이 존재하는데, 이 비밀의 원인의 배후에도 한층 더 비밀하여 우리들 자신조차 깨닫지 못하는 원인이 잠재해 있다. 우리들의 일상 행위의 대부분은 모두 이처럼 우리들이 깨닫지 못하는 잠재해 있는 동기의 결과 아닌 것이 없다"(「群衆心理」, 『民族心理及群衆心理』, 大日本文明協會縮刷版, 1918, 215면)는 기술은 앞장에서 고찰한 형식의 심층의 원망(願望)을 상기시킨다. 그러나 이광수는 인간의 의식은 중층적이라고 한 베르그송의 저서도 읽었고, 철학을 전공하는 학생으로서 프로이트의 학설도 알고 있었다고 생각된다. 르봉도 적고 있는 것처럼, '무의식적 현상'의 중요성은 당시 '근세의 심리학'이 인정하는 바였다(같은 책, 214면).
　　르봉의 독자성은 이러한 무의식을 민족과 결부시킨 점에 있다. 프로이트는 「집단심리학과 자아의 분석」(1922)에서 르봉의 『군중심리학』을 상세히 인용하고, "르봉이 말하는 무의식은 무엇보다도 종족 정신의 가장 깊은 곳에 있는 특징을 포함하고 있는데, 이것은 본래 개인적인 정신분석에서는 문제 밖의 대상이다"라고 적고 있다. 『改訂版 フロイド選集』 第4卷, 日本敎本社, 91~93면.
　　르봉에게 같은 민족에 속한 '대(大)수학자'와 '제화공'은 지식에는 차이가 있어도 '본능성'·'정욕'·'감정'의 측면에서는 거의 차이가 없다. 마치 정신의 하부 구조와 같이 '같은 민족에 속한 대다수의 보통사람 각자가 거의 같은 정도로 공유하는' '무의 조소를 받은 형식은 큰 소리로 학생들을 질책한다. 이때 학급을 대표하여 자리에서 일어나 형식에게 평양행에 대해 질문한 종렬은 집단의 공기를 하나로 모으는 역할을 담당하고 있다. 작자는 18절에서 종렬이라는 인물에 대해 자세히 설명하고 있는데, 그 설명에 따르면 종렬은 성적도 시원치 않고 학급의 모든 학생들에게서 각별히 존경받고 있는 것은 아니지만, 열 개의 의견을 제출하면 그 가운데 아홉은 받아들여지는 "일종의 특수한 능력을 가진 사람"[72]이다. 제출한 의견이 거의 받아들여지지 않았던 형식과는 반대로, 종렬은 주위 사람을 움직이는 능력을 가진 인간으로 묘사되어 있다. 형식에게 결여되어 있는 지도자로서의 재능을 가진 종렬이 평양행에 대해 질문하는 태도는 매우 단호하여 위엄마저 느껴질 정도이다.[73]

식적 성격'이라는 것이 존재하고, 주로 교육에 의해 그 위에 형성되는 것이 각 개인의 '의식적 성격'이다. 집단을 이룸으로써 생기는 '집단적 의식'에서는 이러한 '의식적 성격'이 소멸하고 집단 구성원에게 공통된 '무의식적 성질'이 노출되는데, 이것이 바로 르봉이 말하는 군중심리이다. 학생들이 취한 뜻하지 않은 행동의 배후에 이광수는 이러한 군중심리를 상정하고 있었던 것이 아닐까. 르봉은 군중심리가 출현하는 원인으로 (1)익명 상태에 놓여 개인의 책임관념이 소실되는 점, (2) 군중 속에서는 감정이나 행위가 감염되기 쉽고, 감염의 정도가 단체를 위해 자기의 이익조차 희생하는 것을 아끼지 않을 정도로 격렬한 점, (3)군중에게는 암시를 받기 쉬운 성질이 있는 점을 들고 있다. 「群衆心理」, 217~218면.

군중심리는 저급한 형태로 드러나는 일이 많지만, 경우에 따라서는 숭고한 형태를 취하는 일도 있다고 르봉은 주장한다. 이광수는 『무정』에서 군중심리의 도움을 빌어서라도 각 개인의 마음속에 존재하는 이러한 공통 감정인 '민족정신'을 끌어내고자 했던 것이 아닐까. 『무정』의 결말 부분에서 민족의식에 눈뜬 등장인물들을 묘사하는 작가의 시선에는 그것이 정신의 일시적 앙양에 지나지 않을지도 모르는 위험성을 놓치지 않는 냉철함이 느껴진다. 『무정』의 4년 뒤에 씌어진 「민족개조론」에서 르봉의 '민족심리'는 중요한 위치를 차지한다. 「민족개조론」 연구에서 르봉 학설과의 대비 분석은 필요불가결한 작업이다.

72) 이광수, 『전집』 1, 18절, 41면.

73) "우리들이 지금 계속 설명하고 있는 지도자는 대개의 경우에는 사상가라기보다 오히려 실행가이다. 그들은 슬기롭고 민첩한 선견지명을 갖추지 못하였고, 또 갖출 수도 없다. 왜냐하면 선견지명을 갖춘 자는 자칫하면 회의에 빠지고 둔하게 되어 버리기 때문"(「群衆心理」, 第3章 第1節 '군중의 지도자', 339면)이라는 르봉의 말은 사상가 유형인 형식과 실행가 유형인 종렬을 나란히 비교하여 보면 매우 흥미롭다.

교단 위에 선 형식은 종렬의 질문에 어떻게 대답해야 좋을지 몰라 당혹스러워한다. 그러한 모습을 짓궂게 바라보는 학생들은 사냥감을 멀찍이 포위한 사냥꾼들처럼 잔혹하고 섬뜩한 분위기를 내뿜고 있는데, 이것이 지금까지 자기들을 사랑해 온 교사에 대한 태도인가 싶어 독자는 놀라움을 금할 수 없다. 인간이 집단 속에서 조장된 무책임성으로 인해 자기보다 윗사람을 끌어내리고 싶은 심층의 욕망을 해방시켰을 때 얼마나 추하게 변모하는가를, 작자는 학생들의 섬뜩한 태도를 통해 표현하고 있는 것처럼 보인다. 지금까지 받아온 교육은 여기서 어떤 힘도 발휘하지 못한다. 오히려 순진했던 아이들이 교육을 받은 까닭에, 자아는 비대화되고 질투심도 강화되어 버린 것이다. 나중에 이광수는 도덕을 결여한 교육의 위험성을 경고하게 되는데, 『무정』에는 이미 그 맹아가 드러나 있는 셈이다.

폭주하기 시작한 집단 속에서 인간은 쉽게 이성을 잃는다. 학생들이 이성을 잃었다는 것은 그들이 형식의 추문을 믿은 사실에 이미 드러나 있지만, 예컨대 현재 경성학교에서 형식과 같은 우수한 교사를 잃는 것이 자기들에게 얼마나 손실이 될 것인가 하는 생각도 학생들의 머릿속에는 떠오르지 않는다. 게다가 희경을 비롯하여 형식에게서 경제적 원조를 받고 있는 학생들에게 이것은 자신들의 학비 중단을 초래하는 어리석은 행위이다. 그럼에도 불구하고 희경은 시선을 아래로 떨구고 있고, 형식을 변호하고자 하는 학생은 아무도 없다. 희경은 형식의 우월의식에 반감을 품고 있기는 해도, 정신적으로 그와 깊이 맺어져 있는 학생이었을 것이다. 하긴 형식에게 편애를 받고 있다는 사실만으로도 희경은 더욱 나서기 어려운 입장이었다고 할 수는 있다. 만약 그때 자리에서 일어나 형식을 변호하기 시작했다면, 희경은 즉시 동료들로부터 따돌림을 당했을 것이다. 그러나 그는 그 이전에 이미 집단의 분위기에 휩쓸려 들어가 버린 것처럼 보인다. 군중심리에 말려든 개인이 종종 자기의 이해에 반하는 비이성적인 행동을 취하는 경우를 르봉은 지적한 바 있다.74) 형식이 미국 유학을 떠나는 날 희경이 남대문역에 모습을 드러낸 것은, 사건의 열기가 가라앉았을 때 자기의 행동을 후회한 그가 먼 곳에 서라도 은사의 출발을 전송하고자 한 것이라 해석할 수 있지 않을까.75) 요컨대 작자는 인간이 집단으로서 행동할 때 드러내는 모습의 일면을 조소사건을 통하여 묘사했던 것이다.

5. 변명하지 않은 이유

형식이 교단 위에서 학생들에게 조소를 받는 사건은 충격적인데, 무엇보다도 독자를 애타게 하는 것은 그때 그가 변명하지 않은 점이다.76)

---

74) "군중 속의 각 개인은 홀로 머무는 경우에는 아무런 감화도 받을 수 없는 언사나 거짓 환상에 의해 갑자기 고무 격려되고, 태연하게 명백히 자기의 이익에 반하고 자기의 습관과 털끝만큼도 용납되지 않는 행동을 개의치 않게 되는 점까지도, 원시인과 매우 비슷하다."(『群衆心理』, 220면)
　군중심리는 19세기 말 대중운동의 고조에 대한 지배층의 위기감을 반영하고 있고, 군중을 예비 범죄자 집단이라는 관점에서 취급하는 경향이 있다. 그러나 르봉은 군중심리는 인간을 범죄의 방향으로 향하게 하는 것과 완전히 동일한 힘을 가지고 자기 한몸의 이해를 넘어선 숭고한 행위로 향하게 하는 경우도 있으며, 이는 군중이 받은 암시의 성질에 따른다고 하여 '도덕적 군중'의 존재도 주장했다.
75) "희경 일파가 여러 송별객 뒤에 서서 물끄러미 자기를 보고 있는 것을 볼 때에는 미상불 가슴이 뿌듯함을 깨달았으나, 그래도 자기의 곁에 선 선형을 볼 때에 모든 슬픔이 다 스러졌다."(이광수, 『전집』 1, 109절, 183면)
76) 사에구사 토시카츠는 앞서 언급한 논문 「『무정』의 유형적 요소에 대하여」에서 이광수 소설에 등장하는 유형적 일화의 다섯 번째 항목으로 '오해받 주인공'을 들고 이를 두 번에 걸쳐 변절이라 비방받았던 이광수 자신의 경력과 비교하면서, 이러한 일화가 그의 작품에 많이 나타나는 것은 "이광수의 정신적 기질과 커다란 관련이 있을 것"이라고 지적하고 있다. 본고에서는 형식이 영채 찾는 일을 그만둔 것이나 조소사건에서 변명하지 않은 것도 그의 심층에서는 그 나름의 이유가 존재한다는 것을 밝혔다. 형식의 경우와 마찬가지로, 이광수의 행동에도 나름의 이유가 존재했을 것이다. 이광수 자신은 그 이유를 알고 있고, 그것이 그의 입장에서는 본질적으로 자유의지에 의한 선택

왜 형식은 변명하지 않았을까. 전후 상황으로 보건대, 학생들을 선동한 것이 배 학감이라는 사실은 형식도 곧 알아차렸을 것이다. 그런데 형식은 교무실에서 그를 기다리고 있던 배 학감에게 우롱당했을 때도 확실하게 반론하지 않고 "이기지심(以己之心)으로 탁인지심(度人之心)이로구려! 이 형식이가 노형같이⋯⋯"[77]라고 말할 뿐, 그러고 나서는 주먹으로 책상을 탁 치며 교무실을 나가 버린다. 자네 탓에 영채가 자살했다는 비난의 말이 어째서 형식의 입에서 나오지 않은 것일까.

학생들에게 변명하지 않은 이유를 형식은 "이번 평양 갔던 일은 변명도 할 수 있으려니와, 그것을 변명하는 것은 형식에게는 그다지 필요한 일이 아니다. 그것을 변명한다 하더라도 사 학년 학생들이 자기를 사랑하지 아니한다는 진리는 변할 수 없는 것"(72절)이라며 "사랑의 실망"[78] 탓으로 돌리고 있다. 확실히 형식은 이 사건으로 인해 학생들에게서 사랑받고 있다고 생각한 것이 착각이었음을 깨닫고, "학생들의 눈에 비치인 자기"[79]가 자기가 생각하고 있던 모습이 아님을 깨닫는다. 자기의 일부처럼 생각했던 학생들이 이제는 타자로서 자기를 외부에서 바라보고 단죄까지 하면서 자신들의 존재를 주장했으니, 학생에 대한 애착심이 이상할 정도로 강한 형식은 배반당했다고 느끼고 회복 불가능할 정도로 마음에 상처를 입었으리라는 것도 이해할 수 있다.

그러나 그렇다고 해서 오해를 풀지 않고 학교를 떠나 버린 것은 어쩐지 부자연스럽다. 설령 학생들이 자기를 사랑하지 않는다는 사실에 절망했다고 해도, 형식은 사실을 말하고 오해를 풀고 나서 떠날 수도 있었을 것이다. "형식의 전 희망"이자 "전 행복"[80]인 학생들이 사실을 알지

이었던 까닭에, 그는 그 이유를 다른 사람에게 설명하는 것이 불가능하다고 생각하고 있었던 것은 아닐까. 그것이 바로 '이광수의 정신적 기질'이 아니었을까 싶다.

77) 이광수, 『전집』 1, 71절, 127면.
78) "아마도 인생의 모든 슬픔 중에 '사랑의 실망'에서 더한 슬픔은 없을 것이다."(위의 책, 72절, 128~129면)
79) 위의 책, 128면.

못하고 배 학감의 음모에 넘어가 있는 상황을 방치한 채 학교를 떠나는 것보다 청량리에서의 배 학감의 악행을 폭로하여 영채의 비극을 공공연히 밝히면, 학생들도 사실을 알게 될 것이고 자살한 영채의 복수도 될 것이다. 그런데도 어째서 형식은 오해받은 채 학교를 떠나는 길을 선택한 것일까.

우리는 여기서 김동인의 방법론을 응용할 수 있을 것이다. 즉 작자가 지금껏 "우리에게 제공해 오던" 형식의 행동 패턴을 되돌이켜 보는 것이다.[81] 지금까지의 형식의 행동은 항상 궁극적으로 자기가 욕망하는 방향으로 나아갔다. 일견 어떤 의미가 있는지 알 수 없는 행동도 형식의 의식의 심층을 살피면, 그 나름의 이유를 찾아낼 수 있었다. 구체적인 예를 들자면, 제1일째 저녁 하숙집에서 뛰쳐나간 영채를 형식이 붙들어 만류하지 않은 것은 잠재되어 있는 원망(願望)이 형식의 내부에서 그것을 방해했기 때문이었다.[82] 결국 형식은 붙들어 만류하고 싶지 않았던 것이다. 이번 조소사건에서 형식이 변명하지 않은 이유를 같은 패턴으로 유추하자면, 형식은 변명하지 않은 것이 아니라 실은 변명하고 싶지 않았다는 얘기가 된다. 이러한 관점에서 보면, 형식이 보여주는 행동의 배후에는 실로 다양한 동기가 있을 수 있다는 것을 알게 된다.

우선 생각할 수 있는 것은 변명이 불가능함을 두려워한 형식이 무의식적으로 변명을 회피했을 가능성이다. 바로 몇 시간 전, 밤기차가 서울에 가까이 닿아 감에 따라 형식은 영채의 시신도 찾지 않은 채 돌아온 자신의 행동이 상식적으로 "너무 무정함"[83]을 깨닫고 소름이 돋았었다.

---

80) 위의 책, 128면.

81) 김동인, 「춘원연구」(1934), 『김동인 전집』 16, 조선일보사, 1988, 51면. 필자는 본서의 제5장 제9절 '4일째(1)—평양행'에서 평양에서의 형식의 행동에 대해 김동인이 "작가가 아직껏 우리에게 제공해 오던 형식의 성격으로는, 결코 이렇게 못할 것이다"라고 언급한 말을 인용하면서, 오히려 형식의 행동은 그때까지 작자가 묘사해 온 형식의 심리가 도달한 당연한 귀결임을 지적했다.

82) 본서 제5장 제4절 '1일째—두 만남' 참조

83) "내가 너무 무정함이 아닌가."(강조는 인용자, 이광수, 『전집』 1, 66절, 119면)

만약 학생들에게 청량리사건과 유서에 대해 이야기하고 평양에는 영채를 찾기 위해 갔었다는 것을 이야기한다면, 영채 찾는 일을 부랴부랴 그만둬 버린 일은 어떻게 설명할 것인가. 앞장에서 언급한 것처럼, 그것은 형식의 '본래의 자아'가 행한 본질적으로 자유로운 행위였지만, 타인에게는 그만큼 설명이 불가능한 행위이기도 하다.[84] 물론 형식은 표층의 의식이 자기에게 유리하게 해석하고 있는 과거, 즉 은사의 무덤 앞에서 행한 자기 점검 때처럼 과거를 왜곡하여 학생들에게 이야기할 수도 있고, 나중에 우선에게 그랬던 것처럼 수업이 중요해서 영채 찾는 일을 그만두었다고 설명할 수도 있었을 것이다. 그러나 그렇게 하지 않은 것 자체가 형식이 자신의 행동에 대해 떳떳하지 못하고 불안을 품고 있었음을 시사한다. 그리고 이러한 불안으로 인해 형식은 변명을 피했던 것이라고 생각된다.

그러나 그보다도 형식에게는 애초에 학생들이나 배 학감에게 영채와 자기의 특별한 관계를 알리고 싶지 않은 마음이 있었던 것이 아닐까. 학생들에게 청량리사건과 유서에 관한 일을 말하고 배 학감에게 영채의 자살에 대한 책임을 추궁하려면, 형식은 그녀가 일찍이 은사가 허락한 자기의 결혼 상대라는 것부터 이야기할 필요가 있다. 형식을 위해 7년간 정조를 지켜온 여성이 자살했다는 이야기는 곧 김 장로와 선형의 귀에도 들어갈 것이다. 제1일째 작자는 김 장로가 형식을 선형의 가정교사로 초빙하기 위해 주도면밀한 사전 조사를 했다고 서술하고 있다. 또 조소사건 후 선형과의 혼담이 들어왔을 때의 형식의 태도는 한편으로는 깜짝 놀라면서도 마음에 무언가 기대하는 바가 있었던 것 같은 인상을 준다. 형식의 마음속에는 영채라는 결혼 상대의 존재를 김 장로에게 알리고 싶지 않다는 원망(願望)이 있었고, 그것이 무의식적으로 변명하는 것을 회피하게 만들었다는 추측은 충분히 가능한 것이다.[85]

---

84) 본서 제5장 제12절 '형식의 여행' 참조
85) 형식도 부산행 열차 안에서 생각하고 있는 것처럼, 결혼의 의리가 있는 여성이 정조

다음으로 생각할 수 있는 이유는 변명하지 않은 결과가 형식의 원망이 궁극적으로 바란 것이었을 가능성이다. 형식은 변명하지 않은 결과 학교를 떠나게 된다. 따라서 이 경우 변명하지 않는 결과란 쫓겨난 것처럼 보이는 형식이 실은 학교를 떠나고 싶어했다는 얘기가 된다. 이것은 일견 황당무계하게 들리지만, 학교에서 형식이 처한 상황을 생각해 보면 꽤 설득력을 갖는 추측이다.

배 학감이 권력을 휘두르는 학교는 형식에게 결코 편안한 직장이 아니다. 먼저 학교를 떠난 동료들처럼 자기도 떠나고 싶지만, 그러면 학생들이 착실한 교육을 받을 수 없게 된다고 생각하여 형식은 참고 있었던 것이다. 처음은 형식에게 유리하게 전개되는 듯했던 전날의 동맹퇴학사건도 배 학감의 반격으로 형세가 역전되고, 동료들은 형식이 머지않아 쫓겨날 것이라고 생각하고 있다. 게다가 형식 자신이 자유사상을 교육한 탓에 지금 학생들은 4년 전의 순진한 아이들에서 '타자·경쟁자'로 변모했다. 무의식적이긴 하지만 형식이 학생들의 변모와 반항심을 느끼고 있다는 사실은 조소사건 이전의 형식의 의식과 행동에 이미 드러나 있다. 2일째 학생들의 동맹퇴학소동으로 일찍 하숙집으로 돌아온 형식은 또 소동이냐고 걱정하는 하숙집 노파에게 "그까짓 학교 일 같은 것은 심상하외다. 걱정도 아니합니다"[86]라고, 독자가 어이없을 정도로 학교에 대해 냉담한 말을 내뱉는다. 그리고 월향의 몸값을 댈 수 없다는 사실에 괴로워하면서, 학생들에게 학비를 원조하고 있던 것을 부질없다고 후회하고 감사할 줄도 모르는 학생들의 태도를 욕하던 끝에 이달부

를 내세워 자살했다면 1년 정도는 상복을 입는 것이 당시의 상식이며, 그 직후에 다른 여성과 약혼하는 일 따위는 당연히 생각할 수도 없다. 그런데 그런 얘기를 했다면, 형식은 선형의 약혼 상대 후보가 될 수 있는 시기를 놓쳤을 것이다. 형식이 선형에게 영채와의 관계를 숨김없이 털어놓았을 때, 선형은 "그러고 보면 영채가 죽었다 하는 일은 바로 형식과 자기가 혼인을 맺던 날"이라며 놀라고 있다. 본서 제5장 제12절, 주 144 참조.

86) 이광수, 『전집』 1, 25절, 52면.

터라도 돈을 주는 것을 그만둘까도 생각한다.[87] 학교와 학생들에게 보였던 과도한 애착의 틈에서 맥없이 흘러나오는 이러한 언동은 형식이 무언가 막다른 상황에 놓인 자기 처지를 느끼고 있으며, 그가 학생들에게 쏟았던 애정에도 변화가 일어나고 있음을 보여준다.

이러한 형식의 위기 의식은 또한 불충분한 학력과 지식에 대한 초조 감에서도 비롯되고 있는 것처럼 보인다. 중학을 졸업한 데 불과한 형식의 학력은 고등사범을 졸업한 배 학감에 비해 명백히 열등하며, 희경도 가까운 장래에 형식을 추월할 것이 분명하다. 형식은 표층의 의식에서는 자기가 매우 앞서 가고 있다고 자부하고 있지만, 이대로 학교에 남는다면 수년 뒤에는 현재 가르치고 있는 학생들이 학력은 물론 지식 면에서도 자신을 추월할 것이라는 위협을 잠재적으로 느끼고 있었을 것이다.[88] 그렇게 되지 않으려면 재차 유학하는 수밖에 없고, 이를 위해서 형식은 자기의 일부로까지 느끼고 있는 학생들에게서 자기를 떼놓을 필요가 있다. 결국 조소사건은 형식에게 학교와 학생에 대한 타성적인 애착을 끊어버릴 계기를 마련해 준 셈이다. 무의식 속에서 학교를 떠나고 싶어했던 형식은 변명하지 않음으로써 그 원망(願望)을 성취했던 것이다.

이상에서 형식이 변명하지 않은 이유를 몇 가지 추측해 보았다. 이 가운데서 어느 것이 진짜 동기인지 결정하는 것은 곤란할 것이다. 인간

---

87) "형식은 또 생각한다. 저 책들을 사지 말고, 학생들에게 돈도 주지 말고 사오 년 동안 매삭 이십 원씩만 저금을 하였더면 오십 삭 치고 천 원은 되었으렷다. 아하, 그러하였던들 이러한 근심은 없을 것을. 더구나 학생들에게 돈을 대어준 것은 참 부질없는 일이었다. 나는 정성껏 넉넉지도 못한 것을 저희에게 주건마는 받는 학생들은 마치 당연히 받을 것을 받는 줄로 여겨 좀 주는 시기가 늦어도 게두덜거리는 모양. 게다가 그것을 은혜로나 아는가. 그것들이 자라서 큰 인물만 되고 보면 자기 도움도 무슨 뜻이 있거니와, 지금 같아서는 그 놈이 그 놈이라 별로 뛰어나는 천재나 위인도 있는 것 같지 아니하고 **아아, 부질없는 짓을 하였구나.** 저금을 하였더면 이런 걱정이나 없을 것을. 응, 이달부터라도 지금까지 주어 오던 학생에게 일체로 돈 주기를 거절할까 보다."(강조는 인용자, 위의 책, 52면)

88) 형식이 느낀 이러한 위협은 오산학교시절 작자가 느꼈을 위협과 중첩하여 생각할 수 있다. 본서 제1장 제3절 '오산학교시절' 참조.

은 보통 단 하나의 동기로 행동을 결정하기보다 오히려 여러 가지 동기의 의식적·무의식적 조합에 의해 움직이기 때문이다. 그러나 어쨌든 변명하지 않는 쪽을 선택한 것이 그가 궁극적으로 바라던 방향을 지시하고 있다는 것은 분명하다. 자기가 손수 심은 포플러나무가 있는 학교를 떠나는 형식이 마음이 찢어질 듯한 슬픔을 토로하고 있음에도 불구하고, 우리는 그 슬픔에서 일말의 과장을 느끼지 않을 수 없는 것이다.

마지막으로, 형식이 아니라 작자 자신에게 추태를 드러낸 끝에 학교를 쫓겨난 교사를 그려내고 싶은 충동이 있었다고 생각되는 이유를 언급해 두고 싶다. 자기 자신의 투영인 형식을 두고, 시시콜콜 교사로서의 결함을 지적하는 자학적인 필치를 휘두르거나 교단 위에서 쩔쩔맨 끝에 변명하지 않고 교실을 떠나는 비참한 모습으로 묘사한 데서는 순수한 작품 내부의 문제를 넘어선 작자의 내적 요청 같은 것이 느껴진다. 작자는 굴욕으로 범벅이 된 자기 자신의 교사 생활의 '실패'를 이 조소사건에서 상징적으로 폭로함으로써, 그 꺼림칙한 추억으로부터의 심리적인 해소(카타르시스)를 바란 것은 아닐까. 영채의 죽음에서 해방감을 느끼고 삶의 환희에 젖는 모습을 통해 형식의 '무정'함을 극단화했을 때처럼, 형식에게 교단에서 학생들의 조소를 받고 쫓기듯 교실을 뒤로 하는 교사로서의 최악의 모습을 취하게 함으로써 작자는 역설적인 위안을 얻었다고 생각되는 것이다.

6. 이광수 내부의 두 가지 경향―「김경」과 「공화국의 멸망」

형식이 경성학교에서 반항을 허용하는 자유사상을 교육하고 문학을 은연중에 장려했던 것처럼, 이광수는 오산학교에서 바이런이나 톨스토이의 문학을 즐겨하는 '낭만주의적'인 교육을 하다가 이 무렵 학교 경영의 실권을 쥐고 있던 교회와 대립하여 오산학교를 떠나게 된다.[89] 약 9개월 간 대륙을 방랑하고 나서 일단 오산으로 돌아오긴 했지만, 결국 그는 이듬해인 1915년 토쿄 재유학길에 오른다. 방랑을 끝내고 토쿄로 가기 전까지 이광수는 4년 만에 작품을 발표하기 시작한다.[90] 이 가운데 1915년 『청춘』 3월호에 발표한 자전적 단편소설 「김경」에는 마침내 오산을 떠날 결심을 하고 있던 이광수의 복잡한 심경이 드러나 있다.

「김경」은 한여름을 타지에서 보낸 김경이 고읍(古邑)의 역에 내리면서부터 학교 근처의 갈림길에서 학생들과 지나쳐 버리기까지의 짧은 시간 동안 그의 머릿속에 떠오른 현재의 생각과 작자에 의해 이야기되는 그의 과거가 교차하는 형식으로 구성되어 있는데, 이러한 구성은 『무정』의 특이한 시간 구성을 예고하는 것이기도 하다.

어려서 부모를 여의고 항상 자기 일은 자기가 결정해 온 환경 탓인지 김경에게는 연장자나 선배의 말을 받아들이지 않는 오만한 구석이 있다. 일본 유학길에 올라 토쿄 시로가네(白金)의 한 중학에서 접한 다양한 문학 작품에서 영향을 받은 김경은 더 이상 배울 필요도 없고 차라리 시인으로서의 천분(天分)을 펼쳐야 마땅하다는 오만한 이유를 내세워 졸업하자마자 고향 오산의 ○○학교의 초빙에 응하여 부임한다.[91] 그리고 오산에서 고국의 현실과 맞닥뜨린 그는 토쿄의 생활이 "사첩 반의 공중

---

89) 오산학교 제1회 졸업생으로, 그후 같은 학교의 교사로 근무했던 김도태(金道泰)는 이광수가 교회와 충돌하여 오산을 떠난 경위를 다음과 같이 말하고 있다.
　"설상가상으로 이광수의 가르치는 문학사상은 낭만주의적이어서 바이런의 시를 좋아하고 예수교를 공격하고 톨스토이의 휴머니즘을 가르쳤다. 그때 완고한 예수교도들과 합치될 까닭이 없어 교회와의 대립 항쟁이 심하여 이광수도 오산을 떠나고야 말았다." 김윤식, 『이광수와 그의 시대』, 한길사, 1986, 332면에서 재인용.
90) 다만 1913년에 『엉클톰스캐빈』의 축약본을 '검둥이의 설움'이라는 제목으로 간행한 작품이 있긴 하다.
91) 이광수, 『전집』 1, 569면. 그밖에 연로한 조부를 봉양하기 위한 것이라는 이유도 들고 있다.

누각"에 지나지 않았음을 깨닫고 학생들에게 깊은 애정을 갖고 성실하게 학교일에 힘쓰게 된다. 이윽고 김경의 내부에서는 '성공욕'과 '자기희생' 간의 갈등이 시작된다. 중학시절에 싹튼 김경의 오만한 자아는 자기의 재능을 최고도로 발휘하여 "성공욕을 만족"하고 싶다는 자기 발전의 욕구로 이어지지만, "오산은 이 욕망의 대상이 되기에는 너무 적"92)었던 것이다.

　오산을 떠나고 싶은 생각과 남아 있어야 한다는 의무감 사이에서 고민하고 지금까지 몇 번인가 오산을 떠났다가 돌아온 경험이 있는 김경은, 지금 그렇게나 그리웠던 학교로 향하면서도 이대로 역으로 되돌아가고 싶은 마음과 자기 희생의 공부라고 생각하고 참아야 한다는 의무감으로 분열되어 있다. 이때 저녁을 알리는 학교의 종소리가 들린다. 그 순간 김경의 마음은 학교 생각으로 꽉 차고, 그는 마치 연인과의 약속 장소에 가는 소년처럼 조만간 학생들과 만나게 될 갈림길로 서둘러 간다. 그러나 간만의 차이로 길이 어긋나 버리고, 기대가 컸던 만큼 실망도 커서 김경의 마음은 180도 달라져 버린다. 김경은 학생과의 '사제관계'의 공허함을 통감하고 오산에서의 시간은 "공허"였다고 후회하게 되는 것이다.93) 이 5년 간은 헛수고였다고, 좀더 빨리 그것을 깨달았어야 했다고, 그가 멀어져 가는 학생들의 뒷모습을 쳐다보며 후회하는 장면에서 소설은 끝난다.

　김경의 역사에는 "근거지"가 두 개 있다고 작가는 적고 있다. "하나는 그가 공부하던, 또는 『불기둥(火の柱)』과 『아종교(我宗教)』와 『해적』을 읽던 토쿄 시로가네(東京 白金)와 또 하나는 건전한 조선인이 되게 된 이

---

92) "대개 김경은 의의 있는 생활을 하리라, 자각 있는 생활을 하리라—밝히어 말하면 성공욕을 만족할 만한 사업을 붙들리라. 일생을 꼭 들이어 바쳐도 후회 없을 사업에 착수를 하리라. 그것이 아직 이르거든, 실력을 기르는 일을 하리라 하는 욕망이 있다. 그런데 오산은 이 욕망의 대상이 되기에는 너무 적다." 위의 책, 571면.

93) "그들과 나와의 관계가 무엇이뇨? 사제? (…중략…) 옳도다. 공허이로다. 다만 신심의 피로만 샀을 따름이로다." 위의 책, 572~573면.

오산"94)이다. 전자는 '자기 발전'을 추구하고자 하는 욕망의 근원지이
고, 후자는 애국자에게 보상 없는 '자기 희생'을 요구하는 조국 민족을
상징한다. 김경의 마음은 마지막 순간까지 같은 강도로 이 두 근거지에
결부되어 있는 것처럼 보인다. 그리고 이 두 근거지로 분열된 마음의 긴
장이 참을 수 없는 지점에 달했을 때, 팽팽히 당겨진 실이 툭 끊어져 우
연히 한쪽으로 튕겨나가듯 그의 마음은 맥없이 토쿄로 내던져지고 있
다. 김경의 망설임은 막연한 불안 속에서 취해진 이 돌연한 선택으로써
끝을 고하며, 결정에 이르는 심리 과정은 불명료하게 그려진다.

그런데 이 점이 『무정』에서는 조소사건을 통해 그려져 있다. 앞서 살
펴본 것처럼, 형식이 경성학교에 가진 애착의 배후에 잠재했던 탈출 원
망(願望)은 조소사건 당시 변명하지 않음으로써 성취되고 있기 때문이다.
독자에게는 알아보기 어려운 형태이긴 해도, 어쨌든 그러한 결단의 과
정이 그려져 있다는 점에서 『무정』은 「김경」에서 한 걸음 진전해 있다.
「김경」에서는 아직 그려낼 수 없었던 자기 마음속의 욕망을 작자는 『무
정』에서 그려낼 수 있었던 것이다. 김경의 마음을 에워싸는 막연한 불
안은 토쿄를 선택하고자 하는 자기를 직시할 수 없다는 데서 비롯된다.
그것은 또한 오산에서 벗어나고자 하는 원망(願望)을 직시할 것을 망설
이고 있는 작자 자신의 불안이기도 하다. 김경이 최종 결정의 국면에서
까지 보여준 끈질긴 망설임도 자신의 탈출 원망에 대해 작자가 품고 있
던 꺼림칙함의 반영이었다고 생각된다. 『무정』을 쓰면서 이광수는 자기
의 내부에 있는 욕망을 솔직하게 인정한다. 그리고 마치 『무정』만으로
는 자기의 심정을 충분히 그려낼 수 없다는 듯이 동시에 「방황」을 집
필하고 그 주인공의 입을 빌려 "나는 저 큰 애국자들이 하는 모양으로
'조선과 혼인'하지는 못하였다"95)고 고백하는데, 이 고백에는 패배감과

---

94) 위의 책, 570면.
95) 이광수, 『전집』 8, 949면. 1918년 3월 『청춘』 12호에 발표되었지만, 작품의 말미에
    "1917.1.17, 동경 코우지마치(麴町)에서"라고 집필 시기와 장소가 기록되어 있다.

도 유사한 떳떳치 못함이 배어 있다.

궁지에 빠져 있는 오산학교를 버리고 유학하는 것은 확실히 떳떳치 못한 행동일 것이다. 그러나 제2차 유학시절 이광수가 발표한 논설의 대부분이 인간의 '욕망'을 장려하는 취지를 담고 있다는 사실을 고려할 때, 「방황」의 주인공이 삶에 대한 집착마저 잃어버릴 정도의 좌절감에 빠져 괴로워하는 모습은 이상하게 보인다. 이광수가 「교육가 제씨에게」에서 "오인이 조(造)하려는 자(者)는 인(人)의 력(力)을 (부모형제의 力도) 의뢰하지 아니하고 자력으로 불식(不息)히 활동하여 사회에 최고한 지위를 점하고 대리석옥(大理石屋)에 기거하고 선차(船車)에 일등(一等)을 승(乘)하고 독력으로 학교나 도서관이나 회사, 은행 등을 설(設)하려 하는 자요, 오인이 취하려 하는 자(者)는 자기의 자손으로 하여금 천만대 번창케 하려는 대욕망이 유(有)한 자"96)라고 쓴 것은 「방황」이 씌어지기 약 2개월 전의 일이다. 자기 민족에게느 '대욕망'을 가지라고 주장했던 이광수가 왜 도약을 추구하는 자기의 욕망에 대해서는 그렇게까지 괴로워해야 했을까.

이광수의 내부에는 서로 반대되는 두 가지 경향이 동거하고 있는 것처럼 보인다. 인간은 '자기 발전'을 추구하는 욕망이 필요하다고 생각하는 마음이 그 하나이고, 이를 혐오하는 마음이 다른 하나이다. 이광수는 한편으로 제국주의시대의 생존경쟁에서 살아남기 위한 원동력은 인간의 욕망이라고 인식하면서도, 다른 한편으로 인간은 자기를 위해서만 살아서는 안 된다는 인도주의적인 신념과 인간이 모두 자기를 위해서만 산다면 인간이 머무는 사회는 어떻게 될까라는 철학적 회의를 품고 있었던 것 같다. 「김경」과 같은 무렵에 집필되어 토쿄 유학생잡지 『학지광』에 발표된 짧은 논설 「공화국의 멸망」(1915)을 읽을 때, 우리는 더더욱 그러한 생각을 갖게 된다.

---

96) 이광수, 「교육가 제씨에게」, 『전집』 10, 59면.

우리가 자라아난 촌중(村中)은 다 소공화국이러니라. 각각 엄정한 불문율이
있어 이를 강행시키는 권력이 없어도 저마다 진정으로 지키어 왔다.

"선인의 인생관, 사회관"이자 "종족적 규약"이기도 한 이러한 불문율
은 ⑴ 선조를 사모공경하고, ⑵ 경제적으로 자립하며, ⑶ 선조의 이름을
더럽히지 말고, ⑷ 같은 종족을 운명공동체로 간주하여 사랑하라는 것으
로 요약된다. 그런데 "권리"와 "자유"사상이 들어와 이러한 "군자국(君子
國)"은 붕괴되었다. 사람들은 법률에 저촉되지 않으면 무슨 일이든 자유
롭게 할 권리가 있다고 주장하고, 사회를 통합할 만한 "사회적 도덕심"
과 "유덕(有德)한 인사의 위엄"은 사라졌으며, 인민은 "난민(亂民)"이 되
었다. 바야흐로 "아들이 아비에게 대하야 권리를 다투고 아이가 어른에
게 향하야 평등을 설(說)하며 제자가 스승을 고용(雇傭)으로 여기"는 사회
가 된 것이다.

아비도 없고 어른도 없고 사제도 없고 친척도 없고 인리(隣里)도 없는 세상
이 그 무엇이리오 아아, 우리는 피상적 문명에 중독하야 이 오래고 정들은 공
화국을 깨트리었도다.97)

여기서 간파할 수 있는 것은 예로부터 내려오는 질서 속에서 사람들
이 다투지 않고 평화롭게 살고 있는 이상향에 대한 동경과, 그러한 세계
질서가 외부에서 유입된 자유와 권리의 사상으로 인해 파괴되어 생긴
혼란 상태에 대한 혐오이다. 이광수는 1910년 「조선사람인 청년에게」98)
에서 선조의 나태 때문에 조선이 쇠퇴한 것이라고 '부로(父老)'를 비난하
고, 1918년 「자녀중심론」에서는 "우리는 선조도 없는 사람, 부모도 없는
(…중략…) 신종족으로 자처하여야 한다"99)고 자녀중심사상을 부르짖는

---

97) 『학지광』 제5호, 1915, 9~11면(『전집』 1 수록).
98) 『소년』, 1910(『전집』 1 수록).
99) 『청춘』 제15호, 1918(『전집』 10, 37면).

다. 그러던 그가 제2차 유학을 앞두고는 선조와 전통을 경애하는 태고
(太古)의 공동체를 이상향으로 간주하고, 이를 유교의 용어를 써가며 "군
자국"이라 부르며 자유・권리・평등 등의 "피상적 문명"에 대한 혐오를
드러내고 있는 데 우리는 놀라지 않을 수 없다. 그러나 이를 두고 이광
수가 유교를 지지했다고 하는 것은 경술하다고 생각한다. 유교를 지지했
다기보다는 자기 민족의 이상적 공동체상을 묘사하기 위해 조선의 전통
과 결부된 유교의 용어를 차용하게 되었다고 해석해야 하지 않을까.100)
이러한 공동체가 정말로 조선에 존재했는지의 여부 또한 별개의 문제
다. 이것은 이광수의 머릿속에 있는 이상적 공동체의 모습이며, 요점은
그 공동체가 "사회적 도덕심"과 "유덕한 인사의 위엄"에 의해 규율된
질서를 가진 사회이고, 그것을 파괴하는 것이 '자유'와 '권리'로써 인간
의 욕망을 정당화하는 "피상적 문명"이라는 점이다.

　「공화국의 멸망」으로부터 8년 후인 1923년, 이광수는 지도자 아래 질
서를 유지하며 발전하는 공동체와 규율을 잃고 야만 상태에 빠진 공동
체의 대조적인 모습을 『허생전』 속에 등장하는 두 개의 섬을 통해 묘사
하면서, 질서와 규율을 잃었을 때 드러나는 인간 본래의 모습에 강한 불
신을 나타낸다.101) 이러한 불신은 앞장에서 고찰한 이광수의 인간인식

---

100) 이광수의 내부에 존재했던 이중성, 즉 개인의 자유와 권리를 욕망하면서도 동시에
　　공동체의 규율과 질서에 구애되는 이중성을 고려한다면, 「공화국의 멸망」은 후자의 표
　　출로 보아야지 이를 두고 이광수가 "철저한 유교도덕을 주장"(김윤식, 『이광수와 그의
　　시대』, 한길사, 1986, 459면)했다고 할 수는 없다. 애초에 이광수는 유교를 본격적으로
　　긍정하거나 부정하지 않았다. 제1차 유학 시절에 쓴 「금일 아한(我韓) 청년과 정육」에
　　서 공격한 것은 인간의 자율성을 속박하는 사회관습이지 유교는 아니었던 것처럼(波田
　　野節子, 본서 제2장 '이광수의 자아' 및 제3장 '「문학의 가치」에 대하여' 참조), 제2차
　　유학 시절에 쓴 「신생활론」에서도 공격 목표는 유교가 조선에 끼친 폐해이지 유교 그
　　자체는 아니다. 이광수는 유교 그 자체와 대결하여 자기의 입장을 명확히 하려 하지
　　않고, 기독교든 유교든 불교든 그 폐해는 배격하고 필요한 면은 받아들이는 태도를 취
　　했던 것처럼 보인다. 다만 유교는 조선에 영향을 끼친 시간이 길었던 만큼 조선 민족의
　　'종족적 규약'에 근접하게 되었고, 이 때문에 이광수는 이상향의 이미지에 유교적 색채
　　를 부여하게 된 것이 아닐까 싶다.
101) 1923년 12월에서 이듬해 3월까지 『동아일보』에 연재. 『전집』 1, 362~402면.

과도 관련이 있다. 그의 인간인식에 따르면, 인간이란 진저리가 날 정도로 자기중심적이고 본능적인 '본래의 자아'를 삶의 원동력으로 삼으면서도, 외부 세계에 맞춰 형성되는 '표층의 자아'로써 그것을 자기 내부에 감춰 놓고 사회 생활을 영위해가는 존재이다.102) 참혹한 죽음을 당한 은사의 무덤 앞에서 자기가 살아 있다는 사실에 도취되어 웃음을 짓던 평양에서의 형식의 모습은 '본래의 자아'가 완전히 노출되었을 때의 인간의 모습이며, 그런 의미에서 미추(美醜)를 초월한 있는 그대로의 인간의 모습이라 할 수 있다. 그러나 일상생활에서 인간은 이러한 모습으로 살아갈 수 없다. 밤기차가 서울에 가까워지면서 형식에게 일어난 변화는 사회 생활에 적응하기 위한 준비이다. 공동의 사회생활을 하기 위해서 인간은 숙명적으로 '표층의 자아'를 필요로 하는 것이다. 이러한 인간인식 속에도 이광수 내부의 두 가지 경향은 드러나 있다.

김경의 "두 근거지" 가운데 오산이 상징하는 것은 이광수가 동경해마지 않는 조선의 전통적 질서를 가진 공동체이고, 이를 중독시켜 붕괴시키려 하는 '피상적 문명'이란 또 하나의 근거지, 즉 토쿄 시로가네(白金)에서 배운 자기 보존 및 발전을 위한 욕망이다. 인간의 욕망이야말로 조국을 식민지화한 제국주의 논리의 근간을 이루는 것이라고 생각했던 이광수는 한편으로는 민족의 생존을 위해 이러한 욕망을 장려하면서도 자기들의 공동체의 논리를 짓밟고 오염시키는 외래의 논리에는 아무래도 친숙해질 수 없었던 것이 아닐까.103)

---

102) 波田野節子, 본서 제5장 제12절 '형식의 여행' 참조.

103) 이러한 김경의 '두 근거지'는 본서 제1장에서 언급했던 이광수 내부의 '두 세계'와 동일한 것이다. "그러나 그라는 조선인 속에 있는 두 세계는 병존할 수 있는 성질의 것이 아니다. 일본의 '사회적 감화' 아래 눈뜬 자아는 타자를 삼켜서라도 팽창하기를 희망하는 자아이자 일본의 제국주의를 지탱하는 자아이며, 처음으로 그가 공동체 속에서 머물 곳을 발견하고 조선인으로서의 정체성을 얻었던 오산학교의 세계와 적대하는 자아이다. 그는 전자의 논리로써 후자를 구하고자 하는 절망적인 전술을 발견하지만, 그것은 자기 자신을 전자에 팔아 넘기는 행위를 초래하지 않으면 안 되는 위험한 도박이었다."(본서 제1장 '이광수의 민족주의사상과 진화론' 제4절 참조)

이광수의 내부에 병존하는 이 두 가지 경향은 그가 어느 쪽의 영향권 내에 있었는가에 따라 각각 다른 양상으로 표출되었던 것 같다. 「조선 사람인 청년에게」가 씌어진 것은 이광수가 메이지학원 중학을 졸업하고 오산학교에 부임한 직후로, 그의 마음은 아직 토쿄 시로가네의 영향 아래 있었다. 그리고 「공화국의 멸망」이 씌어진 것은 그가 이미 5년 이상이나 토쿄에서 떨어져 있었고 또 바로 전 해 대륙 방랑에서 서양 열강에 의한 동양 지배의 참상을 목격한 탓에 서양의 논리에 반감을 가졌던 때였다.[104] 그러나 그후 재유학한 이광수는 토쿄에서 「자녀중심론」을 비롯하여 욕망을 장려하는 논설을 여러 편 쓰게 된다. 그런가 하면 1919년의 토쿄의 2·8선언서는 오산을 정신적 근거지로 삼고 있는데, 2·8선언서가 씌어지기 약 2~3개월 전부터 이광수는 토쿄를 떠나 있었다. 그리고 1921년 상하이에서 귀국한 뒤 이광수는 한번 더 「공화국의 멸망」과 동일한 지점으로 돌아와 「상쟁의 세계에서 상애의 세계에」를 쓰는데, 여기서는 인간의 이기적 투쟁 본능에 영합하는 서양의 독약인

이광수의 '이중성'은 사에구사 토시카츠의 논문 「『재생』의 뜻은 무엇인가」(『동방학지』 83집, 1994.3, 200면)와 서영채의 석사논문 「『무정』 연구」(서울대 석사논문, 1992, 36면)에도 지적되어 있다.

104) 1914년 여름, 대륙 방랑을 마치고 오산으로 돌아온 이광수는 이해 12월 『청춘』 제3호와 이듬해 1월 제4호에 기행문 「상해에서」를, 이어서 같은 잡지 제6호에 「해삼위(海蔘威)로서」를 발표한다(모두 『전집』 9에 수록). 전자는 이광수가 1913년 말 상하이에 도착했을 때의 견문기이고, 후자는 이듬해 초엽 친구들에게 전송을 받으며 그곳을 떠날 때의 일을 서정적으로 묘사한 것이다. 이 글들에서는 서양 열강의 침략을 받고 어찌할 바를 모르는 동양의 나라들에 대한 동정과 자기 나라도 그 일원이라는 사실에 대한 분함과 적막함, 그리고 서양인의 오만함에 대한 반감과 선망이 뒤섞인 감정 등이 읽혀진다. 한편으로 상하이의 상무인서관(商務印書館)이 서양 서적을 많이 갖추고 있는 사실에는 놀라면서도, 중국의 학교 교육에서 영어가 중시되고 있는 현실을 중국의 '국수(國粹) 상실'과 결부시키고, 영어로 말하는 것을 영광으로 생각하는 '이이비양혼(以而非洋魂)'에 침투당한 중국인은 기껏 영국인의 고용인 되는 것이 고작이라고 탄식하는 이광수의 예리한 시선과 격렬한 방항심은, 이로부터 2년 후인 1916년 『매일신보』에 게재한 「대구에서」의 논조와는 대조적이다. 이 글에서 이광수는 대구에서 조선인 청년들이 일으킨 강도사건을 분석하면서, 조선인에게는 어려운 고상하고 복잡한 일은 당분간 일본인이 하고, 그 밑의 일을 조선인에게 맡겨 교육받은 청년을 구제할 것을 제언하고 있다.

"권리사상"이 동양에 주입된 탓에 싸움을 모르던 "군자국"이 붕괴하고 말았음을 탄식하고 있다.[105]

『무정』에는 이러한 두 가지 경향이 그대로 드러나 있다. 형식이 경성학교에서 가르친 자아중시의 교육이란 이광수가 이 무렵 생존경쟁에서 살아남기 위해서 필요하다고 주장했던 '의지의 교육'·'욕망의 교육'의 실천이며, 이는 각 개인의 삶의 원동력인 자아를 강화함으로써 민족 전체의 힘을 증대시키는 것을 목적으로 한 것이다. 그러나 『무정』에서 작자가 이러한 교육 방침을 절대적으로 올바르다고 생각하고 있었다고 볼 수는 없다. 작자는 형식의 교육 방침을 명확히 비판하진 않지만, 그러한 교육 방침으로 인해 학내 질서의 붕괴가 초래된 점에 대해서는 결코 긍정적이지 않다. 형식의 자유사상 교육이 경성학교에 초래한 결과는 이상적이기는커녕 추악하며 이를 묘사하는 작자의 필치에는 야유와 혐오의 어조가 묻어 있는데, 이는 이광수 자신 오산학교에서 문학을 장려하고 자아를 강화시키는 교육을 한 결과에 꼭 만족했던 것은 아니라는 사실을 보여준다. 또 『무정』에는 서울의 경성학교 외에도 평양의 패성학교가 나오는데, 작자는 패성학교 함 교장의 교육방침에 대해 개성을 무시하고 인간을 하나의 틀에 집어넣는 구식교육이라고 비판하면서도 패성학교 학생들의 규율 바른 태도에 대해서는 칭찬하고 있다.[106] 반대로 형식의 자유교육은 학생들의 개성은 신장시켰지만, 규율을 지키는 데는 실패했다. 요컨대 작자는 이상으로서는 형식의 신식교육을 지지하면서도 그것이 실행되었을 때의 결과에는 경계심을 품고 있으며, 구식의 교육에는 이념적으로 반대하면서도 그 실효성은 인정하고 있는 것이다.[107]

---

105) 이광수, 『전집』 10, 175면. 1923년 2월 『개벽』 제32호에 게재되었을 때의 제목은 「상쟁의 세계에서 부조(扶助)의 세계에」였으나, 같은 해 10월 흥문당에서 간행한 『조선의 현재와 장래』에 수록될 때 제목이 바뀌었다.

106) 영채는 월향에게 이끌려 패성학교의 함성모 교장의 연설회에 갔다가 학생들이 자기들에게 예의바르게 행동하는 태도에 감격한다.(33절).

각 개인의 자아를 강화시키고자 하는 '욕망의 교육'은 그 전제로서 자아의 확대물인 공동체의 범위를 한정하는 것(「공화국의 멸망」에서 이광수는 그 범위를 '같은 종족'으로 한정하고 있다)과 그 공동체 내부의 질서 유지를 위해 자아들끼리 타협할 수 있는 규율이 요구된다. 서로가 경쟁자인 자아들 간의 경쟁이 격화되는 것을 피하기 위해서는 본래 제한 없는 욕망을 공동체의 이익이라는 명목하에 제한하지 않으면 안 되는 것이다. 이광수는 생존경쟁에서 이기는 원동력이 인간의 욕망임을 인정하고 조국의 각 개인들이 그 원동력을 증대시킬 것을 바라는 한편, 이 원동력이 방치되었을 때의 인간의 모습에 대해 불안을 품고 이 힘을 조절할 방법을 모색했을 것이다. 그 원리는 『무정』의 결말에서 지도자 아래서의 민족의 단결과 발전이라는 형태로 제시되며, 여기서 '자기 발전'은 민족을 위한 봉사의 형태로 통합되기에 이른다.

7. 『무정』의 5일간

이상에서 형식에게 4일하고도 반나절의 시간이 경과했다. 1일째 두 여성을 만나고, 이튿날 청량리사건을 목격하며, 3일째 유서를 읽고 전보를 친 후 평양으로 향했던 형식은 4일째 은사의 무덤 앞에서 발걸음을 되돌리고, 5일째 아침 조소사건 때문에 학교를 그만둔다. 형식이 미련을 떨치지 못하고 교문을 나서는 장면을 묘사한 72절은 다음과 같은 말로

---

107) 이는 프랑스에서 유학했던 자유사상주의자이자 일본의 루소라 불렸던 메이지시대 민권론자인 나카에 초민(中江兆民)이 토쿄외국어학교의 교장을 맡았을 때, 학생에 대한 교육 방침은 일본의 실정에 부합되어야 한다고 하여 유교 정신에 의거한 교육을 했다는 일화를 상기시킨다. 松本三之介, 『明治精神の構造』, 4. 民權の哲學—中江兆民', 岩波書店 同時代叢書 165, 82면.

매듭지어지고 있다.

　　형식은 지금은 목숨의 뿌리를 잃어버린 것이다. 인생에 발 디딜 데를 잃고
공중에 둥둥 뜬 모양이다. 형식이가 아주 말라죽고 말는지, 다시 어디다가 뿌
리를 박고 살는지 이것은 장래를 보아야 알 것이다.[108) (72절)

　독자는 여기서 왠지 모르게 이야기의 흐름이 일단락지어지고 있는 듯
한 느낌을 받는다. 선형과 만남으로써 발동한 형식 내부의 에너지는 서
서히 고양되어 평양에서 최고조에 이르고 그후 밤기차 안에서 급격히
진정된 다음, 그 여파이기라도 하듯 조소사건이 일어났다가 여기서 완
전히 수습되고 있다는 인상을 받게 되는 것이다.

　이광수는 『무정』을 집필하게 된 직접적인 동기를 언급하면서, 『매일
신보』로부터 신년소설을 하나 쓰되 우선 제목을 전보로 통지하라는 의
뢰 전보를 받고 그때까지 써둔 원고더미에서 영채와 관련된 원고를 골
라내어 겨울방학 동안 잠도 줄여가며 약 70회분을 써보냈다고 회상하고
있다.[109) 이러한 언급에서 우리는 『무정』에는 서사의 토대가 된 영채에
관한 이야기가 존재한다는 사실 외에도, 『무정』이라는 제목이 집필을
앞두고 결정되었고 또 전반의 약 70회분은 단숨에 씌어졌다는 사실을
알 수 있다. 그 약 70회분이 바로 이 72절까지인데, 작자는 여기까지 와
서 겨우 심리적으로 한숨 돌린 것이 아니었을까.[110)

　잠도 줄여가며 여기까지 단숨에 써내려 간 이광수의 머릿속에는 이제

---

108) 이광수, 『전집』 1, 72절, 129면.
109) 이광수, 「다난한 반생의 도정」(『조광』, 1936), 『전집』 8, 452면.
110) 이광수는 1932년 2월 『삼천리』에 발표한 「나의 최초의 저서」에서 『무정』은 약 300
　　회에 걸쳐 연재되었다고 회상하고 있지만, 이는 이광수의 착오다. 당시 『삼천리』의 편
　　집자는 글의 말미에 『무정』이 실제로는 126회 연재되었으며, 당시 1회분의 길이는 현
　　재의 2회분 이상에 해당한다는 점을 덧붙여 이를 정정하고 있다(『전집』 10, 504면).
　　1936년의 시점에서 이광수가 또 착각했을 가능성이 없는 것은 아니지만, 4년 전 기억
　　의 오류를 정정받았던 만큼 당시의 기억은 오히려 정확했다고 생각해도 좋을 것 같다.

막 전보로 보낸 제목인 '무정'이라는 말이 각인되어 있었을 것이다. 장편 『무정』은 바로 1년 전 토쿄에 재유학하게 된 24세의 작자가 짧지만 파란만장한 자기 과거를 총결산한 작품이다. 가족을 잃은 영채가 겪은 세간의 '무정'에는 고아로서 세간의 '무정'에 농락당했던 작자의 쓰라린 경험이, 그리고 그러한 영채에 대한 형식의 '무정'에는 작자 자신이 저버릴 작정이었던 아내에 대한 미안함과 꺼림칙함이 반영되어 있다.111) 이와 아울러 사제관계에 잠재되어 있는 '무정'과 오산에 대한 자기의 '무정'을 묘사함으로써, 작자는 오산학교시절의 마지막까지를 총괄하고 있는 것이다.

72절까지의 형식은 작자 자신의 과거였다. 여기서 작자는 드디어 현재에 다다른 것이다. 영채를 저버리고 학교에서도 떠나와 이제 삶의 뿌리를 잃고 표류하는 형식의 내면은 토쿄에서 잠도 줄여가며 『무정』을 쓰고 있던 작자 자신의 내면이기도 하며, 이 무렵 씌어진 단편 「방황」의 주인공의 내면이기도 하다.112) 고독감으로 괴로운 마음에 방황하며 "중이 되고 싶다"고 몽상하는 「방황」의 주인공의 모습은 이제 중이 되는 길밖에 없다고 진심으로 생각하고 있는 73, 4절에서의 형식의 모습과 서로 겹쳐진다.

"인생에 발 디딜 데를 잃고" 교문을 나서는 형식의 모습에는 깊은 상실감이 자리하고 있다. 그러나 거꾸로 보면, 그는 이제부터 어떤 식으로든 처신할 수 있는 자유를 손에 넣은 것이다. 지금까지 우리가 고찰해 온 바에 따르면, 형식은 바로 이러한 자유를 얻으려 스스로 학교를 떠난 셈이다. 실제로 조소사건을 경계로 형식의 신상은 크게 변화한다. 다양한 갈등 속에서 "사랑과 고민"113)의 교사 생활을 보냈던 형식은 이제

---

111) 『그의 자서전』에서 이광수가 첫 번째 아내의 일을 이야기한 부분에는 '무정'이라는 말이 반복해서 사용되어 있다. 아내에 대한 감정과 '무정'이라는 말이 이광수의 내부에서 결부되어 있던 사실을 엿볼 수 있는 대목이다.

112) 본고 6절의 주 95 참조. 「방황」이 집필된 1917년 1월 17일은 겨울 방학이 끝날 무렵이 아니었을까 짐작된다.

거기서 빠져나온다. 이 며칠 간 그토록 형식의 마음을 괴롭힌 영채의 문제도 영채의 죽음으로 인해 이미 해결되었다. 형식은 자유로워진 것이다. 그럼에도 불구하고 지금 형식이 맛보고 있는 삶의 뿌리를 뽑힌 것같은 이 깊은 상실감의 정체는 무엇일까.

형식이 자기가 떠나온 학교에 대해 품고 있는 양가적인 감정은 자기가 저버린 것 — 오산학교와 아내 — 에 대해 작자 자신이 품고 있던 감정의 투영이었던 듯하다. 이광수가 메이지학원 중학을 졸업하고 나서 수년 간 모든 정열을 쏟아 부은 오산학교와 고아가 되고 처음 가져본 가정을 그렇게 단칼에 뿌리칠 수 없었으리라는 것은 짐작하기 어렵지 않다. 이 둘을 뒤로 하고 1915년 재유학길에 오른 이광수는 와세다대학 고등예과를 1년 만에 수료하고, 이듬해 9월 대학부 철학과에 입학하여 이미『매일신보』에 몇 편의 논설을 발표해서 각광을 받고 있었다.114) 그러나 스스로 마음의 근거를 뿌리치고 토쿄에 온 이광수는 「방황」과 「윤광호」115)의 주인공처럼 이 세계에 대한 이질감에 괴로워하고, 자기는 왜 태어났는지, 왜 앞으로도 계속해서 살아가지 않으면 안 되는지 고민하며 심각한 허무감에 사로잡힌다.

이런 그에게 고향을 떠나 일년 남짓 지났을 무렵, 대학에 들어가 첫

---

113) "4년 간 형식의 경성학교 교사 생활은 일언이폐지하면 **사랑과 고민의 생활**이었다." (강조는 인용자) 이광수, 68절,『전집』1, 121면.

114) 이광수의 제2차 유학시절의 문필 활동은 예과를 마치고 대학에 진학하고 나서 총독부 기관지인『매일신보』를 무대로 본격화한다. 1916년 9월 22일과 23일 이틀에 걸쳐『매일신보』에 처음 「대구에서」를 발표한 이광수는 9월 27일부터 1개월 남짓 「동경잡신」을 연재하고, 11월에서 12월 사이에 「문하이란 하오」, 「교육가 제씨에게」, 「농촌계발」, 「조선가정의 개혁」, 「조선의 악습」 등을 차례로 발표한다.

115) 「윤광호」는 1918년 4월『청춘』제13호에 발표되었다. 작품의 말미에는 "1917.1.11 밤(夜)"이라고 집필 날짜가 기록되어 있다. 전년 말부터『무정』의 집필에 착수한 이광수는 잠도 줄여가며 전반부 약 70회분을 단숨에 써내려가다 겨울 방학이 끝날 무렵 심리적으로 한숨을 돌리는 동시에,『무정』에 담지 못했던 앙양된 감정을 「소년의 비애」(1918.1.10), 「윤광호」(1918.1.11), 그리고 「방황」(1918.1.17)에 담았던 것이 아닐까 싶다. 한편 「윤광호」는 1923년 10월에 홍문당에서 간행된『춘원단편소설집』에는 「실연」으로 제목이 바뀌어 수록되어 있다.

겨울방학을 앞두고 날아든 것이 연재소설의 의뢰였다. 이광수는『무정』
을 씀으로써 오산학교와 아내를 버리고 온 자기의 모습을 다시 응시하
고, 그렇게 함으로써 자기의 삶을 재정립하고자 했던 것 같다. 이광수는
형식과 더불어 자기가 뿌리를 내리고 발 디딜 곳을 찾지 못한다면「방
황」의 주인공처럼 중이 되든가「윤광호」의 주인공처럼 자살할 수밖에
없을 정도의 내적 위기에 처해 있었고, 따라서 어떻게 해서라도 이 위기
를 극복하여 자기를 정립할 필요가 있었다.『무정』은 과거의 세계를 탈
출하여 재차 토쿄로 건너온 작자가 과거를 다시 응시함으로써 장래를
모색한 세계 재구축의 시도이며, 그런 의미에서 본질적으로 작자의 자
기 형성을 묘사한 교양소설(bildungsroman)인 것이다.

　세계의 재구축은 자기의 진짜 모습을 직시하는 데서 시작된다. 선형
에게 이끌려 영채를 마다하고 무의식적으로는 그녀의 죽음까지 바란 형
식의 '무정'함과 학내의 권력 투쟁과 학생들과의 자아 충돌에 피로해져
변명하지 않음으로써 학교를 떠나고 싶다는 원망(願望)을 성취한 그의
행동을 작자가 객관적으로 묘사한 것은, 과거의 작자 자신을 해부하고
자기를 움직여 온 것의 정체를 드러냄으로써 자기의 진짜 모습을 직시
하기 위한 것이었다. 그러니까 지금까지의 형식은 작자 자신의 과거였
던 셈이다. 이제 형식은 영채에게서 도망치고 학교를 떠남으로써 토쿄
에 와 있는 작자와 같은 시간, 즉 현재에 도달한다. 이리하여 형식과 작
자의 시간이 합류한 곳에서, 작자는 형식이 그때까지 자각하지 못했고
그런 까닭에 형식의 표층 의식의 흐름만을 좇았던 독자도 깨닫지 못했
던 형식의 심층의 원망을 명확히 드러낸다. 앞장의 제3절 '형식의 자기
분석'에서 고찰한 75절이 바로 그 대목으로, 여기서 형식은 마침내 자기
자신과 만나게 되는 것이다.

　이처럼 조소사건을 계기로 학교를 떠남으로써 그의 의식을 규제했던
교사라는 사회적 신분을 잃고 외부 세계로부터의 속박을 한 가지 벗어
버린 형식은, 그제서야 비로소 영채가 죽은 것은 그가 '무정'했기 때문

이라고 책망하는 하숙집 노파의 말을 받아들이게 된다.

"이 선생이 잘못해서 죽었구려."
"어째서요?"
"그렇게 십여 년을 그립게 지내다가 찾아왔는데 그렇게 무정하게 구시니까."
'무정하게' 하는 말에 형식은 놀랐다. 그래서,
"무정하게? 내가 무엇을 무정하게 했어요?"
"무정하지 않구. 손이라도 따뜻하게 잡아주는 것이 아니라……."
"손을 어떻게 잡아요?"
"손을 왜 못 잡아요? 내가 보니까, 명채……."
"명채가 아니라 영채야요."
"옳지, 내가 보니간 영채씨는 선생님게 마음을 바친 모양이던데, 그렇게 무정하게 어떻게 하시오. 또 간다고 할 적에도 붙들어 만류를 하든가 따라가는 것이 아니라……."116) (74절, 강조는 필자)

제1일째 저녁 하숙집 노파는 줄곧 형식의 곁에 있으면서도 형식의 의식에 어떤 영향도 미치지 못했지만, 그녀의 시선은 형식에게 집중되어 있었고 그의 행동에 '무정'이라는 판정을 내리고 있었다. 이제 외부에서 보여지는 자기의 '무정'을 지적받음으로써, 형식은 비로소 자기의 마음 깊숙한 곳에 자리하고 있던 영채에 대한 '무정'을 자각한다. 영채가 사랑과 구원을 바라고 방문했다는 것은 하숙집 노파도 알아차릴 정도로 역력했지만, 형식은 이를 알아차리지 못했다기보다 알아차리지 못한 체했다. 아름다움과 재산과 교육이라는 조건을 모두 갖춘 선형에게 끌렸던 자기로서는 결혼의 의리가 있는 영채가 거추장스러웠기 때문이다. 방금 전 학생들을 통해 자기가 그렇다고 믿고 있던 모습과 외부에서 보여지는 모습의 낙차를 뼈저리게 느꼈던 형식은 다시금 자기가 지금까지

---

116) 이광수, 『전집』 1, 132면.

스스로 생각해온 것과 같은 인간이 아니라는 사실을 깨닫고, 자기가 영채에게 얼마나 냉혹했는지를 자각한다. 이렇게 과거의 모습이 차츰 파괴되면서, 형식은 자신의 추악한 진짜 모습에 깜짝 놀라게 된 것이다.

그런데 ‘무식’한 노파 앞에서 자기의 추악함을 직시했던 형식은 놀랍게도 우선이 나타나자 거의 무의식적으로 자기의 세간 체면을 지키는 태도로 돌변해 버린다. 조금 전의 자각을 억누르고 “내가 죽였어”라는 애매한 말로 우선에게 선수친 다음, “학생들 쉴까 봐서”117) 시신도 찾지 않고 돌아와 버렸다고 훌륭하게 곤경에서 벗어나 버리는 것이다. 형식은 영채 찾는 일을 그만둔 이유를 이처럼 호도하는 동시에, 조금 전 “영채가 죽은 것이 도리어 무거운 짐이 덜리는 것 같다”118)고 자각했던 추악한 자기의 모습도 다시 심층으로 떠밀어 버린다. 이후 평양으로 간다고 소동을 피우는 형식의 언동에서는 영채에 대한 진정한 미안함은 찾아볼 수 없고, 어쨌든 최소한의 의리를 다하지 않으면 안 된다는 불안감만이 느껴질 뿐이다.

이러한 형식의 심리와 행동에는 ‘보통의 인간’이라는 실감이 넘치며, 형식을 이상적인 주인공으로 만들 생각은 없었던 작자의 의도가 잘 드러나 있다.119) 인간은 자기의 진짜 모습을 받아들이지 못하는 동안은 달라질 수 없다. 그러나 처음으로 대면한 자기의 진짜 모습을 간단히 받아들일 수도 없으며, 몇 번이고 되돌아보고 조금씩 표층의 의식에서 익숙해짐으로써만 자기의 진짜 모습을 받아들여 변화해 간다고, 작자는 생각하고 있는 것처럼 보인다. 단 한번이라도 대면하고 인식한 것은 설령 잊혀진 것처럼 보이더라도 인간의 내부에 잔류한다. ‘인간의 의식은 과거에 일어난 모든 것을 자기 내부에 거두어들여 눈덩이처럼 커져 가

---

117) “내가 죽였어! 그러고서는 나는 그의 시체도 찾지 아니하고 왔네그려. 흥, 학생들 쉴까 봐서?”(위의 책, 75절, 133면)
118) 위의 책, 133면.
119) 본서 제6장 제1절 ‘시작하며’ 참조

는 기억'이라고 했던 베르그송의 말을 작자는 받아들이고 있었을 것이다. 나쁜 기억은 의식의 바닥에 가라앉고, 필요한 기억은 끄집어내진다. 한달 후 기차 안에서 영채의 생존 사실을 알았을 때, 형식은 하숙집 노파 앞에서 인식했던 것 가운데 어떤 것은 생각해 내지만 어떤 것은 망각한 채 내버려 둔다.

형식이 평양에서 돌연 변모했던 것처럼, 인간은 공간의 규제를 이탈함으로써 일거에 변모하기도 한다. 그러나 이는 일시적인 변화일 수밖에 없는데, 형식이 곧 원래대로 돌아가 버린 사실이 이를 증명한다. 작자가 바랐던 것은 비일상 공간이 아니라 일상 공간에서의 변화, 즉 자각된 표층의 의식에서 체화된 진짜 변화이다. 이를 위해 작자는 보통의 인간인 형식을 통해 조금씩이긴 해도 시간을 들여 변모하는 모습을 보여주고 있는 것이다. 가령 평양에서 일시적으로나마 저 '본래의 자아'가 노출되지 않았다면 75절에서의 형식의 자각도 없었을 것이다. 그리고 친구 우선 앞에서 곧 심층으로 숨어 버리고 말았다고는 해도 노파의 말에서 촉발된 이러한 '무정'함에 대한 자각이 없었다면, 한달 후 영채와 재회했을 때 자기는 처음부터 선형을 선택했었다는 자기 분석도 불가능했을 것이다. 한번 대면한 자기의 모습을 부분적으로 저 표층의 의식에 정착시키면서 형식은 조금씩 변해가고 있었던 것이다.

이리하여 형식의 세계 재구축의 첫걸음은 자기의 진짜 모습과 대면하는 것에서부터 시작된다. 이후 한 목사가 방문하여 선형과의 혼담 얘기를 꺼내고, 5일째 저녁에는 약혼이 이루어진다. 이는 너무나 급속하고 당돌함이 느껴지는 전개이지만, 작자가 현재 이미 재유학하여 토쿄에 와 있다는 것을 생각하면 작자의 시간 속에서는 정합성을 가진다고 할 수 있다. 현재 토쿄에 있는 작자는 형식이 선형과 약혼한 시점에서 지금까지의 5일 간을 묘사해온 것이며, 따라서 이날 오전 경성학교를 떠남으로써 형식의 시간이 작자의 시간과 합류했을 때 이미 선형과의 약혼은 결정되어 있었다고 할 수 있다. 이날 저녁 선형과 약혼한 형식은 작자와 동일한 현재의 시간선상에 있었던 것이다.

이후 시작되는 작자와 형식의 세계 재구축은 미래로 나아가기 위한 과거 회복의 성격을 띤 영채의 구제 시도, 선형이라는 신여성과의 근대적 연애의 실험, 그리고 이미 언급한 것처럼 작자 자신의 자기 발전과 민족 발전의 통합이라는 형태로 시도될 것이다.

지금까지 보아온 바에 따르면, 『무정』의 주인공인 형식이 평양에서 영채의 죽음에 해방감을 느끼며 서울로 돌아오고 또 조소사건 때문에 경성학교를 떠나온 사실은 아내와 오산학교를 뒤로 하고 토쿄에서 재유학하고 있던 작자 이광수의 상황과 중첩시켜 생각할 수 있다. 경성학교를 떠나온 형식이 심각한 상실감에 빠져 이제부터 뿌리내릴 곳을 찾아야 했던 것처럼, 토쿄에서의 이광수 또한 앞으로 어떻게 살아가야 할지를 모색하며 『무정』을 씀으로써 그때까지의 삶을 총괄하고 새로운 세계관을 구축하고자 한다. 이를 위해 이광수는 형식이 저버린 영채에게 새로운 인생을 부여하고, 형식으로 하여금 그때까지 조선에 존재하지 않았던 남녀 간의 '근대적 연애'를 실천케 하며, 선형과의 결합으로 얻은 신분상승을 민족을 위한 봉사라는 대의명분으로 정당화하여 개인과 공동체의 발전을 일치시키고자 하는데, 이번 장에서는 이광수의 이 세 가지 시도를 각각 고찰한다.

1. 영채의 청량리사건

제5장 '『무정』을 읽는다(상)'에서 필자는 영채가 자살을 결심한 것은 청량리에서의 사건이 일어나기 이전이었음을 지적하고, 이미 죽음을 각오하고 있던 영채에게 왜 작자는 이런 사건을 겪게 하지 않으면 안 되었는지 문제제기하면서 이 사건이 갖는 의미를 형식의 입장에서 고찰해 보았다. 그것은 '해방'이었다. 형식에게 은사의 딸과의 결혼을 강요하는 구(舊)가치체계는 이 사건을 통해 순결을 상실한 영채에게서 역으로 형식과의 결혼의 권리를 박탈했는데, 이것이야말로 영채와 재회하는 순간부터 형식의 마음속에 싹텄던 무의식의 원망(願望)이었던 것이다.[1]

그러면 영채에게 청량리에서의 순결 상실은 무엇을 의미하고 있을까. 이번에서는 이 사건이 갖는 의미를 영채의 입장에서 고찰하고자 한다.

1) 영채의 '내적 자아'와 '외적 현상'

한승옥은 역작 『이광수 연구』에서 영채의 정체성에 관하여 매우 흥미로운 지적을 하고 있다. 그는 영채가 형식의 하숙집을 방문했을 때의 여학생 복장에 주목하여 거기서 양가집 규수로 보이고 싶다는 영채의 '의지'를 읽어내고, 영채의 주관으로 그러하다고 생각하는 모습 곧 '내적 자아'와 외부에서 보여지는 객관적인 모습 곧 '외적 현상' 사이의 갈등을 끄집어낸다.[2]

기생이 사적인 일로 외출할 때 여학생 복장을 하는 것이 당시의 패션이었을 가능성은 배제할 수 없지만, 이광수가 등장인물, 특히 여성의 복

---

1) 본서 제5장 제7절 '청량리사건' 참조.
2) 한승옥, 『이광수 연구』, 선일문화사, 1984, 63~65면.

장에 주의를 기울인 사실은 복장 묘사가 항상 세밀하게 이루어지고 있
는 데서도 분명하게 드러난다. 우리가 『무정』의 어떤 장면을 떠올리고
자 할 때, 등장인물의 복장에 관해 제공되는 정보의 치밀함은 놀라울 정
도이다. 제1일째 저녁 여학생 복장을 하고 등장한 영채는 이튿날 저녁
에는 치마를 찢긴 기생의 모습으로 형식 앞에 나타난다. 이튿날 아침 평
양으로 향할 때의 영채는 다시 여학생의 모습인데, 이 복장이 병욱의 주
의를 끈 이유 가운데 하나였다는 사실은 영채에게 어느 학교에 다니느
냐고 묻던 병욱이 학교에 다니지 않는다는 영채의 대답에 실망하고 있
는 대목에서도 알 수 있다. 이때 병욱은 일본의 기모노 복장으로 토쿄에
서 돌아오는 중이었다. 그러나 황주에서 영채와 시간을 보낸 후 조선의
전통문화에 눈뜬 그녀는 한달 후 토쿄로 향할 때는 영채와 함께 당시
이등 객차에서는 보기 드문 흰옷을 입고 기차에 올라타게 된다. 등장인
물의 의식의 변화를 복장에 반영시키고자 하는 작자의 의도가 엿보이는
대목이다. 이로 보아 작자에게는 분명히 등장인물의 복장과 의식을 서
로 관련시켜 묘사하려는 의도가 있었다고 생각된다.

  여학생 복장이 나타내는 영채의 ‘내적 자아’는 양가집 규수, 나아가서
는 아버지와 옛 성현의 가르침에 따라 형식을 위해 정조를 지키는 열녀
의 모습이다. 이에 비하여 영채의 ‘외적 현상’은 기생의 모습이다. 하숙
집 노파는 한눈에 영채의 정체를 간파하고 형식에게 “머리는 여학생 모
양으로 하였으나 아무리 보아도 기생 같습디다”3)라고 말하며, 형식 또
한 노파에게서 받은 선입견 탓이라고는 해도 영채 앞에서 내심 “아무리
보아도 기생의 태도가 나타난다”4)고 생각한다. ‘아무리 보아도 기생’,
이것이 외부에서 본 영채의 모습인 것이다. 더구나 배 학감과 김현수에
게 영채는 단순한 육욕의 대상일 뿐이다. 이 넓은 세간에서 형식만은 열
녀라는 자기의 ‘내적 자아’를 틀림없이 이해해줄 것이라고 믿고 하숙집

---

3) 이광수, 『전집』 1, 4절, 20면.
4) 위의 책, 26면.

을 찾은 영채가 거기서 맞닥뜨린 것은 형식도 역시 자기를 '외적 현상'
으로밖에 보지 않는다는 냉엄한 사실이다.

영채가 형식의 하숙집에서 도망치듯이 돌아간 것은 신세타령을 하던
중 "문득" 자기가 기생 신분이라는 데 생각이 미쳐 "자기가 기생인 줄
알면 형식은 반드시 자기를 돌아보지 아니 하리라"5)는 두려움이 생긴
탓이었다. 동학의 악한에게서 도망쳐 나온 대목에서 이야기를 멈추고
노파가 건네 준 배를 먹으며 한숨을 한번 내쉰 사이에, 영채는 '문득' 이
러한 걱정과 두려움에 사로잡힌 것이다. 영채의 신세타령은 바야흐로그
녀가 아버지를 위해 몸을 팔아 기생이 되고자 하는 대목으로 접어드는
데, 그녀의 앞에는 "다정한 눈으로"6) 다음 이야기를 독촉하는 형식이
앉아 있다. 조금 전 아무리 보아도 영채는 기생이라고 생각했던 형식은
이번에는 돌연 황당무계하게도 영채가 누군가의 도움을 받아 이번 봄
여학교를 졸업한 것이 틀림없다고 믿어 버리고, 어서 빨리 그 사실을 영
채에게서 직접 듣고 싶어서 안달한다.

이날 저녁 영채를 앞에 둔 형식의 마음은 어지럽게 변화하고 있지만,
제5장에서 고찰한 바에 따르면 그의 관심은 줄곧 오직 그녀의 순결에
집중되어 있으며, 이러한 마음의 움직임의 배후에는 그녀와의 결혼의
의무에서 해방되고 싶다는 원망(願望)이 숨어 있다.7) '아무리 보아도 기
생'인 영채가 이번 봄 여학교를 졸업한 것이 틀림없다고 현실에서 동떨
어진 상상을 하고 어서 빨리 그것이 사실임을 확인하고 싶어하는 형식
의 태도는 영채가 자기는 기생이라고 고백하기를 기대하고 있는 자신의
추악함을 얼버무리려는 무의식적인 마음의 움직임이다. 형식의 이러한
마음의 움직임에 영채도 무의식 속에서 반응한다. 즉 이제부터 자기가
기생이 된 경위를 이야기하려던 영채는 이 대목에서 고백할 용기를 잃

---

5) 위의 책, 35절, 68면.
6) 위의 책, 15절, 37면.
7) 본서 제7장 제4절 '두 만남' 참조

고 하숙집을 뛰쳐나가 버리는 것이다.

영채가 이때 '문득' 자기가 기생 신분임을 돌아보고 고백할 용기를 잃어버린 것은 우연이 아니다. 만약 형식의 '다정한 눈' 속에서 설령 자기가 기생이라 하더라도 받아들여줄 것 같은 관용을 느꼈다면, 영채는 그대로 신세타령을 계속했을 것이다. 애초에 그럴 각오를 가지고 영채는 이날 저녁 형식의 하숙집을 찾았다. 그런데 영채는 형식의 '다정한 눈' 이면에 자기를 거부하는 태도가 도사리고 있음을 무의식적으로 느끼고 멈칫한다. 이 멈칫함으로 인해 영채는 '문득' 신세타령을 되돌아 보고, 자기가 기생인 것을 알면 형식은 자기를 버릴 것이라는 두려움에 빠져 고백을 단념했던 것이다.

이처럼 형식에게서 거부되었으니, 영채의 열녀로서의 자존심은 손상되고 그녀의 '내적 자아'는 위기에 빠지는 것이 당연할 것이다. 정조를 지키는 열녀라는 '내적 자아'는 그 대상인 형식에게 거부되어서는 존속할 수 없기 때문이다. 그러나 이날 밤 기생집에 돌아온 영채의 내부에서 거부당했다는 굴욕감은 의식의 표층에서 억압된다. 이를 부정하기 위해 영채의 표층 의식은 오히려 열녀의 논리를 강조하면서, 형식의 사는 형편으로 보아 자기의 몸값을 치를 경제적인 힘이 없는 듯하니까 쓸데없는 걱정을 끼치지 않도록 자살하겠다는 논리를 편다. 그러나 억압되었다고는 해도 자기가 거부당했다는 느낌을 떨치지 못한 영채는 "형식은 나를 건져줄 것 같지도 아니하고……"[8]라든가 형식도 "만나고 본즉 그저 그러한 사람이로구나"[9]라고 형식에게 실망한 사실을 솔직하게 내뱉고, 혹은 "'기생!' '기생!' 듣기 싫은 이름이다. '기생'이라는 말만 하여도 치가 떨리는 것 같"[10]다고 거부당한 원인인 기생의 신상을 저주한 끝에 결국 "죽는 수밖에 없다"[11]고 단념한다. 꿈에 그리던 현실의 형식과는

---

8) 이광수, 『전집』 1, 69면.
9) 위의 책, 70면.
10) 위의 책, 69면.

달리, 형식이 자기의 '내적 자아'를 이해해 주지 않고 자기를 받아들여 주는 것 같지도 않자 영채의 '내적 자아'는 무의식 속에서 붕괴의 위기에 임박했던 것이다. 이처럼 열녀로서의 죽음을 몽상하는 영채가 죽음을 결심한 본래 이유는 형식에게 거부당한 데 있다. 이튿날 영채는 여비를 마련하기 위해 아는 친구들에게 부탁하지만 여비를 얻지 못한 채 밤을 맞는다. 그리고 이날 밤 청량리에서 일을 당하고, 유서에서 이 사건을 자살의 직접적인 원인으로 바꿔놓음으로써 열녀로서의 면목을 지키는 것이다.

그런데 만약 청량리사건이 일어나지 않았다면, 예컨대 여비가 마련되어 영채가 청량리사건을 겪지 않고 순결한 채로 대동강으로 향했다면 어떻게 되었을까. 아마도 기차 안에서의 병욱과의 만남은 어긋나게 되었을 것이다. 영채가 형식에게 쓸데없는 걱정을 끼치지 않기 위해 죽는다는 대의명분과 아버지와 옛 성현의 가르침을 지킨다는 긍지를 가졌더라면, 애초에 병욱에게 자살하기 위해 기차에 올랐다는 사실을 털어놓지 않았을 것이다. 이러한 긍지를 무너뜨리기 위해서는 영채가 자신에게 품어왔던 정조를 지키는 열녀라는 이미지, 즉 그녀의 '내적 자아'가 붕괴되는 것이 필요했다. 작자는 영채의 표층 의식에서 이 '내적 자아'를 파괴하기 위해 청량리사건을 설정했던 것이다.

이 사건은 또한 영채에게 외적인 죽음을 강요하는 장치로서도 기능하고 있다. 형식에게 고백하는 것을 단념하고 되돌아온 영채는 거부당했다는 생각을 의식에 드러내지 않은 채 열녀로서의 죽음을 생각하고 있지만, 죽음을 몽상하는 것과 이를 실행하는 것 사이에는 커다란 간격이 있다. 이 사건이 일어나지 않았다면, 영채는 그때까지와 마찬가지로 형식을 위해 정조를 지키면서 형식에게 폐를 끼치지 않도록 그녀의 '내적 자아'를 지키며 서울의 한쪽 구석에서 조용히 살았을지도 모른다. 그런

---

11) 위의 책, 70면.

데 청량리에서 배 학감 등이 영채를 '외적 현상'인 기생으로 철저히 객체화한 까닭에, 영채는 열녀가 아니라 단지 기생으로 전락하고 만다. 이제 영채에게는 붕괴된 '내적 자아'를 따라 죽든가 아니면 외적인 모습에 순응하여 기생으로 계속 살아가든가, 어느 한쪽을 선택하는 수밖에 도리가 없다. 이리하여 영채는 전자를 선택하고, 평양으로 향하게 되는 것이다.

2) 영채(=조선)의 청량리사건

영채는 작자의 조국 조선을 상징하는 존재로 볼 수 있다. 계월향이라는 영채의 기생 이름은 임진란 때 김응서가 적장을 죽일 때 몸을 바쳐 협력하여 진주의 논개와 나란히 칭송받는 전설적인 평양 기생 계월향과 동명(同名)이며,12) 월향이 언니처럼 연모하고 이상적인 기생으로 우러르는 월하가 자기를 일컬어 부르던 명기(名妓) 솔이는 고소설 『추풍감별곡』의 주인공 채봉의 기생 이름이다. 한승옥은 영채라는 이름이 이 고소설의 주인공에게서 유래했다고 주장하고 있다.13)

그러나 작자는 영채를 이상화하려 하지 않고 어디까지나 객관적으로 그리고 있다. 영채가 기생으로 전락한 것은 어려서 무지한 탓이라고는 해도 뚜쟁이의 감언에 속은 영채 자신의 선택이며, 그 원인은 영채가 아버지를 구하는 열녀라는 미명에 속고 허영의 덫에 넘어간 탓이다. 작자는 기생이 된 영채가 한결같이 정조를 지키는 것을 칭찬하는 한편, 영채가 정조를 지키는 근거인 그녀의 세계관이 갖고 있는 폐해도 빠뜨리지 않고 쓴다. 영채는 어린 시절에 알았던 사람들은 선인이고 불행한 시절에 알았던 사람들은 악인이라고 인간을 선악으로 구분하고, 자기와 형

---

12) 語文叢書 010 『壬辰錄』, 54면.
13) 한승옥, 앞의 책, 2장 '계보고(系譜攷)', 165~189면.

식은 운명의 몹쓸 장난으로 악의 세계에서 헤매는 선한 세계의 주인공이며, 언젠가 이 악몽은 끝나고 이야기는 행복한 결말을 맞을 것이라고 꿈꾸고 있다.14) 영채의 세계는 얼어붙은 듯이 아름답지만, 고정된 채 변화와 발전이 없는 세계이기도 하다. 영채는 "누에가 고치를 짓고 그 속에 들어엎딘 모양으로"15) 이러한 어린 시절의 세계관에 틀어박혀 현실을 회피하고 있는 것이다.

영채의 정조 상실이 조선의 국권 상실이라는 현실을 상징한다는 지적은 타당성이 있다.16) 그러나 영채가 이렇게 객관적으로 묘사되고 있는 것을 고려할 때, 작자가 이러한 상징을 통해 의도한 것은 민족의 비애와 분노의 표출에만 그치는 것 같지는 않다. 작자는 현실에서는 기생인 영채가 정조를 지키는 열녀라는 주관적 자아를 고집하고 있는 것과 마찬가지로, 이미 식민지로 전락한 조선이 구가치체계인 소중화(小中華)를 고집하며 열패자로서의 자기의 객관적인 모습을 받아들이려 하지 않는다고 판단하고, 영채의 정조 상실이라는 충격 요법을 통해 과거의 내적 자아에 틀어박히지 말고 외부에서 보여지는 자기 현실의 모습을 직시하도록 자기 민족에게 요청하고 있다고 생각되는 것이다.

힘의 논리가 지배하는 제국주의의 세계에서 식민지라는 열패 상태에 빠진 민족의 재생은 자기의 약함을 직시하고 이를 극복하는 것에서부터 시작될 수밖에 없다. 약자인 영채는 세간의 무정에 휘둘리고 형식의 무

---

14) 이광수, 『전집』 1, 30절, 60~61면.

15) 위의 책, 94절, 161~162면.

16) 김윤식은 『이광수와 그의 시대』에서 『무정』의 제4 구조층을 '한(恨)'이라 지적하고, 영채를 "훼손된 본래적 가치의 세계"를 대표하는 인물로 간주하고 있다.(558면) 또 한승옥은 『이광수 연구』에서 다음과 같이 서술하고 있다. "영채가 양반 가문에서 타인의 노리개인 기생으로 전락한 점, 그럼에도 불구하고 영채 자신은 외적 현상(식민지)을 부정하고 내적 자아(조국, 주체성)를 고수하려 하는 점, 그러나 결국에는 내적 자아까지도 파괴된다는 점(정조의 훼손), 이는 죽음에까지 이르지만 결국은 생의 유지·발전이라는 관점에서 재생되는 점(이광수의 민족에 대한 견해, 신념을 대변하는 것이라 생각된다), 또 영채를 유학의 길에 오르게 하여 후일을 기약케 하는 점 등은 모두 당시 우리 조국의 현실과 일치시킬 수 있다."(67~68면)

정에 내쳐져 내적으로 무너진 뒤에 외적으로 죽음을 택한다. 영채를 괴롭히는 세간의 무정함과 영채를 구할 생각이 없는 형식의 무정함은 조국을 식민지화한 일본의 무정과 이를 방관한 세계의 무정에 연결되어 있다. 작자는 세간의 무정에 농락당하고 죽음을 택하는 영채에게 감정 이입한 독자가 주관적 자아의 붕괴를 계기로 소생해 가는 영채와 더불어 무의식적으로 재생의 길을 내딛기를 기대했던 것이 아닐까. 이광수에게 그것은 타자의 무정을 현실로서 응시하고 자기의 약함을 받아들이는 데서부터 시작되는 약함의 극복이자, 힘의 논리에 참여하는 것 곧 자강 운동의 일환이었을 것이다.

3) 영채(=작자)의 청량리사건

그럼에도 불구하고 영채의 극단적인 불행에는 이러한 의도를 넘어선 작자 자신의 내적인 요청과 같은 것이 느껴진다. 아버지는 민족을 위해 애쓴 끝에 투옥되고, 집안은 뿔뿔이 흩어졌으며, 친척에게 몸을 의탁하긴 했지만 푸대접받고 뛰쳐나와 결국은 기생으로 전락한 영채. 아버지를 구하려고 몸을 팔았지만 돈은 쥐어 보지도 못하고, 아버지와 오빠는 이런 행동을 칭찬하기는커녕 수치스럽게 여겨 자해하는 등, 차례로 엄습하는 불행에 그녀는 그대로 농락당한다. 이러한 불행도 형식과의 재회로써 끝을 고하는가 싶었으나, 형식은 무정하게도 그녀를 받아들이는 것 같지 않다. 이를 깨닫고 죽음을 결심하는 영채. 이것만으로도 충분히 지나칠 정도로 불행한 그녀에게 최후의 근거지인 순결마저 빼앗고 나서 그 현장을 형식에게 보이는 사건 전개는 거의 가학적이기조차 한데, 여기에는 스토리 전개상의 필요 외에도 작자 개인의 내적인 동기가 느껴지는 것이다.

이광수는 「다난한 반생의 도정」에서 『무정』의 전반부인 영채의 유년시절은 자기 유년시절의 그립고도 쓰라린 추억이며, 당시의 잊혀지지 않는 기억을 그리고 싶은 충동에서 붓을 잡았다고 술회하고 있다.[17] 이광수의 고아로서의 경험이 극도로 쓰라린 것이었다는 사실은 영채의 회상을 통해서는 물론 작자의 다른 작품으로부터도 엿볼 수 있다. 게다가 이어지는 일본 유학시절도 결코 밝지 않았음은 이 무렵 씌어진 첫작품 「사랑인가」에서 전해지는 깊은 고독감으로부터 충분히 짐작할 수 있다.

이광수는 현실의 쓰라림을 어떻게든 극복하려는 충동을 창작 동기로 삼았던 것 같다. 「사랑인가」가 그 전형적인 경우인데, 여기서 이광수는 소설의 주인공에게 자살을 시도케 함으로써 자살하지 않으면 안 될 정도로 궁지에 내몰린 심정을 극복하고 살아남고자 했다. 또 『무정』과 같은 시기에 집필된 「방황」이나 「윤광호」에도 「사랑인가」와 다르지 않은 위태롭기까지 한 고독감이 드러나 있는바, 이광수에게는 자기를 구제하기 위해서도 이들 작품을 쓰는 것이 필요했다는 것이 느껴진다. 이광수는 자기의 분신인 영채에게 극한의 불행을 체험케 함으로써, 걸핏하면 살아갈 의욕조차 앗아가 버리는 고독감을 어떻게든 극복하려 했을 것이다. 그리고 작자의 이러한 내적 동기가 지닌 절실함으로 인해, 영채의 불행은 독자의 마음에 깊은 감정의 물결을 일으킬 수 있었다고 생각된다.

2. 영채가 속한 세계의 붕괴

제5장에서 필자는 『무정』에서 기차가 갖고 있는 베르그송적인 의미를 지적하고,[18] 비일상 공간인 평양에서 형식의 '본래의 자아'가 분출하

---

17) 이광수, 「다난한 반생의 도정」(1936), 『전집』 8, 452면.
18) 본서 제5장 제9절 '4일째(1)−평양행' 참조.

는 과정을 고찰했다. 작자가 기차에 부여한 특별한 의미는 영채와 병욱의 만남이 달리는 기차 안에서 이루어지고 있다는 데서 보다 단적으로 드러난다. 영채가 병욱의 설득을 쉽게 받아들인 배경에는 청량리사건으로 인해 '내적 자아'가 붕괴된 점 외에도, 서울과 평양이라는 공간의 구속에서 벗어나 움직임을 지속하고 있는 기차 안이라는 장면 설정이 커다란 의미를 갖고 있다고 생각되기 때문이다.

이번 절에서는 영채가 평양으로 향하는 기차 안에서 병욱과의 만남으로 자살 결심을 뒤집는 장면과 그녀가 부산행 열차 안에서 형식의 약혼 사실을 알고 동요하는 장면을 상세히 고찰하고자 한다.

1) 기차 안(1) 서울―황주

남대문역을 출발하여 서울에서 벗어나게 됨에 따라 영채의 의식은 서울이라는 공간의 구속에서 해방되어 간다. 변해가는 창 밖의 풍경을 보면서, 영채는 마치 꿈을 꾸고 있는 듯이 "안 보이는 것을 보려고도 보이는 것을 안 보려고도 아니하고, 눈에 들어오는 대로 보고 귀에 들어오는 대로 듣"[19]는 상태에 들어간다. '내적 자아'를 상실하고 '외적 현상'을 거부하며 죽음을 결심했던 영채는 이제 여학생 복장을 한, 기생도 아니고 열녀도 아닌 한 사람의 젊은 여성이다. 어느 곳에도 속하지 않는 이 공간에서 그녀는 '보통의 인간'[20]이라는 정체성을 획득한다. 이리하여 모습을 드러낸 영채의 '본래의 자아'는 삶을 계속하는 데 본능적으로 집착하는 인간의 모습이다.

석탄가루가 눈에 들어간 통증 탓에 흘러나온 눈물은 영채에게 자기가 죽으려 하고 있는 사실에 대한 공포와 슬픔을 유발시키고, 그리하여 영

---

19) 이광수, 『전집』 1, 86절, 149~150면.
20) 본서 제5장 제1절 '시작하며' 참조

채는 "눈에 석탄가루 들어간 것도 잊어 버리고"21) 그저 운다. 석탄가루를 꺼내준 병욱이 건네준 샌드위치를 먹고 나서 다시 울기 시작한 영채는 "형님, 감사합니다. 저는 죽으로 가는 몸이야요. 아아, 감사합니다"22)라고 병욱에게 털어놓는다. 살고 싶다는 영채의 마음은 이러한 고백에 이미 드러나 있다. 병욱이 이러한 말을 듣고 내버려둘 사람이 아니라는 것은 그때까지의 친절하고 믿음직한 태도로 보아 분명하기 때문이다. 병욱이 영채를 설득하는 대목은 계몽가로서의 이광수의 면목이 여실하게 드러나는 장면이다. 고백이라는 행위 자체가 영채의 삶을 바라는 마음에서 나오고 있는 이상, 병욱의 설득이 성공하리라는 것은 처음부터 결정되어 있었다고 할 수 있는 것이다.

병욱의 설득은 형식을 향한 영채의 마음이 '사랑'이 아니라 부친의 말을 확대 해석한 유교적 의무감이라는 것을 전제하고 있다. 병욱은 날카로운 분석을 통해 영채가 상상해 온 형식과 현실의 형식은 별개의 존재임을 지적하고, 이틀 전 현실의 형식에게 실망했던 영채는 이를 수긍한다.23) 영채가 형식에게 품고 있던 연모의 정체가 단순한 유교적 의무감이라면, 그 유교 자체를 부정할 경우 정조를 잃었다는 이유로 자살하는 것은 무의미해진다. 영채와의 결혼의 의리에서 도망치고 싶어한 형식이 의리의 근원인 유교를 정면으로 부정할 수 없었던 까닭에 무의식 속에서 영채의 순결 상실과 죽음을 바라는 음울한 방향으로 나아간 것과는 대조적으로, 병욱은 과감히 유교를 한칼에 베어 버리고 칼을 되돌려 영채가 형식에게 품고 있는 정(情)도 명쾌히 부정해 버린다.24) 그리고

---

21) 이광수, 『전집』 1, 87절, 150면.

22) 위의 책, 88절, 153면.

23) "과연 지금토록 형식을 사랑한 적은 없었고, 다만 허깨비로 제 마음에 드는 사람을 만들어놓고, 그 사람의 이름을 형식이라 짓고, 그리고는 그 사람과 형식과 진정 같은 사람으로 생각하고 그 사람을 찾는 대신 이형식을 찾다가, 이형식을 보매 그 사람이 아닌 줄을 깨닫고 실망하고 나서는, 아아, 이제는 영원히 형식을 보지 못하겠구나 하고 실망한 것이다." 위의 책, 89절, 153면.

24) 영채 쪽의 의리에 의한 결혼을 이렇게 명쾌히 부정한다면, 병욱은 형식에게도 은사

삶에 대한 집착을 되찾은 영채는 병욱의 이러한 설득을 받아들이고 재생을 결심하게 된다.

그러나 앞절에서 본 것처럼, 애초에 영채가 죽음을 생각한 것은 형식에게 자기를 받아들일 의지가 없음을 무의식적으로 감지하고 절망했기 때문이며, 청량리사건은 그 죽음에 구실을 주어 실행을 독촉한 데 지나지 않는다. 영채가 형식을 바라보는 마음은 병욱이 말하는 '사랑'이 아닐지도 모르지만, 7, 8년 간 그를 마음의 지주로 삼아 살아온 그녀에게는 이미 자기의 일부가 되어 버린 감정이다. 그런 까닭에 병욱의 웅변은 정조를 지키지 않아서 자살하는 행위는 간단히 부정할 수 있어도 그녀에게 진정으로 해결책을 줄 수는 없었을 것이다. "지나간 일을랑 온통 잊어버리고 새로 모든 것을 시작하지요"[25)라는 병욱의 말에 따라, 영채는 황주에서 내리게 된다. 그러나 인간의 의식이 기억 그 자체인 이상 '온통 잊어버리'는 일은 있을 수 없다.[26) 한달 후 형식과 재회한 영채가 마음에 커다란 동요를 일으킨 것은 형식에게 품고 있는 정이 이미 자기의 일부가 되어 "가슴속에 깊이깊이" 잔존하고 있었기 때문인 것이다.[27)

의 의리에 속박될 필요가 없다는 것을 인정해야 한다. 한달 후 기차 안에서 형식과 만났을 때, 그녀가 빈정거림으로써 형식을 쩔쩔매게 한 것은 모순이다. 이 빈정거림은 병욱이 영채의 슬픔을 동정한 데서 나온 것일지도 모르지만, 그보다도 형식이 느끼고 있던 꺼림칙함이 병욱의 별다른 뜻 없는 말에 투영되어 형식에게 그렇게 들렸던 것이라고 생각된다.

25) 이광수, 『전집』 1, 90절, 156면.

26) 본서 제5장에서 필자는 이광수가 의식은 '과거의 지각', 즉 기억이라는 베르그송의 사고 방식을 받아들였고, 이것이 『무정』의 변칙적인 시간 구성과 관련이 있을 것이라고 지적한 바 있다. 본서 제5장 제2절 '시간구성' 참조.

27) "응, 여태껏 잊고 있는 줄 알았더니 역시 잊은 것이 아니야요. **가슴속에 깊이깊이 숨어 있는 모양이야요.**"(강조는 인용자, 이광수, 『전집』 1, 106절, 180면)

2) 기차 안(2) 황주-서울-삼랑진

황주에서 병욱과 함께 한 달을 보내는 동안 영채의 감성은 "마치 애초부터 어둡고 좁은 움 속에서 지내다가 처음 햇빛 있고 바람 불고 꽃 피고 새 우는 세상에 나온 것같"[28]이 활짝 열린다. 영채의 자아가 눈떠 가는 과정은 형식의 경우와 비슷하며, 이는 형식과 영채가 모두 작자 자신의 투영임을 방증한다. 영채가 거문고를 타고 바이올린을 울릴 때 "그 소리가 모두 다 새로운 빛을 띠"[29]는 대목은 형식이 예수의 초상화를 본 뒤 정(情)을 해방시켰을 때의 감각을 상기시키며, 영채가 "인생에는 자유롭고 즐거운 넓은 세상이 있는 것을 깨닫고" "비로소 자유로운 사람이 되고, 젊은 사람이 되고, 어여쁜 여자가 된"[30] 대목은 선형과 순애 등 젊은 여성의 아름다움을 있는 그대로 받아들인 형식이 "인생은 즐거우려면 즐거울 수가 있는 것"[31]이라는 감탄을 가졌던 대목을 떠오르게 한다. 이리하여 영채는 젊은 여성으로서, 마침내 주변 가까이 있는 젊은 남성인 병국에게 사모의 감정을 품게 된다.

그런데 토쿄 유학길에 오르기 위해 조금 전 사리원에서 병국과 막 헤어진 영채는 남대문역에서 "이형식군 만세!"[32]라는 소리를 듣는 순간 동요하고, 결국 형식에 대한 감정이 완전히 사라지지 않았음을 깨닫는다. 이러한 영채의 마음에 대해서 김동인은 "이것을 작자는 그냥 '사랑'이 아니라 '인습'이라고 할까. 만약 이것을 인습이라고 일축하려면 사랑이란 어떤 것이라고 표본을 보여줄 의무가 작자에게는 있다"[33]며 공격하고 있다. 그러나 작자가 여기서 주시하고자 한 것은 인습이라든가 사

---

28) 위의 책, 94절, 162면.
29) 위의 책, 162면.
30) 위의 책, 162면.
31) 위의 책, 26절, 55면.
32) 위의 책, 104절, 177면.
33) 김동인, 「춘원연구」, 『김동인 전집』 16, 조선일보사, 1988, 57면.

랑이라는 말로 딱 잘라 결론지을 수 없는, 사람의 마음의 움직임이 갖는 불가사의함이 아니었을까.

영채는 확실히 일단 형식을 단념하고 병국에게 연정까지 품었었다. 영채가 기차 안에서 병욱에게 자기는 한번 죽었다가 부활했다고 말한 것은 이 한달 간의 그러한 자기를 반추하여 얻은 솔직한 감개였을 것이다. 그러나 다시 태어났다고 말은 했어도, 사상은 여하튼 감정이나 습관 등의 영역에서는 동질성을 갖는 것이 보통일 것이다. 오랜 세월 형식을 마음의 지주로 삼아왔던 감정이 지금도 영채의 내부에 존속하고 있는 것은 차라리 당연하다고 할 수 있다. 영채를 상상화 속의 인물이 아니라 '보통의 인간'으로 다루고자 했던 작자의 의도를 여기에서도 엿볼 수 있다. 병욱의 설득대로 완전히 과거를 잊고 형식과 만났을 때도 냉정함 그 자체였다면, 영채는 피와 살이 있는 여성으로서 표현되었다고는 할 수 없을 것이다. 더구나 황주에서 감성이 활짝 열린 영채는 남성을 찾는 자기의 마음을 이전처럼 딱딱한 유교의 틀에 구애됨 없이 받아들이게 되었다. 게다가 이전에는 여학생의 모습을 한 기생의 몸이었지만, 이제 는 어느 누구도 거리낄 것 없는 유학생이다. 그런 영채가 형식이 가까이 있다는 사실을 알았을 때, 이미 자기의 일부가 된 감정이 솟아오른 것은 자연스러운 일이다. 작자는 이것도 사랑의 한 가지 형태라고 생각했던 것처럼 보인다.

영채는 한달 전 하숙집을 찾았을 때 모든 것을 털어놓고 형식의 의중을 확인하지 않았던 것을 후회하며 "이제 만나면 서슴지 않고 물어보리라"[34]고 결심한다. 그러나 앞에서 본 것처럼, 그날 저녁 영채가 형식에게 모든 것을 털어놓을 수 없었던 것은 자기가 형식에게서 거부되고 있음을 무의식 속에서 느끼고 그러한 현실과 대결하기를 회피했기 때문이다. 거부당했다는 생각을 부정하기 위해 영채는 역으로 열녀의 논리로

---

34) 이광수, 『전집』 1, 105절, 177면.

써 형식에게 폐를 끼치지 않겠다는 명분으로 죽음을 몽상하며, 이어서
일어난 청량리사건은 그녀에게 정절을 지키지 못했기 때문에 자살한다
는 대의명분을 부여하고 죽음을 독촉했다. 그런데 무의식 속에서 형식
에게 거부당한 사실을 느꼈음에도 불구하고 이를 밝은 의식의 층위로
꺼내지 않았던 그녀가 지금 한번 더 형식의 사랑을 얻으려 결심하고 있
는 것이다. 그러나 영채는 형식이 이미 선형과 약혼했다는 병욱의 말에
단념하지 않을 수 없게 된다. 자기는 형식을 위해 자살까지하려고 했는
데 형식은 자기의 상(喪)도 치르지 않고 약혼자와 유학길에 올랐다는 사
실에서, 영채는 자기가 형식에게 아무것도 아닌 존재임을 깨달았던 것
이다. 영채의 실망과 분노는 일거에 자기의 가혹한 운명과 세간의 무정
에 대한 슬픔과 분노로 확대된다.

> "아니요. 다만 그 일만 아니야요. 이 세상이 내 원수가 아니야요. 내 부모를
> 빼앗고, 내 형제를 빼앗고, 내 어린 몸을 실컷 희롱하고……. 그러다가…… 그
> 러다가 마침내 정절을……."35) (111절)

이에 대하여 병욱은 "울지 말아라. 이 세상이 왜 행복을 아니 주
어…… 아니 주거든 내라지. 내라도 아니 주거든 억지로 빼앗지"라고 위
로하면서 교묘히 영채의 시야를 사회로 돌린다.

> "또 생각해 봐라. 이 세상에 너같이 설움을 당하는 사람이 너뿐이겠니? 더
> 구나 우리나라에는 그런 불쌍한 사람이 수두룩할 것이다. 그러면 우리 둘이
> 이 안된 사회제도를 고쳐서 우리 자손들이야 행복을 얻고 살게 해야지……
> 우리가 아니 하면 누가 하느냐."36) (112절)

이렇게 병욱은 영채의 슬픔과 분노에 사회 개혁이라는 방향성을 부여

---

35) 위의 책, 111절, 187면.
36) 위의 책, 112절, 188면.

하여 그 에너지를 전환시키고자 한다. 만남의 장면 뒤를 이은 병욱의 설득은 독자에 대한 작자의 계몽 의도가 노골적으로 드러나 있는 대목이지만, 이에 대한 영채의 반응은 어디까지나 '보통의 인간'답다. 자기를 이렇게 걱정해 주는 병욱에게 이 이상 고집을 부리는 것은 미안하다는 생각에 영채는 해소되지 않은 슬픔을 억누르면서 딸기를 먹기 시작하는 것이다.

차창에는 빗방울이 점점 거세게 떨어지고, 흔들리는 전등 주위에는 하루살이가 떼를 지어 모여 있다. 그 아래서 하얀 치마 저고리를 입은 영채가 딸기로 입술을 새빨갛게 물들이고 있는 모습은 그녀의 해소되지 않은 '한(恨)'을 드러내어 형식을 소름끼치게 만든다(작자는 입에서 빨간 피를 토하는 흰옷 입은 여자라는 이미지를 제1일째 밤 형식의 각성몽에서부터 일관되게 영채에게 관련시키고 있다). 작자도 언급하고 있는 것처럼, 오랜 세월의 슬픔이 응고된 영채의 마음은 그러한 말로 해소될 리가 없는 것이다.[37]

3) 영채가 속한 세계의 붕괴

영채의 슬픔은 자기가 지금까지 살아온 인생이 무엇을 위한 것이었는가라는 허탈감에서 비롯된다. 7, 8년 간 필사적으로 지켜온 정조는 물론 형식을 위한 것이었지만, 생사도 모르고 살아 있더라도 이미 결혼했을지도 모르는 남자를 위해 정조를 지킨 행위는 그 자체가 목적이 되어 버린 지 오래다. 그것은 어린 시절에 받은 부친의 가르침을 지키기 위한 것인 동시에 그럼으로써 아름답게 얼어붙은 자기 유년시절의 세계를 지키기 위한 것이다. 청량리사건에서 이 세계는 훼손되었지만, 그것은 어

---

[37] "그러나 이십 년 생활이 한데 뭉쳐 된 영채의 슬픔이 다만 병욱의 그 말만으로는 아주 다 스러지기를 바랄 수는 없다. 그러나 이 자리에서 더 자기의 고집을 부리는 것은 친절한 병욱에게 대하여 미안한 듯하여 영채도 딸기를 먹는다."(위의 책, 112절, 188면)

디까지나 배 학감과 김현수라는 외부로부터의 강제에 의한 것이지 내부로부터 붕괴된 것은 아니었다.

한달 전 병욱이 영채의 자살을 단념시키기 위해 이 세계가 유교의 속임수와 속박에 의한 것이라고 명쾌한 논리로 설득했을 때, 영채도 일단은 이를 수긍했었다. 그러나 영채에게 유교는 단지 외부로부터의 속박을 의미하지는 않았다. 그것은 유학자였던 다정한 부친, 따뜻한 가정, 그리고 어린 시절의 그리운 추억으로 내면 깊숙히 용해되어 영채의 내부에 견고하게 뿌리를 내리고, 그 이후의 인생이 불행하면 할수록 마음의 지주로 기능하면서 결국은 생존의 이유로까지 승화되었던 것이다. 논리의 차원이 아니라 감정의 차원에서, 영채는 유교와 결부되어 있는 자기 자신의 과거에 갇혀 있다. 이 세계와 현재의 그녀를 연결해주는 것이 형식이다. 영채가 형식에게서 거부당한 사실을 무의식의 영역에 가두었던 것은 바로 이 사실을 의식의 층위에 떠올리면 영채가 속한 이세계가 내부로부터 붕괴하기 때문이었던 것이다.

'이제 만나면……'이라고 다시금 형식의 사랑을 얻고자 하는 영채의 마음속에는 현재 형식이 자기가 남긴 유서를 통해 자기가 정절을 지킨 사실을 알고 있다는 안도감과 청량리사건 후 자기가 열녀로서 취급될 만한 행동을 취했다는 자부심이 자리하고 있었다고 생각된다. 자기의 '내적 자아'는 이미 형식이 알게 되었고, 진짜 모습을 알기만 하면 형식은 당연히 자기를 받아들여 줄 것이라고 영채는 기대했을 것이다. 그런데 그 형식은 죽음을 선택한 자기에게 1년상조차 치러주지 않고 선형과 미국으로 향하고 있는 것이다. 자기의 행동이 형식에게 완전히 무시되었다는 사실 앞에서, 그날 저녁 이미 형식에게서 거부당했던 느낌은 이제 영채의 의식에 표면화된다. 형식은 자기와 동일한 세계의 주인이 아니고, 형식에게는 자기의 '내적 자아'가 어떠한지와 관계없이 자기를 받아들일 의지가 없다는 사실을 영채는 비로소 확연하게 깨닫게 되는 것이다. "형식은 자기를 초개같이밖에 아니 여기는" 것을 실감한 영채에게서는 "지금껏 전력을 다하여 오던 것이 아무 뜻이 없는 것 같아서 실망과 슬픔이 한꺼번에 터져 나온다."[38) 영채의 이제까지의 세계는 드디어 내부의 깊은 곳으로부터 붕괴하기 시작했던 것이다.

3. 영채의 구제

『무정』의 주인공은 형식이지만, 독자의 마음에 깊은 인상을 남긴 것은 물론 영채일 것이다. 형식이 작자 자신의 결점을 노골적으로 드러낸 희화상인 데 비해, 영채는 작자의 쓰라리면서도 잊을 수 없는 유년 시절과 작자가 거의 원죄라고까지 느끼고 있는 아내, 그리고 작자의 운명공동체인 민족의 상징이자 전통문화의 향기조차 감도는 인물이기 때문이다. 게다가 제6장의 마지막 부분에서 언급한 것처럼, 작자는 『무정』에서 영채에게 미래를 부여함으로써 자기 자신도 미래를 향해 나아갈 것을 기도하고 있는 것이다.

이 때문에 작자는 영채에게 자살을 단념시켜 토쿄 유학길에 오르도록 만들고, 이어서 거기에 민족을 위한 봉사 활동이라는 사명을 부여한다. 그러나 다른 연구자에 의해서도 지적되고 있는 것처럼, 영채는 결코 밝은 인상을 남기지 않는다.[39) 작자는 영채를 구제하는 데 정말로 성공한 것일까. 만약 실패했다고 한다면 그 이유는 무엇일까. 또 영채에게 남아 있는 어두운 그림자는 무엇을 의미하는 것일까.

---

38) 위의 책, 106절, 180면.
39) 三枝壽勝, 「『無情』における類型的要素について」, 『朝鮮學報』 第117輯, 1985, 12면.

1) 영채는 구제되었는가

작자가 영채의 '내적 자아'를 내부로부터 붕괴시킨 것은 그녀를 변화시키기 위해서였다. 인간은 스스로 그러하다고 생각하고 있는 주관적인 모습이 아니라 자기의 객관적인 모습과 대면하고 이를 직시함으로써 비로소 변화할 수 있다는 작자의 인간인식에 비추어 볼 때,[40] 영채에게 형식의 마음이 이미 자기에게서 떠난 사실을 깨닫도록 한 것은 그녀가 그러한 현실을 인식한 후에 힘차게 미래를 개척해 줄 것을 바랐기 때문일 것이다. 이 때문에 작자는 영채에게 모두들 부러워하는 토쿄 유학길을 열어주고, 이후 삼랑진에서는 형식의 지도 아래 민족을 위해 일한다는 사명을 부여한다. 그러나 작자가 영채에게 부여한 이러한 미래가 영채에게 정말로 바람직한 것이었을까. 그렇다면 영채는 당연히 좀더 밝은 인상을 남겨도 좋았을 텐데, 그녀에게서 행복한 모습보다는 오히려 체념과 쓸쓸함이 느껴지는 것은 어째서일까. 물론 오랫동안 꿈꿔 왔던 형식과의 결혼이 영원히 불가능하게 된 이상 영채에게 적막함이 남는 것은 당연할 것이다. 그러나 작품 속에서만이라도 작자는 행복한 영채의 모습을 만들어낼 수는 없었던 것일까.

영채에게서 묻어나는 적막한 인상은 그녀가 그후 평생 독신으로 지낼 것이라는 예감을 품게 만드는 데서 비롯된다. 마찬가지로 독신의 예감을 주는 병욱이 이 때문에 영채와 같은 어두운 인상을 남기지 않는 것은 작자의 인물 조형 방식의 차이에서 기인한다. 병욱과 달리, 영채는 애초에 독신의 사회개량가라는 역할에 어울리지 않는 인간으로 조형되어 있는 것이다.

화류계라는 환경 탓인지 어려서 성에 눈떠 일찍이 월화를 한숨짓게 만들었던 영채는[41] 황주에서 감성의 개화를 맞았을 때도 우선 남성의

---

40) 이번 장 제1절 '영채의 '내적 자아'와 '외적 현상'' 참조.
41) 이광수, 『전집』 1, 32절, 64면.

따뜻한 품을 그리워하고 주변 가까이 있는 젊은 남성인 병국에게 연모를 느끼는, 요컨대 이성과의 접촉에 민감하고 이성을 필요로 하는 유형의 여성으로 조형되어 있다. 이는 제1일째 저녁 영채가 형식의 하숙집에서 돌아와 자살을 결심하며 탄식하는 대목에서도 잘 드러난다. "이 팔은 어찌하여 생각하던 사람을 안아보지 못하고, 이 젖은 어찌하여 사랑스러운 아들과 딸을 빨려보지 못하는고. 가슴속에 가득한 정과 사랑을 생각하던 이에게 주어보지 못하고 마는고"[42]라며 탄식하고 슬퍼하는 영채에게는 여성으로서의 생생한 리얼리티가 갖추어져 있는 것이다.

이러한 유형의 여성으로 조형된 영채가 행복하게 되는 방법은 저절로 결정된다. 그것은 가혹한 자기 변혁과 민족을 위한 봉사의 길이 아니라, 평범한 아내가 되고 어머니가 되는 길이다. 예컨대 병국이나 우선을 독신으로 설정해 놓고 영채와 결합시킨다면, 영채는 비교적 쉽게 형식을 단념하고 행복한 아내와 어머니로서 인생을 보낼 수 있었을 것이다.[43] 내향적인 그녀의 성격을 생각한다면, 유학보다 오히려 이 방향이야말로 그녀의 재생을 위해서는 바람직했을 것이다. 그런데 작자는 영채에게 반려자를 만나게 하는 스토리 전개를 취하지 않고, 형식이 이끄는 사회개량을 위해 봉사하는 일원으로 일하도록 운명지어 버린다. 영채를 구제함으로써 새로운 세계의 재편성을 기도했을 『무정』에서 그녀에게 마지막까지 어두운 그림자가 남는 것은 작자 자신이 형상화한 영채의 인물상으로 보아 그녀에게 부여된 사회개량가라는 운명이 그녀의 행복과는 무관한 것처럼 여겨지는 탓이다. 작자는 정말 이러한 방법으로 영채

---

42) 위의 책, 35절, 69면.
43) 김동인도 다음과 같이 적고 있다. "한 가지 더 기괴한 것은 신우선과 영채를 결합시키지 않은 점이다. (…중략…) 이 두 남녀야말로 서로 성격도 맞고 지식에도 공통점이 많으며 여러 가지 점으로 보아서 결합되지 않으면 안 될 인물이다. 그럼에도 불구하고 작자는 왜 이 두 사람을 결합시키지 않았는지. 이 소설의 일부의 목적이 인습타파와 신연애관 수립에 있다는 것이 부인치 못한 사실인 이상에는 이 점으로 보아서라도 반드시 결합되어야 할 것이다."(『김동인 전집』 16, 62면)

를 구제할 수 있다고 생각했던 것일까.

　2)『무정』과『나』

　결론부터 말하자면, 작자는 그렇게 생각하지는 않았던 것 같다. 민족을 위한 봉사라는 형식의 미래에 반강제적으로 통합된 영채의 미래에서 적막함이 느껴지는 것은 작자의 좌절감이 솔직하게 반영되었기 때문일 것이다. 이 좌절감은『무정』으로부터 30년이 지나 해방 후에 씌어진 작품『나』에 보다 명확하게 드러나 있다.

　『나』는 이른바 공적인 자서전이라 할 만한『나의 고백』과 같은 시기에 발표된 자전적 창작소설인데,44) 이 두 개의 ‘자서전’은 지극히 대조적이다. 담담한 어투로 "내가 몸소 관련한 것, 보고 들은 것, 접촉한 사람들의 일을 썼다"45)는『나의 고백』에 비해,『나』에서는 작자의 젊은 날의 내면 생활이 노골적이라 할 수 있을 정도로 적나라하게 이야기되며, 이에 비례라도 하듯 사실 관계에서는 창작적 요소가 많다.『나』의 서문에서 이광수는 다음과 같이 적고 있다.

　　내가 이 이야기를 쓰는 것은 세상에 빛을 주고 향기를 보내자는 것이 아니다(어찌 감히 그것을 바라랴). 마치 이 추악한 몸을 세상에서 없이 하기 위하여 화장터 아궁에 들어가서 고약한 냄새를 더 지독히 피우는 것과 같다. 한때 냄새가 한꺼번에 나고는 다시 아니 나는 것과 같이 이 이야기로 내 더러움을, 아니 더러운 나를 살라버리자는 뜻이다.46)

---

44)「나・소년편」은 1947년 12월에,「나・스무살고개」는 이듬해 1948년 10월에, 그리고
　　『나의 고백』은 같은 해 11월에 간행되었다.
45) 이광수,『나의 고백』서문,『전집』10, 539면.
46) 위의 책, 536면.

『나』를 씀으로써 이광수는 해방 후의 정신적 위기를 극복하려 했을 것이다. 위의 인용문에서는 자기의 추악함을 극대화하고 노골적으로 묘사함으로써, 과거의 자기를 청산하고 현재의 자기를 다시 일으키고 싶다는 절실한 욕구가 전해진다. 작품을 대하는 이광수의 이러한 태도는 최초의 장편소설『무정』과 결국 달라지지 않았다고 생각된다.

『나』는 '나·소년편' 여섯 장과 '나·스무살고개' 두 장을 합하여 전부 2편 8장으로 구성되어 있다. '나·소년편'의 제1장에서 제3장까지는 주인공 김도경의 출생과 가난한 유년시절이, 제4장과 제5장에서는 첫사랑인 실단과의 비련과 부모의 죽음이, 그리고 제6장에서는 교원시절 서두른 결혼의 경위와 친구 문의 누님과의 정사가 이야기된다. '나·스무살고개'의 전반부 '스무살 안팎'장에서는 학교 인사(人事) 문제를 둘러싼 갈등에서부터 도경이 결국 교장이 되기까지의 사건이 그리고 후반부 '명암'장에서는 교장으로서 민족을 위해 봉사하는 도경의 모습이 그려져 있고, 마지막은 첫사랑인 실단과의 우연한 만남과 이별로 끝나고 있다.

그런데 이『나』에서 '나·소년편'의 마지막 한 장과 '나·스무살고개'의 두 장, 즉 도경의 교사시절 부분만을 떼어놓고 볼 때, 우리는『무정』과 구도상 기이한 유사성을 깨닫게 된다.

첫째, 여성과의 관계. 도경은 아내, 실단, 문의 누님이라는 세 여성과 관계를 맺고 있지만, 그녀들에게서 오히려 도망치고 싶다고 생각하고 있다. 형식과 영채의 관계가 그렇다. 둘째, '여행' 도중의 '해방'. 도경의 '여행'은 자전거로 친척집을 도는 4일 간이며, 어느 집이나 도경의 과거와 깊이 결부되어 있다. 이 '여행' 도중 도경은 아내가 자기 없이도 살아갈 수 있음을 알게 된다. 이제 막 아이를 출산한 아내는 남편이 자기를 싫어한다는 것을 깨닫고는 "나는 아들 기르고 혼자 살 수 있"47)다고 말하여 도경을 심리적으로 해방시킨다. 형식도 유년시절과 결부되어 있는

---

47) 이광수,『전집』6, 528면.

옛 도시 평양에서의 '여행' 도중 영채의 '죽음'에 안도하고 해방감을 느끼고 있다. 셋째, '여행'에서 돌아오자 원망(願望)이 성취된다는 점. 여행에서 돌아온 도경을 기다리고 있던 것은 교장 자리이고, 형식을 기다리고 있던 것은 선형과의 약혼과 미국 유학이다. 내심 손에 넣기를 열렬히 바라고 있었는데, 이를 이끈 것이 또 '한 목사'이다. 교장 취임식을 앞둔 도경의 심경은 선형과의 약혼을 앞둔 형식의 심경과 매우 비슷하다.

『무정』이 씌어진 1917년과 『나』가 씌어진 1948년, 삼십 년 세월을 사이에 두고 씌어진 이 두 작품의 접점은 바로 작품의 무대가 되는 오산학교이다. '나·소년편'에서 태어나면서부터의 자기와 그 주위의 일을 이야기하던 이광수가 제6장에 이르러 오산시절을 회상하기 시작했을 때, 의식적이든 무의식적이든 『무정』과 동일한 구도가 드러나는 것이다. 재현된 구도의 원인이 된 구체적인 사실에 관해서는 지금으로서는 알 도리가 없다. 그러나 두 작품을 통해 드러나는 동일한 구도는 우리가 『무정』이라는 작품을 이해하는 데 커다란 도움을 준다. 왜냐하면 『나』에서 도경을 사랑한 여자들은 분명히 구제와는 무관하게 그려지고 있기 때문이다.

3) 『나』에서의 영채

『나』의 마지막 부분에서, 눈으로 뒤덮여 암자에 다다른 도경은 그곳에서 첫사랑인 실단과 우연히 만나게 되고 거기서 그녀와 하룻밤을 보내게 된다. 백치에게 시집갔다가 수개월 만에 과부가 된 실단은 세상을 덧없이 여겨 금강산으로 가는 길이다. 도경은 실단에게 병욱이 영채에게 했던 것처럼 설득을 시도하지만 실패한다. 설득이 실패한 원인은 분명하다. 실단이 얻으려는 것은 도경의 사랑인데, 도경은 이를 받아들일 수 없었던 것이다. 아무 일도 일어나지 않은 채 이튿날 아침 두 사람은 헤어지고, 중이 된 실단은 수년 후에 자살한다. 도경의 아내가 죽지 않은 것은 자식 때문일 것이다. 또 문의 누님이 자살하지 않은 것은 기독교가 이를 금지한 탓일지도 모른다. 『나』의 주인공은 결국 이들 세 여성들을 구제할 수 없었던 것이다.

『나』에는 집요할 정도로 다양한 과부들이 등장한다. 그녀들은 저마다 불행하다. 이 불행은 새로운 반려자를 얻음으로써 경감될 수도 있을 듯한데, 이는 불가능하다. 재혼을 권유한 도경에게 문의 누님이나 실단이 모두 분노에 가까운 불쾌감을 표시하고 있는 데서도 알 수 있는 것처럼, 그녀들 자신이 재혼을 바라지 않는다. 그리고 그녀들의 재혼을 방해하고 있는 것은 인간을 내면으로부터 지배해 버린 인습이다.[48]

이광수는 『나』에서 "인습이 오래 묵으면 양심이 되는 것"이며, "남편이 죽어도 재가를 못한다는 것은 우리 민족에게 이미 양심이 되고 말아서 이것을 반항한다는 것은 양심의 세계에서 뛰어나간 것과 같다"[49]고 적고 있다. 과부는 남편의 뒤를 따라 자살하든가, 자식을 위해 살아남더라도 이성에 대한 욕망을 죽이고 수절하든가, 혹은 중이 되는 길밖에 없다. 그러나 "요새 같으면"이라고 이광수는 말을 잇는다. "요새 같으면 세상을 위하는 사업에 몸을 바치는 일도 있다."[50]

결국 '세상을 위하는 사업'에 몸을 바치게 된 영채는 중이 되어 자살한 실단이나 아이 때문에 살아남아 수절한 아내, 그리고 종교에서 구원

---

48) 조선에서 오랫동안 금지되었던 과부의 재혼은 갑오개혁에 의해 법률상으로 허용된다. 그러나 오랜 관습은 사람의 마음을 구속하여 사람들은 여전히 여성의 재혼에 저항감을 품고 있었을 것이다. 이인직이 1906년 『만세보』에 연재된 대표적인 신소설 『혈의누』에서 일본의 문명개화를 예찬한 내용 가운데 하나가 미망인의 재혼이었고, 또 그가 1902년 『미야코신문(都新聞)』 견습 시절에 쓴 일본어 습작 「과부의 꿈」 역시 과부의 적막함을 묘사한 작품이라는 사실은 당시 조선사회에서 미망인 문제의 중요성을 엿볼 수 있게 한다. 「과부의 꿈」에 대해서는 田尻浩幸, 「이인직의 미야코신문 견습시절」, 고려대학교 국어국문학연구회, 『어문논집』 32집 참조.
49) 이광수, 『전집』 6, 561면.
50) 위의 책, 561면.

을 찾는 문의 누님과 다르지 않다. 이처럼 인습이 내면화되어 버린 사회에서 마음의 지아비에게 버림받은 영채에게 행복한 미래 따위가 있을수 없다는 것을 작자는 잘 알고 있었을 것이다. 이는 사회제도의 문제라기보다 인습이 마음속에서 '양심'이 되어 버린 인간들의 과도기적인 비극이다.

『무정』에서 이광수는 영채의 '내적 자아'를 내부로부터 무너뜨렸다. 그러나 가상적으로로라도 그후 영채에게 새로운 반려자를 만나게 하는 이야기 전개는 사람의 마음이 구가치체계에 의해 바로 감정의 차원까지 규율되던 당시 조선사회에서 리얼리티를 가질 수 없고, 공감을 얻을 가능성도 적지 않았을까. 이런 사회에서 읽혀지는 신문연재소설에서 주인공을 재가시킬 것인지의 여부는 연재의 성패와 관련이 있는 문제이다. 이광수는 당시 계몽 논설에서는 재혼을 주장했다. 그러나 이를 소설에서 실천할 경우, 독자들에게서 오히려 감정적인 반발을 살 우려가 크다는 것도 알고 있었다고 생각된다. 대중의 감정에 영합하는 것이 성공의 필요 조건이라는 것을, 르봉의 군중심리를 읽었던 이광수는 당연히 알고 있었을 것이다.[51]

그뿐만이 아니다. 논설에서는 재혼을 주장했던 이광수 자신도 감정적으로는 이를 저항 없이 받아들이기 어려웠던 것은 아닐까. 그 또한 과도기를 살아간 한 사람의 남성이었다는 사실을 잊어서는 안 된다. 『나』에서 당시 조선에서 과부가 처해 있던 상황을 '양심'이라는 말을 가지고 설명하는 담담한 필치, 한번 시집갔던 실단을 대하는 도경의 냉담한 태도, 그리고 "더구나 여자는 한번 남자를 접하면 그 혈액에까지 그 남자의 피엣 것이 들어가 온몸의 조직에 변화를 일으킨다고 한다", "다른 동물은 몰라도 사람은, 그 중에도 여자는 평생에 한 번만 이성을 사랑하게 마련된 것 같다"[52] 등 도경의 비과학적인 사고를 냉정하게 적어 내려가

---

51) 본서 제6장 제4절 '학생이라는 집단—조소사건' 참조.
52) 이광수, 『전집』 6, 585면.

는 작자의 태도에는, 인습에서 완전히 벗어나지 못하고 이론과 감정의 틈새에 끼여 분열되어 있던 당시 자기의 모습을 있는 그대로 묘사하려는 의지가 느껴진다.53)

이리하여 영채는 자살은 하지 않지만, 그녀에게 어울리는 아내나 어머니로서의 인생을 부여받지 못하고 사회를 위한 봉사를 사명으로 여기고 살아가게 된다. 당시 사람들의 마음에 내면화되어 버린 강력한 인습, 그리고 과도기적 인간인 작자 자신의 논리와 감정의 불일치가 그녀에게 재혼을 허용하지 않았던 것이다. 영채는 반은 처녀인 채로 일생을 독신으로 지냄으로써만 당시의 독자나 작자에게 주인공으로 받아들여질 수 있었던 것이다.

4) '영채의 불행'이 의미하는 것

순결한 기생이라는 이율배반적인 영채의 모습에는 처녀 과부인 문의 누님과 백치에게 시집갔다가 곧 남편과 사별하고 중이 된 실단의 모습이 겹쳐져 있다. 게다가 영채에게는 월화 덕분에 조선의 전통문화라는 깊이가 부여되어 있고, 이광수가 유년시절 고향의 여자들에게서 들으며 자랐던 고대소설과 전통시가의 세계가 지닌 덧없음까지도 내포한과거의 향기를 내뿜으며 사람의 마음을 매혹해마지 않는 자기 희생적인 여성상이 부여되어 있다.54) 이러한 영채에게 형식이 느끼는 '미안함'은『나』의 주인공 도경이 세 여성에게 느끼는 '미안함'과 서로 겹쳐지며, 작자가 누군가에게 품었을 '미안함'을 감지케 한다. 그것이 고향에 자식과 함께 남

---

53)『무정』에서도 이와 매우 유사한 발상이 발견된다. "여자가 남자를 보면 얼굴과 체격에 변동이 생"(10절)긴다든가 혹은 "옛날 소설에는 몸이 기생이 되어서도 팔에 앵혈(처녀의 각인―인용자)이지지 않았다는 여자가 있다"(44절)는 대목 등이 그러하다.
54) 이광수, 「다난한 반생의 도정」,『전집』8, 446면.

아 있는 작자 자신의 아내일 가능성이 높다는 것은 이미 제5장에서 지적했다. 이 경우『무정』에서 영채의 불행은 작자의 아내의 불행을 의미하는 것으로 해석할 수 있다.

그녀는 필시 두 지아비를 섬기는 것을 떳떳이 여기지 않는 것은 물론, 남편이 설령 외도를 하더라도 자기를 아내의 지위에 그대로 두기만 하면 구가치체계에 의지하여 그대로 인내해 갈 수 있는, 당시로서는 극히 일반적인 '구식' 여성이었을 것이다. 그러나 이광수는 보다 나은 자기 실현을 추구하고, 교양 있는 여성과의 '새로운 연애'를 실천하기 위해 아내와 완전히 결별하려 하고 있었다. 그에게는 아내를 구제할 수 있는 방도가 없었던 것이다. 그런 의미에서, 영채가 마지막까지 행복하게 그려지지 않은 것은 작자가 자기 과거의 책임을 솔직하게 표현했기 때문이라고 할 수 있다. 자기의 과거가 실패라면 실패인 대로 끌어가는 것이 정직한 삶의 방식이라고, 작자는 생각했던 것이 아닐까.55)

다음으로 영채는 작자의 민족을 상징하는 존재이기도 하다. 이 경우 영채의 불행이 의미하는 것은 '조선 민족의 불행'이 된다. 이는 식민지로 전락한 민족 비극의 상징이라는 의미에 그치지 않는다. 영채는 자기가 오랜 세월 정조를 지킨 행위의 허망함을 깨닫고, 이제부터 무엇을 위해 살아가면 좋을지 알지 못한 채 허무감에 사로잡혀 있다. 영채의 '내적 자아'는 외적인 힘에 의해서가 아니라 내부로부터 붕괴되고, 이제 그녀는 새로운 자기를 창조해가야 하는 어려운 짐을 짊어진 것이다. 힘을 가지지 못해서 식민지로 전락한 민족은 영채처럼 지금까지의 자기 모습을 내부로부터 무너뜨리고, 자각적으로 새로운 민족으로 다시 태어나지

---

55) 본서 제5장에서 필자는, 이광수가 의식이란 기억이고 인간은 이를 토대로 새로운 경험에 대응하여 가는 존재라는 베르그송의 사고를 받아들였을지도 모른다고 언급했다. 이에 따르면, 실패나 죄를 의식에서 지우는 일 따위는 본래 불가능하며 죄를 죄로서 솔직하게 인정하고 망각하지 않는 것이야말로 진지한 삶의 방식이 될 것이다. 그런 의미에서, 영채의 삶이 형식의 인생에서 멀리 떨어지지 않도록 설정한 것은 작자 나름의 속죄라고 할 수 있을지도 모른다.

않으면 안 된다. 그러나 영채의 '내적 자아'가 내부로부터 붕괴되었을 때 배 학감들에 의해 외부로부터 파괴되었을 때와는 다른 종류의 슬픔과 허무함을 수반했던 것처럼, 민족도 커다란 아픔을 경험하지 않으면 안 될 것이다. 이는 자기의 모습을 직시하고, 이를 현실로서 받아들일 때 맛보게 되는 아픔이다. 영채가 지닌 어두운 그림자는 조선민족이 이제부터 맞서지 않으면 안 되는 어려움을 이광수가 얼마나 무겁게 생각하고 있었는지를 반영한다. 일견 낙관적으로 볼 수 있는 『무정』의 결말이 결코 그렇지 않다는 것은 마지막 절에서 고찰하기로 한다.

　마지막으로, 영채는 작자 자신의 쓰라린 과거를 나타내는 존재이기도 하다. 앞서 언급한 것처럼, 고아가 되어 필설로 다하기 어려운 생활을 겪고 그후 일본에서 고독한 유학생활을 보냈던 이광수는 삶의 쓰라림을 극복하려는 충동에서 『무정』을 썼다. 작자가 이 무렵에 쓴 논설이 미래에 대한 희망을 고무하는 내용을 담고 있는 것과는 달리, 걸핏하면 쓰라린 과거에 끌려 들어가 삶의 의지를 상실하곤 하는 영채의 허무감은 인생의 어두운 면으로부터 눈을 돌릴 수 없는 비관주의를 느끼게 한다. 그러나 바로 그런 까닭에, 바로 이러한 허무감을 극복하기 위해서 이광수는 『무정』을 쓰지 않으면 안 되었다. 세간의 무정에 더 이상 농락당하지 않기 위해서는 죽을 수밖에 없다고 울며 무너지고 있는 영채나, 세상이 행복을 보내 주지 않으면 빼앗아서라도 행복해지라고 격려하는 병욱은 모두 이광수 자신이었을 것이다. 그렇다면 영채에게 마지막까지 드리워져 있는 불행의 그림자는 이러한 허무주의를 완전히 극복할 수 없었던 '작자 자신의 불행'을 나타내고 있다고 할 수 있다. 그리고 이것은 작자가 나중에 종교에 침잠해가는 것과 깊은 관련이 있다고 생각된다.

4. '보여지는' 선형

처음 5일 간, 선형은 이른바 형식에게 **보여지는** 존재일 뿐이다. 이번 절에서는 그러한 선형이 형식에게 무엇을 의미하며, 또 작자에게는 무엇을 의미하고 있는지 고찰하고자 한다.

1) 형식에게 선형이 의미하는 것

은사의 딸 영채에게 형식이 그렇게 무정했던 것은 영채와 재회하기 몇 시간 전에 처음 만난 선형에게 마음을 빼앗겨버린 탓이었다. 그러나 『무정』이 갖는 소설로서의 약점 가운데 하나는 바로 이러한 '첫눈에 반함'이 독자에게 그다지 설득력을 주지 못한 점에 있다고 생각된다. 대부분의 독자는 영채와 재회했을 때 형식이 마음속으로 "선형이가 있는데 왜 영채가 뛰어나왔나, 영채가 기생이거나 뉘 첩이 되었으면 좋겠다"[56]고 생각할 정도로 선형에게 마음을 빼앗기고 있다고는 상상하기 어렵지 않았을까. 첫 만남에서 확실히 형식은 선형의 아름다움에 깊은 감명을 받는다. 그때 형식의 내부에서는 "이상한 불길"이 타올랐다고 굳이 베르그송의 말을 차용하거나 첫 수업을 마친 형식에게 꿈속을 걷듯이 집으로 돌아가게 하는 등, 작자로서는 선형과의 만남이 가져온 커다란 충격을 강조하는 데 그 나름으로 신경을 쓰고 있다. 그럼에도 불구하고 이 만남은 남녀 간의 숙명적인 만남을 느끼게 할 만한 무엇인가가 결여되어 있다. 작자 자신이 형식의 내부에서 타오른 '불길'은 "청년남녀"[57]가

---

56) 이광수, 『전집』 1, 75절, 132면.
57) "그러면서도 알 수 없는 것은, 가슴속에 이상한 불길이 일어남이니, 이는 **청년남녀**가 가까이 접할 때에 마치 음전과 양전이 가까워지기가 무섭게 서로 감응하여 불꽃을

가까이 접근할 때 튀는 불꽃이라고 특별히 설명하고 있음에도 불구하고, 이는 오히려 다른 종류의 충동을 느끼게 하는 것이다.

선형과의 만남을 앞두고 "아직 독신이라 남의 여자와 가까이 교제하여 본 적이 없"58)는 형식은 몹시 긴장한다. 그런데 이 긴장감과 동일하게 인상적인 것이 바로 형식이 김 장로의 재산에서 받고 있는 짓눌리는 듯한 압박감이다. 형식은 김 장로의 집으로 가던 길에 만난 우선에게서 선형이 미인이고 재주 있는 처녀라는 얘기를 듣고 한껏 기대에 부푼다. 그러나 이어서 그가 "자네 힘에 웬 걸 되겠나마는"59)이라며 빈정거리는 말을 남기고 가 버린 후, 형식은 자기에게는 돈도 없고 학력도 중등학교 졸업이 전부이며 게다가 교회에서의 신용도 그다지 좋지 않기 때문에 현대 여성의 마음을 끌 수 없을 것이라는 자기 비하와, 그래도 윗사람에게 아첨하여 위세를 떨치는 경박한 무리와 자기는 다르다는 자존감 사이에서 갈등한다. 형식은 지위나 재산 따위에는 흔들리지 않는다고 자부하고 있지만, 그런 집요한 강조 자체에 형식의 마음속에 자리한 지위와 부에 대한 콤플렉스가 숨바꼭질하고 있는 것이다. 김 장로의 위세 당당한 집에 도착했을 때, 형식은 "지위와 재산의 압박"을 느끼며 "이리 오너라" 하는 소리도 제대로 내지 못하고 만다.60) 집안에 들어가자, 서양풍의 호사한 가구가 놓여 있고 얼음을 띄운 화채가 나온다. 이리하여 완전히 위축된 형식의 앞에 나타난 선형은 그녀의 아름다움과 더불어 아버지 김 장로가 가진 '부'를 배경으로 형식을 매료했던 것이다.

인간이 인간과 만날 때, 서로의 마음은 혹은 끌어당겨지고 혹은 반발하며 '혼(魂)의 감전'61)을 일으킨다. 베르그송은 이것을 비극(悲劇)의 원천인 '정념(情念)'이라고 말했다. 이광수는 형식과 선형의 만남의 장면에

날리는 것과 같이 면치 못할 일이며"(강조는 인용자) 위의 책, 3절, 18~19면.
58) 위의 책, 1절, 15면.
59) 위의 책, 16면.
60) 위의 책, 2절, 17면.
61) 본서 제5장 5절 '2일째(1)—예수의 초상' 참조.

서 베르그송의 '정념'을 '이상한 불길'이라는 말로 바꾸고 형태를 약간 달리하여 차용하고 있다. 그러나 선형이라는 인간과 만나기 전에 형식의 마음에는 이미 '부'에 의한 '감전'이 일어나 있었던 것은 아닐까. 이날 선형을 본 형식의 마음에 타오른 것은 젊은 남자가 아름다운 여자를 대할 때 솟아오르는 에로스의 불길 이상으로 사회적 상승을 꿈꾸는 젊은이가 기회를 만난 데서 비롯된 야심의 불길인 것처럼 보인다.

이날 형식의 표층 의식에는 김 장로가 장차 미국 유학을 보낼 예정인 외동딸의 가정교사로 자기를 선택한 사실에 무언가 특별한 의미가 있지 않을까 하는 의문은 전혀 떠오르지 않는다. 그러나 조금 전 우선이 농담으로 내뱉은 "약혼, 엥게지먼트"라는 말이 형식의 귀에 "이상하게 기쁘게 들린"[62] 것은 왜일까. 형식도 마음속으로는 이번 김 장로의 의뢰의 의미에 대해 제 멋대로 상상하고 있었기 때문은 아닐까. 아무리 서양물이 든 김 장로라고 해도, 미혼인 외동딸을 젊은 남자에게 맡기는 당시로서는 파격적인 행동을 취하기까지는 상당한 결단이 필요했을 것이다. 작자는 김장로가 많은 사람의 의견을 듣고 또 자기 눈으로 확인한 후 형식의 인격을 신용하여 이번 일을 그에게 의뢰했다고 밝히고 있다. 사실 딸에게 미국까지 동행해 줄 약혼자 탐색이기도 했던 이 조사가 빈틈없이 이루어졌으리라는 것은 짐작하기 어렵지 않다. 이러한 김장로의 움직임에 형식이 정말 무관심했다고는 생각하기는 어렵다. 이날 김 장로의 집에 선형의 가정교사로 초빙된 사실로 인해, 형식의 야심은 이미 점화되어 있었다고 할 수 있는 것이다.

형식과 선형의 만남이 보다 극적으로 되는 것을 방해한 것은 이날 김 장로의 집에서 만난 또 한 소녀 순애의 존재이다. 순애는 "부모도 없고 집도 없는 불쌍한"[63] 소녀인데, 선형과 같이 공부하는 친구로서 김 장로의 집에서 신세를 지고 있다. 김장로가 순애도 함께 공부하도록 한 것

---

62) 이광수, 『전집』 1, 16면.
63) 위의 책, 19면.

은 미혼 남녀 두 사람만 있게 되는 상황을 만들지 않기 위해서였을 것이다. 형식은 순애의 얼굴에서 어려서부터 세간의 고생을 맛본 인간 특유의 그늘을 보아내고 친근감과 동정을 느낀다. 경성에서도 손꼽히는 재산가 김 장로의 외동딸인 선형은 조금 전 우선이 비웃었던 것처럼 형식에게는 높은 봉우리의 꽃이며, 신분적으로는 순애 쪽이 형식에게 어울린다. 선형도 내심 이 두 사람이 맺어질 것을 생각할 정도이다. 독자는 고개를 숙인 채 형식을 쳐다 보려고도 하지 않는 선형보다는 오히려 형식의 동정의 눈길을 조용히 되받아 보는 순애 쪽에서 남녀의 '만남'을 느끼지 않았을까.

그러나 자기와 마찬가지로 얼굴에 세간의 무정이 각인된 순애에게 형식이 끌리는 일은 있을 수 없다. 왜냐하면 형식은 바로 그 세간의 무정을 되갚기 위해서라도 사회적 상승을 갈망하고 있는 청년이기 때문이다. 나중에 형식은 이날 일을 회상하면서, 자기가 영채가 아니라 선형에게 끌린 것은 그녀가 가진 '부와 교육'이 영채와는 비교가 되지 않기 때문이라고 분석하고 있다.[64] 선각자를 자임하는 형식에게 필요함에도 불구하고 결여되어 있는 '부'는 즉시 형식의 마음을 끈다. 따라서 '교육'은 선형과 같은 정도라 해도 '부'를 가지지 못한 순애가 형식의 마음을 사로잡는 일은 불가능한 것이다.

선형 앞에서 형식의 마음에 타오른 '이상한 불길'은 순수하게 선형이라는 여성에게 첫눈에 반한 에로스의 불길이라기보다 모든 것을 손에 넣어 갖출 것을 바라는 욕망의 불길이다. 결국 형식은 이 무렵 작자가 논설에서 주장한 "빈천(貧賤)을 자감(自甘)"하지 않고 "소성(小成)에 안(安)"하지 않는, "거부(巨富)"를 추구하는 "대욕망"[65]을 지닌 청년으로 조형된 인물이다. 그러한 형식에게 선형은 미인이자 재주를 갖춘 동시에 미국 유학을 가능케 하는 '부'를 갖고 있다는 점에서 욕망의 대상이었던 것이다.

---

64) 위의 책, 107절, 81면.
65) 이광수, 「교육가 제씨(諸氏)에게」, 『전집』 10, 59면.

2) 작자에게 선형이 의미하는 것

『무정』이 전개되는 양상으로 보면, 형식에게 선형이 의미하는 것은 아름답고 교육받은 여성과의 미국 유학이다. 그렇다면 작자에게 선형은 무엇을 의미했을까. 이에 대한 답을 찾기 위해『무정』과 유사한 구도를 가지고 있는 30년 이후에 씌어진 창작 자전소설『나』를 한번 더 들여다 보기로 하자. 영채의 경우와 마찬가지로, 이 작품에는『무정』에서 선형이 의미했던 것이 형태를 달리하여 나타나 있기 때문이다.

형식이 손에 넣은 미국 유학은『나』에서는 도경이 얻은 교장 자리로 볼 수 있다. 그리고 아름답고 교육받은 여성인 선형은 아직 만나지 못한 연인 '임'에 해당한다. 가정생활과 학교생활에 모두 피로해진 도경은 모든 것을 내버려두고 방랑의 길에 오를 것을 꿈꾸면서 다음과 같이 생각 한다.

> 그렇다. 어디로 보든지 나는 대단히 잘난 사람이니 지금 만난 내 아내나, 실 단이나, 문의 누님이나, 이런 것들은 다 지나가는 한 티끌에 지나지 못한다. 내게 돌아올 큰 **명예**가 아직도 저편 미래의 구름 속에 감추어 있는 모양으로 내 **평생의 애인**이 될 잘나고 덕 있고 재주 있는 여성도 어딘지 모르나 극히 깨끗한 곳에서 볕과 이슬을 받으며 향기를 담뿍 담은 봉오리를 짓고 숨어 있 는 것이다.66) (강조 인용자)

『나』에서 도경은 교장이라는 '큰 명예'는 얻지만, '평생의 연인'은 결국 몽상에 그친 채로 남는다. 구름을 바라보면서 보이지 않는 인연의 실에 연결되어 있는 '임'을 몽상하는 도경처럼, 오산학교시절의 이광수도 정주의 하늘을 바라보면서 자기에게 어울리는 여성을 꿈꾸었을 것이다. 근대적 자아에 눈뜬 한 사람의 젊은이로서 이광수는 자아에 자아로서

---

66) 이광수,『전집』6, 541면.

호응하는 ‘영육합치’[67)]의 연애를 추구하고 이를 위해서는 형식이 영채를 보며 걱정했던 것처럼 상대 여성에게 “내 사랑을 알아줄 만한 공부”[68)]가 필요하다고 생각했을 것이다.

형식이 선형에게 첫눈에 반한 것은 김 장로가 가진 ‘부’ 외에도 ‘교육’을 받은 선형에게는 ‘임’이 될 수 있는 가능성이 있었기 때문이다. 따라서 ‘부와 교육’을 모두 가진 선형은 작자에게는 그가 오산에서 꿈꾸었던 ‘큰 명예’와 ‘평생의 연인’ 이 두 가지를 의미하는 존재였다고 할 수 있다.

3) 영채의 청산

제6장에서 필자는 아내와 오산학교를 버리고 토쿄 재유학길에 올랐던 작자의 시간적 위치가 『무정』에서는 형식이 영채와 학교로부터 해방되어 선형과 약혼하는 5일째에 놓여 있다는 것을 고찰했다. 그러니까 작자의 구상으로는 형식이 결국 선형을 얻어 유학하게 되는 것은 처음부터 결정되어 있었던 셈이고, 이를 위한 절차로서 형식에게 영채와 결별하고 경성학교를 그만두게 하는 것이 과제였던 것이다.

선형과 만나게 된 형식이 그녀와 맺어져 ‘엄청난 부’를 얻기 위해서는 아직 등장하지 않은 영채의 청산이 필요하다. 이렇게 보면, 형식이 우선 선형과 만나고 그 다음에 영채와 재회하게 되는 순서 설정은 제5장에서 고찰한 것과는 또 다른 의미를 갖게 된다.[69)] 즉 선형과 만났기

---

67) 형식이 받은 병국의 편지 가운데 다음과 같은 구절은 작자 자신의 연애관이라 보아도 좋을 것이다. “곧 나의 요구하는 것은 정신적이라든가 육적(肉的)이라든가 하는 부분적 사랑이 아니요, 영육을 합한 전인격의 사랑인 줄을 깨달았다.” 이광수, 『전집』 1, 97절, 166면.

68) 위의 책, 12절, 34면.

69) 본서 제5장의 제3절 ‘형식의 자기분석’에서 필자는 두 여성의 만남의 순서가 선형을

때문에야말로 형식에게는 영채와의 재회가 필요해졌다고 생각되는 것이다. 다시 말해 선형과 그녀의 '엄청난 부'에 점화되어 형식의 내부에서 타오른 불길이 영채라는 환영을 만들어 냈고, 형식은 그 불길의 요동으로 유발된 꿈속에서 영채를 청산했던 것이 아닐까.

선형의 아름다움에 멍해진 형식은 "마치 술취한 사람 모양으로 아무 생각도 없이, 어디로 가는지도 모르고, 다만 일 년이 넘어 다니던 습관으로"[70] 집으로 돌아온다. 이리하여 꿈속을 걷듯 하숙집으로 돌아온 형식은 어두운 하숙집에서 영채와 재회하고, 동시에 마음속으로 그녀로부터 도망치고 싶다는 원망(願望)을 품는다. 그리고 평양에서 이 원망을 성취하자 바로 영채 찾는 일을 그만두고 밤기차에 오른 형식은 "꿈이 깬 듯하다"[71]며 몇 번이나 웃는다. 선형과의 만남으로 야심의 불길이 타오른 형식은 성공을 위해 무엇인가 청산하지 않을 수 없다고 느끼며 꿈을 하나 꾼 것이다. 꿈은 원망을 충족시킨다. 이리하여 평양행에서 영채로부터 해방된 형식은 기다렸다는 듯 그를 찾아온 한 목사의 주선으로 선형과 미국 유학을 손에 넣게 되는 것이다.

5. '보는' 선형

앞절에서는 형식에게 보여지는 선형이 형식과 작자에게 무엇을 의미했는지에 대해 고찰했다. 이번 절에서는 선형이 보는 입장으로 전환하면서 보이는 변모와 그 변모 양상에 나타난 작자의 의식을 고찰한다.

선택하는 데 커다란 역할을 담당했다는 형식 자신의 분석을 고찰한 바 있다.

70) 이광수, 『전집』 1, 4절, 20면.

71) 위의 책, 64절, 117면.

1) 선형의 변모

2일째 형식에게 영어 수업을 받으면서 미국 유학과 미래의 남편을 상상하고 있는 선형을, 작자는 "봄철 따뜻한 아침에 핀 꽃"에 비유하고 있다. 『무정』의 주인공이 만난 "아직 바람도 모르고, 비도 모르고, 늙음도 모르고, 시들어 떨어짐도 모르는, 바로 핀 꽃"[72]인 선형은 『나』의 주인공이 꿈꾸던 "어딘지 모르나 극히 깨끗한 곳에서 볕과 이슬을 받으며 향기를 담뿍 담은 봉오리를 짓고 숨어 있는" "임"[73]의 연장선상에 있다. 그러나 따뜻한 봄날 아침에 핀 꽃봉오리에게 비바람이 기다리고 있는 것처럼, 선형도 이제부터 "인생이라는 불세례"[74]를 받지 않으면 안 된다. 자기와 외부 세계가 어떤 "관계"가 있는지, 도대체 "관계"가 있는지 없는지조차 생각해본 일이 없는[75] 선형은 말하자면 곳간에 넣어둔 "기계"이지 "인간"이 아니다.[76] 그리고 지금은 고요한 바다와 같은 선형의 마음에 이윽고 폭풍이 도래하고 "하늘로서 큰 바람이 내려와, 이 바다의 물을 온통 흔들어, 거기 물결을 만들고 흐름을 만들"[77] 때, 선형은 마침내 "참사람"[78]이 될 것이라고 작자는 예고한다.

그러면 폭풍은 어떤 모습으로 그녀의 마음에 찾아왔을까. 5일째 아침 김 장로가 형식과의 약혼 말을 넌지시 비추었을 때, 선형의 마음에 그다지 풍파는 일지 않는다. 그후 순애와 나눈 이야기를 보아도 알 수 있는 것처럼, 선형은 단지 "에그, 어쩌니…… 어쩌면 좋아"[79]라고 갈피를 잡

---

72) 위의 책, 27절, 56면.
73) 이광수, 『전집』 5, 541면.
74) 이광수, 『전집』 1, 56면.
75) "아니, 차라리 그는 그 모든 것이 자기와 관계가 있는지 없는지를 생각하려고도 아니한다."(강조는 인용자, 위의 책, 56면)
76) 위의 책, 56면.
77) 위의 책, 57면.
78) 위의 책, 56면.
79) 위의 책, 81절, 142면.

지 못해 갈팡질팡하고 있을 뿐이다. 형식에 대해서는 "차라리 어찌 생각하면 정다운 듯한 생각도 있었고, 더구나 아침에 부친의 말을 듣고는 전보다 좀더 정다운 생각도 나게 되었다"[80]고 서술되어 있는 것처럼, 무관심보다는 호의 쪽에 가까운 마음이다. 약혼 후 매일 얼굴을 대한 뒤 선형은 차츰 형식과 마음이 통하게 되고, 한번은 여전히 불행한 것 같은 순애에게 동정과 거북함이 교차하는 감정을 공유하게까지 된다. 그런데 여기에 날아든 형식의 추문(醜聞)이 선형의 마음에 비로소 풍파를 일으킨다. 부모의 대화를 엿듣고 형식과 월향의 추문을 알게 되어 불쾌해진 선형은 형식을 "여전히 정다운" 사람이라고 생각하는 마음과 "동시에 미운 생각"으로 분열되고, 비로소 "가슴에는 괴로움이 생"긴다.[81] 이와 더불어 선형의 마음에는 갖가지 생각이 들끓어 간다. "공상! 공상! 왜 작자는 등장하는 모든 인물을 이렇듯 공상 즐기는 사람으로 만들었는지. 우리의 아는 선형은 좀 둔감하고 다신(多信)한 여인이었드니"[82]라고 김동인은 초조한 듯 목소리를 높였지만, 오히려 작자의 의도는 그런 여성이었던 선형이 무엇을 계기로 어떻게 변모해 가는지를 그려내는 데 있었다고 해야 할 것이다.

형식은 사회적 지위와 용모 면에서 자기에게 어울리지 않고, 본디 자기가 좋아하는 타입도 아니며, 그저 '불쌍하다'는 마음밖에 일지 않는다고 선형은 생각한다. 그러나 "일찍 그를 정답다고 생각한 일도 없고 하물며 자랑스럽다고 생각한 일도 없었다"[83]는 선형의 회상을 문자 그대로 받아들일 수는 없다. 이때 선형은 약혼식 날 자기의 기분을 "일변 놀라며 일변 실망하였다. 형식 같은 사람으로 자기의 배필을 삼으려 하는 부친이 원망스럽기도 하고 불쾌하게도 생각되었다"[84]고 돌이켜 생

---

80) 위의 책, 142면.
81) 위의 책, 95절, 163면.
82) 김동인, 『김동인 전집』 16, 60면. 단, 이 언급은 기차 안에서 선형이 질투에 휩싸였을 때의 일을 지적한 것이다.
83) 이광수, 『전집』 1, 96절, 164면.

각하고 있지만, 앞에서 본 것처럼, 실제로 이날 선형은 갈피를 잡지 못해 갈팡질팡하고 있을 뿐 아무 것도 생각할 수 없었고, 형식에게는 오히려 '좋은 사람'이라는 호감을 품었었다. 따라서 이 회상은 형식의 추문으로 인해 자존심을 다친 선형이 과거의 기억을 왜곡한 것으로 받아들여야 할 것이다. 이제 막 좋아지기 시작한 형식에게 추문이 있음을 알았을 때, 선형은 형식을 믿음으로써 그와의 관계를 강화시키려 하는 것이 아니라, 형식의 지위와 재산·학력·용모 등을 폄하함으로써 자존심을 지키려 했던 것이다.

여기서 마침내 선형은 형식에게 **보여질** 뿐인 존재에서 벗어나 자기 입장에서 형식을 **보게** 된다고 할 수 있다. 그러나 선형의 시선이 형식을 보기 시작했을 때, 판정의 기준이 된 것은 재산과 학력 등 그녀가 자란 환경의 지배적 가치관이다. 선형이 받은 '교육'은 그녀의 허영과 자존심의 근거가 될 뿐 형식이 자부하는 인격이나 지식을 판별하는 역할은 하지 못하며, 그녀의 '부'는 인간을 소유의 많고 적음으로써 판정하는 경향을 지녔던 것이다.

선형이 형식에게 **보여지던** 존재에서 형식을 **보는** 존재로 전환한 것과 보조를 맞추어 형식도 **보여지는** 자신을 의식하게 된다. 꿈처럼 영채를 청산한 형식은 약혼 후에도 "꿈같이 기쁘게"85) 지내지만, 여기에 전해진 추문으로 인해 형식의 꿈은 산산조각 나고 그의 생활은 급속히 현실의 색채를 띠어간다. 김 장로 부부의 태도는 냉랭해지고, 이 결혼이 "앙혼(仰婚:문벌이 높은 상대와의 결혼)"86)이라는 현실이 형식 자신에게도 분명해진다. 꿈속에서는 선형을 일방적으로 볼 뿐이었던 형식은 마침내 보여지는 자신을 의식하고, 그녀에게 어떻게 보여지고 있는지 알고 싶어 초초함에 사로잡힌다. 선형은 마침내 형식에게 '타자'로서 나서게 된 것

---

84) 위의 책, 164면.
85) 위의 책, 162면.
86) 위의 책, 97절, 165면.

이다. 선형에게 어떻게 보여지고 있을까라는 의문, 그것은 자기가 선형에게 사랑받고 있는지 어떤지 궁금해하는 것이나 다름없다.

이후 선형과 형식 사이에서 전개되는 사랑과 자존심의 갈등은 마치 독자를 위한 '근대적 연애'의 입문서 같다. 형식의 마음이 괴로운 것은 김 장로의 결정과 한 목사의 중재로 성립된 선형과의 약혼이 자유로운 연애의 결과가 아니며, 그렇기는커녕 자기와 선형을 맺어주고 있는 것은 오히려 부친의 명령이라는 구가치체계의 권위라는 사실 때문이다. 형식은 선형의 입에서 직접 자기를 사랑하고 있다는 말이 나오기를 고대한다. 그런데 선형은 "아내가 되었으니까 지아비를 사랑합니까, 또는 사랑하니까 아내가 됩니까"[87]라고 형식이 던지는 질문의 의미를 이해하지 못하고 "마찬가지 아닙니까"[88]라고 대답하여 형식을 실망시킨다.

형식과 선형의 앞뒤가 맞지 않는 대화는 처음 서양풍의 연애라는 것이 전해졌을 무렵의 조선사회의 분위기를 짐작케 한다. 이러한 선형의 태도는 그때까지 근대적인 연애감정이라는 것을 알지 못했던 젊은 독자들에게는 자못 그럴 듯하여 감정이입하기 쉽지 않았을까. 특히 형식의 구애(求愛)에서 선형이 느끼는 마음의 동요는 서양풍의 연애에 처음 맞닥뜨린 1910년대 조선의 교육받은 여성이 느꼈을 갈팡질팡함을 감지케 한다. '사랑'이라는 말은 성서에서나 본 게 전부였던 선형이 "저를 사랑하십니까?"[89]라는 질문에 당혹스러워하고, '사랑'이 아니면 부모의 명령으로 이루어진 약혼도 무효라는 형식의 말에 두려움을 품고 아무 생각 없이 "네"라고 대답해 버리는 장면이나, 혹은 형식이 과감히 그녀의 손을 잡고 나서 도망치듯 돌아간 후 더럽다는 듯이 자기 손을 치마로 닦던 선형이 갑자기 손을 잡혔을 때의 황홀감을 돌이켜 생각하고 미소지으며 가만히 손에 입맞추어 보는 장면 등에서는, 그때까지 알지 못했던

---

87) 위의 책, 99절, 168면.
88) 위의 책, 168면.
89) 위의 책, 168면.

남녀 간의 정감에 조금씩 눈을 떠가는 여성의 모습이 선하게 떠오른다. 선형은 바로 새로운 감정을 담기 위한 새로운 그릇이자 '임'인 것이다.

그러나 형식의 추문을 계기로, 보여질 뿐인 존재에서 보는 존재로 전환한 선형은 미묘한 변모를 보이기 시작하고, 그 변모는 이윽고 '불세례'로써 불길한 양상을 드러내게 된다. 부산행 기차 안에서 형식에게 영채와의 관계를 듣게 된 선형은 무서울 정도로 질투에 휩싸이고, 바야흐로 그녀의 마음속에는 폭풍이 휘몰아치게 되는 것이다.

> 자기의 내장이 온통 빠지직빠지직 타는 듯하고 코로는 시꺼먼 불길이 활활 나오는 듯하다. 씨근씨근하는 자기의 숨소리가 마치 자기의 곁에 어떤 커다란 마귀가 와 서서 후후 찬 입김을 불어주는 것 같다. 자기의 몸이 마치 성경을 배울 때에 상상하던 컴컴한 지옥으로 둥둥 떠들어가는 것 같다.[90] (118절)

이런 이상한 마음으로 보면 외부 세계도 전혀 달라 보인다. 기차 안의 사람들은 "모두 다 무서운 마귀"[91]가 되고, 형식이 영채와 포옹하고 있는 환영도 보인다. 이에 선형은 기도문을 욈으로써 간신히 그런 상태에서 벗어난다.

선형의 내부에서 맹위를 떨치는 "질투라는 독균"은 작자의 말처럼 "사랑이라는 독균"[92]이며, 그런 까닭에 선형의 질투는 형식에 대한 사랑의 한 형태라고 할 수 있다. 곳간에 넣어둔 '기계'일 뿐이었던 선형은 형식에 대한 사랑에 눈뜸으로써 비로소 외부 세계와 관계를 맺게 된 것이다. 그 계기가 된 것은 물론 외부 세계를 있는 그대로 보는 것을 방해하고 그녀를 막다른 골목으로 몰아 넣을지도 모르는 위험한 '독균'이다. 그러나 자기 뜻대로 되지 않는 타자의 마음에 괴로워하고 이로 인해 제멋대로 움직이는 자기의 마음에 갈팡질팡하면서, 어쨌든 선형은 자기라

---

90) 위의 책, 118절, 297면.
91) 위의 책, 297면.
92) 위의 책, 117절, 296면.

는 존재와 타인이라는 존재, 그리고 그 '관계'에 눈떠간다.

2) 선형의 변모 양상에 나타난 작자의 의식

　형식이나 영채와는 다른 형태이지만, '불세례'로 인해 선형은 인간으로서 여성으로서 살아가기 시작한다. 그러나 황주 병욱의 집에서 아름다운 자연과 음악에 둘러싸여 자아에 눈떠 간 영채와 비교하면, 질투에 타오르는 자기의 모습에 전율하면서 사랑에 눈뜨는 선형은 아무리 봐도 아름답게 그려져 있다고 할 수 없다. 자긍심이 높고 자기만 위하는 욕망과 허영심이 강하며 질투가 심한 선형은 인간의 추악한 면을 영채보다도 많이 배분받은 것처럼 보인다. '부'와 '교육'을 모두 가진데다 형식에게 사랑받고 있는 '신식 여성' 선형이 보여주는 질투의 추악함과, 아무것도 가지지 못하여 형식에게 버림받은 '구식 여성' 영채가 보여주는 체념의 갸륵함 가운데 어느 쪽에 독자가 매력을 느꼈을지는 분명하다.
　선형의 불길한 변모 양상은 장래 이들의 부부생활이 평탄치 않을 것임을 예감케 한다. 이미 지적되고 있는 것처럼, 이 두 사람의 장래는 『흙』(1932)에서 허숭과 윤정선 부부의 파탄을 떠올리게 하는 불안한 요소를 갖고 있으며93), 선형의 격렬한 질투는 이러한 감정 때문에 자기를 몰아대고 남편도 파멸시켜 가는 『유정』(1933)의 주인공의 아내를 상기시킨다. 작자 이광수의 '평생의 연인'을 반영하는 등장인물인 청아한 '임'이 이렇게까지 불길하게 변모해 버리는 것은 어째서일까.
　선형의 변모는 '근대적 연애'에 뒤따르는 자아 갈등에 대한 작자의

---

93) 사에구사 토시카츠는 「『무정』의 유형적 요소에 대하여」에서 다음과 같이 언급하고 있다. "형식과 선형 사이에 연애관계나 적극적인 애정이 보이지 않는 것을 생각하면, 이 두 사람의 장래에 어떤 불안이 감지된다. 『흙』에서 허숭과 윤정선의 관계를 그 후일담이라 해석할 수 있다면, 불안은 파탄을 예고하고 있는 셈이다."(『朝鮮學報』 第117輯, 1985, 31면)

거부감을 반영하는 것이 아닐까. 선형의 불길한 변모는 그녀가 보여지는 존재에서 보는 존재로 전환되었을 때 시작된다. 경성학교의 학생들이 자아에 눈뜸과 동시에 '타자'로서 형식을 바라보고 단죄하기 시작했던 것처럼, 형식을 보게 된 선형은 형식을 바라보고 판단하는 대등한 하나의 자아이자 '타자'이다. 두 개의 자아는 충돌하여 상대를 객체화한다. 형식은 경성학교를 그만둠으로써 학생들과의 유쾌하지 못한 자아갈등에서 도망쳤지만, 선형에게서는 도망칠 수 없다. 왜냐하면 형식은 그녀의 '부' 외에도 그녀에게서 자아에 자아로서 호응하는 '근대적 연애'를 욕망하고 있기 때문이다. 그러나 '근대적 연애'가 불가피하게 초래하는 자아 갈등에 작자는 혐오감을 느꼈고, 그것이 선형의 묘사 방식에 반영된 것은 아닐까 생각되는 것이다.[94]

이것은 형식과 마찬가지로 작자의 분신이자, 작자는 물론 형식에게도 '타자'일 수 없는 영채가 아름답게 그려지는 것과도 관련이 있을 것이

---

94) 선형의 불길한 변모의 또 다른 이유로 생각할 수 있는 것은 야심을 가진 자가 그 대상에 대해 품는 양가적인 적의이다. 과거를 버리고 올라서고자 하는 야심가 젊은이를 주인공으로 한 소설에서 자기가 얻으려 하는 것에 대해 주인공이 품는 집착과 그 이면의 적의는 어떤 의미에서 친숙하기조차 하다. 스탕달의 『적과 흑』에서 상류사회 여성 마틸다를 향해 사랑과 적의를 동시에 드러내는 줄리앙 소렐, 혹은 플로베르의 『고리오 영감』에서 고리오의 장례 뒤에 페르라셰즈 묘지 위에서 파리의 고급 거리를 노려보며 "자, 이번에는 나와 너의 승부다"라고 외치는 라스티냑처럼, 이러한 젊은이들에게는 자기가 얻기를 바라는 것이 동시에 쓰러뜨려야 하는 적수인 것이다. 김 장로의 집을 처음 방문했을 때, 형식이 대문 앞에서 보인 공포에 가까운 압박감과 불쾌감에는 이제부터 싸울 적과의 만남을 앞둔 투사의 긴장에 가까운 것이 있다.

그런데 『무정』에서는 본래 작품 속의 등장인물 사이에서 교환되어야 할 이 적의를 작자가 선형에게 직접 행사하고 있다는 인상을 받는다. 즉 얻고자 하는 대상물(선형)에 대한 적의를 등장인물인 형식이 품고 있는 것이 아니라, 작자가 그녀를 불길하게 묘사하는 형태로 드러내고 있는 것이다. 이것은 선형과 대척점에 놓여 있는 영채의 경우에도 해당한다. 형식이 도망치려고 발버둥친 영채를 작자는 무슨 까닭으로 그토록 아름답게 그려낸 것일까. 사랑과 자존심의 싸움으로 소모를 강요하는 마틸다와는 반대로 영혼의 안식처인 레나르 부인의 역할을, 영채는 형식이 아니라 작자에게 하고 있는 것처럼 보인다. 형식에게 영채를 버리고 신분상승을 성취하는 역할을 맡긴 작자는 그 대가로 선형은 불길하게 그리고 영채는 아름답게 묘사함으로써, 개인적인 야망의 추구에 대한 저항감과 꺼림칙함을 드러내고 있는 것처럼 보인다.

다. 영채가 형식을 원망하는 마음은 즉각 운명과 세간으로 확산되어 형식 개인에 대한 증오로서 응고되지 않으며, "만사가 이미 다 지나갔으니 이제 와서 한탄하면 무엇하고 분풀이를 하면 무엇하랴. 차라리 웃는 낯으로 형식을 대하여 저편의 마음이나 기쁘게 하여 줌이 좋으리라"[95]며 영채는 마음속으로 단념하고 형식을 용서한다. 영채는 어머니처럼 오로지 그를 받아들이고 용서하는 존재로 그려지고 있는 것이다.

형식에게 타자일 수 없고 따라서 '근대적 연애'의 상대가 될 수 없는 영채를 아름답게 그려내는 반면 선형을 불길하게 변모시킨 데서, 작자 자신이 떠안고 있던 '전근대성' 혹은 '과도기성'을 엿볼 수 있다.

3) '근대적 연애'의 실험

'근대적 연애'는 주로 문학을 통하여 서양으로부터 동양에 전해진 남녀 간의 새로운 형태의 애정을 일컫는다.[96] 동양에 존재하지 않았던 이 새로운 유형의 연애는 '근대'가 개인을 단위로 한 시민사회를 전제하고 있는 것과 마찬가지로, 개인의 자유의지에 의거한 관계를 전제로 한다. 그런 까닭에 결혼이 개인이 아니라 집안 단위의 문제였던 동양 사회에서 이러한 연애 감정은 당연히 알력을 일으키게 된다. 모든 것이 유기적으로 구가치체계에 의해 규율되는 사회에서 결혼제도만 변할 수는 없다. '근대적 연애'는 남녀 간의 애정이라는 소박한 측면으로부터 사회제

---

95) 이광수, 『전집』 1, 113절, 190면.
96) '근대적 연애'에 대해서는 장징(張競)의 다음 저작이 커다란 참고가 되었다. (1) 「5・4運動前後中國における西洋文化の受容と日本－与謝野晶子の'貞操論'をめぐって」(『比較文學硏究』第60号, 東京比較文學會, 1991); (2) 『愛の中國文明史』(筑摩書房, 1993), 終章 '戀愛の發見－中國文化の近代' 또 최근 간행된 저작 『近代中國と'戀愛'の發見』(岩波書店, 1995년 6월)에는 논문(1)이 수록되어 있다. 한국 근대문학을 연애라는 관점에서 읽고 해석하는 데에도 참고가 되는 저작이다.

도의 근간인 결혼제도를 공격하여 사회 전체의 '근대화'를 요구하는 급진적인 면을 갖고 있는 것이다. 논설로써 결혼제도를 비롯한 조선의 구제도를 맹렬히 공격했던 이광수는, 다른 한편으로 「어린 벗에게」,[97] 『개척자』[98] 등의 '연애소설'로써 이 새로운 감정을 독자에게 간접체험시키며 전파시키려고 노력했다.

현재 우리 눈에는 유치하게 보이는 이들 소설 속 주인공의 과장된 연애는 당시로서는 대단한 각오를 요구하는 행위였다. 거의 10년 후 「어린 벗에게」를 수록한 『젊은 꿈』의 서문에서 이광수는 이 작품을 썼던 당시를 회고하며, "지금 와서 보면 혼자 웃을 곳도 있고 유치한 곳도 있지마는 다 손을 대지 아니하고 그대로 두었다. 내게는 그것이 내 생명의 한 조각—젊은 꿈의 한 조각으로 차마 건드릴 맘이 없었기 때문이다. 그러나 생각하면 그때에 나는 불같은 열정이 있었고 끝없는 희망이 있었다"[99]고 적고 있다.

대륙 방랑을 끝내고 오산으로 돌아와 '불같은 열정'과 '끝없는 희망'을 가지고 토쿄에서 재유학하던 때의 이광수에게는 '근대적 연애'를 스스로 실천하고자 하는 야심과 동경이 있었던 것 같다.[100] 그때까지 조

---

97) 「어린 벗에게」는 1917년 『청춘』 9, 10, 11호(각각 7월, 9월, 11월 발행)에 게재되었고, 시간상으로는 『무정』보다 늦게 발표되었다. 그러나 이 작품을 수록한 작품집 『젊은 꿈』(1926)의 자서(自序)에 의하면, 실제로 씌어진 것은 1914년 중국과 시베리아 방랑을 마치고 오산으로 돌아와 교편을 잡고 있을 때였다고 한다. 『전집』 10, 545면 참조.
98) 『개척자』는 1917년 11월에서 1918년 3월까지 『매일신보』에 연재되었다.
99) 이광수, 『젊은 꿈』 '자서(自序)', 『전집』 10, 545면.
100) 주 97에서 언급한 것처럼, 「어린 벗에게」는 이광수 자신 대륙 방랑을 끝내고 오산에 돌아오고 나서 토쿄 재유학길에 오르기 전까지의 기간에 썼다고 술회하고 있는 작품이다. 사에구사 토시카츠는 앞의 논문에서 「어린 벗에게」와 『개척자』는 이광수와 허영숙의 연애와 직접 관계가 있는 작품일 것이라는 추정하에 「어린 벗에게」의 전편(全篇)이 씌어진 것은 『무정』의 연재 당시로 간주하는 것이 타당할 것이라고 언급하고 있다(22면). 필자도 이 의견에 동감한다. 「어린 벗에게」의 주인공이 떠올리고 있는 김일련과 또 한 여성인 '그대'에는 이광수가 와세다시절에 만났던 나혜석과 허영숙의 모습이 있다. 최근 와세다대학의 호테이 토시히로(布袋敏博) 씨는 미국 워싱턴 의회도서관에서 『학지광』 8월호를 발견했다. 『학지광』 8호는 1916년 3월 5일 간행과 동시에 발매금지되어 지금까지 발견되지 않았었는데, 여기에는 이광수가 '외배'라는 이름으로 발표한

선에 존재하지 않았던 새로운 애정에 의한 남녀 관계는 이광수 개인의
야심인 동시에 구가치체계에 종속된 사회에 사회에 대한 반항이기도 했
던 까닭에, 개인적 욕망의 추구와 민족적 발전의 추구가 행복하게 일치
하는 문제였을 것이다. 그런데 그에게 처자식이 있다는 사실이 문제를
복잡하게 만든다.101) 민족을 위한 봉사가 이광수의 개인적 욕망을 변명
하는 데 사용될 가능성이 생기는 것이다.

　　결혼 당초부터 아내를 사랑할 수 없어 괴로워했던 그가 진정으로 서
로 이해할 수 있는 인생의 반려자를 찾는 것은 전적으로 개인적인 문제
라 할 만하지만, 당시 사회에서 그런 논리가 통했을 리 없다. 만약 그것
이 부모가 정한 결혼이고 부모가 건재했다면, 그로서도 첫 아내를 저버
릴 수는 없었을 것이다. 이 결혼은 부모가 아닌 그 자신이 결정한 것이었
던 만큼, 상대의 불행에 눈을 감기만 한다면 이혼이 불가능한 것은 아니
었다. 다만 대외적이라기보다 오히려 자기 자신의 문제로서, 그에게는
정당한 이유가 필요했다. 자신을 모델로 한 「김경」에서 "김경은 제 행위
에 무엇이든지 고상한 의의를 붙이고야 마는 버릇이 있다"102)고 적고 있
는 데서도 알 수 있는 것처럼, 이광수에게는 그러한 '버릇'이 있었다. 이
리하여 자기의 '근대적 연애'의 실천은 민족의 '정신적 혁명'에 기여한

시 「어린 벗에게」가 실려 있다(布袋敏博, 「『學之光』小考」, 『大谷森繁博士古稀記念
朝鮮文學論叢』, 白帝社, 2002). 즉 「어린 벗에게」는 1917년 후반 『청춘』에 발표된 서
간소설과 1916년 3월 『학지광』에 발표된 시 두 편이 있다는 얘기가 된다. 이광수는 10
년 전에 쓴 동일한 제목의 이 두 작품을 혼동하여 기억한 것이 아닐까 싶다. 波田野節
子, 『무정』을 쓸 무렵의 이광수」, 『문학사상』, 2008.1, 66~75면 참조.

101) 부모가 결정한 약혼자와 결혼했던 루쉰은 1918년 「수감록 40(隨感錄四十)」에서 다
음과 같이 적고 있다. "그러나 여자 쪽에는 애초에 죄가 없고, 현재는 낡은 습관의 희
생이 된 것이다. 우리는 (…중략…) 다만 이대로 한 세대를 희생함으로써, 4천 년의 낡
은 장부에 아퀴를 지어야 하는 단계에 이르렀다. (…중략…) 낡은 장부는 어떻게 하면
말소될까. 나는 말한다. '우리의 아이들을 완전히 해방시킨다면!'이라고."(『魯迅選集
第6卷』, 岩波書店, 1986, 33~34면) 필자는 본서 제4장 제4절에서 이광수의 '어린아이
의식'과 루쉰의 '아비의식'을 비교했는데, 이 비교는 연애와 관련해서도 성립하는 것
같다.

102) 이광수, 『전집』 1, 571면.

다는 독특한 논리가 생겨난다. 이광수가 민족을 위해 일하고자 한 마음에 불순한 점이 있다고는 생각되지 않지만, 그것이 그대로 개인적 욕망을 변명하는 데 사용되었을 때 일종의 애매함이 생기는 것은 피할 수 없다. 실제로 이 논리를 "바꿔치기"라고 지적한 논자도 있다.103) 이광수 자신도 자기의 '버릇'을 알고 있을 정도였으니 이 논리의 애매함도 의식은 하고 있었겠지만, 아마도 그는 이를 억눌러 버리지 않았을까 싶다.

이광수는 자기 자신과 더불어 이형식에게도 '동포'를 위한 '근대적 연애'를 하도록 만든다. 『무정』에서 작자가 직접 펼치는 생경한 연애론이나 마치 지상명령을 실행하는 듯한 형식의 어색한 연애 감정의 묘사에서는 연애에 대한 작자의 과도한 사명감이 전해진다. 『무정』에는 선형의 마음의 움직임과 더불어 형식이 선형에게 갖는 연애 감정이 세세하게 묘사되어 있는데, 이는 선형의 경우와 마찬가지로 독자에게 '근대적 연애' 감정을 교습한 것이었다고 할 수 있다. 예컨대 선형에게 보여지는 자기를 의식하고 그녀에게 사랑받고 있는지 어떤지 알고 싶어서 초조해지자 형식은 극단적인 자기 비하에 빠지는데, 그때까지의 전통적인 남녀관계에서는 상상할 수 없었던 남성이 여성 앞에서 머리를 조아리는 듯한 이러한 자기비하는 "사랑의 앞에서는 모든 교만과 자부심이 다 없어지고 만다"104)는 새로운 연애 명제의 실행이다. 조선 문명의 초석이 되겠다는 민족적 사명조차 연인의 사랑을 얻는 것에 비하면 "그렇게 중요한 것은 아니"105)라고 잘라 말하는 형식의 과장된 사랑의 고민은 남녀의 애정이 그렇게까지 중요하다고는 상상도 못했던 당시의 사람들에게 필시 충격적이었을 것이다. 이러한 극단적인 연애 감정의 표현은 유교계는 물론 당시의 애국지사적인 기풍도 거스르는 것이었을 것이다.

---

103) 三枝壽勝, 앞의 논문, 28면.
104) 이광수, 『전집』 1, 97절, 165면.
105) "조선문명의 지대돌은 내 손으로 놓는다 하던 형식의 자부심은 다 없어지고 말았다. 없어진 것은 아니지마는 그것이 형식에게는 그렇게 중요한 것은 아니었다." 위의 책, 165면.

이렇게까지 도전적인 언사를 굳이 형식에게 내뱉게 한 데서 당시 작자의 패기를 느낄 수 있다.

그러나 명제의 실행과 같은 형식의 연애 감정에는 자연스레 샘솟는 에로스가 느껴지지 않는다. 게다가 일시적으로는 통쾌할 정도로 개인에게 철저한 것처럼 보였던 그의 연애는 결국 '민족' 앞에 굴복하게 된다. 부산으로 향하는 기차 안에서 형식은 자기가 선형을 사랑하는 것은 자기 개인에게만 "뜻이 깊고 거룩한 일"이 아니라, 자기 동포에 대하여 "큰 정신적 혁명"106)이라고 생각한다. 개인적인 연애에 동포를 의식하고 있다고 분명히 밝힘으로써, 형식은 자기의 연애 행위에 '민족'을 위한 봉사라는 명분을 부여하고 연애에 맹목적인 것처럼 보였던 이전의 자기 태도를 해명하고 있는 것이다. 이것은 동시에 그가 '근대적 연애'를 지향하면서도 거기까지 도달하지 못했음을 드러내는 것이기도 하다. '민족'을 들고 나옴으로써, 그는 개인을 기반으로 하는 '근대'로부터 물러나 버리고 만 것이다.107) 이는 자기 개인의 야심을 애매하게 '민족'의

---

106) "그러므로 자기가 선형을 사랑하는 것은 자기에게 대하여서는 극히 뜻이 깊고 거룩한 일이요, 자기의 동포에게 대하여서는 큰 정신적 혁명으로 생각한다." 위의 책, 115절, 192면.

107) 한국 근대문학에서 연애가 갖는 비중은 서양이나 일본에 비하여 가볍게 느껴진다. 식민지화라는 민족적 수난 앞에서 개인적인 연애는 뒤로 물러나지 않을 수 없었을 것이다. 선형에게 집착하는 형식의 마음의 움직임은 연애로서는 지극히 정상적인 것이며, 묘사하는 방식에 따라서는 독자들에게 다른 인상을 줄 수도 있었을 것이다. 그러나 이광수는 궁극적으로 이러한 개인적인 연애 감정을 민족을 위한 봉사의 단계로 지양하기 위해 형식의 연애를 다소간 부정적으로 다루었다. 이러한 이광수의 태도는 이후에도 본격적인 연애소설이 씌어지지 않은 한국 근대문학의 한 출발점을 보여주는 것이 아닐까 싶다.
현대 한국의 연구자들도 형식의 연애 태도에 관해서는 대체로 부정적이다. 이를테면 김윤식은 『이광수와 그의 시대』에서 『무정』의 구조층 가운데 하나인 '사제관계'가 형식의 연애로 인해 파괴된 후 삼랑진에서 회복되었다고 언급하고 있고(537면), 서영채는 선형에게 연연하는 형식은 "왜소한 모습으로 전락"하고 영채와 화해함으로써 "『무정』의 정신적 중심의 지위"를 회복한다고 주장하고 있다(「『무정』 연구」, 서울대 석사논문, 1992, 48면). 그러나 서양문학의 근간을 이룬다고 해도 과언이 아닌 이 연애라는 주제를 이광수가 어떻게 수용했고, 그것이 『무정』에 어떻게 표현되어 있는지에 대해서는 좀더 정밀한 검토가 이루어져야 한다고 생각한다.

이름으로 변명해 버린 작자의 한계라고도 할 수 있다. 결국 '근대적 연애'의 실험은 실패했던 것이다.

『무정』은 근대적인 남녀 간의 애정에 대한 동경을 부르짖은 「어린 벗에게」에서 연애가 인습과의 싸움으로 목적화되어 버린 『개척자』에 이르는 연속선상에 놓여 있다. 아름다웠던 '임'이 불길하게 변모해 가는 과정은 이광수 자신이 추구했던 '근대적 연애'로부터 뒷걸음질치는 과정이기도 했다. 그러나 『무정』이 문학 작품으로서의 깊이와 입체감을 획득하게 된 것은 바로 이러한 '근대적 연애'에 내재해 있는 '근대'에 대한 작자의 복합 감정(콤플렉스)이 작품에 드러나 있기 때문이 아닐까 싶다.

4) 이광수의 선택 - '근대'와 '반근대'

이광수는 독립한 인격을 가진 여성과 인간으로서 대등하게 접촉하면서 '영육일치'의 연애를 갈망했지만, 이미 본 것처럼 논리의 차원과는 별도로 감정의 차원에서는 갖가지 제약을 떠안고 있는 과도기의 남성이기도 했다. 논설에서는 재혼을 주장하면서도 『나』에서 노골적으로 묘사하고 있는 것처럼 여성의 순결에는 감정적으로 집착하는가 하면, 경성학교에서 형식에게 자아예찬의 자유사상을 가르치게 하면서도 그 결과 초래된 질서의 붕괴와 '타자'들과의 경쟁 상태를 혐오하여 오히려 패성학교가 유지하는 규율과 질서 쪽에 호감을 나타내기도 한다. 그러나 '근대적 연애'는 필연적으로 자아의 충돌을 수반한다. 앞에서 본 형식의 극단적인 자기 비하는 연애가 일으키는 자기의 상대화, 즉 자기가 상대에게 어떻게 보여지고 있는지를 알고 싶어하는 욕구를 품게 되는 데서 비롯한다. 이광수의 내부에는 이러한 충돌을 싫어하고 자기가 태어나 자란 사회의 전통적 질서 속에 안정적으로 자리잡고 있는 남녀의 모습을 그리워하는 마음이 남아 있는 것처럼 보인다.

　동양에서 '근대화'라는 말이 주로 '서양화'를 의미하는 것과 같이, '근대적 연애'는 서양에서 전해진 서양풍의 연애관계를 의미한다. 이미 우리는 '근대'와 '서양'에 대한 이광수의 굴절된 사상을 제6장에서 고찰했다. 이광수는 욕망의 근원지인 '토쿄 시로가네(白金)'와 공동체의 논리를 지닌 '오산'이라는 두 개의 근거지 사이에서 분열되어 있었다. 토쿄 시로가네에서 중학시절을 보내면서 자아에 눈뜬 그는 자기 보존과 자기 발전을 향한 본능적 욕구가 인간 활동의 원동력이며 욕망이야말로 조국을 식민지화한 제국주의의 근간이라고 생각하고, 조선 민족도 생존과 발전을 위해 '대욕망'을 갖자고 주장했다. 그러나 또 다른 한편으로는 욕망을 정당화하는 자유와 권리 사상으로 인해 공동체의 전통적 질서가 파괴되어 가는 것에 혐오를 숨기지 않고 이러한 외래의 사상을 '서양의 독액(毒液)'이라 불렀다. 이러한 이광수 내부의 두 경향은 환원하면 '근대'='서양'에 대한 지향과 그것에 대한 혐오와 반발, 즉 '반(反)근대'='반(反)서양'이라 부를 수 있다.108) 이처럼 내부에 '근대' / '반근대' 혹은 '서양' / '반서양'이라는 서로 반목하면서 동거하는 두 가지 경향을 갖고 있던 이광수는 여성과의 관계에서도 근대적 관계와 전통적 관계의 틈바구니에서 분열되어 있었는데, 그러한 분열이 청아한 '임' 선형을 불길하게 변모시키고 과거의 여성인 영채는 아름답게 묘사케 하는 결과를 낳았다고 생각된다.

　이광수는 『무정』을 집필하던 무렵 나츠메 소세키(夏目漱石)의 작품을 애독했다고 회상하면서, 그 하나로『우미인초(虞美人草)』를 들고 있다.109) 『우미인초』와『무정』에는 등장인물의 성격이나 배치, 작품 구성이나 기법 면에서 유사한 점이 보인다. 그래서 이 작품이 당시 이광수에게 준 강

---

108) 이광수의 '근대'='서양' 혐오는 식민지시대 말기 일본의 전쟁 논리와 결부될 위험성을 갖고 있는 것처럼 보인다.
109) 이광수, 「다난한 반생의 도정」(1936), 『전집』 8, 452면.

렬한 충격을 짐작케 하지만, 결론만큼은 정반대이다.110) 『무정』의 형식
과 마찬가지로 데릴사위를 맞아들여야 하는 집안의 딸로서 자기가 가정
교사로 영어를 가르치고 있는 아름답고 근대적인 처자에게 매료된 『우
미인초』의 주인공은 고통스럽고 어두웠던 과거와 결별하고 빛나는 미래
를 차지하기 위해 '과거의 여자'인 은사의 딸을 버리고 '신여성'인 그녀
와 사랑을 맺으려 하지만, 마지막 순간 '도의(道義)'를 선택하는 것으로
그려지고 있는 것이다.

　『무정』에는 이 소설과 상통하는 점이 많이 발견되는 반큼, 이러한 정
반대의 결말에서는 이광수 자신의 선택의 의지가 두드러지게 느껴진다.
이는 스스로의 욕망에 충실하게 사회적 신분상승의 야심을 관철하려는
의지, 즉 자기 발전을 향한 의지이며, '근대'와 '반근대'로 분열되어 있
으면서도 결국 '근대'를 선택하고자 하는 의지이다. 그리고 『무정』에 입
체감과 음영을 부여하고 작품으로서의 가치를 높여주고 있는 것은 바로
이러한 선택의 배후에 억제된 채 작품의 곳곳으로부터 스며나오고 있는
이광수의 분열된 내면을 엿보게 만드는 대목들이다. 이미 '일등국(一等
國)'의 길을 내딛기 시작한 일본에서 개인주의자인 소세키는 '근대'에
대한 불쾌감을 드러내듯 『우미인초』의 주인공에게 '도의'를 강요했다.
그러나 그러한 일본에 병합된 조선에서는 '근대'란 달성해야 할 목표일
수밖에 없다. 아무리 '무정'하더라도 형식은 영채를 버리고 선형을 선택
하지 않으면 안 된다고, 이광수는 믿었을 것이다. 이리하여 '근대화'의
원동력인 욕망에 충실함이 그대로 자기 공동체의 발전으로 이어지는 길
은 형식이 선형을 얻음으로써 달성한 사회적 신분상승을 통해 민족을
위해 더 나은 봉사를 할 수 있는 가능성(유학)을 손에 넣는 것으로 구체
화된다.

　물론 개인의 발전은 그대로 공동체의 이익으로 이어져야 마땅하고,

---

110) 崔明姬, 「漱石『虞美人草』と春園の『無情』比較研究」, 『人間文化硏究年譜』第10
　　　号, お茶の水女子大學大學院人間文化硏究科, 1986.

양자는 함께 추구되어야 할 것이다. 그러나 이광수에게는 처자식이 있고, 조선은 식민지로 전락해 있다. 형식의 야심이 영채와 결별함으로써 성취되었던 것처럼, 이광수의 개인적 욕망의 달성도 아내의 희생을 전제로 했다. 또 당시 조선이 처해 있던 식민지라는 특수 상황은 개인의 발전이 공동체의 발전으로 이어지는 길을 왜곡하고, 경우에 따라서는 양자가 반목할지도 모르는 위험성을 지니고 있었다. 이렇게 위태롭고 복잡한 상황 속에서 이 두 가지를 일치시키는 길을 덮어놓고 찾은 것이 이광수이고, 형식이었다. 선형과 함께 미국 유학길에 올라 부산으로 향하던 그의 앞에 영채가 나타났을 때, 형식은 한편으로 자기의 '죄'를 자각하고 깜짝 놀라지만 그 동요를 극복하고 어디까지나 행복한 일치를 추구하려는 모습을 보여주는 것이다.

6. 삼랑진을 향한 '중막(中幕)'

1) '중막'과 '대단원'

다양한 사건이 연속하여 일어났던 5일 간이 끝나고부터 영채와 형식이 같은 열차에 우연히 함께 탈 때까지의 1개월 동안, 영채는 황주에서 풍요로운 자연과 음악에 둘러싸여 감성을 활짝 열어가고 형식은 서울에서 선형의 사랑을 확인하지 못하여 고민한다. 황주에서의 생활은 느긋하긴 해도 어딘지 느슨한 느낌을 떨칠 수 없으며, 서울에서 '근대적 연애'를 실천하는 형식에게는 작자에 의해 무리하게 조종되고 있는 어색함이 느껴지는 등, 소설의 흐름이 그때까지와 달리 정체되어 있는 인상을 준다. 그래서 김동인은 이 대목의 서사 진행을 두고 신문연재 도중 전개 방침이 서 있지 않을 때 행하는 시간 벌기용 "답보(踏步)"라고 간주하기도 했지만,111) 이 부분은 단순한 시간 벌기용 답보라기보다 다시금 긴장된 마지막 이틀 간(대단원)을 위한 준비기간(중막)에 해당한다고 보는 것이 옳다.

앞장에서 필자는 이광수가 자기의 오산학교시절을 실패라고 생각했던 근거로 『무정』을 집필 중이던 2월 말 생일을 맞아 쓴 수필 가운데 "서막은 실패였다"는 말을 인용했다. 그런데 거기에는 이제부터 '중막과 대단원'이 있다는 만회를 시사하는 구절이 이어지고 있다.112) 겨울 방학 끝에 『무정』의 약 70회분을 정리하여 매일신보사에 보낸 이광수는 선형과의 약혼 장면과 영채와 병욱의 기차 안에서의 만남(90회)까지 순조롭게 써나간 후, 2월 말에 이르러 이 부분을 느긋하게 써나가면서 이제부터 시작될 '중막'과 '대단원'을 위해 "낙옥(樂屋)에서 정성을 다하여 분장을 하고" 『무정』의 결말을 구상하고 있었을 것이다.

'중막'은 8월 초의 어느날에서 시작된다. 황주에서 영채와 병욱이 탄 부산행 열차에 남대문역에서 형식과 선형과 우선이 올라타게 되어 그들 사이에 일어나는 갈등이 '중막'이고, 이 갈등은 이튿날 삼랑진의 대홍수를 배경으로 한 '대단원'에서 해소된다. 이번 절과 다음 절에서는 이 이틀 간의 '중막'과 '대단원'에서 일어난 갈등과 그것이 해소되는 경과를 고찰하고, 작자가 고심하여 마련한 무대 설정의 흔적을 살펴 그것이 어떤 방향을 지향하게 되는지를 고찰한다. 그렇게 함으로써, 앞 절에서 언급한 개인의 욕망과 민족공동체의 이익 추구를 작자가 어떻게 일치시키고자 의도했는지 드러낼 수 있을 것이다.

---

111) 김동인, 『김동인 전집』 18, 57면.

112) "서막은 실패였었다. 나는 여러 관객에게 실망을 주었다. 그러나 이제부터 중막과 대단원이 남아 있기 때문에, 아직 이를 만족시킬 기회는 충분하다. 나는 지금 낙옥(樂屋)에서 정성을 들여 분장을 하고 있는 중이다. 내 입가에는 희망의 미소가 있다."(이광수, 『전집』 8, 387면)

2) 영채와 선형의 동요

황주에서 부산으로 향하는 도중 남대문에서 "이형식 군, 만세!"라는 소리를 듣고 영채에게 일어난 심리변화에 대해서는 이번 장 제2절 '영채가 속한 세계의 붕괴'에서 자세히 고찰했다. 형식의 약혼 사실을 알고 자기가 거부당한 것을 분명하게 인식하게 된 영채는 지금까지의 삶의 방식에 허탈감을 느낀다. 그녀가 오랜 세월 지켜온 세계는 내부의 깊은 곳으로부터 붕괴하기 시작했던 것이다.

한편 선형 또한 그때까지 살아온 세계와의 결별을 강요받는다. 기차가 달리기 시작했을 때, 돌연 이미 되돌아갈 수 없음을 예감한 선형은 눈물을 흘린다. 이 앞에 무엇이 있든지 그녀는 자기가 형식을 따라갈 운명에 놓였음을 깨달았던 것이다. 기차가 출발하고 얼마 지나지 않아 영채가 같은 기차에 함께 타고 있는 것을 알게 된 형식은 어쩔 수 없이 선형에게 영채와의 관계를 털어놓는다. 선형은 형식이 결혼의 의리를 지켜야 할 영채의 존재를 숨기고 그녀가 자살한 후 즉시 자기와 약혼한 사실을 알고 충격을 받는다. 그러나 전날 저녁 부모에게 축복의 기도를 받고 또 조금 전 남대문역에서 친구들의 성대한 환송을 받은 선형에게 형식은 이미 운명공동체이다. 선형은 비로소 '인생이라는 불세례'를 받은 것이다. 안정적인 생활에서 이제 막 떠난 그녀는 서울을 떠나고부터의 짧은 시간 동안 정신의 폭풍우를 만나고, 되돌아갈 수 없는 상황에 놓인 채 앞으로의 인생에 대처해갈 것을 강요받고 있는 것이다.

3) 형식의 동요—'대변동'과 새로운 질서

그러면 형식의 경우는 어떠한가. 기차 안에서 영채가 살아 있다는 사실을 알았을 때, 형식은 "잊어버리려 하던 자기의 죄악"[113]이 가슴을 쑤

시는 듯한 고통을 깨닫고 동요한다. 그러나 이는 한달 전 하숙집 노파의
말에 촉발되어 자각했던 '무정'에 대한 죄의식과 동일한 것은 아니다.
한달 전 형식은 하숙집 노파 앞에서 사랑과 구원을 바라고 자기를 찾아
온 영채의 마음을 모르는 체한 일과 청량리사건 후 자살할 우려가 있는
그녀를 기생집에 두고 가버린 일, 그리고 평양에서는 그녀의 죽음에 안
도한 일 등 자신의 온갖 '무정'함에 대해 자각했었다. 그러나 그것은 곧
그 직후 우선의 방문을 받으면서 동시에 의식 아래 침잠되어 버리고, 우
선에게 돈을 빌려 평양으로 간다고 우겨대는 형식을 지배하고 있던 것
은 다만 세간적인 의리를 다하지 않으면 안 된다는 강박관념일 뿐이었
다. 이날 기차 안에서 영채의 생존 사실을 알게 된 형식이 '죄악'이라고
느낀 것도 평양에서 그녀의 시신을 찾아내어 애도하지 않은 일과 일년
상도 치르지 않고 약혼해 버린 일 등 요컨대 구가치체계가 요구하는 관
습을 거슬렀다는 점이며, 인간으로서 자기가 얼마나 영채에게 '무정'했
는지 하는 점은 아니다.

　결국 선형에게 영채와의 관계를 털어놓을 수밖에 없었던 형식이 '죄
악'이라고 느끼고 말을 더듬는 것은 영채가 자기 때문에 정조를 지켜왔
다는 사실도 그렇지만 무엇보다도 선형과의 약혼이 영채가 자살한 이튿
날 이루어졌다는 사실을 이야기하는 대목이다. 선형이 가장 충격을 받
은 것도 바로 이러한 시간 문제다. 이 사실이야말로 구가치체계를 정면
으로 부정할 수 없는 형식에게는 가장 감추고 싶은 점이었을 것이다. 김
장로에게 영채와의 관계를 이야기했을 때도 필시 이 시간 문제에 관해
서는 애매하게 처리했을 것이다.114) 영채는 형식의 약혼 사실을 알게
되었을 때 "그러면 그때에 벌써 약혼을 하였던가"115)라고 생각하고 있

---

113) "영채가 세상에 없으매 잊어 버리려 하던 자기의 죄악은 영채가 살아 있단 말을 들
　　으매 칼날같이 날카롭게 형식의 가슴을 쑤신다." 이광수, 『전집』 1, 105절, 178면.
114) "한번 자기와 영채의 관계를 이야기한 끝에 김 장로가 웃으며, "남자가 한두 번 그
　　러기도 예사지" 하였다." 위의 책, 108절, 181면.
115) 위의 책, 106절, 180면. 111절에서는 "이형식 씨가 퍽 무정한 사람같이 생각이 되어

는데, 만약 형식이 약혼한 날짜가 자기가 자살을 시도한 바로 이튿날이라는 사실을 알았다면 그녀의 충격은 얼마나 컸을 것인가. 그러나 영채와 재회하고 자기 변명의 기회를 얻었을 때, 형식은 이 부분을 애매하게 얼버무리고 곤경에서 벗어나 버린다.

요컨대 형식이 '죄악'이라고 느낀 것은 자기의 욕망에 충실했던 점 그 자체가 아니다. 욕망에 충실하기 위해 저지른 관습으로부터의 일탈, 바꿔 말하면 타인에게 당당하게 해명할 수 있는 방식으로 일을 처리할 수 없었던 실책에 대한 후회이다. 그의 욕망 추구욕은 훌륭할 정도로 건재하며, 영채의 죽음에 안도했던 자기의 '무정'을 반성하기는커녕 "영채는 꼭 죽었어야 할 것이다. 살아 있더라도 자기가 몰랐어야 할 것"116)이라고 영채에게 도리어 원망을 품기까지 한다. 그리고 제5장에서 본 것처럼, 자기는 영채를 버릴 생각은 아니었다고 변명하고 나서, 두 여성과의 만남을 회상하며 자기의 마음이 처음부터 '부와 교육'을 가진 선형을 선택했음을 확인하고, 영채에게 마음이 움직인 것은 선형이 '달속의 계수나무'라서 자기로서도 꺾을 수 있는 '길가의 행화가지'인 영채를 취하려한 데 지나지 않았다고 분석한다.117) 형식은 구가치체계에 따르지 않은 '죄악'을 의식하면서도, 선형을 선택한 것은 자기의 욕망과 '사랑'에 충실한 데 지나지 않는다고 정당화하고 있는 것이다.

그러나 작자는 여기에 당돌하게 직접 개입하여 "선형을 자기의 생명과 같이 사랑하노라 하면서도 선형의 성격은 한 땀도 모르는" 형식의 사랑은 "외모의 사랑"이고 "아직 진화를 지나지 못한 원시적 사랑"118)일 뿐이며, 이러한 형식의 연애는 당대 조선 청년 사이에서 흔히 볼 수 있는 '과도기'의 사랑에 지나지 않는다고 비판하고, "자기의 사랑이 이

______

요. 그래도 내가 죽으러 갔다면 좀 찾아라도 볼 것인데…… 어느새에 혼인을 해 가지고……"(187면)라며 자기가 실종된 후 약혼한 것은 아닐까 의심하고 있다.
116) 위의 책, 107절, 180면.
117) 위의 책, 181면. 본서 제5장 제3절 '형식의 자기 분석' 참조.
118) 위의 책, 181면.

러한 사랑인 줄을 깨닫는다 하면 형식의 전도에는 **대변동**이 일어나지
아니치 못할 것"119)(강조는 인용자)이라고 예고한다. 이 대변동은 곧 찾아
온다. 즉 영채와 재회하고 나서 마음이 움직인 형식은 선형에 대한 자기
의 '사랑'에 자신감을 잃고 그것이 '외모의 사랑'에 불과했음을 깨닫고
동요하게 되는 것이다.

영채가 기차에 함께 탄 사실을 알게 된 형식은 당장 그녀를 만나러
가서 변명의 기회를 얻은 것을 기뻐하며 자기가 평양까지 그녀를 쫓아
갔던 사실을 알린다. 그리고 "시체를 찾으시노라고 퍽 애를 쓰셨겠
네"120)라는 병욱의 위로의 말에서 내심 꺼림칙함을 느끼고, 이를 얼버
무리기라도 하듯 거꾸로 영채가 안부 엽서도 보내지 않은 것을 비난하
면서 만약 엽서를 받았다면 자기는 분명 그녀를 맞아들였을 것이라고
분개한다. 그러한 모습을 보고 불안해진 영채는 영채대로 황주에서 병
국에게 사모의 감정을 품었던 일 따위는 잊은 듯이 형식에게 폐가 되지
않도록 "억지로 참고 가만히 있었"121)다고, 어디까지나 자기 희생적인
여성인냥 행동한다. 위선으로 넘쳐나는 이러한 대화 끝에, 형식은 우선
에게 선형과의 약혼 취소 얘기를 입에 올린다. 그러나 이는 영채의 모범
적인 모습을 대한 이상 그렇게 얘기할 수밖에 없는 언동에 불과하며, 우
선이 일소에 부치는 것을 예상한 체면상의 행위에 지나지 않는다. 왜냐
하면 형식의 심층 의식에서 선형의 우위는 변함이 없으며, 형식이 망설
이거나 고민하는 것은 모두 표층 의식에서의 일이기 때문이다.

자기 자리로 돌아와 이번에는 선형을 보면서, 그녀야말로 "내 사랑하
는 아내"122)라는 생각에 사로잡힌 형식은 "대체 자기는 누구를 사랑하
는가. 선형인가, 영채인가"123)라고 자문한 끝에, 다음과 같은 결론을 얻

---

119) 위의 책, 181면.
120) 위의 책, 113절, 190면.
121) 위의 책, 190면.
122) 위의 책, 114절, 191면.
123) 위의 책, 191면.

는다.

> 　오래 생각한 후에 형식은 이러한 결론에 달하였다. ……
> 　자기가 선형을 사랑하는 것은 결코 뿌리깊은 사랑이 아니다. 자기는 선형의 얼굴이 어여쁜 것과 태도가 얌전한 것과 학교에서 우등한 것과 부자요 양반의 집 딸인 것밖에 아무것도 선형에 관하여 아는 것이 없다. 나는 아직도─약혼한 지금까지 선형의 성격을 알지 못한다.
> 　물론 선형도 자기의 성격을 알지 못한다. 서로 이해함이 없이 참사랑이 성립될 수 있을까.124) (114절)

한눈에 알 수 있는 것처럼, 이러한 결론은 ‘자기는 누구를 사랑하는가’라는 질문에 대한 답이 아니다. 형식의 머릿속에 자리하고 있는 것은 오직 선형뿐이다. 표면적으로는 두 여성 사이에서 망설이며 번민하고 있는 것처럼 보임에도 불구하고, 그가 선형을 선택한 사실은 꿈쩍도 않고 있는 것이다. 그러나 작자는 이런 결론을 계기로 하여 형식에게 앞서 예고했던 ‘대변동’이 닥치도록 만든다. 그러면 삼랑진에 도착하기 직전 형식에게 일어난 ‘대변동’의 내용을 보도록 하자.

“사랑이라는 것을 인류의 모든 정신 작용 중에 가장 중하고 거룩한 것의 하나인 줄을 믿는”125) 형식은 이전부터 사랑을 보다 진지하게 여기려 하지 않는 동포의 태도에 불만을 품었었다. 그래서 “선형을 사랑하는 것은 자기에게 대하여서는 극히 뜻이 깊고 거룩한 일이요, 자기의 동포에게 대하여서는 큰 정신적 혁명으로 생각하”고는 선형과의 연애가 민족의 본보기가 될 위대한 사업이라는 자각 아래 종교적일 정도의 열의를 갖고 그녀를 사랑해 왔다(앞서 언급한 것처럼, 여기서 ‘민족’을 전면에 내세운 것으로 인해 형식이 선형에게 품은 사랑은 개인을 기반으로 하는 ‘근대적 연애’

---

124) 위의 책, 192면.
125) 위의 책, 115절, 192면. 여기서 ‘인류’는 우신사판에는 ‘인륜’으로 되어 있다. 그러나 초판에는 ‘인류’로 되어 있으므로 오식인 듯하여 바로잡았다.

에서 한 발 물러나게 된다). 그런데 영채 앞에서 그녀에게 마음이 움직임으로써, 형식은 선형에게 품었던 자기의 사랑이 생각했던 것만큼 뿌리깊은 사랑이 아니었음을 깨닫고 실망한다.

> 그러나 이제 생각하여 보건대 자기의 선형에게 대한 사랑은 너무 유치한 것이었다. 너무 근거가 박약하고 내용이 빈약한 것이었다.
> 형식은 오늘 저녁에 이것을 깨달았다. 깨달으매 슬펐다. 마치 자기가 인생 경력을 다 들여서 하여오던 사업이 일조에 헛된 것인 줄을 깨달은 듯한 실망을 맛보았다.126) (115절)

영채가 기차 안에서 형식의 약혼 사실을 알고 '자기가 지금까지 전력을 다하여오던 것이 아무 의미도 없는 듯한' 허무감에 빠져 지금까지의 세계관을 무너뜨리고자 했을 때, 형식 또한 지금까지 자기가 해온 사업의 공허함에 빠졌던 것이다. 여기서 형식은 자기의 사랑을 '민족'에서 개인의 차원으로 되돌릴 수도 있었을 것이다. 그러나 그는 그 반대의 길을 택한다. 형식은 곧 이러한 공허함을 역전시켜 앞으로의 민족의 발전을 위한 질서를 만들어내고, 자기와 선형을 그 질서에 더욱 깊이 편입시키는 길을 택하는 것이다.

자기의 사랑이 '유치'한 사랑이었다는 자각이 "자기의 정신의 발달한 정도가 아직도 극히 유치한 것"127)이라는 인식을 낳고, 그러한 자기가 지금까지 학생들에게 문명과 인생을 가르쳐온 것은 분수에 넘는 짓이었다는 선각자의식에 대한 반성으로 이어졌을 때, 그의 마음속에는 "자기는 아직도 어린아이"128)라는 '어린아이의식'이 부상한다.

> 나는 조선의 나갈 길을 분명히 알았거니 하였다. (…중략…) 그러나 이것도

---

126) 위의 책, 192면.
127) 위의 책, 192면.
128) 위의 책, 192면.

필경은 어린애의 생각에 지나지 못하는 것이다.[129] (115절)

조선이 나아가야 할 길을 모색하기 위해 필요한 지식의 부족과 인생 경험의 부족, 그리고 확고한 가치관의 부재 등 모든 면에서 '지식 없음'을 통감하고 자기를 '어린아이'라고 의식한 형식은 다시 한번 선형을 바라본다. 지금까지 자기는 선형의 미숙함을 불만스럽게 느끼고 어린아이 같다고 생각했는데, 이렇게 보면 자기도 어린아이다.

> 조상 적부터 전하여 오는 사상의 계통을 다 잃어버리고 혼돈한 외국사상 속에서 아직 자기네에게 적당하다고 생각하는 바를 택할 줄 몰라서 어쩔 줄을 모르고 방황하는 오라비와 누이 (…중략…) 이것이 자기와 선형의 모양인 듯하였다.[130] (115절)

자고 있는 선형의 손에 형식은 무심결에 입을 맞춘다. 그러나 그 입맞춤은 먼저 번에 김 장로의 집에서 선형의 사랑을 확인하기 위해 손을 잡았을 때와는 달리, 선형을 "아내라고 하는 것보다 같이 손을 끌고 길을 찾아가는 부모 잃은 누이"[131]로 여기는 입맞춤이다.

우리는 여기에서 두 사람의 관계가 변질된 것을 느낀다. 개인 간의 자아 갈등을 내포한 '근대적 연애'가 성인의 사랑이라면, 두 사람 다 어린아이일 때 그것은 성립하지 않기 때문이다. 이리하여 혼돈 속에서 방황하는 오누이라는 동등한 존재로 내던져진 형식과 선형에게 그 다음에는 문명을 향한 질서가 부여된다.

> 옳다. 그러므로 우리들은 배우러 간다. 네나 내나 다 어린애이므로 멀리멀리 문명한 나라로 배우러 간다.[132] (115절)

---

129) 위의 책, 192면.
130) 위의 책, 193면.
131) 위의 책, 193면.
132) 위의 책, 193면.

　문명을 정점으로 하는 이 질서는 형식이나 선형과 마찬가지로 방황하는 어린아이인 영채, 병욱, 이희경 일파와 경성학교 학생, 그 밖에 경성의 길거리에서 마주쳤던 무수한 학생들을 재편성한다. 문명을 지향하는 이 질서에 모든 젊은이가 편입되었을 때, 형식은 "마음속으로 커다란 팔을 벌려 그 어린 동생들을 한 팔에 안아"133)본다. 그리고 그들이 문명을 배우고 돌아왔을 때의 새로운 조선을 상상하면서 미소를 지으며 잠에 빠져든다.

　'혼돈' 속에서 '방황'하는 '어린아이'로서 일단은 평등한 형태로 내던져진 형식과 선형은 이리하여 문명을 배우는 것을 지상명령으로 하는 질서에 의해 서열화된다. 이 질서는 다른 젊은이들도 동시에 서열화하는데, 형식은 현재 유학길에 올랐다는 조건으로 인해 희경 일파의 상위에 서고, 지식 면에서 선형을 이끄는 입장에 서게 된다. 요컨대 이 새로운 질서는 경성학교에서 일어난 구질서의 붕괴에 따른 혼란과 자아들 간의 경쟁 상태를 수습하고, '근대적 연애'에 뒤따르는 자아 갈등을 해소하며, 동시에 민족의 문명화를 위해 일한다는 대명분을 통해 형식의 신분상승을 정당화하고 있는 것이다.

　이상이 작자가 형식의 내부에 일으킨 '대변동'의 전말이다. 자기의 사랑이 '유치'함을 인식한 것을 계기로 자기의 '정신 발달 정도' 그 자체의 '유치'함을 깨달은 형식은 자기가 지금까지 선각자의식을 갖고 해온 모든 행위가 유치했다고 실망하고, 일단 자기는 유치한 어린아이에 지나지 않는다는 허탈 상태에 빠진다. 그러나 바로 그때 역전이 일어난다. 즉 이 허탈 상태는 바로 유치하기 때문에, 바로 어린 아이이기 때문에, "그러므로 우리는 배우러 간다"는 적극성으로 전회하는 것이다.

　이러한 역전의 논리는 이번이 처음이 아니다. 필자는 본고의 제1장에서 이광수가 상하이에서 귀국하여 쓴 논설에 이미 역전의 논리, 즉 식민

지로 전락하여 "가장 빈(貧)하고 가장 천(賤)하고 가장 궁(窮)한 조선민족은 가장 성(聖)하고 가장 귀(貴)한 천직을 맡으려 함이 아니냐"며 자기 민족이 처한 곤경이야말로 '인류를 구제'하는 '사랑의 나라'의 조건을 갖춘 것이라는 식의 논리가 보이며, 이는 어렸을 때 사랑을 바라면서도 얻을 수 없는 고아였던 그가 자기를 사랑해 주지 않는 타인을 사랑함으로써 역설적인 마음의 안정을 얻었던 발상의 연장이 아닐까 지적한 바 있다.134) 마찬가지의 발상이 중학시절의 논설 「금일 아한(我韓)청년의 경우」와 「조선사람인 청년들에게」에서도 보인다. 여기서 이광수는 젊은이들을 가르치고 이끄는 선배가 존재하지 않는 조선의 현실을 비관한 후, 이런 시대에 태어나 모든 것을 자기들의 힘으로 창조하고 건설해야 하기 때문에야말로 자기들은 '고귀'한 존재라고 비관주의로부터 낙관주의로 전환을 도모하며 단체로 자기를 수양해야 할 필요성을 강조하고 있다. 이는 낙관주의라기보다 이러한 논리로써 스스로 분발할 수밖에 없는 자가 만들어낸 비장할 정도로 처절한 역전의 발상이라고 할 수 있다. 이러한 논리를 이광수는 『무정』에서도 형식의 입을 빌려 사용했던 것이다.

이광수는 제국주의의 세계에서 열패한 조선이 금후 생존경쟁에서 살아남기 위해서는 '어린아이의식'이 필요하다고 여겼다. 현재의 약자가 '힘의 논리'에 참가하여 강자의 위치로 올라서기 위해서는 자신들의 무력한 모습을 철저하게 객관적으로 응시하는 자세가 요구된다. 기생이라는 '외적 현상'에도 불구하고 정조를 지키는 열녀라는 '내적 자아'에 틀어박혀 아름답게 얼어붙은 세계에서 나오려 하지 않는 영채를 청량리사건을 통해 현실로 억지로 끌어낸 이광수는, 여기서 조선 민족 전체를 불쌍한 고아라는 모습으로 상징함으로써 독자들에게 자신들의 입장을 무의식 속에서라도 감지케 하려고 했던 것처럼 보인다. 자신들의 무력함을 인정하는 데에서 생겨나는 위기의식, 그것이야말로 이광수에게는 힘

---

134) 波田野節子, 본서 제1장 '이광수의 민족주의사상과 진화론' 참조.

을 양성하라는 준비사상의 원동력이었던 것이다.

이리하여 이광수가 형식의 내부에 일으킨 '대변동'의 결과, 문명을 지향하여 민족이 발전하고 개인의 발전이 그대로 민족의 발전으로 직결되며, 그 안에서 개인의 갈등이 해소되는 하나의 질서가 만들어진다. 그러나 이 질서에 모든 젊은이를 편입시켜 "커다란 팔을 벌려 그 어린 동생들을 한 팔에 안"고 미소를 지으며 잠에 빠져든 형식의 맞은 편에는 잠든 체하고 있는 선형이 질투로 불타오르고 있고, 바로 뒷차량에는 '한(恨)'을 풀지 못한 영채가 있다. 이들을 화해시키는 것은 논리로는 불가능하다. 작자는 이튿날 삼랑진에서 이들의 마음을 감정 차원에서 융화시키고, 이들이 스스로 그러한 질서에 참가할 수 있도록 '대단원'을 준비한다.

7. 삼랑진에서의 '대단원'

1) 삼랑진의 비현실감

삼랑진에는 어딘가 현실감이 결여되어 있다. 무시무시한 자연의 위협을 배경으로 전개되는 젊은이들의 선의의 행동, 여기에 감동하는 주위 사람들, 그리고 뿔뿔이 흩어졌던 젊은이들의 마음은 열기를 품은 행동 속에서 하나가 되고, 마침내 이들은 형식의 주도로 민족적 사명에 눈떠 간다. 전날 저녁에 만들어낸 질서에 이들을 편입시키는 데 성공하여 상위에 선 형식은 푸른 2등 차표를 쳐들고, 배우라고, 힘을 얻으라고 조선이 자기들에게 학비를 주는 것이라며 민족적 사명감을 선동하면서 동시에 자기의 신분상승을 정당화한다. 이리하여 개인적 욕망의 추구는 민족 발전의 추구와 서로 겹쳐지게 되는 것이다.

그러나 연속되는 감동적인 장면과 고양된 민족애에도 불구하고, 다 읽고난 뒤 문득 느껴지는 희미한 불안과 허탈감은 대체 어디에서 기인하는 것일까. 저 신랄한 김동인이 "여기서 삼랑진 수해 만난 사람들에게 대한 민족애로써 4일의 감정을 융화시킨 점은 용하다"고 드물게 칭찬하면서도 곧바로 이 순간적인 감동이 언제까지 계속될지 의문을 제기하면서 "형식과 같은 줏대 없는 인물에 있어서 이 감동이 단 1일을 갈지가 의문"135)이라고 야유했던 것처럼, 사람의 마음이 갖게 마련인 변덕스러움에서 유래하는 비현실감 때문일까. 아니, 애초에 작자 자신이 김동인처럼 약간 떨어진 곳에서 야유와는 다른 깨어 있는 시선으로 자기가 만들어낸 젊은이들을 바라보고 있는 듯한 느낌, 그것이 삼랑진의 비현실감의 정체는 아닐까.

우선까지도 주위의 열기에 말려 들어가 과거 자기의 태도를 자기 비판하는 마당에, 전원이 장래의 희망을 서로 이야기하는 중도에 툭 끼어들어 "생물학이 무엇인지도 모르면서 새 문명을 건설하겠다고 장담하는 그네의 신세도 불쌍하고 그네를 믿는 시대로 불쌍하다"136)고 투덜거리는 작자의 목소리는 작자 자신은 결코 이 열기에 말려들고 있지 않다는 것을 드러낸다. 마치 무대 위나 영화 속에서 펼쳐지는 감동적인 장면에 눈물을 흘리면서도 의식 속에서는 그것이 연기임을 결코 망각하고 있지 않은 관객처럼, 혹은 근사한 꿈을 꾸면서 자기가 지금 보고 있는 것은 꿈이라고 마음속으로 타이르는 목소리처럼, 작자의 투덜거림은 형식이 말하는 미래의 포부가 현실적으로 얼마나 믿음직스럽지 못하고 위태로운 것인지를 폭로하고 있는 것이다.

이처럼 삼랑진의 비현실감은 꿈의 비현실감과 매우 흡사하다. 어젯밤 모든 갈등을 해소하는 질서를 만들어내고 미소를 지으며 잠에 빠져든

---

135) 김동인, 『김동인 전집』 18, 60면.
136) 이광수, 『전집』 1, 125절, 207면.

형식은 한 편의 꿈을 꾸었던 것은 아닐까. 그것이 바로 삼랑진의 대단원
이 아닐까. 설령 그 속에서 모든 원망(願望)이 성취되었다고 해도 꿈은
결국 꿈에 지나지 않는다고 속삭이는 작자의 깨어 있는 의식의 소리, 삼
랑진의 대단원이 우리에게 주는 비현실감은 이러한 들리지 않는 소리에
서 비롯되고 있는 것 같다.

　이번 절에서는 우선 삼랑진이 수반하는 비현실감의 정체를 탐색하기
위해 작자가 감정 융화의 장으로 구상한 대단원의 무대 장치, 즉 묘사상
의 기교를 검증한다. 다음으로 『무정』의 126절에 드러나 있는 더욱 짙
은 비현실감을 고찰하고 나서, 마지막으로 이러한 무대 장치에 나타난
작자의 민족의식에 대해서 고찰하고자 한다.

2) 무대 장치

　무대의 배경은 대자연이다. 인간들의 갈등을 해소시키는 수단으로서,
인간의 힘을 훌쩍 초월한 대자연의 위협만큼 어울리는 것은 없다. 삼랑
진역 바깥으로 나온 형식들을 압도하듯 눈앞에 펼쳐진 대홍수 장면에서
이광수의 현실 묘사력은 유감 없이 발휘된다.

　　과연 대단한 물이로다. 좌우 편 산을 남겨 놓고는 온통 시뻘건 흙물이로다.
　강 한가운데로 넘실넘실 소용돌이를 쳐가며 흘러 내려가는 물소리가 들리는
　듯하고 그 물들이 좌우 편에 늘어선 산굽이를 파서 얼마 아니 되면 그 산들의
　밑이 빠져나갈 것 같다.
　　길이 좁아서 미처 빠지지를 못하여 우묵우묵한 웅덩이는 하나도 남겨놓지
　않고 쓸어 들여서 진을 치고 앞선 물들이 내려가기를 기다리는 것 같다. 길을
　잃은 물은 사람 사는 촌중에까지 침입하여 사람들을 다 내몰고 방안, 부엌, 벽
　장 할 것 없이 온통 점령을 하고 말았다. 그리고 집을 잃은 사람들은 모두 아
　이를 업고 늙은이를 이끌고 높은 데, 높은 데를 찾아 산으로 기어오른다.

(…중략…)

하늘 위이며 땅 밑이 온통 물 세상이로다. 이 물 세상에 서서 사람들은 '어찌 되려는고' 하고 하늘만 우러러본다.137) (119절)

이러한 자연의 위협 앞에서 등장인물들의 마음에는 한순간 개인을 넘어선 "공통한 생각"138)이 솟는다. 이 생각은 지속되지 못하고 곧 모두 "각각의 자기"로 돌아가 버리지만,139) 이 순간 생겨난 감정은 사라지는 듯이 보여도 결국 마음속에 잔류하게 되고, 이후 임산부의 간병과 자선 음악회 등의 실제 행동 가운데서 반복하여 표면화됨으로써 차츰 자리잡아 가게 된다.

서영채는 이 홍수 장면에서 "텍스트의 **전면으로 부상**하는 것은 수재민들의 곤궁한 상황이 아니라, 이를 배경으로 자선활동을 펼치는 젊은 이상주의자들의 활기찬 몸놀림"140)(강조는 인용자)이라고 지적하고 있는데, 대자연의 위협 앞에서 무력한 사람들을 '배경'으로 하여 젊은이들의 움직임이 '전면으로 부상한다'는 말은 시사적이다. 이는 자연과 인간들을 효과적으로 도입한 스펙터클한 영화를 연상시킨다.141)

우선 화면에서 강조되는 것은 자연재해의 무시무시함이다. 홍수에 쫓겨 위로 위로 산을 기어오르는 사람들이 깨알같이 조감되고, 다음으로 괴로워하는 임산부를 부둥켜안은 일가족에게 렌즈의 초점이 좁혀진다. 이것을 본 형식 일행은 가까운 주막을 빌려 임산부를 간호하고 의사도 불러온다. 눈물을 흘리며 감사하는 노파와 마음을 겉으로 드러내는 데 익숙하지 않아 마지막까지 무뚝뚝한 노파의 아들. 그리고 장면은 확 바

---

137) 위의 책, 198면.

138) 위의 책, 199면. '공통한 생각'이라는 말에서는 르봉의 영향이 감지된다. 본서 제4장 제4절의 주 71 참조.

139) "그러나 네 사람은 공통한 생각을 버리고 각각 제가 되었다." 위의 책, 199면.

140) 서영채, 「『무정』 연구」, 서울대 석사논문, 1991, 57면.

141) 본서 제2장 '이광수의 자아' 제4절에서 필자는 『무정』에서 당시 영화기법과의 연관성을 한번 본격적으로 연구되어야 할 과제라고 언급한 바 있다.

뀌어, 병욱이 경찰서장을 면회하고 수재당한 이들을 도울 방도를 마련하는 장면과 역 대합실에서 자선음악회가 개최되는 장면이 이어진다. 작자는 출연자들의 복장을 처음부터 조선 민족을 상징하는 흰색으로 통일해 두는 배려를 잊지 않는다.142) 음악회를 성공리에 끝낸 열기가 아직 식지 않은 상태에서 여관에 돌아온 이들 일행은 형식의 연설에 선동되어 민족의 문명개화를 지향하는 질서 속에 열광적으로 편입되어 간다.

삼랑진의 비현실감은 마치 영화의 시나리오처럼 준비된 작자의 지나치게 훌륭한 솜씨에서도 기인하는 것이 아닐까. 『무정』의 전반부가 작자의 내부로부터 무심코 '흘러나온' 부분이라면,143) 대단원으로 고양되어 가는 이 삼랑진 장면은 작자가 의식적으로 '만들어낸' 부분이다. 작자가 만들어낸 무대 위에서, 모든 것은 클라이막스의 감정 융화를 향해 진행되어 간다. 융화의 대상에는 등장인물만 아니라 독자도 포함되어 있다. 작자는 독자의 의식에 걸려들어 융화의 감각을 저해할 것 같은 요소는 사전에 주도면밀하게 배제한다. 그렇다고 존재하는 것을 재현하지 않음으로써 이들 요소를 배제하는 것은 결코 아니다. 존재하는 것은 존재하는 그대로 두되, 다만 독자가 그것을 의식하지 못하도록 재현하는 기교를 통해 배제하고 있는 것이다. 사실을 있는 그대로 묘사하면서도 이를 독자가 거의 의식하지 못하고 읽어 내려가게 하는 수법은, 이를테면 경성학교에서 형식이 학생들을 선동한 사실을 독자가 알아차리지 못할 정도로 매끈하게 써내려 갔던 수법과 동일한 성질의 것이다.

'중막'에는 이미 이 수법이 구사되어 있다. 식민지 열차 안의 광경에는 그곳 사람들의 마음을 다치게 하는 것이 얼마나 많았을까. 그러나 『무정』에 묘사된 1916년 여름의 경부선 2등 객차의 온화함은 염상섭이 「만세전」

---

142) 영채와 병욱은 흰 치마저고리, 선형은 흰 양복을 입고 있다(104절 참조).

143) "춘원이 한꺼번에 이처럼 큰 장편을 쓸 수 있었던 것은, 오직 자전적 사실을 거의 꾸밈 없이 그대로 나열한다는 생각 밑에서 집필했기에 가능했던 것이다. 따라서 『무정』은 쓴 것이 아니라 씌어진 것이며, 씌어진 것이 아니라 '말해진 것'이며, 말해진 것이 아니라 '흘러나왔다'." 김윤식, 『이광수와 그의 시대』, 562면.

에서 묘사해낸 1918년의 여름 3등 객차의 암담한 정경과는 다른 세계이다. 물론 병욱의 오빠 병국조차 타본 적이 없는 2등 객차를 3등 객차와 동렬로 취급할 수는 없다. 작자도 이 점에 결코 무심했을 리 없어 형식이 평양과 서울을 왕복할 때 탔던 3등 객차와 선형과의 약혼으로 신분상승하여 타게 된 2등 객차에는 단연 차이를 두었겠지만, 그래도 「만세전」에 묘사된 3등 객차의 음울함과는 비교가 안 된다.

'만세사건' 이전 무단통치하의 엄격한 검열의 문제나 『무정』의 발표 지면이 언론이 극히 제한되어 있던 당시의 유일한 발표 기관이었던 어용신문 『매일신보』였다는 사정을 고려한다면, 이것은 당연하다고 할 수 있을지도 모른다. 그 외에도 본질적으로 온건한 개량주의를 취했던 이광수 자신의 정치적 자세도 관련이 있는 듯하지만, 여기서는 깊이 파고들지 않겠다. 어쨌든 2등 객차에 탄 병욱과 영채의 흰옷을 자연스레 강조하고,[144] 기차가 남대문역을 출발했을 때 울기 시작하는 선형을 생글거리며 보고 있는 "외국 사람들"[145]을 포착하는 등, 작자는 주의 깊게 식민지의 기차 안을 묘사해 나가고 있다.

'대단원'의 아침은 객차에 들어가 모자를 옆구리에 끼고 정중히 인사를 한 차장이 "두 군데 선로가 파손되어 네 시간 후가 아니면 발차할 수가 없습니다"[146]라는 말로 시작된다. 삼랑진이 지닌 꿈속의 무대 같은 비현실감은 이 말에서부터 이미 조성된다. 이러한 차장의 말을 비롯하여 경찰서장과 병욱의 대화, 자선음악회에서의 경찰서장의 인사말 등, 삼랑진에서 발화되는 말은 일본어인지 조선어인지 의식하지 못하게 의

---

144) 예컨대 병욱과 영채가 황주에서 2등 객차에 올라탔을 때 "차 속에는 선교사인 듯한 늙은 서양 사람 하나와 금줄 두 줄 두른 뚱뚱한 관리 하나와, 그밖에 일복 입은 사람이 이삼 인뿐이다. 그네들은 모두 다 흰옷 입은 이등객을 이상히 여기는 듯이 시선을 이리로 돌린다"(103절)라고 묘사한 대목이나 혹은 "그러나 흰옷 입은 사람은 병욱과 영채뿐이다"(104절)라고 서술한 대목이 그러하다.
145) 이광수, 『전집』 1, 183면. 『매일신보』에는 '너디 사롬들'로 되어 있다.
146) 위의 책, 118절, 197면.

도적으로 애매하게 처리되어 있다. 마치 꿈속에서는 말이 통하지 않는 외국인과 어려움 없이 의사소통할 수 있는 것처럼, 혹은 어두운 활동사진관 안에서 외국 배우들이 변사의 입을 빌려 속삭이는 사랑의 말이 관중에게 조금도 위화감을 주지 않는 것처럼, 또 무대 위에서 금발의 가발을 뒤집어 쓴 배우가 당당하게 일본말로 대사를 읊더라도 조금도 이상하지 않은 것처럼, 삼랑진에서는 조선어와 일본어의 벽이 의식되지 않는다. 물론 그들은 일본어로 이야기했을 것이다.147) 그러나 그러한 사실을 일일이 설명하는 번잡함을 피했다기보다도 독자의 기분을 해치는 듯한 요소를 자연스레 배제하면서, 작자는 클라이막스를 향하여 이야기를 전개시키고 있는 것이다.

삼장진에서의 음악회 장면 또한 마찬가지이다. 일한병합 후 무단통치하에 놓인 조선인은 자선을 목적으로 사람을 모으고자 할 때 우선 경찰서로 직행하며, 일본인 경찰서장이 일본인 역장과 교섭하여 순사들에게 일본 여관과 거리에 홍보케 하는 등 철저하게 당국의 관리하에서만 음악회를 열 수 있었던 현실은 모두 서술되어 있으면서도, 독자에게 자극을 주지 않고 검열에도 문제가 없도록 표현되어 있다. 경찰서장이 병욱의 뜻에 경의를 표하는 인사말 가운데 "저기는 수재를 당하여 집을 잃은 불쌍한 **동포**가 밥도 못 먹고 비에 젖어서 방황합니다"148)(강조는 인용

---

147) 1910년대에는 역장직(驛長職)을 일본인이 독점했다. 조선인이 역장이 될 수 있었던 것은 20년대에 들어서고부터였다(鄭在貞, 「朝鮮總督府鐵道國の雇用構造」, 『朝鮮近代の經濟構造』(橋谷弘 譯, 日本評論社, 1990). 경찰서장이 일본인이었다는 사실을 증명하는 자료는 손에 넣지 못했지만, 무단통치하의 헌병경찰시대였던 경찰서장이 조선인일 리는 없다고 생각된다.
　　이인직의 『혈의누』에서는 조선인과 일본인 간의 의사소통에는 통역이 필요하고 귀에 익지 않은 외국말이 귀에 이상하게 들리는 등, 등장인물들에게 말은 항상 현실적인 문제로서 의식되고 있다. 또 염상섭의 「만세전」에도 서투른 일본어만 고집하여 주인공을 어처구니없게 만드는 차장도 등장한다. 1910년대에는 일본어를 알아듣는 조선인도 많지 않아서 갖가지 문제가 일어났을 텐데, 『무정』에서 이광수는 이러한 요소를 아예 배제하고 있다.
148) 이광수, 『전집』 1, 122절, 203면.

자)라며 '동포'라는 말을 입에 올리고 감동의 눈물을 흘리는 대목 또한 선의만 강조된 비현실적인 인상을 준다.

음악회의 청중들의 대부분이 2등 객차의 승객이라는 사실은 "그 속에는 간혹 흰옷 입은 삼등객도 섞였다"[149]는 작자의 설명에서 명백하게 드러난다. 2등 객차의 승객들 가운데 조선인이 어느 정도의 비율을 차지하고 있었는지는 명확하지 않다. 그들의 대다수는 형식이나 선형이 입고 있던 양복이나 혹은 한달 전 토쿄에서 돌아오던 때의 병욱처럼 일본의 기모노를 입고 있지 않았을까. 흰옷 입은 젊은 여성들에 의한 자선 음악회에 감동한 청중들에게서는 팔십 원이 걷힌다. 삼랑진에서 가장 현실감을 갖고 있는 것이 바로 이 금액이다. 형식이 근무하던 경성학교의 두 달치 월급을 초과하는 금액이자,[150] 선형을 얻기 전 그의 돈지갑에 들어온 최고 액수이기도 했던 팔십 원이 눈 깜짝할 사이에 모아진 것이다.[151] '내지인'의 기부도 포함되어 있다고는 해도, 이 금액은 2등 객차의 승객이 지닌 잠재적인 힘을 나타내고 있다.

역의 대합실에서 음악회가 열리고 있는 사이에도, 수해를 당한 농민들은 땅바닥에 앉아서 하늘을 우러러 어찌할 바를 모르고 한숨을 쉬고 있다. 힘도 지혜도 갖지 못한 그들은 점점 가난하고 약하고 어리석게 될 뿐 "그대로 내어버려 두면 마침내 북해도의 '아이누'나 다름없는 종자가 되고 말 것 같다"고 작자는 탄식한다. "저들에게 과학을 주어야 하겠다"고 직접 개입하고 나선 작자의 말은 그대로 형식의 "과학! 과학!"이라는 말과 오버랩되어 일본여관 8첩 다다미 방에서의 일장 연설로 이어진다.[152] 그리고 마지막에는 모두가 흐느끼며 감정의 융화가 이루어져

---

149) 위의 책, 203면.

150) "전달에 탄 월급 삼십오 원 중의……" 위의 책, 24절, 52면.

151) "일찍 동경서 졸업하고 돌아올 때에 어떠한 친구의 호의로 양복값, 노비 합하여 팔십 원을 넘어본 적이 있을 뿐이니, 이것이 형식이 일생 두고 처음으로 많은 돈을 가져 본 경험이다." 위의 책, 51면.

152) 위의 책, 123절, 204~205면.

'삼랑진 장면'은 순조롭게 끝나게 되는 것이다.

3) 꿈과 희망의 결말

마지막 절인 제126절에서 이야기되는 4년 후의 미래는 비현실감이 더욱 농후해진다. 그것은 형식이 선형의 맞은 편 좌석에 앉아 꾸고 있던 꿈의 연속이 아닐까 싶을 정도이다. 4년 후 여름(1920), 형식과 선형은 9월 시카고대학 졸업을 앞두고 있고, 졸업 후에는 유럽으로 가서 2년 전부터 베를린대학에서 유학하고 있는 병욱과 함께 시베리아를 경유하여 귀국할 예정이다. 꿈은 어디까지나 즐겁고 좋지 않은 요소는 배제되게 마련인지, 『무정』의 연재 당시 같은 지면을 메웠던 제1차 세계대전의 참상이나 세계를 뒤흔든 대사건은 꿈속에서는 흔적도 없이 제거되어 있다. 『무정』이 연재 중이던 1917년 2월에는 독일이 무제한 잠수함전을 선언하고, 3월에는 러시아의 로마노프 왕조가 혁명으로 전복되며, 4월에는 미국이 독일에 선전포고를 한다. 대전의 한 가운데 독일, 그것도 베를린에서 유학하는 병욱이나 위험한 대서양을 횡단하고 게다가 혁명 속의 시베리아 철도로 귀국한다는 형식의 계획 등은, 설령 4년 후라고 해도 당시 세계의 상황에서 보면 모두 비현실적인 꿈 같은 계획이다.

그러나 조선의 현실은 꿈속에도 확실히 잠입해 있다. 형식이 영채를 쫓아 평양에 갔던 날, 대동강으로 향하는 도중 칠성문에서 보았던 노인은 4년 후의 미래에도 여전히 건재하다. 그날 형식은 조선의 인습을 체현한 듯한 그 노인을 보면서 자기 옆에 섰던 어린 기생 계향과 그 노인 사이에 가로놓여 있는 단절을 통감하고, 자기가 이 두 사람의 양쪽에 걸쳐 있는 과도기적 세대임을 자각했다. 그때 미래를 상징했던 계향은 지금 매독환자로서 비참한 생활을 보내고 있다. 4년 후에도 조선에는 과거의 인습이 젊은이들의 미래를 압도하고 있는 것이다. 형식을 추월해 보일 것이라고 의기왕성했던 경성학교의 이희경은 결핵으로 일찍 죽고, 지도자로서의 특이한 재능을 지녔던 김종렬은 북간도로 가고 말았다. 이 지명이 독립투쟁을 상기시킨다는 것은 말할 필요도 없다.

일견 낙천적인 미래의 꿈속에도 이렇게 조선의 현실은 응시되어 있으며, 그것은 결코 낙관적이지 않다. 그러나 작자는 비관적인 시대를 비관적으로 묘사하기보다 비관적인 시대라서 오히려 이 시대에 태어난 자에게 부여되는 사명은 고귀하다는 저 비장한 역전의 논리로써 『무정』의 대단원과 청사진을 굳이 희망에 가득찬 꿈으로 묘사했을 것이다.[153] 그리고 꿈에 취한 독자가 다 읽고 났을 때 꿈에서 깬 듯한 비현실감을 맛보게 해서라도, 한번 독자의 마음에 생겨난 희망이 어딘가에 잔류하여 기회가 있을 때마다 표면에 모습을 드러내고 그것이 언젠가 자리를 잡아 현실의 변혁으로 이어지기를 바랐다고 생각되는 것이다.

4) 이광수와 '민족'

마지막으로 이광수의 민족관에 대해 간단히 언급해두고자 한다. 이광수가 민족을 어떻게 인식하고 있었는가 하는 중요한 문제를 '간단히' 이야기할 수 없는 것은 당연하다. 그러나 『무정』에서 형식이 구축한 질서

---

153) 형식의 미국 유학길에는 일러전쟁 종결 무렵 이광수가 제1차 유학했을 때의 희망적인 분위기가 감돌고 있다. 이광수가 『나의 고백』에서 "삼전론(三戰論)의 교육을 받은 내 생각에는 지금 일본에 가 있는 이십팔 인이 공부를 마치고 돌아오고 또 나도 공부를 끝내는 날에는 우리나라의 철로와 화륜선을 모두 우리 손으로 만들고 부릴 수 있을 것 같았다"(『전집』 7, 222면)고 회상하는 대목은, 형식이 삼랑진으로 향하면서 "자기와 선형과 또 병욱과 영채와 그밖에 누군지 모르나 잘 배우려 하는 사람 몇 십 명 몇 백 명이 조선에 돌아오면 조선은 하루 이틀 동안에 갑자기 새 조선이 될 듯이 생각"(115절)하는 대목과 매우 유사하다. 이광수는 「여(余)의 작가적 태도」에서 "『무정』을 일러전쟁으로 눈을 뜬 무렵의 조선"(『전집』 10, 461면)을 묘사했다고 말하고 있다. 자기가 처음 유학했던 당시의 희망에 가득찬 분위기를 이광수는 대단원에 엮어 넣었던 것이 아닐까 싶다.

체계에는 이광수와 민족의 관련 방식이 꽤 근원적인 형태로 드러나 있다고 생각되므로 이 범위 내에서 고찰하려는 것이다.

애초에 영채가 살아 있다는 사실을 알고 동요했던 형식이 그때까지의 자기의 삶을 만회하기 위해 구축한 것이 바로 이 질서이다. 영채의 생존은 자기가 선형과 약혼함으로써 신분상승한 데 대한 꺼림칙함을 분명하게 드러냈고, 선형과의 연애는 '근대적 연애'에 도달하지 못했으며, 경성학교에서의 실패는 그에게서 지도자로서의 자신감을 빼앗았다. 미국으로 향하는 형식은 앞으로의 인생을 꿋꿋하게 살아나가기 위해 어떤 이념을 갖지 않을 수 없는 처지에 놓였던 것이다.

형식은 동요 속에서 얻은 '어린아이의식'을 '그러므로 우리들은 배우러 간다'고 역전시킴으로써, 문명을 정점으로 하고 자기를 우두머리로 하는 질서 속에 배우는 자들을 서열화하여 갈등을 해소하고자 한다. 그러나 이 질서에는 무엇보다도 '타자'들을 움직여 참여케 할 원동력인 목적의 구체성이 결여되어 있다. 형식에게는 그 목적을 명확히 함으로써 선형이나 영채뿐 아니라 다른 사람들도 이 질서에 편입시키는 것이 필요했는데, 이를 위해 준비된 것이 삼랑진의 대단원이다.

대자연의 위협 앞에서 일행의 마음에 한순간 떠오른 '공통된 생각'은 이후 농민의 참상을 차마 두고 볼 수 없어 마련한 자선행위 속에서 자리잡아 가고, 음악회가 끝난 후의 형식의 연설에서 정점에 달한다. 세 여성에게서 "우리가 하지요!"라는 말을 이끌어낸 형식은 "옳습니다. 우리가 해야지요! 우리가 공부하러 가는 뜻이 여기 있습니다"라고 말하면서 푸른 차표를 꺼내든다. 그리고 "이 차표 속에는 저기서 덜덜 떠는 저 사람들…… 아까 그 젊은 사람의 땀도 몇 방울 들었어요"[154]라며, 자기들에게 차비와 학비를 준 것은 '조선'이라고 목소리를 높인다. 물론 그가 가지고 있는 2등 차표는 사실 선형의 아버지 김 장로의 돈으로 산 것

---

154) 이광수, 『전집』 1, 124절, 205~206면.

이다. 그러나 참혹한 동포를 구제한다는 대의명분 아래 형식의 질서는 배우는 자 외에도 배우는 자를 위해 부(富)를 제공하는 자를 편입시킨다. 부를 제공할 수 있는 계급, 그것은 김 장로와 같은 재산가와 조금 전 음악회에서 증명된 것처럼 2등 객차의 승객들이다. 형식들은 동포를 생각하는 마음으로 그들을 감동시켜 기부를 받아냈던 것이다.

전날 저녁 형식의 머릿속에는 '새로운 조선'이라는 추상적인 목적밖에 없었다. 그러나 오늘 삼랑진에서 홍수로 괴로워하는 농민들을 만나고 임산부를 간호하며 자선음악회를 열게 됨으로써, 이 질서는 분명한 목적을 가지고 사람을 움직이는 힘을 갖게 되었다. 역으로 말하자면, 이 질서가 존재 이유와 실효성을 얻기 위해 삼랑진에서의 농민의 참상이 필요했다는 얘기가 된다. 등장인물들의 감정 융화를 위해서 마련된 무대에서 농민들은 대자연과 더불어 단순한 '배경', 그것도 대자연에 고통받는 참혹한 모습으로 형식의 주위 사람들(과 독자)의 '공통된 생각'을 북돋는 역할을 떠맡고 있는 배경물인 것이다. 이런 의미에서, 『무정』에는 농민들이 '민족'의 중핵으로부터 오히려 배제되고 있다고 할 수 있다. 주인공인 형식들 일행, 주위의 등장인물인 2등 객차의 승객들, 그리고 관객인 독자는 민족의 감정 융화의 대상으로 작자에게 의식되고 있지만, 농민은 어디까지나 '배경'으로서만 취급되고 있기 때문이다.[155]

---

155) 농촌에서 태어나 자랐고, 오산학교시절에는 계몽의 대상으로서 농민과 직접 접촉하여 그들의 실체를 잘 알고 있었을 이광수가 농민을 배경에 머무르게 한 것은 어째서일까. 실체를 알고 있었기 때문에 이광수는 그들에게 절망하고 있었던 것은 아닐까.『나』에서 이광수는 농민들의 모습을 다음과 같이 신랄하게 그려내고 있다.

얻으려 하지 않는 자에게는 줄 수 없으므로 가장 천하고 가장 비참하게 살고 있는 자야말로 전도의 대상에 어울린다고 생각한 도경은 선조 대대로 천대받아온 광대골을 택하여 전도하러 간다. 그런데 그들은 생각했던 것보다 풍요롭고 또 행복하게 살고 있으며, 인습에 관해서도 무리하게 변화시킬 필요를 느끼지 않는다. 사립 민족학교에 아이들을 통학시키자는 권고에 대해서도 일본어를 가르쳐 준다면 생각해 볼 수 있다는 대답뿐이다. 그리하여 정중하게 쫓겨난 도경은 민중의 모습에 절망하고 이렇게 생각한다. "민중이란 추세하는 동물이었다. 먹을 것 있고 세력 있는 데로 따라가는 것이 민중의 본능이었다." 이러한 도경의 말은 오산시절의 이광수가 농민에게 얼마나 절망 배우는 자와 부를 가진 자, 이광수는 이 두 부류를 사회의 중추로 간주했다. 1921년 상하이에서 귀국한 직후 발표한 논설 「중추계급과 사회」에서도, 그는 인간 사회를 생물의 세포에 비유하고 '중추계급'을 그 '핵'에 비기면서 다음과 같이 적고 있다.

> 현대 제국(諸國)의 중추계급을 조성하는 자는 일언으로 말하면 식자계급, 유산계급이니, 일(日)도 연(然)하고 영(英)도 연(然)하고 미(美)도 연(然)한 것이다. 이 비교적 소수의 식자계급과 유산계급(기실 넓은 의미로 보면 차(此) 이자(二者)는 일치하거나 중첩할 것이지마는)이, 비교적 다수의 무식계급, 무산계급을 솔(率)하고 도(導)하여 새 일(日)을 작(作)하고 영(英)을 작(作)하고 미(美)를 작(作)한 것이외다.156) (강조는 인용자)

당시 그의 머릿속에는 앞으로 조선의 '중추계급'을 정비하기 위한 수양동맹회의 구상이 자리하고 있었다. 이러한 구상은 상하이에서 만나 평생 사숙하게 된 안창호의 홍사단사상에서 가져온 것이다. 그러나 이광수는 안창호와 만나기 전부터 이러한 '중추계급' 개념을 갖고 있었다고 할 수 있는데, 이는 지금까지 보아온 것처럼 『무정』에 이미 드러나 있다. 지식과 부를 가진 2등 객차의 승객들, 그들이 바로 '중추계급'이고 무대 삼랑진의 등장인물인 것이다.

『무정』에 나타나 있는 이광수의 민족관은 이상에서 어렴풋하게나마 밝혀졌다고 생각한다. 이광수에게 '민족'은 조선민족 전체를 포함하되, 특히 중핵이 되는 '중추계급'을 의미했다. 이광수의 이러한 민족관은 끝까지 변하지 않았던 것 같다. 『나의 고백』 가운데 '민족보존'장에서, 이광수는 일본에 협력했을 경우의 이점과 협력하지 않았을 경우의 손해를 극히 합리적으로 언급하며 자기의 친일행위에 대해 변명하고 있다. 그 손해의 근거로는 조선의 지식인이 일본에 협력하지 않을 경우 총독부가

했었는지 엿볼 수 있게 한다.
156) 이광수, 『전집』 10, 106면.

예방구속 혹은 계엄령을 내려 총살할 3만 8천 명의 명부가 작성되어 있었던 점과 조선인 학생에게 학교에 입학할 기회가 주어지지 않을 가능성이 컸던 점을 들고 있다.157) 명부가 실재했는지는 증명되지 않았지만 실제로 그런 소문이 있었던 것이 사실이라면, 이광수가 '민족' 곧 중추계급의 위기라고 정말로 우려했으리라는 것은 상상하기 어렵지 않다.158) 또 조선인 학생에게 면학의 기회가 박탈된다는 것은 곧 중추계급의 소멸을 의미하는 것이나 마찬가지였을 테니 말이다.

『나의 고백』에는 상하이 임시정부시절의 일화 가운데 하나로 3·1운동 직후 이광수와 신한청년당의 의뢰로 조선에 취재하러 갔던 『차이나 프레스』지 기자의 충고가 회상되어 있다. 조선에서 이제 막 돌아온 기자는 감사의 뜻으로 양식을 대접한 이광수들에게 이 이상 선동하여 희생을 낳는 일은 그만두는 것이 좋다, 지금까지 육성한 지식계급을 잃어버린다면 그런 정도의 인재를 한번 더 육성하는 데 시간이 너무 많이 걸린다고 충고했다고 한다.159) 30년 전 기자가 했던 말을 이광수가 이렇게까지 확실히 기억하고 있었던 것일까. 어쩌면 그것은 3년 전까지 계속되었던 일본 통치하에서 중추계급을 지키고자 했던 그의 원망(願望)에 의해 덧칠된 기억일지도 모른다. 여하튼 『무정』에 드러나 있는 '민족'의 형상으로 보건대, 이광수의 민족의식은 마지막까지 일관했다고 생각된다.

---

157) 이광수, 『전집』 7, 276~277면.

158) 『국민문학』 창간호(1941.11)에서 이석훈은 이 시기에 많은 문인들이 경찰의 조사를 받았고, "이 때문에 문단에서는 일종의 어두운 공기가 떠돌았으며, 마침내는 문인 ×××가 행해질 전제라는 유언비어까지 도처에서 일어 점점 의기협소한 문인들을 협박했다"(「靜かな嵐」, 169면)고 적고 있다. 전후의 맥락으로 보아 ×××에서 '대숙청'이라든가 '대살륙'이라는 이야기가 떠오른다. 당시 이러한 소문이 있었던 것은 확실한 것 같다.

159) 이광수, 『전집』 7, 255면.

8. 마치며

『무정』을 처음 읽었을 때 느낀 것은 정말 당돌하게도 낯익음이었다. 거기에는 젊은 시절 어딘가에서 만났던 듯이 느껴지는 사고 방식과 정서가 담겨 있었다. 이런 작품이 70년 전(내가 이 작품을 읽은 것은 1986년 무렵이다)에 한국인 작가에 의해 씌어진 이유가 궁금하여 쓰기 시작한 것이 본서의 제5·6·7장의 「『무정』을 읽는다(상)(중)(하)」이다. 『무정』을 알고 싶은 동시에 내 자신의 내면을 알기 위해 썼다고 해도 좋다. 1987년 봄부터 1년 간 필자는 토쿄외국어대학 조선어학과의 청강생으로 고(故) 초 쇼키치(張璋吉) 선생님의 세미나에 참여했다. 세미나에서는 1년 간 『무정』을 읽었다. 그 막바지에 초 선생님께 제출한 '이광수와 『무정』'이라는 장문의 레포트가 본고의 토대가 되었다. 초 선생님은 곧 칸다(神田)외국어대학으로 이직하셨고, 그해 11월 돌아가셨다. 『무정』을 본격적으로 연구하고 싶다고 생각하고 준비 중이었던 필자는 커다란 충격을 받았다.

초 선생님께서 이광수에 대해 말씀하신 것 가운데서 잊히지 않는 것은 "이광수는 무엇인가와 격투를 벌인 인상을 주는 작가"라는 말이다. 도대체 무엇과 격투했는지는 말씀하시지 않은 채 초 선생님은 돌아가시고 말았다. 이 '무엇인가'의 정체를 내 나름대로 어렴풋하게나마 알았다는 느낌이 든 것은 「『무정』을 읽는다(중)」의 집필을 끝냈을 무렵이다. 그것은 아시아의 지식인들이 대면하지 않으면 안 되었던 '근대'라는 것이 아니었을까, 그런 생각이 어렴풋이 떠올랐다. 그러나 내 힘이 모자란 탓에 이런 생각을 본고에서 얼마나 명확히 할 수 있었는지는 의심스럽다. 애초에 내 자신이 이 '근대'라는 것을 어떻게 받아들이고 어떻게 대면하면 좋을지 확고한 입장을 갖지 못했다. 필자가 『무정』이라는 작품을 연구함으로써 얻은 것은 아직은 '근대'에 대한 막연한 의문에 그친다.

『무정』이라는 한 작품을 읽고 해석하기 위한 절차로서 「이광수의 민족주의사상과 진화론」 외에도 몇 개의 논문을 더 써야 했다. 드디어 작품론에 착수하게 되자 몹시 분량이 늘어나, 결국 「『무정』을 읽는다」는 (상)(중)(하)의 3부로 나뉘지 않을 수 없게 되어 버렸다. 학회지에 발표하는 논문으로서는 변칙적인 형태가 되어 조선학회 편집위원회에 여러 가지로 번거로움을 끼쳐드렸다.

그 동안 토쿄외국어대학의 사에구사 토시카츠(三枝壽勝) 선생님께서 자료 및 그 밖의 여러 면에서 도움을 주셨다. 『무정』에 관해 쓰고 싶다는 생각을 갖도록 해주신 것은 초 선생님이지만, 실제로 계속하여 쓸 수 있었던 것은 전적으로 사에구사 선생님 덕분이다. 두 분 선생님께 진심으로 감사드리며, 삼가 초 선생님의 명복을 빈다.

『무정』의 이데올로기

1. 시작하며

한국 최초의 근대 장편소설인 『무정』의 작자 이광수는 「여(余)의 작가적 태도」(1931)에서 자기가 지금까지 쓴 소설에 대해 "그 시대의 이데올로기"를 그리려 했다고 적고 있다.[1] '이데올로기'라는 말에는 여러 가지 의미가 있는데, 여기서 이광수는 이 말을 "그 시대의 지도정신"[2]이라는 뜻으로 사용하고 있다. 그러면 1917년에 발표된 장편소설 『무정』에서 그가 그린 '그 시대의 이데올로기'는 과연 무엇이었는가. 여기서는 이 문제를 고찰하고자 한다.

---

1) 이광수, 「여의 작가적 태도」, 『동광』(1931); 『이광수전집』 10, 삼중당, 1971, 461면.
2) 이광수, 위의 책, 461면.

2. '시대의 충실한 기록'

사실(寫實)을 중시하고 소설을 '시대의 그림'이라고 부른 이광수답게, 『무정』에는 당대 사람들의 생활이 잘 묘사되어 있다. 주인공 이형식은 경성학교의 영어교사로서 탑골공원 옆 교동에 있는 하숙집에 산다. 1916년 6월 어느날, 그는 안동에 사는 김 장로의 부탁을 받고 그의 딸 선형의 개인교사가 되어 그의 저택에 가게 된다. 경성학교(위치는 불분명하지만 하숙에서 그리 멀지 않은 거리에 있는 듯하다)와 교동의 하숙집 사이를 오가던 형식의 행동반경에 안동 김 장로의 저택이 보태지면서『무정』은 시작된다.

서울의 북부, 옛날부터 양반들이 많이 살던 안동에 위치한 김 장로의 호사로운 저택은 '반서양식'으로 꾸며져 있고, 전기도 들어와 있다. 한편 교동에 있는 형식의 하숙에서는 아직 램프를 사용하고 있다. 밤이 되면 남쪽 진고개에는 휘황하게 빛나는 전깃불이 보인다. 작가는 언급하지 않고 있지만, 식민지시대에 남산 기슭에는 일본인들이 많이 살았고, 휘황한 전깃불은 이 일본인 동네에서 흘러나오고 있다. 문명의 상징인 전기를 매개로『무정』의 세계는 둘로 나뉜다. 전깃불로 밤에도 휘황한 서울의 남쪽 지역을 빛의 세계라고 한다면, 조선인들이 사는 종로를 중심으로 한 북쪽 지역은 어둠의 세계이다. 영채의 방문을 받은 다음날 밤, 형식은 영채를 찾으러 사람들이 붐비는 종로의 야시장을 지나 종각을 끼고 광통교에서 청계천을 따라 화류촌인 다방골을 헤맨다. 그가 통과하는 길을 따라 전개되는 것은 생생한 조선 서민들의 세계이지만, 밤이라서 그 세계의 이미지는 어둡다. 게다가 이 세계는 빛의 세계로부터 지배와 감시를 받고 있다. 종로 한가운데에는 종로경찰서가 있고, 네 거리에는 파출소가 있다. 형식의 하숙집 근처에는 교동파출소가 있고, 김 장로의 집으로 가는 도중에 위치한 네 거리에는 안동파출소가 있는데,

형식은 그곳을 지날 때마다 별다른 의식 없이 그곳을 쳐다본다.

총독부가 작성한 경성 지도를 보면, 당시 서울에는 네 거리마다 파출소가 있었다. 『무정』의 시간적 배경은 일본이 조선을 합병한지 6년이 경과한 시점으로, 총독부가 헌병경찰에 의한 엄중한 감시체제를 펴고 있던 무단통치기이다. 『무정』은 검열이 심했던 시대, 그것도 총독부의 어용신문인 『매일신보』에 연재되었지만, 거기에는 당대의 사회 모습이 의외로 충실하게 묘사되어 있다.

사람들이 이동하는 곳에는 특히 감시의 눈이 늘 따라다녔다. 예컨대 유서를 남기고 평양으로 가버린 영채를 쫓아 기생집 노파와 함께 '헤이죠오'역에 도착한 형식이 개찰구를 나갈 때에는 "지켜 섰던 순사가 힐끗 두 사람의 뒤를 보"고 있다(55절). 또 병욱 덕분에 삶의 의욕을 되찾고 병욱과 함께 토쿄로 유학을 떠나게 된 영채가 눈물을 흘리면서 병욱의 가족과 인사를 하고 있는 황주역 플랫폼에는 "헌병들이 힐끗힐끗 이 광경을 보고" 있다(103절). 그리고 이 기차에 올라 영채와 재회한 형식이 그 충격으로 선형과의 약혼을 파기하겠다고 하여 우선과 설전을 벌이고 있을 때에는 "팔에 붉은 헝겊 두른 차장이 지나가다가 두 사람을 슬쩍 본다"(114절).

또 사람들을 모으려면 물론 경찰서의 허가가 필요했다. 경찰서장은 물론 역장이나 경관들도 모두가 일본인이었고, 그들이 하는 말도 일본말이었을 텐데, 『무정』에는 일본어와 한국어의 벽은 조심스럽게 치워져 있다. 당시 현대소설이었던 『무정』은 조선인들을 일상적으로 에워싸고 있던 일본의 지배와 감시의 눈을 아무 일도 아닌 듯, 그러나 실감나게 묘사한 '시대의 충실한 기록'3)이었던 것이다.

---

3) 이광수, 위의 책, 461면.

3. 빛과 어둠의 세계

『무정』에 묘사된 세계는 빛과 어둠이 교차하고 두 개의 가치관이 충돌하는 혼란스러운 세계다. 김 장로와 같이 서양문물에 젖은 부자가 한옥의 대청에 유리문을 해달고 양탄자를 깔고는 테이블과 의자를 놓기 시작한 시대이고, 여학생 패션이 유행하여 기생도 여학생 머리모양을 모방하는가 하면, 장옷으로 얼굴을 가진 부인이 등롱을 손에 든 여자아이를 앞세우고 밤길을 걷고 있던 시대였다. 그 가운데 '반(半)서양식으로' 개조하여 밝은 전깃불을 사용하는 김 장로의 집은 지리적으로는 서울의 북쪽에 위치하면서도 빛의 세계에 '절반' 속해 있다. 한편 종로의 어두운 하숙집에 살면서 매일 구더기가 들어 있는 비위생적인 된장국을 먹는 형식은 어둠 세계의 주인이다. 이러한 형식은 선형의 개인교사로 발탁된 것을 계기로 또 하나의 세계에 발을 들여놓게 된다.

첫날, 한낮의 빛 속에서 부유함에 둘러싸여 있는 선형과 만난 형식은 곧바로 빛의 세계에 현혹된다. 그날 저녁 어두운 램프 빛 아래서 은인의 딸 영채와 재회한 형식은 과거의 어둠을 피하려는 듯 영채에게서 도망치려고 한다. 선형과의 만남으로 점화되었던 빛의 세계에 대한 욕망은 과거의 의리를 체현하고 있는 영채가 출현하자 일시적으로 좌절한 듯이 보이지만, 그것은 이후 의식의 깊은 곳에 자리하여 형식의 행동을 간섭하게 된다.

『무정』을 쓸 때 와세다대학 철학과 학생이었던 이광수는 당시 일본에서도 최첨단의 지식이었던 정신분석을 이용하여 억압된 원망(願望)에 시달리는 형식의 심리와 행동을 그려내고 있다. 예를 들어 영채가 신세타령을 하고 있을 때 이를 듣고 있는 형식의 심리를 살펴보자. 그녀가 동학당 악한한테 납치되었던 대목에 이르면 형식의 마음은 고양이 눈처럼 쉴 새 없이 움직이는데, 자세히 보면 그의 관심은 오직 영채의 순결에 집중되어 있는 것을 알 수 있다. 영채를 지키려다 죽은 개의 이야기를 듣는 형식은 동정은커녕 우쭐대며 영채의 정조가 무사한 것을 기뻐하고, 이어서 영채와의 결혼식에서 신혼생활, 출산에 이르기까지 비약적인 상상을 거듭하는데, 그것은 마치 서양 활동사진과 같이 현실성이 결여되어 있다. 이렇게 부자연스럽고 과장된 움직임은 영채가 순결하지 않기를 바라는 그의 부도덕한 원망이 억압되어 생긴 '반동형성'의 심리라 할 수 있다.

그러면 그는 왜 은근히 영채가 순결하지 않기를 바라는 것일까. 영채가 순결하지 않으면 형식이 영채와 결혼해야 하는 의무도 소멸하기 때문이다. 영채가 돌아간 뒤에 형식은 그녀가 손님과 잠자리에 드는 백일몽을 꾸는데, 이는 바로 그의 원망이 그대로 표출된 것이다.

이 밖에도 영채가 갑자기 이야기를 중단하고 뛰쳐나갔을 때 그가 그녀를 붙잡지 않았던 것이나 천 원이 없다는 사실에 지나치게 구애되어 서둘러 영채를 찾으러 나서지 않았던 것도, 될 수 있으면 영채로부터 달아나려는 형식의 잠재의식이 일으킨 행동이다. 게다가 낮에는 영채가 자살이나 하지 않을까 걱정했던 형식이 실제로 청량리에서 강간사건이 일어나자 그녀를 기생집에 남겨두고 하숙집으로 돌아온 것은 잠재적이긴 해도 그가 영채의 자살까지 바란 것은 아닐까 생각게 한다. 이러한 추측은 우선의 재촉으로 형식이 평양 경찰서에 보낸 보호 의뢰 전보에 영채의 개인적인 특징을 적지 않은 행위로 인해 더욱 힘을 얻는다. 형식은 표면 의식에서는 영채의 일을 걱정하고 있는 것처럼 보이지만, 잠재의식에서는 이렇게까지 '무정'했던 것이다.

형식의 '무정'은 빛의 세계의 주인공이 되려는 욕망에서 비롯된 것이다. 형식은 "우리 조선 사람의 살아날 유일의 길은 우리 조선 사람으로 하여금 세계에 가장 문명한 모든 민족—즉, 일본민족만 한 문명 정도에 달함에 있다"(24절)고 생각하며, 자기는 조선 전체에 빛을 줄 수 있는 능력의 소유자라고 자부하고 있다. 그러나 중학밖에 졸업하지 못한 가난한 교사인 그에게는 자기 재능을 살릴 만한 경제적인 뒷받침이 없다. 그러한 형식이 젊은 남녀가 말을 나누는 것도 드물었던 그 시대에 부잣집 외동딸의 개인교사로 발탁된 것이다. 형식은 빛의 세계로 통하는 문이 열렸다는 것을 직감한다. 그리고 결국 그 예감은 적중하여 그는 선형과 약혼해서 미국 유학의 티켓을 손에 넣게 되는 것이다.

4. 욕망의 이데올로기

토쿄에서 유학한 경험이 있는 교사 이형식과 마찬가지로, 작자 이광수도 토쿄에서 중학시절을 보낸 후 교사가 되었다. 1905년 토쿄로 유학을 떠난 그는 1910년 메이지학원 중학을 졸업한 뒤 고향에 있는 오산학교의 교사가 되었고, 5년 뒤에 다시 토쿄에서 유학하면서 『무정』을 썼다. 그리고 두 번째 유학 직전 잡지 『청춘』에 「김경」이라는 단편소설을 발표하는데, 거기에는 "두 근거지" 사이에서 갈등하는 교사 김경의 모습이 그려져 있다. 여기서 '두 근거지'란 주인공 김경이 중학시절 문학에 눈을 떴던 토쿄의 시로가네(메이지학원 소재지)와 그가 교사로 일하면서 "건전한 조선인"의 모습을 자각하게 된 오산이다. 자신의 재능에 자신을 갖고 "성공욕을 만족할 만한 사업을 붙들리라"는 열망에 사로잡혀 있던 김경은 "오산이 이 욕망의 대상이 되기에는 너무 적다"는 사실에 괴로워하고, 오랫동안 망설이기를 거듭한 끝에 토쿄에 가기로 결심한다. 형식과 마찬가지로 김경 또한 빛의 세계에 대한 욕망에 사로잡혀 이를 충족하고자 했던 것이다. 이러한 형식과 김경의 모습은 바로 작가 자신의 투영인 듯하다. 과거를 떨쳐버리고 빛의 세계를 욕망했던 형식이나 김경과 마찬가지로, 이광수도 아들을 갓 출산한 아내를 남겨두고 토쿄로 유학 떠날 것을 결심한 인간이었기 때문이다.

『무정』에서 이광수는 자기의 분신인 형식의 욕망을 긍정하고 있는데, 당시 정신분석에 친숙하지 않았던 독자들은 이를 이해하기 어려웠던 것 같다. 특히 형식이 평양에서 보이는 행동과 심리는 애매한 점이 많아서, 동시대 작가 김동인은 「춘원연구」에서 이 부분을 “작자의 사기술”4)이라고 비난하고 있을 정도이다. 그러나 형식이 줄곧 영채에게서 도망치기를 바라고 있다는 사실을 전제로 텍스트를 읽으면, 평양에서 그가 보인 행동은 쉽게 이해된다.

영채가 경찰서에 보호되어 있지 않다는 것을 알고 곧 그녀의 죽음을 확신한 형식이 느낀 것은 식욕이었다. 그는 영채에게서 해방되었던 것이다. 그 해방감은 그의 기분을 점차 고양시키고, 은사의 무덤 앞에서 최고조에 달한다. 초라하기 짝이 없는 은사의 무덤 앞에 선 형식의 모습은 다음과 같이 묘사되어 있다.

> 형식은 그렇게 이 무덤을 보고 슬퍼하지는 아니하였다. 형식은 무슨 일을 보고 슬퍼하기에는 너무 마음이 즐거웠다. 형식은 죽은 자를 생각하고 슬퍼하기보다 산 자를 보고 즐거워함이 옳다 하였다(64절).

내부로 밀어 넣었던 형식의 욕망이 해방감과 더불어 넘쳐 흘렀던 것이다. 욕망의 모습, 그것은 죽은 자를 애도하기보다 살아 있는 기쁨을 노래하고, 비참한 죽음을 맞은 은사의 시신을 거름삼아 피어난 꽃에서조차 미적인 쾌락을 향유하려 하는 지독하게도 에고이스틱한 모습이다. 여기에는 이것이 바로 인간 본래의 모습이라는 이광수의 인간인식이 드러나 있다. 인간은 사회생활을 영위하기 위해 이런 본래의 모습을 내부에 감추고 살고 있지만, 실은 이 본능적인 욕망이야말로 생존의 원동력이라는 것이 이광수가 메이지학원시절에 얻은 인간관이다. 그가 이러한

---

4) 김치홍 편, 『김동인평론전집』, 삼영사, 1984, 96면.

인식을 갖게 된 것은 시로가네에서 보낸 중학시절 때였다.5)

형식이 은사의 무덤 앞에서 가졌던 이러한 감개는 "우리는 (중략) 필요하거든 조선의 분묘도 헐고 부모의 혈육도 우리 양식을 삼아야 하겠다"고 주장했던 「자녀중심론」의 한 구절을 환기시킨다. 이 논설에서 이광수는 조선이 쇠퇴한 것은 유교의 부모중심사상 탓이며, 따라서 앞으로는 모든 것을 자녀중심으로 생각하여 생활하고 부모들은 자기를 희생해서라도 자녀들 '교육'시켜야 한다고 주장했다. 여기서 자녀에게 시켜야하는 '교육'이란 바로 생존경쟁에서 이길 수 있는 힘을 기르는 교육을 말한다. 그가 이 시기에 쓴 모든 논설에는 생존경쟁의 이론이 전제되어 있는데, 거기에는 생존경쟁에서 열패한 조선은 이대로 가면 도태될 것이라는 위기의식이 짙게 감돌고 있다.

이광수는 『무정』과 같은 시기에 발표한 논설 「교육가 제씨에게」6)에서 생존경쟁이란 각 생물이 본능적으로 살려는 욕망에서 비롯되는 것이므로 그 원동력인 욕망이 큰 자가 경쟁에서 이기는 법이며, 그런 까닭에 교육가의 책무는 자녀에게 '욕망의 교육'을 시켜서 '거부(巨富)', '대학자', '대종교가', '대문학자', '대교육가'를 열망하는 '대욕망'을 가진 인간을 만드는 것이라고 적고 있다. 이 주장은 그대로 『무정』의 마지막 절에서 "우리는 더욱 힘을 써야 하겠고, 더욱 큰 인물, 큰 학자, 큰 교육가, 큰 실업가, 큰 예술가, 큰 종교가가 나야 할 터인데"라는 작자의 말로 이어지고 있다.

이상에서 분명해졌듯이, 『무정』은 독자에 대한 '욕망의 교육'의 일환으로 씌어진 소설이며, 이를테면 '욕망의 계몽서'였다. 이광수가 『무정』에서 묘사한 '시대의 이데올로기'란 바로 '욕망의 이데올로기'였던 것이다.

---

5) 본서 5장 참조.
6) 『매일신보』, 1916.11.26~12.13 연재.

5. 반(反)욕망의 이데올로기

그런데 여기서 주목해야 할 것은 『무정』에는 동시에 '욕망에 반(反)하는 이데올로기'라고 할 만한 것이 그려져 있다는 사실이다. 그것은 작가의 목청 높은 주장을 통해서가 아니라 인물이나 풍경의 묘사를 통해서 독자의 가슴에 흘러넘치며, 그래서 독자는 오히려 이쪽 이데올로기에 매료된다.

예컨대 선형과 영채 두 사람을 비교하면 확실히 영채 쪽이 아름답게 묘사되어 있다. 처음에는 "바로 핀 꽃"(27절)과 같이 아름다웠던 선형은 형식과 대등한 개인으로서 자아를 가지게 됨에 따라 차츰 추하게 그려지는 반면, 반대로 버림을 받아도 형식을 용서하는 구식 처자인 영채는 적막함을 띠면서도 마지막까지 아름답게 그려진다. 또 한낮의 빛 속에서 경성학교가 배 학감과의 권력투쟁이나 학생들과의 자아 갈등의 장소로서 생생하게 그리고 골계적으로 묘사되는 것과는 반대로, 밤이나 해가 질 때의 장면으로만 등장하는 서민들의 거리는 애정이 담뿍 담겨 실로 아름답게 묘사되어 있다. 물론 여기에는 자기가 자란 곳에 대한 애정이 드러나 있다. 아무리 어두워도 그곳은 자기를 낳고 키워준 고향이다. 그리고 영채는 욕망을 가진 타자가 아니라, 이를테면 어머니와 같은 존재인 것이다.

이 외에도 형식의 내부에는 욕망을 긍정하는 동시에 이를 혐오하는 양가적인 경향이 존재한다. 예컨대 그는 「김경」과 같은 시기에 쓴 짧은 논설 「공화국의 멸망」7)에서 사람들이 오랜 질서 속에서 평화롭게 살고 있던 이상향이 외부에서 침입한 "자유와 권리의 사상" 탓에 무너지고 인민이 난민(亂民)으로 바뀌어버린 현대의 풍조를 비판하면서, "아아, 우

---

7) 『학지광』 제5호, 1915, 9~11면.

리는 피상적 문명에 중독하야 이 오래고 정들은 공화국을 깨트리었도
다"라고 탄식한다. 그리고 1923년에 발표한 『허생전』에서는 지도자의
지도하에 질서를 지키며 발전하는 공동체와 규율을 잃고 야만상태에 떨
어진 공동체의 모습을 두 개의 섬을 통해 대조적으로 그리면서, 질서와
규율이 사라질 때 나타나는 인간 본래의 모습에 대해 강한 불신과 혐오
를 나타낸다.

　그는 욕망이야말로 생존경쟁에서 이기고 살아남기 위한 원동력이라
고 생각했지만, 동시에 인간이 자신의 욕망을 해방하여 본능대로 산다
면 인간 사회는 어떻게 되겠는가라는 철학적인 회의를 품고 있었던 것
이다.

6. 마치며

　이광수는 『무정』에서 민족이 살아남기 위해 필요한 '욕망의 이데올로
기'를 '시대의 이데올로기'로서 그려냈다. 그러나 동시에 자기를 길러준
고향을 침식하고 있는 이 '욕망의 이데올로기'에 대한 혐오와 고향에 대
한 애정은 '반욕망의 이데올로기'로서 작품의 도처에 흘러넘쳤던 것이
다.*

* 본고는 2005년 11월 11일 서울의 연세대학교에서 개최한 국제펜클럽 한국본부 주최 제12회
국제문학심포지움에서 한국어로 강연한 내용의 일본어 원고를 가필하여 수정한 것이다. 또 본고
를 집필할 때 현립 니가타여자단기대학(縣立 新潟女子短期大學) 도서관 사서 츠루마키 에츠코
(鶴巻悅子) 씨가 자료 조사에 도움을 주셨다. 이 자리를 빌려 감사드린다.

제9장

상하이 보고(報告)

이광수의 상하이

1994년(平成 6) 정월에 상하이를 방문했다. 주목적은 한국의 근대작가 이광수(李光洙, 1892~1950)가 상하이에서 지냈던 장소를 조사하고 현재 상태를 확인하는 것이었다. 이번 장에서는 이광수의 두 번에 걸친 상하이 체류에 대해 간단히 정리하고, 아울러 여행의 내용을 보고하고자 한다.

1. 제1차 체류—1913년 11월 말~1914년 1월 초

1) 대륙 방랑

1913년 말, 스물둘의 나이였던 이광수는 대륙 방랑의 길에 오른다. 그는 토쿄의 메이지학원 중학부 유학 중에 이미 몇 편의 작품을 발표하지만, 1910년 봄 졸업과 더불어 고향 정주의 오산학교에 부임하고 그 해 여름 일한병합을 맞은 뒤에는 학교 업무에 전념한다. 그러나 과중한 학교일과 마음이 통하지 않는 아내와의 가정 생활에 지친 그는 이윽고 대륙 방랑의 꿈에 사로잡힌다. 여기에는 당시 조선의 사회적 분위기도 한몫하고 있었던 듯하다. 1936년 이광수는 나중에 『조선일보』에 연재한 자전적 소설 『그의 자서전』에서 주인공의 입을 빌어 다음과 같이 이야기하고 있다.

> 실상 이 시절에는 방랑의 길을 떠나는 사람이 나만이 아니었다. K학교를 통과해서 간 사람만 해도 십여 인은 되었을 것이다. 그들은 대개 서울서 여러 가지 운동에 종사하던 명사로서 망명의 길을 떠나는 것이었다. 모두 허름한 옷을 입고 미투리를 신고 모두 비창한 표정을 가지고 가는, 강개한 사람들이었다.
>
> 이때에 이 모양으로 조선을 떠나서 방랑의 길을 나선 사람이 수천 명은 될 것이었다. 그들이 가는 곳은 대개 남북만주나 시베리아였다. 어디를 무엇을 하러 가느냐 하면 꼭 바로 집어 대답할 말은 없으면서도 그래도 가슴속에는 무슨 분명한 목적이 있는 듯도 싶은 그러한 길이었다. 그것도 시대사조라고 할까. 이렇게 방랑의 길을 떠나는 것이 무슨 영광인 것 같이도 생각되었던 것이다.[1]

병합 후의 조선에는 혹독한 무단통치가 행해졌다. 정치 활동에 관계했던 사람들은 신변의 위험을 피하여 망명했고, 또 많은 청년들이 우국지정을 참을 수 없어 고국을 떠났다. 오산에서의 생활이 막다른 골목에 부딪쳤음을 느끼고 있던 이광수를 충동여 움직인 것은 주위의 이러한 분위기 탓도 있었다고 생각된다.

---

1) 이광수, 『그의 자서전』, 『이광수전집』 제6권, 우신사, 1979. 이하 『전집』으로 줄여 기재한다.

2) 상하이에서

1913년 11월 중순 경 오산을 떠난 이광수는 북쪽을 향하고 신의주를 거쳐 중국의 안둥(安東)에 도착한다. 그곳에서 우연히 아는 사이인 정인보(鄭寅普, 1892~1950)와 만나 중학시절의 친구들이 상하이에 체류하고 있다는 사실을 알게 되어 그가 권하는 대로 안둥에서 배를 타고 상하이로 향한다. 배는 윙커우(營口)·다렌(大連)·칭다오(靑島)를 경유하여 11월 말의 어느 아침 양쯔강에서 황푸탄(黃浦灘)으로 들어간다. 이윽고 황푸강(黃浦江) 부두에 정박해 있는 많은 배의 한가운데 '오만하게' 치솟은 미국·영국·프랑스의 군함이 우선 이광수의 눈에 들어온다. 이어서 그의 눈에 비친 것은 황푸탄, 즉 옛날에는 반도였고 당시는 와이탄(外灘)이라 불리던 황푸강 연안지역에 자국의 권위를 다투듯 나란히 서 있는 유럽 각국의 은행 건물이었다.

> 중국 대국의 재정을 주물럭거리는 회풍은행(匯豊銀行) (…중략…) 나라는 적어도 돈 많기로 유명한 백이의은행(白耳義銀行)과 기타 어느 나라 은행이고 이곳에 지점 하나라도 아니 둔 나라가 없다 하니, (…중략…) 이 은행의 주둥이가 사백 주(州) 방방곡곡이 아니간 데 없이 중국의 광산이니 철도이니 하는 끝을 물고 사억만 못생긴 중국인의 고혈(膏血)을 쪽쪽 빨아먹거니 할 때에 몸에 소름이 끼치오며, (…중략…) 파산멸망에 빈(瀕)하는 노대국(老大國)의 정경에 과연 눈물이 지더이다.2)

1년 뒤 『청춘』지에 발표한 기행문 「상해에서」에서 이광수는 이렇게 쓰고 있다.

중국은 이 무렵 신해혁명으로 청(淸)이 타도되어 이제 막 중화민국이 성립한 참이었다. 혁명 후의 혼란 속에서 신변의 안전과 일거리를 찾는

---

2) 이광수, 「상해인상기(上海印象記)」, 『전집』 9, 131면. 전집에는 「상해인상기」라는 제목으로 수록되어 있지만, 『청춘』에 실렸을 때의 제목은 「상해에서」이다.

중국인들이 조계(租界)에 대거 유입한 까닭에, 상하이는 급격히 팽창하여 1914년에는 인구가 처음으로 백만을 돌파한다. 조계 내의 외국인은 2만 2천 명 정도로, 그 가운데 일본인이 반수 이상을 차지했다.

상하이가 외국에 개방된 것은 중국이 반(半)식민지로 전락하는 계기가 된 아편전쟁에 의해서였다. 1842년 난징조약(南京條約)에서 결정된 5개 개항지에 상하이도 들어 있었다. 상하이가 개항되자, 영국인들은 이전부터 있었던 '현성(縣城)'의 북쪽 황푸강 연안에 조계지를 만든다. 이 조계지는 곧 영국과 미국의 공동조계가 되어 연안에서 내륙으로 연장되었지만, 배가 닿는 와이탄(外灘)은 항상 조계의 정식 현관으로서 그곳에는 이광수가 놀랐던 것처럼 각국의 출장기관인 건축물이 위용을 뽐내듯 죽 늘어서 있었다. 이 무렵 일본인들은 공동조계의 북쪽을 흐르는 쑤저강(蘇州江)을 향한 홍커우(虹口) 쪽에 일본인 지역을 만들기 시작했고, 또 그때까지 '현성'과의 사이에 끼어있는 것처럼 작았던 공동조계 남쪽의 프랑스조계는 서쪽으로 급격히 확대되어 세련된 고급주택가를 형성하는 중이었다.

이광수의 친구들이 머무르고 있던 곳은 이 프랑스조계 지역이었다. 그곳으로 가는 도중에 본 경찰관의 의복은 동양인 이광수의 자부심을 건드렸다. 공동조계에서는 인도인 순사가 터번을 두른 민족의상을 입고 교통정리를 했고, 프랑스조계에 들어가자 베트남 순사가 역시 특징적인 모자를 쓰고 민족 의상을 입고 있었다. 그 사진이 그림엽서에 실릴 정도로 유명하여 당시 상하이 명물의 하나였던 이러한 정경에서 이제 막 나라를 잃은 이광수는 정복자의 오만을 본다. 그는 「상해에서」에서 이것은 서양인이 동양인에 대하여 "정승판서의 위풍으로 노복(奴僕)에게 괴상한 차림을 시키어 웃음거리를 삼음"과 같은 행위이고, "불쌍한 인종을 한 흥미 있는 공동품으로 애완함"3)과 같다며 분노를 드러내고 있다.

<hr>

3) 위의 책, 132면.

이광수의 친구였던 홍명희(洪命熹, 1888~1968)・문일평(文一平, 1888~1939) 등의 주거지는 프랑스조계 안의 중국인 주택가로 '바이얼부루(白爾部路)' 22번지였다. 홍명희는 중학시절 이광수에게 많은 책을 빌려주어 문학에 눈뜨게 해준 선배이다. 토쿄에서 바이런의 『카인』에 심취하여 가인(假人)을 호(號)로 삼았던 홍명희는 이 무렵 오스카 와일드에 빠져 이층에 틀어박혀 『도리안 그레이의 초상』을 읽었다. 이광수와 메이지학원에서 동창이었던 문일평은 하루종일 방안을 어슬렁거리며 이따금 큰 소리로 비분강개조의 연설을 하거나 시를 읊는 생활을 보내고 있었으며, 그런 까닭에 그 집의 또 다른 주인은 그를 미치광이라 부르기도 했다. 이 집에는 홍명희와 문일평 외에도 세 명의 젊은이가 더 살고 있었는데, 그 가운데 조소앙(趙素昻, 1887~1958)은 새로운 종교를 일으킨다며 코란에 몰두했다.

조소앙은 3・1운동 후 상하이 임시정부수립에 참여하며, 정치가로서 해방 후까지 활약하게 된다. 문일평은 나중에 역사학자가 되고, 홍명희는 유명한 역사장편 『임꺽정(林巨正)』을 10년 이상에 걸쳐 『조선일보』에 연재하고 해방 후에는 북한에서 부수상(副首相)까지 맡는다. 또한 안둥(安東)에서 이광수에게 우연히 상하이행을 권했던 정인보도 나중에 이름 높은 역사학자가 된다. 그들 가운데 해방 전에 죽은 문일평을 제외하고, 이광수와 조소앙, 그리고 정인보 세 사람은 한국전쟁 당시 북한으로 연행되어 사망한다. 이 무렵 북한측의 고위인사였던 홍명희는 위독 상태에 빠져 있던 이광수에게서 전갈을 받고 달려가 극진하게 간호했다는 일화도 전해진다.

장래에 이렇게 기구한 운명에 이르게 되는 그들이었지만, 이 무렵은 모두 20대 청년이었고, 일본에 나라를 빼앗겨 터질 듯한 슬픔과 울적한 심정을 이런 방식으로 이국에서 달래고 있었던 것이다. '군자금'은 바닥나기 시작했고, 너무나 빈궁한 생활 탓에 이광수는 이들에게 신세지게 된 것을 후회할 정도였다. 집에는 모자가 두 개밖에 없는데다 외투도 없었기 때문에, 가까운 '프랑스공원'을 산보하는 정도밖에 외출할 수 없었다고 이광수는 회상하고 있다. 그는 일 주일에 한 번 정도 조소앙과 함께 '프랑스공원'으로 산보를 가서, 서양인 아이들이 노는 것을 돌보고 있는 중국인 여자를 바라보거나 했다.

때로는 망명자인 신규식(申圭植, 1879~1922)의 집에 가서 얻어먹은 일도 있었다. 신규식은 애국계몽기 때부터의 독립운동가로, 자택은 조선인을 위한 중국어·영어 강습소로서 많은 사람들이 드나들었다. "1913년 경 예관(睨觀, 신규식의 호)택(宅)은 상해(上海)뿐만 아니라 강남(江南) 일대 조선인 망명객의 본거(本據)"[4]였다고 이광수는 회상하고 있다. 이곳에서 이광수는 여러 사람과 만난다. 오산학교를 경유하여 먼저 망명해 있던 신채호(申采浩, 1880~1936)와도 이곳에서 재회한다. 이광수는 나중에 무정부주의자가 되어 「조선혁명선언서」를 쓰고 옥중에서 최후를 마감한 이 인물을 경애(敬愛)했다.

3) 조선으로

이광수가 1개월 간 체류한 상하이를 뒤로 한 것은 1914년 1월 3일의 일이다. 샌프란시스코 동포신문의 주필을 맡으라는 신규식의 권유를 받고 승낙한 그는 우선 블라디보스톡까지 배로 가고, 거기서부터 시베리아 철도를 타고 유럽을 경유하여 미국으로 향할 예정이었다. 그러나 이 여행은 결국 여비의 부족과 제1차 대전의 발발로 인해 바이칼 호수를 앞두고 치타에서 중단된다.

8월 말 오산으로 돌아온 이광수는 「상해에서」와 「해삼위(海蔘威)로서」[5]

---

4) 이광수, 「상해 이일 저일」(『삼천리』, 1930.10), 『전집』 8, 249면.

5) 「상해에서」는 1914년 12월에 발행된 『청춘』 제3호와 이듬해 1915년 1월 발행된 제4호에, 「해삼위에서」는 1915년 3월에 발행된 제6호에 게재된다. 모두 『전집』 9에 수록

두 편의 기행문을 쓴다. 상하이 체류 1년 뒤에 발표된 이 두 편의 기행문에는 나라를 잃고 방랑하는 작자의 처량한 심정이 스머들어 있는데, 이와 더불어 도처에서 눈에 띄는 것이 서양에 대한 찬탄과 반감이 뒤섞인 복잡한 감정이다. 열한 살에 고아가 된 이광수는 동학의 스승에게서 문명의 이야기를 듣고 눈을 반짝거렸고, 이윽고 상경하여 화륜선과 기차에 눈이 휘둥그레졌으며, 열네 살에는 일본에 유학하여 메이지 말기의 개화한 토쿄를 보게 된다. 그리고 스물둘의 나이에 이 상하이에서 결국 문명의 근원인 서양과 만난 것이다. 그러나 이광수가 처음 대면한 이 서양은 동양 침략의 선봉기지로서 만들어진 의사(疑似) 서양이었다. 서양식 건축물에 눈이 휘둥그레져 문명의 근사함에 감탄하면서도, 그 문명의 힘이 자신들 동양인의 착취에 사용되고 있는 것을 목격했을 때 찬탄이 반감으로 바뀐 것도 당연했을 것이다. 30년 이상이나 지나 씌어진 자서전『나의 고백』에서도, 이광수는 상하이에서 느낀 것은 "서세동점(西勢東漸)"의 심각함이었다고 술회하고 있다. 그가 상하이에서 목격한 서양의 동양 침략의 참상이 그의 내면에 커다란 각인을 남긴 사실을 엿볼 수 있는 대목이다.

오산에 돌아와서 1년 뒤, 자신의 지식이 부족함을 통감한 이광수는 재차 유학하여 토쿄의 와세다대학(大學)에 들어간다. 그리고 1916년 말에는 조선에서 최초의 근대소설이라 불리는 장편『무정』을 쓰기 시작한다.

되어 있다.

2. 제2차 체류─1919년 2월~1921년 3월

1) 두 번째 체류

이광수는 첫 번째 상하이 체류에 대해서는 앞서 언급한 두 편의 기행문 외에도『그의 자서전』을 비롯하여 여기저기에서 이야기하고 있지만, 두 번째 체류에 대해서는 그다지 언급하지 않는다. 이는 체류의 성질과 관련이 있다. 첫 번째 방랑과 달리 당시 이광수는 이미 문필가로 이름을 떨치고 있었고, 상하이행의 목적도 완전한 정치적 망명에 있었다. 일본 통치하의 조선에서의 검열 문제라든가 만의 하나 타인에게 미칠지도 모르는 성가신 일을 생각하면, 이 시기의 일을 분별 없이 쓸 수 없었으리라는 것은 쉽게 짐작할 수 있다. 이 시기에 관해 식민지시대에 씌어진 글은 이미 세상을 떠난 인물에 대한 추억이나 간단한 회상에 그치고 있다. 그러나 해방 후 1948년 대일(對日) 협력자의 처벌을 목적으로 한 반(反)민족행위특별조사위원회의 발족을 앞두고 자신의 민족의식과 민족을 위한 행동을 언급한 자서전『나의 고백』에서 이광수는 꽤 분명하게 이 시기에 일어난 일을 회상하고 있다.

2) 3·1운동과 임시정부

1918년 11월, 제1차 대전이 끝나고 윌슨의 민족자결원칙이 발표되자 조선에서는 독립의 기운이 고양된다. 이때 이광수는 뒷날 재혼하게 되는 허영숙(조선 최초의 여의사이다)과 베이징으로 애정 도피를 벌인 무렵이었는데, 대전의 종결과 파리강화회의의 소식을 듣고 곧 토쿄로 돌아온다. 이듬해 1919년 초엽, 토쿄의 조선인 유학생들은 조선청년독립단을 결성하여 독립선언서를 발표할 것을 결의하고 이광수가 그 초안을 맡는다. 이 선언문은 2월 8일 칸다(神田)의 기독청년회관에서 낭독되어 본국의 3·1운동의 도화선 역할을 담당하게 되는데, 이광수는 그 직전에 자기가 기초한 선언문과 그 영역본을 가지고 고베(神戶)에서 상하이행 배에 오른다. 일본 경찰이 독립운동에 관한 정보를 국내에서 알리지 못하도록 막을 것을 걱정한 유학생들은 이 사실을 해외에 알리기 위해 그를 상하이로 보냈던 것이다. 이때 이광수의 나이 스물일곱이었다.

상하이에 도착한 이광수는 곧바로 선언문의 영역본과 2·8봉기에 관한 기사를 『차이나 프레스(Chaina Press)』사와 『노스 차이나 데일리 뉴스(North Chaina Daily News)』사에 가져 간다. 양 신문사는 자사(自社) 통신원의 통지를 확인하고 나서야 기사를 내주었다. 이것으로 이광수는 자신의 사명을 완수했다고 할 수 있다. 그러나 이윽고 본국에서 독립운동을 일으켰다는 통지가 도착하고, 이에 이광수는 상하이에서 전년에 결성되었던 신한청년당 사람들과 더불어 프랑스조계의 '샤페루(霞飛路)'에 사무실을 두고 본국의 움직임에 대비한다.

3월 5일 경 3·1봉기의 첫 소식이 전신(電信)으로 도착하여 상하이의 신문에 실렸다. 이광수들의 첫 번째 임무는 해외의 동포와 파리강화회의 등에 전보를 치고, 상하이의 신문사에 본국의 정보를 제공하는 일이었다. 조선에서 독립선언이 발표되고 전국민이 일어섰다는 내용의 전문(電文)을 파리강화회의와 미국의 윌슨, 영국의 로이드 조오지, 프랑스의 클레망소 앞으로 보내고, "당시 자신들에게는 엄청나게 큰돈이었던"6) 7백 5십 원이라는 요금을 지불하고 동료와 함께 전신국을 나왔을 때의 상쾌함을 이광수는 『나의 고백』에서 회상하고 있다.

시간이 지남에 따라 안둥(安東)현을 경유하여 본국의 소식이 속속 전해져 왔다. 속옷 안이나 신발 아래 숨겨 가지고 온 듯 꾸깃꾸깃한 종이

---

6) 이광수, 『나의 고백』, 『전집』 7, 254면.

에 깨알같은 글자로 가득 적혀 있는 내용은 어디에서 누가 모여 태극기를 흔들며 만세를 불렀고 누가 어떻게 일본 경찰에게 살해되었는지 등의 정보들이었다. 나중에 이광수는 이러한 정보들을 모아 자기가 주임을 맡았던 임시정부의 자료편찬위원회에서 편찬한다. 이 자료를 처음 이용한 사람이 바로 이듬해 『조선독립운동혈사(血史)』를 간행한 박은식(朴殷植)이었다고 한다.

필사의 각오 속에 전달된 이러한 정보를 영문이나 중국문으로 번역하여 신문사에 가지고 가도 『차이나 프레스』나 『데일리 뉴스』는 조건을 충족시키지 못했다고 하여 실어주지 않았고, 반대로 중국의 신문은 침소봉대하여 떠들썩하게 써내어 이광수들을 부끄럽게 만들었다. 더 이상 참을 수 없게 된 그들은 『차이나 프레스』지의 기자를 서울로 보내고, 그 기자가 상하이에 돌아오고 나서야 간신히 일본의 잔학 행위가 지면에 실리게 된다. 이에 이광수들은 감사의 뜻으로 조선으로 취재하러 가 준 『차이나 프레스』지 기자에게 양식을 대접한다. 그러나 조선의 참상을 이제 막 보고 돌아온 기자는 그들에게 다음과 같이 비관적인 말을 했다고 한다.

> 그만했으면 너희 민족이 일본 통치에 불복하고 독립을 원한다는 뜻과, 또 독립을 위하여서는 죽기도 두려워하지 않는다는 용기도 표시되었으니 더 동포를 선동하여 희생을 내지 말라. 지난 수십 년 간에 길러내인 지식계급을 다 희생하면 다시 수십 년을 지나기 전에는 그만한 사람을 기를 수 없으니 앞으로 교육과 산업으로 독립의 실력을 길러라. 내가 보기에는 현재의 너희 힘으로는 일본을 내쫓고 독립할 힘은 없다고 본다.[7]

1948년에 씌어진 『나의 고백』에서 회상되고 있는 언급이다. 그러나 30년 전 기자의 말을 이광수는 정말 그대로 기억하고 있었던 것일까. 이

---

7) 이광수, 『나의 고백』, 『전집』 7, 255면.

말은 차라리 3년 전까지 계속되었던 일본 통치하에서의 이광수 자신의 생각이 아니었을까. 필자에게는 어쩐지 그것이 이광수 자신의 심정을 기자의 입을 빌어 이야기한 것이라는 생각이 든다.

3) 다시 조선으로

3·1운동 후 상하이에는 해외에 있던 망명객이 모여들었다. 4월 10일에는 이광수와 신한청년당이 준비한 '김신부로(金神父路)'의 프랑스 가옥(이 날을 위해 거금 3백 원의 집세를 지불하고 빌려 놓은 것이었다고 이광수는 회상하고 있다)에서 제1회 임시의정원회의가 열리고, 24시간의 격론 끝에 이튿날 11일 오전 10시 이승만을 국무총리로 삼고 안창호를 내무총장으로 하는 대한민국임시정부가 세워진다. 그러나 임시정부가 세워지긴 했어도 내무총리와 내무총장 모두 아직 상하이에 오지 않은 상태였다.

5월에 안창호(安昌浩, 1878~1938)가 상하이에 도착한다. 그는 머지않아 이광수의 정신적 지도자가 되지만, 이때는 도착하자마자 병원에 입원해버려 이광수가 병문안하러 간 것이 최초의 만남이었다고 한다. 안창호가 내무총장에 취임하자, 임시정부청사는 이전에 민영익(閔泳翊)이 살던 집이었다는 '샤페루(霞飛路)'의 대저택으로 옮겨진다. 이 청사에서 이광수는 임시정부의 기관지 『독립』(나중에 『독립신문』으로 개칭)의 편집국장으로 기사를 쓰고 자료편찬위원회의 주임으로 3·1운동에 관한 자료를 모았으며, 또 안창호가 대한민국 건설에 필요한 국가 강령이라고 할 수 있는 「독립운동방략(方略)」을 작성하는 것을 도왔다.

이광수는 이 「독립운동방략」에 대해 "당면한 독립운동 공작을 하면서 민력을 배양하고 민심을 단합하여 독립전쟁의 준비를 하는 것이 도산(島山)의 독립운동방략의 요령이었다"[8]고 설명하고 있다. 「방략」의 기초가 된 것은 안창호가 애국계몽운동시대부터 제창했던 이른바 실력을 양성하면서 독립을 준비하자는 준비론이다. 일한병합 후 미국으로 망명한 안창호는 1913년 이 사상을 실행하기 위해 '흥사단(興士團)'을 창립하고 재미동포를 조직하는 데 힘을 쏟았는데, 이번에는 중국에서 흥사단을 만들고자 했다. 도산의 흥사단 구상에 공명한 이광수는 그의 활동을 돕고, 1920년 4월에는 흥사단원이 된다. 그리고 마침내 이광수는 이 운동을 국내에서 실천할 것을 생각하게 된다.

「방략」은 1920년 초엽 국무회의에 제출되어 통과되지만, 실제로는 거의 실행할 수 없는 상태였다. 독립운동은 장기전의 양상을 드러내기 시작했고, 상하이를 떠나 유학길에 오른 사람도 많아졌다. 3·1운동으로부터 시간이 경과하고, 윌슨의 민족자결원칙이나 파리강화회의도 조선의 독립과는 아무런 관계가 없다는 사실이 분명해짐에 따라, 독립의 열기는 사라져갔다. 그리고 혹독한 정치의 계절이 도래한다. 임시정부 창립 때 경무국장이 되고 결국에는 임시정부를 떠맡게 되었던 김구(金九)는 자서전 『백범일지』에서 이 시기를 다음과 같이 회상하고 있다.

> 기미년, 즉 대한민국 원년에는 국내외가 일치단결하여 민족 독립운동에만 매진하였다. 그러나 이윽고 이 무렵 세계사조의 영향을 받아 우리들 간에도 '봉건(封建)'이니 '무산혁명'이니 하는 말을 사용하는 사람이 나타났고, 단순했던 우리들의 운동 노선에도 사상의 분열·대립이 생기게 되었다. 임시정부 직원 사이에도 민족주의니 공산주의니 함으로써 공공연하게 혹은 은밀하게 내부 투쟁이 시작되었다.[9]

이러한 상황 속에서, 이광수는 민족운동의 장래와 자기 자신의 장래에 대해 번민하게 된다. 그리고 해외에서 독립운동을 계속하는 것보다 국내에서 민족의 실력을 양성하는 데 노력을 기울이는 쪽이 좋지 않을까 하는 생각에 사로잡힌다. 건강도 악화되었다. 서울에 있는 약혼자의

---

8) 이광수, 『나의 고백』, 『전집』 7, 260면.
9) 梶村秀樹 譯注, 『白帆逸志—金九自敍傳』, 平凡社, 1986, 244면.

일도 마음에 걸렸을 것이다. 이광수가 세 번째 상하이에서 맞는 1920년의 겨울은 분명히 최악의 겨울이었다.

새해가 되어 2월, 돌연 약혼자 허영숙이 상하이에 온다. 의사 면허를 가진 그녀는 상하이에서 개업하여 이광수와 함께 지낼 결심으로 온 것이었다. 그러나 이미 조선으로 돌아갈 결심을 굳히고 있던 이광수는 허영숙을 그대로 본국으로 돌려보내고, 그 자신도 다음 달에는 육로를 통하여 귀국한다.

귀국 도중 일본 경찰에 체포되었으나 불기소처분된 까닭에, 이광수는 조선총독부와의 밀약을 의심받게 된다. 그리하여 그는 자택에 칩거하면서 이해 말 「민족개조론」을 집필하고, 이듬해 1922년에는 흥사단의 국내판인 수양동맹회를 발족시킨다. 이때 그의 나이 서른 살이었다.

3. 상하이–1995년 1월

1) 프랑스공원

필자가 투숙한 곳은 구(舊)프랑스 조계에 있는 가든호텔(花園飯店)이었다. 1926년에 프랑스 상공회의소로 지어진 건물을 그대로 현관 홀로 사용하고 뒤쪽에 고층 빌딩의 객실을 증축한 이 호텔은 건물 바깥에서 보면 고색창연한 현관 부분과 뒤쪽 고층건물의 차이가 눈에 띄지만, 안으로 들어가면 70년 전의 건축물과 합쳐친 것이라는 느낌이 들지 않을 정도로 정교하게 만들어져 있다. 내부 장식은 우아하고 아름다운 아르데코 양식이고, 전면에는 멋진 프랑스식 정원이 있다. 가든호텔이라는 이름도 여기에서 유래했을 것이다. 정월을 해외에서 보내는 일본인 관광

객으로 가득해서 들려오는 것은 일본어뿐이고, 호텔 안에 자리한 미츠코시(三越)백화점에서 쇼핑을 하자 여기가 중국이라는 사실이 실감나지 않을 정도였다. 조계에 거주하는 프랑스 상인의 사교클럽으로 사용되고 있던 무렵에는 프랑스어밖에 들리지 않았을 것이다. 매우 운수 사나운 건물이다.

마오민난루(茂名男路)를 사이에 두고 동쪽 인근에 있는 진쟝호텔(錦江飯店)이라는 이름은 홋타 요시에(堀田善衛)의 『상하이에서(上海にて)』에도 나온다.

> 호텔 현관에 내려서자 나는 흠칫했다. 호텔 이름이 진쟝호텔(錦江飯店)이라고 했다. 진쟝호텔이 어떤 곳이었던가. 지금은 주로 외국인 손님을 맞게 된 듯 보이는 이 호텔은 예전의 상하이 사람들에게는 일본 헌병대에 이어 상하이에서 두 번째로 두려운 곳이었다. 사람들은 이 14층 높이의 건물을 올려다보며 두려워 떨었었다. 이 건물은 장강(長江) 델타지역 일대를 노리고 있던 일본의 13군사령부, 별칭 노보리부대(登部隊) 사령부가 버티고 있던 바로 그 건물인 것이다.[10]

홋타 요시에가 1957년, 11년 만에 상하이를 방문했을 때의 일을 적은 글이다. 도착한 날 밤 필자도 안을 보려고 이 호텔의 레스토랑에서 식사를 했는데, 선입견 탓인지 어둡고 음침한 느낌이 들었다.

호텔 방의 창 밖으로는 이광수가 걸었던 중심가 '샤페루(霞飛路 : 상하이에서는 야히로라고 발음한다고 홋타는 적고 있다)', 프랑스 명으로 아비뉴 드 쥬프르, 현재의 와이하이총루(淮海重路)가 내려다 보였다. 와이하이총루는 젊은이들을 위한 가게가 많은데, 상하이의 하라주쿠(原宿 : 토쿄의 대표적인 번화가 가운데 한 곳으로 꼽힌다—옮긴이)라고 불린다. 대형점포와 백화점도 있어서 사진에서 보던 옛날의 면모는 없었다. 마오민난루에서 와이하이총

---

10) 堀田善衛, 『上海にて』, 筑摩叢書, 1969, 37~38면.

루로 나가는 교차점에는 지하철역이 있다. 지하철은 현재 교외에서부터 중심가를 향해 연장되고 있는 중인데, 지금은 여기가 종점이라고 한다.

거기서부터 동쪽으로 첫 번째 길의 남쪽이 임시정부의 제1회 임시의정원 회의가 열렸던 건물이 있는 '김신부로(金神父路)', 현재 루이친아루(瑞金二路)이다. 『조선독립운동혈사(血史)』에 수록되어 있는 사진과 매우 흡사한 프랑스 가옥이 늘어서 있지만, 사진에 번지수가 명시되어 있지 않아서 어떤 건물인지는 알 수 없었다. 도처에 건물이 무너지고 세워지고 있어서, 발전하는 상하이의 활기가 느껴졌다. 그러나 여행자의 자의적인 감상으로는 역사적인 거리를 이대로 소멸시키는 것은 사실 애석한 생각이 들었다.

남쪽으로 루이친아루를 내려가면 푸신루(復興路)가 나오고, 거기서 동쪽으로 4, 5백 미터 가량 더 가면 푸신공원(復興公園)이 있다. 구(舊)프랑스 조계에는 이 외에도 와이하이공원(淮海公園), 랑양공원(襄陽公園) 등이 있는데, 어느 곳이 이광수가 산보했던 '프랑스공원'인지는 알 수 없어서 우선 이 푸신공원에 가 보았다. 요금을 지불하고 안으로 들어가자, 중국어와 영어 안내판에 이곳이 구(舊)프랑스공원이라고 적혀 있었다. 마음이 놓여 느긋하게 공원 안을 산보했다. 워터슈트 코스터가 있어서 아이들과 젊은이들의 환호성이 울렸다. 커다란 나무 아래 벤치에는 노인들이 쉬고 있었다. 멀거니 그들을 바라보면서, 그곳에서 프랑스 아이들이 노는 것을 돌봐주던 중국인 여자를 바라보았을 이광수를 상상해 보았다.

외투와 모자 없이 훌쩍 슬리퍼를 끌고 나올 만한 곳은 지도에서 보면 이 공원과 총칭루(重慶路) 사이의 지역 정도밖에 없을 듯하다. 그렇다면 '바이얼부루(白爾部路)'란 현재의 총칭루가 틀림없다고 생각하면서 총칭루에 가보고 깜짝 놀랐다. 고가도로를 건설하는 중이었다. 공사중이라 더욱 살벌해서 옛날의 면모 같은 것은 바랄 수도 없었다. 이 길을 걸으면서 공원을 끼고 있는 지역의 중국식 주택가를 찾아보았지만, 중국어를 할 줄 모르는 애처로운 혼잣길에 외딴 골목길로 들어갈 용기가 나지

구(舊)프랑스공원과 총칭루 사이 지역의 가옥들(1995.1.3 촬영)

않았다. 단념하고 큰길을 걸으면서, 그곳이다 싶은 장소를 사진으로 촬영하는 것으로 그쳤다.

이 길에서 동쪽으로 늘어선 치총루(自忠路)에서 탄슈이루(淡水路)를 넘어 다음의 마당루(馬當路)까지 걷고 거기서 오른쪽으로 꺾어 조금 더 가면, 한국인들의 명소(名所)가 되어 있는 대한민국 임시정부청사 유적이 있다. 이광수가 떠난 뒤 정치항쟁이 이어져 점점 곤궁한 상황에 빠졌던 임시정부는 김구들의 노력으로 1932년까지 상하이에서 존속하지만, 윤봉길사건으로 일본 경찰에게 쫓겨 상하이에서 철수한다. 이 마당루 36번지 4호, 구(舊)마랑루 푸칭리(馬浪路 普慶里) 4호는 임시정부가 상하이에서 마지막 6년 간 있었던 곳이다. 이곳은 한국과 중국의 국교가 회복된 후 기념관이 되어 1992년에는 당시의 대통령 노태우 씨도 방문했고, 현재는 매일 많은 한국인 관광객이 버스로 견학하러 오고 있다. 이 임시정부 유적과 윤봉길 의사가 시라카와(白川) 대장을 습격했던 구(舊)상하이신사(上海神社), 즉 현재의 홍커우공원(虹口公園, 루쉰공원)은 상하이를 방문하는 한국인이 꼭 방문하는 곳이다.

2) 와이탄의 건축물

황푸강(黃浦江)이 양쯔강(揚子江)과 합류하는 우쑹(吳淞)까지 왕복하는 유람선을 탄 것은 1월 2일 오후였다. 날씨가 나빴고, 당장이라도 비가 내리기 시작할 것만 같았다. 느긋하게 선창을 떠나는 배의 갑판에서 책을 손에 들고 와이탄에 즐비하게 늘어서 있는 장려한 건축물 가운데 어느 것이 이광수의 시야에 들어왔을지 확인해 갔다. 상하이 인민정부가 들어서 있는 중후한 신고전 양식의 건물은 예전에 홍콩상하이후이펑은행(香港上海滙豊銀行)이었는데, 이것은 1923년에 건축된 것이므로 이광수가 「상해에서」에서 "중국 대국의 재정을 마음대로 주무르는 회풍은행"

이라고 적었던 그 건물은 아니다. 필시 이광수가 두 번째 체류하고 있을 때 건축 중이었을 것이라고 생각된다. 그 왼쪽의 몇 건물은 이광수가 처음 이 도시에 왔을 때 이미 있었던 것들이다. 지금은 주위 건물에 비하여 작게 보이지만, 당시에는 최대급이 아니었을까. 삼각 지붕이 유달리 눈에 띄는 후이핑호텔(和平飯店)의 북루(北樓), 즉 그 옛날 상하이에 군림했던 샤쉰(沙遜)재벌의 본거지 커다란 구(舊)샤쉰건물은 1929년에 지어진 건축물이므로, 이광수 시대에는 아직 존재하지 않았다. 그러나 그 왼쪽 인근의 헤핑호텔(和平飯店)의 남루(南樓)는 1913년 겨울, 아직 한창 새로운 자태로 이광수를 맞았을 것이다.

배가 속력을 내게 되어 구체적인 건물들을 확인하기가 어려워졌다. 단념하고 사진을 몇 장 찍고 문득 돌아보니 와이탄의 맞은 편 푸통(浦東)지구에는 공장 같은 건물이 죽 늘어서 있고, 멀리 무수한 고층건물들이 희미하게 보였다. 과거에서 미래로 한 페이지를 넘기는 듯한 기분이 들

와이탄에 즐비하게 늘어서 있는 장려한 건축물(1995.1.2 촬영)

었다. 상하이는 지금 이 푸퉁 지구로 중심을 이동하는 중이다. 상하이시(市) 인민정부도 현재 새 청사를 푸퉁 지구에 건설 중이며, 완성하면 그쪽으로 옮긴다고 한다. 이 때문에 현재 입주해 있는 구(舊)홍콩상하이은행의 건물은 외국자본에 임대하려 하고 있다고 한다. 홍콩상하이은행에도 이야기를 꺼냈다가 그만두었다는 소문을 최근에 들었다. 저곳에 또 홍콩상하이은행이 들어서면 그야말로 블랙 유머가 되어 버리고 만다.

양쪽 해안의 교통은 지금은 연락선이 주로 담당하고 있지만, 가까운 장래에는 지하터널과 다리가 두 곳을 잇게 될 것이다. 다리는 지난 해 완성한 양푸대교(楊浦大橋)를 포함하여 현재 두 개, 지하터널도 두 개가 있다. 지도에서 보면, 이광수의 청춘시절의 추억이 깃든 집이 있는 길을 무너뜨리고 건설 중인 고가도로가 이 지하터널로 이어질 모양이다. 또 와이하이총루까지 오는 지하철도 곧 푸퉁 지구까지 이어질 것이다. 과거의 다양한 건축물이 남아 있는 왼쪽 해안과 살풍경한 공장가인 푸퉁 지구 사이를 흐르는 황푸강을 가르며, 배는 거대한 양푸대교를 향하여 나아가고 있었다.

3) 얇디얇은 건물

이번 상하이 행에는 실은 목적이 한 가지 더 있었다. 그것은 지금 일흔일곱이신 부친과 함께 젊은 시절 아버지가 방문했던 장소를 찾아보는 일이었다. 소학교를 나와 곧 서점의 견습 점원으로 들어갔던 아버지는 대륙으로 나가보고 싶은 생각도 있고 해서 상하이의 우치야매[內山]서점에서 근무하는 것을 꿈꾼 적이 있었다고 한다. 그 꿈은 이루어지지 않았지만, 나중에 중국에 있는 회사에 입사하여 상하이에 여러 번 출장하면서 그때마다 우치야마서점 가까이 있는 회사 임대 빌딩에서 장기 숙박하셨다. 그 건물이 아직 남아 있는지 함께 보러 가기로 했던 것이다.

옛날 우치야마서점이 있던 장소(1995.1.1 촬영)

홍커우 지구에 있는 지금은 중국인민은행이 된 구(舊)우치야마서점에서 남쪽으로 스촨페이루(四川北路)를 내려가 꽤 걸었을 무렵, 아버지가 바로 이것이라고 말씀하신 어느 빌딩 앞에 멈춰 섰다. 약간 거무스름해지긴 했지만, 7층 높이의 견고한 건물이었다. 1층과 2층은 사무실이고, 그보다 윗층은 주거하는 공간인 듯 빨래가 널려 있었다. 꽤 대단한 건물이 아닌가 생각하면서 이 빌딩이 끝나는 네 거리까지 왔을 때, 나도 모르는 사이에 외마디 소리를 내지르고 말았다. 앞에서 보면 그 나름대로 훌륭한데, 옆에서 보면 마치 한 장의 벽처럼 얇디얇은 건물이었던 것이다. 복도를 사이에 두고 양측으로 방이 있다고 생각할 수도 없는 두께였다. 아버지에게 맞은 편에 방이 있었는지 생각나시는지 여쭈었더니, 도로를 향해 있는 방과 복도밖에 없었던 것 같다고 하신다.

스촨페이루의 얇디얇은 빌딩(1995.1.1 촬영)

약간 떨어진 곳에서 사진을 찍으면서, 어제 본 와이탄의 건물들과 비교하지 않을 수 없었다. 유럽 문명의 두터운 역사를 자랑하기라도 하듯 묵직하게 황푸강을 내려다보고 있던 그 건물들과, 앞에서 보면 훌륭하지만 뒷면을 갖고 있지 못한 일본인 지역의 빌딩. 마치 메이지시대부터 앞만 보고 계속하여 달렸던 당시 일본의 모습을 보는 듯한 느낌이었다.

:: 그밖의 참고문헌

加藤祐三 編,『アジアの都市と建築』, 鹿島出版會, 1992.

藤原惠洋,『上海—疾走する近代都市』, 講談社, 1988.

東京大學出版會,『世界の大都市 2—上海』, 1990.

鄭在貞, 石渡延南 外譯,『新しい韓國近現代史』, 桐書房, 1993.

박은식, 姜德相 譯注,『朝鮮獨立運動血史』, 平凡社, 1983.

沐濤·子小志科,『大韓民國臨時政府在中國』, 上海 : 人民出版社, 1992.

唐振常主 編,『近代上海繁華錄』, 商務印書館 國際有限公司, 1994.

제10장
이광수와 메이지학원

아마자와 타이지로(天澤退二郞): 메이지학원대학(明治學院大學) 언어문화 연구소 소장 아마자와입니다. 이번 강연회는 지난 해부터 시작한 '메이지학원과 연고가 있는 문학자들'이라는 주제 강연회의 두 번째 행사로서, 한국 근대소설의 아버지라 불리는 이광수가 시로가네(白金)의 메이지학원에서 보낸 소년시절에 대해 하타노 선생께서 강연해 주시겠습니다.

메이지학원과 연고가 있는 문학자로는 시마자키 토손(島崎藤村)이라는 이름이 곧 떠오릅니다. 그러나 메이지에서 타이쇼, 쇼와시기에 걸쳐 여러 시인과 작가가 메이지학원에서 공부하고 가르쳤으며, 또 메이지학원과 다양한 관계를 맺었습니다. 이들의 이름을 거론하다보면 뭔가 어렴풋한 윤곽이 잡히긴 합니다. 그러나 이들 이름에는 이런 사람도 있었고 저런 사람도 있었다는 식이 아닌, 그 이상의 뭔가가 있다고 생각합니다. 그리고 이를 어떻게든 명확하게 밝혀보려 하는 것이 저희들의 입장입니다. 제1회 강연회는 이와노 호메이(岩野泡鳴)를 다루었습니다. 이와노는 매우 중요한 작가이지만, 아직 충분히 평가되었다고 할 수는 없습니다.

한편 이번에 다루는 이광수는 한국 유학생이었는데, 이렇게 외국으로부터, 특히 한국으로부터는 적잖은 시인과 작가, 혹은 장래의 시인과 작가가 될 젊은이들이 이 메이지학원에 와서 배웠고 또 다양한 자취를 남겼습니다. 그것은 단순히 이곳에서 배웠다는 것뿐만 아니라, 그 이상의 다양한 의미를 갖고 있다고 생각됩니다. 그래서 이번에는 아직도 일본에서는 그다지 알려져 있지 않은 작가인 이광수를 새롭게 바라볼 수 있는 기회를 가지려 합니다.

오늘 나눠드린 자료 가운데 이광수의 사진이 실려 있는 양면 복사지는 최근에 나온 슈에이사(集英社)의 『세계문학사전』에 나오는 이광수 관련 페이지입니다. 실은 저도 이 『세계문학사전』의 프랑스문학 관계 부분을 얼마간 집필했습니다만, 중세 프랑스 최대의 작가인 크레티앙 도토로아보다 많은 페이지가 이광수에게 할당되어 있는 것만 보아도 이 작가가 얼마나 커다란 존재인지 다시 한번 느끼게 됩니다. 같은 자료로서 1909년 『시로가네학보(白金學報)』의 인쇄물에 이광수가 다른 이름으로 썼던 「사랑인가(愛か)」라는 짧은 소설이 있습니다. 이 소설을 읽고 매우 강렬한 인상을 받았습니다만, 이 소설은 같은 무렵에 씌어진 오리구치 시노부(折口信夫)의 첫 작품이라 할 수 있는 「휘파람(口笛)」을 비롯하여 그의 초기 작품과는 테마 등 여러 면에서 상통하는 점이 있어 새로운 관심을 불러일으킵니다.

四方田犬彦(요모타 이누히코): 오늘은 현립 니가타여자단기대학(縣立 新潟女子短期大學)에서 한국어와 조선 사정 강좌를 맡고 계시고, 또 현대 한국문학을 번역하고 계신 하타노 선생을 소개하겠습니다. 하타노 선생은 메이지학원시절의 이광수에 대해 연구하셨기 때문에, 120주년을 맞은 메이지학원으로서도 기념할 만한 강연이 되리라 생각합니다. 그러면 잘 부탁드립니다.

하타노 세츠코(波田野節子): 안녕하십니까. 현립 니가타여자단기대학에서 한국어와 조선 사정 강좌를 맡고 있는 하타노라고 합니다. 늘상 고등학교를 졸업한 여학생만을 대했기 때문에 그 이상의 연배되시는 분을 뵈면 좀 긴장합니다. 부족한 점이 있더라도 양해해 주시기 바랍니다. 오늘 제가 오랫동안 연구해 온 이광수를 이광수의 모교인 메이지학원에서 발표하게 되어 무척 영광입니다. 관계자 여러분께 진심으로 감사드립니다. 제가 이광수 연구를 시작한 지도 벌써 10년 정도 되었습니다. 1910년(明治 43)에 메이지학원을 졸업한 이광수가 자기 모교에서 이러한 강연회가 열린 것을 안다면 얼마나 기쁠까 하는 생각이 듭니다.

오늘 제가 초대받게 된 계기는 지금부터 6~7년 전의 일로 거슬러 올라갑니다. 당시 저는 이광수가 메이지학원 보통부 재학 당시에 쓴 작품에 대해 조사하다가 그가 당시 활동사진을 번안한 사실을 알게 되었습니다. 그리고 요모타 선생님께 그 영화에 대해 여쭤본 것이 인연의 시작입니다. 그 무렵 저는 선생님의 성함만 알고 있었을 뿐 뵌 적은 없었는데, 마침 제 친구가 요모타 선생님의 대학시절 동급생이었다는 사실을 알게 되었습니다. 그래서 영화에 대해서 아무것도 몰라서 난처해 하고 있던 저는 넉살좋게도 선생께 직접 질문편지를 보냈습니다. 요모타 선생님께서는 영화에 조예가 깊으시고, 또 70년대 말에는 건국대학교에서 일본문학을 강의하셨다는 이야기를 들었기 때문에, 그런 분이라면 제 질문을 무시하지 않으실 거라고 믿었던 것입니다. 선생님께서는 직접 제게 전화하셔서 당신은 그 영화에 대해 잘 모르지만 그 분야의 전문가를 알고 있다고 말씀하시고는 그 분에게 연락하여 주시고 조언도 해주셨습니다. 유감스럽게도 그 영화는 결국 발견할 수 없었습니다만, 요모타 선생의 친절함이 마음에 깊이 와 닿았습니다. 저는 어리석게도 그때까지 선생님이 메이지학원에 계신 것을 알지 못했기 때문에, 이것도 뭔가 인연이라고 불가사의하게 생각했던 기억이 납니다.

그후 저는 이광수가 와세다대학 재학 당시에 쓴 『무정』이라는 소설을 연구하기 시작한 터라 메이지학원과는 점점 멀어졌습니다. 한번은 메이지학원을 보고 싶다고 생각하면서도, 살고 있는 곳이 니가타이고 또 촌사람이라 토쿄까지 가는 것이 귀찮기도 했습니다. 그리고 당시 메이지학원에 관해서는 사진 등에서 본적이 있고, 지금 가더라도 어차피 그때 모습은 남아 있지 않을 거라고 가볍게 생각하여, 결국 메이지학원에는 발길을 돌리지 않았습니다. 그런데 최근 이광수와 동시대에 그의 경쟁자였던 김동인에 대해서 연구하기 시작하면서 사정이 달라졌습니다. 김동인도 역시 메이지학원 중등부에서 타이쇼시대에 재학했던 인물입니다. 그가 살았던 하숙을 찾아야 했던 까닭에 올봄 현재 시로가네 4가 근처를 돌아다니다가 비로소 메이지학원 교정을 둘러보게 되었습니다. 제가 연구한 인물이 살았던 곳을 이제야 오게 된 것을 그 때 반성했습니다. 뭔가를 새롭게 알게 된 것은 아니지만, 이광수가 호흡했던 장소에서 주위 풍경을 둘러보는 것만으로도 감동적이었습니다. 이 교정은 당시 분위를 남기려 애쓰는 듯 느껴졌습니다만, 그래도 당시와는 크게 달라져 있었습니다. 그러나 도로라든가 언덕길의 경사 등은 역시 옛 모습을 간직하고 있는 것처럼 생각되었습니다. 그때 김동인이라는 작가에 대해 이것저것 조사하면서 졸업 명부 하나 조사하는 데도 아는 사람이 없어서 불편하다고 생각했을 때, 또 요모타 선생님을 떠올리고 선생님께 연락한 것이 두 번째 계기가 되어 오늘의 강연으로 이어진 것입니다.

　이 메이지학원은 이광수와 김동인 외에도 한국의 저명한 인물을 다수 배출했습니다. 김동인의 회고록 한 구절을 잠깐 읽어보겠습니다.

　　동경 '명치학원'이란 학교는 조선사람과는 매우 인연 깊은 학교다. '명치학원' 조선학생 동창회 명부를 보자면 박영효, 김옥균 등이 그 첫머리에 쓰여 있고, 내가 그 학교에 재학할 동안에도 백남훈이 5학년에 재학하였고, 문일평, 정광수도 명치학원 출신이요, 화백 김관호의 그림이 나 재학할 때도 그 학교 담벽에(김관호도 명치학원 출신이다) 장식되어 있었고, 현재의 조선을 짊어지고

많은 일꾼이 '명치학원'을 거치어 사회에 나왔다.(「문단 30년의 자취」, 1948)

재미있게도 이 회고록에는 항상 이광수와 맞섰던 김동인답게 이광수의 이름이 빠져 있고, 또 메이지학원시절 김동인과 겨루었던 주요한의 이름도 빠져 있습니다. 정말이지 김동인다운 회고록이라는 생각이 듭니다.

이광수도 현재 일본에서는 그다지 친숙하지 않은 인물이라서 우선 강연의 전반부에서는 그가 어떤 인물이었는지, 그의 생애에 대해 대강 말씀드리겠습니다. 그리고 강연의 후반부에서 그의 메이지시절에 대해 말씀드리겠습니다. 여기서 미리 양해를 얻어두고 싶은 것은 '한국'과 '조선'이라는 명칭에 관해서입니다. 저는 대학에서 '한국어'와 '조선 사정'을 가르치고 있어서 종종 명칭에 혼란을 겪습니다. 잘 아시겠지만, 한국은 현재 남북의 두 정권이 휴전 상태에 있습니다. 다른 분야 연구자들의 경우도 그렇겠지만, 일반적으로 한국문학 연구자들은 1945년의 해방—이 해는 일본인에게는 종전(終戰)을 의미하지만, 한국인에게는 식민지로부터의 해방이자 '광복'인 것이 당연합니다—까지를 조선문학(조선고전문학, 조선근대문학)이라 부르고, 해방 후의 문학은 한국현대문학이라 부르는 경우가 많습니다. 예컨대 이와나미문고(岩波文庫)에서는 『조선근대소설선(朝鮮近代小說選)』이 있고, 문고에는 들어 있지 않지만 같은 이와나미에서 출간된 것으로 『한국단편소설선(韓國短篇小說選)』이 있습니다. 이 자리에서도 이런 기준에 따라 명칭이 바뀌는 것을 양해해 주시기 바랍니다.

한국에서는 이광수라고 하면 대부분의 사람들이 어쨌든 이름은 알고 있을 정도로 유명한 인물입니다. 예컨대 학교에서 역사 시간에 그에 대해 배우거나 국어시간에 그의 작품의 일부를 배우며, 혹은 조금 전에 말씀드린 『무정』이라는 작품을 조선근대문학 최초의 장편소설로 외우는 등, 어떤 형태로든 그의 이름을 만납니다. 요컨대 한국 역사, 특히 그 가운데서도 문학사에서는 빼놓을 수 없는 인물로 평가받고 있습니다. 그러나 이광수라는 이름은 이렇게 교과서적인 의미에서 중요할 뿐만 아니라, 현재에도 한국의 많은 지식인들에게 복잡한 감정을 불러일으키는 존재이기도 한 것 같습니다. 이미 작고한 김현이라는 유명한 평론가 겸 연구자는 이광수에 대해 쓴 글의 서두에서 "이광수는 만지면 만질수록 덧나는 민족의 상처"라고 쓴 적이 있습니다.

그 상처란 구체적으로는 일본이 한국을 식민통치했던 시대, 그 가운데서도 특히 1940년대에 이광수가 일본에 협력했던 행위를 가리킵니다. 이러한 협력 행위를 한국에서는 친일행위라 부르고 있습니다. 식민지 지배가 이루어졌던 곳이라면 어디든 이런저런 이유로 지배자 측에 협력하는 현지인이 있게 마련입니다만, 한국에서는 왜 지금도 이광수가 특히 '상처'로 인식되고 있는 것일까요. 이러한 의문을 염두에 두고, 나눠드린 자료의 약력을 따라가면서 그의 생애에 대해서 말씀드리고자 합니다.

이광수는 1892년 평안북도 정주(定州, 평양의 북쪽에 위치)에서 태어났습니다. 그가 두 살 때 일청전쟁이 일어났고, 조선 최초의 근대적인 개혁인 갑오개혁이 일어났습니다. 1902년 열 살 때 부모를 잃고 그 후 친척집을 전전하며 지냈습니다. 이 무렵 그는 동학(서학인 기독교에 대항하여 조선 반도에서 일어났던 민족주의적인 종교)의 교도가 되어 얼마간 서기로 일한 것이 인연이 되어 1905년에 일진회의 유학생으로 일본에 건너옵니다. 아시다시피, 이 해는 바로 일러전쟁이 끝난 해입니다. 그러나 일본에 오자마자 동학에 내분이 일어나 학비가 중단되고, 이에 그는 일단 귀국합니다. 그리고 1907년 이번에는 국비유학생으로 메이지학원 보통부 3학년에 편입학합니다. 이 메이지학원시절에 대해서는 후반부에 정리하여 말씀드릴 예정이라 일단 넘어가겠습니다만, 이 시절은 그가 문학작품을 탐독하고 자신도 작품을 쓰기 시작한 매우 중요한 시절이라고 할 수 있습니다.

오늘은 메이지학원시절에 씌어진 그의 첫 작품 「사랑인가(愛か)」를 여러분께 나눠드렸습니다. 이 소설은 1940년대 일본어로 씌어진 대일협력을 표명한 작품과 더불어 한국의 지식인들에게 복잡한 느낌을 안겨주는 것 같습니다. 1910년 그는 메이지학원을 졸업하고 고향인 정주의 오산

학교에 교사로 부임합니다. 오산학교는 당시 이곳저곳에 생겼던 민족학교들처럼 독립을 위한 새로운 지식을 배우고 민족주의적 기개를 양성하던 곳이었습니다. 도중에 9개월 정도 중국과 시베리아 대륙을 방랑했던 시기를 사이에 두고, 그는 그곳에서 5년간 교사생활을 합니다.

1915년 이광수는 다시 일본에 유학하여 와세다대학 예과를 거치고, 이듬해 와세다대학 문학부 철학과에 입학합니다. 그가 역사의 무대에 등장한 것은 이 와세다대학시절입니다. 그는 우선 유학생 잡지와 고국의 신문에 민족의 재생을 위해서는 낡은 사상을 청산해야 한다고 유교를 공격하는 과격한 글을 발표하여 당시 젊은이들의 오피니언 리더로서 각광받았습니다. 1917년에는 신문 연재 장편『무정』이 대단한 인기를 끌었고, 조금 전에도 말씀드린 것처럼 문학사에서 기념비적인 작품으로 남았습니다. 이 작품이 젊은이들의 인기를 끈 가장 큰 이유는 부모가 결정한 상대가 아니라 자기가 연애한 상대와 맺어지는 이른바 근대적인 연애, 근대적인 남녀 결합의 정당성을 선전한 계몽적인 연애소설이라는 점에 있었던 것 같습니다. 이광수 자신도 1918년 사랑의 도피 — 이광수 전집의 연보에는 '애정 도피'라는 근사한 이름이 사용되고 있습니다 — 라는 파격적인 형태로 근대적인 연애를 실천했습니다.

그리고 제1차 대전 종결 직후 민족주의의 고양을 배경으로 조선에서는 3·1운동이 일어났고, 중국에서는 5·4운동이 일어났습니다. 그런데 이광수는 3·1운동의 전초전이라고도 할 수 있는 동경의 2·8독립선언을 기초(起草)하고 상하이로 망명하여 임시정부 수립에 참가할 정도로 이른바 민족의 영웅이었습니다. 이것이 1919년의 일입니다. 2·8 독립선언문에 관해서는 메이지학원과 인연이 깊은 일화가 있어서 소개해 보겠습니다. 1919년 이광수는 토쿄에 유학 중인 조선인 학생을 대표하여 독립선언문을 기초합니다. 그러나 2월 8일의 선언문 낭독 당시에는 참가하지 못하고, 그 전에 선언문의 영역본을 가지고 상하이로 망명합니다. 그리고 이 영역본을 영자신문사에 가지고 가서 기사를 싣습니다. 이광수는 메이지학원시절부터 영어 공부에 힘썼기 때문에 어느 정도 실력을 갖추고 있었지만, 중요한 목적을 가진 영역본이라 일단 원어민에게 보여줄 필요성을 느꼈던 것 같습니다. 그래서 이전부터 안면이 있던 어느 미국인 선교사에게 검토해 줄 것을 부탁합니다. 그런데 그 선교사는 이제 막 조선에 선교하러 갈 예정이라서 이 일에 관여하지 않는 편이 낫겠다고 생각하고 대신에 랜디스 박사를 소개해 주겠다고 대답합니다.

랜디스 박사는 이광수가 메이지학원에 재학하고 있을 때부터 그곳에 계셨던 분입니다. 이광수는 랜디스 박사라면 잘 알고 있기 때문에 소개장이 필요 없다고 말하고는 그날로 메이지학원 교정에 있던 박사의 집을 찾아가서 번역본 수정을 의뢰합니다. 이것이 졸업하고 9년만에 처음 모교를 방문한 일이었다고 이광수는 회상하고 있습니다. 당시 랜디스 박사는 이광수의 부탁을 흔쾌히 들어 주었지만, 그때 "애국운동에는 성공도 실패도 없지요"라고 말했던 모양입니다. 제 짐작이긴 합니다만, 랜디스 박사는 국력의 차이 때문에 당분간 조선민족의 독립은 어렵다고 생각한 것이 아니었을까요? 이 회상기를 읽었을 때, 저는 그렇게 생각했습니다.

그리고 나서 이광수는 영문 번역본을 가지고 상하이로 갑니다. 거기서 임시정부가 수립되었기 때문에 그는 임시정부에 참여했습니다만, 결국 2년 후인 1921년에는 상하이에서의 활동에 한계를 느끼고 동포와 함께 고국에서 활동하고 싶다고 생각하여 귀국하게 됩니다. 그는 이듬해 수양동맹회를 발기하는데, 이 회는 1926년 수양동우회로 이름이 바뀝니다. 약력에도 나와 있는 것처럼, 1919년에 그는 상하이에서 흥사단(興士團) 사상의 제창자인 안창호와 만납니다. 흥사단은 각 개인이 심신을 수양하여 경제적으로 자립하고 또 각 개인이 능력을 키워 궁극적으로는 민족에게 힘이 됨으로써 독립 달성을 위해 준비하는, 이른바 실력양성론·준비론을 주장한 실천 단체입니다. 이광수는 이 사상과 만난 뒤 고국에 돌아가 국내판 흥사단인 수양동맹회를 결성한 것입니다.

1920년대에 이르러 조선의 상황은 1910년대와는 크게 달라집니다. 조선을 식민지화한 당초 일본은 무단통치로써 무력을 배경으로 사상을 엄격하게 통제했습니다만, 3·1운동 이후에는 무력만으로는 도저히 통치하기 어렵다고 방침을 전환하여 어느 정도 언론의 자유를 허용하는 쪽으로 정책을 바꿉니다. 민족지『동아일보』와『조선일보』가 창간된 것이 바로 이때의 일입니다. 이광수는 동아일보와 조선일보 편집국장을 지내는 등 언론인으로서 활약하고, 또 잇달아 장편소설을 써서 성공을 거듭니다. 그는 소설가이자 시인이었고, 언론인이자 농촌운동 등의 사회개혁가였으며, 또 수양동우회의 책임자 등등 다양한 얼굴의 소유자였습니다. 그는 「여(余)의 작가적 태도」에서 "내가 하는 모든 작위(作爲)의 구경(究竟)의 동기…… 그것은 곧 '조선과 조선민족을 위하는 봉사—의무의 이행"이라고 적은 바 있습니다. 이처럼 이광수는 당대 지식인의 대표격으로서 사람들의 존경을 받는 존재였던 것입니다.

그러나 1931년 만주사변 무렵부터 그의 신변에는 암운이 드리우기 시작합니다. 그 이듬해 안창호가 중국에서 체포되어 국내로 송환되고, 전쟁이 임박하여 내선일체(內鮮一體)의 슬로건이 내걸리며, 조선지배 방식도 변질되어 사상단속이 매우 심해집니다. 이전에는 수양단체로서 허용되었던 수양동우회가 노구교사건이 일어난 1937년에는 독립을 지향하는 단체로서 치안유지법에 걸리고, 이로 인해 이광수를 비롯한 간부들이 체포되어 4년간 재판이 계속됩니다. 이를 동우회사건이라 부르는데, 이광수의 친일활동은 이 사건 후에 시작됩니다.

약력에도 나와 있는 것처럼, 1940년에는 창씨개명에 앞장서 가야마 미츠로(香山光郞)라고 이름을 바꿉니다. 또 대동아문학자회의에서 황국신민으로서 대동아정신을 칭송하고, 마침내는 토쿄에서 유학 중인 조선 청년들에게 학도병에 지원할 것을 권유하기 위해 강연을 하기도 했습니다. 이러한 행위가 이른바 친일행위라 불리고 있는 것입니다. 이 시기에 씌어진 작품은 조선어로 씌어진『원효대사』를 제외하면, 「그들의 사랑(彼らの愛)」, 「가가와 교장(加川校長)」, 「원술의 출정(元述の出征)」, 「대동아

(大東亞)」 등 일본어로 씌어졌고, 또 일본의 전쟁 수행에 협력하는 태도를 표명하고 있기 때문에, 친일소설이라 불립니다. 1945년에 해방을 맞자 그는 칩거 생활을 합니다만, 창작활동은 왕성하게 지속합니다. 그는 실로 글쟁이였습니다. 그리고 1949년 반민족행위특별조사위원회에 넘어가지만 불기소됩니다. 그러나 1950년 한국전쟁이 발발하여 북한으로 연행되어 간 후 행방불명됩니다.

제가 이광수에 대해 공부하기 시작한 것은 지금으로부터 십 년 전(80년대 후반)의 일입니다만, 그 무렵은 이광수의 생사조차 분명치 않았습니다. 모두가 흔히 사용하는 슈에이샤(集英社) 사전에 있는 이광수 항목에도 "1892년~?"으로 되어 있습니다. 즉 살아 있는지 죽었는지, 살아 있다면 어디에서 무엇을 하고 있는지 알 수 없는 상태였고, 북쪽으로부터 오는 정보도 별로 없었기 때문에, 온갖 소문만 나돌고 있었습니다. 제가 들은 바로는 어딘가에서 어눌한 농민으로 살고 있다든가 이미 죽어 근방 사람이 정중하게 장례를 치렀다는 것이었고, 또 좀 놀랐던 일로는 요모타 선생이 『신초(新潮)』에 뱀에 물려 죽었다고 쓰신 것도 있었습니다. 아무튼 이러한 여러 설이 있었으나, 어떻게 된 건지 확실하지 않았습니다. 그런데 이광수가 태어난 지 100년이 되던 1992년 바로 전 해, 미국에 거주하고 있던 아들이 북한 측과 접촉하여 성묘하러 다녀왔다는 기사가 묘의 사진과 함께 신문에 실렸고, 그래서 이광수의 사망은 일단 공식적으로 확인되었습니다. 그 기사에 의하면, 이광수는 1950년 10월 25일 북으로 연행되던 도중 동상이 악화되어 사망했다고 합니다.

1992년 서울에서는 이광수의 탄생 100주년을 기념하는 행사가 꽤 크게 열렸습니다. 3월에는 강연회가 있었고, 여름에도 대형 서점의 갤러리에서 전시회가 열렸습니다. 저는 3월에 강연회가 있다는 소식을 듣고 서울까지 갔었는데, 커다란 홀에 수백 명의 인파가 몰린 것을 보고 이광수가 현재까지 미치고 있는 영향이 얼마나 막대한가를 깨닫고 놀랐습니다.

먼저 인용했던 평론가 김현이 "만지면 만질수록 덧나는 민족의 상처"

라는 말은 이렇게 그의 생애의 궤적을 더듬다 보면 절로 이해되지 않을까 싶습니다. 그가 보통의 사람이었다면, 그의 친일행위도 그 정도까지 상처가 되지는 않았을 것입니다. 이광수는 대단히 걸출한 인물이었고 또 항상 자신의 모든 행동이 민족을 위한 것이라고 말했으며, 실제로 여러 면에서 그렇게 행동한 인간이었습니다. 젊었을 때에는 낡은 사상에 반항하는 젊은이들의 오피니언 리더로서, 근대적 연애를 드높이 노래한 작가로서, 또 상하이에서는 임시정부에 참여한 독립운동가로서, 그 후에도 농촌운동과 인격수양단체의 지도자로서 등등, 그는 여러 방면에서 민족을 위해 일했습니다. 인격적으로도 그는 진지한 인간이었던 듯합니다. 그의 글을 읽다 보면, 적어도 제게는 그렇게 느껴집니다. 아마도 당대의 많은 사람들도 그렇게 느끼지 않았을까 생각합니다. 이광수는 그 시대 조선에서 말하자면 정신적인 지도자와 같은 존재였습니다. 그러한 그가 어느새 친일행위를 하고 결국 '민족의 반역자'라는 이름으로 법정에 서게 된 것은 실로 역사의 아이러니이자 비극이라고 하지 않을 수 없습니다.

이 아이러니를 이해하기 위한 연구가 다수 이루어졌습니다만, 그 가운데 대표적인 것이 현재 서울대학 문과 교수이자 한국 근대문학 연구의 제일인자인 김윤식 선생님의 연구입니다. 김윤식 선생님은 일본에 두 차례 머물렀고, 1986년에 『이광수와 그의 시대』라는 제목의 세 권짜리 연구서를 냈습니다. 물론 메이지학원에도 와서 학적부 등의 자료를 조사했고, 메이지학원시절에 관해서도 연구서의 한 장(章)을 할애하여 매우 상세한 연구 성과를 내놓았습니다. 이 책의 머리말에서 선생은 "지금도 메이지학원 구관(舊館) 앞의 은행나무 냄새가 잊혀지지 않는다"[1]고

---

1) 『이광수와 그의 시대』의 머리말에 다음과 같은 구절이 있다. "이 책을 마주하고 있자니 여러 가지 느낌이 스쳐갑니다. 와세다대학 도서관 서고 속의 냄새, 메이지학원 구관 앞 은행나무, 기쿠닌교(菊人形)가 전시된 유시마(湯島) 신사, 도쿄대학 소나무 숲의 송장까마귀떼들, 붓이 막혀 몇 달을 헤매다 마침내 이광수의 오른팔인 아베 미츠이에(阿部充家)와 왼팔인 삼종제 이학수(운허 스님)를 발견했던 일, 자하문 밖 홍지동 산

적고 있습니다만, 저도 조금 전 그 앞을 지나면서, 아, 이 냄새인가보다 하고 숨을 들이쉬었더랬습니다.

인간의 삶의 태도에 결정적인 영향을 미치는 소년시절을 이광수는 이 메이지학원에서 보냈습니다. 이번에는 그가 메이지학원에서 보낸 시절에 관해서 말씀드릴 차례입니다만, 그 전에 십 분 정도 제가 준비해 온 비디오를 보시겠습니다. 이 비디오는 1992년 이광수 탄생 100주년을 기념하여 8월 15일 해방 기념일의 특별 기획 프로그램으로 MBC가 4일간에 걸쳐 방영했던 것으로, 이광수의 생애를 담고 있습니다. 조금 전에 말씀드린 것처럼, 이광수는 반역자라는 이미지가 매우 강하기 때문에, 10년 전(80년대 말)에는 제가 이광수를 연구하고 있다고 하면 한국인으로부터 조금 수상쩍다는 눈초리를 받곤 했습니다. 그런데 요즈음은 관점이 약간 바뀐 듯한 느낌이 듭니다. 한국이 그만큼 '성숙'했기 때문이라고 하면 실례가 될 지도 모릅니다만, 한국도 때가 되어 자리를 잡아가고 있다는 생각이 듭니다. 그렇긴 해도 그가 '상처'라는 변함이 없어서, 사실 이 드라마의 구조도 좀 복잡합니다. 이 드라마는 제작자가 친구와 같이 드라마를 보면서 이광수의 생애에 대해 의견을 나누는 형식을 취합니다. 즉 한 사람은 이광수가 민족 반역자였다는 입장이고 또 한 사람은 그게 전부는 아니며 역사란 좀더 복잡하다는 입장으로, 두 사람이 번갈아 이야기하면서 드라마가 진행되고 있습니다. 이 드라마의 일부를 10분 정도로 정리했으니, 설명을 들으면서 봐주시기 바랍니다.

(비디오)

장 춘원의 옛집 근처를 몇 달을 두고 살폈던 일들—이러한 것들은 이 책의 그림자일 터입니다. 그것은 제 몫입니다." 또 이 은행나무와 관련해서는 3장 '춘원의 메이지학원 시절'에 "시로가네의 가을은 오동잎으로 아는 것이 아니라 이 은행나무의 황금빛으로 깨달았다. 교가 작사자인 1889년도 졸업생 시마자키 도손 연배들이 심은 기념 식수 은행나무들이었다. 춘원은 그 은행나무에 기대거나 바라보기를 좋아하였다. 은행나무의 황금빛은 그 자체가 하나의 이상이었다"는 구절이 나온다(옮긴이 주).

먼저 유년시절 이광수가 고아가 되어 시장에서 담배를 팔다가 이윽고 동학 교도와 만나 동학에 입도하는 장면입니다. 다음은 1907년 메이지학원시절입니다. 등장인물들이 모두 일본어로 말하고 있긴 합니다만, 좀 서투른 일본어이니 요량껏 들어주시기 바랍니다. 여기서 이보경이란 이광수의 아명으로, 그는 이보경이라는 이름으로 메이지학원에 재학했습니다. 야마자키 도시오(山崎俊夫)라는 동급생은 이광수에게 톨스토이를 소개했던 인물입니다. 다음은 메이지학원을 졸업한 이광수가 오산학교로 부임하여 환영받는 장면입니다. 학생들이 부르고 있는 노래는 이 환영식을 위해 학생들이 직접 만들었던 것 같습니다. 이광수는 만 열여덟 살의 나이로 드디어 고향의 영웅이 된 것입니다. 다음은 와세다대학 시절 그가 문부성 미술전람회에서 메이지학원 선배이기도 했던 김관호의 입선작 「저물녘(日暮)」을 보고 있는 장면입니다. 김관호는 조선 회화사에서는 유명한 인물입니다. 그리고 마지막은 이광수가 2·8 독립선언서를 가지고 망명하기로 결심하고 있는 장면인데, 이 장면을 보면서 제작자와 그의 친구는 "민족 반역자라는 이광수에게도 이런 시절이 있었구나"라고 이야기하고 있습니다.

그러면 이번에는 이광수가 메이지학원에서 보낸 소년시절의 일을 이야기해 보겠습니다. 그는 1905년에 처음 일본에 유학합니다만, 여러 가지 사정이 있어서 일단 귀국한 후 1907년 가을에 메이지학원 보통부에 입학합니다. 그리고 3학년 2학기와 3학기, 4학년, 5학년의 2년 반 동안을 메이지학원에서 보냅니다. 그 전까지는 학비 문제로도 걱정해야 했지만, 메이지학원에 입학한 후로는 정부로부터 학비를 지급받아 경제적인 문제가 해결되었기 때문에, 이 2년 반 동안은 정신적으로도 여유를 가질 수 있었던 듯합니다. 앞서 연보에서도 보았던 것처럼, 그는 서른 살까지 파란만장한 생활을 보냅니다. 그런 만큼 갖가지 일을 경험하면서 교양을 쌓았던 이 2년 반 동안의 안정된 시절은 그에게 매우 중요한 기간이 아니었을까 싶습니다. 그런 탓인지, 이광수는 이 시절에 관해 여러 가지 회상을 남기고 있습니다.

특히 1936년에 쓴 『그의 자서전』이라는 자전소설을 보면, 먼저 "이 M 학교(메이지학원)는 예수교 장로교 계통의 학교로서 신학교와 칼리지와 중학교가 셋이 한 구내에 있었고, 미국 사람 선생도 여러 사람 있어서 이른바 미션스쿨 풍이 있는 학교였다"는 구절이 나옵니다. 여기서 신학교와 칼리지, 중학교란 고등부와 보통부를 말하는 것 같습니다. 이광수는 이 학원에서 처음 기독교를 알게 되는데, 당시의 일을 다음과 같이 적고 있습니다. "나는 이 학교에 입학하여서 비로소 예수교의 성경이라는 것을 처음 배웠다. 보기조차 처음하였다". 특히 '마태복음'을 처음 읽고, 약대 털로 짠 옷을 입고 강가에서 "회개하라"고 외치는 요한의 모습에 특히 감동했던 듯합니다. 이 이미지는 그의 상상력을 자극하고 또 지도자가 되고 싶은 소망에 불을 붙여 이광수는 자기도 요한처럼 대동강가에 서서 "회개하라, 너희 조선 사람들아!"라고 외치는 모습을 상상하기도 합니다.

그러나 당시는 1910년의 일한병합을 눈앞에 둔 시기였기 때문에, 일본인 교사에 대해서는 반발심이 앞섭니다. 예를 들면, "만일 H라는 성경 선생이 좀더 종교적인 인물이었던들 나는 좀더 감격을 얻었으리라 생각한다. 그러나 H선생은 성경을 가르치면서 국가주의만 선전하였다. 그것이 내 비위를 거슬렀다"고 적고 있습니다. 그러나 미국인인 W선생 — 아마도 와이코프 선생이 아닐까 싶습니다만 — 은 인격적으로 매우 존경했던 듯합니다. "오직 하나 W라는 늙은 미국 선생 한 분만이 진실로 예수를 믿고 예수의 말씀대로 행하는 것 같아서 나는 무척 그를 숭배하였다. 그는 얼굴이 벌겋고 머리가 허옇고 키가 훌쩍 크고 언제나 화평한 낯과 언사로 우리를 대하였다. 그는 결코 성내는 일이 없었다. 그렇다고 웃지도 아니하였다. 도무지 말이 많지 아니하였다. 그는 『바이블 스토리』라는 책을 영문으로 가르쳐 주는 선생이었거니와, 나는 그에게 배운 『바이블 스토리』에 대한 기억은 없어도 그의 화평한 태도, 자비스러운 표정을 잊을 수가 없다"고 적고 있습니다.

이번에는 그의 학급과 관련하여 재미있는 일을 기록한 부분을 소개하겠습니다. "우리반에는 흉악한 장난꾼들이 많아서 M학교 창립 이래에 가장 말썽 많은 반이라고 학교 당국에서는 치를 떨던 터이므로, 우리는 스트라익을 한 일은 없지마는 학교에서 석탄을 안 준다고 해서 선생의 의자를 쪼개서 난로에 집어넣기, 또 우리가 원치 않는 선생의 시간이면 방안 가득 석탄 연기를 피워서 그 시간을 쉬게 하기, 이 밖에도 선생을 울리는 일을 많이 한 반이었다"고, 그는 그리운 듯 그 시절을 이야기하고 있습니다.

그런데 이러한 악동들의 학급에는 두 사람의 모범생이 있었습니다. "그런 중에 야마자키는 참 성도와 같이 단정한 애였다. 야마자키는 니와라고 하는 애와 아울러 우리 학교의 모범생이었다. 니와라는 애는 목사의 아들이었고 지금은 상당히 이름 높은 목사다"라고, 이광수는 야마자키와 니와라는 두 사람의 이름을 거론하고 있습니다. 이 야마자키가 앞서 보신 비디오에서 이광수에게 톨스토이 책을 빌려준 바로 그 야마자키 도시오입니다. 야마자키에 대해서 이광수는 여러 가지를 이야기합니다. "그는 지금은 상당히 이름 있는 문사지마는 나보다 한 살이 위이요, 얼굴이 아름답게 생기고 그리고 예수교인의 가정에서 자라나서 몸과 마음과 행동이 참 깨끗하였다.", "나는 야마자키하고 가장 친한 동무였다. 우리들은 하학 후면 다른 애들 축에 섞이지 아니하고 운동장 한편 모퉁이에 모여 앉아서 성경 이야기를 하였다.", "우리 떤 전쟁을 부인하였다. '죽이지 말라' '심판하지 말라'는 『마태복음』에서 배운 말을 그대로 믿어서 톨스토이와 함께 비전론자였다"고 적고 있습니다. 그 외에도 야마자키가 비전론을 주장한 까닭에 다른 거친 동급생들로부터 '철권제재'를 받았으며, 그럼에도 불구하고 '악을 악으로 대적하지 말라'는 예수의 말씀을 지켜서 항상 저항하지 않았던 일화도 이야기하고 있습니다만, 이 일화는 너무 훌륭해서 진실감이 결여되어 있다는 생각이 듭니다.

이처럼 이광수는 메이지학원에 입학하여 기독교를 만나고, 또 톨스토이를 알고 나서 난생 처음으로 기독교적 이상을 갖고 깨끗한 생활을 하고 싶어 했던 것 같습니다. 그러나 그 후 다양한 책을 읽으면서 그도 차츰 생각이 달라집니다. 처음에는 톨스토이, 키노시타 나오에(木下尚江), 특히 키노시타의 『불기둥(火の柱)』에 감명을 받았다고 적고 있지만, 나중에는 자연주의 문학을 많이 읽고, 바이런에 심취하여 술을 마시며, 또 "요시와라라는 창기촌에도 몇 번 갔다", "눈과 같이 희던 내 영혼은 칠과 같이 검게 물이 들어 버렸다"고 고백하고 있습니다. 이 무렵 그는 쾌락지상주의, 본능만족주의에 심취했던 것 같습니다.

여러분께 나눠드린 자료는 이광수가 『부강한 일본(富の日本)』이라는 잡지에 이보경이라는 이름으로 투고했던 글입니다. '메이지학원 보통부 5학년 한국유학생 이보경'이라 씌어 있고, 왼쪽에는 당시 이광수의 사진이 실려 있습니다. 이 글에는 "쾌락은 우리들 생존의 가장 중요한 목적"이라든가 "쾌락이야말로 인간이 존재하는 목적"이며 또 "본능을 만족시키는 것은 좋은 일"이라는 식으로, 아무래도 타카야마 초규(高山樗牛)를 떠올리게 하는 언급이 등장합니다. 지금 인용하고 있는 『그의 자서전』가운데 메이지학원시절을 회상하는 대목의 마지막 부분에는 "나는 날마다 야마자키 군을 대하였으나 야마자키 군이 여전히 깨끗한 것을 볼 때에는 본능적으로 부끄러운 생각이 나기는 나면서도 나는 야마자키가 유치하고 내가 한층 높은 데로 올라선 것이라고 스스로 위로하고 스스로 속였다. 아마 야마자키 군은 내 혼 속에 악마가 들어앉은 줄을 몰랐을는지 모른다"고 적고 있습니다.

어디까지나 청결하고 깨끗하게 천사와 같은 야마자키의 이미지가 떠올라, 저도 처음에는 야마자키가 그런 인물인가 보다고 생각했습니다. 그런데 나눠드린 자료에도 있습니다만, 그가 졸업 후 4년 후에 쓴 「성탄제 전야(降誕祭前夜)」라는 소설을 읽고는 깜짝 놀랐습니다. 「성탄제 전야」는 화자인 '나' 야마자키와 상대 인물 이보경을 등장시켜 메이지학원시절의 이광수를 주인공으로 소년애의 세계를 그린 작품입니다. 야마자키 도시오는 『시로가네 통신』에 한번 기사화된 일이 있는데, 놀랍게도 그는 이 기사에서 "이광수가 기독교를 가르쳐 주었다"고 말하고 있습니다. 이 광수와 전혀 반대의 이야기를 하고 있는 것입니다. 이 작품에는 조선인 을 멸시하는 감정을 드러내는 표현이 곳곳에 산재해 있습니다. 그러나 그런 표현은 유독 야마자키에게만 두드러진 것이 아니라 당시의 일본인 에게는 일반적이었을 것이라고 생각하니, 이 작품을 읽는 내내 매우 마음이 아팠습니다. 여하튼 이런 소설에 이보경이라는 실명을 쓰는 것은 실례인데도, 야마자키는 그렇게 했던 것입니다. 이광수가 야마자키 도시오를 칭찬하면서도 그후 와세다시절에는 그와 만난 흔적이 없는 것이 좀 이상한데, 저는 야마자키가 이런 소설을 쓴 탓이 아닌가 하는 생각도 듭니다. 그런데 여러분께 나눠드린 자료는 『제국문학(帝國文學)』에 실린 것이 아니라, 사바토칸(奢灞都館)에서 출판된 『야마자키도시오 전집(山崎俊夫全集)』의 중권에서 복사한 것입니다. 내년쯤 별권으로 야마자키의 일기 등의 자료집이 나올 예정이라 하니, 제 의문도 조금은 풀리지 않을까 싶어 고대하고 있습니다.

그런데 이광수는 이 시절에 쓴 일기를 남겼습니다. 물론 1925년에 잡지에 발표되었기 때문에 진짜 일기라기보다 여기저기 손을 대 수정한 글이라 생각되긴 하지만, 어쨌든 1909년 11월부터 1910년 2월까지 바로 메이지학원시절 마지막 3개월간의 기록입니다. 이 일기를 읽다 보면, 당시 그의 마음이 매우 격렬하게 동요하고 있었다는 것을 알 수 있습니다. 1909년 11월에는 안중근이 이토 히로부미(伊藤博文)를 암살한 사건이 있었습니다. 당시의 일기에는 예배 시간에 "대일본제국을 애호하시옵소서. 이등 공과 같은 인물을 보내어 주시옵소서"라는 기도가 흘러 나왔을 때 매우 격분했다는 언급이 나오는데, 조국의 식민지화가 눈앞에 닥쳐 있다는 위기감이 고스란히 느껴집니다. 다만 메이지학원의 명예를 위해 덧붙이자면, 김윤식 선생은 『이광수와 그의 시대』에서 1899년에 관공립을 막

론하고 학교에서는 일체 종교 행사를 금지한다는 문부성 훈령 제12호가 내려지자 메이지학원은 기독교 학교로서 "종교행사를 못 한다면 학교 교육의 의의가 없기에 이에 징병 유예 특전을 반환하기로 결정했다"고 적고 있습니다. 메이지학원은 결코 국수적인 학교는 아니었던 것입니다.

그런데 이광수의 일기에는 "나는 공부가 싫어졌다. 그만두어 버릴까. 에라, 5개월만 참아라"라든가, 혹은 당돌하게도 "조선에는 아직 문예라는 것이 없는데, 일본 문단에서 기를 들고 나설까"라고 적혀 있는 등, 여러 가지 혼란스러운 심사가 느껴집니다. 이러한 동요 속에서 그는 첫 작품 「사랑인가」를 비롯하여 몇 편의 시와 단편을 씁니다. 졸업을 앞둔 그는 메이지학원의 학보 『시로가네학보』 12월호에 소년애를 그린 「사랑인가」를 발표하는데, 이 작품이 그의 첫 작품입니다. 이광수는 이 작품을 완성한 기쁨을 일기에도 기록해 두었습니다. 이광수에게 메이지학원에서 보낸 시절이란 도대체 무엇이었을까. 그 시절은 무엇보다도 기독교와의 만남 및 문학과의 만남으로 이야기할 수 있을 것입니다. 혹은 기독교라기보다 숭고한 이념에 대한 존경으로 자신의 인격을 수양하려는 생각을 갖게 된 시기였다고도 할 수 있습니다. 물론 이러한 생각에는 그 이전에 만났던 동학의 영향도 한몫 했을 테지만, 숭고한 이념에 대한 존경 자체가 이후 수양단체를 통한 민족자강운동으로까지 이어진 것이라는 생각이 듭니다. 또 문학과의 만남은 그가 여러 가지 번민을 하는 가운데서도 조선어와 일본어로 창작을 시작한 시절, 즉 그가 소년시절을 보냈던 메이지학원시절에 이루어졌다고 할 수 있습니다.

요모타 이누히코: 지금까지 하타노 선생님으로부터 이광수의 생애에 관한 설명을 듣고, 그가 메이지학원에서 무엇을 배웠고 어떤 사상적·문학적 체험의 변화를 겪었는지, 또 그의 교우관계는 어떠했는지 등에 대해서 매우 흥미로운 이야기를 들었습니다. 게다가 MBC 방송의 특별기념 프로그램의 변사 역할까지 맡아 주셔서 영화사적으로도 도움이 되

었습니다. 감사합니다.

지금 이 자리에는 조선문학 전문 연구자들도 계십니다만, 이제부터는 강연에 대한 질문이나 의견을 듣도록 하겠습니다. 우선 전문 연구자가 아닌 저부터 두 가지 정도 질문을 드리고 싶은데, 하타노 선생님 괜찮겠습니까?

제가 아는 지인 가운데 이화여자대학교에서 오랫동안 영문학을 가르쳤던 분이 계십니다. 그 분은 1945년 광복 직후 1년 정도 서울에 칩거했던 이광수에게서 영어를 배웠다는 이야기를 했습니다. 그 분의 아주머니였던 나혜석은 조선인 최초로 파리에 유학한 서양화가이기도 합니다. 나혜석도 1919년 토쿄에서 이광수와 교류했겠지만, 나혜석의 손녀로서 현재까지 한국영문학학회 회장을 맡고 계신 그 분 또한 자기가 영어에 뜻을 두게 된 것은 고교시절 이광수에게 영어의 기초를 배웠던 일이 계기가 되었다고 합니다. 그 분께 이번 심포지움에 대해 말씀드렸더니 매우 기뻐하시면서 여학생시절 이광수 선생의 인상을 얘기해 주셨습니다. 이광수는 여하튼 살갗이 희었고 또 매우 옅은 갈색 느낌의 투명한 눈빛을 가졌으며, 학생들 사이에서도 혼혈 따위가 아닐까라는 소문이 있었다고 합니다.

야마자키 씨의 소설을 읽다 보면, "보경은 금발과 파란 눈을 가진 키가 큰 소년"으로 묘사되어 있는데, 이것은 어떻게 된 일인지요? 금발이라는 것은 허구일지도 모릅니다만, 눈빛 등의 용모는 예컨대 그의 출신이나 고아로서의 내력과 뭔가 관련이 있는 것인가요? 이광수는 이러한 용모를 어떻게 받아들였습니까? 그가 문학적으로 혹은 낭만주의적으로 어떤 신념을 가졌었는지에 대해서도 말씀해 주시겠습니까?

하타노 세츠코: 이광수는 자신의 용모에 대해 의식하고 있었던 듯합니다. 어느 날 학생들이 친목회 비슷한 모임에서 문득 거울에 비친 자신의 얼굴을 쳐다보며, 아아, 아름답다고 넋을 잃고 바라보았다는 얘기가 그

의 일기에 나오는 것으로 보아, 그 자신도 잘 생겼다는 것을 자각하고 있었던 것으로 보입니다. 그러나 눈의 빛깔에 대한 언급은 없습니다. 다만 눈빛에 관해서는 여기저기서 들은 것이 있습니다만, 이광수의 생애에 대해 쓴 박계주 선생은 "금색으로 빛나는 눈"이라고 적었고, 야마자키 도시오도 생전에 유상희 선생이 그를 방문했을 때 "그는 눈이 푸르렀다"고 분명하게 말했다고 합니다. 눈빛 등의 용모에 대해서는 저도 예전부터 이상하다고 생각은 했습니다만, 지금은 결정적인 증거가 없으므로 그러한 용모가 이광수에게 어떤 영향을 끼쳤는지에 대해서도 말씀드리기 어렵습니다.

요코타 이누히코: 제 생각에 「사랑인가」는 금발에 파란 눈을 가진 미소년(美少年)을 다룬 소설이라 소녀 취향의 만화적 발상을 지녔던 것 같습니다만… 이번에는 좀 진지한 질문입니다. 메이지학원시절 이광수는 톨스토이 이후 키노시타 나오에의 영향을 받았습니다. 그 무렵 키노시타는 마흔 살 전후의 나이로 아시오(足尾) 광산의 공해 반대운동과 공창(公娼) 폐지운동을 벌이고 코토쿠 슈스이(幸德秋水) 등 아나키스트들과 어울려 사회운동을 했으나, 사정이 여의치 않아 소설에 전념하기로 작정하고 있던 그로서는 일대 전기(轉機)에 놓여 있었습니다. 오늘의 심포지움을 위해 저는 『불기둥』을 읽었습니다만, 이 작품은 권선징악적이긴 해도 사회주의자나 공산주의자가 많이 등장하고 악덕 지주를 통해 기독교 안의 내분을 그리는 등 매우 생생한 내용을 담고 있습니다. 그런데 이러한 키노시타에게서 이광수가 어떤 점을 받아들였는지 말씀해 주시겠습니까? 제 생각에는 키노시타 나오에는 기독교보다 오히려 사회주의에 관심을 가졌던 지식인이 아닐까 생각합니다만, 이광수는 키노시타를 통해 사회주의나 공산주의를 받아들이기도 했습니까?

하타노 세츠코: 전에 제가 쓴 논문에서 이 문제를 언급한 일이 있습니

다. 이광수는 「김경」이라는 자전소설에서 자신은 키노시타의 소설을 통해 "'주의'의 고상한 감미(甘味)와 '분투'의 욕망과 '연애'의 순미(醇味)"를 알게 되었다고 적고 있습니다. 즉 신념의 소중함과 신념을 위해 분투하는 일의 소중함, 그리고 연애를 알게 되었다는 것입니다. 그러나 여기서 말하는 '주의'가 사회주의는 아닌 듯합니다. 이광수는 기독교로부터 기독교의 진지함과 거짓말 하지 않고 속이지 않는 태도 등은 받아들이면서도, 기독교 신자가 되지는 않았습니다. 여러 세계와 만나면서도 반드시 본질적으로는 그 쪽에 경도되는 법이 없었습니다. 다만 항상 진지한 태도를 가졌습니다. 결국 그것은 자신의 신념을 위해 분투하는 태도가 아니었을까 싶습니다. 물론 연애도 그러했습니다.

요모타 이누히코: 저는 전혀 몰랐습니다만, 이광수가 요시와라 창기촌에 갔던 일에 대해 좀더 ……

하타노 세츠코: 이광수의 명예를 위해 덧붙이자면, 그는 『그의 자서전』에서 "갈 때에는 갖은 추태를 다 부려서 더러운 욕심을 만족하리라는 결심을 단단히 하고 가건마는, 정작 가서는 낮에 분칠을 하고 귀신같은 모양을 하고 있는 여자들의 모양을 면대하면 그것이 모든 짐승의 일과 같아서 침 뱉고 물러나왔다"고 적고 있습니다.

요모타 이누히코: 그럼 질문이 있으시거나 이광수에 대한 자기 견해를 피력하고 싶으신 분이 계시면, 마이크를 받아주시기 바랍니다.

질문자 A: 이광수는 메이지학원을 지원했던 겁니까, 아니면 이 학교에 오게끔 예정되어 있었던 겁니까? 한 가지 더 질문을 드리겠습니다. 그는 한국에서 지원을 받는 유학생이었습니까, 아니면 일본 정부에서 지원을 받는 유학생이었습니까?

하타노 세츠코: 앞서 말씀드린 것처럼, 우선 처음에는 동학이라는 종교단체의 장학생으로 일본에 건너옵니다만, 동학의 내분으로 학비가 중단되어 귀국합니다. 그런데 당시 이광수뿐만 아니라 그러한 사정에 처한 유학생들이 많아서, 그들은 고국에 학비를 보내달라는 운동을 벌입니다. 또 대학에서 유학하고 있던 이들 가운데는 손가락을 자르는 등 꽤 과격한 일을 벌이기도 했기 때문에, 이에 감동한 고종황제가 칙령을 내려 대한제국 정부에서 직접 학비를 보냈던 것 같습니다. 제가 말씀드릴 수 있는 것은 여기까지입니다만...

질문자 A: 메이지학원에는 몇 년간이나 있을 수 있었습니까, 아니면 스스로 몇 년간 있을 작정이었던 겁니까?

하타노 세츠코: 일단은 보통부까지였던 것 같습니다.『나─여섯째 이야기』에서 "나는 이 시골에 있는 학교에 교사로 취직을 하고 (중략) 아니해도 좋은 퇴학원을 제출하고 학비를 주마던 곳에도 거절하는 편지를 해버렸다"고 적고 있는 것으로 보아, 학비는 보통부까지 받았던 것 같습니다.

질문자 A: 제 아버님도 그렇습니다만, 당시는 그런 독지가가 꽤 있었지요. 한 가지 더 질문을 드리겠습니다. 이광수는 메이지학원에서 기독교 정신을 알게 되었습니다만, 당시는 청소년기였으니 그에게 메이지학원의 정신이 언제까지 남아 있었는지, 그것이 언제부터 사라져 갔는지 궁금합니다. 또 기독교 정신이 작품 속에 드러나 있는 경우도 있는지요?

하타노 세츠코: 이광수는 메이지학원을 졸업한 후 오산학교에 부임하는데, 「김경」을 보면 부임하고 나서 바로 동경시절의 자기는 "'사첩 반'에서 공중누각 쌓기"를 해온 데 불과하다고 자기를 부정하는 대목이 나옵니다. 조국의 현실을 눈앞에 두고 생각이 달라진 것 같습니다. 그러나

와세다대학에 유학하면서 또 이전과 같은 사고방식으로 되돌아가기도 하는 것으로 보아, 결국 마음 깊은 곳에는 기독교 정신이 계속 남아 있었던 게 아닐까 싶습니다.

질문자 A: 그러니까 사춘기라서 그가 예민하게 받아들였던 것이군요. 저는 와세다대학을 다녔던 터라 그때 기독교 정신을 조금 알게 되었습니다. 그런데 선생님의 논문은 어떻게 구해볼 수 있습니까?

하타노 세츠코: 제 논문은 『조선학보(朝鮮學報)』라는 학회지에 몇 번 발표한 일이 있으니까 권호수를 알아보고 구입하든가, 아니면 도서관에서 찾을 수 있을지도 모르겠습니다.

미츠타 이쿠오(滿田郁夫): 일본어로 씌어진 작품은 「사랑인가」를 비롯하여 그가 일본 유학시절에 쓴 것과 앞서 말씀하신 친일소설이 전부입니까?

하타노 세츠코: 제가 확인한 바로는 메이지학원시절에 씌어진 일본어 작품으로는 「사랑인가」가 유일합니다. 당시에 쓴 일기는 1925년 『조선문단』이라는 조선 잡지에 조선어로 발표되었습니다. 본래 어떤 언어로 씌어졌는지는 잘 모르겠습니다만.

아마자와 타이지로(天澤退二郎): 「사랑인가」에 대해서는 오리구치 시노부(折口信夫)와 비교할 수 있다고 처음에 말했습니다만, 「사랑인가」가 이른바 소년애를 다룬 소설이라면 「휘파람」 등 오리구치의 초기 몇몇 단편도 소년애를 다룬 테마가 중심을 이루는 것이 사실입니다. 그런데 오리구치 시노부의 경우는 동성애가 그의 생애를 관통하고 있습니다만, 이광수의 경우도 그렇게 볼 수 있는 측면이 있습니까?

하타노 세츠코: 「사랑인가」라는 작품을 최초로 발굴하신 분은 와세다 대학의 오무라(大村) 선생이십니다만…….2)

요모타 이누히코: 그럼 이 부분은 앞으로의 연구 과제가 되겠군요.

하타노 세츠코: 이광수에게 꼭 동성애적 성향이 있었던 것 같지는 않습니다. 그래서 그런 성향이 그의 작품에 드러나 있는지 어떤지는 알기 어렵습니다. 만일 이광수에게 진짜 그런 성향이 있었다 하더라도, 사회적인 제약이 강력하다면 그것은 작품에는 더더욱 드러나지 않게 마련이라고 생각합니다. 그래서 그가 근대적인 연애소설을 꽤 많이 썼던 것이라고 거꾸로 생각하면 어떨지 모르겠습니다만(웃음). 소년애를 드러낸 작품으로는 「사랑인가」가 유일합니다(나중에 생각이 났는데, 초기 단편 「윤광호」 또한 소년 동성애를 다룬 작품이다). 다만 이광수가 『나의 고백』에서 끝까지 자신의 사상을 굽히지 않고 옥중에서 죽은 단재 신채호라는 사상가를 두고 "나는 그를 연애하다시피 사랑하였다. 그러나 나는 내가 그를 사랑한다는 말을 그에게 말한 적이 없었다. 역시 연애하는 사람의 심리였다"고 적은 것을 보고 놀랐던 일이 있긴 합니다만.

요모타 이누히코: 좀 돌연한 생각일지도 모르지만, 이광수를 이나가키 타루호(稻垣足穗)3)와 동시대인으로서 생각해 보면, 예컨대 1900년대의 남자 학교에서 그런 풍속이 있었다는 것은 이광수만 이러니저러니 할

---

2) 한국에서 김윤식 교수가 「사랑인가」를 초역한 것은 1971년의 일이다. 그는 『문학사상』(1981.2)에 「사랑인가」를 새로이 번역하여 실으면서 부기에 "이 단편의 초역은 졸고 「와세다시절(早稻田時節)의 이광수」(『독서신문』, 1971.12.5)이며 이번에 새로이 완역"하였다고 밝히고 있다(옮긴이 주).
3) 1990~1977. 1924년 10월에 창간된 『분게이시대(文藝時代)』의 동인으로 활동. 당시 이나가키를 비롯한 이들 동인은 기교와 관능을 중시한다는 점에서 신감각파라는 이름으로 불렸다(옮긴이 주).

것이 아니라, '토마의 심장'(萩尾望都, 『トーマの心臓』, 남학교 기숙사를 무대로 소년들의 우애를 그린 만화—옮긴이 주)은 갖지 않았어도 김나지움이라든가 리세(lycée, 프랑스의 국립 중·고등학교) 등 어디에서나 보편적인 상황이 아니었을까 하는 생각이 들기도 합니다.

하타노 세츠코: 메이지 말기였던 당시, 이 학교가 그런 소설을 『시로가네학보』에 발표할 수 있는 분위기였는지에 관해서는 오히려 제가 더 궁금하군요.

요모타 이누히코: 『시로가네학보』의 마이크로필름 자료를 뒤적이다 보면 당시 천하국가를 논하던 소시(壯士) 류의 글이 계속 실리는 가운데, 이보경 군이 일본어 연설대회에서 1위를 차지했다는 기록이 나옵니다. 꽤 착실한 잡지입니다. 그런 와중에 창작이 실린 것만으로도 대단한데, 특히 미소년 소설이 취급되어 실린 것은 정말 대단하다는 생각이 듭니다.

하타노 세츠코: 나눠드린 자료 가운데 이광수의 작문은 '전략(前略)'에서 시작하여 '하략(下略)'으로 끝나고 있는 것으로 보아, 분량도 좀 많고 내용도 과격한 글이 아니었을까 생각됩니다. 문장은 그런 대로 괜찮지만, 전문을 싣기에는 지나치게 길고 낙선시키기는 아깝다는 편집자의 고민이 반영된 것이 아닐까 싶습니다. 이광수는 자기 생각을 솔직하게 문장으로 휙 표현하고는 어디든 보내 버리는 성격의 소유자가 아니었을까요?

질문자 B: 저는 사회과학을 전공하는 4학년 학생이고 한국인 유학생이라 이번 강연에 흥미를 갖고 왔는데, 여러 가지 이야기를 듣고 많이 배울 수 있었습니다. 저는 이광수가 순애(純愛)를 추구한 소설가였다고 알고 있습니다. 꽤 오래 전에 어느 평론가가 이광수는 순애를 추구한 인물이었다고 한 말을 들은 적이 있기 때문입니다. 그래도 이광수는 격동의 시대를 살았던 한 사람으로서 격심한 마음의 동요를 겪었을 것이라고 생각하는데, 이에 대한 선생님의 개인적인 생각을 듣고 싶습니다.

하타노 세츠코: 한국에서 이광수는 '연애를 그린 작가'라는 이미지를 갖고 있습니다. 연약하다고까지 말할 수는 없지만, 그가 약간은 그런 이미지도 갖고 있었다고 들었습니다. 제가 처음 이광수의 작품을 읽었을 때는 그가 위선자처럼 느껴졌습니다. 훌륭한 것만 말하고 사람을 가르치려고만 하는 듯해서 반감이 생기고 그다지 좋아하지 않았습니다. 그래도 소설은 끝까지 읽게 되었지요. 말씀드리기 죄송합니다만, 한국 소설은 중도에 읽고 싶지 않아지는 경우가 제법 많습니다. 그런데 이광수의 작품은 마지막까지 눈을 떼지 못하고 무심결에 밤을 밝혀 읽게 됩니다. 이광수는 소설가로서의 힘을 가진 사람이 분명합니다만, 그래도 여기저기서 풍기는 계몽적인 냄새와 사람을 가르치려는 태도, 그리고 높은 데서 내려다 보는 듯한 느낌에는 반발하게 됩니다. 그러나 연구를 계속하다 보니, 그는 매우 정직한 인품을 가졌고 그런 자세도 필요하고 그렇게 하는 것이 효과적이라는 신념에서 그런 게 아니었을까 생각하게 되었습니다. 처음과는 반대로 점점 이광수를 존경하게 된 것이 연구를 시작하고 6,7년 정도 지났을 쯤이었을까요? 한국에서는 이광수에게 '선생'이라는 호칭을 붙여 부르는 사람이 많습니다만, 당시만 해도 제 경우에는 저항감이 있어서 그렇게 부르고 싶지 않았더랬습니다. 그런데 지금은 그렇지 않지요

요모타 이누히코: 한국에서는 이광수가 중학생 정도 수준에서 읽힙니까?

질문자 B: 분명히 교과서에도 실려 있습니다.

요모타 이누히코: 이광수의 후배이자 메이지학원의 대후배로서 더욱 분발해 주시기 바랍니다.

타루미 치에(垂水千惠): 선생님의 강연을 매우 흥미롭게 들었습니다. 저는 한국문학에 대해서는 전문가가 아니라서 핵심을 벗어난 질문이 될런지도 모르겠습니다만, 두 가지 정도 질문을 드리겠습니다. 우선 이광수가 1940년대에 친일소설을 몇 편 썼다고 하셨는데, 그것은 어떤 성격의 게재지에 실린 것인지요? 또 그의 경력을 보니, 민족의식이 매우 강했던 사람이 친일행위로 내달린 것으로 되어 있습니다. 앞서 '반역'이라는 말을 사용하셨습니다만, 그것은 전향이라고 할까 실로 방향전환의 성격이 짙었다는 생각이 듭니다. 그런데 그가 그런 대전향을 한 내적 동기 같은 것을 친일소설들에서도 엿볼 수 있는지 말씀해 주십시오.

하타노 세츠코: 매우 어려운, 그러나 좋은 질문입니다. 그런데 죄송합니다만, 지금은 자료가 없고 게재지의 구체적인 명칭도 생각나지 않습니다. 1940년대에 이르면 한국어로 쓴 작품은 발표 자체가 거의 금지되기 때문에, 일본어로 쓰지 않으면 작품이 발표되기 어려웠습니다. 잡지에 실린 것 외에 단행본도 있었던 것 같습니다. 『국민문학(國民文學)』과 같이 거의 일본어만으로 된 잡지도 있었습니다. 지금 자료도 없고, 제대로 답변해 드리지 못해서 죄송합니다.

두 번째 질문은 훨씬 더 어려운 전향에 대한 질문입니다만, 그것은 정말 저도 알고 싶은 부분입니다. 어디서부터 잘못되어 친일에 이른 것인지, 이광수는 물론 주위 사람들도 그렇게 느끼지 않았을까 싶습니다만, 당시의 역사적 상황 속에 놓이지 않으면 알 수 없는 것이 아닐까요. 다만 생각해 볼 수 있는 것 가운데 하나는 외부로부터 볼 경우, 앞서 말씀드린 동우회사건은 이광수 말고도 그의 동료들이 다수 검거되어 4년간 재판이 계속되었기 때문에, 그러한 재판의 귀추와 그의 행위가 어쩌면 관련이 있을지도 모른다고 생각되기도 합니다. 그는 해방 직후 자신이 어째서 친일행위를 했는지를 술회한 『나의 고백』에서 "어차피 당할 일이면 자진하여 협력하는 태도로 하는 것이 장래에 일본에 대하여 우리의 발언권을 주장하는 데 유리할 것"이라고 적고 있습니다. 그리고 실제로 그런 계획이 있었는지는 알 수 없지만, "이미 일본 관헌은 민족주의적인 지식 계급 조선인의 명부를 만들었다 하며, 그 수는 삼만 내지 삼만 팔천이라 하며, 혹은 이것을 예방구금한다 하며, 혹은 계엄령을 펴고 총살한다"고 하여 문제가 되고 있고, "진실로 이 삼만 명이 무슨 방법으로나 희생을 당한다 하면 이것은 민족적 멸망에 다음가는 큰 손실일 것"이라고 적고 있습니다. 또 협력하지 않으면 조선인 학생은 학교에 입학할 수 없게 되고 대학에 진학하지 못하여 조선민족의 지식인은 씨가 말라버리게 될 것이라는 공포심도 갖고 있었던 것 같습니다.

질문자 C: 여러 가지로 많은 공부가 되었습니다. 감사드립니다. 이와 관련하여 이광수가 마흔 살 때의 일입니다. 1942년 제1회 대동아문학자 대회를 전후하여 고바야시 히데오(小林秀雄) 일행이 경성에 가서 이광수와 대담한 일이 당시 『경성일보』에 연일 게재되었습니다. 이 기사는 일본어로 씌어져 있고 『경성일보』에 게재되었기 때문에 그간 연구자들이 주목하기 어려웠을 것이라고 생각됩니다만, 그때 대담에서 이광수는 정말 진지한 얼굴로 "한국어로는 더 이상 쓸 수 없는 상태가 된다면 이제부터 글을 발표할 때 일본어로 쓰는 게 좋습니까, 정말 일본어로 쓰지 않으면 안 되는 겁니까"라고 상담이라도 하듯이 묻고 있습니다.

하타노 세츠코: 이광수가 고바야시 히데오에게 말입니까?

질문자 C: 네. 몇몇 문학자들과의 대담이었습니다만. 그 대담 역시 일본어로 써야 한다는 것이었지요.

하타노 세츠코: 고바야시 히데오가 그렇게 대답했습니까?

질문자 C: 네. 바로 그 자리에서 대답했습니다. 이것은 친일행위와는
또 다른 수준의 이야기일지도 모릅니다만, 제 자신이 한국인이라 슬픈
이야기이기도 하고, 또 제 자신 이 문제를 어떻게 자리매김하면 좋을지,
어떻게 이해하면 좋을지 하는 것은 제 문제의식의 원점이기도 해서 정
말 갈피를 잡지 못하겠습니다. 다만 당시의 이광수는 민족주의자로서
지도자의 위치에 있기는 했지만 기본적으로는 문필가, 표현하는 사람이
었다고 생각합니다. 붓을 꺾기보다는 어떤 형태로든 표현하고 싶다는
생각이 근본적으로 그에게 있었던 게 아닐까요. 친일문학과 관련해서는
지금 한국에서도 서서히 일본어로 씌어진 식민지시대 문학자들의 성과
를 조금씩이라도 이해하지 않으면 안 된다는 움직임이 일고 있습니다.
표현자로서의 이광수의 본래 목소리이라든가 역할, 마음가짐과 같은 것
을 좀더 평가한다면, 전체적인 친일행위의 단서 같은 것이 발견되지 않
을까요? 저도 납득할 수 없는 부분이 있습니다만, 표현자로서의 이광수
에게 좀더 초점을 맞추어 생각하면 어떨까 싶은 생각이 들곤 합니다.

메이지학원대학에는 이광수가 졸업한 지 8년 정도 지난 후에도 주요
한이라는 유명한 시인과 김동인이 유학했습니다. 메이지학원대학은 한
국의 근대문학자들이 매우 중요한 청소년기를 보낸 곳이지요. 그런데
선생님께서는 당시 식민지 지식인이 일본어로 표현하지 않을 수 없었던
고민을 어떻게 평가하고 계시는지요? 혹은 소수이긴 해도, 한국에서 그
들이 일본어로 표현한 성과를 이해하려는 움직임이 일고 있는 것에 대
해서는 어떻게 생각하십니까? 질문이 조금 길어졌습니다만, 답변 부탁
드립니다.

하타노 세츠코: 이것도 매우 어려운 문제입니다. 비겁하긴 하지만, 그
문제는 제 능력을 벗어나고, 또 저로서는 해결할 수 없다고 여겨 일찌감
치 포기하고 연구하지 않았습니다. 이 문제에 대해서는 저보다 젊고 좀
더 힘 있는 분들이 최근 올바른 자세로 연구하기 시작했습니다. 진실이

란 너무 알기 어렵고, 제 자신이라면 동일한 상황에서 어떻게 행동할 것인지 또한 자신할 수 없는 문제라서, 함부로 말하기 어려운 문제라고 생각합니다. 지금까지는 연구되지 않았지만, 이미 연구가 시작되었으니 이 문제는 그 분들께 해결을 부탁드리고 싶습니다.

다만 한 가지, 표현자로서의 얘기라면 이광수가 일본어로 쓴 소설은 미완으로 끝나는 것이 많다는 점을 말씀드릴 수 있습니다. 이는 그의 표현자로서의 양심이 드러나는 방식이었다고 할까, 그렇게 해석할 수 있을지도 모르겠습니다.

미츠타 이쿠오: 질문하신 선생님의 이야기를 매우 흥미롭게 들었습니다. 표현자로서의 문제는 중요하다고 생각합니다. 저는 나카노 시게하루(中野重治)를 연구하고 있습니다. 나카노 시게하루는 1932년에 역시 치안유지법위반으로 감옥에 들어가고, 그곳에서 병을 얻어 죽을지 아니면 운이 좋아 생명을 연장하더라도 그대로 쭉 감옥에 있는 것이 좋을지 고민합니다. 결국 그는 전향하여 출소하며, 절필하라는 부친의 말에 계속 글을 쓰겠다고 대답하지만 이내 집필 금지로 글을 쓸 수 없게 됩니다. 그러나 기회가 있으면 글을 써서 표현자로서의 입장을 관철했고, 하야시 후사와 논쟁을 벌인 적도 있습니다. 그는 조선과도 매우 인연이 깊은 작가로서, 아버지가 조선총독부에서 근무했고 누이가 조선인 작가인 김용제와 연애를 했습니다. 김용제는 본래 프롤레타리아 작가였지만, 역시 친일소설을 썼지요. 저 또한 일본인으로서 같은 지배자 입장이기 때문에, 당시의 일을 생각할 때는 일본의 입장을 동시에 고려하고 또 일본의 입장을 생각할 때도 조선의 입장을 헤아려야 한다고 생각하면서 이야기를 듣고 있습니다. 답변 정말 고맙습니다.

하타노 세츠코: 일본의 입장을 생각할 때도 조선의 입장을 고려해야 한다는 것은 정말 저도 동감하는 바입니다. 일본문학을 일본의 입장에

서만 볼 때와 한국 쪽에서 볼 때는 약간 다른 면이 부각되는 듯한 느낌도 듭니다.

아마자와 타이지로: 지금 화제는 이광수라는 작가가 표현자로서 일본어를 선택한 사실, 특히 1940년대 친일행위로서 친일작품을 쓰면서 왜 일본어를 선택하고 일본어로 표현했는가 하는 점입니다. 이 문제에 대해서는 그럴 수밖에 없었고, 혹은 식민지 통치의 강력한 압력 때문에 일본어로 쓰지 않을 수 없었으며, 일본어로 글을 써서 어떻게든 이런저런 행동을 하지 않으면 안 되었던 조선의 지식인으로서의 고초가 있었을 것이라고 생각합니다. 그런데 그가 메이지학원에서 「사랑인가」라는 작품을 쓴 것은 소설을 처음 쓰기 시작한 때로서, 아직 일한병합 직전이었습니다. 물론 일본의 식민지 경영이 일방적으로 시행되던 1930년대와 1940년에서 1945년에 이르기까지는 당연히 사정이 달랐습니다만, 「사랑인가」를 쓸 무렵 이광수가 표현자로서 일본어로 썼다는 사실은 근대 시기 세계 각지의 다양한 크레올 문학, 크레올 언어와도 상통하는 점이 있습니다. 「사랑인가」는 일한병합 직전인 1909년에 일본어로 씌어졌는데, 이 작품을 읽어 보면 일본어를 조금 익혀 느닷없이 쓴 작품이 아닌 것을 알 수 있습니다. 이광수의 일본어 교육은 일한병합 이전에도 이미 이루어지고 있었던 것입니다. 청소년시절 표현자 이광수가 일본어를 선택한 것은 일본에서 유학했기 때문에 일본어로 썼던 측면도 있다고 생각합니다. 그러나 무엇이 그를 충동여서 처음 소설을 쓰게 되었는지, 또 문학자이자 표현자로서 일본어를 선택했는지에 대해 몇 말씀 듣고 싶습니다.

하타노 세츠코: 그가 이 작품을 『시로가네학보』에 보내기 위해서 썼다고 보기에는 어려운 점이 있습니다. 당시의 일기에는 "밤에 「사랑인가(戀か)」를 완결하다. 일문으로 쓴 단편소설. 내가 작품을 완결한 것은 이

것이 처음이다"라고 되어 있고 또 "이것을 『백금학보(白金學報)』에 내련다. 그러나 내줄는지 말는지"라고 적은 것으로 보아, 처음부터 이 작품을 『시로가네학보』의 독자에게 읽히고 싶다는 생각을 가졌던 것은 아닌 것 같습니다. 결국 조선어로 써봤자 발표할 지면도 없고, 당연히 읽어줄 사람도 없으며, 읽히더라도 바보 취급당할지도 모르는 판국에, 그래도 쓴다면 읽히고 싶은데 그러자면 일본어로 쓰는 것이 첫 번째 요건이었을 것입니다. 그렇다면 그는 일본어를 통해서 문학에 접근한 셈이며, 제재(題材)를 보더라도 일본어 쪽이 쓰기 쉬웠을지도 모릅니다. 이 문제에 대해서는 저도 궁금해 하고 있습니다. 예컨대 김동인 같은 경우는 분명하게 "우선 일본어로 쓰고 그리고나서 조선어로 번역"하는데 일본어에 대응하는 마땅한 조선어가 없어서 괴롭다고 회상하고 있습니다. 그러나 이광수는 그렇기는커녕 일본어와 동시에 병행하여 썼던 조선어 문장도 막힘없이 술술 써내려 가는 데 그다지 문제가 없었기 때문에, 그는 천재가 아니었을까 생각될 정도입니다. 「사랑인가」가 일본 독자를 위해 씌어졌다고 하면 어폐가 있을지도 모르지만, 이런 작품을 당시 조선인 유학생잡지에 싣는 것도 어렵지 않았을까요? 분위기가 너무나 동떨어져 있으니까요. 발표한다면 역시 일본 잡지밖에 없다, 그래서 일본어로 쓴다―지금 문득 떠오른 생각입니다만, 아마도 그랬던 것이 아닐까 싶습니다.

아마자와 타이지로: 조선인에게 일본어는 물론 모국어가 아니라 일종의 크레올 언어입니다. 크레올 언어가 문학 언어로 성립하기 위해서는 어떤 지점을 극복하지 않으면 안 되는데, 이광수는 그 지점을 어떻게 극복했는지 알고 싶습니다. 사실 이광수뿐만 아니라, 당시 조선의 젊은 문학지망생들은 일본어로 번역된 소설을 많이 읽고 일본 문학작품을 읽음으로써 문학 언어에 눈떠갔습니다. 그렇다면 과연 그럴 만도 한 것이, 이광수보다 선구자들 가운데에도 필시 그러한 이들이 있었을 것입니다.

그래서 조선인에게 일본어가 문학 언어로서 성립해가는 과정을 알고 싶습니다만, 이 문제는 좀더 시간을 두고 연구해야 할 것이라고 생각합니다. 아무튼 말씀 고맙습니다.

요모타 이누히코: 중요한 문제들이 여러 가지 제기되었으니 지금부터 모두들 열심히 공부해야 할 것이라는 생각이 듭니다만, 시간도 거의 되어가고 하니 마지막으로 한 분 정도만 질문을 받도록 하겠습니다.

쿠로가와 소우(黑川創): 지각하는 바람에 선생님의 강연을 제대로 듣지 못했습니다. 제 질문이 강연 내용과 중복된다면 양해 바랍니다. 「사랑인가」를 다시 읽어도 불가사의한 느낌이 드는 것은 주인공 문길이 미사오를 하숙인가 기숙사로 찾아가는데, 어떤 공간 속에서 이들 인물이 교류하고 있는지 알 수 없다는 점입니다. 물론 이 문제는 요모타 선생님께 질문하는 것이 좋을지도 모르겠습니다. 또 오늘 나눠주신 자료에는 『시로가네통신』에 "쿠마가이 나오마사(熊谷直正)이라고 생각되는 미소년" 운운이라는 기술도 있는데, 이들이 어떤 인물인지 알고 싶습니다. 앞서 나온 이야기를 듣고 떠오른 생각은 기숙사의 호모 섹슈얼리티에 대한 것입니다. 모리 오가이(森鷗外)가 일러전쟁에서 돌아와 『바이타 섹슈얼리스(Vita Sexualis)』(1909)를 쓰기 바로 전쯤의 일입니다만, 이 책이 발매금지 된다는 이야기도 있었고, 이로 인해 오가이는 훈장도 반납하지 않으면 안 되었지요. 결국 한 달 정도 시차를 두고 이 책은 발매금지 되었습니다. 「사랑인가」는 이러한 공기 혹은 혼란한 분위기 속에서 씌어진 것이라고 저는 생각합니다만, 이 소설 속의 공간에 대해 말씀해 주셨으면 합니다.

하타노 세츠코: 당시 한국 유학생의 주거 환경 말씀이군요. 요모타 선생님은 아마 기숙사라고 하셨던 것 같은데, 여러 사람이 집을 한 채 빌

려서 하녀를 두고 청소나 부엌일을 맡기는 생활을 했던 것 같습니다. 한국의 유학생들은 보통 이렇게 생활했던 듯합니다만, 일본의 학생들도 그렇게 생활했는지는 저도 궁금합니다.

요모타 이누히코: 저는 루쉰의 전기를 읽으면서 '중국 유학생 2만 명'이라고 이야기되던 무렵 그들이 어떤 주거 환경에서 살았는가라는 문제에 파고든 적이 있는데, 그들 역시 커다란 하숙집을 빌리든가 했습니다. 루쉰의 경우는 동생이 있어서 함께 하숙집을 빌려 하녀를 두었는데, 그녀와 동생이 결혼해 버리기도 했지요.

하타노 세츠코: 일본인도 그렇게 생활했습니까?

요모타 이누히코: 최근에 『토쿄의 은신처(東京のアジール)』라는 연구서가 나와서 예컨대 1900년대 지방에서 상경한 학생들은 어떤 하숙생활을 했는지 하는 문제가 조금씩 연구되기 시작했습니다만, 꽤 유익한 정보가 많습니다. 그런데 문학자는 이런 세속의 일은 잘 쓰지 않는 경향이 있고, 루쉰도 이에 대해서는 별로 쓰지 않았습니다.

하타노 세츠코: 저도 한국인 유학생이 그렇게 생활했다는 것은 어느 책에선가 읽었습니다. 그러나 「사랑인가」의 등장인물은 일본인이고, 그래서 일본에서도 지방에서 상경한 학생은 그렇게 살고 있었는지 알고 싶습니다.

요모타 이누히코: 메이지학원 학생들만 모였던 것인지는 모르겠습니다만, 켄진카이(縣人會, 같은 현 출신의 모임—옮긴이) 같은 모임은 꽤 있었던 것 같습니다.

하타노 세츠코: 학생들이 집을 한 채 빌려 하녀를 두었고, 항상 우두머리가 있었다지요. 어딘가에서는 '주인'이 나오기도 합니다만, 시험에 관한 이야기를 하는 것은 역시 학생들이었습니다.

쿠로가와 소우: 쿠마가이 나오사마(熊谷直正)라는 사람은……

하타노 세츠코: 모르겠습니다. 『시로가네학보』에 「사랑인가」 다음에 실려 있는 야마자키도시오의 「성광인(星狂人)」이라는 소설에도 쿠마가이라는 인물이 나옵니다만, 그가 실제의 쿠마가이인지, 용모가 단정하고 낭만주의자인 것으로 보아 혹시 이광수가 아닌지, 저도 상상하고 있을 따름입니다.

요모타 이누히코: 학적부를 보면 당시 메이지학원은 한 학년이 대체로 30명 정도였는데, 그 가운데서 대한제국 유학생이 5~6명이었습니다. 대단히 많은 인원이이죠. 지금 제 공동연구팀에는 한국 유학생이 두 명 인 걸 생각하면, 옛날에는 아주 많았던 셈입니다. 그런데 당시 2만 명이었던 중국 유학생은 어떤가 하면 하나도 없습니다. 한국 유학생들은 일본어 변론대회에서 1위를 차지할 정도로 워낙 뛰어났기 때문에, 『시로가네학보』 같은 데서도 활발하게 활약했습니다. 메이지학원은 선생의 반수가 대개 미국인 목사로서 영어를 사용했습니다. 이들은 일본의 이른바 내셔널리즘으로부터 거리를 두고 있었습니다. 그래서 토쿄의 한가운데 있으면서도 W선생과 같이 독립선언서의 영문을 점검해 주는 분도 계셨던 겁니다. 이러한 사실은 1900년대 메이지학원의 역사에서 매우 중요하다고 생각합니다. 그 후에도 메이지학원에는 한국으로부터 많은 인재들이 건너와서 많은 인재들을 배출했는데, 이는 메이지학원사의 연구 과제라고 생각합니다.

하타노 세츠코: 소년 남색(男色) 하니까 떠올랐습니다만, 나중에 『임꺽정』이라는 장편소설을 쓴 홍명희라는 작가가 있습니다. 그는 메이지학원에 입학한 것은 아니지만, 같은 시기 토쿄의 타이세이중학에서 유학했던 이광수의 문학 선배였습니다. 그런데 이광수가 그의 하숙에 묵을 때는 서로 껴안고 잤던 것 같습니다. 이광수는 상하이에서도 홍명희와 만나는데, 『그의 자서전』에 "동경에 있을 때는 K와 나와는 혹시 늦도록 이야기하다가 한 자리에서 자게 되면 서로 꼭 껴안고 키스까지도 하였지마는, 인제는 피차에 징그럽게 되어서 서로 고개를 돌려 대고 엉덩이만 마주대"고 잔다는 언급이 나옵니다. 그래서 이광수와 홍명희가 중학교 때에는 서로 껴안고 잔 것을 짐작할 수 있습니다.

요모타 이누히코: 질문 고맙습니다. 일본에서는 이광수에 대한 강연 및 질의응답이 이런 형식으로 이루어진 적이 별로 없습니다. 한국에서는 중학교 및 고등학교의 교과서에 나오는 작가가 일본에서는 아직 문고본에 한 편도 들어 있지 않으니 매우 유감입니다.[4] 이번 기회에 일본문학 전체 혹은 동아시아문학 전체, 그리고 화제로 나온 크레올문학이라는 현재의 문제의식이 갖는 커다란 맥락 속에서 이광수를 고찰하고 싶은 생각이 듭니다.

오늘 하타노 선생을 모시고 귀중한 말씀을 들었습니다. 여러분께도 감사드립니다. 그럼, 이것으로 공개 강연을 마치겠습니다.*

---

4) 이후 이광수의 『무정』은 2005년 11월 헤이본사(平凡社)에서 하타노 세츠코 선생의 번역으로 출간되었다(옮긴이 주).

* 본고는 1998년 10월 29일, 메이지학원 본관 1201호에서 개최된 공개 강좌 '메이지학원 연고의 문학자들' 주제 강연 가운데 제2회 「한국 근대문학의 아버지 이광수와 메이지학원」의 강연 기록을 수록한 것이다.

『무정』에서 제국의 근대를 보다

역자 후기를 어떻게 시작할까 고민하다가 마침 저서의 제목도 문장으로 되어 있고 발간사의 제목도 문장으로 되어 있는 게 생각나서 우선 제목부터 이렇게 문장으로 적어본다. 사실 이 제목은 2006년 겨울 「제국의 근대와 식민지, 그리고 『무정』」이라는 제목으로 『21세기 문학』에 실었던 역자의 『무정』론 가운데 마지막 절의 소제목을 문장으로 풀어 쓴 것이다. 소제목이 '제국의 근대를 비추는 거울 『무정』'이었던 걸로 기억하는데, 마침 이 마지막 절은 당시 저자의 논문들을 번역하면서 느꼈던 소감을 겸하여 논한 것이어서 그대로 옮겨도 좋겠다는 생각이 들었다. 그 첫 문장은 이렇게 시작된다.

*　　*　　*

작년 여름 우연한 기회에 하타노 세츠코[波田野節子] 선생의 이광수 관련 논문들을 찬찬히 읽어볼 기회가 있었다. 논문들을 번역해 보라는 제안을 받고 겨우 더듬더듬 읽을 줄 아는 정도의 읽기 수준이라 많이 망설였지만, 이광수와 관련된 논문들이라는 얘기에 솔깃해져 그만 덥석 일을 벌이고야 만 것이다. 논문들을 번역하면서 놀랐던 것은 『무정』 연

구만도 거의 200쪽이 넘는 방대한 분량으로 씌어진데다 또 이 논문을
위해 이광수의 초기 사상을 이해하는 데 필요한 여러 편의 선행 논문들
을 공들여 준비했다는 점이었다. 1995년 가을, 『무정』 연구를 마치면서
하타노 선생은 이렇게 적었다.

> 『무정』을 처음 읽었을 때 느낀 것은 정말 당돌하게도 낯익음이었다. 거기에
> 는 젊은 시절 어딘가에서 만났던 듯한 사고방식과 정서가 담겨 있었다. 이러
> 한 작품이 70년 전(내가 이 작품을 읽은 것은 1986년 무렵이다)에 한국인 작자
> 에 의해 씌어진 이유가 궁금하여 쓰기 시작한 것이 「『무정』 연구」(상)(중)(하)
> 이다.

도대체 이 일본인 연구자는 왜 이토록 『무정』에 끌렸던 것일까. 외국
인으로서 처음 대면한 한국의 근대소설, 그것도 그다지 세련되지는 못
한 근대 초기의 방대한 분량의 소설에서 어딘지 낯익다는 느낌을 받은
것은 어디에서 기인하는 것일까. 처음 『무정』을 읽은 이래 거의 10여 년
에 걸쳐 『무정』론을 준비하고 완성하면서 선생의 머릿속을 떠나지 않았
던 이 질문은 선생의 논문들을 번역하던 당시 내 머릿속을 떠나지 않은
질문이기도 했다.

그런데 정말 우연하게도, 이 일본인 연구자는 어쩌면 한국 최초의 근
대 장편 『무정』에서 제국의 근대를 보고 있었을지도 모른다는 생각을
하고 있을 무렵, 선생 또한 이미 동일한 결론에 도달해 있었다는 사실을
알게 되었다. 여차저차해서 『무정』론을 쓸 기회가 생겨 선생의 논문을
다시 검토하고 있다고 말씀드렸더니 선생의 번역으로 작년에 출간된 일
본어판 『무정』을 한 권 보내주셨는데, 이 책의 해설 마지막 부분에 바로
다음과 같은 구절이 눈에 띄었던 것이다.

> 『무정』에 나타난 이광수의 사상은 우리들의 과거를 비추는 거울과 같이 메
> 이지에서 쇼와 시기에 걸쳐 극히 일반적이었던 일본 사조를 반영하고 있다.

그리고 그런 사고방식은 현재까지 우리들의 주위에 남아 있다.

'우리들의 과거를 비추는 거울'이라니. 이 글을 준비하면서 마무리하고 싶었던 얘기가 바로 거기에 담겨 있지 않은가.

＊　＊　＊

실제로 이 책에 실린 『무정』론을 비롯한 여러 편의 선행 논문에서는 이광수의 초기 사상을 형성하는 데 커다란 영향을 끼쳤던 메이지 이래 일본의 다양한 사조 및 사상들과 만날 수 있다. 일찍이 일본에서 유학했던 이광수가 당시 일본에서 무엇을 읽고 공부했으며, 그것으로부터 어떤 영향을 받았는지에 대한 논의들이라 그 자체로도 흥미롭지만, 더욱 인상적인 것은 『무정』으로부터 역으로 제국의 근대를 반추하여 들여다보고 있는 저자의 시선이다. 식민지시대 초기 근대라는 '빛'을 지향하며 민족 계몽에 앞장섰으나 역설적이게도 바로 그 '빛'에 눈멀어 민족의 반역자라는 오욕의 '그림자'를 남겼던 이광수. 저자는 이러한 이광수에게서 메이지시대 이래 근대를 지향하며 앞만 보고 달려오다 결국 파국을 맞았던 제국 일본의 모습을 본다. 그런 의미에서, 『『무정』을 읽는다』는 『무정』이라는 창을 통해서 식민지 조선과 제국 일본이 공유했던 근대의 경험을 들여다보고 이를 꼼꼼하게 기록해 나간 방대한 분량의 보고서라고 해도 과언이 아닐 것이다.

서투른 번역 실력으로 이번 번역서를 내기까지 주위의 많은 도움을 입었다. 부족한 역자를 믿고 흥미로운 논문들을 번역할 수 있는 기회를 주신 정선태 선생님, 오랜 동안 함께 공부하면서 어수룩한 역자에게 늘 배려와 격려를 아끼지 않았던 수유+너머 일본근대사상사 팀의 동학들, 어려운 고비가 있을 때마다 다독여 주시고 번역 원고도 꼼꼼하게 검토하여 잘못된 부분을 일일이 바로잡아 주신 하타노 선생님, 그리고 여러 번 번복된 일정에도 불구하고 끝까지 번역서의 출간에 힘써 주신 연대 근대한국학연구소의 김영민 선생님과 소명출판 박성모 사장님께 이 자리를 빌려 감사드린다.

이번 작업을 하면서 새삼 인간은 자기가 스스로 걷는다고 생각하지만 세상의 도움 없이는 한 걸음도 내딛기 어렵다는 걸 깨달았다. 이 미숙한 걸음이 이번에는 독자들에게 도움이 되어 주길 바랄 뿐이다.

2008년 1월
최주한